A CRUZ DE FOGO

1ª PARTE

Série Outlander

A VIAJANTE DO TEMPO
VOLUME I

A LIBÉLULA NO ÂMBAR
VOLUME II

O RESGATE NO MAR
VOLUME III
(1ª E 2ª PARTES)

OS TAMBORES DE OUTONO
VOLUME IV
(1ª E 2ª PARTES)

A CRUZ DE FOGO
VOLUME V
(1ª E 2ª PARTES)

DIANA GABALDON

A CRUZ DE FOGO

TRADUÇÃO
GENI HIRATA

Rocco

Título original
THE FIERY CROSS

Esta é uma obra de ficção. Nomes, personagens, lugares e incidentes são produtos da imaginação da autora e foram usados de forma fictícia. Qualquer semelhança com pessoas reais, vivas ou não, acontecimentos ou localidades, é mera coincidência.

Edição brasileira publicada mediante acordo com a autora, a/c Baror International, Inc., Armonk, Nova York, EUA.

EDITORA ROCCO LTDA.
Av. Presidente Wilson, 231 – 8º andar
20030-021 – Rio de Janeiro – RJ
Tel.: (21) 3525-2000 – Fax: (21) 3525-2001
rocco@rocco.com.br
www.rocco.com.br

Printed in Brazil/Impresso no Brasil

preparação de originais
MAIRA PARULA

CIP-Brasil. Catalogação na fonte.
Sindicato Nacional dos Editores de Livros, RJ.

G111c Gabaldon, Diana
A cruz de fogo, 1ª parte / Diana Gabaldon; tradução de Geni Hirata. – Rio de Janeiro: Rocco, 2009.
– (Outlander)

Tradução de: The fiery cross
ISBN 978-85-325-2433-1

1. Ficção americana. I. Hirata, Geni. II. Título. III. Série.

09-1707 CDD–813
CDU–821.111(73)-3

Este livro é para minha irmã, Theresa Gabaldon,
para quem eu contei as primeiras histórias.

AGRADECIMENTOS

Os mais profundos agradecimentos da autora a...

... meu editor, Jackie Cantor, sempre o maior defensor do livro acima de tudo.

... meu agente, Russ Galen, sempre ao meu lado, com lança e escudo.

... Stacey Sakal, Tom Leddy e todo o maravilhoso pessoal da produção, que sacrificaram seu tempo, talento e saúde mental na produção deste livro.

... Kathy Lord, a mais rara e encantadora das criaturas, uma excelente editora de texto.

... Virginia Norey, a programadora visual do livro (ou *Deusa do Livro*), que conseguiu fazer com que a coisa toda coubesse entre duas capas com excelente resultado.

... Irwyn Applebaum e Nita Taublib, editor e subeditora, que se uniram ao grupo e trouxeram sua contribuição.

... Rob Hunter e Rosemary Tolman, pelas informações inéditas sobre a Guerra da Regulamentação e seus muito interessantes e pitorescos ancestrais, James Hunter e Hermon Husband. (*Não, eu não invento todas essas pessoas, só algumas.*)

... Beth e Matthew Shope, bem como Liz Gaspar, pelas informações sobre a história e as crenças dos *quakers* da Carolina do Norte. (*E observamos aqui, em nome da precisão, que Hermon Husband não era tecnicamente um quaker na época desta história, tendo sido expulso da Assembleia local por ser muito exaltado.*)

... Bev LaFlamme, Carol Krenz e seus (respectivos) maridos francês e franco-canadense (*que sem dúvida se perguntam que tipo de amigos suas mulheres têm, afinal*), pelas opiniões abalizadas sobre as sutilezas dos movimentos intestinais franceses e pela ajuda com expressões idiomáticas francesas muito pitorescas.

... Julie Giroux, pela música de Roger e pela maravilhosa "Sinfonia de Culloden". E a Roy Williamson, pela "Flor da Escócia".

... Roger H. P. Coleman, R. W. Odlin, Ron Parker, Ann Chapman, Dick Lodge, Olan Watkins e vários membros do Compuserve Masonic Forum pelas informações sobre Maçonaria e Lojas Irregulares, de cerca de 1755 (*o que foi bem antes da instituição do Rito Escocês e, portanto, não se deem ao trabalho de me escrever sobre isso, está bem?*).

... Karen Watson e Ron Parker, pela assistência em relação às estações de metrô de Londres durante a Segunda Guerra Mundial – a partir da qual tomei algumas insignificantes liberdades técnicas.

... Steven Lopata, Hall Elliott, Arnold Wagner, R. G. Schmidt e Mike Jones, todos honoráveis guerreiros, pelas valiosas discussões sobre como os homens pensam e agem antes, durante e após a batalha.

... R. G. Schmidt e várias outras pessoas adoráveis, cujos nomes eu infelizmente me esqueci de anotar, que contribuíram com diversas informações valiosas sobre os costumes, a língua e as crenças dos cherokee. (*O canto da caça ao urso que termina com "Yoho!" é um registro histórico. Há inúmeras coisas que eu não conseguiria inventar ainda que quisesse.*)

... família Chemodurow, por generosamente permitir que eu tomasse liberdades com seus personagens, retratando-os como russos criadores de porcos. (*Porcos selvagens russos foram realmente importados para a Carolina do Norte, para a caça, no século XVIII. Isso pode ter algo a ver com a popularidade do churrasco no sul.*)

... Laura Bailey, por inestimáveis recomendações e comentários sobre trajes e costumes do século XVIII – à maior parte dos quais prestei cuidadosa atenção.

... Susan Martin, Beth Shope e Margaret Campbell, pelas opiniões abalizadas sobre flora, fauna, geografia, clima e mentalidade da Carolina do Norte (*e todas as quais desejam ressaltar que só um bárbaro colocaria tomates num molho de churrasco*). Aberrações nesses aspectos da história resultam da inadvertência, licença literária e/ou cabeça-dura da parte da autora.

... Janet McConnaughey, Varda Amir-Orrell, Kim Laird, Elise Skidmore, Bill Williams, Arlene MacRae, Lynne Sears Williams, Babs Whelton, Joyce McGowan e dezenas de outras pessoas gentis e prestativas do Compuserve Writers Forum, que respondem a qualquer pergunta boba sem pestanejar, especialmente se tiver alguma coisa a ver com mutilação, assassinato, doença, a arte de fazer colchas de retalhos ou sexo.

... Dr. Ellen Mandell, pelo aconselhamento técnico sobre como enforcar alguém, depois cortar sua garganta, sem matá-lo no processo. Quaisquer erros na execução dessas instruções são meus.

... Piper Fahrney, pelas excelentes descrições do que é aprender a lutar com espada.

... David Cheifetz, pelo extermínio do dragão.

... Iain MacKinnon Taylor, por sua ajuda inestimável com as traduções do gaélico e suas adoráveis sugestões para o discurso de Jamie junto à fogueira da Assembleia.

... Karl Hagen, pelos esclarecimentos sobre gramática latina, e Barbara Schnell, pelas palavras em alemão e latim, sem falar de suas extraordinárias traduções dos romances da série para o alemão.

... Julie Weathers, meu falecido sogro, Max Watkins e Lucas, pela ajuda com os cavalos.

... *Ladies of Lallybroch*, por seu entusiasmo e permanente apoio moral, inclusive o atencioso sortimento internacional de papel higiênico.

... centenas de pessoas que gentil e voluntariamente me enviaram informações interessantes sobre tudo, do desenvolvimento e aplicações da penicilina à maneira de tocar o *bodhran,* à distribuição do abeto vermelho e ao gosto dos gambás *(disseram-me que é gorduroso, caso queiram saber).*

... e a meu marido, Doug Watkins, pela última frase do livro.

Diana Gabaldon
www.dianagabaldon.com

Eu sobrevivi à guerra e perdi muito. Sei pelo que vale a pena lutar e pelo que não vale.

Honra e coragem são questões viscerais, e, se um homem é capaz de matar por alguma coisa, ele às vezes também é capaz de morrer.

E é por isso, irmão, que uma mulher tem quadris largos; aquela bacia óssea abrigará tanto um homem quanto seu filho. A vida de um homem brota dos ossos de sua mulher, e em seu sangue a honra de um homem é batizada.

Somente por amor eu atravessaria o fogo outra vez.

PARTE UM

IN MEDIAS RES

1

FELIZ A NOIVA EM QUEM BRILHA O SOL

MOUNT HELICON
COLÔNIA REAL DA CAROLINA DO NORTE
FINAL DE OUTUBRO DE 1770

Acordei com o barulho da chuva na lona, a sensação do beijo do meu primeiro marido nos lábios. Pisquei, desorientada, e por reflexo levei os dedos aos lábios. Para guardar a sensação ou para escondê-la?, perguntei-me, no mesmo momento em que o fazia.

Jamie remexeu-se e balbuciou em seu sono ao meu lado, o movimento levantando uma nova onda de aroma dos galhinhos de cedro embaixo da colcha sobre a qual dormíamos. Talvez a passagem do fantasma o tivesse perturbado. Franzi a testa para o ar vazio do lado de fora de nossa tenda.

Vá embora, Frank, pensei severamente.

Ainda estava escuro lá fora, mas a neblina que se erguia da terra úmida era de um cinza perolado. O amanhecer não tardaria. Nada se movia, nem dentro, nem fora, mas eu tinha a nítida sensação de uma ironia divertida sobre a minha pele como um toque muito delicado.

Eu não deveria vir para vê-la se casar?

Eu não saberia dizer se as palavras haviam se formado em meus pensamentos ou se elas – e aquele beijo – eram simplesmente produto de meu próprio subconsciente. Eu adormecera pensando nos preparativos do casamento; não era de admirar que acordasse com sonhos sobre casamentos. E noites de núpcias.

Alisei a musselina amassada da minha combinação, desconfortavelmente consciente de que ela estava embolada em volta da minha cintura e de que minha pele estava afogueada não só pelo sono. Eu não me lembrava de nada concreto a respeito do sonho que me acordara; apenas um amontoado confuso de imagens e sensações. Achei que provavelmente fosse melhor assim.

Virei-me sobre as folhagens farfalhantes, aconchegando-me no corpo de Jamie. Ele estava quente e cheirava agradavelmente a fumaça de madeira e uísque, com um toque leve e subjacente de sonolenta masculinidade, como a nota grave de um acorde prolongado. Espreguicei-me, bem lentamente, arqueando as costas de modo que minha pélvis acomodasse seu quadril. Se ele estivesse profundamente adormecido ou pouco disposto, o gesto era bastante sutil para passar despercebido; se não estivesse...

Não estava. Ele sorriu levemente, os olhos ainda cerrados, e uma enorme mão deslizou devagar pelas minhas costas, parando em minha nádega com um aperto firme.

– Hummm? – murmurou. – Hummmm. – Suspirou e relaxou de novo em seu sono, sem soltar a mão.

Aninhei-me junto a ele, reconfortada. A reação física imediata de Jamie era mais do que suficiente para banir o toque de sonhos persistentes. E Frank – se realmente *era* Frank – tinha razão. Se tal coisa fosse possível, tenho certeza de que Bri iria querer seus dois pais em seu casamento.

Eu estava completamente acordada agora, mas confortável demais para me mover. Chovia lá fora; uma chuva leve, mas o ar estava frio e úmido o suficiente para tornar o aconchegante ninho de colchas mais convidativo do que a distante perspectiva de café quente. Particularmente, porque o café exigiria uma caminhada até o córrego para buscar água, avivar a pequena fogueira do acampamento – oh, meu Deus, a madeira estaria úmida, ainda que o fogo não tivesse se extinguido completamente –, moer os grãos de café num moedor de pedra e prepará-lo, enquanto o vento soprava folhas molhadas ao redor dos meus tornozelos e gotas caíam dos galhos de árvore deslizando pelo meu pescoço.

Estremecendo diante do pensamento, puxei a coberta sobre meus ombros nus e retomei o catálogo mental dos preparativos com o qual eu havia adormecido.

Comida, bebida... felizmente, eu não precisava me preocupar com isso. A tia de Jamie, Jocasta, cuidaria dos arranjos; ou melhor, seu mordomo negro, Ulysses, o faria. Convidados – nenhum problema com isso. Estávamos no meio da maior reunião de escoceses das Highlands nas colônias, e havia abundância de comida e bebida. Convites impressos não seriam necessários.

Bri teria um vestido novo, ao menos; presente de Jocasta, também. Lã azul-escura – a seda era cara demais e pouco prática para a vida no campo. Estava muito longe do cetim branco e das flores de laranjeira com que um dia eu a visualizara usando em seu casamento – mas, por outro lado, este certamente não era o tipo de casamento que alguém poderia ter imaginado na década de 1960.

Imaginei o que Frank teria pensado do marido de Brianna. Provavelmente o teria aprovado. Roger era um historiador – ou fora um dia – como o próprio Frank. Era inteligente e divertido, um músico talentoso e um homem amável, totalmente dedicado a Brianna e ao pequeno Jemmy.

O que de fato é muito admirável, pensei na direção da neblina, *considerando as circunstâncias.*

Você admite isso, então? As palavras formaram-se no meu ouvido interno como se ele as tivesse pronunciado, ironicamente, zombando tanto de mim quanto de si mesmo.

Jamie franziu o cenho e apertou a mão em minha nádega, fazendo pequenos ruídos em seu sono.

Você sabe que sim, eu disse silenciosamente. *Sempre admiti, e você sabe disso, portanto caia fora, está bem?!*

Voltei as costas decididamente para o ar lá fora e pousei a cabeça no ombro de Jamie, buscando refúgio no linho macio e amarrotado de sua camisa.

Eu achava que Jamie estava menos inclinado do que eu – ou talvez Frank – a reconhecer o mérito de Roger em aceitar Jemmy como seu próprio filho. Para Jamie, era apenas uma questão de dever; um homem honrado não poderia agir de outra forma. E eu sabia que ele tinha dúvidas quanto à capacidade de Roger de sustentar e proteger uma família nas terras selvagens da Carolina. Roger era alto, forte e capaz – mas "gorro, cinto e espada" eram tema de canções para Roger; para Jamie, eram instrumentos de trabalho.

A mão no meu traseiro comprimiu-se e eu me assustei.

– *Sassenach* – Jamie disse sonolentamente –, você está se contorcendo como um sapo na mão de um garoto. Você precisa se levantar e ir à privada?

– Ah, você está acordado – eu disse, sentindo-me ligeiramente tola.

– *Agora* estou – ele disse. A mão soltou-se e ele espreguiçou-se, gemendo. Seus pés descalços apontaram na outra extremidade da colcha, os dedos longos abrindo-se como um leque.

– Desculpe-me. Não pretendi acordá-lo.

– Ah, não se preocupe – tranquilizou-me. Limpou a garganta e passou a mão pelas madeixas ruivas de seus cabelos soltos, pestanejando. – Eu estava sonhando como um demônio; sempre acontece quando durmo com frio. – Levantou a cabeça e espreitou por cima da colcha, meneando os dedos dos pés com desagrado. – Por que eu não dormi com minhas meias?

– É mesmo? Com o que você estava sonhando? – perguntei, com uma pequena pontada de mal-estar. Esperava que ele não tivesse tido o mesmo tipo de sonho que eu.

– Cavalos – ele disse, para meu alívio imediato. Eu ri.

– Que tipo de sonhos demoníacos você poderia ter com cavalos?

– Ah, meu Deus, foi terrível. – Esfregou os olhos com ambos os punhos e sacudiu a cabeça, tentando tirar o sonho de sua mente. – Tinha a ver com reis irlandeses. Sabe o que MacKenzie estava dizendo sobre isso, junto à fogueira ontem à noite?

– Reis irlan... Ah! – Lembrei-me, e ri novamente com a lembrança. – Sim, sei.

Roger, entusiasmado com o triunfo de seu recente noivado, brindara o grupo reunido em torno da fogueira na noite anterior com canções, poemas e divertidas anedotas históricas – uma das quais dizia respeito aos rituais com que se dizia que os antigos reis irlandeses haviam sido coroados. Uma dessas envolvia o bem-sucedido candidato copular com uma égua branca diante da multidão reunida, presumivelmente para provar sua virilidade – embora eu particularmente achasse que seria uma prova maior ainda do *sangfroid* do cavalheiro.

– Eu era o responsável pelo cavalo – Jamie informou-me. – E *tudo* deu errado. O sujeito era baixo demais e eu tive que encontrar alguma coisa onde ele pudesse subir. Encontrei uma pedra, mas não consegui erguê-la. Depois, um banquinho, mas a perna saiu na minha mão. Então, tentei empilhar tijolos para fazer uma plataforma, mas eles esboroaram-se em areia. Finalmente, eles disseram que estava tudo bem, iriam simplesmente cortar as pernas da égua, e eu estava tentando impedi-los de fazer isso; o homem que deveria se tornar rei puxava as calças e se queixava de que os botões da braguilha não se abriam. Então alguém notou que a égua era *preta* e não poderia servir de maneira nenhuma.

Eu ri, abafando a risada nas dobras de sua camisa, com receio de acordar alguém acampado perto de nós.

– Foi então que você acordou?

– Não. Por alguma razão, eu fiquei muito ofendido com isso. Eu disse que serviria, sim, na realidade os cavalos pretos eram muito melhores, pois todo mundo sabia que os cavalos brancos tinham olhos fracos, e eu disse que a prole seria cega. E eles disseram não, não, o preto dava azar, e eu insistia que não, e... – Parou, limpando a garganta.

– E?

Deu de ombros e olhou de soslaio para mim, um leve rubor subindo pelo pescoço.

– Sim, bem. Eu disse que iria servir muito bem, que eu lhes mostraria. E eu acabava de agarrar os flancos da égua para imobilizá-la, e estava me preparando para... ah... me tornar o rei da Irlanda. Foi *aí* que eu acordei.

Resfoleguei, respirando ruidosamente, e senti o lado de seu corpo vibrar com seu próprio riso contido.

– Ah, agora eu realmente sinto muito por tê-lo acordado! – Enxuguei os olhos na ponta da colcha. – Tenho certeza de que foi uma grande perda para os irlandeses. Muito embora eu me pergunte como as rainhas da Irlanda se sentiam a respeito dessa cerimônia em particular – acrescentei, refletindo melhor.

– Não creio que as mulheres tenham sofrido – Jamie disse. – Apesar de ter ouvido falar de homens que preferem...

– Eu não estava pensando *nisso* – eu disse. – Referia-me mais às implicações de higiene, se entende o que quero dizer. Colocar a carroça na frente do cavalo é uma coisa, mas colocar o cavalo antes da rainha...

– O... ah, sim. – Ele estava corado com a risada, mas ficou ainda mais vermelho. – Você pode dizer o que quiser a respeito dos irlandeses, *Sassenach*, mas eu realmente acredito que eles se lavam de vez em quando. E nessas circunstâncias, o rei provavelmente até encontrou utilidade para um pouco de sabão no... no...

– *In medias res?* – sugeri. – Claro que não. Quero dizer, afinal, um cavalo é bem grande, relativamente falando...

– É uma questão de estar pronto, *Sassenach*, mais do que de espaço – ele disse, com um olhar repressivo em minha direção. – E posso compreender que um homem precise de um pouco de encorajamento nessas circunstâncias. Embora seja *in medias res*, de qualquer modo – acrescentou. – Nunca leu Horácio? Ou Aristóteles?

– Não. Nem todos podem ser cultos. E nunca tive muito tempo para Aristóteles, depois de saber que ele colocava as mulheres em algum lugar abaixo dos vermes em sua classificação do mundo natural.

– O sujeito não deve ter sido casado. – A mão de Jamie deslizou lentamente pelas minhas costas, tateando as vértebras de minha espinha dorsal por cima da combinação. – Ele certamente teria notado os ossos.

Sorri e ergui a mão até a sua maçã do rosto, projetando-se nitidamente acima de uma onda de pelos ruivos e espetados da barba por fazer.

Ao fazê-lo, vi que o céu lá fora havia se iluminado com o alvorecer; sua cabeça estava recortada em silhueta pela lona clara de nossa barraca, mas eu podia ver seu rosto claramente. Sua expressão lembrou-me exatamente por que ele havia tirado as meias na noite anterior. Infelizmente, estávamos tão cansados após as prolongadas festividades que havíamos adormecido em meio ao nosso abraço.

Achei essa lembrança tardia bastante reconfortante, já que oferecia alguma explicação tanto para o estado da minha combinação quanto para os sonhos dos quais eu acordara. Ao mesmo tempo, senti um sopro de vento frio enfiar seus dedos por baixo da coberta e estremeci. Frank e Jamie eram homens muito diferentes e não havia nenhuma dúvida em minha mente quanto a quem havia me beijado, pouco antes de eu acordar.

– Beije-me – disse repentinamente a Jamie. Nenhum de nós havia escovado os dentes ainda, mas ele obedientemente tocou meus lábios com os seus, e depois, quando o segurei por trás da cabeça e o puxei para mim, mudou o peso do corpo sobre uma das mãos, a fim de melhor ajeitar o emaranhado de cobertas em torno de nossos membros inferiores.

– Oh! – exclamou, quando o soltei. Sorriu, os olhos azuis apertando-se em triângulos escuros na penumbra. – Bem, sem dúvida, *Sassenach*. Mas eu só preciso dar um pulo lá fora por um instante.

Atirou a colcha para trás e levantou-se. De minha posição no chão, eu tinha uma visão pouco ortodoxa que me proporcionava alentadores vislumbres por baixo da barra de sua comprida camisa de linho. Eu esperava que o que eu estava vendo não fosse o resultado prolongado de seu pesadelo, mas achei melhor não perguntar.

– É melhor se apressar – eu disse. – O dia está clareando, logo as pessoas estarão andando por aí.

Ele assentiu e abaixou a cabeça para sair. Fiquei deitada imóvel, ouvindo. Alguns pássaros trinavam debilmente a distância, mas estávamos no outono; nem mesmo a plena luz do dia provocaria os roucos coros da primavera e do verão. A montanha e seus inúmeros acampamentos ainda descansavam, mas eu já podia perceber pequenos movimentos ao redor, quase inaudíveis.

Passei os dedos pelos cabelos, ajeitando-os sobre os ombros, e rolei sobre o corpo, procurando a bilha de água. Sentindo um ar frio nas minhas costas, olhei por cima do ombro, mas o dia amanhecera e a neblina se desfizera; o ar lá fora estava cinzento, mas parado.

Toquei a aliança de ouro em minha mão esquerda, devolvida a mim na noite anterior, e ainda estranha após a longa ausência. Talvez tenha sido sua aliança que evocara Frank aos meus sonhos. Talvez esta noite, durante a cerimônia do casamento, eu a tocasse outra vez, deliberadamente, e esperasse que de algum modo ele pudesse ver a felicidade de sua filha através dos meus olhos. Por enquanto, entretanto, ele fora embora, e eu estava satisfeita com isso.

Um pequeno som, não mais alto do que os trinados distantes dos pássaros, flutuou pelo ar. O breve choro de um bebê acordando.

Em certa ocasião, eu pensara que, quaisquer que fossem as circunstâncias, na verdade não deveria haver mais do que duas pessoas na cama de um casal. Ainda pensava assim. Entretanto, era mais difícil afastar um bebê do que o fantasma de um antigo amante; a cama de Brianna e Roger devia forçosamente acomodar três.

A borda da lona levantou-se e o rosto de Jamie apareceu, agitado e alarmado.

– É melhor você se levantar e se vestir, Claire – ele disse. – Os soldados estão reunidos junto ao córrego. Onde estão minhas meias?

Sentei-me num salto, e lá embaixo da encosta da montanha os tambores começaram a soar.

Um nevoeiro frio espalhava-se como fumaça por todos os recantos. Uma nuvem havia se assentado sobre Mount Helicon como uma galinha zelosa sobre seu único ovo, e o ar estava denso de umidade. Pisquei os olhos, fitando a extensão de capim, até um destacamento do 67º regimento das Highlands ter se reunido em completo esplendor junto ao córrego, os tambores retumbando e a flauta assobiando, o flautista majestosamente impávido diante da chuva.

Eu estava com muito frio e mais do que ligeiramente irritada. Eu fora para a cama na expectativa de acordar para um lauto e quente café da manhã, a ser seguido por dois casamentos, três batizados, duas extrações de dente, a remoção de uma unha do pé infeccionada e outras formas divertidas e saudáveis de interação social regadas a uísque.

Em vez disso, fora acordada por sonhos perturbadores, levada a jogos amorosos e depois arrastada para um chuvisco frio *in medias res*, aparentemente para ouvir algum tipo de proclamação. Nada de café, tampouco.

Foi necessário um certo tempo para os escoceses em seus acampamentos levantarem-se e se arrastarem pela encosta abaixo, e o flautista já havia ficado roxo antes de finalmente soprar o último acorde e encerrar com um assobio dissonante. Os ecos ainda ressoavam na montanha quando o tenente Archibald Hayes deu um passo à frente de seus homens.

O sotaque anasalado típico de Fife do tenente Hayes era carregado pelo ar e o vento estava a seu favor. Ainda assim, eu tinha certeza de que as pessoas mais no alto da montanha podiam ouvir bem pouco. No entanto, parados ao pé da encosta, não estávamos a mais de vinte metros do tenente, e eu podia ouvir cada palavra, apesar da trepidação dos meus dentes.

– "*De Sua Excelência, William Tryon,* capitão-geral de Sua Majestade, governador e comandante-em-chefe da referida província" – Hayes lia, elevando a voz a um berro, para ser ouvida acima do barulho do vento e da água, e dos murmúrios premonitórios da multidão.

A umidade envolvia as árvores e as rochas em uma neblina gotejante, as nuvens lançavam uma chuva enregelada e intermitentes granizos, e ventos erráticos reduziram a temperatura em muitos graus. Minha perna esquerda, sensível ao frio, latejava no ponto onde eu tinha quebrado a tíbia havia dois anos. Uma pessoa dada a presságios e metáforas poderia se sentir tentada a fazer comparações entre o clima insuportável e a leitura da Proclamação do Governador, pensei – ambos igualmente frios e portadores de maus presságios.

– "*Considerando que*" – estrondou Hayes, olhando furiosamente para a multidão por cima de seu papel – "*eu recebi informações de que um grande número de pessoas infames e desordeiras reuniu-se na cidade de Hillsborough, nos dias 24 e 25 do mês passado, durante a sessão do Tribunal Superior de Justiça daquele distrito, para se opor às justas medidas do governo e, em franca violação das leis de sua província, audaciosamente atacar os magistrados de Sua Majestade no desempenho de suas funções e barbaramente espancar e ferir diversas pessoas durante a sessão da referida Corte, bem como proferir enormes insultos e afrontas ao governo de Sua Majestade, cometer os mais violentos ultrajes às pessoas e propriedades dos habitantes da referida cidade, beber à danação de seu soberano legítimo, rei Jorge, e ao sucesso do Pretendente..."*

Hayes parou, inspirando ar suficiente para a leitura da próxima cláusula. Inflando o peito com uma tragada de ar audível, ele continuou a leitura:

– *"Para que as pessoas envolvidas nos referidos atos ilícitos possam ser levadas à Justiça, eu, por recomendação e consentimento do Conselho de Sua Majestade, publico esta Proclamação, exigindo e estritamente determinando a todos os juízes de paz de Sua Majestade neste governo que façam uma diligente investigação sobre os citados crimes e recebam o depoimento dessa pessoa ou pessoas, as quais deverão comparecer diante deles para prestar declarações e dar informações concernentes aos referidos crimes; tais depoimentos deverão ser transmitidos a mim, a fim de serem apresentados na Assembleia Geral, em New Bern, no próximo dia 30 de novembro, ficando a questão prorrogada até a data para despacho jurídico imediato."*

Uma inalação final; a essa altura, o rosto de Hayes está quase tão roxo quanto o do flautista.

– *"Publicada por mim, sob o Grande Selo da Província, em New Bern, no dia 18 de outubro do 10º ano do reinado de Sua Majestade, Anno Domini de 1770."*

– *Assinada, William Tryon* – Hayes concluiu, com uma baforada final de vapor do seu hálito.

– Sabe – comentei com Jamie –, acho que tudo fazia parte de uma única frase, salvo o encerramento. Surpreendente, até mesmo para um político.

– Silêncio, *Sassenach* – ele disse, os olhos ainda fixos em Archie Hayes. Ouvia-se um abafado rumor da multidão atrás de mim, de interesse e consternação – com uma certa dose de humor diante do trecho referente a brindes traiçoeiros.

Esta era uma Assembleia de escoceses das Highlands, muitos deles exilados para as colônias no rastro do Levante dos Stuart, e caso Archie Hayes tivesse resolvido registrar oficialmente o que fora dito sobre as canecas de cerveja e uísque passadas de mão em mão ao redor das fogueiras na noite anterior... por outro lado, ele possuía apenas quarenta soldados com ele e, quaisquer que fossem suas opiniões pessoais do rei Jorge e da possível danação daquele monarca, sabiamente guardou-as para si.

Cerca de quatrocentos escoceses cercaram a pequena área de ocupação de Hayes na margem do córrego, convocados pelo toque dos tambores. Homens e mulheres abrigavam-se entre as árvores acima da clareira, xales e *arisaids* apertados ao redor do corpo para se protegerem do vento crescente.

Eles também estavam reunindo seu próprio conselho, a julgar pelas fileiras de rostos graves e empedernidos visíveis sob cachecóis esvoaçantes, toucas e gorros. Claro, a expressão de seus rostos podia se dever ao frio tanto quanto a uma cautela natural; minhas próprias faces estavam rígidas, a ponta do meu nariz ficara dormente e desde o amanhecer eu não sentia os meus pés.

– Qualquer pessoa que desejar fazer uma declaração concernente a essas graves questões pode depositar essas declarações em minha confiança – Hayes anunciou, o rosto redondo impassivelmente oficial. – Permanecerei em minha tenda com meu funcionário pelo resto do dia. Deus salve o rei!

Ele entregou a Proclamação ao cabo, dispensou a multidão com uma reverência e virou-se vivamente para uma grande barraca de lona que fora erguida perto das árvores, os estandartes do regimento tremulando loucamente de uma base ao lado.

Tremendo, enfiei a mão por dentro da capa de Jamie e por cima da curva de seu braço, meus dedos frios confortados pelo calor de seu corpo. Jamie apertou o cotovelo rapidamente junto à lateral do corpo, em reconhecimento do toque gelado de minha mão, mas não olhou para mim; ele estudava as costas de Archie Hayes se afastando, os olhos estreitados contra a aguilhoada do vento.

Um homem sólido e compacto, de altura irrelevante, mas de considerável presença, o tenente movia-se com grande deliberação, como se alheio à multidão na encosta da montanha. Ele desapareceu dentro de sua tenda, deixando a aba da porta convidativamente presa no alto.

Não pela primeira vez, relutantemente admirei os instintos políticos do governador Tryon. Esta Proclamação estava obviamente sendo lida nas cidades e vilarejos em toda a colônia; ele podia ter confiado a um magistrado ou xerife local para levar essa mensagem de fúria oficial a esta Assembleia. Em vez disso, deu-se ao trabalho de enviar Hayes.

Archibald Hayes lutara em Culloden ao lado do pai, aos doze anos de idade. Ferido em combate, fora capturado e enviado para o sul. Confrontado com a opção de ser exilado ou de se unir ao exército, aceitara o soldo do rei e fizera o melhor possível. O fato de ter subido a oficial com trinta e poucos anos, numa época em que a maioria dos postos era comprada e não conquistada, era testemunho suficiente de suas habilidades.

Ele era tão elegante quanto profissional; convidado a compartilhar nossa comida e fogueira na noite anterior, passara metade da noite conversando com Jamie – e a outra metade indo de fogueira em fogueira sob a égide da presença de Jamie, sendo apresentado aos chefes de todas as famílias importantes presentes.

E de quem fora essa ideia?, perguntei-me, olhando para Jamie. Seu nariz reto e comprido estava avermelhado pelo frio, os olhos, protegidos do vento, mas seu rosto não dava nenhuma pista do que ele estava pensando. E isso, pensei, era uma boa indicação de que ele estava pensando em algo perigoso. Ele teria sabido da Proclamação?

Nenhum oficial inglês, com uma tropa inglesa, poderia ter trazido tais notícias a uma Assembleia como esta, com qualquer esperança de colaboração. Mas Hayes e seus escoceses das Highlands, robustos em seu tartã... não me passou despercebido o fato de que Hayes montara sua tenda com os fundos dando para um cerrado bosque de pinheiros; qualquer um que quisesse falar com o tenente em segredo poderia se aproximar pelo bosque, sem ser visto.

– Será que Hayes espera que alguém surja repentinamente da multidão, corra para sua tenda e se entregue no ato? – murmurei para Jamie. Eu pessoalmente sabia de pelo menos uma dúzia de homens entre os presentes que haviam tomado parte nos tumultos de Hillsborough; três deles estavam à distância de um braço de nós.

Jamie viu a direção do meu olhar e colocou a mão sobre a minha, apertando-a num pedido silencioso de discrição. Olhei-o com contrariedade; certamente ele não podia achar que eu iria denunciar alguém inadvertidamente. Dirigiu um leve sorriso para mim e um daqueles irritantes olhares conjugais que diz, mais claramente do que palavras, *Você sabe como você é, Sassenach. Qualquer um que vê seu rosto sabe exatamente o que você está pensando.*

Deslizei para mais perto dele e chutei-o discretamente no tornozelo. Eu podia ter um rosto transparente, mas certamente não levantaria comentários numa multidão como aquela! Ele nem piscou, mas o sorriso alargou-se um pouco mais. Ele enfiou um braço por dentro de minha capa e puxou-me para junto de si, a mão em minhas costas.

Hobson, MacLennan e Fowles estavam juntos bem à nossa frente, conversando baixinho entre si. Os três vinham de um minúsculo assentamento chamado Drunkard's Creek, a cerca de vinte e cinco quilômetros de nossa própria fazenda em Fraser's Ridge. Hugh Fowles era cunhado de Joe Hobson, e muito jovem, não mais do que vinte anos. Estava fazendo o possível para manter a calma, mas seu rosto ficara branco e suado enquanto a Proclamação era lida.

Eu não sabia o que Tryon pretendia fazer com alguém que comprovadamente participara do tumulto, mas eu podia sentir as correntes de intranquilidade criadas pela Proclamação do governador percorrendo a multidão como os turbilhões de água correndo pelas pedras no córrego próximo.

Vários prédios públicos haviam sido destruídos em Hillsborough e diversos funcionários arrastados para a rua e atacados. Diziam os boatos que um deles, ironicamente intitulado juiz de paz, perdera um olho com um golpe violento desferido com um chicote. Sem dúvida levando a sério essa demonstração de desobediência civil, o chefe do tribunal de justiça, juiz Henderson, escapou por uma janela e fugiu da cidade, assim efetivamente impedindo a sessão da Corte. Era evidente que o governador ficara *muito* aborrecido com o que acontecera em Hillsborough.

Joe Hobson olhou para trás, para Jamie, depois desviou o olhar. A presença do tenente Hayes em nossa fogueira na noite anterior não passara despercebida.

Se Jamie viu o olhar, não o devolveu. Encolheu os ombros, inclinando a cabeça para baixo para falar comigo.

– Não, não imagino que Hayes espere que alguém se entregue. Deve ser seu dever pedir informações; graças a Deus que não é meu dever fornecê-las. – Ele não falara alto, apenas suficientemente alto para alcançar os ouvidos de Joe Hobson.

Hobson virou a cabeça e fez um breve aceno com a cabeça para Jamie, em sinal de irônico agradecimento. Ele tocou o braço de seu cunhado e eles se afastaram, galgando a encosta em direção aos acampamentos espalhados acima, onde as mulheres cuidavam do fogo e das crianças menores.

Era o último dia da Assembleia. Esta noite, haveria casamentos e batizados, a bênção formal do amor e de seus frutos barulhentos, concebidos pela multidão que não frequentara uma igreja no ano anterior. Depois as últimas canções seriam entoadas, as últimas histórias narradas e haveria dança em meio às chamas saltitantes das inúmeras fogueiras – com ou sem chuva. Pela manhã, os escoceses e suas comitivas domésticas se dispersariam, de volta aos seus lares, espalhadas das margens colonizadas do rio Cape Fear até as montanhas selvagens a oeste – levando a notícia da Proclamação do governador e dos acontecimentos em Hillsborough.

Contorci os dedos dentro dos meus sapatos molhados e me perguntei apreensivamente quem entre a multidão acharia seu dever atender ao convite de Hayes à confissão ou incriminação. Não Jamie, certamente. Mas outros, talvez. Muita gente andara se vangloriando sobre os tumultos em Hillsborough durante a semana da Assembleia. Mas nem todos os ouvintes estavam dispostos a ver os desordeiros como heróis, de modo algum.

Eu podia sentir, assim como ouvir, o murmúrio de conversas irrompendo no rastro da Proclamação; cabeças se virando, famílias se reunindo, homens indo de grupo em grupo, conforme o conteúdo do discurso de Hayes era transmitido para cima da encosta, repetido para aqueles que estavam distantes demais para ouvir.

– Vamos? Ainda há muito o que fazer antes dos casamentos.

– Sim? – Jamie olhou para mim. – Pensei que os escravos de Jocasta estavam cuidando da comida e da bebida. Dei a Ulysses os barris de uísque, ele será *soghan*.

– Ulysses? Ele trouxe sua peruca? – Sorri diante da ideia. O *soghan* era o homem responsável pela distribuição da comida e da bebida em um casamento das Highlands; o termo na verdade significava algo como "camarada amável e jovial". Ulysses era provavelmente a pessoa mais digna que eu já vira – mesmo sem seu uniforme e peruca de crina de cavalo, coberta de pó de arroz.

– Se trouxe, é provável que esteja grudada em sua cabeça até a tarde. – Jamie ergueu os olhos para o céu carregado e sacudiu a cabeça. – Feliz a noiva em quem brilha o sol – citou. – Feliz o cadáver em que a chuva cai.

– Isso é o que eu gosto nos escoceses – eu disse secamente. – Um provérbio adequado para todas as ocasiões. Não ouse dizer isso diante de Bri.

– Quem você pensa que eu sou, *Sassenach*? – ele perguntou, lançando-me um meio sorriso. – Eu sou o pai dela, não?

– Definitivamente, sim. – Reprimi o pensamento repentino sobre o outro pai de Brianna e olhei por cima do ombro, para me certificar de que ela não estivesse ouvindo.

Não havia nenhum sinal de sua chamejante cabeleira entre as pessoas próximas. Sem dúvida, era filha de seu pai, com seu um metro e oitenta, descalça; quase tão fácil de identificar em uma multidão quanto seu pai.

– De qualquer forma, não é com a festa de casamento que eu tenho que lidar – eu disse, virando-me para Jamie. – Tenho que preparar o café da manhã, depois atender uns doentes com Murray MacLeod agora de manhã.

– Ah, é? Achei que você tinha dito que o pequeno Murray era um charlatão.

– Eu disse que ele era ignorante, teimoso e uma ameaça à saúde pública – eu o corrigi. – Não é a mesma coisa... quase.

– Quase – Jamie disse, rindo. – Você pretende educá-lo, então, ou... envenená-lo?

– O que for mais eficaz. No mínimo, posso pisar acidentalmente em sua lanceta e quebrá-la; provavelmente é a única maneira de fazê-lo parar de sangrar as pessoas. Mas vamos embora logo, estou congelando!

– Sim, vamos, então – Jamie concordou, com um olhar na direção dos soldados, ainda em formação ao longo da margem do rio, em posição de descanso. – Sem dúvida, o pequeno Archie pretende manter seus rapazes ali até o pessoal ir embora; eles estão ficando um pouco azulados nas extremidades.

Embora completamente armados e uniformizados, a fileira de escoceses das Highlands estava relaxada; imponentes, sem dúvida, porém não mais ameaçadores. Alguns garotos – e não poucas meninas – saltitavam de um lado para o outro entre eles, impudentemente dando um peteleco na barra dos *kilts* dos soldados ou arremetendo-se, com grande ousadia, para tocar os reluzentes mosquetes, os cantis pendurados e os punhos das espadas e adagas.

– Abel, *a charaid*! – Jamie parara para cumprimentar o último dos homens de Drunkard's Creek. – Já comeu hoje?

MacLennan não levara sua mulher à Assembleia e, assim, comia onde pudesse. A multidão se dispersava ao nosso redor, mas ele se mantinha impassivelmente no lugar, segurando as pontas de um lenço de flanela vermelha protegendo sua cabeça calva contra os pingos da chuva. Provavelmente, esperando um convite para o café da manhã, pensei cinicamente.

Analisei sua compleição robusta e atarracada, mentalmente comparando seu possível consumo de ovos, mingau e torradas com os minguantes suprimentos em nossos cestos. Não que a simples escassez de alimentos fosse impedir um escocês das Highlands de oferecer hospitalidade – certamente não Jamie, que estava convidando MacLennan para se juntar a nós, enquanto eu mentalmente dividia dezoito ovos por nove pessoas em vez de oito. Não fritos, portanto; transformados em fritadas com batatas raladas, e era melhor eu pegar emprestado mais café no acampamento de Jocasta antes de continuar a subida da montanha.

Viramo-nos para ir embora e a mão de Jamie deslizou repentinamente sobre meu traseiro. Emiti um som indignado em protesto e Abel MacLennan virou-se, olhando espantado para mim. Exibi um sorriso radiante para ele, resistindo à necessidade de chutar Jamie outra vez, de forma menos discreta.

MacLennan virou-se para o outro lado e começou a subir penosamente a encosta à nossa frente com vivacidade, as abas do casaco batendo nas calças surradas. Jamie segurou meu cotovelo para me ajudar a passar pelas pedras, inclinando-se ao fazê-lo para murmurar em meu ouvido.

– Por que diabos você não está usando anágua, *Sassenach*? – sussurrou. – Você não está usando nada por baixo da saia, vai morrer de frio!

– Nisso você tem razão – eu disse, tremendo apesar da minha capa. Eu, na verdade, usava uma combinação de linho sob o vestido, mas era uma peça fina, surrada, própria para acampar no verão, porém totalmente insuficiente para barrar as rajadas de vento gelado que sopravam através da minha saia como se ela fosse uma gaze de algodão.

– Você tinha uma boa anágua de lã ontem. O que aconteceu com ela?

– Não vai querer saber – assegurei-lhe.

Suas sobrancelhas ergueram-se diante disso, mas antes de poder fazer novas perguntas, um grito soou atrás de nós.

– Germain!

Virei-me e vi uma cabecinha loura, os cabelos esvoaçando conforme o dono escorregava pela ladeira abaixo das pedras. Germain, de dois anos, aproveitara a preocupação de sua mãe com sua irmã recém-nascida para escapar de sua vigilância e disparar na direção da fileira de soldados. Evitando ser capturado, precipitou-se pela descida, ganhando velocidade como uma pedra rolando.

– Fergus! – Marsali gritou. O pai de Germain, ouvindo seu nome, virou-se de sua conversa, bem a tempo de ver seu filho tropeçar numa pedra e voar de cabeça. Um acrobata nato, o garotinho não fez nenhum movimento para se salvar, mas deixou-se cair graciosamente, encolhendo-se numa bola como um ouriço ao bater na ladeira coberta de capim com um dos ombros. Ele rolou como uma bala de canhão pelas fileiras de soldados, foi arremessado da borda de um ressalto de rocha e espatifou-se na água do riacho com uma grande profusão de respingos.

Ouviu-se um suspiro geral de consternação e diversas pessoas arremessaram-se ladeira abaixo para ajudar, mas um dos soldados já havia corrido para a margem. Ajoelhando-se, enfiou a ponta de sua baioneta pelas roupas flutuantes da criança e rebocou a trouxinha encharcada para a margem.

Fergus entrou correndo nas águas rasas e geladas, estendendo o braço para resgatar seu filho ensopado.

– *Merci, mon ami, mille merci beaucoup* – ele disse para o jovem soldado. – *Et toi, toto* – ele disse, dirigindo-se com uma pequena sacudidela ao seu rebento que arfava e cuspia. – *Comment ça va,* cabecinha de vento?

O soldado pareceu espantado, mas não sei se por causa do inigualável *patois* de Fergus ou da visão do gancho brilhante que ele usava no lugar da mão esquerda.

– Está tudo bem, senhor – ele disse, com um sorriso tímido. – Não sofreu nada, eu acho.

Brianna surgiu repentinamente de trás de uma amendoeira, o pequeno Jemmy de seis meses no ombro, e habilmente pegou o bebê Joan dos braços de Marsali.

– Aqui, me dê a Joanie – ela disse. – Vá cuidar de Germain.

Jamie tirou a pesada capa dos ombros e colocou-a nos braços de Marsali, no lugar do bebê.

– Sim, e diga ao rapaz que o salvou para vir comer em nossa fogueira – ele lhe disse. – Temos comida para mais um, *Sassenach*?

– Claro – eu disse, rapidamente refazendo meus cálculos mentais. Dezoito ovos, quatro pães dormidos para fazer torradas – não, eu devia guardar um para a viagem de volta amanhã – três dúzias de bolachas de aveia, se Jamie e Roger já não as tivessem comido, meia jarra de mel...

O rosto fino de Marsali se iluminou com um sorriso constrangido, compartilhado entre nós três, e ela partiu apressada para socorrer seus homens encharcados e trêmulos.

Jamie ficou vendo-a se afastar com um suspiro de resignação, enquanto uma rajada de vento inflava as mangas largas de sua camisa com um sopro abafado. Ele cruzou os braços no peito, encolhendo os ombros contra o vento, e sorriu de esguelha para mim.

– Ah, bem. Acho que devemos nos congelar juntos, *Sassenach*. Mas tudo bem. Eu não iria mesmo querer viver sem você.

– Ah – eu disse afavelmente. – Você poderia viver nu num bloco de gelo flutuante, Jamie Fraser, e derretê-lo. O que fez com seu casaco e xale? – Ele não estava usando nada além do *kilt* e da camisa, salvo os sapatos e meias, e suas altas maçãs do rosto estavam vermelhas do frio, assim como as pontas de suas orelhas. No entanto, quando enfiei a mão na curva do seu braço, ele estava quente como sempre.

– Você não vai querer saber – ele disse, rindo. Cobriu minha mão com a palma grande e calejada. – Vamos, estou morrendo de fome.

– Espere – eu disse, soltando-me. Jemmy não estava disposto a compartilhar o abraço de sua mãe com o bebê recém-chegado e berrava e se contorcia em protesto, o rostinho redondo vermelho de fúria embaixo do gorro azul de tricô. Estendi os braços e tomei-o de Brianna, enquanto ele se torcia e empurrava as cobertas em que estava enrolado.

– Obrigada, mamãe. – Brianna sorriu brevemente, levantando a pequenina Joan para uma posição mais segura junto ao seu ombro. – Mas tem certeza de que quer esse aí? Esta é mais sossegada... e tem a metade do peso.

– Não, ele está bem. Calma, querido, venha com a vovó. – Sorri ao dizer isso, ainda com a sensação nova, um misto de surpresa e deslumbramento, de que eu pudesse realmente ser a avó de alguém. Reconhecendo-me, Jemmy abandonou sua tempestade em copo d'água e prontamente retomou sua rotina de mexilhão-agarrado-à-pedra, os dedos gorduchos agarrando com força aos meus cabelos. Soltando seus dedos, espreitei por cima de sua cabecinha, mas os acontecimentos lá embaixo pareciam sob controle.

Fergus, calças e meias encharcadas, a capa de Jamie ao redor dos ombros, torcia a frente de sua camisa com a única mão, dizendo alguma coisa ao soldado que resgatara Germain. Marsali arrancara seu *arisaid* e enrolara o menino nele, seus cabelos louros e soltos esvoaçando por baixo da touca como teias de aranha ao vento.

O tenente Hayes, atraído pelo barulho, espreitava pela aba da entrada de sua tenda como um caramujo de sua concha. Ele levantou os olhos e deparou-se com meu olhar; acenei brevemente, depois me virei para seguir minha própria família de volta ao nosso acampamento.

Jamie dizia alguma coisa a Brianna em gaélico, enquanto a ajudava a galgar uma parte pedregosa no caminho à minha frente.

– Sim, estou pronta – ela disse, respondendo em inglês. – Cadê seu casaco, papai?

– Eu o emprestei ao seu marido – ele disse. – Não vamos querer que ele pareça um mendigo no seu casamento, não é?

Bri riu, afastando da boca, com a mão livre, uma esvoaçante mecha de cabelos vermelhos.

– Melhor um mendigo do que um suicida.

– Um o quê? – Alcancei-os quando emergimos da proteção das rochas. O vento zunia pelo espaço aberto, metralhando-nos com pequenos granizos e afiadas lasquinhas de cascalho. Puxei o gorro tricotado de Jemmy ainda mais sobre suas orelhas, depois joguei o cobertor por cima de sua cabeça.

– Ufa! – Brianna arqueou-se sobre a trouxinha do bebê que carregava, protegendo-a da rajada de vento. – Roger estava se barbeando quando os tambores soaram, quase cortou a garganta. A frente do seu casaco está toda manchada de sangue. – Ela olhou para Jamie, os olhos lacrimejando com o vento. – Então, você o viu hoje de manhã. Onde ele está agora, você sabe?

– O rapaz está a salvo – ele assegurou-lhe. – Eu disse a ele para ir falar com o padre Donahue, enquanto Hays estava lendo a Proclamação. – Ele lançou-lhe um olhar penetrante. – Você deveria ter me dito que o rapaz não era católico.

– Devia – ela disse, sem se perturbar. – Mas não o fiz. Não é um problema para mim.

– Se com isso você está querendo dizer que não faz a menor diferença... – Jamie começou com uma perceptível contundência na voz, mas foi interrompido pelo aparecimento do próprio Roger, resplandecente num *kilt* verde e branco do tartã dos MacKenzie, com o xale do mesmo padrão drapeado sobre o casaco e o colete de Jamie. O casaco ajustava-se bem – ambos eram corpulentos, de membros longos e ombros largos, embora Jamie fosse uns cinco centímetros mais alto – e a lã cinza combinava tão bem com os cabelos escuros e a pele cor de oliva de Roger quanto com a coloração castanho-avermelhada de Jamie.

– Você está muito elegante, Roger – eu disse. – Onde você se cortou? – Seu rosto estava rosado, com a irritação comum à pele recém-barbeada, mas sem nenhuma outra marca visível.

Roger carregava o xale de Jamie sob o braço, de tartã vermelho e preto. Entregou-o e inclinou a cabeça para o lado, mostrando-me o corte profundo logo abaixo do maxilar.

– Bem aqui. Não muito grave, mas sangrou bastante. Não é à toa que chamam essas lâminas de navalhas degoladoras, hein?

O corte já havia cicatrizado em uma perfeita linha escura, com uns sete centímetros de comprimento, em ângulo do canto de seu maxilar até a garganta. Toquei de leve a pele junto ao corte. Nada mal; a lâmina da navalha produzira um corte limpo, sem nenhuma pele solta precisando de sutura.

Mas não era de admirar que tivesse sangrado muito; parecia mesmo que ele havia tentado cortar a própria garganta.

– Um pouco nervoso esta manhã? – caçoei. – Não está tendo dúvidas de última hora, está?

– Um pouco tarde demais para isso – Brianna disse sarcasticamente, surgindo ao meu lado. – Tem um garoto que precisa de um nome, afinal de contas.

– Terá mais nomes do que saberá o que fazer com eles – Roger assegurou-lhe. – Você também... sra. MacKenzie.

Um pequeno rubor iluminou o rosto de Brianna e ela sorriu para ele. Ele inclinou-se e beijou-a na testa, pegando a trouxinha do bebê dos braços dela ao beijá-la. Um repentino olhar de choque atravessou o rosto dele ao sentir o peso da trouxinha em seus braços, e olhou-a espantado.

– Esse não é o nosso – Bri disse, rindo diante do olhar consternado de Roger. – É Joan, de Marsali. Mamãe está com Jemmy.

– Graças a Deus – ele disse, segurando a trouxinha com muito mais cuidado. – Achei que ele tivesse evaporado ou algo assim. – Ergueu a ponta do cobertor, expondo o rostinho adormecido da pequena Joan, e sorriu – como as pessoas sempre fazem – ao ver seu cômico tufo de cabelos castanhos, espetado como o de uma boneca Kewpie.

– Sem chance – eu disse, grunhindo enquanto erguia um Jemmy bem-nutrido, agora pacificamente inconsciente em sua própria trouxa, para uma posição mais confortável. – Acho que ele ganhou um quilo durante a subida até aqui. – Eu estava corada com o esforço físico e segurei o bebê um pouco distante de mim mesma, quando uma repentina onda de calor afogueou minhas faces e o suor irrompeu por baixo das ondas dos meus cabelos desgrenhados.

Jamie pegou Jemmy dos meus braços e colocou-o habilmente sob um braço como uma bola de futebol, a mão segurando a cabeça do bebê.

– Falou com o padre, então? – ele disse, examinando Roger com ceticismo.

– Falei – Roger respondeu secamente, retribuindo o olhar. – Ele está satisfeito que eu não seja o Anticristo. Desde que eu concorde em batizar o bebê como católico, não há empecilho ao casamento. Eu disse que concordo.

Jamie grunhiu em resposta e eu reprimi um sorriso. Apesar de Jamie não ter grande preconceitos religiosos – ele havia comandado, convivido e lutado com muitos homens de todo tipo de formação –, a revelação de que seu genro era presbiteriano – e não tinha nenhuma intenção de se converter – provocara alguns comentários.

O olhar de Bri encontrou-se com o meu e ela me deu um sorriso de esguelha, seus próprios olhos contraindo-se maliciosamente em triângulos azuis com um ar divertido.

– Muito sábio de sua parte não mencionar a questão da religião antes da hora – murmurei, com cuidado para não falar alto o suficiente para Jamie me ouvir. Os dois homens caminhavam à nossa frente, ainda pouco à vontade em suas atitudes, apesar de que a formalidade de seus comportamentos estivesse um pouco prejudicada pelas cobertas dos bebês que carregavam e que iam se arrastando atrás deles.

Jemmy emitiu um guincho repentino, mas seu avô girou-o para cima sem sequer perder o passo, e ele se acalmou outra vez, os olhos redondos fixos em nós, por cima do ombro de Jamie, protegido sob o capuz de seu cobertor. Fiz uma careta para ele e ele abriu um sorriso largo e desdentado.

– Roger queria contar, mas eu lhe disse para ficar calado. – Bri mostrou a língua para Jemmy, depois fixou um olhar de esposa nas costas de Roger. – Eu sabia que papai não iria fazer um estardalhaço com isso se esperássemos até pouco antes do casamento.

Notei sua astuta avaliação do comportamento de seu pai e a facilidade com que usava o escocês. Ela se parecia com Jamie em bem mais do que a questão óbvia da aparência e cor; ela possuía o talento dele para julgar as pessoas e sua fluência para línguas. Ainda assim, alguma coisa continuava me importunando, algo a ver com Roger e religião...

Havíamos nos aproximado suficientemente dos homens para ouvir a conversa.

– ... sobre Hillsborough – Jamie dizia, inclinando-se para perto de Roger para poder ser ouvido acima do barulho do vento. – Pedindo informações sobre os baderneiros.

– Ah, é? – Roger pareceu tanto interessado quanto desconfiado. – Duncan Innes vai ficar interessado em saber disso. Ele estava em Hillsborough durante o tumulto, sabia?

– Não. – Jamie pareceu mais do que interessado. – Mal falei com Duncan esta semana. Eu vou perguntar a ele, talvez depois do casamento, se ele sobreviver. – Duncan iria se casar com a tia de Jamie, Jocasta Cameron, à noite, e estava nervoso a ponto de ficar prostrado diante da perspectiva.

Roger virou-se, protegendo Joan do vento com o seu corpo, enquanto falava com Brianna.

– Sua tia disse ao padre Donahue que ele pode realizar os casamentos em sua barraca. Isso vai facilitar.

– Brrrr! – Bri encolheu os ombros, tremendo. – Graças a Deus. O dia não está nada apropriado para se casar sob uma árvore do bosque.

Uma enorme castanheira acima lançou uma chuva molhada de folhas amarelas, como se concordasse. Roger parecia um pouco inquieto.

– Imagino que não seja bem o casamento com que você sonhou – ele disse. – Quando era pequena.

Brianna olhou para Roger e um sorriso largo e demorado espalhou-se pelo seu rosto.

– Nem foi o primeiro – ela disse. – Mas eu gostei.

O rosto de Roger não costumava enrubescer e suas orelhas já estavam vermelhas, de qualquer modo. Ele abriu a boca como se fosse responder, viu o olhar perfurante de Jamie e fechou-a outra vez, parecendo embaraçado, mas inegavelmente satisfeito.

– Sr. Fraser!

Virei-me e vi um dos soldados subindo a encosta em nossa direção, os olhos fixos em Jamie.

– Cabo MacNair, seu criado, senhor – ele disse, arquejante, quando nos alcançou. Cumprimentou Jamie com uma brusca inclinação da cabeça. – Saudações do tenente. Ele pergunta se poderia fazer a gentileza de ir falar com ele em sua barraca. – Ele me viu e inclinou-se outra vez, menos bruscamente. – Sra. Fraser. Meus cumprimentos, senhora.

– Seu criado, senhor. – Jamie retribuiu o cumprimento do cabo. – Minhas desculpas ao tenente, mas tenho deveres que exigem a minha presença. – Falou educadamente, mas o cabo olhou-o incisivamente. MacNair era jovem, mas não imaturo; um rápido olhar de compreensão atravessou seu rosto magro e moreno. A última coisa que qualquer homem iria querer era ser visto entrando na tenda de Hayes sozinho, imediatamente depois daquela Proclamação.

– O tenente me ordenou que solicitasse a presença do sr. Farquard Campbell, sr. Andrew MacNeill, sr. Gerald Forbes, sr. Duncan Innes e sr. Randall Lillywhite, bem como a sua, senhor.

Uma parte da tensão deixou os ombros de Jamie.

– É mesmo? – disse secamente. Então, Hayes pretendia se reunir com os homens poderosos da região: Farquard Campbell e Andrew MacNeill eram grandes proprietários de terras e juízes locais; Gerald Forbes, um proeminente procurador de Cross Creek e juiz de paz; Lillywhite, um magistrado do tribunal itinerante. E Duncan Innes estava prestes a se tornar o maior dono de plantação no oeste da colônia, por força de seu iminente casamento com a tia viúva de Jamie. O próprio Jamie não era nem rico, nem um funcionário da Coroa, mas ele *era* o proprietário de uma enorme, ainda que em grande parte vazia, concessão de terras no interior da colônia.

Ele encolheu ligeiramente os ombros e passou o bebê para o outro lado, tranquilizando-se.

– Sim. Então está bem. Diga ao tenente que irei vê-lo assim que for conveniente.

Sem se deixar intimidar, MacNair fez uma reverência e partiu, provavelmente em busca dos outros cavalheiros em sua lista.

– E para que será tudo isso? – perguntei a Jamie. – Upa! – Levantei a mão e limpei um brilhante fio de saliva do queixo de Jemmy antes que caísse na camisa de Jamie. – Um dentinho novo despontando, não é?

– Tenho todos os dentes – Jamie assegurou-me – e você também, pelo que eu sei. Quanto ao que Hayes pode querer comigo, não sei ao certo. E também não vou procurar saber antes da hora. – Levantou uma sobrancelha ruiva para mim e eu ri.

– Ah, uma certa flexibilidade na palavra "conveniente", hein?

– Eu não disse que seria conveniente para *ele* – Jamie ressaltou. – Agora, quanto à sua anágua, *Sassenach*, e por que você está saltitando aí pela floresta com o traseiro despido... Duncan, *a charaid*! – A expressão irônica em seu rosto desfez-se em genuíno prazer ao ver Duncan Innes vindo em nossa direção através de um pequeno aglomerado de cornisos desfolhados.

Duncan saltou por cima de um tronco caído, um gesto meio sem jeito pela falta de seu braço esquerdo, e aproximou-se de nós no caminho, sacudindo gotas de chuva de seus cabelos. Ele já estava vestido para seu casamento, numa camisa limpa de babados, lenço de linho engomado acima de seu *kilt* e um casaco de lã vermelha de alta qualidade, debruado de renda dourada, a manga vazia presa com um broche. Eu nunca vira Duncan tão elegante e disse isso a ele.

– Oh, bem – ele disse, envergonhado. – Foi a srta. Jô quem quis. – Ele sacudiu-se, descartando o elogio juntamente com a chuva, e cuidadosamente limpou as agulhas secas e os pedacinhos de cascas de pinheiros que haviam grudado em seu casaco ao atravessar o bosque.

– Brrr! Que dia horrível, *Mac Dubh*. – Ergueu os olhos para o céu e sacudiu a cabeça. – Feliz a noiva em quem brilha o sol; feliz o cadáver em que a chuva cai.

– Só me pergunto exatamente como esperar que um cadáver seja feliz – eu disse –, quaisquer que sejam as condições meteorológicas. Mas tenho certeza de que Jocasta estará muito feliz mesmo assim – acrescentei apressadamente, vendo um olhar de perplexidade espalhar-se pelas feições de Duncan. – E você também, é claro!

– Oh... sim – ele disse, um pouco hesitante. – Sim, claro. Obrigado, senhora.

– Quando eu o vi saindo do bosque, achei que talvez o cabo MacNair estivesse nos seus calcanhares – Jamie disse. – Você não está indo encontrar-se com Archie Hayes, está?

Duncan pareceu completamente surpreso.

– Hayes? Não, o que o tenente iria querer comigo?

– Você esteve em Hillsborough em setembro, não? Tome, *Sassenach*, leve este esquilinho daqui. – Jamie interrompeu-se para me entregar Jemmy, que resolvera prestar mais atenção aos acontecimentos à sua volta e tentava escalar o torso de seu avô, enfiando os dedos dos pés em seu corpo e emitindo sonoros grunhidos. A súbita atividade, entretanto, não era o principal motivo para Jamie querer livrar-se do fardo, como descobri ao aceitar Jemmy.

– Muito obrigada – eu disse, franzindo o nariz. Jamie riu para mim e virou-se para Duncan, retomando a conversa.

– Humm – eu disse, respirando com cautela. – Terminou? Não, achei que não. – Jemmy fechou os olhos, ficou vermelho e emitiu um estalo como um tiro de arma de fogo abafado. Desfiz o embrulho de cobertas apenas o suficiente para dar uma olhada abaixo de suas costas.

– Epa – eu disse, e apressadamente desenrolei o cobertor, bem a tempo. – O que foi que sua mãe andou lhe dando para comer?

Feliz por ter escapado dos panos que o enrolavam, Jemmy sacudia as pernas como um moinho de vento, fazendo com que uma repugnante substância amarelada fluísse pelas pernas largas de sua fralda.

– Uuh! – exclamei sucintamente e, segurando-o com os braços estendidos à minha frente, saí do caminho, rumo a um minúsculo arroio que serpenteava pela encosta da montanha abaixo, pensando que embora eu pudesse não sentir falta de comodidades como a água encanada e automóveis, havia ocasiões em que eu realmente lamentava a falta de coisas como fraldas com elástico nas pernas. Para não falar de papel higiênico.

Achei um bom lugar na beira do arroio, com uma grossa camada de folhas mortas. Ajoelhei-me, estendi uma ponta da minha capa e coloquei Jemmy sobre ela, apoiado nas mãos e nos joelhos, puxando o pano encharcado sem me dar ao trabalho de abrir os alfinetes.

– Uiiii! – ele exclamou, surpreso, quando o ar frio atingiu-o. Ele contraiu as nádegas gorduchas e pequeninas e arqueou as costas como um pequeno sapo cor-de-rosa.

– Ha-ha – eu disse a ele. – Se você acha que um vento frio no bumbum é ruim, espere só. – Peguei um punhado de folhas amareladas e molhadas e limpei-o energicamente. Sendo uma criança bastante estoica, ele contorceu-se e remexeu-se, mas não berrou, apenas emitindo uns ruídos agudos enquanto eu escavava suas dobrinhas.

Virei-o agilmente e, com uma das mãos profilaticamente colocada sobre a zona de perigo, administrei um tratamento semelhante às suas partes privadas, provocando um sorriso largo e sem dentes.

– Ah, você é um homenzinho das Highlands, não é? – eu disse, devolvendo o sorriso.

– E exatamente o que você quer dizer com esta observação, *Sassenach*? – Ergui os olhos e deparei-me com Jamie apoiado em uma árvore do outro lado do arroio. As cores vibrantes de seu tartã e a camisa de linho branco destacavam-se em meio à desbotada folhagem de outono; no entanto, o rosto e os cabelos o faziam parecer uma espécie de habitante da floresta, ruivo e bronzeado, com o vento agitando seus cabelos de maneira que as pontas soltas dançavam como as folhas vermelhas dos bordos acima.

– Bem, tudo indica que ele seja impermeável ao frio e à umidade – eu disse, concluindo meu trabalho e descartando o punhado final de folhas sujas. – Além disso... bem, não tenho muita experiência com bebês do sexo masculino, mas isso não é um pouco precoce?

Um dos cantos da boca de Jamie curvou-se para cima, enquanto ele espreitava sob a minha mão. O pequeno apêndice projetava-se para cima, rígido como meu polegar, e mais ou menos do mesmo tamanho.

– Ah, não – ele disse. – Já vi muitos meninos nus. Todos eles fazem isso de vez em quando. – Deu de ombros e o sorriso alargou-se. – Agora, se são apenas os garotos *escoceses*, eu não saberia dizer...

– Um talento que melhora com o tempo, ouso dizer – comentei sarcasticamente. Atirei o pano sujo do outro lado do arroio, onde aterrissou aos seus pés, lançando alguns respingos. – Tire os alfinetes e dê uma lavada, sim?

Ele franziu o nariz reto e comprido, mas se ajoelhou sem reclamar e pegou o pano imundo cuidadosamente entre dois dedos.

– Ah, então foi isso o que você fez com sua anágua – ele disse. Eu havia aberto o grande saco que usava pendurado na cintura e extraí um retângulo de tecido limpo e dobrado. Não o linho escuro do pano que ele segurava, mas uma flanela de lã grossa, macia e já lavada muitas vezes, tingida num tom de vermelho-claro com o suco de groselhas.

Dei de ombros, verifiquei Jemmy para a probabilidade de novas explosões e instalei-o na nova fralda.

– Com três bebês, todos de fralda, e o tempo tão chuvoso que não se consegue secar nenhuma roupa direito, ficamos desprovidas de panos limpos. – Os arbustos ao redor da clareira onde havíamos erguido o acampamento da família estavam todos embandeirados com fraldas tremulantes ao vento, a maioria ainda molhada, devido às condições climáticas inoportunas.

– Tome. – Jamie esticou-se por cima dos trinta centímetros de água e pedras do arroio e me entregou os alfinetes extraídos da fralda suja. Peguei-os, com cuidado para não os deixar cair na água. Meus dedos estavam rígidos e gelados, mas os alfinetes eram valiosos; Bri os fizera com arame incandescente e Roger esculpira a proteção da ponta em madeira, seguindo os desenhos que ela fizera. Eram excelentes alfinetes de segurança, ainda que um pouco maiores e mais grosseiros do que a versão moderna. O único defeito verdadeiro era a cola usada para fixar as cabeças de madeira ao arame; feita de leite fervente e aparas de casco, não era inteiramente à prova d'água, e periodicamente era preciso colar as cabeças dos alfinetes de fralda outra vez.

Enrolei a fralda confortavelmente em volta dos quadris de Jemmy e enfiei um alfinete no tecido, sorrindo diante da visão da cabeça de madeira. Bri pegara um conjunto dessas cabeças e gravara uma pequena e cômica rã – cada qual com um sorriso largo e desdentado – em cada uma delas.

– Muito bem, rãzinha, prontinho. – Com a fralda bem presa, sentei-me e coloquei-o no meu colo, alisando sua bata e tentando enrolá-lo de novo no cobertor.

– Aonde Duncan foi? – perguntei. – Desceu para falar com o tenente?

Jamie sacudiu a cabeça, inclinada sobre sua tarefa.

– Eu disse a ele para não ir agora. Na verdade, ele estava em Hillsborough durante os tumultos que ocorreram por lá. É melhor ele esperar um pouco; depois, se Hayes perguntar, ele pode jurar honestamente que nenhum homem aqui tomou parte na confusão. – Ergueu os olhos e sorriu, com um ar divertido. – Não haverá nenhum mesmo, ao cair da noite.

Observei suas mãos, grandes e hábeis, torcendo a fralda lavada. As cicatrizes em sua mão direita geralmente eram quase invisíveis, mas destacavam-se agora, linhas brancas irregulares contra a pele vermelha de frio. A questão toda me deixava ligeiramente desassossegada, apesar de não ter nenhuma relação direta conosco.

Geralmente, eu podia pensar no governador Tryon apenas com uma leve inquietação; afinal, ele estava instalado com segurança em seu belo e novo palácio em New Bern, separado de nosso minúsculo assentamento em Fraser's Ridge por uns quinhentos quilômetros de cidades costeiras, plantações no interior, florestas de pinheiros, piemontes, montanhas sem trilhas e imensas extensões de terras incultas. Com tudo que ele tinha que se preocupar, como os supostos "Reguladores" que haviam aterrorizado Hillsborough, além de xerifes e juízes corruptos que haviam espalhado o terror, eu achava que dificilmente ele teria tempo para pensar em nós. Assim eu esperava.

Entretanto, permanecia o fato desconfortável de que Jamie detinha o título de proprietário de uma grande extensão de terras nas montanhas da Carolina do Norte como concessão do governador Tryon – e Tryon, por sua vez, guardava no bolso do colete um fato pequeno, mas importante: Jamie era católico. E concessões reais de terras somente podiam ser feitas a protestantes, por lei.

Devido ao insignificante número de católicos na colônia e à falta de organização entre eles, a questão da religião raramente importava. Não havia igrejas católicas, nenhum padre católico residente; o padre Donahue fizera a árdua viagem desde Baltimore, a pedido de Jocasta. A tia de Jamie e seu falecido marido, Hector Cameron, haviam sido pessoas influentes na comunidade escocesa por tanto tempo que ninguém pensaria em questionar sua formação religiosa, e eu achava provável que poucos dos escoceses com quem estivéramos festejando durante toda a semana soubessem que éramos papistas.

No entanto, era provável que logo viessem a saber. Bri e Roger, comprometidos havia um ano em um casamento pagão, deveriam se casar na religião católica pelo padre naquela noite, juntamente com dois outros casais católicos de Bremerton – e com Jocasta e Duncan Innes.

– Archie Hayes – eu disse de repente. – Ele é católico?

Jamie pendurou a fralda molhada em um galho próximo e sacudiu a água das mãos.

– Não perguntei a ele – Jamie disse – mas acredito que não. Isto é, seu pai não era; eu ficaria surpreso se ele fosse, ainda mais sendo um oficial do exército.

– É verdade. – As desvantagens de ser de origem escocesa, pobre e um ex-jacobita já eram suficientemente perturbadoras; já era surpreendente que Hayes tivesse conseguido superar tudo isso e alcançado sua atual posição, sem o fardo adicional da mancha de papista.

Entretanto, o que me perturbava não era o tenente Hayes e seus homens; era Jamie. Externamente, ele se mostrava calmo e confiante como sempre, com aquele leve sorriso sempre escondido no canto da boca. Mas eu o conhecia muito bem; eu vira os dois dedos rígidos de sua mão direita – aleijados em uma prisão inglesa – remexerem-se contra a lateral de sua perna enquanto trocava piadas e histórias com Hayes na noite anterior. Mesmo agora, eu podia ver a ruga fina que se formava entre suas sobrancelhas quando ele estava preocupado, e não era preocupação com o que ele estava fazendo.

Seria simplesmente preocupação com a Proclamação? Não podia ver por que deveria ser, já que nenhum de nós esteve envolvido nos tumultos de Hillsborough.

– ... presbiteriano – ele dizia. Olhou para mim com um sorriso irônico. – Como o pequeno Roger.

A lembrança que me incomodara anteriormente se tornou clara de repente.

– Você sabia disso – eu disse. – Você *sabia* que Roger não era católico. Você o viu batizar a criança em Snaketown, quando ele... pegou-a dos índios. – Tarde demais, eu vi uma sombra de tristeza atravessar seu rosto e mordi a língua. Quando resgatamos Roger – e deixamos o adorado sobrinho de Jamie, Ian, em seu lugar.

A sombra se dissipou rapidamente e ele sorriu, afastando a lembrança de Ian.

– Sim, sabia – ele disse.

– Mas Bri...

– Ela se casaria com o rapaz ainda que ele fosse um hotentote – Jamie interrompeu. – Qualquer um pode ver isso. E não posso dizer que eu faria grande objeção ao pequeno Roger ainda que ele fosse um hotentote – acrescentou, um pouco para minha surpresa.

– Não?

Jamie encolheu os ombros e atravessou o arroio para o meu lado, enxugando as mãos na ponta do seu xale.

– Ele é um rapaz corajoso e é generoso. Ele assumiu o bebê como seu próprio filho, sem dizer uma palavra a Bri sobre isso. Não é nada mais do que um homem de verdade deveria fazer... mas nem todos o fariam.

Abaixei os olhos involuntariamente para Jemmy, confortavelmente aconchegado em meus braços. Eu mesma tentava não pensar nisso, mas de vez em quando não podia deixar de procurar em suas feições agradavelmente neutras algum indício que pudesse revelar sua verdadeira paternidade.

Brianna e Roger haviam realizado um casamento pagão, deitaram-se por uma noite – e dois dias depois ela fora estuprada por Stephen Bonnet. Não havia como saber com certeza quem era o pai e até agora Jemmy não dava absolutamente nenhuma indicação de se parecer com nenhum dos dois homens. No momento, ele mordia a mãozinha fechada, a testa ferozmente franzida em concentração, e com sua penugem macia vermelho-dourada, não se parecia tanto com ninguém que não o próprio Jamie.

– Humm. Então, por que tanta insistência em ter Roger aprovado por um padre?

– Bem, eles se casarão de qualquer modo – ele disse logicamente. – Mas eu gostaria que o pequeno Jemmy fosse batizado como católico. – Colocou a mão enorme delicadamente na cabeça de Jemmy, o polegar alisando as minúsculas sobrancelhas ruivas. – Assim, achei que, se eu fizesse um pouco de confusão por causa do MacKenzie, eles concordariam em atender meu desejo sobre *an gille ruadh* aqui, hein?

Eu ri e cobri as orelhas de Jemmy com uma dobra do cobertor.

– E eu que pensei que Brianna é que tinha enganado *você!*

– Ela também pensa – ele disse, com um largo sorriso. Ele inclinou-se repentinamente e beijou-me.

Sua boca era macia e muito quente. Ele tinha gosto de pão com manteiga e cheirava fortemente a folhas novas e odor masculino, além de um leve traço de emanações de fralda.

– Hum, que bom! – eu disse com aprovação. – Faça de novo.

O bosque à nossa volta estava tranquilo, como é próprio dos bosques. Nenhum pássaro, nenhum animal selvagem, apenas o sussurro das folhas acima e a corrente de água aos nossos pés. Movimento constante, som constante – e, no centro de tudo isso, uma paz perfeita. Havia muita gente na montanha e boa parte não muito longe dali – no entanto, exatamente ali, exatamente agora, era como se estivéssemos sozinhos em Júpiter.

Abri os olhos e suspirei, sentindo gosto de mel. Jamie sorriu para mim e tirou uma folha amarela dos meus cabelos. O bebê descansava em meus braços, pesado e quente, o centro do universo.

Nenhum de nós dois falou, não querendo perturbar o silêncio. Era como estar na ponta de uma haste giratória, pensei – um redemoinho de acontecimentos e pessoas ocorrendo à nossa volta e um passo em uma ou outra direção nos fariam mergulhar de volta naquele louco rodopio, mas ali, no verdadeiro centro, havia paz.

Estendi o braço e limpei algumas sementes de bordo espalhadas pelo seu ombro. Ele segurou minha mão, levou-a à sua boca com uma impetuosidade que me surpreendeu. E no entanto seus lábios eram ternos, a ponta de sua língua quente na base do meu polegar – o monte de Vênus, como é chamada.

Ele ergueu a cabeça e eu senti o frio repentino em minha mão, onde a antiga cicatriz mostrava-se branca como osso. Uma letra "J", cortada na carne, sua marca em mim.

Ele colocou a mão em meu rosto e a pressionei ali com a minha própria mão, como se eu pudesse sentir o descorado "C" que ele ostentava na palma da própria mão, contra a pele fria do meu rosto. Nenhum de nós dois falou, mas a promessa foi feita, como já havíamos feito uma vez antes, num santuário, nossos pés num fragmento de rocha firme nas areias movediças de uma guerra anunciada.

Não estava próxima; ainda não. Mas eu a ouvi se aproximar, no som dos tambores e na Proclamação, eu a vi no brilho do aço, reconheci o medo dela nas minhas entranhas quando olhei nos olhos de Jamie.

O frio passara e o sangue quente latejava em minha mão como se quisesse abrir a velha cicatriz e fazer meu sangue jorrar por ele outra vez. Ela viria, e eu não poderia impedi-la.

Mas desta vez eu não o deixaria.

Segui Jamie para sairmos do bosque, através de um terreno difícil de pedras, areia e tufos de capim, até a trilha bem delineada que conduzia para cima até nosso acampamento. Eu fazia as contas mentalmente, recalculando os reajustes necessários para o café da manhã à luz da revelação de Jamie de que havia convidado mais duas famílias para se unir a nós na refeição.

– Robin McGillivray e Geordie Chisholm – ele disse, segurando um galho de árvore para que eu pudesse passar. – Achei que devíamos fazê-los se sentir à vontade, pois pretendem se estabelecer na Ridge.

– É mesmo? – eu disse, agachando-me enquanto o galho voltava bruscamente à sua posição original atrás de mim. – Quando? E quantos são?

Eram perguntas cruciais. O inverno estava próximo – perto demais para se pensar em construir ainda que a mais rústica das moradias. Qualquer um que fosse para as montanhas agora provavelmente iria ter que viver na casa grande conosco ou se apertar com os colonos em uma das pequenas cabanas que pontilhavam a Ridge. Os escoceses das Highlands eram capazes de viver até em grupos de dez num mesmo aposento quando necessário. Com o meu menos desenvolvido senso inglês de hospitalidade, esperava que não fosse necessário.

– Seis McGillivray e oito Chisholm – Jamie disse, sorrindo. – Mas os McGillivray irão na primavera. Robin é armeiro e vai ter trabalho em Cross Creek durante o inverno. Sua família ficará com parentes em Salem – a mulher dele é alemã – até o tempo esquentar.

– Ah, ainda bem. – Portanto, mais catorze para o café da manhã, mais eu e Jamie, Roger e Bri, Marsali e Fergus, Lizzie e seu pai – Abel MacLennan, não posso me esquecer dele – oh, e o soldado que resgatou Germain, isso perfazia vinte e quatro...

– Vou pegar emprestado um pouco de café e arroz da minha tia, está bem? – Jamie andara lendo a crescente expressão de consternação em meu rosto. Ele riu e estendeu os braços para pegar o bebê. – Me dê o garoto. Vamos fazer uma visita e deixar suas mãos livres para cozinhar.

Observei-os se afastar com uma leve sensação de alívio. Sozinha, ainda que por alguns instantes. Inspirei bem fundo o ar úmido, só então percebendo o suave barulho da chuva no meu capuz.

Eu adorava assembleias e ocasiões sociais, mas era obrigada a admitir para mim mesma que o esforço da permanente companhia de outras pessoas durante dias a fio me enervava. Após uma semana de visitas, mexericos, atendimento médico diário e as pequenas, mas constantes, crises que ocorrem quando um grande grupo familiar vive em condições precárias, eu estava pronta para cavar um buraco embaixo de um tronco caído e me enfiar nele, só para desfrutar de um quarto de hora de solidão.

Neste exato momento, entretanto, parecia que eu seria poupada do esforço. Ouviam-se gritos, chamadas e sons espasmódicos de flautas mais acima da montanha; perturbada pela Proclamação do governador, a Assembleia estava retomando seu ritmo normal e todos voltavam às fogueiras de suas famílias, para a clareira onde as competições tinham lugar, para os cercados de animais do outro lado do córrego, para as carroças arrumadas para vender tudo, de fitas e batedeiras de manteiga a argamassa em pó e limões frescos – bem, relativamente frescos. Ninguém precisava de mim no momento.

Iria ser um dia muito atarefado e esta talvez fosse minha única chance de ficar sozinha por uma semana ou mais – a viagem de volta levaria pelo menos esse tempo, avançando devagar com um grupo grande, inclusive bebês e carroças. A maioria dos novos arrendatários não possuía cavalos nem mulas e iria fazer a viagem a pé.

Eu precisava de um momento comigo mesma para reunir minhas forças e colocar meus pensamentos em foco. Mas meu pensamento não estava focalizado na logística do café da manhã ou dos casamentos, nem mesmo na iminente cirurgia que iria realizar. Eu estava olhando mais para diante, para depois da viagem, ansiosa para chegar em casa.

Fraser's Ridge ficava no alto das montanhas a oeste, longe de qualquer cidade – ou mesmo de qualquer estrada. Sendo um lugar remoto e isolado, recebíamos poucas visitas. Havia poucos habitantes também, embora a população em Ridge estivesse crescendo; mais de trinta famílias haviam se assentado como arrendatários em pequenos terrenos nas terras concedidas a Jamie, sob seu patrocínio. A maioria era de homens que ele conhecera na prisão, em Ardsmuir. Eu achava que Chisholm e McGillivray também eram ex-prisioneiros. Jamie havia divulgado um convite para esses homens e o mantinha, independentemente das despesas envolvidas na ajuda que tivesse que dar a eles – ou sem sequer pensar se tínhamos ou não condições para isso.

Um corvo passou voando silenciosamente, lento e pesado, as penas carregadas de chuva. Corvos eram portadores de presságios; perguntei-me se aquele significaria um bom ou um mau presságio para nós. Era raro qualquer pássaro voar com aquele tempo – isso devia significar que se tratava de um presságio especial.

Bati a base de minha mão contra a testa, tentando afastar a superstição da minha mente. Viva muito tempo com o povo das Highlands e cada maldita rocha e árvore significarão alguma coisa!

Mas talvez significassem. Havia gente em toda a minha volta na montanha – eu sabia disso – e, no entanto, eu me sentia completamente sozinha, protegida da chuva e da neblina. O tempo ainda estava frio, mas eu não estava. O sangue latejava perto da superfície da minha pele e eu senti o calor tomar conta das palmas das minhas mãos. Estendi a mão para um pinheiro ao meu lado, gotas de chuva trêmulas em cada agulha, a casca do tronco preta da umidade. Respirei seu aroma e deixei a água tocar minha pele, fria como vapor. A chuva caía silenciosamente ao meu redor, molhando minhas roupas até elas se grudarem suavemente em minha pele, como nuvens na montanha.

Jamie me dissera certa vez que ele precisava morar numa montanha e compreendi a razão disso naquele instante – embora não fosse capaz de colocar essa sensação em palavras. Todos os meus pensamentos desconexos recuaram, enquanto eu ouvia a voz das pedras e das árvores – e ouvia o sino da montanha soar uma vez, em algum lugar bem fundo sob meus pés.

Devo ter ficado ali, encantada, durante algum tempo, todos os pensamentos a respeito do café da manhã esquecidos, mas as vozes das pedras e das árvores silenciaram e desapareceram com o ruído de passos no caminho próximo.

– Sra. Fraser.

Era Archie Hayes em pessoa, resplandecente em gorro e espada apesar da chuva. Se ficou surpreso ao me ver parada sozinha ao lado do caminho, não demonstrou, mas inclinou a cabeça num educado cumprimento.

– Tenente. – Cumprimentei-o também, sentindo minhas faces enrubescerem como se ele tivesse me flagrado no meio do banho.

– Seu marido está por perto, senhora? – ele perguntou, num tom de voz casual. Apesar do meu embaraço, senti uma pontada de cautela. O jovem cabo MacNair viera buscar Jamie e não conseguira. Se a montanha viera a Maomé agora, a questão não era irrelevante. Hayes estaria tentando arrastar Jamie para alguma espécie de caça às bruxas em relação aos Reguladores?

– Creio que sim. Não sei realmente onde ele está – eu disse, conscientemente sem olhar para o alto da montanha onde a grande barraca de Jocasta exibia o topo de sua lona entre um grupo de castanheiras.

– Ah, imagino que deva estar ocupado – ele disse serenamente. – Há muito a fazer para um homem como ele e sendo hoje o último dia da Assembleia.

– Sim. Creio... hã... que sim.

A conversa morreu e eu me vi num estado de crescente desconforto, imaginando como iria escapar sem ter que convidar o tenente para o café da manhã. Nem mesmo uma inglesa podia arcar com a indelicadeza de não oferecer comida sem provocar comentário.

– Hã... o cabo MacNair disse que o senhor queria falar com Farquard Campbell também – eu disse, segurando o touro a unha. – Talvez Jamie tenha ido falar com ele. Com o sr. Campbell, quero dizer. – Acenei prestativamente na direção do acampamento da família Campbell, que ficava do outro lado da encosta, a uns quatrocentos metros da barraca de Jocasta.

Hayes pestanejou, gotas de chuva escorrendo pelo rosto.

– Sim – ele disse. – Talvez. – Demorou-se mais um instante, depois fez uma espécie de continência para mim. – Bom-dia, então, senhora. – Virou-se e começou a subir a trilha, em direção à barraca de Jocasta. Fiquei observando-o, toda a sensação de paz destruída.

– Droga – exclamei entre dentes e fui preparar o café da manhã.

2

A MULTIPLICAÇÃO DE PÃES E PEIXES

Havíamos escolhido um local bem afastado do caminho principal, mas situado numa clareira pequena e rochosa com uma bela vista das amplas margens do córrego lá embaixo. Olhando para o sopé da montanha, através de uma cortina de arbustos de azevinho, eu podia ver o lampejo de tartãs pretos e verdes conforme os últimos soldados se dispersavam. Archie Hayes encorajou seus homens a se misturarem com as pessoas da Assembleia e a maioria ficou mais do que feliz em obedecer.

Eu não sabia se essa política de Hayes era movida por astúcia, penúria ou simplesmente humanitarismo. Muitos dos soldados eram jovens, longe de casa e da família; estavam felizes de ouvir vozes escocesas outra vez, ser recebidos junto a uma fogueira doméstica, ser contemplados com sopa e mingau e se deleitar no momentâneo calor da convivência familiar.

Quando saí do meio das árvores, vi que Marsali e Lizzie estavam fazendo um pequeno alvoroço em torno do jovem e tímido soldado que pescara Germain do riacho. Fergus estava parado junto ao fogo, filetes de vapor erguendo-se de suas roupas molhadas, murmurando em francês enquanto esfregava a cabeça de Germain energicamente com uma toalha, com sua única mão. O gancho estava apoiado contra o ombro do menino para mantê-lo parado e a cabecinha loura sacudia-se de um lado para o outro, o rosto de Germain absolutamente tranquilo, completamente alheio à repreensão de seu pai.

Roger e Brianna não estavam em nenhum lugar à vista, mas fiquei alarmada ao ver Abel MacLennan sentado do outro lado da clareira, beliscando um pedaço de pão torrado em uma vareta. Jamie já estava de volta com os suprimentos emprestados, que desembrulhava no chão junto à fogueira. Estava com o cenho franzido, mas o ar carrancudo desfez-se num sorriso ao me ver.

– Aí está você, *Sassenach*! – ele disse, levantando-se. – Por onde andava?

– Oh... encontrei-me com um conhecido no caminho – eu disse, com um olhar significativo na direção do jovem soldado. Evidentemente, não foi suficientemente significativo, já que Jamie franziu a testa, intrigado.

– O tenente está procurando por você – sussurrei, inclinando-me junto a ele.

– Bem, *isso* eu sei, *Sassenach* – ele disse, num tom normal de voz. – Logo ele me encontrará.

– Sim, mas... ahã. – Limpei a garganta e ergui as sobrancelhas, olhando contundentemente de Abel MacLennan para o jovem soldado. As noções de Jamie de hospitalidade não admitiriam ter seus convidados arrastados para fora da proteção do seu teto e eu imaginava que o mesmo princípio se aplicava ao seu acampamento. O jovem soldado poderia achar estranho prender MacLennan, mas eu tinha certeza de que o tenente não teria essa hesitação.

Jamie parecia achar graça. Erguendo suas próprias sobrancelhas, tomou meu braço e conduziu-me até o rapaz.

– Minha cara – ele disse formalmente –, posso apresentá-la ao soldado Andrew Ogilvie, proveniente da aldeia de Kilburnie? Soldado Ogilvie, minha esposa.

O soldado Ogilvie, um garoto corado de cabelos escuros e encaracolados, enrubesceu e inclinou-se numa mesura.

– Seu criado, senhora!

Jamie apertou meu braço levemente.

– O soldado Ogilvie estava me dizendo que o regimento está a caminho de Portsmouth, na Virgínia, para embarcar de lá para a Escócia. Deve estar ansioso para voltar para casa, não é, rapaz?

– Oh, sim, senhor! – o garoto disse fervorosamente. – O regimento se dispersará em Aberdeen e de lá irei para casa, o mais rápido que puder!

– O regimento vai ser dispersado? – Fergus perguntou, vindo se juntar à conversa, uma toalha pendurada no pescoço e Germain nos braços.

– Sim, senhor. Com os franceses acalmados – hã, perdoe-me, senhor – e os índios a salvo, não temos mais nada a fazer aqui, e a Coroa não vai nos pagar para ficarmos parados em casa – o rapaz disse pesarosamente. – A paz pode ser uma bênção, pensando bem, e fico contente com isso, é claro. Mas não se pode negar que é muito difícil para um soldado.

– Quase tão difícil quanto a guerra, hein? – Jamie disse secamente. O rapaz ficou vermelho; jovem como era, não podia ter visto uma verdadeira batalha. A Guerra dos Sete Anos já terminara havia quase uma década, quando então o soldado Ogilvie ainda devia ser um garotinho descalço em Kilburnie.

Ignorando o constrangimento do rapaz, Jamie virou-se para mim:

– O rapaz me disse que o 67º Regimento é o último que restou nas Colônias.

– O último regimento das Highlands? – perguntei.

– Não, senhora, o último das tropas regulares da Coroa. Há guarnições aqui e ali, eu imagino, mas todos os regimentos permanentes foram chamados de volta à Escócia ou à Inglaterra. Somos o último, e já atrasado. Pretendíamos embarcar em Charleston, mas as coisas andaram mal por lá, e agora vamos para Portsmouth, o mais rápido que pudermos. O ano já vai bem avançado, mas o tenente teve notícia de um navio que poderá arriscar a viagem para nos levar. Se não... – Encolheu os ombros, sombriamente filosófico. – Então teremos que passar o inverno em Portsmouth, imagino, e nos ajeitar como for possível.

– Então a Inglaterra pretende nos deixar desprotegidos? – Marsali pareceu chocada com a ideia.

– Ah, não creio que haja grandes perigos, senhora – o soldado Ogilvie garantiu-lhe. – Resolvemos definitivamente os problemas com os franceses e os índios não vão se dispor a fazer muita coisa sem os franceses para atiçá-los. Tudo tem andado bem tranquilo já há algum tempo e certamente vai continuar assim. – Fiz um pequeno ruído no fundo da minha garganta e Jamie apertou levemente meu cotovelo.

– Você não pensou em talvez ficar? – Lizzie estava descascando e ralando batatas enquanto ouvia a conversa; colocou no chão junto ao fogo a tigela de brilhantes lascas brancas e começou a untar a chapa de ferro. – Permanecer nas Colônias, quero dizer. Ainda há muita terra para ocupar no oeste.

– Oh. – O soldado Ogilvie olhou para ela, seu lenço branco modestamente inclinado sobre seu trabalho, e ele ficou vermelho outra vez. – Bem, posso dizer que já ouvi perspectivas piores, senhorita. Mas creio que vou seguir com meu regimento.

Lizzie pegou dois ovos e quebrou-os habilmente contra a beirada da tigela. Seu próprio rosto, em geral pálido como soro de leite, exibia um leve rosado em reflexo ao forte rubor do soldado.

– Ah. Bem, é uma pena que deva partir tão depressa – ela disse. Suas pestanas claras adejaram sobre as maçãs do rosto. – De qualquer modo, não vamos dispensá-lo de estômago vazio.

O soldado Ogilvie ficou um pouco mais rosado nas orelhas.

– É... muita gentileza sua, senhorita. Muita gentileza.

Lizzie ergueu os olhos timidamente e ficou ainda mais ruborizada.

Jamie tossiu levemente e pediu licença, conduzindo-me para longe da fogueira.

– Santo Deus – ele disse num sussurro, inclinando-se para que eu pudesse ouvi-lo. – E não faz nem um dia que ela se tornou mulher! Você andou lhe dando umas aulas, *Sassenach*, ou as mulheres já nascem assim?

– Talento natural, eu acho – respondi com ar sério.

O inesperado advento da menstruação de Lizzie depois do jantar na noite anterior fora, na verdade, a gota d'água no que dizia respeito a panos limpos e o acontecimento que precipitara o sacrifício da minha anágua.

Lizzie obviamente não tinha panos para sua menstruação e eu não queria constrangê-la a usar as fraldas dos bebês.

– Mmmmhum. Então acho que é melhor eu começar a procurar um marido para ela – Jamie disse resignadamente.

– Um marido! Ela mal completou quinze anos!

– Sim, e daí? – Ele olhou para Marsali, que secava os cabelos escuros de Fergus com uma toalha, depois novamente para Lizzie e seu soldado, e ergueu uma sobrancelha cinicamente para mim.

– Sim, e daí? – eu disse, um pouco irritada. – Tudo bem, Marsali tinha apenas quinze anos quando se casou com Fergus. Isso não significa...

– A questão é que... – Jamie continuou, descartando Lizzie por enquanto – ... o regimento parte para Portsmouth amanhã. Eles não têm nem tempo nem disposição para se ocupar com a questão de Hillsborough, isso é problema de Tryon.

– Mas o que Hayes disse...

– Oh, se alguém lhe disser alguma coisa, tenho certeza de que ele enviará o depoimento para New Bern, mas, quanto a ele mesmo, creio que não se importaria muito se os Reguladores ateassem fogo ao palácio do governador, desde que isso não atrasasse sua viagem.

Dei um longo suspiro, tranquilizada. Se Jamie estivesse certo, a última coisa que Hayes pretenderia era fazer prisioneiros, independentemente das provas que tivesse à mão. Portanto, MacLennan estava a salvo.

– Mas o que você acha que Hayes quer com você e os outros, então? – perguntei, inclinando-me para vasculhar um dos cestos de vime à cata de outro pão. – Ele *está* atrás de você, pessoalmente.

Jamie olhou para trás por cima do ombro, como se esperasse que o tenente fosse aparecer a qualquer instante pelo meio dos arbustos de azevinho. Como a cortina verde e espinhosa permanecesse intacta, virou-se novamente para mim, franzindo ligeiramente a testa.

– Não sei – ele disse, sacudindo a cabeça –, mas não tem nada a ver com esse assunto de Tryon. Se fosse isso, ele teria me dito ontem à noite. Aliás, se ele se importasse com essa questão, teria de fato me dito ontem à noite – acrescentou. – Não, *Sassenach*, pode acreditar, os arruaceiros são apenas uma questão de dever para o pequeno Archie Hayes.

Ele inclinou-se sobre meu ombro para passar o dedo pela boca do pote de mel. – Quanto ao que ele possa querer comigo, não pretendo me preocupar com isso antes da hora. Ainda me restam três barris de uísque e pretendo transformá-los em uma relha de arado, uma ceifadeira, três machados, cinco quilos de açúcar, um cavalo e um astrolábio antes desta noite. O que é uma mágica que pode requerer alguma atenção, não é? – Passou o dedo melado delicadamente sobre meus lábios, depois virou meu rosto para ele e beijou-me.

– Um astrolábio? – eu disse, sentindo o gosto de mel. Retribuí o beijo. – Para quê?

– E depois quero voltar para casa – sussurrou, ignorando a pergunta. Sua testa estava pressionada contra a minha, e seus olhos, intensamente azuis. – Quero levá-la para a cama, na *minha* cama. E pretendo passar o resto do dia pensando no que farei com você quando estiver lá. Portanto, o pequeno Archie pode ir jogar gude com suas bolas.

– Excelente ideia – sussurrei em resposta. – Se importa de dizer isso a ele você mesmo?

Meus olhos haviam captado um lampejo verde e preto do outro lado da clareira, mas quando Jamie se empertigou e girou nos calcanhares, vi que o visitante, na verdade, não era o tenente Hayes, mas John Quincy Myers, que usava o xale de um soldado ao redor da cintura, as pontas tremulando alegremente ao vento.

Isso acrescentava mais um toque de cor ao já exuberante esplendor das vestes de Myers. Extremamente alto e decorado de cima a baixo, com um chapéu de aba larga espetado com várias agulhas e uma pena de peru, duas esfarrapadas penas de pavão presas nos seus longos cabelos pretos, um colete de espinhos de porco-espinho tingidos sobre uma camisa enfeitada de contas, suas costumeiras calças em forma de tanga e perneiras amarradas com fileiras de sininhos, o montanhês dificilmente passaria despercebido.

– Amigo James! – John Quincy abriu um largo sorriso ao ver Jamie e adiantou-se apressadamente, a mão estendida e os sininhos tilintando. – Achei que o encontraria em seu café da manhã!

Jamie piscou ligeiramente diante daquela visão, mas animadamente retribuiu o entusiástico aperto de mão do homem das montanhas.

– Sim, John. Junte-se a nós!

– Hã... sim – fiz coro, com um olhar sorrateiro para o cesto de comida. – Por favor!

John Quincy inclinou-se cerimoniosamente para mim, fazendo um gesto largo com o chapéu.

– Seu criado, senhora, e agradeço muito. Talvez mais tarde. No momento, entretanto, vim buscar o sr. Fraser. Ele é solicitado, em caráter urgente.

– Por quem? – Jamie perguntou cautelosamente.

– Robbie McGillivray, ele diz se chamar. Conhece o sujeito?

– Sim, conheço. – O que quer que Jamie soubesse de McGillivray o fez enfiar a mão na pequena arca onde ele guardava suas pistolas. – Qual é o problema?

– Bem. – John Quincy coçou meditativamente a barba preta e cheia. – Foi a mulher dele que me pediu para vir buscá-lo e ela não fala bem inglês, de modo que talvez eu tenha confundido um pouco a história. Mas o que *acho* que ela me disse foi que um caçador de recompensas agarrou seu filho, dizendo que o rapaz era um dos baderneiros de Hillsborough e pretendendo levá-lo para a prisão em New Bern. Só que Robbie diz que ninguém vai levar seu filho a lugar nenhum e... bem, depois disso, a pobre mulher ficou arroxeada e eu não consegui entender mais nada do que ela dizia. Mas acredito que Robbie gostaria que você fosse até lá e o ajudasse com o caso.

Jamie pegou o casaco verde manchado de sangue de Roger, que estava pendurado num arbusto aguardando a lavagem. Vestindo o casaco, enfiou a pistola recém-carregada no cinto.

– Aonde? – perguntou.

Myers gesticulou brevemente com o grande polegar e partiu para dentro dos arbustos de azevinho, com Jamie em seus calcanhares.

Fergus, que estava ouvindo a conversa, com Germain nos braços, colocou o menino aos pés de Marsali.

– Tenho que ir ajudar o *grand-père* – ele disse a Germain. Pegou uma varinha da pilha de lenha e colocou-a nas mãos do garoto. – Fique aqui, proteja *maman* e a pequena Joan das pessoas malvadas.

– *Oui, papa*. – Germain fez uma carranca feroz sob a franja loura e segurou a vareta com força, preparando-se para defender o acampamento.

Marsali, MacLennan, Lizzie e o soldado Ogilvie haviam observado a cena um pouco apalermados. Quando Fergus pegou outro pedaço de madeira e mergulhou decididamente no meio dos arbustos, o soldado Ogilvie pareceu despertar, movendo-se nervosamente.

– Hã... – disse. – Talvez eu... acha que eu devo ir chamar o sargento, senhora? Se houver alguma confusão...

– Não, não – eu disse apressadamente. A última coisa de que precisávamos era que Archie Hayes e seu regimento surgissem em massa. Pareciame o tipo de situação que seria muito melhor se mantida em caráter extraoficial.

– Tenho certeza de que tudo vai se resolver bem. Deve ter sido apenas um mal-entendido. O sr. Fraser resolverá tudo sozinho, não receie. – Enquanto falava, eu ia dando a volta na fogueira, em direção ao lugar onde estavam meus suprimentos médicos, protegidos da chuva sob um pedaço de lona. Enfiando a mão pela borda, peguei meu pequeno estojo de emergências.

– Lizzie, por que não serve ao soldado Ogilvie um pouco da geleia de morangos para a torrada dele? E tenho certeza de que o sr. MacLennan gostaria de um pouco de mel em seu café. Queira me dar licença, sr. MacLennan, preciso ir... hã... – Com um sorriso forçado, fui me afastando para dentro dos arbustos. Quando os ramos farfalharam e estalaram atrás de mim, parei para me situar. Um leve soar de sinos me alcançou no vento chuvoso. Virei-me na direção do som e comecei a correr.

Foi uma boa distância. Eu já estava sem fôlego e suando da corrida, quando os alcancei perto do campo de competições. Os acontecimentos se desenrolavam; eu podia ouvir o zumbido de conversa da multidão de homens reunidos, mas nenhum grito de incitação ou exclamações de decepção ainda. Alguns espécimes musculosos andavam pesadamente de um lado para o outro, nus da cintura para cima e agitando os braços para flexioná-los; os homens mais fortes de vários assentamentos, ali reunidos para a competição de força física.

A chuva fina recomeçara; a umidade brilhava nos ombros vigorosos e emplastrava os anéis de pelos corporais escuros contra a pele clara de peitos e braços. Mas eu não tinha tempo para apreciar o espetáculo; John Quincy abria caminho habilmente pelos grupos de espectadores e competidores, acenando cordialmente para um e outro conhecido conforme passava. Do outro lado da multidão, um homenzinho destacou-se do agrupamento e veio correndo ao nosso encontro.

– *Mac Dubh!* Você veio, então... isso é bom.

– Não se preocupe, Robbie – Jamie assegurou-lhe. – O que houve?

McGillivray, visivelmente transtornado, olhou para os competidores e seus torcedores, depois sacudiu a cabeça indicando as árvores próximas. Nós o seguimos, sem ser notados pela multidão reunida ao redor de duas grandes pedras enroladas com cordas, que eu presumi que alguns dos competidores presentes iriam tentar levantar e assim provar sua aptidão física.

– É seu filho, Rob? – Jamie perguntou, esquivando-se de um galho de pinheiro cheio de água.

– Sim – Robbie respondeu –, ou era.

Aquilo pareceu sinistro. Vi a mão de Jamie roçar o cabo de sua pistola; a minha procurou o estojo médico.

– O que aconteceu? – perguntei. – Ele está ferido?

– Ele, não – McGillivray retrucou enigmaticamente, agachando-se para passar por baixo de um galho de castanheira pendente, coberto com uma trepadeira vermelha.

Logo depois havia um pequeno espaço livre, não suficientemente grande para ser considerado uma clareira, coberta de tufos de capim morto e pontilhado de mudas de pinheiro. Quando Fergus e eu nos agachamos por baixo da trepadeira, atrás de Jamie, uma mulher corpulenta, com um vestido de tecido rústico fiado em casa, virou-se bruscamente em nossa direção, os ombros arqueando-se enquanto erguia o pedaço de galho que segurava em uma das mãos. No entanto, ao ver McGillivray, ela relaxou um pouco.

– *Wer ist das?* – perguntou, desconfiada, olhando-nos de cima a baixo. Mas quando John Quincy surgiu de baixo da trepadeira, ela abaixou o porrete, as feições fortes e bonitas relaxando ainda mais.

– Ha, Myers! Você trrrazer Jamie, *oder*? – Lançou-me um olhar curioso, mas estava ocupada demais olhando de Fergus para Jamie para me inspecionar detalhadamente.

– Sim, querida, este é Jamie Roy... *Sheumais Mac Dubh.* – McGillivray adiantou-se para receber o crédito pela presença de Jamie, colocando a mão respeitosamente em sua manga. – Minha mulher, Ute, *Mac Dubh*. E o filho de *Mac Dubh* – ele acrescentou, gesticulando vagamente em direção a Fergus.

Ute McGillivray parecia uma Valquíria numa dieta de carboidratos; alta, muito loura e vigorosa.

– Seu criado, senhora – Jamie disse, inclinando-se.

– *Madame* – Fergus disse, fazendo uma mesura com uma perna à frente.

A sra. McGillivray, por sua vez, respondeu com uma profunda reverência, os olhos fixos nas flagrantes manchas de sangue na frente do casaco de Jamie – ou melhor, de Roger.

– *Mein Herr* – ela murmurou, parecendo impressionada. Virou-se e acenou para um rapaz de dezessete ou dezoito anos, que ficara espreitando a distância. Ele se parecia tanto com o pai pequeno, magro e vigoroso, de cabelos escuros, que não podia haver dúvidas quanto a sua identidade.

– Manfred – sua mãe anunciou orgulhosamente. – *Mein* menino.

Jamie saudou-o com uma grave inclinação da cabeça.

– Sr. McGillivray.

– Ah... seu c-criado, senhor? – O rapaz parecia em dúvida, mas estendeu a mão a Jamie.

– Prazer em conhecê-lo, senhor – Jamie afirmou, apertando-a. Uma vez devidamente observadas as normas de cortesia, ele olhou rapidamente ao redor do tranquilo cenário, erguendo uma das sobrancelhas.

– Ouvi dizer que estava sofrendo alguma inconveniência com relação a um caçador de recompensas. Devo entender que a questão já foi resolvida? – Olhou interrogativamente de McGillivray filho para McGillivray pai.

Os três McGillivray trocaram olhares entre si. Robin McGillivray tossiu com ar de quem se desculpava.

– Bem, não podemos dizer que esteja *resolvida*, exatamente, *Mac Dubh.* Quero dizer... – Sua voz definhou, o olhar transtornado voltando ao seu rosto.

A sra. McGillivray lançou-lhe um olhar severo, depois se virou para Jamie.

– *Ist kein* se preocupar – disse a ele. – *Ich haf den* bola de estrume bem seguro. Mas nós só quer saber como serrria melhor esconder *den Korpus*?

– O... corpo? – eu disse, fracamente.

Até mesmo Jamie pareceu um pouco perturbado.

– Você o matou, Rob?

– Eu? – McGillivray pareceu chocado. – Pelo amor de Deus, *Mac Dubh*, quem pensa que sou?

Jamie ergueu uma das sobrancelhas outra vez; evidentemente a ideia de McGillivray cometer violência não era muito improvável. McGillivray teve a dignidade de parecer envergonhado.

– Sim, bem. Acho que poderia... e fiz... bem, mas *Mac Dubh*! Esse negócio de Ardsmuir foi há muito tempo e já está encerrado, hein?

– Sim – Jamie disse. – Tem razão. E quanto a essa história com o caçador de recompensas? Onde ele está?

Ouvi uma risadinha abafada às minhas costas e girei nos calcanhares, notando que o restante da família McGillivray, em silêncio até agora, estava ainda assim presente. Três meninas adolescentes sentavam-se em fileira num tronco caído por trás de uma cortina de pinheiros novos, todas exibindo imaculadas toucas e aventais brancos de linho, apenas ligeiramente murchos com a chuva.

– *Meine* meninas – a sra. McGillivray anunciou, com um aceno na direção das jovens – desnecessariamente, já que todas as três pareciam versões menores dela mesma. – Hilda, Inga *und* Senga.

Fergus inclinou-se elegantemente para as três.

– *Enchanté, mes demoiselles.*

As garotas sacudiram-se com uma risadinha e balançaram a cabeça em resposta, mas sem se levantar, o que me pareceu estranho. Então, vi algum movimento ocorrendo embaixo da saia da mais velha; uma espécie de arfada, acompanhada por um gemido abafado. Hilda lançou o calcanhar contra o que quer que fosse, o tempo todo sorrindo luminosamente para mim.

Ouviu-se novo gemido – bem mais alto desta vez –, proveniente de baixo de sua saia, o que fez Jamie virar-se em sua direção.

Ainda sorrindo animadamente, Hilda abaixou-se e delicadamente levantou a barra de sua saia, sob a qual pude ver um rosto desvairado, dividido por uma tira preta amarrada em sua boca.

– É ele – disse Robbie, compartilhando o talento de sua mulher em declarar o óbvio.

– Sei. – Os dedos de Jamie torceram-se ligeiramente ao lado de seu *kilt*. – Ah... será que podíamos tirá-lo daí?

Robbie gesticulou para as meninas, que se levantaram ao mesmo tempo e deram um passo para o lado, revelando um homenzinho deitado contra o tronco caído, as mãos e os pés atados com uma seleção do que pareciam ser meias femininas, e amordaçado com o lenço de alguém. Ele estava molhado, enlameado e ligeiramente surrado na aparência geral.

Myers inclinou-se e içou o homem para cima, colocando-o de pé e segurando-o pela gola.

– Bem, ele não parece grande coisa – o montanhês disse com ar crítico, estreitando os olhos para o homem como se avaliasse uma pele de castor de má qualidade. – Acho que caçar criminosos não paga tão bem quanto se poderia pensar.

O homem de fato era magricela e um tanto maltrapilho, assim como desgrenhado, furioso – e assustado. Ute fungou com desprezo.

– *Saukerl!* – ela disse, cuspindo com precisão nas botas do caçador de recompensas. Em seguida, virou-se para Jamie, graciosamente:

– Então, *mein Herr.* Qual a melhor maneira de nós acabar com ele?

Os olhos do caçador de recompensas se esbugalharam, e ele contorceu-se na mão de Myers. Ele investia e torcia-se, gargarejando por trás da mordaça. Jamie analisou-o de cima a baixo, esfregando a junta de um dedo nos lábios, depois olhou para Robbie, que encolheu o ombro ligeiramente, com um olhar apologético na direção de sua mulher.

Jamie limpou a garganta.

– Mmmmhum. Teria alguma coisa em mente, talvez, senhora?

Ute ficou radiante com essa demonstração de simpatia para com suas intenções e retirou uma longa adaga do cinto.

– Eu pensar talvez em estripar ele, *wie ein Schwein, ja?* Mas ver bem... – Ela cutucou o caçador de recompensas escrupulosamente entre as costelas; ele deu um gritinho por trás da mordaça e uma pequena mancha de sangue surgiu em sua camisa esfarrapada.

– *Blut* demais – ela explicou, com um beicinho de decepção. Gesticulou na direção da cortina de árvores, por trás da qual o levantamento de pedras parecia estar em andamento. – *Die Leute* vai sentir a cheira.

– Cheira? – Olhei para Jamie, achando que se tratava de alguma expressão alemã desconhecida. Ele tossiu e passou a mão sob o nariz. – Ah, o *cheiro*! – exclamei, devidamente esclarecida. – Hã, sim, acho que sim.

– Então acho que não devemos atirar nele – Jamie disse ponderadamente. – Quero dizer, já que não queremos chamar atenção.

– Acho melhor quebrar o pescoço dele – Robbie McGillivray disse, estreitando os olhos judiciosamente para o caçador de recompensas amarrado. – Isso é bastante fácil.

– Você acha? – Fergus também estreitou os olhos, em concentração. – Eu sugiro uma faca. Se você esfaquear no ponto certo, não há tanto sangue. No rim, logo abaixo da costela, nas costas... hein?

O prisioneiro não parecia concordar com as sugestões, a julgar pelos sons urgentes que vinham de trás de sua mordaça, e Jamie esfregou o queixo pensativamente.

– Bem, isso não é muito difícil – ele concordou. – Ou estrangulá-lo. Mas ele *vai* soltar seus intestinos. Se for uma questão de cheiro, até mesmo esmagar seu crânio... mas me diga, Robbie, como é que esse homem veio parar aqui?

– Hein? – Robbie pareceu não compreender.

– Você não está acampado por aqui? – Jamie abanou a mão brevemente para a minúscula clareira, deixando claro o que queria dizer. Não havia nenhum sinal de fogueira de acampamento; na verdade, ninguém acampara daquele lado do córrego. E, no entanto, todos os McGillivray estavam ali.

– Ah, não – Robbie disse, a compreensão surgindo em suas feições magras. – Não, estamos acampados um pouco para cima. Nós só viemos dar uma olhada nos grandalhões – sacudiu a cabeça, indicando o campo de competições – e o maldito abutre ficou espionando nosso Freddie e agarrou-o, para levá-lo daqui. – Lançou um olhar hostil para o caçador de recompensas e eu vi que um pedaço de corda pendurava-se como uma cobra do cinto do sujeito. Um par de algemas estava no chão ali perto, o metal escuro já coberto de ferrugem por causa da umidade.

– Nós vimos quando ele agarrou nosso irmão – Hilda acrescentou. – Então nós o agarramos e o arrastamos até aqui, onde ninguém poderia ver. Quando ele disse que pretendia levar nosso irmão para o xerife, eu e minhas irmãs o derrubamos e nos sentamos em cima dele, e mamãe chutou-o algumas vezes.

Ute deu uns tapinhas orgulhosamente no ombro robusto da filha.

– Elas ser *gut*, fortes *Mädchen*, *meine* meninas – disse a Jamie. – Nós *komm* ver *hier die Wettkämpfer*, talvez escolher marido para Inga ou Senga. Hilda *hat einen Mann* já prometido – acrescentou, com um ar de satisfação.

Ela examinou Jamie abertamente, os olhos demorando-se com aprovação em sua altura, na largura dos ombros e na prosperidade geral de sua aparência.

– Ele ser bonito, grande, seu *Mann* – ela me disse. – Vocês ter filhos homens, talvez?

– Não, receio que não – eu disse, em tom pesaroso. – Hã... Fergus é casado com a filha do meu marido – acrescentei, vendo seu olhar mudar especulativamente para Fergus.

O caçador de recompensas pareceu sentir que a conversa estava se desviando e atraiu a atenção de volta sobre si mesmo com um indignado grito abafado pela mordaça. Seu rosto, que empalidecera diante das especulações sobre sua morte, voltara a ficar completamente vermelho, e seus cabelos estavam espetados e grudados na testa.

– Oh, sim – Jamie disse. – Talvez devêssemos deixar o cavalheiro dizer uma palavra?

Robbie estreitou os olhos diante disso, mas assentiu relutantemente. As competições estavam animadas agora e ouvia-se uma considerável algazarra emanando do campo; ninguém iria ouvir um grito isolado vindo dali.

– Não deixe que me matem, senhor! Sabe que isso não é direito! – Rouco por causa de suas provações, o homem fixou seu apelo em Jamie assim que a mordaça foi retirada. – Só estou fazendo o que devo fazer, entregando um criminoso à justiça!

– Ha! – todos os McGillivray exclamaram ao mesmo tempo. Apesar do sentimento parecer unânime, a sua expressão imediatamente se desintegrou em uma confusão de imprecações, opiniões e uma saraivada aleatória de pontapés dirigidos às canelas do cavalheiro por Inga e Senga.

– Parem! – Jamie disse, erguendo a voz o suficiente para ser ouvido acima da confusão. Como isso não surtiu efeito, ele agarrou McGillivray filho pela nuca e berrou a plenos pulmões: – *Ruhe!* – Isso os fez silenciar momentaneamente, com olhos culpados por cima dos ombros em direção ao campo de competição.

– Muito bem – Jamie disse, com firmeza. – Myers, traga o cavalheiro, por favor. Rob, Fergus, acompanhem Myers. *Bitte*, senhora. – Fez uma mesura para a sra. McGillivray, que pestanejou, mas depois balançou a cabeça, aquiescendo relutantemente. Jamie revirou os olhos para mim, depois, ainda segurando Manfred pela nuca, saiu marchando à frente do contingente masculino, em direção ao córrego, deixando-me a cargo das mulheres.

– Seu *Mann*... ele salvar meu filho? – Ute voltou-se para mim, as sobrancelhas louras franzidas de preocupação.

– Ele vai tentar. – Olhei para as moças, amontoadas atrás da mãe. – Sabem se seu irmão realmente estava em Hillsborough?

As meninas se entreolharam e silenciosamente elegeram Inga para responder.

– Bem, *ja,* estava – ela disse, com um certo ar de desafio. – Mas ele não estava fazendo baderna, nem um pouco. Ele só estava lá para mandar consertar uns arreios e foi envolvido na confusão.

Percebi um rápido olhar trocado entre Hilda e Senga e deduzi que talvez essa não fosse toda a história. Ainda assim, não me cabia julgar, graças a Deus.

Os olhos da sra. McGillivray estavam fixos nos homens, que murmuravam entre si a uma certa distância. O caçador de recompensas fora desamarrado, a não ser pelas mãos. Estava de costas contra uma árvore, parecendo um rato encurralado, exibindo os caninos num rosnado ameaçador. Jamie e Myers assomavam acima dele, enquanto Fergus ficava a postos, atento, com o cenho franzido, o queixo apoiado no gancho. Rob McGillivray sacara um punhal, com o qual distraidamente arrancava lascas de madeira de um galho de pinheiro, olhando de vez em quando para o caçador de recompensas com um ar de más intenções.

– Tenho certeza de que Jamie será capaz de.. hã... fazer alguma coisa – eu disse, esperando comigo mesma que isso não envolvesse muita violência. Ocorreu-me o pensamento indesejável de que o pequenino caçador de recompensas provavelmente caberia num cesto de comida vazio.

– *Gut*. – Ute McGillivray balançou a cabeça devagar, ainda observando. – É melhor eu não matar ele. – Seus olhos voltaram-se repentinamente de novo para mim, azul-claros e muito brilhantes. – Mas, se necessário, eu matar.

Acreditei.

– Compreendo – eu disse cautelosamente. – Mas, e peço que me desculpe, ainda que esse homem tivesse levado seu filho, vocês não poderiam ir ao xerife também e explicar...

– *Nein*, senhora. Ver bem, não ser tão ruim se esse caçador de recompensas nos atacar no acampamento. Mas aqui embaixo – ela arregalou os olhos, sacudindo a cabeça na direção do campo de competições, onde um baque surdo e um urro de aprovação assinalavam algum esforço bem-sucedido.

A dificuldade, aparentemente, era o noivo de Hilda, um tal de Davey Morrison, de Hunter's Point. O sr. Morrison era um fazendeiro importante e um homem de valor, assim como um atleta perito nos mistérios de lançamento de pedra e arremesso de mastro. Ele tinha família também – pais, tios, tias e primos –, todos do mais nobre caráter e – pelo que percebi – de atitudes um tanto críticas.

Se Manfred tivesse sido preso por um caçador de recompensas diante de tal multidão, repleta de parentes de Davey Morrison, a notícia se espalharia à velocidade da luz e o escândalo resultaria no imediato rompimento do noivado de Hilda – uma possibilidade que obviamente perturbava Ute McGillivray muito mais do que a ideia de cortar a garganta do caçador de recompensas.

– Ruim, também, se eu matar e alguém ver – ela disse com franqueza, gesticulando para a fina cortina de árvores que nos escondia do campo de competições. – *Die* Morrison não gostar.

– Imagino que não – murmurei, perguntando-me se Davey Morrison fazia alguma ideia de onde estava se metendo. – Mas você...

– Vai casar *meine* filhas muito bem – ela disse com firmeza, balançando a cabeça repetidamente para reforçar a ideia. – Vai encontrar *gut* homens *fur*

Sie, homens bonitos e fortes, *mit* terras, *mit* dinheiro. – Ela passou o braço pelos ombros de Senga e abraçou-a com força. – *Nicht wahr, Liebchen?*

– *Ja*, mamãe – Senga murmurou, afetuosamente repousando a cabeça cuidadosamente enfeitada com uma touca no amplo peito da sra. McGillivray.

Algo estava acontecendo do lado dos homens; as mãos do caçador de recompensas haviam sido desamarradas e ele esfregava os pulsos, o rosto já desanuviado, mas ouvindo o que Jamie dizia com uma expressão de cautela. Ele relanceou os olhos para nós, depois para Robin McGillivray, que lhe disse alguma coisa e balançou a cabeça enfaticamente. O caçador de recompensas trabalhou os maxilares, como se estivesse remoendo uma ideia.

– Então, vocês todos vieram ver as competições esta manhã e procurar candidatos adequados? Sei, compreendo.

Jamie enfiou a mão em seu *sporran* e retirou alguma coisa, que colocou debaixo do nariz do caçador de recompensas, como se o convidasse a sentir o cheiro. Não pude descobrir do que se tratava, àquela distância, mas o rosto do caçador de recompensas mudou repentinamente, passando da cautela para uma alarmada repugnância.

– *Ja*, apenas olhar. – A sra. McGillivray não estava observando os homens; deu uns tapinhas em Senga e soltou-a. – Nós ir agora para Salem, onde *ist meine Familie*. Talvez nós achar um bom *Mann* lá também.

Myers havia recuado do local de confronto agora, os ombros arqueando-se, relaxados. Ele enfiou um dedo sob a borda de sua tanga, coçou as nádegas confortavelmente, e olhou ao redor, evidentemente não mais interessado nos procedimentos. Vendo-me olhar em sua direção, avançou desengonçadamente pelo bosquete de pinheiros novos.

– Não precisa mais se preocupar, senhora – assegurou à sra. McGillivray. – Eu sabia que Jamie Roy cuidaria disso, e assim ele fez. Seu garoto está salvo.

– *Ja?* – ela disse. Olhou em dúvida para o bosquete, mas era verdade; as atitudes de todos os homens estavam relaxadas agora, e Jamie devolvia ao caçador de recompensas seu par de algemas. Vi a maneira como ele as segurava, com grande repugnância. Ele usara grilhões, em Ardsmuir.

– *Gott sei dank* – a sra. McGillivray disse, com um explosivo suspiro. Sua figura maciça pareceu diminuir repentinamente conforme ela soltava o ar.

O homenzinho estava indo embora, afastando-se de nós, na direção do córrego. O som das algemas em seu cinto alcançava-nos num fraco tilintar de metal, ouvido ente os gritos da multidão atrás de nós. Jamie e Rob McGillivray estavam juntos, conversando, enquanto Fergus observava a partida do caçador de recompensas, a testa ligeiramente franzida.

– Exatamente o que Jamie disse a ele? – perguntei a Myers.

– Oh. Bem. – O aventureiro das montanhas lançou-me um largo sorriso, com falhas nos dentes. – Jamie Roy disse-lhe com ar muito sério que sem dúvida fora muita sorte do caçador de recompensas – o nome dele é Boble, aliás, Harley Boble – que nós tivéssemos chegado aqui a tempo. Ele deu a entender que se não tivéssemos, então esta senhora aqui – ele fez uma mesura para Ute – provavelmente o levaria para casa em sua carroça e o mataria como um porco, longe da vista de todos.

Myers esfregou a junta de um dedo sob o nariz de capilares vermelhos e riu à socapa, por trás de sua barba.

– Boble disse que não acreditou nela, achou que só estava tentando amedrontá-lo com a faca. Mas Jamie Roy inclinou-se para perto dele, confidencialmente, e disse que ele poderia pensar o mesmo, só que já ouvira falar muito da reputação de *Frau* McGillivray como uma famosa fazedora de salsichas e tivera o privilégio de lhe servirem um pouco hoje no café da manhã. Neste momento, Boble começou a ficar pálido e, quando Jamie Roy retirou um pedaço de salsicha para lhe mostrar...

– Oh, meu Deus – eu disse, com uma vívida lembrança do cheiro daquela salsicha. Eu a comprara no dia anterior de um vendedor ambulante na montanha e só depois descobri que não fora adequadamente curada e, uma vez cortada, tinha um cheiro tão forte de sangue estragado que ninguém conseguira comê-la no jantar. Jamie embrulhara o que sobrara da ofensiva salsicha em seu lenço e a colocara em seu *sporran,* pretendendo obter um reembolso ou enfiá-la pela garganta do vendedor. – Compreendo.

Myers balançou a cabeça, virando-se para Ute.

– E seu marido, senhora – Deus o abençoe, Rob McGillivray é um verdadeiro mentiroso nato –, sacudia a cabeça solenemente, concordando com tudo, e dizendo como moldara seu trabalho a fim de abater bastante carne para a senhora.

As meninas deram uma risadinha.

– Papai não consegue matar nada – Inga disse baixinho para mim. – Nem consegue torcer o pescoço de uma galinha.

Myers ergueu os ombros num gesto bem-humorado, enquanto Jamie e Rob vinham em nossa direção pelo capim molhado.

– Então, Jamie deu sua palavra de cavalheiro que protegeria Boble da senhora e Boble deu a palavra dele... bem, ele disse que ficaria longe do jovem Manfred.

– Hum – Ute disse, parecendo um tanto desconcertada. Ela não se importava nem um pouco em ser considerada uma assassina comum e ficou muito satisfeita por Manfred estar fora de perigo – mas ficou um pouco aborrecida ao ver manchada sua reputação de fazedora de salsichas.

– Como se eu jamais fazer uma coisa dessas! – protestou, torcendo o nariz com desprezo para o malcheiroso pedaço de salsicha que Jamie ofereceu para sua inspeção. – Uuugh! *Ratzfleisch*. – Abanou a mão num gesto desdenhoso, depois se virou para o marido e disse alguma coisa suavemente, em alemão.

Em seguida, respirou fundo e inflou-se outra vez, reunindo todos os filhos como uma galinha protegendo os pintinhos, e instou-os a agradecer a Jamie adequadamente por sua ajuda. Ele enrubesceu ligeiramente diante do coro de agradecimentos e fez uma mesura.

– *Gern geschehen* – ele disse. – *Euer ergebener Diener, Frau Ute.*

Ela exibiu-lhe um sorriso radiante, a serenidade restaurada, enquanto Jamie se virava para se despedir de Rob.

– Um *Mann* tão gentil, tão grande – ela murmurou, sacudindo a cabeça ligeiramente enquanto o olhava de cima a baixo. Depois, virou-se e me viu olhar de Jamie para Rob – pois, embora o armeiro fosse um homem bonito, de cabelos curtos, escuros e cacheados, e traços bem delineados, também possuía uma estrutura óssea delicada como a de um pardal, e era alguns centímetros mais baixo do que a mulher, alcançando apenas a altura de seus ombros robustos. Não pude deixar de me perguntar, considerando sua aparente admiração por homens grandes...

– Oh, bem – ela disse, dando de ombros de forma apologética. – Amor, sabe. – Falou como se o amor fosse um mal necessário.

Olhei para Jamie, que embrulhava a salsicha cuidadosamente antes de enfiá-la de novo no *sporran*.

– Bem, sim – eu disse. – Eu sei.

Quando por fim retornamos ao nosso acampamento, os Chisholm estavam se despedindo, tendo sido adequadamente alimentados pelas meninas. Felizmente, Jamie trouxera bastante comida do acampamento de Jocasta, e eu finalmente me sentei para uma agradável refeição de fritadas de batata, pãezinhos untados de manteiga, presunto frito e – finalmente! – café, perguntando-me o que *mais* poderia acontecer naquele dia. Havia bastante tempo; o sol mal surgira acima das árvores, quase invisível por trás das nuvens carregadas de chuva fina.

Um pouco mais tarde, agradavelmente alimentada e com uma terceira xícara de café nas mãos, aproximei-me e atirei para trás a lona que cobria o que eu considerava meus suprimentos médicos. Já era hora de começar a me organizar para o atendimento médico da manhã; examinando os jarros de suturas, renovando o estoque das jarras de ervas medicinais na minha arca, enchendo novamente a grande garrafa de álcool e preparando os remédios que tinham que ser feitos na hora.

Um pouco desfalcada das ervas mais comuns que trouxera comigo, meu estoque fora aumentado pelos bons ofícios de Myers, que me trouxera várias plantas raras e úteis das aldeias indígenas ao norte e pela criteriosa permuta com Murray MacLeod, um jovem e ambicioso boticário que se mudara para o interior e abrira sua loja em Cross Creek.

Mordi o interior de minha bochecha, pensando no jovem Murray. Ele acolhia o tipo comum de detestáveis noções que passavam por conhecimento médico atualmente – e não tinha escrúpulos em afirmar a superioridade de métodos científicos como sangria e ventosas diante da fitoterapia antiquada que bruxas velhas como eu estavam dispostas a praticar!

Ainda assim, ele era um escocês e, portanto, possuía uma veia forte de pragmatismo. Ele dera uma olhada na poderosa compleição física de Jamie e apressadamente engoliu suas opiniões mais insultuosas. Eu possuía cento e cinquenta gramas de losna e uma jarra de raiz de gengibre silvestre, e ele as queria. Ele também era bastante sagaz para ter observado que muito mais pessoas na montanha que se sentiam mal de alguma forma vinham me procurar, em vez de recorrer a ele – e que a maioria que aceitava meu tratamento melhorava. Se eu tinha segredos, ele os queria também – e eu ficava mais do que feliz em atendê-lo.

Ótimo, ainda me restava bastante casca de salgueiro. Hesitei diante da pequena fileira de frascos na prateleira superior direita da arca. Eu tinha vários emenagogos – acteia azul, ergotina e poejo –, mas peguei os mais suaves tanaceto e arruda, colocando um punhado numa tigela e despejando água fervendo em cima para a infusão. Além de seus efeitos em facilitar a menstruação, o tanaceto tinha a reputação de acalmar os nervos – e uma pessoa mais naturalmente nervosa do que Lizzie Wemyss seria difícil de imaginar.

Olhei para trás, para a fogueira, onde Lizzie empurrava o restante da geleia de morangos para o soldado Ogilvie, que parecia dividir sua atenção entre Lizzie, Jamie e sua fatia de torrada – a maior parte voltada para a torrada.

A arruda, ainda por cima, era um ótimo vermífugo. Eu não sabia se Lizzie tinha vermes, mas muitas pessoas na montanha tinham, e uma dose certamente não iria lhe fazer mal.

Olhei disfarçadamente para Abel MacLennan, imaginando se não deveria colocar uma pequena dose de laxante em seu café também – ele tinha o ar anêmico, depauperado, de alguém com parasitas intestinais, apesar da compleição robusta. No entanto, talvez o ar de pálida inquietação em suas feições se devesse mais ao seu conhecimento de caçador de recompensas nas vizinhanças.

Joan berrava de fome outra vez. Marsali sentou-se, enfiou a mão embaixo de seu *arisaid* para desabotoar o corpete e colocou o bebê no peito, o lábio trêmulo preso entre os dentes. Ela contraiu-se, soltou uma arfada de dor, depois relaxou um pouco, quando o leite começou a fluir.

Mamilos rachados. Franzi a testa e retomei o exame atento da minha arca de remédios. Lanolina, obtida da gordura da lã de carneiro. Eu teria trazido o unguento de lanolina? Droga, não. Eu não queria usar gordura de urso, com Joan mamando; talvez óleo de girassol...

– Um pouco de café, minha cara? – O sr. MacLennan, que estivera observando Marsali com perturbada simpatia, estendeu-lhe sua nova xícara de café. – Minha mulher dizia que café quente amenizava a dor de amamentar um bebê. Com um pouco de uísque, melhor ainda – suas bochechas tristonhas animaram-se um pouco –, mas ainda assim...

– *Taing*. – Marsali pegou a xícara com um sorriso agradecido. – Estou enregelada esta manhã. – Bebericou o líquido fumegante cautelosamente e um leve rubor afluiu às suas faces.

– Vai voltar a Drunkard's Creek amanhã, sr. MacLennan? – ela perguntou educadamente, devolvendo-lhe a xícara vazia. – Ou vai viajar a New Bern com o sr. Hobson?

Jamie ergueu o olhar incisivamente, interrompendo sua conversa com o soldado Ogilvie.

– Hobson vai para New Bern? Como você sabe disso?

– Foi a sra. Fowles quem disse – Marsali respondeu prontamente. – Ela me disse quando fui pedir emprestada uma camisa seca para Germain, ela tem um menino do mesmo tamanho. Ela está preocupada com Hugh, o seu marido, porque o pai dela, o sr. Hobson, quer que ele o acompanhe, mas ele está com medo.

– Por que Joe Hobson está indo para New Bern? – perguntei, espreitando por cima da tampa de minha arca de remédios.

– Para entregar uma petição ao governador – Abel MacLennan disse. – Não vai adiantar nada. – Sorriu para Marsali, um pouco melancolicamente. – Não, menina. Não sei para onde vou, para dizer a verdade. Mas não será para New Bern.

– Nem de volta para a sua mulher em Drunkard's Creek? – Marsali olhou para ele, preocupada.

– Minha mulher morreu, menina – MacLennan disse à meia-voz. Alisou o lenço vermelho sobre o joelho. – Faz dois meses.

– Oh, sr. Abel. – Marsali inclinou-se para frente e apertou a mão dele, os olhos azuis pesarosos. – Eu sinto muito!

Ele bateu levemente em sua mão, sem levantar os olhos. Gotículas de chuva brilhavam nos fios ralos de seu cabelo e um filete de água escorria por trás de uma grande orelha vermelha, mas ele não fez nenhum movimento para removê-los.

Jamie havia se levantado ao se dirigir a Marsali. Agora, sentava-se no tronco caído, ao lado de MacLennan, e delicadamente colocou a mão nas suas costas.

– Eu não soube, *a charaid* – ele disse serenamente.

– Não. – MacLennan olhava fixamente para as chamas transparentes sem realmente vê-las. – Eu... bem, a verdade é que não contei a ninguém. Não, até agora.

Jamie e eu nos entreolhamos por cima do fogo. Drunkard's Creek não devia abrigar mais do que duas dúzias de almas, em umas poucas cabanas espalhadas ao longo das margens do córrego. No entanto, nem os Hobson, nem os Fowles haviam mencionado a perda de Abel – evidentemente, ele de fato não havia contado a ninguém.

– O que aconteceu, sr. Abel? – Marsali ainda segurava a mão dele, embora ele a apoiasse frouxamente, a palma para baixo, sobre o lenço vermelho.

MacLennan, então, ergueu os olhos, piscando.

– Oh – disse vagamente. – Tanta coisa aconteceu. E no entanto... na verdade, não muita coisa, afinal de contas. Abby – Abigail, minha mulher – ela morreu de uma febre. Ela pegou uma gripe e... morreu. – Ele soou levemente surpreso.

Jamie serviu um pouco de uísque numa xícara vazia, pegou uma das mãos inertes de MacLennan e envolveu-a na xícara, mantendo os dedos dele no lugar com os seus próprios, até a mão de MacLennan segurar a xícara com mais força.

– Beba, homem – ele disse.

Todos ficaram em silêncio, observando, enquanto MacLennan obedientemente provava o uísque, tomava um pequeno gole, tomava outro. O jovem soldado Ogilvie remexeu-se desconfortavelmente em sua pedra, parecendo querer voltar ao regimento, mas continuou no mesmo lugar, como se temesse que uma partida brusca pudesse de algum modo ferir MacLennan ainda mais.

A própria imobilidade de MacLennan atraiu cada olhar, congelou qualquer conversa. Minha mão pairou constrangidamente acima dos frascos em minha arca, mas eu não tinha nenhum remédio para aquilo.

– Eu tinha o suficiente – ele disse, repentinamente. – Eu tinha. – Ergueu os olhos de sua xícara e olhou ao redor da fogueira, como se desafiasse qualquer um a contradizê-lo. – Para os impostos, sabe? Não tinha sido um ano tão bom quanto se esperava, mas eu fora cuidadoso. Eu tinha dez alqueires de milho guardados e quatro boas peles de cervo. Valiam mais do que os seis xelins do imposto.

Mas os impostos devem ser pagos em moeda corrente, não em milho, peles e blocos de índigo, como os fazendeiros costumavam negociar. O escambo era a forma de comércio comum, eu sabia disso muito bem, pensei, olhando para a sacola de materiais diversos que as pessoas me traziam em pagamento pelas poções e ervas medicinais. Ninguém pagava nada em espécie, a não ser os impostos.

– Bem, isso é razoável – MacLennan disse, piscando nervosamente para o soldado Ogilvie, como se o rapaz tivesse protestado. – Sua Majestade não pode lidar com um rebanho de porcos, ou um bando de perus, não é mesmo? Não, sei muito bem por que tem que ser em dinheiro vivo, qualquer um pode ver. E eu tinha o milho, poderia render seis xelins facilmente.

A única dificuldade, é claro, estava em transformar dez alqueires de milho em seis xelins de impostos. Havia aqueles em Drunkard's Creek que poderiam comprar o milho de Abel e estavam dispostos a isso, mas ninguém em Drunkard's Creek tinha dinheiro. Não, o milho teria que ser levado ao mercado em Salem, era o lugar mais perto onde se podia obter dinheiro. Mas Salem ficava a quase setenta quilômetros de Drunkard's Creek – uma viagem de uma semana, ida e volta.

– Eu tinha cinco acres em cevada passada – Abel explicou. – Madura e amarelada, pedindo para ser ceifada. Eu não podia deixá-la se estragando, e minha Abby... ela era uma mulher pequena, franzina, não podia ceifar e debulhar.

Sem poder dispor de uma semana antes de fazer sua colheita, Abel procurou a ajuda dos vizinhos.

– São boas pessoas – afirmou. – Um ou dois podiam me arranjar um ou outro *penny*, mas eles tinham seus próprios impostos para pagar, certo? – Ainda esperando conseguir juntar o dinheiro necessário sem ter que fazer a difícil viagem a Salem, Abel se atrasara no pagamento – e se atrasara demais.

– Howard Travers é o xerife – ele disse, limpando inconscientemente a gota que se formara na ponta de seu nariz. – Ele chegou com um papel e disse que tinha que nos despejar porque os impostos não foram pagos.

Diante da necessidade, Abel deixara sua mulher na cabana e partira apressadamente para Salem. Mas quando retornou, com os seis xelins no bolso, sua propriedade havia sido confiscada e vendida – para o sogro de Howard Travers –, sua cabana estava habitada por estranhos e sua mulher fora embora.

– Eu sabia que ela não teria ido longe – ele explicou. – Ela não deixaria as crianças.

E de fato foi lá que ele a encontrou, enrolada numa colcha esfarrapada e tremendo de frio sob um enorme abeto, na colina que abrigava as sepulturas dos quatro filhos de MacLennan, todos mortos no primeiro ano de vida. Apesar de suas súplicas, Abigail se recusou a descer para a cabana que fora deles, não quis buscar a ajuda daqueles que a destituíram de tudo. Se era loucura da febre que tomara conta dela ou apenas teimosia, ele não sabia; ela se agarrara aos galhos da árvore com uma força tresloucada, gritando os nomes de seus filhos – e lá morreu à noite.

Sua xícara de uísque estava vazia. Depositou-a cuidadosamente no chão aos seus pés, ignorando o gesto de Jamie na direção da garrafa.

– Eles haviam lhe dado permissão para levar o que pudesse. Ela tinha uma trouxa com ela e dentro estavam suas roupas para o enterro. Lembro-me bem de vê-la sentada no dia seguinte ao nosso casamento, fiando sua mortalha. Tinha pequeninas flores em toda a volta, que ela mesma fizera; ela era muito boa com uma agulha.

Ele envolvera Abigail em sua mortalha bordada, enterrou-a ao lado do filho mais novo e depois desceu três quilômetros de estrada, pretendendo, ele achava, contar aos Hobson o que acontecera.

– Mas eu cheguei à casa deles e encontrei todo mundo zumbindo como marimbondos, Hugh Fowles recebera uma visita de Travers, que fora coletar o imposto, e não havia dinheiro. Travers riu como um macaco e disse que para ele não fazia diferença. De fato, dez dias mais tarde, ele voltou com um papel e três homens e os despejou.

Hobson raspara todo o dinheiro que conseguira para pagar seus próprios impostos e os Fowles estavam amontoados ali em segurança, com o resto da família, mas Joe Hobson estava espumando de raiva com o tratamento dado a seu genro.

– Ele estava vociferando, Joe, enlouquecido de fúria. Janet Hobson disse para eu entrar e me sentar, ofereceu-me o jantar, e lá estava Joe berrando que iria tirar o preço da terra do couro de Howard Travers, e Hugh, abatido como um cão enxotado, sua mulher me cumprimentando, as crianças gritando pelo jantar como uma ninhada de porquinhos esfomeados, e... bem, eu pensei em contar a eles, mas depois... – Sacudiu a cabeça, como se estivesse novamente confuso.

Sentado no canto da chaminé, quase esquecido, fora tomado por uma estranha espécie de fadiga, que o deixou tão exausto que sua cabeça oscilava sobre o pescoço, a letargia dominando-o. Estava bem aquecido ali e ele sentiu uma sensação de irrealidade. Se o confinamento da apinhada cabana de um único cômodo dos Hobson não era real, a tranquila encosta da colina e sua sepultura mais recente sob o abeto também não eram.

Ele dormiu embaixo da mesa e acordou antes do amanhecer, descobrindo que a sensação de irrealidade persistia. Tudo ao seu redor não parecia mais do que um pesadelo. O próprio MacLenann parecia ter deixado de existir; seu corpo levantou-se, lavou-se e comeu, balançou a cabeça e falou sem seu conhecimento. Nada do mundo exterior existia mais. E foi assim que, quando Joe Hobson levantou-se e anunciou que ele e Hugh iriam a Hillsborough buscar compensação no Tribunal de Justiça, é que Abel MacLennan viu-se marchando pela estrada com eles, balançando a cabeça e respondendo quando falavam com ele, sem mais vontade própria do que um morto.

– Realmente me ocorreu, quando descíamos a estrada, que estávamos todos mortos – ele disse, como em um sonho. – Eu, Joe, Hugh e os demais. Devo dizer que estivemos em um e outro lugar; eu estava apenas avançando até que chegasse a hora de descansar meus ossos ao lado de Abby. Eu não me importava.

Quando chegaram a Hillsborough, ele não deu muita atenção ao que Joe pretendia fazer; apenas seguiu os demais, obediente e sem pensar. Seguiu e andou pelas ruas enlameadas, brilhando com cacos de vidro das janelas estilhaçadas, viu as tochas e os arruaceiros, ouviu os gritos e berros – tudo impassivelmente.

– Todos me pareciam mortos, chacoalhando os ossos uns contra os outros – ele disse, encolhendo os ombros. Ficou imóvel por um instante, depois virou o rosto para Jamie e olhou fixamente para seu rosto, longa e ansiosamente.

– É isso mesmo? Você também está morto? – Sua mão inerte e calejada flutuou do lenço vermelho e pousou de leve na maçã do rosto de Jamie.

Jamie não recuou ao toque da mão de MacLennan, mas segurou-a e a levou para baixo, mantendo-a entre as suas.

– Não, *a charaid* – ele disse suavemente. – Ainda não.

MacLennan balançou a cabeça devagar.

– Sim. Dê tempo ao tempo – ele disse. Libertou sua mão e permaneceu sentado por um instante, alisando seu lenço. Sua cabeça não parava de balançar, devagar, para frente e para trás, como se a mola de seu pescoço tivesse sido esticada demais.

– Dê tempo ao tempo – ele repetiu. – Não é tão ruim. – Levantou-se, então, e colocou o lenço vermelho quadrado sobre a cabeça. Virou-se para mim e balançou a cabeça educadamente, os olhos vagos e perturbados.

– Obrigado pelo café da manhã, senhora – ele disse e foi embora.

3
HUMORES BILIARES

A partida de Abel MacLennan pôs um fim abrupto ao café da manhã. O soldado Ogilvie agradeceu e pediu licença, Jamie e Fergus saíram em busca de foices e astrolábios, e Lizzie, murchando na ausência do soldado Ogilvie, declarou que não se sentia bem e deixou-se cair palidamente em uma das tendas, fortalecida com uma grande xícara de decocção de arruda e tanaceto.

Felizmente, Brianna resolveu aparecer nesse momento, sem Jemmy. Ela e Roger tomaram o café da manhã com Jocasta, afirmou. Jemmy adormecera nos braços de Jocasta e, como ambas as partes pareciam satisfeitas com esse arranjo, ela o deixara lá e voltara para me ajudar com o atendimento médico da manhã.

– Tem certeza de que quer me ajudar hoje? – Olhei para Bri, em dúvida. – Afinal de contas, é o dia do seu casamento. Acho que Lizzie ou talvez a sra. Martin poderiam...

– Não, eu vou ajudar – assegurou-me, estendendo um pano sobre o banco alto que eu usava no consultório improvisado. – Lizzie está se sentindo melhor, mas não creio que esteja pronta para pés infeccionados e estômagos pútridos. – Encolheu ligeiramente os ombros, fechando os olhos à lembrança do cavalheiro idoso com uma úlcera no calcanhar, que eu havia desbridado no dia anterior. A dor o fizera vomitar copiosamente em suas calças esfarrapadas, o que por sua vez fizera várias pessoas à espera de atendimento vomitarem também, num reflexo solidário.

Eu mesma me senti um pouco nauseada diante da recordação, mas eliminei o enjoo com um gole final de café amargo.

– Não, acho que não – concordei com relutância. – Ainda assim, seu vestido ainda não está inteiramente pronto, está? Talvez você deva...

– Está tudo bem – ela me garantiu. – Phaedre está fazendo a bainha do meu vestido e Ulysses está dando ordens em todo mundo lá, como um sargento. Eu só iria atrapalhar.

Concordei sem mais objeções, apesar de estranhar um pouco sua disposição. Embora Bri não fosse melindrosa em relação às exigências da vida normal, como tirar a pele de animais ou limpar peixes, eu sabia que a proximidade de pessoas em condições desfigurantes e doenças visíveis a incomodava, embora ela fizesse o melhor possível para disfarçar. Não era repugnância, eu achava, mas uma espécie de empatia incapacitante.

Levantei a chaleira e despejei água fervente em uma vasilha grande, parcialmente cheia de álcool destilado, apertando os olhos contra as nuvens quentes de vapor alcoólico.

Era realmente difícil ver as pessoas sofrendo de problemas que poderiam facilmente ser tratados numa época de antissépticos, antibióticos e anestesia, mas eu aprendera a me distanciar nos hospitais de campanha de uma época em que tais inovações médicas não só eram muito recentes, como raras, e sabia da necessidade e do valor desses avanços da medicina.

Eu não poderia ajudar ninguém se meus próprios sentimentos atrapalhassem. Era uma constatação simples. Mas Brianna não tinha esse conhecimento para usar como escudo. Ainda não.

Ela terminou de limpar os bancos, caixas e outros equipamentos do consultório e empertigou-se, uma pequena ruga entre as sobrancelhas.

– Lembra-se da mulher que você atendeu ontem? Aquela com o menino retardado?

– Não é algo que se possa esquecer – eu disse, da maneira mais descontraída possível. – Por quê? Poderia me ajudar com isso aqui? – Indiquei a mesa portátil que eu costumava usar e que teimosamente se recusava a fechar adequadamente, as juntas tendo inchado com a umidade.

Brianna franziu a testa ligeiramente, estudando a mesa, depois deu uma pancada na junta emperrada com a lateral de sua mão. A junta cedeu e encaixou-se obedientemente na mesma hora, reconhecendo uma força superior.

– Pronto. – Ela esfregou o lado da mão distraidamente, a testa ainda franzida. – Você estava tentando por todos os meios lhe dizer para não ter mais filhos. O menino... era um problema hereditário, então?

– Pode-se dizer que sim – respondi secamente. – Sífilis congênita.

Ela ergueu os olhos, empalidecendo.

– Sífilis? Tem certeza?

Balancei a cabeça confirmando, enquanto enrolava uma atadura de linho fervido. Ainda estava úmida, mas não havia nada que pudesse ser feito quanto a isso.

– A mãe ainda não exibia sinais evidentes dos últimos estágios da doença, mas são inconfundíveis numa criança.

A mãe a procurara apenas para ter um abscesso na gengiva lancetado, o menino agarrado às suas saias. Ele possuía o característico nariz côncavo, ou em sela, com o cavalete arqueado para dentro, assim como uma malformação tão grande no maxilar, que não me surpreendi com seu estado de subnutrição; ele mal podia mastigar. Eu não sei quanto de seu evidente retardamento devia-se a danos cerebrais e quanto à surdez; ele parecia ter ambos, mas eu não testei a extensão, já que não havia absolutamente nada que eu pudesse fazer para remediar os dois problemas. Eu aconselhei a mãe a lhe dar caldo de carne e de legumes, o que poderia ajudar com a desnutrição, mas não havia mais nada que pudesse ser feito por ele, pobrezinho.

– Eu não vejo isso aqui com tanta frequência quanto via em Edimburgo ou Paris, onde havia muitas prostitutas – eu disse a Bri, jogando a bola de ataduras dentro da sacola de lona que ela mantinha aberta para mim. – Mas de vez em quando, eu vejo. Por quê? Você não acha que Roger tenha sífilis, acha?

Ela olhou para mim, boquiaberta. Seu olhar de espanto foi obliterado por um fluxo imediato de ardente rubor.

– *Não* acho! – exclamou. – Mãe!

– Bem, eu achava que não – eu disse suavemente. – Mas acontece nas melhores famílias... e você estava perguntando.

Ela resfolegou furiosamente.

– Eu estava perguntando sobre *contracepção* – ela disse, entre dentes. – Ou ao menos era o que pretendia, antes de você começar com o *Guia Médico de Doenças Venéreas*.

– Ah, isso. – Olhei-a pensativamente, notando as manchas secas de leite materno em seu corpete. – Bem, o aleitamento materno é bastante eficaz. Não inteiramente, de modo algum, mas razoavelmente eficaz. Menos, depois dos seis primeiros meses – Jemmy estava agora com seis meses –, mas ainda assim eficaz.

– Mmmmhum – ela disse, soando tão semelhante a Jamie, que eu tive que morder o lábio inferior para não rir. – E exatamente o que *mais* é eficaz?

Eu não havia realmente discutido contracepção – ao estilo do século XVIII – com ela. Não me parecera necessário quando ela surgiu em Fraser's Ridge e, depois, *realmente* não era necessário, já que ela estava grávida. Então ela agora estava achando necessário?

Franzi a testa, lentamente arrumando os rolos de ataduras e as trouxinhas de ervas na minha sacola.

– O mais comum é algum tipo de barreira. Um pedaço de seda ou esponja, encharcada com qualquer coisa de vinagre a conhaque. Mas, se você tiver óleo de tanaceto ou óleo de cedro, parece que funciona melhor. Eu ouvi falar de mulheres nas Antilhas que usavam meio limão, mas essa obviamente não é uma boa alternativa aqui.

Ela soltou uma curta risada.

– Não, creio que não. Acho que o óleo de tanaceto também não funciona tão bem assim, era o que Marsali estava usando quando ficou grávida de Joan.

– Oh, ela estava mesmo usando? Achei apenas que ela tivesse se descuidado alguma vez, e uma vez é suficiente.

Senti, mais do que vi, ela se retesar, e mordi o lábio outra vez, dessa vez mortificada. Uma única vez havia sido suficiente... só não sabíamos *qual* vez. No entanto, ela arqueou os ombros e relaxou-os outra vez, descartando deliberadamente quaisquer lembranças que minha observação irrefletida tivesse evocado.

– Ela disse que estava usando... mas que podia ter se esquecido. Mas não funciona sempre, não é?

Pendurei a sacola de bandagens cirúrgicas e ervas secas no ombro e peguei a arca médica pela tira de couro que Jamie fizera para ela.

– A única coisa que sempre funciona é o celibato – eu disse. – Imagino que esta não seja uma opção satisfatória no momento, não é?

Ela sacudiu a cabeça, os olhos fixos pensativamente num agrupamento de rapazes, visível através das árvores mais abaixo, revezando-se em atirar pedras do outro lado do córrego.

– Era o que eu temia – ela disse e inclinou-se para pegar a mesa portátil e dois banquinhos.

Olhei ao redor da clareira, refletindo. Mais alguma coisa? Não era preciso se preocupar em deixar o fogo aceso, ainda que Lizzie adormecesse; nada na montanha pegaria fogo com aquele tempo; até mesmo os gravetos e a lenha que havíamos armazenado no fundo de nossa tenda no dia anterior estavam úmidos. Mas alguma coisa estava faltando... o quê? Oh, sim. Larguei a caixa por um instante e engatinhei para dentro da tenda. Vasculhei a confusão de colchas, finalmente encontrando minha sacolinha de couro.

Fiz uma rápida oração a santa Brígida e pendurei-a no pescoço, enfiando-a para dentro do colete do meu vestido. Estava tão habituada a usar o amuleto quando saía para atender doentes que eu quase deixara de me sentir ridícula a respeito desse pequeno ritual – quase. Bri me observava, um olhar um pouco estranho no rosto, mas não disse nada.

Nem eu; apenas peguei meus apetrechos e a segui pela clareira, contornando cuidadosamente uma ou outra poça d'água. Não estava chovendo agora, mas as nuvens haviam se assentado no topo das árvores, prometendo mais chuva a qualquer momento, e filetes de névoa erguiam-se de troncos caídos e arbustos gotejantes.

Por que Bri estaria se preocupando com contracepção?, eu me perguntava. Não que eu não achasse uma ideia sensata, mas por que agora? Talvez tivesse a ver com a iminência de seu casamento com Roger. Ainda que estivessem vivendo como marido e mulher nos últimos meses – e estavam – a formalidade dos votos feitos diante de Deus e dos homens era suficiente para trazer uma nova sobriedade até mesmo ao mais leviano dos jovens. E nem Bri nem Roger eram levianos.

– Há uma outra possibilidade – eu disse para a sua nuca, conforme ela caminhava à minha frente pela trilha escorregadia. – Ainda não tentei em ninguém, de modo que não posso dizer até que ponto é confiável. Nayawenne, a velha índia tuscarora que me deu a sacolinha de couro de remédios, disse que havia "ervas de mulheres". Misturas diversas, mas uma planta em particular para esse fim. Ela disse que as sementes dessa planta impediriam que o espírito de um homem dominasse o de uma mulher.

Bri parou, virando-se parcialmente para mim quando me aproximei.

– É assim que os índios veem a gravidez? – Um dos cantos de sua boca curvou-se ironicamente. – O homem vence?

Eu ri.

– Bem, de certa forma. Se o espírito da mulher for forte demais para o do homem, ou não ceder a ele, ela não pode conceber. Assim, se uma mulher quer um filho, mas não consegue conceber, geralmente a xamã tratará o marido, ou ambos, em vez de tratar apenas a mulher.

Ela fez um pequeno ruído gutural, parcialmente achando graça – apenas parcialmente.

– Qual é a planta... a erva das mulheres? – ela perguntou. – Você conhece?

– Não tenho certeza absoluta – admiti. – Não tenho certeza do nome, quero dizer. Mas ela me mostrou tanto a planta quanto as sementes secas, e tenho certeza de que a reconheceria, mas não era uma planta que eu conhecesse por um nome em inglês. Uma das *Umbelliferae*, eu acho – acrescentei.

Ela me lançou um olhar austero que me lembrou outra vez Jamie, depois se afastou para o lado, a fim de deixar uma fileira de mulheres dos Campbell passar, chocalhando chaleiras e caldeirões vazios, cada qual balançando a cabeça educadamente para nós enquanto seguiam a caminho do córrego.

– Bom-dia, sra. Fraser – uma delas disse, uma bonita jovem que eu reconheci como uma das filhas mais novas de Farquard Campbell. – Seu marido está por perto? Meu pai gostaria de dar uma palavrinha com ele.

– Não, ele saiu – eu disse, com um gesto vago. Jamie poderia estar em qualquer lugar. – Mas eu direi a ele, se o vir.

Ela balançou a cabeça e continuou seu caminho, cada uma das mulheres que a acompanhavam parando para desejar felicidades a Bri pelo seu casamento, suas saias e capas de lã provocando pequenas chuvas dos arbustos de murta que ladeavam o caminho naquele ponto.

Brianna aceitava os votos de felicidades com educada cordialidade, mas eu via a pequena ruga que se formara entre suas espessas sobrancelhas ruivas. Alguma coisa definitivamente a incomodava.

– O quê? – perguntei sem rodeios, assim que as Campbell já não podiam nos ouvir.

– O que é o quê? – ela perguntou, espantada.

– O que a está perturbando? – perguntei. – E não diga que não é nada, porque eu sei que é. Tem a ver com Roger? Está em dúvida com relação ao casamento?

– Não exatamente – ela respondeu, parecendo preocupada. – Eu quero me casar com Roger, quero dizer... não há nada errado com *isso*. É só que... que eu... pensei uma coisa... – Sua voz definhou e um ligeiro rubor subiu às suas faces.

– Sim? – perguntei, um pouco alarmada. – O quê?

– Doença venérea – ela soltou de uma vez. – E se eu tiver? Não Roger, ele não, mas... de Stephen Bonnet?

Seu rosto estava tão afogueado que me surpreendia não ver as gotas de chuva chiarem e se evaporarem ao atingir sua pele. Meu próprio rosto estava frio, o coração apertado no peito. A possibilidade me ocorrera – vividamente – na época, mas eu não quis sequer sugerir tal coisa, se ela mesma não tivesse pensado nisso. Lembro-me das semanas que passei observando-a disfarçadamente, à cata de qualquer sinal de doença, mas as mulheres em geral não mostravam nenhum sintoma no começo de uma infecção. O nascimento saudável de Jemmy fora um alívio em mais de um aspecto.

– Oh – exclamei suavemente. Estendi a mão e apertei seu braço. – Não se preocupe, querida. Você não tem.

Ela inspirou fundo e soltou o ar de uma vez, numa nuvem de vapor, um pouco da tensão abandonando seus ombros.

– Tem certeza? – ela disse. – Você pode saber? Eu me sinto bem, mas pensei... as mulheres nem sempre têm sintomas.

– É verdade – eu disse –, mas os homens certamente têm. E se Roger tivesse contraído alguma doença de *você*, eu já teria sabido há muito tempo.

Seu rosto havia empalidecido um pouco, mas o tom rosado voltou depois disso. Ela tossiu, a névoa elevando-se de seu hálito.

– Bem, isso é um alívio. Então Jemmy está bem? Tem certeza?

– Absoluta – assegurei-lhe. Eu havia pingado algumas gotas de nitrato de prata – conseguido a um alto preço e com muita dificuldade – em seus olhos ao nascer, por via das dúvidas, mas eu realmente tinha certeza. Além da ausência de qualquer sinal específico de doença, Jemmy tinha um ar robusto de saúde que fazia a mera ideia de infecção inacreditável. Ele irradiava bem-estar como um caldeirão de ensopado de carne.

– Foi por isso que você perguntou sobre contracepção? – perguntei, cumprimentando o acampamento da sra. MacRae com um aceno ao passar por ele. – Você estava preocupada em ter mais filhos, caso...

– Oh. Não. Quero dizer... eu nem tinha pensado em doença venérea até você mencionar sífilis, e então ocorreu-me a terrível ideia de que eu poderia ter contraído... de que ele... – Ela parou e limpou a garganta. – Hã, não. Eu só queria saber.

Um trecho escorregadio do caminho colocou um ponto final na conversa naquele momento, mas não em minhas especulações.

Não que a mente de uma jovem noiva não se voltasse um pouco para ideia de contracepção – mas, nas circunstâncias... o que seria?, me perguntei. Medo por si mesma, ou por um novo bebê? Dar à luz podia ser perigoso, é claro – e qualquer um que tivesse visto as pacientes no meu consultório ou ouvido as conversas das mulheres ao redor das fogueiras à noite não teria dúvidas quanto aos perigos para bebês e crianças pequenas; era rara a família que não tivesse perdido no mínimo uma criança de febre, inflamação da garganta ou diarreia incontrolável. Muitas mulheres haviam perdido três, quatro ou mais filhos. Lembrei-me da história de Abel MacLennan e um calafrio percorreu minha espinha.

Entretanto, Brianna era muito saudável e, apesar de não podermos contar com recursos importantes como antibióticos e instalações médicas sofisticadas, eu lhe dissera para não subestimar o poder da simples higiene e boa nutrição.

Não, pensei, observando a curva vigorosa de suas costas enquanto levantava o pesado equipamento por cima de uma raiz tortuosa que atravessava o caminho. Não era isso. Ela devia ter alguma razão para estar preocupada, mas ela basicamente não era uma pessoa medrosa.

Roger? Neste caso, pareceria que o melhor a fazer era engravidar logo outra vez, com um filho que definitivamente seria de Roger. Isso sem dúvida ajudaria a cimentar seu novo casamento. Por outro lado... e se ela o fizesse? Roger ficaria mais do que satisfeito, mas e quanto a Jemmy?

Roger fizera um juramento de sangue, aceitando Jemmy como seu próprio filho. Mas a natureza humana era a natureza humana, e, embora eu tivesse certeza de que Roger jamais o abandonaria ou negligenciaria, era bastante provável que ele se sentisse de modo diferente – e de uma maneira óbvia – em relação a um filho que sabia ser seu. Bri se arriscaria a isso?

Pensando bem, eu achava que ela faria bem em esperar, se pudesse. Dar a Roger tempo para estabelecer fortes laços com Jemmy, antes de complicar a situação familiar com outra criança. Sim, muito sensato – e Bri de fato era uma pessoa eminentemente sensata.

Somente quando chegamos, finalmente, à clareira onde as consultas da manhã eram realizadas é que uma outra possibilidade me ocorreu.

– Podemos ajudá-las, sra. Fraser?

Dois dos garotos mais novos dos Chisholm apressaram-se a nos ajudar, aliviando a mim e a Brianna de nossos pesados fardos, e, sem que fosse necessário lhes pedir, começaram a armar a mesa, ir buscar água limpa, acender um fogo e se mostrar úteis de toda maneira possível. Não tinham mais do que oito e dez anos e, vendo-os trabalhar, percebi novamente que nesta época um garoto de doze ou catorze anos poderia ser essencialmente um adulto.

Brianna sabia disso também. Ela jamais deixaria Jemmy, eu sabia – não enquanto ela precisasse dele. Mas... e mais tarde? O que aconteceria quando ele a deixasse?

Abri minha arca e comecei lentamente a arrumar o material necessário para o trabalho da manhã: tesouras, sonda, fórceps, álcool, bisturi, ataduras, alicates de dentes, agulhas de sutura, unguentos, bálsamos, panos lavados, abluções, purgantes...

Brianna tinha vinte e três anos. Não teria mais do que trinta e poucos até Jemmy ser completamente independente. E se ele já não precisasse de seus cuidados... ela e Roger poderiam voltar. De volta à sua própria época, à segurança – à vida interrompida que lhe pertencia de direito.

Mas somente se não tivessem outros filhos, cuja dependência a prenderia aqui.

– Bom-dia, senhora. – Um cavalheiro baixo, de meia-idade, parou à minha frente, o primeiro paciente da manhã. Ele estava com uma barba de pelo menos uma semana, mas notoriamente pálido ao redor da papada, com um ar doentio e olhos injetados, tão vermelhos de fumaça e uísque, que sua enfermidade era discernível instantaneamente. A ressaca era endêmica nas consultas matinais.

– Estou com uma pequena dor de estômago, senhora – ele disse, engolindo em seco, com ar infeliz. – Teria alguma coisa para acalmá-lo, talvez?

– Tenho o remédio certo – assegurei-lhe, pegando uma xícara. – Ovo cru e um pouco de ipecacuanha. Solte bem o vômito e será um novo homem.

As consultas eram realizadas à beira de uma grande clareira ao pé da colina, onde a grande fogueira da Assembleia ardia à noite. O ar úmido carregava o cheiro de fuligem e o odor mais ácido de cinzas molhadas, mas o pedaço de terra enegrecida – de uns três metros de diâmetro, pelo menos – já estava desaparecendo sob um cruzamento de novas toras e gravetos. Teriam dificuldade de acender a fogueira esta noite, pensei, se a garoa continuasse.

Uma vez resolvido o caso de ressaca, houve um curto período de calmaria e eu pude dar atenção a Murray MacLeod, que montara sua loja a uma pequena distância dali.

Murray havia começado cedo, percebi. O chão aos seus pés estava escuro, as cinzas que haviam sido espalhadas estavam empapadas de sangue. Ele também já tinha um paciente à mão – um cavalheiro robusto, cujo nariz vermelho e esponjoso e papadas flácidas testemunhavam uma vida de excesso de álcool. Ele fizera o homem ficar apenas de camisa, apesar da chuva e do frio, a manga levantada e o torniquete no lugar, a tigela da sangria segurada sobre os joelhos do paciente.

Eu estava a uns dez metros de onde Murray realizava seu trabalho, mas podia ver os olhos do paciente, amarelos como mostarda mesmo à luz turva da manhã.

– Doença do fígado – eu disse a Brianna, não me dando ao trabalho de abaixar a voz. – Dá para ver a icterícia daqui, não é?

– Humores biliares – MacLeod disse em voz alta, abrindo sua lanceta com um estalido. – Um excesso de humores, claro como água. – Pequeno, moreno e bem-arrumado em seu traje, Murray pessoalmente não causava grande impressão, mas certamente era um homem de opinião.

– Cirrose devido à bebida, eu diria – disse, aproximando-me e olhando o paciente de cima a baixo, impassivelmente.

– Uma condensação da bílis, devida a um desequilíbrio da fleuma! – Murray olhou-me com raiva, obviamente achando que eu fosse roubar seu espetáculo, se não seu paciente.

Ignorei-o e inclinei-me para examinar o paciente, que pareceu alarmado diante do meu escrutínio.

– Você tem uma massa dura logo abaixo das costelas à direita, não é? – eu disse, amavelmente. – Sua urina é escura e, quando evacua, as fezes são escuras e sanguinolentas, estou certa?

O homem confirmou balançando a cabeça, boquiaberto. Estávamos começando a atrair atenção.

– Mã-eee. – Brianna estava de pé atrás de mim. Balançou a cabeça para Murray e inclinou-se para sussurrar no meu ouvido. – O que você pode fazer para tratar a cirrose, mamãe? Nada!

Parei, mordendo o lábio. Brianna tinha razão. Na urgência de me exibir fazendo o diagnóstico – e impedir que Murray usasse sua lanceta manchada e parecendo enferrujada no homem –, eu negligenciei o fato de que não tinha nenhum tratamento alternativo a oferecer.

O paciente olhava de um para o outro, obviamente inquieto. Com esforço, sorri para ele e balancei a cabeça para Murray.

– O sr. MacLeod tem razão – eu disse, forçando as palavras entre meus dentes. – Doença do fígado, sem dúvida... causada por um excesso de humores. – Suponho que seja possível considerar o álcool um humor, afinal; as pessoas que bebiam o uísque de Jamie na noite anterior evidentemente o achavam hilariante.

O rosto de Murray estivera tenso de desconfiança; com a minha capitulação, ficou comicamente apalermado de perplexidade. Dando um passo diante de mim, Brianna aproveitou o momento.

– Há um feitiço – ela disse, sorrindo encantadoramente para ele. – Ele... hã... afia a lâmina e facilita o fluxo dos humores. Deixe-me mostrar-lhe. – Antes que ele pudesse agarrar a lanceta com mais força, ela arrancou-a de sua mão e virou-se para a pequena fogueira da clínica, onde um caldeirão de água fumegava, pendurado em um tripé acima do fogo.

– Em nome de Miguel, o senhor das espadas, defensor das almas – ela entoou. Achei que usar o nome de são Miguel em vão não era realmente uma blasfêmia – ou, se fosse, que Miguel não faria objeção, em se tratando de uma boa causa. Os homens que preparavam a grande fogueira haviam parado para observar, assim como alguns pacientes que chegavam ao consultório.

Ela ergueu a lanceta e fez um amplo e lento sinal da cruz com ela, olhando de um lado para o outro, para se certificar de que tinha a atenção de todos os espectadores. Tinha; estavam ansiosos. Assomando acima da maioria dos espectadores boquiabertos, os olhos azuis estreitados em concentração, ela me recordava fortemente Jamie em alguns de seus melhores desempenhos. Eu só esperava que ela fosse tão boa nisso quanto ele.

– Abençoe esta lâmina, para a cura de seu criado – ela disse, erguendo os olhos para o céu e segurando a lanceta acima do fogo à maneira de um padre oferecendo a Eucaristia. A água borbulhava, mas ainda não atingira o ponto de ebulição.

– Abençoe o corte, para a retirada do sangue, para o derramamento do sangue, para o... hã... para a eliminação do veneno do corpo de seu mais humilde suplicante. Abençoe a lâmina... abençoe a lâmina... abençoe a lâmina na mão de seu humilde criado... Agradeçamos a Deus pelo brilho do metal. – Agradeçamos a Deus pela natureza repetitiva das orações gaélicas, pensei cinicamente.

Graças a Deus, a água estava fervendo. Ela abaixou a lâmina curta, curva, até a superfície da água, lançou um olhar penetrante significativamente para a plateia e declamou:

– Que a limpeza das águas abençoadas por Jesus Cristo, nosso Senhor, esteja com esta lâmina!

Ela mergulhou o metal na água e segurou-o ali até o vapor que se elevava sobre o cabo de madeira avermelhar seus dedos. Ergueu a lanceta e transferiu-a apressadamente para a outra mão, elevando-a no ar, enquanto disfarçadamente sacudia a mão escaldada às suas costas.

– Que a bênção de Miguel, defensor dos demônios, recaia sobre esta lâmina e sobre a mão de quem a brandir, para a saúde do corpo, para a saúde da alma. Amém!

Deu um passo à frente e apresentou a lanceta cerimoniosamente a Murray, pelo cabo. Murray, que não era nenhum tolo, lançou-me um olhar em que uma aguçada suspeita misturava-se a uma relutante admiração pelas habilidades teatrais de minha filha.

– Não toque a lâmina – eu disse, sorrindo graciosamente. – Quebraria o encanto. Oh, e repita o ritual toda vez que usar a lâmina. Mas, veja bem, tem que ser feito com a água *fervendo*.

– Mmmhum – ele disse, mas pegou a lanceta cuidadosamente pelo cabo. Com um sinal de cabeça para Brianna, ele virou-se para seu paciente, e eu, para a minha – uma garotinha com uma erupção causada por urtiga. Brianna me seguiu, limpando as mãos na saia e parecendo satisfeita consigo mesma. Ouvi o leve grunhido do paciente atrás de mim e o sonoro gotejamento de sangue dentro da tigela de metal.

Senti-me um pouco culpada em relação ao paciente de MacLeod, mas Brianna tinha toda razão; não havia absolutamente nada que eu pudesse fazer por ele nas circunstâncias. Um cuidadoso tratamento de longo prazo, associado com uma excelente nutrição e uma completa abstinência de álcool, poderia prolongar sua vida; as chances dos dois primeiros eram pequenas, as da terceira, inexistente.

Brianna o havia salvado brilhantemente de uma potencialmente perigosa infecção sanguínea – e aproveitara a oportunidade para fornecer uma proteção semelhante a todos os futuros pacientes de MacLeod –, mas eu não podia deixar de sentir uma incômoda sensação de culpa por não ser capaz de fazer mais, eu mesma. Ainda assim, o primeiro princípio médico que eu aprendera como enfermeira nos campos de batalha da França ainda era válido: trate o paciente que está à sua frente.

– Use este unguento – eu disse severamente para a menina com a irritação de urtiga – e *não coce*.

4
PRESENTES DE CASAMENTO

O dia não clareara, mas a chuva parara por enquanto. Fogueiras fumaçavam como os aquecedores a óleo usados no campo para proteger os pomares das geadas, enquanto as pessoas apressavam-se para aproveitar a trégua momentânea da chuva para alimentar o fogo com seus carvões cuidadosamente guardados, empurrando lenha úmida para dentro das chamas num esforço apressado para secar roupas e cobertores molhados.

Uma dessas nuvens de fumaça inundou a trilha à sua frente e Roger virou-se para contorná-la, passando por tufos de capim molhado que ensopavam suas meias e galhos pendentes de pinheiro, que deixavam manchas escuras de umidade nos ombros de seu casaco conforme ele avançava. Ele não prestava nenhuma atenção à umidade, concentrado em sua lista mental de incumbências a realizar no dia. Primeiro, nas carroças dos vendedores de todo tipo de objeto, para comprar um presente de casamento para Brianna. Do que ela gostaria?, perguntava-se. Uma pequena joia, uma fita? Ele tinha bem pouco dinheiro, mas sentia a necessidade de marcar a ocasião com algum tipo de presente.

Ele teria gostado de colocar seu próprio anel no dedo dela quando fizessem os votos, mas ela insistira que o cabochão de rubi que pertencera ao seu avô serviria plenamente; ajustava-se perfeitamente ao seu dedo e não havia necessidade de gastar dinheiro com outro anel. Bri certamente era uma pessoa pragmática – às vezes, até de uma forma desconcertante, em contraste com sua própria veia romântica.

Algo prático, mas ornamental, então – como uma daquelas cadeiras de urinol, pintada? Sorriu consigo mesmo diante da ideia, mas a noção de praticidade permanecia, com um quê de dúvida.

Ele tinha uma lembrança vívida da sra. Abercrombie, uma matrona prática e digna, da congregação do reverendo Wakefield, que chegara à mansão completamente histérica certa vez, no meio do jantar, dizendo que havia matado o marido e perguntando o que deveria fazer. O reverendo deixara a sra. Abercrombie sob os cuidados temporários de sua governanta, enquanto ele e Roger, então um adolescente, correram à residência dos Abercrombie para ver o que havia acontecido.

Encontraram o sr. Abercrombie no chão da cozinha, felizmente ainda vivo, embora atordoado e sangrando profusamente de um pequeno ferimento no couro cabeludo, ocasionado por ter sido golpeado com o novo ferro elétrico com que presenteara sua mulher por ocasião do vigésimo terceiro aniversário de casamento.

– Mas ela disse que o ferro velho queimava as toalhas de chá! – o sr. Abercrombie repetia a lastimosos intervalos, enquanto o reverendo habilmente fazia um curativo em sua cabeça e Roger limpava o assoalho da cozinha.

Foi a vívida lembrança das manchas de sangue no linóleo gasto da cozinha dos Abercrombie que o fez se decidir. Bri podia ser pragmática, mas aquele era o casamento deles. Para o melhor ou para o pior, até que a morte nos separe. Seria romântico – ou tão romântico quanto se poderia ser com um xelim e três *pennies*.

Viu um lampejo de vermelho entre as agulhas de abeto próximas, como o vislumbre de um galo-de-campina. Porém, maior do que o pássaro médio; ele parou, inclinando-se para espreitar através de uma abertura nos galhos.

– Duncan? – ele disse. – É você?

Duncan Innes saiu do meio das árvores, balançando a cabeça timidamente. Ele ainda usava o tartã escarlate dos Cameron, mas abandonara o esplêndido casaco e, em vez disso, enrolara a ponta de seu xale como um xale por cima dos ombros, ao velho e confortável estilo das Highlands.

– Uma palavra, *a Smeòraich*? – ele disse.

– Sim, claro. Estou a caminho das carroças dos latoeiros, acompanhe-me. – Voltou novamente para o caminho, agora livre da fumaça, e caminharam como bons companheiros pela montanha, lado a lado.

Roger não disse nada, esperando educadamente que Duncan iniciasse a conversa. Duncan era tímido e reservado por natureza, mas observador, perceptivo e teimoso de uma maneira muito tranquila. Se ele tivesse alguma coisa a dizer, ele o diria – no devido tempo. Finalmente ele respirou fundo e começou.

– *Mac Dubh* me disse que seu pai era um ministro. É verdade, não é?

– Sim – Roger disse, surpreso com a natureza do assunto. – Ou ao menos... meu verdadeiro pai foi morto e o tio de minha mãe me adotou; ele que era ministro. – Enquanto falava, Roger se perguntou por que sentia a necessidade de se explicar. Durante quase toda a sua vida, ele pensara e falara do reverendo como seu pai, e sem dúvida isso não fazia a menor diferença para Duncan.

Duncan balançou a cabeça, estalando a língua em solidariedade.

– Mas você mesmo era presbiteriano, não é? Eu ouvi *Mac Dubh* falar sobre isso. – Apesar das boas maneiras usuais de Duncan, um leve sorriso surgiu no canto do seu bigode desgrenhado.

– Imagino que tenha ouvido – Roger retrucou secamente. Ficaria surpreso se toda a Assembleia não tivesse ouvido *Mac Dubh* falar disso.

– Bem, a questão é que eu também sou – Duncan disse, num tom quase de desculpas.

Roger olhou-o espantado.

– Você? Achei que fosse católico!

Duncan emitiu um pequeno ruído embaraçado, erguendo o ombro do braço amputado, num gesto de resignação.

– Não. Meu bisavô, por parte de mãe, era um partidário da reforma protestante na Escócia, um pessoal muito fervoroso em suas crenças, sabe? – Sorriu, um pouco timidamente. – Mas, na época em que eu nasci, isto já havia se diluído bastante. Minha mãe era religiosa, mas papai não era um grande adepto da igreja, nem eu. E, quando eu conheci *Mac Dubh*... bem, não é que ele tenha me convidado para ir à missa com ele, sabe?

Roger balançou a cabeça, com um pequeno grunhido de compreensão. Duncan conhecera Jamie na prisão de Ardsmuir, depois do Levante. Embora a maior parte das tropas jacobitas tivesse sido de católicos, ele sabia que havia protestantes de diferentes grupos entre eles também – e a maioria provavelmente se calara a respeito disso, estando rodeada de católicos em maior número. E era bem verdade que a carreira posterior de Jamie e Duncan no contrabando teria oferecido poucas ocasiões para o discurso religioso.

– Sim, é verdade. E seu casamento com a sra. Cameron esta noite...

Duncan balançou a cabeça e mordeu o canto da boca, mastigando contemplativamente a beirada de seu bigode.

– É isso. Você acha que devo dizer alguma coisa?

– A sra. Cameron não sabe? Nem Jamie?

Duncan sacudiu a cabeça silenciosamente, os olhos na lama pisoteada da trilha.

Roger percebeu que era a opinião de Jamie que importava ali, e não a de Jocasta Cameron. A questão de religiões diferentes obviamente não parecera importante a Duncan – e Roger nunca soube que Jocasta fosse de algum modo devota –, mas, ao ouvir a reação de Jamie ao presbiterianismo de Roger, Duncan se assustara.

– Você foi falar com o padre, *Mac Dubh* disse. – Duncan olhou para ele de viés. – Ele... – Limpou a garganta, enrubescendo. – Quero dizer, ele o obrigou a se... batizar ao estilo de Roma?

Uma perspectiva atroz para um protestante devoto e obviamente uma perspectiva desconfortável para Duncan. Era, Roger compreendeu, uma ideia desconfortável para ele também. Ele teria feito isso, se fosse obrigado, para se casar com Bri? Imagina que teria, finalmente, mas admitia ter sentido um profundo alívio com o fato de o padre não ter insistido em nenhum tipo de conversão formal.

– Ah... não – Roger disse, e tossiu quando outra baforada de fumaça os cobriu repentinamente. – Não – repetiu, limpando os olhos lacrimejantes. – Mas eles não o batizam, sabe, se você já foi batizado. Você foi, não?

– Oh, sim. – Duncan pareceu encorajado com isso. – Sim, quando eu... isso é... – Uma leve sombra atravessou seu rosto, mas qualquer que tenha sido o pensamento que o causou foi descartado com outro gesto dos ombros. – Sim.

– Está bem, então. Deixe-me pensar um pouco, sim?

As carroças dos latoeiros já estavam à vista, amontoadas como gado, a mercadoria coberta por lonas e cobertores contra a chuva, mas Duncan parou, obviamente querendo que a questão fosse resolvida antes de prosseguir.

Roger esfregou a mão na nuca, pensando.

– Não – disse, finalmente. – Não acho que precise dizer nada. Veja bem, não vai ser uma missa, apenas uma cerimônia de casamento, e esta é exatamente igual. Aceita esta mulher, aceita este homem, na riqueza ou na pobreza, tudo isso.

Duncan balançou a cabeça, atento.

– Sim, isso eu posso dizer – concluiu. – Embora tenha sido uma situação difícil, a parte da riqueza e da pobreza. Você também sabe bem disso.

Ele falou inteiramente sem qualquer noção e ironia, meramente como alguém apenas afirmando um fato óbvio, e ficou claramente desconcertado ao ver a expressão no rosto de Roger em reação ao comentário.

– Não tive a intenção de insinuar nada – Duncan apressou-se a dizer. – Isto é, eu só quis dizer...

Roger abanou a mão, tentando descartar a questão.

– Não foi nada – ele disse, a voz tão seca quanto a de Duncan havia sido. – Quem diz a verdade não merece castigo, certo?

E *era* verdade, embora ele tivesse de algum modo conseguido fazer vista grossa a isso até este momento. De fato, ele compreendeu com uma sensação acabrunhante, sua situação era um paralelo exato à de Duncan: um homem sem um centavo, sem propriedade, casando-se com uma mulher rica – ou potencialmente rica.

Ele nunca havia pensado em Jamie Fraser como um homem rico, talvez por causa da simplicidade natural de Jamie, talvez simplesmente porque ele não fosse rico – ainda. Mas a verdade é que Fraser era o proprietário de dez mil acres de terra. Se uma grande parte dessas terras ainda era inculta, isso não significava que iria permanecer assim. Havia colonos nestas terras agora; logo haveria mais. E quando esses arrendatários começassem a pagar aluguel, quando houvesse serrarias e moinhos nos riachos, quando houvesse assentamentos e lojas e tavernas, quando o punhado de vacas e porcos e cavalos tivesse se multiplicado em gordos rebanhos de uma bem-sucedida criação de animais, sob a administração cuidadosa de Jamie... Jamie Fraser seria realmente um homem muito rico. E Brianna era a única filha natural de Jamie.

E depois, havia Jocasta Cameron, notoriamente já uma mulher muito rica, que declarara sua intenção de fazer de Brianna sua herdeira. Bri se recusara enfaticamente a aprovar a ideia – mas Jocasta era tão naturalmente teimosa quanto sua sobrinha e tinha mais prática nisso. Além disso, independentemente do que Brianna dissesse ou fizesse, as pessoas iriam supor...

E era isso que estava realmente pesando no fundo do seu estômago como uma pedra. Não apenas a percepção de que ele de fato estava se casando bem acima dos seus meios e posição – mas a percepção de que todo mundo na colônia inteira já percebera isso havia muito tempo, e provavelmente o viam cinicamente – e cochichavam a seu respeito – como um raro aproveitador, se não um absoluto aventureiro. A fumaça deixara um gosto amargo de cinzas no fundo de sua boca. Engoliu em seco e deu a Duncan um sorriso enviezado.

– Sim – ele disse. – Bem. Para o melhor ou para o pior. Imagino que devam ver *alguma coisa* em nós, não? As mulheres?

Duncan sorriu, com certa melancolia.

– Sim, alguma coisa. Então você acha que está tudo bem, sobre a religião? Eu não iria querer que a srta. Jo ou *Mac Dubh* pensassem que agi de má-fé ao não falar nada. Mas eu não gostaria de fazer um escarcéu a respeito disso, e não há necessidade.

– Não, claro que não – Roger concordou. Respirou fundo e afastou os cabelos molhados do rosto. – Não, acho que está tudo bem. Quando eu conversei com o... o padre, a única condição que ele impôs foi que eu batizasse meus filhos na religião católica. Mas como isso não é problema para você e a sra. Cameron, eu suponho... – Deixou a frase morrer educadamente, mas Duncan pareceu aliviado diante da ideia.

– Oh, não – ele disse e riu, um pouco nervosamente. – Não, acho que não estou preocupado com isso.

– Muito bem, então. – Roger forçou um sorriso e deu um tapinha nas costas de Duncan. – Boa sorte para você.

Duncan roçou o dedo sob o bigode, balançando a cabeça.

– Para você também, *a Smeòraich*.

Esperava que Duncan fosse embora cuidar de seus próprios afazeres, uma vez respondida a sua pergunta, mas o sujeito, em vez disso, continuou a acompanhá-lo, vagando devagar entre as fileiras de carroças no rastro de Roger, examinando as mercadorias em exposição com a testa ligeiramente franzida.

Após uma semana de pechinchas e escambo, as carroças estavam tão cheias como no início da Assembleia – ou até mais, empilhadas com sacos de grãos e lã, barris de cidra, sacas de maçãs, pilhas de peles de animais e outras miscelâneas aceitas na troca. O estoque de artigos atraentes havia minguado consideravelmente, mas ainda havia o que comprar, como evidenciado pela multidão de pessoas aglomeradas ao redor das carroças, como pulgões em uma roseira.

Roger era suficientemente alto para espreitar por cima das cabeças da maioria dos fregueses e percorreu lentamente a fileira de carroças, examinando um artigo ou outro, tentando visualizar a reação de Brianna a cada um deles.

Ela era uma bela mulher, mas não era inclinada a fazer alarde de sua aparência. Na realidade, ele a impedira por pouco de cortar sua gloriosa cabeleira ruiva por impaciência com as mechas que caíam por cima do molho e com Jemmy puxando-as teimosamente. Talvez uma fita fosse realmente algo prático. Ou um pente decorado? Mais provável um par de algemas para o garoto.

Parou junto a um vendedor de artigos de tecido e inclinou-se para espreitar por baixo da lona, onde gorros e fitas vistosas penduravam-se em segurança, fora da chuva, agitando-se na fria penumbra como os tentáculos de uma brilhante medusa. Duncan, o xale levantado até as orelhas para se proteger das rajadas de vento, aproximou-se, para ver o que ele estava olhando.

– Procurando alguma coisa em particular, senhores? – Uma vendedora inclinou-se para frente, por cima dos artigos, o peito pousado nos braços cruzados, e dividiu um sorriso profissional entre eles.

– Sim – Duncan disse, inesperadamente. – Um metro de veludo. Você teria isso? De boa qualidade, veja bem, mas a cor não é importante.

As sobrancelhas da mulher arquearam-se – mesmo em suas melhores roupas, Duncan não pareceria um janota para ninguém –, mas ela virou-se sem comentários e começou a vasculhar o seu minguado estoque.

– Acha que a srta. Claire ainda teria um pouco de lavanda? – Duncan perguntou, virando-se para Roger.

– Sim, sei que tem – Roger respondeu. Seu espanto deve ter transparecido em seu rosto, pois Duncan sorriu e abaixou a cabeça timidamente.

– Foi uma ideia que eu tive – ele disse. – A srta. Jo sofre de enxaqueca e não dorme tão bem quanto deveria. Minha mãe tinha um travesseiro de lavanda e dizia que adormecia como um bebê assim que encostava a cabeça naquele travesseiro. Então, eu pensei que talvez um pedaço de veludo – de modo que ela pudesse senti-lo contra a pele, hein? – e talvez a srta. Lizzie o costuraria para mim...

Na doença e na saúde...

Roger balançou a cabeça com aprovação, sentindo-se emocionado – e ligeiramente envergonhado – com a consideração de Duncan. Ele tivera a impressão de que o casamento de Duncan e Jocasta Cameron fosse principalmente uma questão de conveniência e negócios – e talvez fosse. Mas uma louca paixão não era necessariamente um pré-requisito para ternura ou consideração, não é?

Duncan, terminada a compra, despediu-se e partiu com o veludo protegido sob seu xale, deixando Roger para fazer um lento percurso pelas carroças restantes, mentalmente selecionando, considerando e descartando, enquanto quebrava a cabeça tentando descobrir que item daquela miríade agradaria mais à noiva. Brincos? Não, o garoto os puxaria. O mesmo para um colar – *ou* uma fita de cabelos, agora que pensava nisso.

No entanto, sua mente se fixava em uma joia. Normalmente, ela usava bem poucos enfeites. Mas ela *usava* o anel de rubi de seu pai – o que Jamie lhe dera, o que ele dera a Brianna quando ela o aceitara para sempre – tudo durante a Assembleia. Jem babava nele de vez em quando, mas nada conseguia realmente danificá-lo.

Parou de repente, deixando a multidão fluir ao seu redor. Podia ver o ouro com os olhos da mente, e o forte vermelho-rosado do cabochão de rubi, vívido em seu dedo longo e pálido. *O anel de seu pai*. Claro, por que não vira isso antes?

É verdade, Jamie dera a ele o anel, mas isso não o tornava seu para dar a outra pessoa. E ele queria, de repente e muito intensamente, dar alguma coisa a Brianna que fosse realmente sua.

Virou-se decididamente e voltou a uma das carroças cujos artigos de metal brilhavam e cintilavam, mesmo sob a chuva. Ele sabia por experiência que seu dedo mínimo era exatamente do tamanho do dedo anelar de Brianna.

– Este – ele disse, segurando um anel. Era barato; feito de fios entrelaçados de cobre e latão, sem dúvida deixaria seu dedo verde em questão de minutos. *Tanto faz*, pensou, entregando o dinheiro. Quer ela o usasse o tempo todo ou não, seria a marca de que ela lhe pertencia.

Por esta razão, uma mulher deve deixar a casa de seu pai e apegar-se ao seu marido, e os dois se tornarão uma só carne.

5
PERTURBAÇÃO DA ORDEM

Ao fim da primeira hora, eu tinha um considerável ajuntamento de pacientes à minha espera, apesar do chuvisco intermitente. Era o último dia da Assembleia, e aqueles que aguentaram uma dor de dentes ou a dúvida de uma irritação na pele decidiram que deveriam aproveitar a oportunidade de ser tratados.

Despachei uma jovem com um bócio incipiente, advertindo-a para que adquirisse uma boa quantidade de peixe seco, já que ela vivia no interior e não podia obter peixe fresco todos os dias, e comesse um pouco todos os dias por causa do iodo que contém.

– Próximo! – chamei, afastando algumas mechas de cabelos úmidos dos meus olhos.

A multidão abriu-se como o mar Vermelho, revelando um homenzinho idoso, tão magro, que mais parecia um esqueleto ambulante, vestido em trapos e carregando uma trouxa de pelo nos braços. Conforme ele arrastava os pés em minha direção através das fileiras de pacientes que recuavam, eu descobri a razão para tanta deferência da multidão; ele fedia como um racum morto.

Por um instante, eu achei que o monte de pelos cinzentos *poderia* ser um racum morto – já havia uma pequena pilha de couros e peles de animais junto aos meus pés, embora meus pacientes em geral se dessem ao trabalho de separá-los de seus detentores originais, antes de presenteá-los a mim – mas, então, a pele se remexeu e um par de olhos brilhantes espreitou do meio da massa de pelos emaranhados.

– Meu cachorro está ferido – o homem anunciou bruscamente. Colocou o cachorro na minha mesa, empurrando o amontoado de instrumentos para o lado, e apontou para um rasgão irregular no flanco do animal. – Cuide dele.

Isso não foi dito como um pedido, mas, afinal, o cachorro é que era meu paciente, e *ele* parecia bastante civilizado. De porte médio e pernas curtas, de pelos ásperos, malhado e de orelhas irregulares, ele permaneceu placidamente ofegante, sem fazer nenhuma tentativa de fugir.

– O que aconteceu com ele? – Afastei do perigo a bacia cambaleante e inclinei-me para procurar a jarra de suturas esterilizadas. O cachorro lambeu minha mão de passagem.

– Foi uma briga com uma racum fêmea.

– Huum – eu disse, examinando o animal em dúvida. Considerando seu improvável parentesco e sua evidente amabilidade, achei que qualquer proposta feita a um racum fêmea era provavelmente inspirada pela luxúria, e não ferocidade. Como para confirmar essa impressão, o animal ejetou alguns centímetros de equipamento reprodutor úmido e rosado em minha direção.

– Ele gostou de você, mamãe – Bri disse, mantendo o rosto impassível.

– Muito lisonjeiro – murmurei, esperando que o dono do cachorro não se sentisse motivado a fazer qualquer demonstração semelhante de consideração. Felizmente, o velho não parecia gostar nem um pouco de mim; ignorou-me completamente, os olhos fundos fixos pensativamente na clareira lá embaixo, onde os soldados faziam algum tipo de treino.

– Tesouras – eu disse, resignada, estendendo a mão.

Cortei os pelos emaranhados próximos ao ferimento e fiquei satisfeita de não encontrar nenhum inchaço significativo ou outros sinais de infecção. O corte secara bem; evidentemente já se passara algum tempo desde a lesão. Imaginei se o cachorro teria encontrado sua nêmesis na montanha. Não reconheci o homem, nem ele tinha a fala de um escocês. Talvez nem estivesse participando da Assembleia, pensei comigo mesma.

– Hã... poderia segurar a cabeça dele, por favor? – O cachorro podia ser amistoso, mas isso não significava que seu bom temperamento se manteria inalterado quando eu enfiasse uma agulha através de sua pele. No entanto, seu dono continuou mergulhado na melancolia e não fez nenhum esforço para me atender. Olhei ao redor, à procura de Bri, buscando ajuda, mas ela desaparecera subitamente.

– Aqui, *a bhalaich*, vamos – disse uma voz tranquilizadora ao meu lado, e eu me virei, surpresa, deparando-me com o cachorro cheirando interessadamente as juntas dos dedos oferecidas por Murray MacLeod. Vendo meu olhar de surpresa, ele encolheu os ombros, sorriu e inclinou-se sobre a mesa, agarrando o perplexo cachorro pelo focinho e pela nuca.

– Devo avisá-la para agir bem rápido, sra. Fraser – ele disse.

Segurei com firmeza a perna mais perto de mim e comecei a sutura. O cachorro reagiu exatamente como a maioria dos seres humanos em circunstâncias semelhantes, debatendo-se freneticamente e tentando escapar, as garras raspando a madeira rústica da mesa. Em dado momento, ele conseguiu livrar-se de Murray, após o que saltou imediatamente da mesa e lançou-se com todas as forças na direção do espaço aberto, os fios de sutura voando atrás dele. Lancei-me de corpo inteiro sobre ele e rolei pelas folhas e pela lama, espalhando espectadores em todas as direções, até que uma ou duas das almas mais corajosas me deram assistência, prendendo o animal sarnento no chão para que eu pudesse terminar o trabalho.

Dei o último nó, cortei o fio encerado com a lanceta de Murray – que na verdade fora pisoteada na luta, embora infelizmente não tenha sido quebrada – e tirei o joelho dos flancos do cachorro, ofegando quase tanto quanto o próprio cachorro.

Os espectadores aplaudiram.

Fiz uma mesura, um pouco zonza, e afastei punhados de cachos desgrenhados do meu rosto com ambas as mãos. Murray não estava em melhores condições, o rabo de cavalo desfeito e um rasgão no casaco coberto de lama. Ele abaixou-se, agarrou o cachorro por baixo da barriga e levantou-o, colocando-o na mesa, ao lado do dono.

– Seu cachorro, senhor – ele disse, respirando com dificuldade.

O velho virou-se, colocou a mão na cabeça do cachorro e franziu a testa, olhando de mim para Murray, como se não soubesse o que pensar desta forma de tratamento médico que mais parecia uma luta livre. Olhou para trás, por cima do ombro, para os soldados lá embaixo, depois se virou para mim, as sobrancelhas ralas franzidas acima do nariz adunco.

– Quem são *eles*? – disse, num tom de profunda perplexidade. Sem esperar uma resposta, deu de ombros, virou-se e foi embora. O cachorro, a língua para fora, saltou da mesa e saiu trotando ao lado do seu dono, em busca de mais aventuras.

Respirei fundo, tentei limpar a lama do meu avental, sorri para Murray em agradecimento e virei-me para lavar as mãos antes de lidar com o paciente seguinte.

– Ha! – Brianna exclamou, baixinho. – Peguei-o! – Ela ergueu ligeiramente o queixo, indicando alguém por cima do meu ombro, e eu me virei para olhar.

O paciente seguinte era um cavalheiro. Um verdadeiro cavalheiro, quero dizer, a julgar pelos trajes e pela postura, ambos bem superiores aos do restante da fila. Eu já o tinha notado pairando junto à beira da clareira havia algum tempo, olhando de um lado para o outro entre meu centro de operações e o de Murray, obviamente em dúvida sobre qual médico deveria ter o privilégio de tê-lo como paciente. Evidentemente, o incidente com o cachorro do caçador de peles inclinara a balança a nosso favor.

Olhei para Murray, que parecia claramente contrariado. Um cavalheiro provavelmente pagaria em dinheiro. Encolhi levemente o ombro para Murray em sinal de desculpas, em seguida exibi um agradável sorriso profissional e fiz um gesto indicando o banco ao meu paciente.

– Sente-se, por favor, senhor – eu disse –, e diga-me onde é que dói.

O cavalheiro era o sr. Goodwin, de Hillsborough, cuja principal queixa, ao que parecia, era uma dor no braço. No entanto, vi que esse não era seu único problema; uma cicatriz em ziguezague, recentemente cicatrizada, ao longo de uma das faces, a marca pálida puxando para baixo o canto de seu olho e conferindo-lhe um olhar feroz. Uma leve descoloração na face mostrava, também, onde algum objeto pesado o atingira em cheio acima do maxilar, e suas feições possuíam a aparência inchada e embotada de alguém que havia levado uma surra num passado bem próximo.

Os cavalheiros eram tão capazes de se envolver em brigas quanto qualquer pessoa comum, com a devida provocação, mas este parecia já avançado em idade para tais diversões, parecendo ter cinquenta e poucos anos, com uma barriga próspera pressionando o colete abotoado com botões de prata. Talvez ele tivesse sofrido uma emboscada em algum lugar e tivesse sido assaltado, pensei. Mas não a caminho da Assembleia; aqueles ferimentos tinham várias semanas.

Apalpei cuidadosamente seu braço e ombro, fazendo levantar e mover ligeiramente o braço, fazendo rápidas perguntas enquanto examinava. O problema era bastante óbvio; ele deslocara o cotovelo e, embora o deslocamento felizmente houvesse se reduzido, achei que ele havia rompido um tendão, que agora estava preso na articulação do cotovelo, entre o olecrânio e a cabeça da ulna, o ferimento se agravando com o movimento do braço.

Não que isso fosse tudo; continuando a apalpar cuidadosamente seu braço, descobri nada menos do que três fraturas simples parcialmente curadas nos ossos do antebraço. Os danos não eram apenas internos; eu podia ver os descolorados remanescentes de duas grandes manchas roxas no antebraço, acima dos locais das fraturas, cada qual uma nódoa irregular verde-amarelada, com o vermelho-preto mais escuro de uma profunda hemorragia no centro. Marcas de autodefesa, pensei, ou eu não me chamava Claire.

– Bri, encontre uma boa tala para mim, sim? – Bri assentiu silenciosamente e desapareceu, deixando-me para untar as contusões do sr. Goodwin com unguento de cajepute.

– Como sofreu esses ferimentos, sr. Goodwin? – perguntei descontraidamente, escolhendo um pedaço de atadura de linho. – Parece que esteve envolvido numa grande briga. Espero que ao menos o outro sujeito esteja pior!

O sr. Goodwin sorriu debilmente diante da minha tentativa de gracejo.

– Na verdade, foi uma batalha, sra. Fraser – ele respondeu –, e ainda por cima não era uma luta minha. Uma questão de má sorte: estar no lugar errado na hora errada, como se costuma dizer. Ainda assim... – Ele apertou os olhos em reflexo quando eu toquei a cicatriz. Um serviço grosseiro de quem quer que tivesse dado os pontos, mas perfeitamente sarado.

– É mesmo? – eu disse. – O que aconteceu?

Ele resmungou, mas não pareceu contrariado por ter que me contar.

– A senhora certamente ouviu o oficial hoje de manhã, lendo as palavras do governador com relação ao comportamento atroz dos revoltosos, não?

– Acho que as palavras do governador não escaparam à atenção de ninguém – murmurei, puxando delicadamente a pele com a ponta dos dedos. – Então, o senhor estava em Hillsborough, é isso que está me dizendo?

– Sim, é isso mesmo. – Suspirou, mas relaxou um pouco, vendo que eu não estava machucando-o com minhas sondagens. – Eu moro na cidade de Hillsborough, na verdade. E, se eu tivesse permanecido tranquilamente em casa, como minha mulher me implorou para fazer – deu um sorriso pesaroso –, sem dúvida teria escapado.

– Bem, dizem que a curiosidade matou o gato. – Eu localizara alguma coisa quando ele sorriu e pressionei delicadamente com o polegar a área descolorida em sua face. – Alguém bateu em seu rosto aqui, com bastante força. Quebraram algum dente?

Ele pareceu ligeiramente surpreso.

– Sim, senhora. Mas não é nada que possa consertar. – Ele levantou o lábio superior, revelando uma lacuna onde faltavam dois dentes. Um pré-molar fora completamente arrancado, mas o outro quebrara na raiz; eu podia ver uma linha irregular do esmalte amarelado, brilhando contra o vermelho-escuro da gengiva.

Brianna, chegando neste momento com a tala, fez um ligeiro barulho engasgado. Os outros dentes do sr. Goodwin, apesar de essencialmente inteiros, exibiam uma pesada crosta de tártaro amarelo e manchas marrons de mascar tabaco.

– Oh, acho que posso ajudar um pouco – garanti-lhe, ignorando Bri. – É doloroso mastigar aí, não é? Não posso consertar o dente, mas posso arrancar o pedaço que ficou do dente quebrado e tratar a gengiva para evitar uma infecção. Mas quem foi que o atingiu?

Ele encolheu ligeiramente os ombros, olhando com um interesse levemente apreensivo conforme eu arrumava os brilhantes alicates e o bisturi de lâmina reta para tratamento odontológico.

– Para dizer a verdade, minha senhora, eu nem sei. Eu tinha ido à cidade para visitar o palácio de justiça. Estou processando um sujeito na Virgínia – ele explicou, franzindo o cenho diante dessa lembrança – e tenho que apresentar documentos que embasem essa ação judicial. Entretanto, não pude fazer o que precisava, pois encontrei a rua do tribunal completamente apinhada de homens, muitos armados com porretes, chicotes e outros implementos do tipo.

Vendo a multidão revoltada, ele pensara em ir embora, mas, naquele exato momento, alguém atirou uma pedra numa das janelas do tribunal de justiça. O barulho de vidro quebrado teve o efeito de um sinal para a multidão, e eles se lançaram para frente, quebrando portas e gritando ameaças.

– Eu fiquei preocupado com meu amigo, sr. Fanning, que eu sabia que estava lá dentro.

– Fanning... seria Edmund Fanning? – Eu só estava ouvindo com um ouvido, enquanto decidia a melhor maneira de extrair o pedaço de dente, mas reconheci aquele nome. Farquard Campbell mencionara Fanning, enquanto contava a Jamie os detalhes sangrentos das violentas manifestações que se seguiram à Lei do Selo havia alguns anos. Fanning fora indicado o administrador dos correios na colônia, uma posição lucrativa que provavelmente lhe custara um bom dinheiro para conseguir e custara-lhe ainda mais quando fora obrigado a renunciar à força. Evidentemente, sua impopularidade aumentara nos cinco anos que se passaram desde então.

O sr. Goodwin comprimiu os lábios, transformando-os numa linha de desaprovação. – Sim, senhora, é esse mesmo. E qualquer que seja o escândalo que as pessoas espalham a respeito dele, ele sempre foi meu amigo. Assim, quando ouvi sentimentos tão dolorosos sendo expressos em ameaça à sua vida, resolvi que tinha que ir em sua ajuda.

Nessa cavalheiresca empreitada, o sr. Goodwin não tivera nenhum sucesso.

– Tentei abrir caminho à força pela multidão – ele disse, os olhos fixos em minhas mãos conforme eu ajeitava seu braço sobre a tala e colocava a bandagem de linho sob ela. – Mas não consegui avançar muito e, mal tinha colocado o pé nas escadas, quando se ouviu um grito lá de dentro e a multidão recuou, levando-me com ela.

Esforçando-se para se manter em pé, o sr. Goodwin ficara horrorizado de ver Edmund Fanning ser arrastado pela porta do tribunal de justiça, derrubado e depois puxado pelos pés escada abaixo, sua cabeça batendo em cada degrau.

– Que barulho horrível isso fazia – ele disse, estremecendo. – Eu podia ouvi-lo acima da gritaria, batendo como um melão rolando por uma escada.

– Santo Deus – murmurei. – Mas ele não morreu, não é? Não ouvi falar de nenhuma morte em Hillsborough. Relaxe o braço, por favor, e respire fundo.

O sr. Goodwin respirou fundo, mas apenas para emitir uma sonora arfada de desdém. A isso sucedeu-se uma arfada muito mais funda, quando virei seu braço, liberando o tendão preso e alinhando corretamente a articulação do cotovelo. Ele ficou muito pálido e uma película de suor formou-se em suas bochechas flácidas, mas ele piscou algumas vezes e recobrou-se com galhardia.

– E, se não foi morto, não foi por piedade dos arruaceiros – ele disse. – Foi apenas porque eles acharam melhor se divertir com o presidente do tribunal, e assim deixaram Fanning inconsciente na terra, enquanto corriam para dentro do tribunal. Outro amigo e eu erguemos o pobre homem e procuramos sair dali com ele para um abrigo próximo, quando ouvimos um berro às nossas costas e fomos imediatamente atacados pela turba. Foi assim que isso aconteceu – ele levantou o braço na tipoia – e isso. – Tocou a cicatriz junto ao olho e o dente estilhaçado.

Franziu a testa para mim, as sobrancelhas grossas arriadas.

– Acredite-me, senhora, espero que algumas pessoas aqui tenham a sensibilidade de dar os nomes dos arruaceiros, para que sejam punidos por atos tão bárbaros, mas, se eu visse aqui o sujeito que me atingiu, eu não me sentiria inclinado a entregá-lo à justiça do governador. Realmente, não me sentiria!

Seus punhos cerraram-se devagar e ele olhou furiosamente para mim, como se suspeitasse de que eu tivesse o canalha em questão escondido sob a mesa. Brianna remexeu-se desconfortavelmente atrás de mim. Ela sem dúvida estava pensando, como eu, em Hobson e Fowles. Já Abel MacLennan eu estava inclinada a considerar um espectador inocente, independentemente do que tivesse feito em Hillsborough.

Murmurei alguma coisa ininteligível em solidariedade e peguei a garrafa de uísque não refinado que usava para desinfecção e como arremedo de anestesia. A visão do uísque pareceu animar o sr. Goodwin consideravelmente.

– Um pouco disto... hã... para fortalecer o espírito – sugeri, servindo-lhe uma generosa xícara. E também para desinfetar o terrível ambiente de sua boca. – Mantenha-o na boca por um instante antes de engolir, vai ajudar a entorpecer o dente.

Virei-me para Bri, enquanto o sr. Goodwin obedientemente tomava um grande gole da bebida e ficava parado com a boca cheia, as bochechas infladas como as de um sapo, prestes a explodir numa cantoria. Ela parecia um pouco pálida, embora eu não soubesse ao certo se tinha sido a história do sr. Goodwin ou a visão do seu dente que a afetara.

– Acho que não vou precisar mais de você esta manhã, querida – eu disse, com um tapinha em seu braço para convencê-la. – Por que não vai ver se Jocasta está pronta para o casamento esta noite?

– Tem certeza, mamãe? – Mesmo enquanto perguntava, ela já desamarrava o avental manchado de sangue, enrolando-o numa bola. Vendo seu olhar na direção da cabeça da trilha, olhei na mesma direção e vi Roger espreitando por trás de uma moita, os olhos fixos nela. Vi seu rosto se iluminar quando ela se voltou para ele e senti uma emoção agradável aquecer meu coração. Sim, eles iriam ficar bem.

– Muito bem, então, sr. Goodwin. Tome mais um gole disso e acabaremos de lidar com esse probleminha. – Voltei-me novamente para meu paciente, sorrindo, e peguei o alicate.

6

PELOS VELHOS TEMPOS

Roger esperava na borda da clareira, observando Brianna ao lado de Claire, enquanto ela triturava ervas, media líquidos em pequenos frascos e rasgava ataduras. Ela havia enrolado as mangas do vestido para cima, apesar do frio, e o esforço de rasgar o linho resistente fazia os músculos de seus braços nus flexionarem e avolumarem-se sob a pele sardenta.

Pulsos fortes, ele pensou, com uma lembrança ligeiramente perturbadora de Estella, em *Grandes esperanças,* de Dickens. Notoriamente forte no corpo todo; o vento achatou sua saia contra a curva sólida dos quadris e uma coxa longa pressionou-se rapidamente contra o tecido quando ela se virou, lisa e arredondada como o tronco de um amieiro.

Ele não era o único a notar. Metade das pessoas que aguardavam a sua vez com um dos dois médicos estava observando Brianna; algumas – a maioria mulheres – com a testa ligeiramente franzida, intrigadas, outras – todos homens – com uma disfarçada admiração e um toque de especulação física que provocou em Roger a vontade de sair para o meio da clareira e afirmar seus direitos sobre ela naquele mesmo instante.

Bem, que olhem, ele pensou, acalmando o impulso. *Só importa se ela estiver correspondendo aos olhares, não é?*

Saiu de trás das árvores, apenas um pouco, e a cabeça de Brianna virou-se imediatamente ao avistá-lo. A leve carranca em sua expressão dissolveu-se instantaneamente, seu rosto iluminando-se. Ele retribuiu o sorriso, em seguida sacudiu a cabeça num convite e começou a descer a trilha, sem esperar resposta.

Ele seria suficientemente mesquinho para querer mostrar ao bando de admiradores embasbacados que sua mulher largaria tudo para atender ao seu chamado? Bem... sim, era. O constrangimento com essa constatação foi amenizado por uma sensação de posse agradavelmente brutal ao som de seus passos no caminho acima; sim, ela *atenderia* ao seu chamado.

Ela deixara seu trabalho para trás, mas carregava alguma coisa na mão; um pequeno pacote, embrulhado em papel e amarrado com um fio de linha. Ele estendeu a mão e conduziu-a para fora do caminho, descendo na direção de um pequeno bosque, onde uma tela de folhas de bordo desgastadas, amarelas e vermelhas, oferecia um arremedo decente de privacidade.

– Desculpe-me tirá-la de seu trabalho – ele disse, embora não lamentasse.

– Tudo bem. Fiquei contente de poder sair dali. Acho que não sou muito boa com sangue e entranhas. – Mostrou um ar desolado diante da admissão.

– Tudo bem – ele assegurou-lhe. – Não é um dos atributos que eu estivesse procurando numa mulher.

– Talvez devesse – ela disse, lançando-lhe um olhar taciturno. – Aqui *neste* lugar, você pode precisar de uma mulher que possa arrancar seus dentes quando eles se estragarem e costurar seus dedos de volta no lugar quando decepá-los cortando lenha.

O dia cinzento parecia ter contaminado seu estado de espírito – ou talvez fosse o trabalho que estava fazendo. Um rápido olhar à fila de pacientes de Claire era suficiente para deixar qualquer um deprimido – qualquer um, exceto Claire – com seu desfile de deformidades, mutilações, feridas e doenças medonhas.

Ao menos, o que ele pretendia dizer a Brianna poderia tirar sua mente dos detalhes mais escabrosos da vida no século XVIII por alguns instantes. Colocou a mão em seu rosto e alisou uma sobrancelha grossa e ruiva com o polegar. Seu rosto estava frio, também, mas a pele atrás da orelha, embaixo dos cabelos, estava aquecida – como outras partes ocultas.

– Eu tenho o que quero – ele disse com firmeza. – Mas, e você? Tem certeza de que não quer um homem que possa escalpelar um índio e colocar o jantar na mesa com sua arma de fogo? Sangue também não é meu ponto forte, hein?

Uma centelha de humor iluminou os olhos dela e o ar de preocupação desapareceu.

– Não, não creio que eu queira um homem sanguinário – ela disse. – É como mamãe chama papai, mas só quando está com raiva dele.

Ele riu.

– E do que você vai me chamar quando estiver com raiva de mim? – ele perguntou, caçoando. Ela olhou para ele especulativamente e o brilho da centelha intensificou-se.

– Oh, não se preocupe, papai se recusa a me ensinar palavrões em gaélico, mas Marsali me ensinou um monte de palavras realmente diabólicas em francês. Sabe o que *un soulard* significa? *Un grand gueule?*

– *Oui, ma petite chou,* não que eu já tenha visto um repolho com um nariz tão vermelho. – Bateu de leve com o dedo em seu nariz e ela esquivou-se, rindo.

– *Maudit chien!*

– Guarde alguns para depois do casamento – ele avisou. – Talvez venha a precisar. – Segurou sua mão, para puxá-la a uma rocha conveniente, depois notou novamente o pequeno pacote que ela segurava.

– O que é isso?

– Um presente de casamento – ela disse, estendendo-o para ele com dois dedos, com repugnância, como se fosse um rato morto.

Ele segurou-o cuidadosamente, mas não sentiu nenhuma forma sinistra através do papel. Balançou-o na palma da mão; era leve, quase sem peso.

– Seda bordada para enfeite – ela disse, em resposta ao seu olhar inquisitivo. – Da sra. Buchanan. – A ruga entre suas sobrancelhas voltara, bem como aquele olhar de... preocupação? Não, alguma outra coisa, mas ele não conseguia identificar o quê.

– O que há de errado com seda bordada?

– Nada. É para o que ela se destina. – Ela pegou o embrulho da mão dele e enfiou-o no bolso que usava amarrado sob a anágua. Seus olhos estavam abaixados, arrumando as saias, mas ele podia ver seus lábios comprimidos. – Ela disse que é para nossas mantas mortuárias.

Assim dito na estranha versão de Brianna do escocês de Boston, Roger levou algum tempo para entender.

– Mantas mor... oh, quer dizer, mortalhas?

– Sim. Evidentemente, é meu dever de esposa sentar-me no dia seguinte ao casamento e começar a tecer a minha mortalha. – Ela falou entre dentes, as palavras entrecortadas. – Assim, eu a terei pronta e bordada quando morrer de parto. E, se eu trabalhar rápido, terei tempo de fazer uma para você também, caso contrário sua *próxima* mulher terá que terminá-la!

Ele teria soltado uma risada, se não fosse claro que ela estava realmente angustiada.

– A sra. Buchanan é uma grande tola – ele disse, segurando suas mãos. – Não devia se aborrecer com as tolices dela. – Brianna olhou para ele por baixo das sobrancelhas abaixadas.

– A sra. Buchanan – ela disse com precisão – é ignorante, estúpida e sem tato. Só que ela *não* está errada.

– Claro que está – ele disse, com presumida certeza, mas sentindo, ainda assim, uma pontada de apreensão.

– Quantas mulheres Farquard Campbell enterrou? – ela perguntou. – Gideon Oliver? Andrew MacNeill?

Nove, entre os três. MacNeill iria se casar pela quarta vez naquela noite – uma jovem de dezoito anos de Weaver's Gorge. A pontada veio outra vez, mais funda, mas ele ignorou-a.

– E Jenny ban Campbell deu à luz oito filhos e despachou dois maridos para o cemitério – ele rebateu com firmeza. – Aliás, a própria sra. Buchanan tem cinco filhos pequenos e com certeza ainda vai ter mais. Eu os vi, parecem uns espantalhos, mas são todos saudáveis.

Isso lhe rendeu um relutante esboço de sorriso, e ele continuou, encorajado.

– Você não precisa se preocupar, querida. Você não teve nenhum problema com Jemmy, não foi?

– Ah, é? Se você acha que não foi nenhum problema, da próxima vez *você* pode fazer isso! – ela retrucou, mas o canto de sua boca curvou-se ligeiramente para cima. Ela tentou puxar a mão, mas ele continuou prendendo-a, e ela não resistiu.

– Então, está disposta a que haja uma próxima vez? Apesar da sra. Buchanan? – Seu tom de voz era deliberadamente descontraído, mas ele puxou-a para mais perto e abraçou-a, o rosto escondido em seus cabelos, por medo de que ela pudesse ver o quanto a pergunta significava para ele.

Ela não se deixou enganar. Afastou-se um pouco e seus olhos, azuis como água, buscaram os dele.

– Você se casaria comigo e viveria celibatário? – ela perguntou. – Esse é o único modo garantido. O óleo de tanaceto nem sempre funciona... veja Marsali! – A existência de Joan era testemunha eloquente da ineficácia daquele método de controle de natalidade em particular. Ainda assim...

– Há outras formas, suponho – ele disse. – Mas se você preferir o celibato... então, sim, eu concordo.

Ela riu porque a mão dele se apoderara possessivamente de seu traseiro, no mesmo momento em que seus lábios renunciavam a ele. Depois, a risada esmoreceu e o azul de seus olhos escureceu, anuviando-se.

– Você fala sério, não é?

– Sim – ele disse, e era verdade, embora a ideia pesasse em seu peito, como se ele tivesse engolido uma pedra.

Ela suspirou e passou a mão pelo rosto dele, percorrendo a linha do seu pescoço, o côncavo de sua garganta. Seu polegar pressionou sua pulsação latejante, de modo que ele sentiu o batimento de seu coração, ampliado em seu sangue.

Ele falava a sério, mas inclinou-se e beijou-a, com tanta falta de ar, que precisava do hálito dela, precisando tão intensamente se unir a ela, que o faria como pudesse – mão, respiração, boca, braços; sua coxa pressionou entre as dela, abrindo suas pernas. Ela espalmou a mão no peito dele, como se fosse empurrá-lo – depois contraiu-se convulsivamente, agarrando a camisa e a carne. Seus dedos afundaram-se profundamente no músculo do peito dele e logo estavam agarrados, arfando, arranhando-se dolorosamente na excitação do desejo.

– Eu não... nós não... – Ele libertou-se por um instante, a mente turvamente buscando as palavras. Então a mão de Brianna deslizou por baixo de seu *kilt*, um toque firme, frio, em sua carne afogueada, e ele perdeu todo o poder da fala.

– Mais uma vez antes de pararmos – ela disse, e seu hálito envolveu-o em calor e névoa. – Pelos velhos tempos. Ela caiu de joelhos nas folhas amarelas e úmidas, puxando-o para si.

Recomeçara a chover, os cabelos dela espalhavam-se ao seu redor, raiados de umidade. Seus olhos estavam fechados, o rosto voltado para o céu chuvoso, e gotas de chuva atingiam seu rosto, rolando pelas suas faces como lágrimas. Não sabia se ria ou chorava, na verdade.

Roger estava deitado com ela, parcialmente sobre ela, seu peso um conforto quente e sólido, seu *kilt* espalhado sobre suas pernas nuas e entrelaçadas, proteção da chuva. A mão de Brianna segurava a cabeça de Roger por trás, acariciando seus cabelos, molhados e escorregadios como o pelo preto de uma foca.

Ele remexeu-se, com o gemido de um urso ferido, e ergueu-se. Uma corrente de ar frio atingiu o corpo exposto de Brianna, úmido e quente onde haviam se tocado.

– Sinto muito – ele murmurou. – Meu Deus, sinto muito. Eu não devia ter feito isso. – Ela abriu um dos olhos numa fenda; ele ficou de joelhos acima dela, cambaleando, e inclinou-se para ajeitar sua saia recatadamente. Ele havia perdido a meia e o corte sob o maxilar reabrira. Ela rasgara sua camisa e seu colete pendurava-se, aberto, metade dos botões arrancados. Ele estava sujo de lama e de sangue e havia folhas mortas e fragmentos de frutos do carvalho nas ondas de seus cabelos pretos e soltos.

– Está tudo bem – ela disse, sentando-se. Ela não estava em melhor estado; seus seios estavam pesados de leite, que vazara através da combinação e do corpete, formando enormes manchas encharcadas e congelando sua pele. Roger viu e pegou sua capa do chão, envolvendo-a delicadamente em torno de seus ombros.

– Sinto muito – ele disse outra vez, estendendo a mão para afastar os cabelos do rosto dela; sua mão estava fria contra o rosto de Brianna.

– Tudo bem – ela disse, tentando reunir todos os fragmentos esparsos de si mesma que pareciam estar rolando pela minúscula clareira como bolinhas de mercúrio. – Só se passaram seis meses, e eu ainda estou amamentando Jemmy. É... quero dizer, acho que ainda é seguro. – Porém, por quanto tempo mais?, ela se perguntou. Pequenos solavancos de desejo ainda percorriam seu corpo, misturados a jorros de pavor.

Precisava tocá-lo. Pegou uma ponta de sua capa e pressionou-a ao ferimento sob o maxilar dele, ainda sangrando. Celibato? Quando a sensação do seu corpo, o seu cheiro, a lembrança dos últimos instantes a faziam querer derrubá-lo nas folhas e fazer tudo de novo? Quando a ternura que sentia por ele brotava nela como o leite que fluía sem peias para os seus seios?

Seus seios doíam de desejo não saciado e ela sentia o leite gotejar e escorrer pelas suas costelas por baixo do tecido. Tocou um dos seios, pesado e inchado, sua garantia de segurança – por enquanto.

Roger afastou a mão dela e tocou o corte.

– Não é nada – ele disse. – Já parou de sangrar. – Seu rosto exibia a mais estranha expressão – ou expressões. Normalmente, seu rosto era agradavelmente reservado, até mesmo um pouco austero. Agora, suas feições pareciam incapazes de se acalmar, mudando a todo instante de um olhar de inegável satisfação a outra de inegável consternação.

– Qual é o problema, Roger?

Ele lançou-lhe um rápido olhar, depois desviou os olhos, um leve rubor assomando às suas faces.

– Oh – ele disse. – Bem. É apenas que nós... hã... não estamos realmente casados no momento.

– Bem, claro que não. O casamento só será à noite. Por falar nisso... – Ela olhou para Roger e uma risada elevou-se da boca de seu estômago. – Oh, meu Deus – ela exclamou, contendo um ataque de riso. – Você está com uma aparência de quem foi pego de jeito no bosque, sr. MacKenzie.

– Muito engraçado, sra. Mac – ele disse, examinando o próprio estado desalinhado dela. – Pelo visto, você também parece ter saído de uma briga. Mas o que eu quis dizer é que estivemos casados, pelo casamento pagão, durante este ano que passou, e isso é uma união legal, ao menos na Escócia. Mas o período de um ano e um dia já se passou, e não estaremos formalmente casados até à noite.

Ela estreitou os olhos para ele, limpando a chuva do rosto com as costas da mão, e novamente deu vazão à vontade de rir.

– Nossa, você acha que isso *importa*?

Ele devolveu o sorriso, com certa relutância.

– Bem, não. É que eu sou filho de um pastor. Sei que não tem importância, mas é que, em algum lugar lá no fundo, há um velho escocês calvinista murmurando que isso não está muito certo, me agarrar assim com uma mulher que não é realmente minha esposa.

– Ah – ela disse, colocando os braços confortavelmente sobre os joelhos erguidos. Inclinou-se para o lado e cutucou-o de leve.

– Velho escocês calvinista, pois sim! O que é, realmente?

Ele não a fitava diretamente, mas mantinha os olhos abaixados, olhando para o chão. Gotículas de chuva cintilavam em suas pestanas e sobrancelhas escuras, grossas e bem delineadas, tingindo a pele das maçãs do rosto de prateado. Inspirou fundo e soltou o ar lentamente.

– Não posso dizer que você não tenha razão de ter medo – ele disse serenamente. – Eu não havia percebido... não tinha realmente pensado nisso até hoje... o quanto o casamento é perigoso para uma mulher. – Ele ergueu os olhos e sorriu, embora o ar de preocupação permanecesse nos olhos verde-musgo.

– Eu a quero, Bri, mais do que possa imaginar. É que eu estava pensando no que acabamos de fazer e no quanto foi bom e compreendendo que eu talvez... não, que eu *estarei* arriscando sua vida se continuar com isso. Mas eu não quero parar!

Os pequenos fios de medo haviam se unido em uma cobra fria que percorreu sua espinha e se enroscou no fundo de sua barriga, contorcendo-se em volta do seu útero. Ela sabia o que ele queria, e não era apenas o que haviam acabado de compartilhar, por mais poderoso que fosse. Mas sabendo o que ele desejava – e por que –, como poderia negar-lhe?

– Sim. – Ela inspirou fundo como ele e soltou o ar numa nuvem branca. – Bem, é tarde demais para se preocupar com isso, eu acho. – Olhou para ele e tocou em seu braço. – Eu o quero, Roger. – Ela puxou sua cabeça e beijou-o, consolando-se de seus temores com a força do braço dele ao seu redor, com o calor do corpo dele junto ao seu.

– Oh, Deus, Bri – ele murmurou em seus cabelos. – Quero lhe dizer que vou mantê-la segura, vou salvar você e Jemmy de qualquer coisa que possa ameaçá-los, sempre. É terrível pensar que eu possa ser a ameaça, que eu possa matá-la com meu amor... mas é verdade.

O coração dele batia sob seu ouvido, forte e regular. Ela sentiu o calor retornar às suas mãos, agarradas com força aos ossos das costas dele, e o calor atingiu mais fundo, desfazendo alguns dos fios de medo, congelados em suas entranhas.

– Está tudo bem – ela disse finalmente, querendo oferecer-lhe o conforto que ele não podia lhe dar inteiramente. – Tenho certeza de que tudo vai dar certo. Tenho os quadris certos para isso, é o que todos dizem. Cadeiruda, é o que eu sou. – Ela passou a mão melancolicamente pela voluptuosa curva de um quadril e ele sorriu, seguindo a mão de Brianna com a sua própria.

– Sabe o que Ronnie Sinclair me disse à noite passada? Ele estava observando-a inclinar-se para pegar um pedaço de lenha para o fogo, suspirou e disse: "Sabe como escolher uma boa rapariga, MacKenzie? Comece de baixo e vá subindo!" Uuui! – Ele encolheu-se, rindo, enquanto ela o socava.

Então ele inclinou-se e a beijou, muito delicadamente. A chuva continuava a cair, tamborilando na camada de folhas mortas. Seus dedos estavam grudentos com o sangue do ferimento dele.

– Você quer um filho, não é? – ela perguntou suavemente. – Um que saiba que é realmente seu?

Ele manteve a cabeça abaixada por um instante, mas finalmente ergueu os olhos para ela, deixando que visse a resposta em seu rosto; uma imensa vontade, misturada a uma ansiosa preocupação.

– Não quero – ele começou, mas ela colocou a mão sobre sua boca para impedi-lo de continuar.

– Eu sei – ela disse. – Eu compreendo. – E compreendia... quase. Ela era filha única, assim como ele; conhecia a ânsia por conexão e proximidade, mas a dela fora saciada. Não tivera apenas um pai amoroso, mas dois. Uma mãe que a amava além dos limites do tempo e do espaço. Os Murray de Lallybroch, aquela família que fora uma dádiva inesperada. E acima de tudo, seu filho, sua carne, seu sangue, um peso pequeno e confiante que a prendia firmemente, como uma âncora, ao universo.

Mas Roger era um órfão, sozinho no mundo por tanto tempo. Seus pais falecidos antes que ele os conhecesse, seu velho tio morto – ele não possuía ninguém para reclamá-lo, ninguém para amá-lo apenas por seu sangue e sua carne – ninguém, a não ser ela. Não era de admirar que ele ansiasse pela certeza que ela embalava nos braços quando amamentava seu filho.

Ele limpou a garganta repentinamente.

– Eu... hã... eu pretendia lhe dar isso esta noite. Mas talvez... bem. – Enfiou a mão no bolso interno de seu casaco e entregou-lhe um objeto macio, embrulhado em tecido.

– Uma espécie de presente de casamento... – Ele sorria, mas ela podia ver a incerteza em seus olhos.

Abriu o tecido e um par de olhos negros de botão olhou para ela. A boneca usava uma bata simples de morim verde e tinha cabelos de fios de lã vermelha que explodiam de sua cabeça. Seu coração bateu com força no peito e sentiu um nó na garganta.

– Achei que o bebê iria gostar... para mastigar, talvez.

Ela se moveu e a pressão do tecido encharcado em seus seios os fez latejarem. Tinha medo, é verdade, mas havia coisas mais fortes do que o medo.

– Haverá uma próxima vez – ela disse, colocando a mão em seu braço. – Não sei dizer quando... mas haverá.

Ele colocou a mão sobre a dela e apertou-a, sem olhar para ela.

– Obrigada, Cadeiruda – ele disse finalmente, baixinho.

O tempo piorara, chovia a cântaros agora. Roger afastou os cabelos molhados dos olhos e sacudiu-se como um cachorro, espalhando gotas da lã grossa do casaco e do xale. Havia uma mancha de lama na frente da lã cinza; tentou limpá-la, sem sucesso.

– Santo Deus, não posso me casar deste jeito – ele disse, tentando melhorar o estado de ânimo entre eles. – Pareço um mendigo.

– Ainda não é tarde demais, sabe – ela disse. Ela sorriu, caçoando um pouco tremulamente. – Você ainda pode desistir.

– É tarde demais para mim desde o dia em que a vi – ele disse, irritado. – Além do mais – acrescentou, erguendo uma das sobrancelhas –, seu pai me estriparia como a um porco se eu dissesse que estava tendo dúvidas a respeito.

– Ha! – ela exclamou, mas o sorriso oculto veio à tona, fazendo uma covinha em uma de suas faces.

– Maldita mulher! Você bem que gostou da ideia!

– Sim. Quero dizer, não. – Ela ria novamente agora; era o que ele pretendera. – Não quero que ele o estripe. Só que é bom saber que ele o faria. Um pai tem que ser protetor.

Sorriu-lhe outra vez, tocando-o de leve.

– Como você, sr. MacKenzie.

Isso lhe deu um estranho aperto no peito, como se seu colete tivesse encolhido. Em seguida, um toque de frio, ao se lembrar do que tinha que dizer a ela. Pais e suas noções de proteção variavam, é claro, e ele não tinha certeza de como ela iria reagir.

Tomou seu braço e afastou-a dali, saindo da chuva para o abrigo de um aglomerado de cicutas, onde as camadas de agulhas permaneciam secas e aromáticas sob os pés, protegidas pelos galhos das amplas copas acima.

– Venha sentar-se comigo por um instante, sra. Mac. Não é importante, mas há uma coisa que eu queria lhe contar antes do casamento. – Puxou-a para sentar-se ao seu lado em um tronco caído, coberto de líquen. Limpou a garganta, pegando o fio da meada de sua história.

– Quando eu estava em Inverness, antes de segui-la através das pedras, passei algum tempo remexendo nos papéis do reverendo e me deparei com uma carta para ele, escrita por seu pai. Por Frank Randall, quero dizer. Não é nada importante, agora não, mas eu achei... bem, achei que talvez não devesse haver segredos entre nós, antes de nos casarmos. Contei a seu pai sobre isso ontem à noite. Então deixe-me lhe contar agora.

A mão de Brianna repousava quente na sua, mas os dedos contraíram-se conforme ele falava, e uma ruga profunda surgiu entre as sobrancelhas dela enquanto ouvia.

– De novo – ela disse, quando ele terminou. – Conte-me de novo.

Obedientemente, ele repetiu a carta – como a memorizara, palavra por palavra. Como dissera na noite anterior para Jamie Fraser.

– Aquela lápide na Escócia com o nome de papai é falsa? – Sua voz ergueu-se um pouco, espantada. – Papai... Frank... fez o reverendo colocá-la lá, no cemitério da igreja de St. Kilda, mas papai não está... não estará, quero dizer... não estará sob ela?

– Sim, foi o que ele fez, e não, não estará – Roger disse, respondendo com cuidado a cada parte da pergunta. – Ele... Frank Randall, quero dizer... imaginou a lápide como uma espécie de reconhecimento, imagino; uma dívida para com seu pai... seu outro pai, Jamie Fraser.

O rosto de Brianna estava coberto de manchas de frio, as pontas das orelhas e do nariz pinceladas de vermelho, conforme o calor da sessão de amor que tiveram se desvanecia.

– Mas ele não tinha como saber que a encontraríamos, mamãe e eu!

– Não sei se ele *queria* que vocês a encontrassem – Roger disse. – Talvez ele também não soubesse. Mas ele achou que tinha que fazer o gesto. Além do mais – acrescentou, com uma lembrança repentina –, Claire não disse que ele pretendia trazê-la à Inglaterra, pouco antes de morrer? Talvez ele pretendesse levá-la até lá, fazer com que você encontrasse a lápide... e depois deixar você e Claire decidirem o que fazer.

Ela permaneceu imóvel, remoendo o assunto.

– Então ele sabia – ela disse lentamente – que ele... que Jamie Fraser havia sobrevivido a Culloden. Ele *sabia*... mas não disse nada?

– Acho que não pode culpá-lo por não dizer nada – Roger disse delicadamente. – Não seria apenas por egoísmo, sabe?

– Não? – Ela ainda estava chocada, mas não com raiva. Podia vê-la repensando a questão, tentando vê-la por todos os ângulos antes de decidir o que pensar, como se sentir.

– Não. Pense bem, querida – ele disse. O abeto era frio às suas costas, a casca do tronco caído úmida sob sua mão. – Ele amava sua mãe, sim, e não queria se arriscar a perdê-la outra vez. Isso talvez seja egoísta, mas ela foi sua mulher primeiro, afinal. Ninguém poderia culpá-lo por não querer desistir dela para outro homem. Mas isso não é tudo.

– O que resta, então? – Sua voz era calma, mas os olhos azuis, diretos e imperturbáveis.

– Bem... e se ele *tivesse* contado a ela? Lá estava ela, com você, uma criança pequena... e lembre-se, nenhum dos dois teria imaginado que você também pudesse atravessar as pedras.

Os olhos continuavam diretos, mas novamente anuviados de inquietação.

– Ela iria ter que escolher – ela disse num sussurro, os olhos fixos nele. – Ficar conosco... ou ir ficar com ele. Com Jamie.

– Deixá-la para trás – Roger disse, balançando a cabeça – ou ficar e viver sua vida, sabendo que Jamie estava vivo, talvez acessível, mas fora do seu alcance. Quebrar seus votos – agora de propósito – e abandonar sua filha... ou viver com saudades. Não creio que isso teria feito muito bem à sua vida familiar.

– Compreendo. – Suspirou, o vapor do ar exalado desaparecendo como um fantasma no ar frio.

– Talvez Frank tivesse medo de lhe dar a escolha – Roger disse –, mas ele, na realidade, salvou sua mãe, e você, da dor de ter que fazer essa escolha. Ao menos na época.

Ela contraiu e afrouxou os lábios, relaxada.

– Imagino qual teria sido a escolha dela, se ele tivesse lhe contado – ela disse, um pouco desoladamente. Ele colocou a mão sobre a dela, apertando-a de leve.

– Ela teria ficado – ele disse, seguro do que falava. – Ela fez a escolha uma vez, não foi? Jamie a enviou de volta, para manter você a salvo, e ela foi. Ela saberia que essa teria sido a vontade dele e ela teria ficado... enquanto você precisasse dela. Ela não teria voltado, mesmo quando o fez, se você não tivesse insistido. Você certamente sabe disso, não é?

Seu rosto descontraiu-se um pouco, aceitando esse fato.

– Acho que tem razão. Mas ainda assim... saber que ele estava vivo e não tentar encontrá-lo...

Ele mordeu a parte interna da bochecha, para não perguntar: *E se fosse sua escolha, Brianna? E se fosse o bebê ou eu?* Pois como um homem poderia forçar uma escolha como essa numa mulher que ele amava, ainda que hipoteticamente? Se por ela ou por ele próprio... não iria perguntar.

– Mas ele colocou a lápide lá. Por que fez isso? – A ruga entre suas sobrancelhas continuava funda, porém não mais reta; torcia-se com uma crescente perturbação.

Ele não conhecera Frank Randall, mas sentia uma certa empatia pelo sujeito – e não apenas uma simpatia desinteressada, tampouco. Ele não havia compreendido inteiramente por que sentia que devia contar-lhe sobre a carta agora, antes do casamento, mas seus próprios motivos estavam ficando cada vez mais claros – e mais perturbadores para ele – a cada instante.

– Acho que foi por obrigação, como eu disse. Não somente para com Jamie ou com sua mãe... mas para com você. Se... – ele começou, depois parou e apertou sua mão, com força. – Olhe. Veja Jemmy. Ele é meu, tanto quanto você é... ele sempre será. – Respirou fundo. – Mas, se eu fosse o outro homem...

– Se você fosse Stephen Bonnet – ela disse, e seus lábios estavam cerrados com força, lívidos e frios.

– Se eu fosse Bonnet – ele concordou, com uma repentina náusea diante da ideia –, se eu soubesse que o filho era meu e estivesse sendo criado por um estranho... eu não iria querer que a criança soubesse a verdade um dia?

Seus dedos remexeram-se na mão de Roger e seus olhos se anuviaram.

– Você não pode contar a ele! Roger, pelo amor de Deus, prometa-me que você jamais contará para ele!

Ele fitou-a, atônito. Suas unhas cravavam-se dolorosamente na palma de sua mão, mas ele não fez nenhum movimento para libertar-se.

– Bonnet! Santo Deus, não! Se algum dia eu vir o sujeito de novo, não vou perder tempo falando!

– Bonnet, não. – Ela estremeceu, se de frio ou de emoção, ele não saberia dizer. – Meu Deus, fique longe daquele homem! Não, é de Jemmy que estou falando. – Ela engoliu em seco e agarrou suas duas mãos. – Prometa-me, Roger. Se você me ama, prometa que nunca contará a Jemmy sobre Bonnet, nunca. Ainda que alguma coisa me aconteça...

– Nada vai acontecer a você!

Ela olhou para ele e um leve sorriso de ironia formou-se em seus lábios.

– O celibato não é para mim, tampouco. Pode acontecer. – Engoliu com força novamente. – E, se acontecer... prometa-me, Roger.

– Sim, eu prometo – ele disse, com relutância. – Se é o que você realmente quer.

– Sim, é!

– Então, você não iria nunca querer saber... sobre Jamie?

Ela mordeu o lábio diante disso, os dentes penetrando fundo o suficiente para deixar uma marca roxa na carne rosada e macia.

– Jamie Fraser não é Stephen Bonnet!

– Concordo – ele disse secamente. – Mas eu não estava falando de Jemmy. O que eu queria dizer é que, se eu fosse Bonnet, eu iria querer saber e...

– Ele sabe. – Ela retirou a mão bruscamente e se levantou, virando-se de costas.

– Ele *o quê*? – Ele alcançou-a com duas passadas e agarrou-a pelo ombro, virando-a de frente para ele. Ela encolheu-se ligeiramente e ele soltou a mão. Ele respirou fundo, lutando para manter a voz calma. – Bonnet sabe a respeito de Jemmy?

– Pior do que isso. – Seus lábios tremiam; ela pressionou-os com força para estancar o tremor, depois os abriu apenas o suficiente para deixar a verdade escapar. – Ele acha que Jemmy é dele.

Ela recusou-se a sentar-se com ele outra vez, mas ele passou o braço dela pelo seu e apertou-o com força, fazendo-a caminhar a seu lado pela chuva e pelas pedras caídas, pela correnteza do riacho e das árvores oscilantes, até que o movimento a acalmou o suficiente para falar, para contar-lhe sobre os dias em que ficou sozinha em River Run, prisioneira de sua gravidez. Sobre lorde John Grey, amigo de seu pai, e dela também; como havia confidenciado a lorde John seus temores e suas lutas.

– Eu tinha medo de que você estivesse morto. Todos vocês, mamãe, papai, você. – O capuz de sua capa havia caído para trás e ela não fez nenhum esforço para recuperá-lo. Seus cabelos vermelhos caíam em mechas gotejantes pelos ombros e gotículas de chuva agarravam-se às sobrancelhas ruivas e espessas.

– A última coisa que papai me disse... ele nem mesmo disse, ele escreveu, ele teve que escrever, eu me recusava a falar com ele... – Ela engoliu em seco e passou a mão sob o nariz, limpando uma gota pendente. – Ele disse que eu tinha que encontrar um meio de... perdoá-lo. B-Bonnet.

– Fazer *o quê*? – Ela puxou um pouco o braço e ele percebeu como seus dedos estavam cravados em sua carne. Afrouxou os dedos com um grunhido de desculpas, e ela fez um breve sinal com a cabeça para ele, compreendendo.

– Ele sabia – ela disse e parou. Virou-se para encará-lo, seus sentimentos agora sob controle. – Você sabe o que aconteceu a ele... em Wentworth.

Roger confirmou, com um movimento ríspido, curto, da cabeça. Na realidade, ele não sabia exatamente o que acontecera a Jamie Fraser – e não tinha nenhuma vontade de saber mais do que já sabia. No entanto, ele vira as cicatrizes nas costas de Jamie e sabia, pelo pouco que Claire lhe dissera, que elas não eram mais do que uma débil lembrança.

– Ele sabia – ela disse, com firmeza. – E sabia o que tinha que ser feito. Ele me disse... se eu quisesse ser... inteira... outra vez, tinha que encontrar um modo de perdoar Stephen Bonnet. Foi o que fiz.

Ele segurava a mão de Brianna, segurava-a com tanta força, que sentiu o pequeno movimento dos ossos de seus dedos. Ela não lhe contara, ele não perguntara. O nome de Stephen Bonnet nunca fora mencionado entre eles, não até agora.

– Foi o que fez. – Ele falou com a voz rouca e teve que parar para limpar a garganta. – Então você o encontrou? Falou com ele?

Ela afastou os cabelos molhados do rosto, balançando a cabeça. Grey disse-lhe que Bonnet havia sido capturado e condenado. Enquanto aguardava transferência para Wilmington para a execução, era mantido no porão sob o armazém da Coroa em Cross Creek. Foi lá que ela foi vê-lo, levando o que esperava ser uma absolvição, para Bonnet, para ela mesma.

– Eu estava enorme. – Sua mão desenhou no ar à sua frente o volume da gravidez avançada. – Eu disse a ele que o bebê era dele; ele iria morrer, talvez isso servisse de consolo para ele, saber que... restaria alguma coisa.

Roger sentiu o ciúme apertar seu coração, tão repentino em seu ataque que por um instante pareceu-lhe que a dor fosse física. *Restaria alguma coisa*, ele pensou. *Alguma coisa dele. E quanto a mim? Se eu morrer amanhã – e isso pode acontecer, menina! A vida aqui é tão arriscada para mim quanto para você – o que restará de mim, diga-me!*

Ele não devia perguntar, sabia disso. Ele jurara nunca externar o pensamento de que Jemmy não era filho dele, nunca. Se havia um verdadeiro casamento entre eles, então Jemmy era fruto desse casamento, independentemente das circunstâncias do seu nascimento. E, no entanto, ele sentiu as palavras vazarem, queimando como ácido.

– Então você tinha certeza de que a criança era dele?

Ela parou bruscamente e virou-se para fitá-lo, os olhos arregalados de choque.

– Não. Não, claro que não! Se eu soubesse disso, eu teria lhe dito!

A queimação em seu peito arrefeceu apenas um pouco.

– Oh. Mas você disse a ele que era. Não disse a ele que havia dúvida sobre isso?

– Ele ia morrer! Eu queria lhe dar algum consolo, não lhe contar a história da minha vida! Não era da conta dele saber a seu respeito, ou sobre nossa noite de núpcias, ou... droga, Roger! – Ela chutou-o na canela.

Ele cambaleou com a força do pontapé, mas agarrou seu braço, impedindo-a de fugir.

– Desculpe-me! – ele disse, antes que ela o chutasse de novo, ou o mordesse, o que parecia preparada para fazer. – Desculpe-me. Tem razão, ele não tinha nada com isso, e nem cabe a mim, tampouco, fazê-la pensar em tudo isso outra vez.

Ela inspirou profundamente pelo nariz, como um dragão preparando-se para transformá-lo em cinzas. A centelha de fúria em seus olhos diminuiu ligeiramente, embora suas faces ainda ardessem. Ela livrou-se da mão dele, mas não fugiu.

– Cabe, sim – ela disse. Lançou-lhe um olhar direto, sombrio. – Você disse que não deveria haver segredos entre nós e tinha razão. Mas, quando se conta um segredo, às vezes há outro por trás, não é?

– Sim. Mas não é... eu não quero...

Antes que pudesse dizer mais alguma coisa, o barulho de passos e conversa o interrompeu. Quatro homens saíram da névoa, conversando descontraidamente em gaélico. Portavam varas aguçadas e redes, e todos estavam descalços, molhados até os joelhos. Fiadas de peixes recém-fisgados brilhavam indolentemente na claridade da chuva.

– *A Smeòraich!* – Um dos homens, espreitando por baixo da aba encharcada de seu chapéu, avistou-os e abriu um largo sorriso, conforme os olhos astutos percorriam o estado de desalinhamento de ambos. – É você mesmo, Melro! E a filha do Ruivo, hein? O que foi, não conseguem se conter até a noite?

– Não resta dúvida de que fruta roubada é mais doce, melhor do que esperar a bênção de um padre encarquilhado. – Outro homem empurrou seu gorro para trás, encolhendo-se para demonstrar o que queria dizer com "encarquilhado".

– Ah, não – disse o terceiro, limpando gotas de chuva da ponta do nariz enquanto examinava Brianna, bem enrolada em sua capa. – Ele só está cantando uma canção de casamento para ela, não é?

– Eu também conheço essa canção – disse seu companheiro, o sorriso ampliando-se o suficiente para mostrar a falta de um molar. – Mas eu canto ainda mais docemente!

As faces de Brianna começaram a queimar outra vez; seu gaélico era menos fluente do que o de Roger, mas ela certamente era capaz de compreender o sentido de uma brincadeira grosseira. Roger colocou-se à frente dela, protegendo-a com seu corpo. Mas os homens não pretendiam lhes fazer nenhum mal; eles piscaram e riram apreciativamente, mas não fizeram mais nenhum comentário. O primeiro homem tirou o chapéu e bateu-o contra a coxa, removendo a água. Em seguida, disse:

– Estou contente de tê-lo encontrado, *a Òranaiche*. Minha mãe ouviu sua música junto à fogueira ontem à noite e contou às minhas tias e primas como sua música fez o sangue dançar em seus pés. Agora elas só querem saber que você vá cantar na festa em Spring Creek. É o casamento de minha prima mais nova e ela é a única filha do meu tio, que é dono do moinho de farinha.

– Vai ser um festão! – acrescentou um dos homens mais jovens, filho do primeiro a falar, a julgar por sua semelhança com ele.

– Ah, é um casamento? – Roger disse, num gaélico lento e formal. – Ah, então teremos um arenque extra!

Os dois homens mais velhos desataram numa risada, mas os filhos ficaram meramente olhando, sem compreender.

– Ah, os rapazes não saberiam o que é um arenque, ainda que lhe batessem com um molhado no rosto – disse o homem de gorro, sacudindo a cabeça. – Nasceram aqui, os dois.

– E onde era sua casa na Escócia, senhor? – O homem sobressaltou-se, surpreso com a pergunta, colocada num gaélico claro e preciso. Olhou fixamente para Brianna por um instante, depois seu rosto mudou ao responder.

– Skye – ele disse brandamente. – Skeabost, ao pé do Cuillins. Sou Angus MacLeod e Skye é a terra dos meus antepassados. Mas meus filhos nasceram aqui.

Ele falou serenamente, mas havia um tom em sua voz que calou a hilaridade nos mais jovens, como se um manto úmido tivesse sido estendido sobre eles. O homem de chapéu encharcado olhou para Brianna com interesse.

– E você nasceu na Escócia, *a nighean?*

Ela sacudiu a cabeça sem dizer nada, fechando mais a capa em torno dos ombros.

– Eu nasci – Roger disse, em resposta a um olhar interrogativo. – Em Kyle of Lochalsh.

– Ah – disse MacLeod, a satisfação espalhando-se pelas feições castigadas pelo tempo. – Então é por isso que você conhece todas as canções das Highlands e das ilhas?

– Não todas – Roger disse, sorrindo. – Mas muitas, e vou aprender mais.

– Faça isso – MacLeod disse, balançando a cabeça devagar. – Faça isso, cantor... e ensine-as a seus filhos. – Seu olhar pousou em Brianna e um leve sorriso curvou seus lábios. – Que eles cantem para os meus filhos, para que saibam de onde vieram, apesar de que jamais verão o lugar.

Um dos rapazes deu um passo à frente, timidamente estendendo uma fiada de peixes, que presenteou a Brianna.

– Para você – ele disse. – Um presente de casamento.

Roger pôde ver um dos cantos da boca de Brianna torcer-se levemente – de humor ou incipiente histeria?, perguntou-se –, mas ela estendeu a mão e aceitou a fiada gotejante com grave dignidade. Ela segurou a ponta de sua capa com uma das mãos e fez uma ampla mesura para todos eles.

– *Chaneil facal agam dhuibh ach taing* – ela disse, em seu gaélico vagaroso e com um estranho sotaque. – Não tenho palavras a não ser muito obrigada.

Os rapazes ruborizaram-se e os homens mais velhos pareceram imensamente satisfeitos.

– Muito bem, *a nighean* – MacLeod disse. – Deixe seu marido ensiná-la então, e ensine o *Gaidhlig* a seus filhos. Que tenham muitos! – Retirou o gorro e inclinou-se numa extravagante reverência para ela, os dedos nus dos pés afundando-se na lama para ele não perder o equilíbrio.

– Muitos filhos, fortes e saudáveis! – acrescentou seu companheiro.

E os dois rapazes sorriram e balançaram a cabeça, murmurando timidamente:

– Muitos filhos para você, senhora!

Roger fez os arranjos para a festa escocesa automaticamente, sem ousar olhar para Brianna. Permaneceram em silêncio, a uns dois passos de distância um do outro, enquanto os homens partiam, lançando olhares curiosos por cima dos ombros. Brianna, a cabeça abaixada, fitava a lama e o capim onde estavam, os braços cruzados sobre o peito. A queimação permanecia no peito de Roger, mas agora era diferente. Ele queria tocá-la, desculpar-se outra vez, mas achou que isso só iria piorar a situação.

Por fim, ela foi a primeira a se mover. Aproximou-se dele e colocou a cabeça em seu peito, o frio de seus cabelos molhados roçando o ferimento em sua garganta. Seus seios estavam enormes, duros como pedras contra seu peito, empurrando-o, querendo afastá-lo.

– Preciso de Jemmy – ela disse suavemente. – Preciso do meu bebê.

As palavras ficaram presas em sua garganta, emboladas entre desculpas e raiva. Ele não havia percebido o quanto era doloroso pensar em Jemmy como pertencendo a outra pessoa – não a ele, mas a Bonnet.

– Eu também preciso dele – ele murmurou finalmente, beijando-a rapidamente na testa, antes de tomar sua mão para atravessarem a campina outra vez. A montanha acima permanecia envolta em neblina, invisível, embora gritos e murmúrios, fragmentos de conversas e música flutuassem até eles, como ecos do Olimpo.

7

ESTILHAÇOS

Pelo meio da manhã, a chuva havia cessado e rápidos vislumbres de um céu azul pálido surgiam entre as nuvens, dando-me alguma esperança de que a noite fosse límpida. Provérbios e presságios à parte, eu não queria que as cerimônias do casamento ocorressem sob chuva, por Brianna. Não iria ser na St. James com arroz e cetim branco, mas podia ao menos ser *seca.*

Esfreguei a mão direita, distendendo as contrações musculares causadas pelo alicate; a extração do dente quebrado do sr. Goodwin fora mais complicada do que eu esperava, mas eu havia conseguido retirá-lo com raiz e tudo, liberando-o com uma pequena garrafa de uísque não refinado e instruções para fazer um bochecho com ele de hora em hora para evitar uma infecção. Engolir ou não era opcional.

Estiquei-me, sentindo o bolso sob minha saia balançar contra a minha perna com um pequeno, mas gratificante tinido. O sr. Goodwin de fato pagara em dinheiro vivo; imaginei se seria suficiente para um astrolábio e por que cargas d'água Jamie queria um. Minhas especulações, no entanto, foram perturbadas por uma pequena tosse, mas obviamente intencional, atrás de mim.

Virei-me e me deparei com Archie Hayes, olhando-me com um ar ligeiramente intrigado.

– Oh! – exclamei. – Ah... posso ajudá-lo, tenente?

– Bem, talvez possa, sra. Fraser – ele disse, olhando-me de cima a baixo com um leve sorriso. – Farquard Campbell disse que seus escravos estão convencidos de que a senhora é capaz de levantar os mortos, então é possível que um pequeno estilhaço de metal não seja um grande desafio às suas habilidades de cirurgiã?

Murray MacLeod, ouvindo a conversa, resfolegou sonoramente com desdém e voltou-se para seus próprios pacientes que o aguardavam.

– Oh! – exclamei novamente, esfregando um dedo sob o nariz, embaraçada. Um dos escravos de Campbell havia sofrido um ataque epiléptico quatro dias atrás, recuperando-se abruptamente no exato instante em que coloquei a mão em seu peito. Em vão, eu tentei explicar o que havia acontecido; minha fama espalhou-se pela montanha como fogo no mato.

Mesmo agora, um pequeno grupo de escravos permanecia agachado junto à borda da clareira, jogando três-marias e esperando até que todos os demais pacientes tivessem sido atendidos. Olhei atentamente para eles, por via das dúvidas; se um deles estivesse morrendo ou gravemente doente, sei que não fariam nenhum esforço para me dizer – tanto por deferência aos meus pacientes brancos, quanto por sua absoluta convicção de que, se alguma coisa drástica acontecesse enquanto estavam esperando, eu simplesmente ressuscitaria o cadáver segundo as minhas conveniências e então lidaria com o problema.

No entanto, todos pareciam firmemente em pé no momento e devendo permanecer assim no futuro imediato. Voltei-me novamente para Hayes, limpando as mãos enlameadas no avental.

– Bem... por que não me deixa ver o pedacinho de metal e verei o que pode ser feito?

Sem nenhuma relutância, Hayes tirou gorro, casaco, colete, meias e camisa, juntamente com o gorjal de prata de seu ofício. Entregou suas roupas para o ajudante de ordens que o acompanhava e sentou-se no meu banco, sua plácida dignidade em nada abalada pela nudez parcial, pela pele arrepiada das costas e dos ombros, nem pelo murmúrio de espanto e surpresa que elevou-se dos escravos à espera, diante do que viam.

Seu peito era liso, quase sem pelos, com a cor de pele pálida e sebácea que havia anos não era exposta ao sol, em flagrante contraste com as mãos, rosto e joelhos, bronzeados e castigados pelo clima. Mas os contrastes iam além disso.

Sobre a pele leitosa, do lado esquerdo do peito havia uma grande área negro-azulada que o cobria das costelas à clavícula. E, embora o mamilo direito tivesse uma cor normal marrom-rosado, o da esquerda era espantosamente branco. Pestanejei diante daquela visão e ouvi um suave "*A Dhia!*" atrás de mim.

– "*A Dhia, tha e 'tionndadh dubh!*" – disse outra voz, um pouco mais alto. Meu Deus, ele está ficando negro!

Hayes pareceu não ouvir nada disso, apenas recostou-se para que eu pudesse examiná-lo. Um exame mais minucioso revelou que a coloração escura não era pigmentação natural, mas uma mancha causada pela presença de inumeráveis grânulos escuros incrustados na pele. O mamilo desaparecera inteiramente, substituído por uma cicatriz larga, brilhante e branca, do tamanho de uma moeda de seis *pence.*

– Pólvora – eu disse, passando os dedos de leve sobre a região escurecida. Eu já vira aquilo antes; causado por uma falha no disparo ou por um tiro à queima-roupa, que lançava partículas da pólvora – e em geral partículas de forro e tecido – nas camadas mais fundas da pele. E de fato havia pequenas elevações sob a pele, evidentes às pontas dos meus dedos, fragmentos escuros do traje que usava quando foi atingido.

– A bala ainda está em você? – Eu podia ver onde ela havia penetrado; toquei na cicatriz branca, tentando visualizar o caminho que a bala devia ter percorrido a partir dali.

– Metade dela está – ele respondeu tranquilamente. – Ela se estilhaçou. Quando o cirurgião foi retirá-la, ele me deu os pedaços. Quando os juntei depois, só pude reconstituir metade da bala, de modo que o resto deve ter ficado.

– Estilhaçou? É de admirar que os pedaços não tenham penetrado em seu coração ou seu pulmão – eu disse, agachando-me, a fim de examinar mais minuciosamente o ferimento.

– Ah, mas penetraram – ele me informou. – Ao menos, imagino que sim, porque entraram pelo meu peito, como pode ver... e agora um está saindo pelas minhas costas.

Para assombro da multidão – e meu próprio – ele tinha razão. Eu não só podia sentir uma pequena protuberância, logo abaixo da beirada externa da omoplata esquerda, como, na verdade, podia *vê-la*; um inchaço escuro pressionando contra a pele branca e macia.

– Que diabo é isso? – exclamei, e ele deu um pequeno grunhido de humor, não sei se pela minha surpresa ou pela minha linguagem.

Apesar de estranho, o estilhaço não apresentava nenhuma dificuldade cirúrgica. Mergulhei um pano na tigela de álcool destilado, limpei cuidadosamente a área, esterilizei um bisturi e cortei rapidamente a pele. Hayes permaneceu sentado, absolutamente imóvel, enquanto eu trabalhava; ele era um soldado e um escocês e, como as marcas em seu peito testemunhavam, já suportara coisas bem piores.

Abri dois dedos e pressionei-os de cada lado da incisão; os lábios do pequeno corte se abriram, depois um pedaço de metal irregular, escuro, repentinamente projetou-se como uma língua de dentro da incisão – o suficiente para eu pegá-lo com o fórceps e retirá-lo. Soltei o pedaço de metal descorado na mão de Hayes, com uma pequena exclamação de triunfo, depois pressionei uma compressa embebida em álcool em suas costas.

Ele expeliu uma longa respiração pelos lábios franzidos e sorriu para mim por cima do ombro.

– Muito obrigado, sra. Fraser. Este sujeitinho me acompanha já há algum tempo, mas não posso dizer que lamento me separar dele. – Olhou para a palma da mão suja de sangue, examinando o fragmento de metal com grande interesse.

– Há quanto tempo isso aconteceu? – perguntei, curiosa. Eu não acreditava que o estilhaço tivesse realmente atravessado seu corpo completamente, embora certamente causasse essa ilusão. O mais provável, pensei, é que tivesse permanecido na superfície do ferimento original e viajado lentamente pelo torso, impelido entre a pele e o músculo pelos movimentos de Hayes, até atingir a presente localização.

– Oh, há mais de vinte anos, senhora – ele disse. Ele tocou a área branca, rígida e entorpecida, que já fora um dos pontos mais sensíveis do seu corpo. – Aconteceu em Culloden.

Falou descontraidamente, mas eu senti a pele dos meus braços se arrepiar diante daquele nome. Mais de vinte anos... vinte e cinco, praticamente. Quando então...

– Você não devia ter mais do que doze anos! – eu disse.

– Não – ele respondeu, uma das sobrancelhas erguidas. – Onze. Mas meu aniversário foi no dia seguinte.

Reprimi o que quer que teria dito em resposta. Pensei que já tivesse perdido a capacidade de ficar chocada com as realidades do passado, mas era evidente que não. Alguém lhe dera um tiro – um menino de onze anos – à queima-roupa. Sem chance de erro, nenhuma bala perdida no calor da batalha. O homem que atirara nele sabia que era uma criança que ele pretendia matar – e atirara, ainda assim.

Meus lábios pressionaram-se com força enquanto eu examinava a incisão. Não mais do que dois centímetros e meio de comprimento, e rasa; a bala estilhaçada permanecera logo abaixo da superfície. Ótimo, não iria ser necessário dar pontos. Pressionei uma nova compressa no ferimento e posicionei-me à sua frente, para amarrar a atadura de linho que a manteria no lugar.

– Um milagre você ter sobrevivido – eu disse.

– É verdade – ele concordou. – Eu estava caído no chão e o rosto de Murchison acima do meu, e eu...

– Murchison! – A exclamação escapou dos meus lábios e eu vi um lampejo de satisfação atravessar o rosto de Hayes. Tive uma breve e repentina aflição premonitória, lembrando-me do que Jamie dissera a respeito de Hayes na noite anterior. *Ele pensa mais do que fala, o pequeno Archie – e ele fala muito. Cuidado com ele,* Sassenach. Bem, um pouco tarde demais para cautela, mas eu duvidava que pudesse fazer diferença; ainda que tivesse sido o mesmo Murchison...

– Conhece o nome, pelo que vejo – Hayes observou amavelmente. – Eu ouvi dizer na Inglaterra que um sargento Murchison do 26º tinha sido enviado para a Carolina do Norte. Mas a guarnição militar de Cross Creek havia desaparecido quando chegamos a Cross Creek. Um incêndio, não foi?

– Hã, sim – eu disse, um pouco nervosa com essa referência. Ainda bem que Bri tinha saído; somente duas pessoas sabiam toda a verdadeira história do que acontecera quando o armazém da Coroa em Cross Creek incendiou-se, e ela era uma delas. Quanto à outra – bem, não era provável que o caminho de Stephen Bonnet cruzasse com o do tenente num futuro próximo – se o próprio Bonnet ainda estivesse vivo.

– E os homens da guarnição – Hayes continuou –, Murchison e o resto, para onde eles foram, a senhora sabe?

– O sargento Murchison está morto – disse uma voz suave e grave atrás de mim. – Infelizmente.

Hayes olhou além de mim e sorriu.

– *A Sheumais ruaidh* – ele disse. – Eu pensei mesmo que você viria ter com sua mulher, mais cedo ou mais tarde. Estive à sua procura hoje de manhã.

Surpreendi-me com o nome, e Jamie também; um olhar de surpresa atravessou suas feições, depois desapareceu, substituído por um ar de cautela. Ninguém o chamava de "Jamie, o Ruivo" desde os dias do Levante.

– Eu soube – ele disse, secamente. Sentou-se no meu banco extra, de frente para Hayes. – Vamos conversar, então. Do que se trata?

Hayes pegou seu *sporran*, pendurado entre os joelhos, vasculhou dentro dele por um instante e retirou um quadrado de papel dobrado, preso com um selo de cera vermelha, marcado com uma insígnia que eu reconheci. Meu coração desfaleceu um pouco à vista do selo; eu duvidava que o governador Tryon estivesse me mandando cumprimentos atrasados pelo meu aniversário.

Hayes revirou o papel nas mãos, verificou cuidadosamente para ver que o nome inscrito na frente era o de Jamie e entregou-o a ele. Para minha surpresa, Jamie não o abriu de imediato, mas ficou segurando-o, os olhos fixos no rosto de Hayes.

– O que o trouxe aqui? – ele perguntou abruptamente.

– Ah, o dever, sem dúvida – Hayes respondeu, as sobrancelhas finas arqueadas num espanto inocente. – Um soldado faz alguma coisa por qualquer outra razão?

– Dever – Jamie repetiu. Bateu o papel de leve contra a perna. – Sim, bem. O dever pode levá-lo de Charleston à Virgínia, mas há maneiras mais rápidas de chegar lá.

Hayes começou a dar de ombros, mas desistiu imediatamente, quando o movimento perturbou o ombro que eu estava enfaixando.

– Eu tinha a Proclamação a trazer, do governador Tryon.

– O governador não tem nenhuma autoridade sobre você ou seus homens.

– É verdade – Hayes concordou –, mas por que eu não faria um favor ao sujeito, se eu podia?

– Sim, e ele lhe pediu que fizesse o serviço ou isso foi ideia sua? – Jamie disse, um claro tom de cinismo na voz.

– Você se tornou um pouco desconfiado com a idade, *Sheumais ruaidh* – Hayes disse, sacudindo a cabeça com ar de reprovação.

– É por isso que cheguei até essa idade – Jamie retrucou, sorrindo ligeiramente. Parou, examinando Hayes. – Você diz que foi um homem chamado Murchison que atirou em você no campo de Drumossie?

Eu terminara com as bandagens; Hayes mexeu o ombro experimentalmente, testando a dor.

– Ora, certamente você sabe disso, *a Sheumais ruaidh*. Não se lembra do dia, homem?

A expressão do rosto de Jamie mudou sutilmente e eu senti um pequeno tremor de inquietação. O fato é que Jamie não tinha quase nenhuma lembrança do último dia dos clãs, do massacre que deixara tantos sangrando na chuva – inclusive ele próprio. Eu sabia que pequenas cenas desse dia de vez em quando voltavam à sua mente durante o sono, fragmentos de pesadelo – mas, se era pelo trauma, pelo ferimento ou simplesmente por força de vontade, a Batalha de Culloden estava esquecida para ele – ao menos, até agora. Eu não acreditava que ele a quisesse de volta.

– Muita coisa aconteceu naquele dia – ele disse. – Eu não me lembro de tudo, não. – Ele inclinou a cabeça de repente e enfiou o polegar sob a dobra da carta, abrindo-a tão bruscamente, que o selo de cera estilhaçou-se em pequenos fragmentos.

– Seu marido é um homem modesto, sra. Fraser. – Hayes balançou a cabeça para mim enquanto chamava seu ajudante de ordens com um gesto rápido da mão. – Ele nunca lhe contou o que fez naquele dia?

– Houve muita bravura naquele campo – Jamie murmurou, a cabeça inclinada sobre a carta. – E bastante do contrário. – Achei que ele não estava lendo; seus olhos estavam fixos, como se visse outra cena, para além do papel que segurava.

– Sim, houve – Hayes concordou. – Mas vale a pena lembrar quando um homem salvou sua vida, não?

A cabeça de Jamie ergue-se rispidamente, com surpresa. Atravessei a distância entre nós e me coloquei atrás dele, a mão pousada de leve em seu ombro. Hayes pegou a camisa das mãos do seu ajudante de ordens e vestiu-a devagar, sorrindo de um modo estranho, alerta.

– Não se lembra de como golpeou Murchison na cabeça, no momento em que ele estava pronto para fincar a baioneta em mim, estendido no chão?

E então você me pegou no colo e me carregou para fora do campo de batalha, até um pequeno poço próximo? Um dos chefes estava estendido na grama lá e seus homens banhavam sua cabeça na água, mas eu pude ver que ele já estava morto, absolutamente imóvel. Havia alguém lá para cuidar de mim; queriam que você ficasse também, porque você estava ferido e sangrando, mas você se recusou. Desejou-me boa sorte, em nome de são Miguel, e voltou para o campo de batalha.

Hayes prendeu a corrente de seu gorjal, ajustando a pequena meia-lua de prata embaixo do queixo. Sem o lenço, seu pescoço parecia nu, desprotegido.

– Você parecia um bárbaro enlouquecido, homem, o sangue escorria do seu rosto e seus cabelos estavam soltos ao vento. Você tinha guardado a espada para me carregar, mas sacou-a de novo quando se afastava. Achei que jamais o veria de novo, pois se eu já vi um homem resolvido a ir ao encontro de sua morte...

Sacudiu a cabeça, os olhos semicerrados, como se visse não o homem sóbrio, controlado, diante de si, não o Fraser de Fraser's Ridge – mas Jamie, o Ruivo, o jovem guerreiro que não voltara por bravura, mas porque queria jogar sua vida fora, considerando-a um fardo – porque ele me perdera.

– É mesmo? – Jamie murmurou. – Eu havia... esquecido. – Eu podia sentir a tensão em seu corpo, tinindo como um arame esticado sob minha mão. Sua pulsação batia rápido na artéria atrás da orelha. Havia muita coisa que ele esquecera, mas não isso. Nem eu.

Hayes inclinou a cabeça, enquanto o ajudante de ordens amarrava o lenço ao redor de seu pescoço, depois se empertigou e agradeceu-me com um sinal da cabeça.

– Obrigada, senhora, foi muita bondade sua.

– Não há de quê – eu disse, a boca seca. A chuva recomeçara; os pingos frios atingiam meu rosto e minhas mãos, e a umidade brilhava nos ossos fortes do rosto de Jamie, prendiam-se em gotículas trêmulas em seus cabelos e em suas espessas pestanas.

Hayes enfiou-se com dificuldade em seu casaco e prendeu o xale com um pequeno broche dourado – o broche que seu pai lhe dera, antes de Culloden.

– Então Murchison está morto – ele disse, como se falasse consigo mesmo. – Mas ouvi dizer – seus dedos atrapalharam-se um pouco com o fecho do broche – que havia dois irmãos com este nome, parecidos como duas ervilhas.

– Sim, havia – Jamie disse. Ergueu os olhos e fitou diretamente os de Hayes. O rosto do tenente não mostrou mais do que um leve interesse.

– Ah. E o senhor saberia, então, qual deles era?...

– Não. Mas não importa, ambos estão mortos.

– Ah – Hayes disse outra vez. Ficou parado por um instante, como se estivesse pensando, depois fez uma reverência para Jamie, formalmente, o gorro seguro contra o peito.

– *Buidheachas dhust, a Sheumais mac Brian.* E que o abençoado Miguel o proteja. – Ergueu o gorro levemente para mim, colocou-o na cabeça e virou-se para partir, o ajudante de ordens seguindo-o em silêncio.

Uma rajada de vento soprou pela clareira, carregando com ela uma gélida explosão de chuva, muito semelhante à chuva gelada de abril em Culloden. Jamie estremeceu repentinamente ao meu lado, com um tremor profundo e convulsivo que amassou a carta que ele ainda segurava na mão.

– O quanto você se lembra? – perguntei, vendo Hayes se afastar, escolhendo o caminho no chão ensopado de sangue.

– Quase nada – ele respondeu. Levantou-se e virou-se para olhar para mim, os olhos escuros como o céu nublado. – E ainda assim é muito.

Entregou-me a carta amassada. A chuva havia manchado a tinta aqui e ali, mas ainda era bastante legível. Em contraste com a Proclamação, continha *duas* frases, mas o parágrafo adicional não diminuía seu impacto.

New Bern, 20 de outubro

Coronel James Fraser

Embora a Paz e a boa Ordem deste Governo ultimamente tenham sido violadas e muitos danos causados às pessoas e às propriedades dos habitantes desta Província por um grupo de indivíduos que se autodenominam Reguladores, eu, por instrução do Conselho de Ordem de Sua Majestade, ordeno-o que imediatamente convoque um grupo de tantos homens quantos considerar necessário para servir num Regimento de Milícia e reporte a mim o mais breve possível sobre o número de voluntários dispostos a se apresentar ao serviço de seu Rei e da Pátria, quando solicitados, e ainda o número de efetivos que pertençam ao seu regimento que possam entrar em ação numa emergência e no caso de os insurgentes tentarem cometer novas manifestações violentas. Sua obediência diligente e pontual a essas ordens será bem recebida por

Seu humilde criado,
William Tryon

Dobrei cuidadosamente a carta manchada de chuva, notando distraidamente que minhas mãos tremiam. Jamie tomou-a de mim, segurando-a entre o polegar e o indicador, como se fosse um objeto desagradável – como de fato era. Sua boca torceu-se ironicamente quando nossos olhos se encontraram.

– Eu esperava ter um pouco mais de tempo – ele disse.

8

O FEITOR

Depois que Brianna foi pegar Jemmy na barraca de Jocasta, Roger começou a subir lentamente a colina em direção ao seu próprio acampamento. Ele trocou cumprimentos e aceitou felicitações de pessoas que passavam, porém mal ouvia o que lhe diziam.

Haverá uma próxima vez, ela dissera. Rememorava as palavras, revirando-as em sua mente como um punhado de moedas no bolso. Ela não falara levianamente. Falara sério e era uma promessa que no momento significava ainda mais para ele do que as que ela dissera na primeira noite do seu casamento.

A ideia de casamentos o fez lembrar, finalmente, que na verdade havia outro a caminho. Olhou para si mesmo e viu que Bri não exagerara a respeito de sua aparência. Droga, e era o casaco de Jamie, além do mais.

Começou a limpar as agulhas de pinheiros e manchas de lama, mas foi interrompido por um cumprimento do alto do caminho. Ergueu os olhos e viu Duncan Innes descendo cautelosamente a trilha íngreme, o corpo inclinado para compensar o braço que faltava. Duncan vestira seu esplêndido casaco, vermelho-escarlate com adornos azuis e botões de ouro, e seus cabelos estavam cuidadosamente trançados sob um novo e elegante chapéu preto. A transformação de pescador das Highlands a próspero proprietário de terras era surpreendente; até a atitude de Duncan parecia ter mudado, muito mais confiante.

Duncan estava acompanhado por um cavalheiro idoso, magro e alto, muito bem-arrumado, mas com uma aparência surrada, os escassos cachos brancos amarrados para trás de uma fronte alta e calva. Sua boca murchara pela falta de dentes, mas mantivera a curva bem-humorada, e seus olhos eram azuis e brilhantes, cravados num rosto cuja pele estava tão esticada sobre os ossos, que mal sobrava um pouco para as rugas ao redor dos olhos, apesar das linhas profundas na boca e na testa. Com um nariz comprido e adunco, trajando roupas pretas surradas e desbotadas, ele parecia um abutre cordial.

– *A Smeòraich* – Duncan saudou Roger, com ar satisfeito. – Exatamente o homem que eu queria encontrar! E você está bem preparado para o seu casamento? – acrescentou, os olhos recaindo inquisitivamente no casaco sujo de Roger e nos cabelos desgrenhados.

– Ah, sim. – Roger limpou a garganta, convertendo a limpeza do seu casaco em uma curta batida no peito, como se quisesse liberar o muco da tosse. – Tempo chuvoso para um casamento, hein?

– Feliz o cadáver sobre o qual a chuva cai – Duncan concordou e riu, um pouco nervosamente. – De qualquer modo, não pretendemos morrer de pleurisia antes de nos casar, hein, rapaz? – Ajeitou melhor o casaco escarlate nos ombros, limpando um imaginário grão de poeira do punho.

– Você está muito elegante, Duncan – Roger disse, na esperança de distrair a atenção do seu próprio estado deplorável com um pouco de caçoada. – Até parece a noiva!

Duncan enrubesceu um pouco por trás dos bigodes caídos e sua única mão ficou brincando com os botões decorados de seu casaco.

– Ah, bem – ele disse, parecendo levemente embaraçado. – A srta. Jo disse que não iria querer ficar ao lado de um espantalho. – Tossiu e virou-se abruptamente para seu companheiro, como se a palavra o tivesse feito se lembrar repentinamente da presença do sujeito.

– Sr. Bug, este é o genro do sr. Fraser, Roger Mac, de quem eu lhe falei. – Ele virou-se novamente para Roger, abanando a mão vagamente na direção do seu companheiro, que deu um passo à frente, estendendo a mão com uma mesura rígida, mas cordial. – Este é Arch Bug, *a Smeòraich.*

– Seu criado, sr. Bug – Roger disse educadamente, ligeiramente surpreso ao observar que a mão grande e ossuda que segurava a sua não possuía os dois primeiros dedos.

– Umm – replicou o sr. Bug, sua maneira indicando que o sentimento era sinceramente recíproco. Ele podia ter tido a intenção de se estender mais no assunto, mas, quando abriu a boca, uma voz aguda, feminina, um pouco entrecortada com a idade, pareceu emergir.

– É muita bondade, senhor, do sr. Fraser, e tenho certeza de que ele não vai ter nenhum motivo para se arrepender, realmente não, como eu mesmo disse a ele. Não sei como lhe dizer a bênção que é, nós sem sabermos de onde viria nosso próximo pedaço de pão ou como iríamos manter um teto sobre nossas cabeças! Eu disse a Arch, eu disse, agora nós só temos que confiar em Cristo e Nossa Senhora e, se tivermos que passar fome, nós o faremos num estado de graça, e Arch, ele me diz...

Uma mulher pequena e roliça, idosa e pobremente vestida como o marido, mas igualmente asseada e bem remendada, surgiu diante deles, ainda falando. Baixa como era, Roger não a vira, escondida atrás das amplas abas do antigo casaco de seu marido.

– Sra. Bug – Duncan murmurou para mim, desnecessariamente.

– ... e nem uma moedinha de prata para nos abençoar e eu imaginando o que seria de nós, e então essa Sally McBride dizia como ouvira falar que Jamie Fraser precisava de um bom...

O sr. Bug sorriu por cima da cabeça de sua mulher. Ela parou no meio da frase, os olhos esbugalhando-se de assombro diante do estado do casaco de Roger.

– Ora, olhem só para isso! Por onde é que você andou, rapaz? Sofreu um acidente? Parece que alguém o derrubou e arrastou pelo calcanhares por um monte de estrume!

Sem esperar respostas, retirou com estardalhaço um lenço limpo do volumoso saco amarrado à sua cintura, cuspiu nele e começou a limpar laboriosamente as manchas de lama do peito do casaco de Roger.

– Oh, não precisa... quero dizer... hã... obrigado. – Roger sentiu-se como se tivesse ficado preso em algum tipo de máquina. Olhou para Duncan, na esperança de ser resgatado.

– Jamie Roy pediu ao sr. Bug para ser o feitor em Ridge. – Duncan aproveitou a trégua momentânea fornecida pela preocupação da sra. Bug para dar uma breve explicação.

– Feitor? – Roger sentiu um baque diante da palavra, como se alguém tivesse lhe dado um soco na boca do estômago.

– Sim, para quando ele próprio estiver fora ou ocupado com outros negócios. Pois é bem verdade que lavouras e arrendatários têm que ser administrados.

Duncan falava com um certo tom de pesar; antes um simples pescador de Coigach, ele frequentemente achava onerosas as responsabilidades de administrar uma grande plantação e agora olhou para o sr. Bug com um pequeno lampejo de cobiça, como se tivesse pensado momentaneamente em enfiar esta pessoa útil no bolso e levá-la para River Run. Claro, Roger refletiu, isso significaria levar a sra. Bug também.

– Foi uma grande sorte e justamente ontem eu dizia a Arch que o melhor que poderíamos esperar era encontrar trabalho em Edenton ou Cross Creek, talvez Arch trabalhando nos barcos, mas essa é uma forma de vida perigosa, não é? Molhado até os ossos a maior parte do tempo e tremedeiras mortais elevando-se dos mangues como fantasmas e o ar tão denso de miasma que não serve nem para respirar, e eu talvez lavando roupa na cidade enquanto ele estava fora na água, embora eu tenha certeza de que iria detestar isso, pois não estivemos separados nem uma noite desde que nos casamos, não é, querido?

Ela lançou um olhar de devoção para cima, para o seu alto marido, que sorriu gentilmente para ela. Talvez o sr. Bug fosse surdo, Roger pensou. Ou talvez só estivessem casados havia uma semana?

No entanto, sem que precisasse perguntar, foi informado de que os Bug eram marido e mulher havia mais de quarenta anos. Arch Bug fora um pequeno arrendatário de Malcolm Grant of Glenmoriston, mas os anos após o Levante tinham sido difíceis. A propriedade que ele arrendava de Grant havia sido confiscada pela Coroa Inglesa, e Bug sobreviveu durante alguns anos como um pequeno lavrador, mas fora obrigado pelas dificuldades e pela fome a pegar a mulher e o pouco que restara do dinheiro e buscar uma vida nova na América.

– Pensamos em nos fixar em Edimburgo... – disse o idoso cavalheiro, a fala amável e vagarosa, com um leve cadenciado das Highlands. Então ele não era surdo, Roger pensou. Ainda.

– ... porque eu tinha um primo lá que trabalhava num banco e pensamos que talvez ele pudesse dar uma palavrinha com alguém...

– Mas eu era velho demais e não tinha o conhecimento suficiente...

– ... e muita sorte eles teriam se tivessem ficado com ele! Mas não, palermas como eram, não quiseram nem saber, e assim tivemos que vir embora e por mais que tentássemos...

Os olhos de Duncan encontraram-se com os de Roger e ele disfarçou um sorriso por baixo do bigode caído, enquanto a história das aventuras dos Bug despejava-se daquele modo sincopado. Roger devolveu o sorriso, tentando simultaneamente afastar uma incômoda sensação de desconforto.

Feitor. Alguém para supervisionar os trabalhos em Ridge, preocupar-se com o plantio, cuidar da colheita, lidar com as preocupações dos arrendatários quando Jamie Fraser estivesse fora ou ocupado. Uma necessidade óbvia, considerando-se o recente influxo de novos arrendatários e o conhecimento do que os próximos anos reservavam para eles.

Foi somente nesse momento, entretanto, que Roger percebeu que havia subconscientemente presumido que *ele* seria o braço direito de Jamie nesses assuntos. Ou o esquerdo, ao menos.

Fergus, até certo ponto, dava assistência a Jamie, saindo de Ridge em alguma missão e trazendo informações. Mas a falta de uma das mãos de Fergus limitava o que ele podia fazer fisicamente, e ele não sabia lidar com a contabilidade ou a documentação; Jenny Murray ensinara o órfão francês que seu irmão adotara a ler – de certo modo –, mas fracassara completamente em torná-lo hábil com números.

Roger olhou de viés para a mão do sr. Bug, agora afetuosamente pousada no ombro roliço de sua mulher. Era grande, calejada e de aparência forte, apesar da mutilação, mas os dedos remanescentes eram muito tortos de artrite, as juntas nodosas e de aparência dolorosa.

Então Jamie achava que mesmo um homem de idade, meio aleijado, era mais apto do que Roger para lidar com os negócios de Fraser's Ridge? Esse era um pensamento inesperadamente amargo.

Ele sabia que seu sogro tinha dúvidas sobre sua capacidade, mais do que a desconfiança natural de qualquer pai em relação ao homem que está dormindo com sua filha. Ele próprio totalmente desprovido de ouvido musical, naturalmente Jamie não valorizava o dom musical de Roger. E, apesar de Roger ser de bom tamanho e trabalhador, era desafortunadamente verdade que ele tinha pouco conhecimento prático de criação de animais, caça ou o uso de armas mortais. E, era verdade, ele não tinha muita experiência com fazenda ou com a administração de uma grande propriedade – o que o sr. Bug obviamente possuía. Roger seria o primeiro a admitir tudo isso.

Mas ele era o genro de Jamie, ou prestes a ser. Droga, Duncan acabara de apresentá-lo assim! Ele podia ter sido criado em outra época, mas era um escocês das Highlands, com tudo isso, e tinha plena consciência de que sangue e parentesco contavam acima de tudo.

O marido de uma filha única normalmente seria considerado o filho da casa, vindo em segundo lugar apenas para o chefe da família em autoridade e respeito. A menos que houvesse algo drasticamente errado com ele. Se ele fosse reconhecidamente um bêbado, por exemplo, ou um bandido. Ou débil mental... Santo Deus, era isso que Jamie pensava dele? Um idiota imprestável?

– Sente-se, meu jovem, e eu cuidarei desta sujeira – a sra. Bug interrompeu essas obscuras reflexões. Puxou-o pela manga, estalando a língua em sinal de desaprovação ao ver as folhas e galhinhos em seus cabelos.

– Olhe só para você, todo sujo e amarrotado! Andou brigando, é? Oh, bem, espero que o outro sujeito esteja em pior estado, é só o que posso dizer.

Antes que ele pudesse protestar, ela já o fizera sentar-se numa pedra, retirara um pente de madeira do bolso e a tira de couro dos cabelos dele e já lidava com as mechas embaraçadas de uma maneira tão enérgica, que parecia calculada para arrancar alguns fios de seu couro cabeludo.

– Eles o chamam de Melro, não é? – A sra. Bug fez uma pausa em sua atividade de cabeleireira, segurando para cima uma mecha preta e lustrosa e examinando-a desconfiadamente, como se procurasse piolhos.

– Oh, sim, mas não é por causa de suas belas madeixas pretas – Duncan interpôs, rindo do evidente embaraço de Roger. – É por causa do canto. Melodiosa como a de um rouxinol, a voz de Roger Mac.

– Canto? – exclamou a sra. Bug. Soltou a mecha de cabelo, encantada. – Então foi você que ouvimos ontem à noite? Cantando "Ceann-ràra" e "Loch Ruadhainn"? E acompanhando com o *bodhram*?

– Sim, deve ter sido – Roger murmurou modestamente. A ilimitada admiração da senhora – profusamente extravasada – lisonjeou-o e o deixou envergonhado do momentâneo ressentimento contra seu marido. Afinal, pensou, vendo a pobreza de seu avental muitas vezes remendado e as rugas em seu rosto, os dois certamente haviam passado tempos difíceis. Talvez Jamie os tivesse contratado tanto por caridade quanto pela sua própria necessidade de ajuda.

Isso o fez sentir-se um pouco melhor, e ele agradeceu à sra. Bug amavelmente por sua assistência.

– Vocês vêm para a nossa fogueira agora? – ele perguntou, com um olhar inquiridor ao sr. Bug. – Imagino que ainda não conheçam a sra. Fraser ou...

Ele foi interrompido por um barulho semelhante à sirene de um carro de bombeiros, distante, mas obviamente se aproximando. Perfeitamente familiarizado com aquele tipo de algazarra, não ficou surpreso ao ver seu sogro emergir de uma das trilhas que cruzavam a montanha, Jemmy debatendo-se e berrando como um gato escaldado em seus braços.

Jamie, parecendo um pouco atormentado, entregou a criança a Roger. Roger segurou-o e – por falta de qualquer outra inspiração – enfiou o polegar na boquinha escancarada. O barulho cessou instantaneamente e todos relaxaram.

– Que doçura! – A sra. Bug ficou na ponta dos pés para arrulhar sobre Jemmy, enquanto Jamie, parecendo extremamente aliviado, virou-se para cumprimentar o sr. Bug e Duncan.

"Doçura" não era a palavra que o próprio Roger teria escolhido. "Frenético" parecia mais apropriado. O rosto do bebê estava vermelho, as bochechas marcadas de lágrimas, e ele sugava furiosamente o polegar recebido, os olhos fechados com força, num esforço para fugir de um mundo evidentemente insatisfatório. O pouco cabelo que possuía estava espetado em espigões e espirais suados, e ele conseguira sair das cobertas em que antes estava enrolado e que agora pendiam vergonhosamente em pontas arrastadas pela lama. Ele também cheirava a privada suja, por razões absolutamente óbvias.

Como pai experiente, Roger imediatamente instituiu medidas de emergência.

– Onde está Bri?

– Só Deus sabe, e Ele não quer me contar – Jamie disse sucintamente. – Já procurei na montanha toda por ela desde que o menino acordou nos meus braços e decidiu que não estava satisfeito com a companhia. – Cheirou com desconfiança a mão com que estivera segurando seu neto, depois limpou-a na saia de seu casaco.

– Ele também não parece muito satisfeito com a minha. – O menino mordia o polegar de Roger impacientemente, baba escorrendo pelo queixo e pelo pulso de Roger, emitindo gritinhos de frustração. – Viu Marsali, por acaso? – Ele sabia que Brianna não gostava que ninguém alimentasse Jemmy senão ela mesma, mas esta sem dúvida era uma emergência. Olhou ao redor, esperando localizar alguma mãe que estivesse amamentando nas proximidades e que pudesse ter pena da criança, senão dele.

– Deixe-me segurar o pobrezinho – disse a sra. Bug, estendendo os braços para o bebê e imediatamente mudando sua condição de intrometida tagarela para anjo da luz, na visão de Roger.

– Pronto, vamos, *a leannan*, pronto, pronto. – Reconhecendo uma autoridade superior quando via uma, Jemmy prontamente se calou, os olhos redondos de temor fitando a sra. Bug. Ela sentou-se com a criança no colo e começou a lidar com ela da mesma maneira firme e eficiente com que acabara de lidar com o pai. Roger achou que talvez Jamie tivesse contratado o Bug errado para ser feitor.

Arch, no entanto, exibia tanto inteligência quanto competência, fazendo perguntas sensatas a Jamie com referência a animais de criação, lavouras, arrendatários e assim por diante. *Mas eu poderia fazer isso*, Roger pensou, seguindo atentamente a conversa. *Em parte*, consertou honestamente, quando a conversa repentinamente se desviou para uma discussão sobre parasitas. Talvez Jamie tivesse razão em procurar alguém mais experiente... mas Roger podia aprender, afinal...

– E quem é esse rapazinho bonito, hein? – A sra. Bug havia se levantado, arrulhando sobre Jemmy, agora respeitavelmente transformado em um casulo firmemente enrolado. Ela percorreu a linha de uma bochecha rechonchuda com um dedo grosso e curto, depois olhou para Roger. – Sim, sim, ele tem os olhos do pai, hein?

Roger ficou vermelho, esquecendo-se dos parasitas.

– Oh? Eu diria que ele se parece mais com a mãe.

A sra. Bug contraiu os lábios, estreitando os olhos para Roger, depois sacudiu a cabeça com decisão e deu uns tapinhas no topo da cabeça de Jemmy.

– Não os cabelos, talvez, mas a forma, sim, é igual a você, rapaz. Esses belos ombros largos! – Fez um leve sinal com a cabeça para Roger e beijou Jemmy na fronte. – Ora, eu também não ficaria surpresa se seus olhos ficassem verdes enquanto ele crescer. Preste atenção no que estou dizendo, rapaz, ele vai ser a sua cara quando crescer! Não é, homenzinho? – Ela roçou o nariz carinhosamente em Jemmy. – Você vai ser um rapaz grande, valente, como seu pai, não é?

É o que as pessoas costumam dizer, ele lembrou a si mesmo, tentando sufocar o absurdo fluxo de satisfação que sentiu com as palavras da mulher. *As mulheres mais velhas, elas sempre dizem com quem um bebê se parece.* Ele descobriu de repente que tinha medo até de admitir a possibilidade de que Jemmy pudesse ser realmente dele – ele desejava demais que isso fosse verdade.

Disse a si mesmo com firmeza que não tinha importância; se o menino era seu de sangue ou não, iria amá-lo e cuidar dele como seu filho. Ele o faria, é claro. Mas realmente importava, ele descobriu – ah, importava, sim.

Antes que pudesse dizer qualquer outra coisa à sra. Bug, entretanto, o sr. Bug virou-se para ele, para incluí-lo educadamente na conversa dos homens.

– MacKenzie, não é? – ele perguntou. – E é um dos MacKenzie de Torridon, então, ou de Kilmarnock?

Roger enfrentara perguntas semelhantes durante toda a Assembleia; explorar os antecedentes de uma pessoa era a maneira normal de um escocês iniciar qualquer conversa – algo que mudaria um pouco nos duzentos anos seguintes, ele pensou, temperada com cautela pela confortável familiaridade do processo. Mas, antes que pudesse responder, a mão de Jamie apertou seu ombro.

– Roger Mac é meu parente pelo lado de minha mãe – ele disse descontraidamente. – Ele é MacKenzie de Leoch, sabe?

– Ah, é? – Arch Bug pareceu impressionado. – Você está muito longe de casa, então, rapaz!

– Oh, não mais do que o senhor mesmo, tenho certeza, ou do que qualquer pessoa aqui, aliás. – Roger acenou brevemente para a encosta da montanha, de onde os sons de gritos em gaélico e a música de gaitas de foles flutuavam pelo ar úmido.

– Não, não, rapaz! – A sra. Bug, com Jemmy apoiado no ombro, uniu-se novamente à conversa. – Não é isso que Arch quer dizer – ela explicou. – É que você está muito longe dos outros.

– Outros? – Roger trocou um olhar com Jamie, que deu de ombros, igualmente intrigado.

– De Leoch – Arch interpôs, antes que sua mulher retomasse o fio da conversa.

– Nós ouvimos sobre isso no navio, hein? Havia um bando deles, todos MacKenzie, todos das terras ao sul do antigo castelo. Eles haviam permanecido lá depois que o senhor das terras foi embora, ele e o primeiro lote, mas agora pretendiam se juntar ao que restara do clã e ver se conseguiam melhorar sua sorte, porque...

– O chefe do clã? – Jamie interrompeu-a abruptamente. – Seria Hamish mac Callum?

Hamish, filho de Colum, Roger traduziu para si mesmo e parou. Ou melhor, Hamish mac Dougal, mas só havia cinco pessoas no mundo que sabiam disso. Talvez apenas quatro, agora.

A sra. Bug balançava a cabeça enfaticamente.

– Sim, sim, ele mesmo, era assim que o chamavam. Hamish mac Callum MacKenzie, senhor de Leoch. O terceiro senhor. Eles disseram isso, exatamente isso. E...

Jamie evidentemente aprendera o truque de lidar com a sra. Bug; por meio de uma brusca interrupção, ele conseguiu extrair a história em menos tempo do que Roger teria julgado possível. O Castelo Leoch fora destruído pelos ingleses, na limpeza das Highlands que se seguiu a Culloden. Disso Jamie ficara sabendo, mas, estando ele mesmo aprisionado, não soube mais da sorte daqueles que viviam lá.

– E nem tinha coragem de perguntar – ele acrescentou, com uma desalentada inclinação da cabeça. Os Bug entreolharam-se e suspiraram em uníssono, nos olhos o mesmo laivo de melancolia que sombreava a voz de Jamie. Era uma expressão à qual Roger já estava bem acostumado agora.

– Mas, se Hamish mac Callum ainda vive... – Jamie não tirara a mão do ombro de Roger e, com isto, apertou-o com força. – São notícias que aquecem o coração, hein? – Sorriu para Roger com tanta alegria, que Roger sentiu um sorriso inesperado irromper em seu próprio rosto em resposta.

– Sim – ele disse, sentindo o peso em seu coração se aliviar. – Sim, é mesmo! – O fato de que ele não distinguiria Hamish mac Callum MacKenzie de um buraco no chão não importava; o sujeito era de fato seu parente – parente de sangue – e isso *era* um bom pensamento.

– Para onde eles foram, então? – Jamie perguntou, retirando a mão. – Hamish e seus seguidores?

Para Acádia – para o Canadá, os Bug disseram. Para Nova Escócia? Para o Maine? Não, para uma ilha, decidiram, depois de uma complicada conferência. Ou seria talvez...

Jemmy interrompeu a conversa com um uivo indicando estado iminente de inanição, e a sra. Bug deu um salto como se tivesse sido cutucada com uma vara.

– Precisamos levar o pobrezinho para a mãe dele – ela disse com ar de reprovação, dividindo imparcialmente um olhar de censura entre os quatro homens, como se os acusasse coletivamente de conspiração para assassinar a criança. – Onde fica o seu acampamento, sr. Fraser?

– Eu a levarei até lá, senhora – Duncan disse apressadamente. – Venha comigo.

Roger começou a seguir os Bug, mas Jamie o reteve colocando a mão em seu braço.

– Não, deixe que Duncan os leve – ele disse, despachando os Bug com um sinal da cabeça. – Conversarei com Arch mais tarde. Tenho uma coisa a lhe dizer, *a chliamhuinn*.

Roger sentiu-se um pouco tenso com o termo formal com que Jamie se dirigiu a ele. Então era neste ponto que Jamie lhe dizia quais eram exatamente os defeitos de formação e caráter que o tornavam inadequado a assumir responsabilidades na administração de Fraser's Ridge?

Mas não, Jamie retirava um papel amarrotado de seu *sporran*. Entregou-o a Roger com uma leve careta, como se o papel queimasse suas mãos. Roger leu-o rapidamente, depois ergueu os olhos da breve mensagem do governador.

– Milícia? Quando?

Jamie ergueu um dos ombros.

– Ninguém sabe dizer, porém mais cedo do que qualquer um de nós gostaria, eu acho. – Esboçou um sorriso fraco e melancólico para Roger. – Ouviu os rumores em torno das fogueiras?

Roger balançou a cabeça gravemente. Ele ouvira as conversas nos intervalos das canções, entre os espectadores nas competições de arremesso de pedras, entre os homens bebendo em pequenos grupos sob as árvores no dia anterior. Tinha havido uma escaramuça no arremesso de troncos – rapidamente abafada e sem nenhum dano causado –, mas a raiva pairava no ar da Assembleia, como um mau cheiro.

Jamie passou a mão pelo rosto e pelos cabelos, depois deu de ombros, suspirando.

– Foi sorte eu ter me encontrado com o velho Arch Bug e sua mulher hoje. Se houver luta – e haverá, imagino, mais tarde, se não agora – então Claire irá conosco. Eu não gostaria de deixar Brianna para lidar com tudo sozinha e assim ela terá ajuda.

Roger sentiu o pequeno e incômodo peso da dúvida se desfazer, quando tudo se tornou repentinamente esclarecido.

– Sozinha. Quer dizer... você quer que eu o acompanhe? Para ajudar a reunir homens para a milícia?

Jamie lançou-lhe um olhar perplexo.

– Sim, quem mais?

Ele ajeitou as pontas de seu xadrez mais altas nos ombros, curvando-se contra o vento cada vez mais forte.

– Vamos, então, capitão MacKenzie – ele disse, um tom irônico na voz. – Temos trabalho a fazer antes de você se casar.

9

O GERME DA DISCÓRDIA

Espreitei dentro do nariz de um dos escravos de Farquard Campbell, metade da minha mente no pólipo nasal que obstruía a narina e a outra metade no governador Tryon. Dos dois, eu me sentia mais benevolente em relação ao pólipo e pretendia cauterizá-lo, eliminando sua existência com um ferro em brasa.

Parecia tão desgraçadamente injusto, pensei, franzindo o cenho enquanto esterilizava o bisturi e colocava o menor ferrete de cauterização numa tigela de brasas incandescentes.

Seria este o começo? Ou um deles? Era final de 1770 e daqui a cinco anos todas as treze colônias estariam em guerra. Mas cada colônia chegaria a esse ponto por um processo distinto. Tendo vivido em Boston por tanto tempo, eu sabia pelos livros escolares de Brianna como tinha sido o processo – ou seria – para Massachusetts. Impostos, o massacre de Boston, a batalha do Porto, Hancock, Adams, a Batalha do Chá ou Festa do Chá, tudo isso. Mas e a Carolina do Norte? Como acontecera – como *iria* acontecer – aqui?

Poderia estar acontecendo agora. A discórdia vinha cozinhando em fogo brando havia vários anos entre os grandes e prósperos fazendeiros do litoral da costa leste e os pequenos lavradores dos terrenos pouco produtivos no interior da colônia, a oeste. Os Reguladores vinham principalmente dessa última classe; os primeiros eram fervorosos partidários de Tryon – ou seja, partidários da Coroa.

– Tudo bem agora? – Eu dera ao escravo uma boa dose de uísque medicinal para fortalecê-lo. Sorri de modo encorajador e ele balançou a cabeça, parecendo em dúvida, mas resignado.

Eu nunca ouvira falar dos Reguladores, mas ali estavam eles, de qualquer modo – e já vira o suficiente até agora para saber o quanto os livros de história omitiam. As sementes da revolução estariam sendo semeadas debaixo do meu próprio nariz?

Murmurando de maneira tranquilizadora, enrolei um guardanapo de linho na minha mão esquerda, segurei o queixo do escravo firmemente com ela, enfiei o bisturi em sua narina e cortei o pólipo com um movimento rápido e hábil da lâmina. Sangrou profusamente, é claro, o sangue jorrando quente através do pano em volta da minha mão, mas evidentemente não foi muito doloroso. O escravo pareceu surpreso, mas não angustiado.

O ferro de cauterização tinha a forma de uma minúscula pá, um pouco quadrada, um pedaço de metal achatado na ponta de uma haste delgada com um cabo de madeira. A parte chata fumegava no fogo, as bordas vermelhas, incandescentes. Pressionei o pano com força contra o nariz do escravo para estancar o sangue, retirei-o e, na fração de segundo antes que o sangue jorrasse outra vez, pressionei o ferro quente dentro da narina, contra o septo, esperando ter atingido o lugar certo.

O escravo fez um som estrangulado na garganta, mas não se moveu, embora as lágrimas escorressem pelo seu rosto, quentes, molhando meus dedos. O cheiro de carne e sangue queimados era semelhante ao que se erguia das fogueiras de churrasco. Meu estômago roncou audivelmente; os olhos injetados e arregalados do escravo encontraram-se com os meus, atônitos. Minha boca contorceu-se num sorriso e ele deu uma risadinha surda através das lágrimas e do muco do nariz.

Retirei o ferro, o pano no lugar. Nenhum sangue vivo escorreu. Inclinei a cabeça do paciente bem para trás, estreitando os olhos para ver, e fiquei satisfeita de encontrar a marca pequena, limpa, alta na mucosa. A queimadura deveria estar vermelha, em carne viva, eu sabia, mas, sem a luz de um instrumento próprio para investigação nasal, parecia negra, uma pequena crosta escondida como um carrapato nas sombras peludas da narina.

O sujeito não falava nada de inglês; sorri para ele, mas dirigi-me a sua companheira, uma jovem que segurara a mão dele durante toda a provação.

– Ele vai ficar perfeitamente curado. Diga-lhe, por favor, para não futucar a crosta. Se houver inchaço, pus ou febre – parei, pois a frase seguinte deveria ser "procure imediatamente o seu médico", e essa não era uma opção – ... procure sua patroa – eu disse, relutantemente. – Ou encontre uma mulher que saiba usar ervas. – A atual sra. Campbell era jovem e um tanto atrapalhada, pelo pouco que pude ver. Ainda assim, qualquer patroa de fazenda devia ter o conhecimento e os meios para tratar uma febre. E, se passasse de uma simples infecção, transformando-se em septicemia... bem, nesse caso, não haveria muita coisa que alguém pudesse fazer.

Dei um tapinha no ombro do escravo e o despachei, acenando para chamar o próximo na fila.

Infecção. Era o que estava fermentando. De um modo geral, as coisas pareciam calmas – afinal, a Coroa estava retirando todas as suas tropas! Mas dezenas, centenas, milhares de minúsculos germes de discórdia permaneciam, formando bolsões de conflito por todas as colônias. O movimento dos Reguladores era apenas um deles.

Um pequeno balde de álcool destilado estava junto aos meus pés, para desinfetar instrumentos. Mergulhei o ferro de cauterização no líquido, depois atirei-o de novo no fogo; o álcool pegou fogo com um *piff!*, rápido e sem luz.

Eu tinha a desagradável sensação de que o bilhete que agora queimava um buraco no *sporran* de Jamie era uma chama semelhante, tocada em uma de um milhão de espoletas. Algumas iriam ser pisoteadas e extintas, outras iriam emitir um chiado e apagar por conta própria – mas muitas iriam queimar e continuar queimando, abrindo a fogo seu caminho destrutivo através de lares e famílias. O final de tudo isso seria uma excisão limpa, mas muito sangue correria antes que o ferro em brasa das armas pudesse cauterizar a ferida aberta.

Será que nunca teríamos um pouco de paz, Jamie e eu?

– Lá está Duncan MacLeod, ele possui trezentos acres perto do rio Yadkin, mas não tem ninguém lá, a não ser ele e o irmão. – Jamie esfregou a manga da camisa no rosto, limpando a película de umidade que penetrava nos ossos. Pestanejou para clarear a visão e sacudiu-se como um cachorro, espalhando gotas que haviam se condensado em seus cabelos.

– Mas – continuou, gesticulando na direção da pluma de fumaça que assinalava a fogueira de MacLeod – ele é parente do velho Rabbie Cochrane. Rabbie não veio à Assembleia, por causa de um edema, pelo que ouvi dizer, mas ele tem onze filhos crescidos, espalhados pelas montanhas como grãos de milho. Portanto, não tenha pressa com MacLeod, certifique-se de que ele terá prazer em comparecer, depois lhe diga para informar Rabbie. Nós nos encontraremos em Fraser's Ridge dentro de quinze dias, diga a ele.

Ele hesitou, uma das mãos no braço de Roger para impedi-lo de partir abruptamente. Estreitou os olhos, espreitando dentro da neblina, avaliando as possibilidades. Haviam visitado três acampamentos juntos e receberam a promessa de quatro homens. Quantos mais poderiam ser encontrados na Assembleia?

– Depois de Duncan, vá até os cercados de carneiros. Angus Og está lá, com certeza. Conhece Angus Og?

Roger balançou a cabeça num sinal afirmativo, esperando lembrar-se do Angus Og correto. Ele conhecera ao menos quatro homens com esse nome na semana passada, mas um deles tinha um cachorro nos calcanhares e fedia a lã não processada.

– Campbell, hein? Curvado como um anzol e vesgo de um olho?

– Sim, ele mesmo. – Jamie balançou a cabeça em aprovação, relaxando o aperto de sua mão. – Ele também é mal-humorado demais para lutar, mas fará seus sobrinhos virem e espalhará a informação pelos assentamentos próximos a High Point. Portanto, Duncan, Angus... oh, sim, Joanie Findlay.

– Joanie?

Fraser riu.

– Sim, a velha Joan, como a chamam. O acampamento dela fica perto da barraca da minha tia, ela e o irmão, Iain Mhor.

Roger balançou a cabeça, em dúvida.

– Sim. Mas é com ela que eu devo falar, não é?

– É o que terá que fazer – Fraser disse. Iain Mhor não fala. Mas ela tem mais dois irmãos normais e dois filhos com idade suficiente para lutar. Ela os fará vir.

Jamie lançou um olhar para cima; o dia esquentara um pouco e não chovia, era mais uma garoa – um chuvisco, como diziam na Escócia.

As nuvens haviam se adelgaçado o suficiente para mostrar o disco do sol, uma bolacha pálida e embaçada, ainda bem alta no céu, mas caindo inexoravelmente. Mais duas horas de boa luz, talvez.

– Vai dar tempo – ele resolveu, enxugando o nariz na manga da camisa. – Volte para o acampamento quando terminar com a velha Joan e faremos uma pequena ceia antes do seu casamento, sim? – Arqueou uma das sobrancelhas para Roger e esboçou um sorriso, depois se virou. Antes que Roger partisse, ele se virou outra vez.

– Apresente-se logo como capitão MacKenzie – ele aconselhou. – Vão dar-lhe mais atenção. – Virou-se outra vez e partiu a passos largos em busca dos provavelmente mais recalcitrantes de sua lista.

Na neblina, a fogueira de MacLeod queimava como um desses queimadores a óleo de pomar. Roger virou-se na direção da fogueira, repetindo os nomes baixinho como um mantra.

– Duncan MacLeod, Rabbie Cochrane, Angus Og Campbell, Joanie Findlay... Duncan MacLeod, Rabbie Cochrane... – Não era problema; três vezes, e ele já saberia de cor, quer fosse a letra de uma nova canção, fatos em um livro didático ou instruções para a psicologia de potenciais recrutas de milícia.

Fazia sentido encontrar o maior número possível de escoceses do interior ali na Assembleia, antes que se espalhassem para suas fazendas e cabanas. E sentia-se encorajado pelo fato de que os homens que Fraser havia abordado até agora haviam aceitado a convocação da milícia com não mais do que um sobrolho carregado ou um pigarro na garganta de resignação.

Capitão MacKenzie. Sentiu uma espécie de orgulho constrangido com o título que Fraser havia lhe conferido tão displicentemente.

– Soldado instantâneo – murmurou desdenhosamente consigo mesmo, endireitando os ombros em seu casaco encharcado. – Basta acrescentar água.

Ao mesmo tempo, tinha que admitir uma ligeira empolgação. Podia não vir a ser mais do que brincar de soldado, na verdade – mas a ideia de marchar com um regimento de milícia, mosquetes nos ombros e o cheiro de pólvora nas mãos...

Dali a menos de quatro anos, ele pensou, e os membros da milícia estariam no gramado em Lexington. Homens que não eram mais soldados do que estes homens com quem ele falava na chuva – não mais do que ele. A consciência do fato percorreu sua pele com um tremor e assentou-se em sua barriga com um estranho peso de significado.

Estava a caminho. Santo Deus, estava realmente a caminho.

MacLeod não foi problema, mas levou mais tempo do que ele imaginara encontrar Angus Og Campbell, mergulhado até o traseiro no meio dos carneiros e mal-humorado por estar sendo perturbado. "Capitão MacKenzie" produzira pouco efeito no velho filho da mãe; a invocação do "Coronel Fraser" – dita com certo tom de ameaça – já surtiu um pouco mais de efeito. Angus Og mastigou o longo lábio superior com pensativa concentração, balançou a cabeça com relutância e voltou aos seus negócios com um ríspido: "Sim, eu mandarei avisar."

O chuvisco havia cessado e as nuvens começavam a se dispersar quando ele subiu de novo a encosta da montanha até o acampamento de Joan Findlay.

A "velha Joan", para sua surpresa, era uma mulher atraente de trinta e poucos anos, com penetrantes olhos castanhos claros que o olharam com interesse sob as pregas de seu *arisaid* úmido.

– Então já chegou a esse ponto, hein? – ela disse, em resposta à sua breve explicação do motivo de sua presença. – Eu realmente imaginei, quando ouvi o que aquele soldado tinha a dizer hoje de manhã.

Ela deu umas pancadinhas no lábio, pensativamente, com o cabo de sua colher de pau.

– Tenho uma tia que mora em Hillsborough, sabe? Ela tem um quarto no King's House, bem em frente à casa de Edmund Fanning... ou onde era a casa. – Deu uma curta risada, embora sem nenhum humor real.

– Ela me escreveu. A turba desceu a rua num tumulto, brandindo forcados como um bando de demônios – ela disse. – Cortaram a casa de Fanning dos alicerces e puseram tudo abaixo com cordas, bem diante dos olhos dela. Então agora nós devemos mandar nossos homens para tirar as castanhas de Fanning do fogo, não é?

Roger mostrou-se cauteloso; ouvira muita conversa sobre Edmund Fanning, que não era nada popular.

– Não sei dizer nada quanto a isso, sra. Findlay – ele disse. – Mas o governador...

Joan Findlay deu um expressivo muxoxo.

– Governador – ela disse e cuspiu no fogo. – Bah. Os amigos do governador, é mais provável. Mas é sempre assim: os pobres têm que derramar seu sangue pelo ouro dos ricos. E sempre será, não é?

Virou-se para duas meninas que haviam se materializado atrás dela, pequenos e silenciosos fantasmas de xale.

– Annie, vá chamar seus irmãos. Joanie, mexa a panela. Não deixe de raspar bem o fundo para não queimar. – Entregando a colher para a menina menor, virou-se, acenando a Roger para que a seguisse.

Era um acampamento pobre, com não mais do que um cobertor de lã estendido entre dois arbustos para fornecer uma espécie de abrigo. Joan Findlay agachou-se diante do recesso semelhante a uma caverna e Roger seguiu-a, abaixando-se para espreitar por cima de seu ombro.

– *A bhràthair,* este é o capitão MacKenzie – ela disse, estendendo a mão para o homem estendido numa cama improvisada, forrada de palha seca, sob o abrigo de cobertor. Roger sentiu um choque repentino diante da aparência do homem, mas reprimiu-o.

Um espasmofílico, era como o chamariam na Escócia da época de Roger; como chamariam esta condição agora? Talvez nada em particular; Fraser dissera apenas: "Ele não fala."

Não, nem movimentos adequados, tampouco. Seus membros eram ossudos e definhados, o corpo torcido em ângulos impossíveis. Uma colcha esfarrapada fora estendida sobre ele, mas seus movimentos espasmódicos a haviam retirado, de modo que a coberta estava embolada, enrolada entre suas pernas, e a parte superior de seu corpo ficara exposta, a camisa surrada também amarrotada e parcialmente puxada para fora por causa dos seus movimentos bruscos. A pele pálida sobre os ombros e as costelas brilhava fria e azulada na penumbra.

Joan Findlay colocou a mão na face do irmão e virou sua cabeça para que ele pudesse olhar para Roger.

– Este é meu irmão Iain, sr. MacKenzie – ela disse, a voz firme, desafiando-o a reagir com surpresa.

O rosto também era distorcido, a boca repuxada para o lado, babando, mas um par de belos olhos castanhos claros – e inteligentes – fitou Roger do rosto arruinado. Ele controlou seus sentimentos e suas próprias feições com firmeza e estendeu a mão, tomando na sua a mão deformada do irmão de Joan. A sensação era horrível, os ossos pontiagudos e frágeis sob uma pele tão fria, que parecia a de um cadáver.

– Iain Mhor – ele disse suavemente. – Já ouvi seu nome. Jamie Fraser manda lembranças.

As pálpebras abaixaram-se num gracioso ato de reconhecimento e levantaram-se outra vez, fitando Roger com calma luminosidade.

– O capitão veio recrutar homens para a milícia – Joan disse por trás do ombro de Roger. – O governador enviou ordens, hein? Parece que se cansou de tumultos e desordens, ele diz; vai acabar com isso pela força. – Sua voz carregava um forte tom de ironia.

Os olhos de Iain Mhor mudaram para o rosto de sua irmã. Sua boca moveu-se, lutando para tomar forma, e seu peito estreito contraiu-se de esforço. Algumas sílabas arranhadas emergiram, espessas de saliva, e ele caiu para trás, respirando com dificuldade, os olhos fixos em Roger.

– Haverá recompensa em dinheiro, ele pergunta, capitão? – Joan traduziu.

Roger hesitou. Jamie abordara essa questão, mas não havia nenhuma resposta definitiva. Ele podia sentir a ansiedade subjacente, tanto na mulher atrás dele quanto no homem deitado à sua frente. Os Findlay eram extremamente pobres; isso era óbvio pelas batas puídas e pés descalços das meninas, pelas cobertas e roupas surradas que pouco protegiam Iain Mhor do frio. Mas a honestidade o compelia a responder.

– Não sei. Nada foi dito sobre isso ainda... mas deve haver.

O pagamento de uma recompensa dependeria da resposta ao chamado do governador; se uma simples ordem produzisse tropas insuficientes, o governador poderia achar melhor dar mais incentivos para os homens atenderem à convocação.

Uma expressão de decepção atravessou os olhos de Iain Mhor, quase imediatamente substituída por resignação. Uma renda seria bem-vinda, mas, na realidade, não era esperada.

– Muito bem, então. – A voz de Joan mostrava a mesma resignação. Roger sentiu que ela recuou e virou para o lado, mas ele ainda estava preso pelos olhos castanhos claros, de longas pestanas. Os olhos fitaram os dele, curiosos e destemidos. Roger hesitou, sem saber se deveria simplesmente se despedir. Gostaria de oferecer ajuda, mas, por Deus, que tipo de ajuda poderia oferecer? Ele estendeu a mão para a camisa aberta, a colcha embolada. Muito pouco, mas já era alguma coisa.

– Permite-me?

Os olhos castanhos claros fecharam-se por um instante, em seguida abriram-se em aquiescência, e ele iniciou a tarefa de arrumar o lugar. O corpo de Iain Mhor era emaciado, mas surpreendentemente pesado e difícil de levantar daquele ângulo.

Ainda assim, não precisou mais do que alguns instantes e logo Iain estava decentemente coberto e, ao menos, mais aquecido. Roger fitou os olhos castanhos claros outra vez, sorriu, cumprimentou desajeitadamente com um sinal da cabeça e recuou para fora do ninho forrado de palha, sem palavras, como o próprio Iain Mhor.

Os dois filhos de Joan Findlay vieram; posicionaram-se ao lado da mãe, rapazes fortes de dezesseis e dezessete anos, fitando Roger com cautelosa curiosidade.

– Este é Hugh – ela disse, levantando o braço para colocar a mão em um ombro, depois em outro. – E este é Iain Og.

Roger inclinou a cabeça educadamente.

– Seu criado, cavalheiros.

Os rapazes entreolharam-se, depois olharam para os pés, contendo o riso.

– Então, *capitão* MacKenzie – a voz de Joan Findlay enfatizou rispidamente a palavra. – Se eu lhe emprestar meus meninos, você me promete mandá-los de volta para casa sãos e salvos?

Os olhos castanhos claros da mulher eram tão vivos e inteligentes quanto os do irmão – e igualmente destemidos. Ele se conteve para não desviar os seus.

– No que depender de mim, senhora, zelarei pela segurança deles.

O canto da boca de Joan ergueu-se levemente; ela sabia muito bem o que dependia dele e o que não dependia. No entanto, balançou a cabeça, deixando as mãos penderem ao lado do corpo.

– Eles irão.

Ele se despediu e se afastou, o fardo da confiança que ela depositara nele pesando em seus ombros.

10

OS PRESENTES DA VOVÓ BACON

Uma vez atendido o último dos meus pacientes, fiquei na ponta dos pés e espreguicei-me voluptuosamente, com uma gratificante sensação de dever cumprido. Apesar de todos os problemas que eu não podia realmente tratar, todas as doenças que não podia curar... ainda assim, eu fiz o que pude e fiz benfeito.

Fechei a tampa da minha arca médica e peguei-a nos braços. Murray gentilmente se oferecera para levar de volta o resto dos meus equipamentos – em retribuição por um saquinho de folhas secas de sene e pela minha placa sobressalente de preparar remédios. O próprio Murray atendia seu último paciente, franzindo o cenho enquanto examinava o abdômen de uma velhinha miúda de touca e xale. Acenei para ele em despedida e ele abanou a cabeça distraidamente para mim, virando-se para pegar sua lanceta. Ao menos, ele se lembrou de mergulhá-la em água fervente; eu vi seus lábios se moverem enquanto ele recitava o feitiço de Brianna num sussurro.

Meus pés estavam dormentes de ficar em pé no chão frio e minhas costas e ombros doíam, mas não estava realmente cansada. Havia pessoas que iriam dormir esta noite, a dor aliviada. Outras que iriam sarar bem agora, as feridas tratadas e com curativos limpos, articulações no lugar. Alguns sobre os quais eu podia afirmar ter salvado da possibilidade de infecção grave ou mesmo da morte.

E eu dera ainda uma outra versão do meu próprio Sermão da Montanha, pregando o evangelho da nutrição e da higiene às multidões reunidas.

– Abençoados aqueles que comem verduras, pois manterão seus dentes – murmurei para um cedro-vermelho. Parei para arrancar algumas aromáticas frutinhas e esmaguei uma com a unha do polegar, apreciando o perfume pungente e límpido.

– Abençoados aqueles que lavam as mãos depois de limpar o traseiro – acrescentei, apontando um dedo de advertência para uma gralha azul que pousara num galho próximo. – Pois não adoecerão.

O acampamento estava à vista agora e, com ele, a deliciosa perspectiva de uma xícara de chá quente.

– Abençoados os que fervem a água – eu disse à gralha, vendo uma nuvem de fumaça erguer-se da pequena chaleira pendurada sobre nossa fogueira. – Pois serão considerados salvadores da humanidade.

– Sra. Fraser? – Uma vozinha soou ao meu lado, interrompendo meus devaneios, e eu olhei para baixo, deparando-me com Eglantine Bacon, de sete anos, e sua irmã mais nova, Pansy, um par de meninas de rostinho redondo e cabelos louros, abundantemente salpicadas de sardas.

– Oh, olá, queridas. Como vão? – perguntei, sorrindo para elas. Muito bem, a julgar pela aparência de ambas. A doença em uma criança geralmente é visível ao primeiro olhar, e as duas pequenas Bacon estavam visivelmente vendendo saúde.

– Muito bem, senhora, muito obrigada. – Eglantine fez um rápido cumprimento com a cabeça, depois estendeu a mão e empurrou a cabeça de Pansy para que ela também fizesse uma mesura. Uma vez observadas as cortesias – os Bacon eram pessoas da cidade, de Edenton, e as meninas eram educadas com boas maneiras –, Eglantine enfiou a mão no bolso e entregou-me um objeto de tecido.

– A vovó Bacon lhe mandou este presente – ela explicou orgulhosamente, enquanto eu desdobrava o tecido, que era uma enorme touca, alta, do tipo que se amarra debaixo do queixo, generosamente enfeitada com rendas e debruada de fitas na cor lilás. – Ela não pôde vir à Assembleia este ano, mas disse que devíamos trazer isto para a senhora e agradecer pelo remédio que mandou para ela para seu... reu-ma-tis-mo. – Pronunciou a palavra com cuidado, o rosto contraído em concentração, depois relaxou, radiante de orgulho por ter conseguido dizer a palavra corretamente.

– Ora, obrigada. Que linda! – Segurei a touca no alto para admirá-la, internamente atribuindo uma série de adjetivos à vovó Bacon.

Eu conhecera essa terrível senhora alguns meses atrás, na fazenda de Farquard Campbell, onde ela visitava a mãe idosa e antipática de Farquard. A sra. Bacon era quase tão idosa quanto a velha sra. Campbell e igualmente capaz de aborrecer seus descendentes, mas também possuía um extraordinário senso de humor.

Ela desaprovara, em alto e bom som, diversas vezes, e finalmente na minha cara, o meu hábito de andar sempre com a cabeça descoberta, sendo sua opinião que não era apropriado para uma mulher da minha idade não usar uma boina ou um lenço, condenável para a mulher de um homem da posição do meu marido – e mais ainda, que somente "vagabundas caipiras e mulheres de má reputação" usavam os cabelos soltos nos ombros. Eu ri, ignorei-a e lhe dei uma garrafa do uísque de qualidade inferior de Jamie, com instruções para que ela tomasse um pequeno gole no desjejum e outro após o jantar.

Sendo uma mulher capaz de reconhecer uma dívida, resolvera retribuir bem à sua moda.

– Não vai colocar? – Eglantine e Pansy olhavam-me com confiança. – Vovó nos disse para ver a senhora colocando a touca para nós podermos dizer a ela como ficou.

– É mesmo? – Não tinha jeito, então. Sacudi o objeto, enrolei meus cabelos para cima com uma das mãos e enfiei a touca. Ela sucumbiu sobre a minha testa, quase alcançando o cavalete do meu nariz e cobriu minhas faces com um drapeado de fitas, fazendo-me sentir como um esquilo espreitando de seu esconderijo.

Eglantine e Patsy bateram palmas num acesso de satisfação. Achei ouvir sons abafados de risada de algum lugar atrás de mim, mas não me virei para ver.

– Por favor, digam à sua avó que eu mandei agradecer o lindo presente, sim? – Dei uns tapinhas gentis nas cabecinhas louras, ofereci a cada menina uma bala de melado do meu bolso e enviei-as de volta à sua mãe. Eu já estava erguendo a mão para retirar aquela excrescência da minha cabeça, quando percebi que a mãe delas estava presente – na realidade, provavelmente estivera ali o tempo todo, espreitando por trás de um caquizeiro.

– Oh! – exclamei, convertendo meu gesto num ajuste do chapéu frouxo. Segurei a aba caída com um dedo para poder ver melhor. – Sra. Bacon! Eu não a vi aí.

– Sra. Fraser. – O rosto de Polly Bacon estava corado com um delicado tom róseo – sem dúvida, devido ao ar frio do dia. Tinha os lábios cerrados, mas seus olhos dançavam sob os babados da sua própria e muito adequada touca.

– As meninas queriam lhe dar a touca – ela disse, diplomaticamente desviando os olhos da minha cabeça –, mas minha sogra na verdade lhe mandou um outro presentinho. Achei melhor eu mesma lhe entregar.

Eu não sabia se queria outro presente da vovó Bacon, mas aceitei o embrulho oferecido com toda a gentileza que pude reunir. Era uma sacolinha de seda tratada com óleo, estufada com alguma planta, com um aroma ligeiramente oleoso e levemente adocicado. Na frente, via-se o tosco desenho de uma planta pintado com uma tinta marrom; algo com um talo reto e o que pareciam ser umbelas. Pareceu-me ligeiramente familiar, mas não consegui identificar. Abri o cordão e despejei uma pequena quantidade de minúsculas sementes marrom-escuras na palma da minha mão.

– O que são? – perguntei, levantando os olhos para Polly, intrigada.

– Não sei como são chamadas em inglês – ela disse. – As índias as chamam de *dauco*. A própria avó da vovó Bacon era uma xamã da tribo catawba, sabe? Foi assim que ela aprendeu a utilizar a planta.

– É mesmo? – Agora eu estava mais do que interessada. Não era de admirar que o desenho me parecera familiar; devia ser a planta que Nayawenne me mostrara uma vez – a planta da mulher. Para ter certeza, entretanto, eu perguntei.

– Qual a utilidade dela?

As faces de Polly ruborizaram-se e ela olhou ao redor da clareira para se certificar de que ninguém estava perto o suficiente para ouvir, antes de se inclinar para frente e sussurrar para mim:

– Impedem que uma mulher engravide. Toma-se uma colher de chá todo dia, num copo d'água. Todo dia, veja bem, e a semente de um homem não consegue se fixar no útero. – Seus olhos encontraram os meus e, embora a luminosidade do riso ainda continuasse no fundo deles, algo mais sério também estava lá.

– Vovó disse que você é uma curandeira, ela podia ver. E que, sendo assim, muitas vezes precisa ajudar mulheres. E, quando é um caso de aborto, criança natimorta ou febre puerperal, sem falar do sofrimento de perder um bebê vivo... ela me disse que eu precisava lhe dizer que é melhor prevenir do que remediar.

– Agradeça à sua sogra por mim – eu disse sinceramente. As mulheres da idade de Polly têm em média cinco ou seis filhos; Polly tinha duas meninas e não apresentava aquele aspecto exaurido de uma mulher desgastada com várias gestações indesejadas. Evidentemente, as sementes funcionavam.

Polly balançou a cabeça, o sorriso irrompendo em seu rosto.

– Sim, eu direi a ela. Oh, e ela também disse que a avó dela dizia que era uma mágica das mulheres, não devia ser mencionada aos homens.

Olhei pensativamente para o outro lado da clareira, para onde Jamie conversava com Archie Hayes, Jemmy piscando sonolentamente na curva do seu braço. Sim, eu podia muito bem ver que alguns homens podiam fazer objeção ao remédio da vovó Bacon. Roger seria um deles?

Despedindo-me de Polly Bacon, levei minha arca para nossa tenda e guardei a sacolinha de sementes cuidadosamente no fundo. Um acréscimo muito útil para a minha farmacopeia, se Nayawenne e a avó da sra. Bacon estivessem certas. Era também um presente que vinha a calhar, considerando minha conversa anterior com Bri.

Mais valioso até do que a pequena pilha de peles de coelho que eu acumulara, embora fossem mais do que bem-vindas. Onde eu as colocara? Olhei ao redor do entulho espalhado pelo acampamento, ouvindo parcialmente a conversa dos homens atrás de mim. Lá estavam eles, logo abaixo da borda da lona. Levantei a tampa de um dos cestos de comida vazios para guardá-los para a viagem de volta.

– ... Stephen Bonnet.

O nome atingiu meu ouvido como a picada de uma aranha e eu deixei a tampa cair com um baque. Olhei rapidamente ao redor do acampamento, mas nem Brianna, nem Roger estavam por perto. Jamie estava de costas para mim, mas fora ele quem falara.

Tirei a touca da cabeça, pendurei-a cuidadosamente em um galho de corniso e, com passos decididos, fui me juntar a ele.

Sobre o que quer que os homens estivessem falando, pararam ao me ver. O tenente Hayes agradeceu-me educadamente mais uma vez pela minha assistência cirúrgica e despediu-se, seu rosto redondo e inexpressivo nada revelando.

– O que é que tem Stephen Bonnet? – perguntei, assim que o tenente se afastou o suficiente.

– Isso era o que eu estava perguntando, *Sassenach*. O chá já está pronto? – Jamie fez um movimento na direção do fogo, mas eu o fiz parar colocando a mão em seu braço.

– Por quê? – eu quis saber. Não soltei minha mão e ele relutantemente virou-se de frente para mim.

– Porque eu quero saber onde ele está – ele disse sem se alterar. Não fez nenhuma tentativa de fingir que não tinha me entendido, e uma sensação fria adejou pelo meu peito.

– Hayes sabia onde ele estava? Ele ouviu alguma coisa sobre Bonnet?

Ele sacudiu a cabeça, em silêncio. Estava me dizendo a verdade. Meus dedos afrouxaram-se com alívio e ele retirou o braço da minha mão – não com raiva, mas com um sentimento de tranquilo e absoluto distanciamento.

– Isso é, sim, da minha conta! – eu disse, em resposta ao gesto. Mantive a voz baixa, olhando ao redor para ter certeza de que nem Bri, nem Roger podiam ouvir. Não vi Roger; Bri estava de pé junto ao fogo, absorvida numa conversa com os Bug, o casal idoso que Jamie contratara para ajudar na administração da fazenda. Virei-me novamente para Jamie.

– Por que está procurando o sujeito?

– Não faz sentido querer saber onde o perigo pode estar? – Ele não estava olhando para mim, mas diretamente por cima do meu ombro, sorrindo e balançando a cabeça para alguém. Olhei para trás e vi Fergus dirigindo-se para a fogueira, esfregando a mão vermelha do frio embaixo do braço. Ele acenou alegremente com seu gancho e Jamie ergueu um pouco uma das mãos, retribuindo, mas virou-se um pouco, ainda de frente para mim, numa manobra bem-sucedida para evitar que Fergus viesse se unir a nós.

A sensação fria retornou, aguda como se uma pessoa tivesse perfurado meu pulmão com um estilhaço de gelo.

– Oh, claro – eu disse, o mais friamente possível. – Você quer saber onde ele está para poder se esforçar para não ir lá, é isso?

Algo que poderia ter sido um sorriso perpassou pelo seu rosto.

– Oh, sim – ele disse. – Sem dúvida. – Considerando a escassez da população da Carolina do Norte em geral e a distância e o isolamento de Fraser's Ridge em particular, as chances de tropeçarmos em Stephen Bonnet por acaso eram mais ou menos equivalentes a sair pela porta da frente de casa e pisar numa água-viva – e Jamie sabia muito bem disso.

Estreitei os olhos para ele. O canto de sua larga boca retraiu-se por um instante, depois relaxou, os olhos voltando à seriedade. Havia exatamente uma única razão para ele querer localizar Stephen Bonnet – e *eu* sabia muito bem qual era.

– Jamie – eu disse e coloquei a mão em seu braço outra vez. – Deixe-o em paz. Por favor.

Ele colocou a própria mão sobre a minha, apertando-a, mas não me senti tranquilizada com o gesto.

– Não se preocupe, *Sassenach*. Andei perguntando por toda a Assembleia, durante a semana inteira, falando com homens de Halifax a Charleston. Não há nenhuma notícia do sujeito em nenhum lugar da colônia.

– Ótimo – eu disse. E era, mas não me passou despercebido que ele andara caçando Bonnet com persistência – e não me dissera nada a respeito. Como também não me passou despercebido que ele não prometeu parar de procurar.

– Deixe-o em paz – repeti serenamente, os olhos fixos nos dele. – Há muitos problemas a caminho, não precisamos de mais. – Ele se aproximara de mim, para melhor evitar interrupção, e eu pude sentir a sua força onde ele me tocava, seu braço sob minha mão, sua coxa roçando a minha. Força e paixão, tudo envolvendo um núcleo de vontade de aço, que o tornavam um projétil mortal uma vez disparado.

– Você diz que é da sua conta. – Seus olhos estavam fixos, o azul clareado pela luz do outono. – Eu sei que da minha é. Você está comigo, então?

O gelo floresceu em meu sangue, aguilhões de pânico glacial. Desgraçado! Ele falava a sério. Havia uma única razão para procurar Stephen Bonnet, e apenas uma.

Girei nos calcanhares, puxando-o comigo, de modo que ficamos pressionados um contra o outro, os braços entrelaçados, olhando na direção da fogueira. Brianna, Marsali e os Bug agora ouviam extasiados enquanto Fergus narrava algum caso, o rosto iluminado de frio e humor. O rosto de Jemmy estava virado para nós por cima do ombro da mãe, os olhos redondos e curiosos.

– *Eles* são da sua conta – eu disse, a voz baixa e trêmula de intensidade. – E da minha. Stephen Bonnet já não causou mal suficiente a eles, a nós?

– Sim, mais do que suficiente.

Puxou-me para mais junto dele; eu podia sentir o calor de seu corpo através das roupas, mas sua voz era fria como a chuva. Fergus relanceou o olhar em nossa direção; sorriu calorosamente para mim e continuou com sua história. Para ele, sem dúvida parecíamos um casal compartilhando um breve instante de afeto, as cabeças unidas num gesto de intimidade.

– Eu o deixei ir embora – Jamie disse serenamente. – E todo o mal veio daí. Posso deixá-lo andar livre por aí, sabendo o que ele é e que eu o soltei para que ele espalhasse a desgraça? É como perder um cachorro infectado com raiva, *Sassenach*. Você certamente não iria querer que eu fizesse isso.

Sua mão era pesada, os dedos frios sobre os meus.

– Você o soltou uma vez; a Coroa capturou-o novamente, e ele está livre agora, não é culpa sua!

– Talvez não seja minha culpa que ele esteja livre – ele concordou –, mas certamente é meu dever não deixar que continue assim... se eu puder.

– O seu dever é para com sua família!

Ele tomou meu queixo na mão e inclinou a cabeça, os olhos fixos nos meus.

– Acha que eu os colocaria em risco? Alguma vez?

Retesei-me, resistindo por um longo instante, depois deixei os ombros relaxarem, minhas pálpebras cerrarem-se em capitulação. Respirei longa e tremulamente. Eu não iria ceder completamente.

– Há risco na caça, Jamie – eu disse brandamente. – Você sabe disso.

O aperto de sua mão relaxou, mas sua mão ainda segurava meu rosto, o polegar traçando o contorno dos meus lábios.

– Eu sei – ele murmurou. O vapor do seu hálito tocou minha face. – Mas sou um caçador há muito tempo, Claire. Não vou colocá-los em perigo, eu juro.

– Só vai colocar a si mesmo? E o que você pensa que acontecerá conosco se você...

Percebi um rápido olhar de Brianna pelo canto do meu olho. Ela se virara parcialmente, nos vira e agora olhava com radiante ar de aprovação a cena do que julgava ser uma demonstração de carinho dos pais. Jamie também a viu; ouvi uma leve arfada de humor.

– Nada vai me acontecer – ele disse de forma decisiva e, puxando-me firmemente para si, calou a discussão com um beijo de encerramento. Ouviram-se aplausos vindos da direção da fogueira.

– *Encore!* – gritou Fergus.

– *No* – eu disse a ele quando me soltou. Falei num sussurro, mas com toda veemência possível. – Não *encore.* Não quero ouvir o nome de Stephen Bonnet nunca mais!

– Vai dar tudo certo – ele murmurou de volta, apertando minha mão. – Confie em mim, *Sassenach*.

11

ORGULHO

Roger não olhou para trás, mas pensamentos sobre os Findlay o acompanharam depois de deixar o acampamento deles, enquanto descia a encosta, através de moitas e de mato pisoteado.

Os dois garotos eram louros, de pele clara, baixos – embora mais altos do que sua mãe – e de ombros largos. As duas crianças menores eram morenas, altas e esbeltas, com os olhos castanhos claros da mãe. Considerando a lacuna de anos entre os rapazes mais velhos e as irmãs menores, Roger concluiu que a sra. Findlay provavelmente tivera dois maridos. E, ao que parecia agora, era viúva outra vez.

Talvez ele devesse mencionar Joan Findlay a Brianna, ele pensou, como nova prova de que o casamento e a gravidez não eram necessariamente mortais para as mulheres. Ou talvez fosse melhor simplesmente deixar o assunto de lado por enquanto.

Além dos pensamentos sobre Joan e seus filhos, entretanto, ele estava assombrado pelos olhos suaves e brilhantes de Iain Mhor. Que idade ele teria? Roger perguntou-se, agarrando-se ao galho flexível de um pinheiro para não escorregar por um trecho de cascalhos soltos. Impossível dizer pela aparência; o rosto pálido, contorcido, era marcado de rugas e acabado – mas pela dor e pelo esforço, não pela idade. Ele não era maior do que um garoto de doze anos aproximadamente, mas Iain Mhor era mais velho do que seu homônimo, obviamente – e Iain Og tinha dezesseis anos.

Ele era, provavelmente, mais novo do que Joan; mas talvez não. Ela o tratara com deferência, levando Roger até ele como uma mulher naturalmente levaria um visitante ao chefe da família. Mas não muito mais novo – digamos trinta ou mais?

Santo Deus, pensou, como um homem naquelas condições conseguia sobreviver tanto tempo em tempos como estes? Mas quando ele se afastava desajeitadamente de Iain Mhor, uma das meninas agachara-se para dentro do rústico abrigo, levando um tigela de pudim de leite, e sentara-se sem maiores preocupações junto à cabeça de seu tio, a colher na mão. Iain Mhor tinha membros e dedos suficientes – ele tinha uma família.

Esse pensamento fez Roger sentir um aperto no peito, algo entre dor e alegria – e uma sensação desalentadora mais abaixo, ao se lembrar das palavras de Joan Findlay.

Traga-os de volta sãos e salvos. Sim, e, se ele não o fizesse, Joan ficaria sozinha com duas meninas pequenas e um irmão indefeso. Ela teria alguma propriedade?, imaginou.

Ele ouvira muitas conversas sobre os Reguladores desde a Proclamação da manhã. Considerando que a questão obviamente não fora suficientemente importante para ser registrada nos livros de história, ele achava que esse negócio de milícias provavelmente não daria em nada. Mas, se viesse a se agravar, prometeu a si mesmo que encontraria algum modo de manter Iain Og e Hugh Findlay longe do perigo. E, se houve dinheiro de recompensa, eles teriam a sua parte.

Enquanto isso... ele hesitou. Acabara de passar pelo acampamento de Jocasta, fervilhante como uma pequena aldeia, com um aglomerado de tendas, carroças e barracas. Em preparação para seu casamento – agora dois casamentos –, Jocasta trouxera quase todos os escravos da casa e muitos dos trabalhadores da fazenda. Além dos animais, tabaco e mercadorias trazidas para comercializar, havia baús de roupas, cobertas e louças, cavaletes, mesas, barris de cerveja e montanhas de comida destinadas às comemorações após a cerimônia. Ele e Bri haviam tomado o café da manhã com a sra. Cameron em sua tenda naquela manhã, em louça de porcelana pintada com rosas: fatias de suculento presunto frito, salpicado com cravos-da-índia, mingau de aveia com creme e açúcar, uma compota de frutas, panquecas de farinha de milho assadas na brasa, com mel, café jamaicano... seu estômago contraiu-se com um ronco de prazer diante da lembrança.

O contraste entre essa fartura e a recente cena de pobreza do acampamento dos Findlay era demais para suportar com complacência. Girou nos calcanhares com súbita determinação e começou a curta subida de volta à tenda de Jocasta.

Jocasta Cameron estava em casa, por assim dizer; ele viu suas botas sujas de lama do lado de fora da tenda. Apesar de cega, ela ainda se aventurava a sair para visitar amigos, escoltada por Duncan ou seu mordomo negro, Ulysses. Mais frequentemente, no entanto, ela deixava que a Assembleia viesse até ela e sua própria tenda fervilhava de companhia o dia todo, toda a sociedade escocesa de Cape Fear e da colônia iam desfrutar de sua famosa hospitalidade.

No momento, entretanto, felizmente ela parecia estar sozinha. Roger viu-a de relance através da aba levantada da tenda, reclinada em sua cadeira de assento de ratã, os pés calçados em chinelos e a cabeça inclinada para trás em aparente repouso. Sua criada pessoal, Phaedre, estava sentada em um banco junto à entrada aberta da tenda, agulha na mão, apertando os olhos na luz turva sobre um pedaço de tecido azul que enchia seu colo.

Jocasta o pressentiu primeiro; sentou-se ereta em sua cadeira e sua cabeça virou-se abruptamente quando ele tocou a aba da tenda. Phaedre somente então ergueu os olhos, reagindo mais ao movimento de sua senhora do que à presença de Roger.

– Sr. MacKenzie. É o Melro, não é? – a sra. Cameron disse, sorrindo em sua direção.

Ele riu e agachou-se para entrar na tenda, obedecendo ao gesto de Jocasta.

– Sim, sou eu. E como sabia disso, sra. Cameron? Eu não disse nem uma palavra, quanto mais cantar. Será que eu tenho uma maneira melodiosa de respirar? – Brianna lhe falara da excepcional capacidade de sua tia de compensar sua cegueira com os outros sentidos, mas ele ainda se surpreendia com sua acuidade.

– Ouvi seus passos e depois senti cheiro de sangue – ela disse sem rodeios. – O corte se abriu de novo, não foi? Venha, rapaz, sente-se. Podemos lhe oferecer um chá ou um trago de bebida? Phaedre... um pano, por favor.

Os dedos dele tocaram involuntariamente o corte em sua garganta. Esquecera-se inteiramente dele na correria dos acontecimentos do dia, mas Jocasta tinha razão: sangrara novamente, deixando uma mancha endurecida no lado do seu pescoço e na gola de sua camisa.

Phaedre já estava de pé, arrumando uma bandeja da fileira de bolos e biscoitos alinhados sobre uma pequena mesa junto à cadeira de Jocasta. Se não fosse pela terra e pelo capim sob seus pés, Roger pensou, ele nem notaria que não estavam na sala de estar da sra. Cameron em River Run. Ela estava envolvida em um *arisaid* de lã, mas até mesmo isto estava preso por um bonito broche de quartzo amarelo.

– Não é nada – ele disse, acanhado, mas Jocasta pegou o pano das mãos de sua criada e insistiu em limpar o corte ela mesma. Seus longos dedos eram frios na pele e surpreendentemente hábeis.

Ela cheirava a fumaça de madeira queimada, como todos na montanha, e ao chá que estava tomando, mas não havia nada do odor rançoso e canforado normalmente associado a senhoras de idade.

– Hum, tem sangue na sua camisa também – ela informou a ele, segurando o tecido enrijecido com desaprovação. – Quer que a lavemos para você? Embora eu não saiba se vai querer usá-la molhada; não vai secar de maneira nenhuma até o cair da noite.

– Ah, não, senhora. Obrigado, eu tenho outra. Para o casamento, quero dizer.

– Está bem, então. – Phaedre apresentou um pequeno pote de pomada; ele reconheceu como um dos remédios de Claire, pelo cheiro de alfazema e acariçoba. Jocasta retirou um pouco da pomada com a ponta do dedo e espalhou-a cuidadosamente sobre o ferimento, os dedos firmes em seu maxilar.

Sua pele era bem tratada e macia, mas mostrava os efeitos não só da idade, mas do tempo. Havia manchas avermelhadas em suas faces, redes de minúsculos capilares rompidos que, de uma certa distância, lhe emprestavam um ar de saúde e vitalidade. Suas mãos não apresentavam nenhuma mancha senil – claro, ela era de uma família rica; deve ter usado luvas fora de casa durante toda a sua vida –, mas as articulações eram nodosas e as palmas, ligeiramente calejadas do manejo de rédeas. Não era uma flor de estufa, esta filha de Leoch, apesar do ambiente que a cercava.

Uma vez terminado, ela passou a mão de leve pelo seu rosto e sua cabeça, tirou uma folha seca de seus cabelos, depois limpou o rosto dele com o pano úmido, surpreendendo-o. Ela largou o pano, depois tomou sua mão, envolvendo seus dedos com os dela.

– Pronto. Novamente apresentável! E agora que está em condições de fazer companhia, sr. MacKenzie... veio falar comigo ou só estava de passagem?

Phaedre colocou uma vasilha de chá e um pratinho de bolo a seu lado, mas Jocasta continuou a segurar sua mão esquerda. Ele achou estranho, mas a inesperada atmosfera de intimidade tornava um pouco mais fácil para ele iniciar seu pedido.

Colocou a questão de forma bem simples; ele ouvira o reverendo fazer solicitações de doações de caridade anteriormente e sabia que era melhor deixar que a situação falasse por si mesma, deixando a decisão final à consciência do ouvinte.

Jocasta ouviu cuidadosamente, um pequeno sulco entre as sobrancelhas. Ele esperava que ela fizesse uma pausa para pensar quando ele terminasse, mas, em vez disso, ela respondeu imediatamente.

– Sim – ela disse –, eu conheço Joanie Findlay e seu irmão também. Tem razão, seu marido morreu de tuberculose, há dois anos. Jamie Roy falou-me dela ontem.

– Ah, falou? – Roger sentiu-se um pouco tolo.

Jocasta balançou a cabeça. Inclinou-se um pouco para trás, contraindo os lábios pensativamente.

– Não se trata apenas de oferecer ajuda, sabe – ela explicou. – Fico feliz com a oportunidade. Mas ela é uma mulher orgulhosa, Joan Findlay... ela não aceita caridade. – Sua voz denotava um leve tom de crítica, como se Roger devesse ter percebido isso.

Talvez ele devesse, pensou. Mas agira no impulso do momento, movido pela pobreza dos Findlay. Não lhe ocorrera que, se tinha tão pouco, era ainda mais importante para Joan Findlay agarrar-se ao seu único bem de valor – seu orgulho.

– Compreendo – ele disse devagar. – Mas certamente... deve haver algum modo de ajudar que não a ofendesse, não?

Jocasta inclinou a cabeça para um lado, depois para o outro, num pequeno maneirismo que ele achou peculiarmente familiar. Claro – Brianna fazia isso de vez em quando, quando estava avaliando alguma coisa.

– Pode haver – ela disse. – A festa desta noite... do casamento, hein? Os Findlay estarão lá, é claro, e serão muito bem alimentados. Não custaria nada a Ulysses fazer um pacote de comida para eles levarem na viagem de volta para casa, afinal impediria que a comida se estragasse. – Sorriu brevemente, depois o ar de concentração retornou às suas feições. – O sacerdote – ela disse, com um repentino ar de satisfação.

– Sacerdote? Quer dizer, o padre Donahue?

Uma sobrancelha grossa, escovada, ergueu-se para ele.

– Você conhece outro na montanha? Sim, é claro que é ele. – Ela ergueu a mão livre e Phaedre, sempre atenta, aproximou-se de sua patroa.

– Sim, srta. Jo?

– Procure algumas peças nos baús, menina – Jocasta disse, tocando o braço da empregada. – Cobertores, gorros, um ou dois aventais; calças e camisas simples, os cavalariços podem ceder algumas.

– Meias – Roger acrescentou rapidamente, lembrando-se dos pés descalços e sujos das meninas.

– Meias. – Jocasta balançou a cabeça. – Simples, mas de lã boa e bem remendadas. Ulysses tem minha bolsa. Diga a ele para lhe dar dez xelins de prata e embrulhar em um dos aventais. Depois faça uma trouxa de tudo e leve para o padre Donahue. Diga que é para Joan Findlay, mas ele não deve dizer quem mandou entregar. Ele saberá o que dizer. – Balançou a cabeça outra vez, satisfeita, e deixou a mão cair do braço da criada, mandando-a embora com um pequeno gesto.

– Vá, então. Providencie isso agora.

Phaedre murmurou com anuência e deixou a tenda, parando apenas para sacudir a peça azul que ela andara costurando e dobrá-la cuidadosamente sobre o banco. Era um tipo de corpete decorativo para o vestido de casamento de Brianna, ele viu, feito com um elegante entrelaçado de fitas. Teve uma visão repentina dos seios brancos de Brianna, avolumando-se acima de um decote cavado do vestido índigo escuro, e retornou à conversa com alguma dificuldade.

– O que disse, senhora?

– Eu perguntei se isso basta. – Jocasta sorria para ele, com uma expressão sagaz, como se tivesse sido capaz de ler seus pensamentos. Seus olhos eram azuis, como os de Jamie e de Bri, mas não tão escuros. Estavam fixos nele – ou ao menos direcionados para ele. Ele sabia que ela não podia ver suas feições, mas ela, na verdade, dava a estranha impressão de ser capaz de ver *através* dele.

– Sim, sra. Cameron. Isso... é muita bondade sua. – Ele se preparou para levantar e ir embora. Esperava que ela soltasse sua mão no mesmo instante, mas em vez disso ela apertou-a ainda mais, retendo-o.

– Não tão depressa. Tenho uma ou duas coisas para lhe dizer, meu jovem.

Acomodou-se novamente no banco, à espera.

– Claro, sra. Cameron.

– Eu não tinha certeza de se deveria falar agora ou esperar até depois do fato consumado, mas como você está aqui agora... – Inclinou-se para ele, decidida.

– Minha sobrinha lhe disse, rapaz, que eu pretendia torná-la herdeira de minha propriedade?

– Sim, disse.

Ele ficou imediatamente em guarda. Brianna havia realmente lhe contado – deixando bem claro, sem margem de dúvida, o que ela pensava dessa proposta em particular. Ele preparou-se para repetir as objeções dela, esperando fazê-lo de maneira mais diplomática do que ela própria deve ter feito. Limpou a garganta.

– Tenho certeza de que minha mulher tem plena consciência da honra, sra. Cameron – ele começou cautelosamente –, mas...

– Tem mesmo? – Jocasta perguntou secamente. – Eu não pensaria assim, ouvindo-a falar. Mas certamente você sabe o que ela pensa melhor do que eu. Seja como for, no entanto, pretendo dizer a ela que eu mesma mudei de ideia.

– Oh? Bem, tenho certeza de que ela...

– Eu disse a Gerald Forbes para redigir um testamento, deixando River Run e tudo que existe na fazenda para Jeremiah.

– Para... – Levou um instante para seu cérebro fazer a conexão. – Como, para o pequeno Jemmy?

Ela continuava um pouco inclinada para a frente, como se espreitasse o rosto dele. Depois reclinou-se para trás, balançando a cabeça, ainda segurando sua mão com firmeza. Ocorreu-lhe, finalmente, que, sendo incapaz de ver seu rosto, ela pensava ler seus pensamentos por meio desta conexão física.

Ela era bem-vinda a qualquer coisa que seus dedos lhe dissessem, ele pensou. Estava perplexo demais diante dessas notícias para ter qualquer noção de como reagir a elas. Santo Deus, o que Bri iria dizer?

– Sim – ela disse, sorrindo com satisfação. – Ocorreu-me, sabe, que a propriedade de uma mulher se torna do marido quando ela se casa. Não que não haja maneiras de restringir a posse apenas a ela, mas é difícil, e eu não queria envolver mais advogados do que o necessário. Acho que é sempre um erro recorrer à justiça, não concorda, sr. MacKenzie?

Com uma sensação de absoluto espanto, ele compreendeu que estava sendo deliberadamente insultado. Não apenas insultado, mas advertido. Ela pensou... ela teve coragem! Ela achou que ele estava atrás da suposta herança de Brianna e estava avisando-o para não recorrer a nenhum artifício legal para obtê-la. Uma mistura de choque e indignação calou sua língua por um instante, mas, em seguida, ele logo encontrou as palavras.

– Ora, isso é a mais... então a senhora se preocupa com o orgulho de Joan Findlay, mas acha que eu não tenho nenhum? Sra. Cameron, como ousa sugerir que...

– Você é um belo rapaz, Melro – ela disse, continuando a prender sua mão. – Eu senti seu rosto. E tem o nome de MacKenzie, que é bom, sem dúvida. Mas há muitos MacKenzies nas Highlands, não é? Homens honrados e homens sem honra. Jamie Roy chama-o de parente, mas isso talvez seja porque você está informalmente casado com a filha dele. Acho que *eu* não conheço sua família.

O choque estava dando lugar a um impulso nervoso de rir. Conhecer sua família? Não era provável; e como ele iria explicar que ele era o neto – muitas gerações à frente – do próprio irmão dela, Dougal? Que ele era, na realidade, não só sobrinho de Jamie, mas dela também, ainda que um pouco mais longe na árvore genealógica do que se poderia esperar?

– Nem ninguém com quem conversei esta semana na Assembleia – ela acrescentou, a cabeça inclinada para um lado, como um falcão observando a presa.

Então era isso. Ela andara perguntando a respeito dele entre seus conhecidos – e não conseguira encontrar ninguém que soubesse alguma coisa de seus antepassados, por razões óbvias. Uma situação suspeita, sem dúvida.

Ele se perguntou se ela achava que ele era um impostor que conseguira enganar Jamie ou se talvez ele estivesse envolvido em algum complô *com* Jamie. Não, dificilmente seria isso; Bri lhe dissera que Jocasta quisera originalmente deixar a propriedade para Jamie – que recusara, cauteloso quanto ao envolvimento muito próximo com a velha traiçoeira. Sua opinião sobre a inteligência de Jamie foi reafirmada.

Antes que pudesse pensar em algo digno para revidar, ela deu uns tapinhas em sua mão, ainda sorrindo.

– Então eu pensei em deixar tudo para o menino. É uma maneira melhor de resolver isso, não é? Brianna terá o controle do dinheiro, é claro, até que o pequeno Jeremiah atinja a maioridade... isto é, a não ser que alguma coisa aconteça à criança.

Sua voz tinha um inconfundível tom de advertência, embora sua boca continuasse a sorrir, os olhos inexpressivos ainda arregalados e fixos no rosto de Roger.

– O quê? O que, em nome de Deus, a senhora quer dizer com isso? – Ele empurrou seu banco para trás, mas ela continuou a segurar sua mão com força. Ela era muito forte, apesar da idade.

– Gerald Forbes será meu testamenteiro e há três administradores para gerenciar a propriedade – ela explicou. – Mas, se Jeremiah for alvo de qualquer mal, então tudo irá para meu sobrinho Hamish. – Seu rosto estava absolutamente sério agora. – Você não veria um centavo.

Ele girou seus dedos nos dela e apertou, com força suficiente para sentir os ossos de suas juntas pressionarem uns aos outros. Que ela lesse o que quisesse nisso! Ela soltou uma arfada, mas ele não afrouxou.

– Está me dizendo que acha que eu faria mal a Jemmy? – Sua voz soou rouca aos próprios ouvidos.

Ela empalidecera, mas manteve a dignidade, os dentes cerrados e o queixo erguido.

– Eu disse isso?

– A senhora disse muita coisa, e o que não disse fala mais alto ainda. Como ousa insinuar tais coisas para mim? – Ele soltou a mão de Jocasta, praticamente a lançando em seu colo.

Ela esfregou os dedos vermelhos devagar com a outra mão, os lábios contraídos, pensativa. As laterais de lona da tenda batiam e estalavam com a força do vento.

– Muito bem, então – ela disse finalmente. – Eu lhe peço desculpas, sr. MacKenzie, se o ofendi de alguma forma. Mas achei melhor que soubesse o que se passa em minha mente.

– Melhor? Melhor para quem? – Ele estava de pé e virou-se na direção da saída. Com grande dificuldade, conteve-se para não pegar os pratos de porcelana de bolos e biscoitos e estilhaçá-los no chão como um gesto de despedida.

– Para Jeremiah – ela disse sem se alterar, atrás dele. – E Brianna. Talvez, rapaz, até mesmo para você.

Ele girou nos calcanhares, fitando-a com raiva.

– Para mim? O que quer dizer com isso?

Ela encolheu levemente os ombros.

– Se você não puder amar o menino por ele mesmo, pensei que poderia tratá-lo bem por causa do que ele vale.

Ele continuou a fitá-la, as palavras presas na garganta. Seu rosto queimava e o sangue latejava em seus ouvidos.

– Oh, eu sei como é – ela garantiu-lhe. – É compreensível que um homem possa não se sentir tão apegado a uma criança que sua mulher gerou de outro. Mas se...

Ele deu um passo à frente e agarrou-a com força pelos ombros, assustando-a. Ela sobressaltou-se, piscando, e as chamas da vela refletiram-se no broche de quartzo.

– Senhora – ele disse, falando muito devagar e brandamente em seu rosto. – Eu não quero o seu dinheiro. Minha mulher não quer o seu dinheiro. E *meu filho* não vai querê-lo. Enfie-o no rabo, ouviu?

Soltou-a, virou-se e saiu da tenda a passos largos, passando por Ulysses, que ficou olhando-o se afastar, perplexo.

12
VIRTUDE

As pessoas se movimentavam pelas sombras do final de tarde, em visita a um e outro acampamento, como haviam feito todos os dias, mas agora havia uma sensação diferente na montanha.

Em parte, era a doce tristeza da despedida; o adeus aos amigos, a separação de amores recém-descobertos, a certeza de que alguns rostos seriam vistos esta noite pela última vez neste mundo. Em parte, era expectativa; a saudade de casa, dos prazeres e perigos da viagem que teriam pela frente. Em parte, puro cansaço; crianças irritadas, homens perturbados pela responsabilidade, mulheres exaustas pelo trabalho de cozinha numa fogueira ao ar livre, manter as roupas e a saúde e alimentação da família com o que tinham nos alforjes e fardos de mulas.

Eu mesma podia compreender e me solidarizar com as três atitudes. Além do puro entusiasmo de conhecer novas pessoas e ouvir novas conversas, eu tivera o prazer – porque para mim era definitivamente um prazer, apesar dos aspectos mais escabrosos – de atender novos pacientes, vendo doenças desconhecidas e curando o que podia ser curado, lutando com a necessidade de encontrar uma maneira de tratar o que não podia.

Mas a saudade de casa era forte; minha espaçosa lareira, com seu enorme caldeirão e seu espeto giratório de assar carnes, a paz de meu consultório bem iluminado, com os aromáticos maços de urtiga e alfazema seca, e uma poeira dourada ao sol da tarde. Minha cama com colchão de penas, macia e limpa, lençóis de linho cheirando a alecrim e milefólio.

Fechei os olhos por um instante, evocando uma anelante visão desse céu de prazeres, depois os abri para a realidade: uma chapa de assar, cheia de crostas pretas, remanescentes de pães de aveia queimados; sapatos molhados e pés congelados; roupas úmidas que rangiam com areia e pedrinhas; cestos de comida cuja fartura definhara a um único pão – bem mordiscado pelos ratos –, dez maçãs e um naco de queijo; três bebês berrando; uma jovem mãe esgotada, com seios doloridos e mamilos rachados; uma noiva ansiosa com sinais de nervosismo; uma criada pálida com cólicas menstruais; quatro escoceses ligeiramente embriagados – e um francês em condições similares – que entravam e saíam do acampamento como ursos e que não iriam ser de nenhuma ajuda na arrumação esta noite... e uma dor profunda, excruciante na parte baixa da minha barriga, que anunciava a má notícia de que minha própria menstruação – que felizmente se tornara bem menos frequente nos últimos tempos – resolvera fazer companhia à de Lizzie.

Rangi os dentes, arranquei um trapo frio e úmido de um amontoado de arbustos e comecei a descer, os pés chapinhando no solo encharcado, pela trilha que levava à vala que servia de latrina feminina, as coxas pressionadas com força.

O primeiro evento a saudar meu retorno foi o cheiro forte de metal queimado. Eu disse algo bem expressivo em francês – um exemplo útil da fraseologia adquirida no Hôpital des Anges, onde o linguajar pesado em geral era o melhor instrumento médico disponível.

O queixo de Marsali caiu. Germain olhou-me admirado e repetiu a expressão, corretamente e com um belo sotaque parisiense.

– Desculpe-me – eu disse, olhando para Marsali. – Alguém deixou a chaleira vazia no fogo.

– Não tem importância, mamãe Claire – ela disse com um suspiro, balançando a pequena Joanie, que começara a berrar outra vez. – Não é pior do que o pai dele lhe ensina de propósito. Tem um pano seco?

Eu já procurava freneticamente um pano seco ou algo com que pudesse pegar a alça de arame, mas não havia nada à mão, senão fraldas molhadas e meias úmidas. Mas chaleiras eram um luxo difícil de encontrar e eu não estava disposta a sacrificar aquela. Enrolei a mão numa prega da minha saia, segurei a alça e arranquei a chaleira das chamas. O calor atravessou o pano úmido como um raio e eu larguei a chaleira.

– *Merde!* – Germain disse, num eco feliz.

– É – eu disse, levando à boca meu polegar empolado. A chaleira sibilou e fumegou nas folhas molhadas e eu a chutei, fazendo-a rolar para uma poça de lama.

– *Merde, merde, merde, merde* – Germain entoou, numa boa semelhança com a melodia de *"Rose, Rose"* – uma manifestação precoce de sensibilidade musical que passou lamentavelmente despercebida nas circunstâncias.

– Fique quieto, menino – eu disse.

Ele não ficou. Jemmy começou a berrar em uníssono com Joan, Lizzie – que começara a ter uma recaída devido à partida relutante do soldado Ogilvie – começou a gemer embaixo de um arbusto e começou a chover granizo, pequenas bolinhas brancas de gelo dançando no chão e ricocheteando com força no meu couro cabeludo. Arranquei a touca molhada de um galho e enfiei-a na cabeça, sentindo-me como um sapo desconsolado debaixo de um cogumelo particularmente feio. Só faltavam verrugas, pensei.

A chuva de granizo teve vida curta. No entanto, quando a barulhada diminuiu, ouviu-se o ruído de botas enlameadas subindo a trilha. Jamie, trazendo o padre Kenneth Donahue, crostas de gelo nos cabelos e nos ombros.

– Eu trouxe o bom padre para o chá – ele disse, entrando na clareira com um sorriso radiante.

– Não, não trouxe – eu disse, com ar ameaçador. E, se ele achava que eu tinha esquecido a respeito de Stephen Bonnet, estava errado a respeito disso também.

Virando-se ao som da minha voz, deu um salto numa reação exagerada de choque e surpresa à visão da minha figura de touca.

– É você, *Sassenach*? – ele perguntou com fingido alarme, inclinando-se para frente e espreitando por baixo da aba da minha touca. Em consideração à presença do padre, contive-me para não lhe dar uma joelhada num ponto bem sensível, contentando-me com a tentativa de transformá-lo em estátua de pedra com um olhar fulminante, estilo Medusa.

Ele pareceu não notar, distraído com Germain, que agora dançava em pequenos círculos, cantando o tema e variações da minha expressão francesa inicial com a melodia de "Row, Row, Row your Boat". O padre Donahue estava ficando cada vez mais vermelho com o esforço de fingir que não entendia nada de francês.

– *Tais toi, crétin* – Jamie disse, enfiando a mão no *sporran*. Ele falou com bastante cordialidade, mas num tom de voz cuja expectativa de ser obedecido era tão absoluta, que não admitia questionamento. Germain parou instantaneamente, a boca aberta, onde Jamie prontamente enfiou um docinho. Germain fechou a boca e começou a se concentrar em comer, as canções esquecidas.

Peguei a chaleira, usando novamente a bainha de minha saia como pegador de panela. Jamie inclinou-se, pegou uma varinha firme e com grande habilidade fisgou a alça da chaleira da minha mão.

– *Voilà!* – ele disse, estendendo-me a varinha.

– *Merci* – eu disse, com visível má vontade. Mesmo assim, aceitei a varinha e me dirigi ao regato mais próximo, a chaleira fumegante levada à minha frente como uma lança.

Ao chegar a um remanso do riacho, forrado de pedras, deixei a chaleira cair com um fragoroso baque, arranquei a touca, atirei-a num aglomerado de juncos e pisei em cima, deixando uma pegada grande e enlameada no linho.

– Eu não estava caçoando de você, *Sassenach* – disse uma voz sorridente atrás de mim.

Levantei uma sobrancelha fria em sua direção.

– Também não estava elogiando, não é?

– Não. Faz você ficar parecendo um cogumelo venenoso. Bem melhor sem ela – garantiu-me.

Puxou-me para si e inclinou-se para beijar-me.

– Não que eu não aprecie a ideia – eu disse, e o tom da minha voz o fez parar, a poucos centímetros da minha boca. – Porém mais uma fração de centímetro e eu acho que vou arrancar um pedaço do seu lábio.

Movendo-se como um homem que acabou de perceber que a pedra que ele pegou distraidamente é na verdade um ninho de marimbondos, empertigou-se e muito lentamente começou a tirar as mãos da minha cintura.

– Oh – ele disse, inclinando a cabeça para um lado, os lábios contraídos enquanto me examinava. – Você realmente parece um pouco irritada, *Sassenach*.

Isso, sem dúvida, era verdade, mas tive vontade de desatar a chorar ao ouvi-lo. Evidentemente, a vontade transpareceu, porque ele me tomou – muito delicadamente – pela mão e conduziu-me a uma rocha.

– Sente-se – ele disse. – Feche os olhos, *a nighean donn.* Descanse um pouco.

Sentei-me, os olhos fechados, os ombros arriados. Ruídos de água e um retinido abafado de metal anunciaram que ele estava lavando e enchendo a chaleira.

Ele colocou a chaleira cheia junto aos meus pés com um som metálico amortecido, depois se sentou silenciosamente nas folhas ao lado. Eu podia ouvir o leve suspiro de sua respiração e um ou outro rumor, conforme ele enxugava o nariz gotejante na manga da camisa.

– Desculpe-me – eu disse finalmente, abrindo os olhos.

Ele se virou, esboçando um sorriso, e ergueu os olhos para mim.

– Por que, *Sassenach*? Não é como se tivesse recusado a minha cama... ao menos, espero que não tenha chegado a isso ainda.

A ideia de fazer amor naquele momento estava absolutamente no fim da minha lista, mas eu devolvi o sorriso.

– Não – eu disse, pesarosamente. – Após duas semanas dormindo no chão, eu não recusaria a cama de *ninguém*. – As sobrancelhas dele ergueram-se abruptamente e eu ri, pega desprevenida.

– Não – eu repeti. – Só estou... irritada. – Meu ventre contorcia-se de cólica. Fiz uma careta e pressionei as mãos em cima da dor.

– Oh! – ele exclamou outra vez, subitamente compreendendo. – Esse tipo de irritação.

– Esse tipo de irritação – concordei. Cutuquei a chaleira com a ponta do pé. – É melhor eu levar isso de volta, preciso ferver água para uma infusão de casca de salgueiro. Leva muito tempo. – Era verdade; levaria uma hora ou mais, quando então as cólicas estariam bem piores.

– Para o inferno com a casca de salgueiro – ele disse, retirando um frasco de prata dos recessos de sua camisa. – Tente isto. Ao menos, não tem que ferver primeiro.

Abri a tampa e inalei. Uísque, e uísque muito bom.

– Eu adoro você – eu disse sinceramente, e ele riu.

– Eu também adoro você, *Sassenach* – ele disse, e tocou meu pé delicadamente.

Tomei um grande gole e deixei a bebida descer lentamente pela garganta. Ela penetrou agradavelmente pelas membranas mucosas, atingiu o fundo e ergueu-se num sopro de fumaça tranquilizante, cor de âmbar, que preencheu todas as minhas fissuras e começou a se expandir, lançando gavinhas quentes e reconfortantes ao redor da fonte do meu desconforto.

– Uuuuuu – exclamei, suspirando e tomei outro gole. Fechei os olhos, para melhor apreciar a bebida. Um irlandês que eu conhecia certa vez me garantiu que um uísque verdadeiramente bom era capaz de levantar um morto. Eu não estava disposta a questionar.

– Isso é maravilhoso – eu disse, quando reabri os olhos. – Onde o conseguiu? – Aquele era um *scotch* de vinte anos, se eu conhecia alguma coisa de uísque, muito diferente do puro álcool que Jamie andara destilando na montanha atrás de nossa casa.

– Jocasta – ele disse. – Devia ser um presente de casamento para Brianna e seu rapaz, mas achei que você estava precisando mais dele.

– Nisso você tem razão.

Permanecemos sentados em silêncio na companhia um do outro, enquanto eu bebericava devagar, a ânsia de perder o controle e assassinar qualquer um à vista aos poucos diminuindo, juntamente com o nível de uísque no frasco.

A chuva se afastara outra vez e a folhagem gotejava pacificamente ao nosso redor. Havia um grupo de abetos ali perto; eu podia sentir o aroma refrescante de sua resina, pungente e límpido acima do cheiro mais pesado de folhas mortas e úmidas, fumaça das fogueiras e tecidos molhados.

– Já faz três meses desde a sua última menstruação – Jamie observou descontraidamente. – Pensei que talvez já tivessem cessado.

Eu sempre ficava um pouco desconcertada ao ver a precisão com que ele observava tais coisas – mas ele era um fazendeiro, afinal de contas. Estava intimamente familiarizado com o histórico ginecológico e o ciclo do cio de cada fêmea dos seus animais; imaginei que não havia razão para achar que ele faria uma exceção simplesmente porque não era provável que eu fosse parir ou entrar no cio.

– Não é como uma torneira que você simplesmente fecha, sabe – eu disse, um tanto mal-humorada. – Infelizmente. Apenas se torna errático e finalmente para, mas não se tem a menor ideia de quando isso vai acontecer.

– Ah.

Ele inclinou-se para frente, os braços cruzados em cima dos joelhos, indolentemente observando galhinhos e folhas seguindo pelas ondulações da corrente do regato.

– Imagino que deva ser um alívio quando tudo isso acaba. Menos sujeira, não é?

Contive a vontade de fazer comparações ofensivas com fluidos corporais masculinos.

– Talvez seja – eu disse. – Eu o informarei, está bem?

Ele esboçou um sorriso, mas teve o bom senso de não insistir no assunto diante do tom áspero em minha voz.

Tomei outro pequeno gole do uísque. O grito agudo de um pica-pau – do tipo que Jamie chamava de pica-pau verde – ecoou na floresta e depois silenciou. Poucos pássaros estavam ao ar livre com este tempo; a maioria simplesmente se aninhava sob qualquer abrigo que conseguisse encontrar, embora eu pudesse ouvir o grasnido de um pequeno bando de patos migratórios mais abaixo no riacho. *Eles* não se incomodavam com a chuva.

Jamie esticou-se repentinamente.

– Ah... *Sassenach?* – ele disse.

– O que foi? – perguntei, surpresa.

Ele abaixou a cabeça, estranhamente acanhado.

– Não sei se agi errado ou não, *Sassenach*, mas, se errei, peço-lhe que me perdoe.

– Claro – eu disse, um pouco hesitante. De que eu o estava perdoando? Provavelmente não de adultério, mas podia ser praticamente qualquer outra coisa, até e inclusive assalto, incêndio criminoso, roubo e blasfêmia. Meu Deus, eu esperava que não tivesse nada a ver com Bonnet.

– O que você fez?

– Bem, eu mesmo, nada – ele disse, um pouco timidamente. – Trata-se apenas do que eu disse que *você* faria.

– Ah, é? – exclamei, desconfiada. – E o que foi? Se disse a Farquard Campbell que eu visitaria sua terrível mãe outra vez...

– Oh, não – assegurou-me. – Nada disso. Prometi a Josiah Beardsley que você talvez tirasse as amígdalas dele hoje.

– Que eu *o quê*? – Fitei-o com os olhos arregalados. Eu conheci Josiah Beardsley no dia anterior, um rapaz com as amígdalas mais inflamadas que eu já vira. Eu havia ficado tão impressionada com o estado pustulento de suas adenoides que o descrevi com detalhes para todo mundo durante o jantar, – fazendo Lizzie ficar verde e dar sua segunda batata a Germain – e mencionando na ocasião que a cirurgia era realmente a única cura eficaz possível. Mas não esperava que Jamie fosse sair por aí alardeando meus serviços.

– Por quê? – perguntei.

Jamie balançou-se um pouco para trás, erguendo os olhos para mim.

– Eu quero ele, *Sassenach*.

– Quer? Para quê? – Josiah mal completara catorze anos – ou ao menos ele achava que tinha catorze; não sabia ao certo quando tinha nascido e seus pais já haviam morrido havia muitos anos. Ele era pequeno até para catorze anos e desnutrido, com as pernas ligeiramente arqueadas de raquitismo. Ele também exibia evidências de diversas infecções parasitárias e chiava com o que podia ser tuberculose ou meramente um caso grave de bronquite.

– Como um colono, é claro.

– É? Na verdade, pensei que você tivesse mais candidatos do que poderia aproveitar.

Eu não só pensava assim, eu tinha certeza. Não tínhamos absolutamente nenhum dinheiro, embora as vendas que Jamie fizera na Assembleia tivessem praticamente – ainda que não inteiramente – saldado nossas dívidas com vários comerciantes de Cross Creek pela compra de ferragens, arroz, ferramentas, sal e outras mercadorias. Tínhamos terras em abundância – a maior parte de florestas –, mas não tínhamos meios de ajudar as pessoas a se estabelecerem nelas ou cultivá-las. Os Chisholm e os McGillivray já significavam ir muito além de nossos limites, em termos de adquirir novos arrendatários.

Jamie simplesmente balançou a cabeça, descartando essas complicações.

– Sim. Mas Josiah é um bom rapaz.

– Humm – eu disse, sem muita certeza. É bem verdade que o rapaz parecia resistente – o que provavelmente era o que Jamie queria dizer com "bom rapaz". O simples fato de ter sobrevivido tanto tempo sozinho era prova disso. – Talvez. Assim como muitos outros. O que ele tem para que você queira especificamente ele?

– Ele tem catorze anos.

Olhei para ele, uma das sobrancelhas erguidas inquisitivamente, e sua boca torceu-se num sorriso irônico.

– Qualquer homem entre dezesseis e sessenta deve servir na milícia, *Sassenach*.

Senti uma pequena e desagradável contração na boca do estômago. Eu não havia esquecido a indesejada convocação do governador, mas, com uma coisa e outra, não tive tempo livre para refletir sobre quais seriam exatamente as consequências práticas.

Jamie suspirou e alongou os braços, flexionando as articulações dos dedos até estalarem.

– Então é isso que você vai fazer? – perguntei. – Formar uma milícia e partir?

– É o que tenho que fazer – ele disse simplesmente. – Tryon está com minhas bolas na mão e não estou disposto a ver se ele vai apertá-las, entende?

– Era o que eu temia.

A pitoresca avaliação de Jamie da situação infelizmente era exata. Procurando por um homem leal e competente, disposto a se estabelecer em uma grande área de terras incultas do interior, o governador Tryon oferecera a Jamie uma Concessão Real de terras exatamente a leste da Linha do Tratado, sem exigência de impostos por um período de dez anos. Uma oferta justa, embora, se considerarmos as dificuldades de assentamento nas montanhas, não tão generosa quanto possa parecer.

O problema é que exigia-se legalmente que os detentores de tais concessões fossem homens brancos protestantes de bom caráter, acima de trinta anos. E embora Jamie atendesse às demais exigências, Tryon sabia muito bem que Jamie era católico.

Faça como o governador mandar e... bem, o governador era um político bem-sucedido; ele sabia manter a boca fechada em questões inconvenientes. Mas basta desafiá-lo e não será necessário mais do que uma simples carta de New Bern para privar Fraser's Ridge de seus colonos Fraser.

– Humm. Então, você está pensando que, se levar os homens disponíveis de Ridge... não pode deixar alguns?

– Para começar, nem tenho tantos assim, *Sassenach* – ele ressaltou. – Posso deixar Fergus, por causa de sua mão, e o sr. Wemyss, para cuidar de nosso lugar. Ele é um escravo, até onde se sabe, e apenas homens livres são obrigados a se juntar às milícias.

– E somente homens fisicamente capazes. Isso deixa o marido de Joanna Grant de fora; ele tem um pé de madeira.

Ele balançou a cabeça, concordando.

– Sim, e o velho Arch Bug, que deve ter uns setenta anos. Isso perfaz quatro homens, e talvez oito rapazes abaixo de dezesseis, para cuidar de trinta propriedades e mais de cento e cinquenta pessoas.

– As mulheres provavelmente poderão se arranjar razoavelmente bem sozinhas – eu disse. – Afinal, é inverno; nenhuma lavoura para cuidar. E não deve haver nenhuma dificuldade com os índios, não atualmente. – Minha fita se soltara quando eu arranquei a touca. Meus cabelos escapavam das tranças desfeitas em todas as direções, espalhando-se pelos meus ombros em cachos úmidos. Retirei a fita e tentei pentear meus cabelos com os dedos.

– O que é tão importante a respeito de Josiah Beardsley, de qualquer modo? – perguntei. – Afinal, um único rapaz de catorze anos não pode fazer tanta diferença.

– Beardsley é um caçador – Jamie respondeu – e um bom caçador. Ele trouxe uma enorme quantidade de peles de lobos, cervos e castores para a

Assembleia, todos caçados por ele sozinho, segundo ele. Eu mesmo não conseguiria fazer melhor.

Isso era um verdadeiro elogio, e eu contraí os lábios em silenciosa apreciação. Peles de animais eram a principal – na realidade, a única – colheita de inverno de algum valor nas montanhas. Não tínhamos nenhum dinheiro agora – nem mesmo o dinheiro de papel denominado Dinheiro da Proclamação, no valor apenas de uma fração de libra esterlina – e, sem peles para vender na primavera, teríamos dificuldade de obter as sementes de milho e de trigo de que precisaríamos. E, se todos os homens tivessem que passar uma boa parte do inverno percorrendo a colônia para amansar os Reguladores em vez de caçar...

A maioria das mulheres de Ridge sabia usar uma arma, mas quase nenhuma poderia caçar com eficácia, presas a seus lares pelas necessidades dos filhos. Até mesmo Bri, que era uma ótima caçadora, não poderia se aventurar mais do que meio dia de viagem longe de Jemmy – o que era absolutamente insuficiente para lobos e castores.

Passei a mãos pelos meus cachos úmidos, tentando desembaraçar as mechas.

– Tudo bem, compreendo esta parte. Mas onde é que entram as amígdalas?

Jamie ergueu os olhos para mim e sorriu. Sem responder imediatamente, levantou-se e deu a volta para ficar atrás de mim. Com mãos firmes, ele juntou as mechas extraviadas, capturou os fios esvoaçantes e fez uma trança grossa e apertada na base do meu pescoço. Inclinou-se por cima do meu ombro, pegou a fita do meu colo e amarrou-a com um belo laço.

– Pronto. – Sentou-se aos meus pés novamente. – Bem, quanto às amígdalas, você disse ao rapaz que ele precisava tirá-las ou sua garganta iria continuar piorando.

– Isso mesmo.

Josiah Beardsley acreditara em mim. E, quase tendo morrido no inverno anterior depois que um abscesso em sua garganta quase o sufocara antes de arrebentar, ele não estava ansioso para se arriscar a outra ocorrência como aquela.

– Você é a única cirurgiã ao norte de Cross Creek – Jamie ressaltou. – Quem mais poderia fazê-lo?

– Bem, sim – eu disse, em dúvida. – Mas...

– Assim, fiz uma oferta para o rapaz – Jamie interrompeu. – Uma faixa de terra – Roger e eu o ajudaremos a erguer uma cabana quando chegar a hora – e ele dividirá ao meio comigo tudo que conseguir em termos de peles de animais nos próximos três invernos. Ele está disposto a aceitar, desde que você remova suas amígdalas como parte da transação.

– Mas por que hoje? Não posso operar as amígdalas de uma pessoa aqui! – Gesticulei, apontando para a floresta encharcada.

– Por que não? – Jamie ergueu uma das sobrancelhas. – Você não disse ontem à noite que era um problema simples, apenas alguns pequenos cortes com a menor de suas faquinhas?

Esfreguei o nó de um dedo sob o nariz, fungando de exasperação.

– Olhe, só porque não é um trabalho grande e sangrento como amputar uma perna, não significa que seja simples! – Era, de fato, uma operação relativamente simples, cirurgicamente falando. Era a possibilidade de infecção em seguida à cirurgia e a necessidade de assistência cuidadosa no pós-operatório – uma pobre substituta de antibióticos, porém muito melhor do que a negligência – que apresentavam complicações.

– Não posso simplesmente arrancar as amígdalas dele e mandá-lo embora – eu disse. – Mas quando chegarmos a Ridge...

– Ele não pretende voltar conosco diretamente – Jamie interrompeu.

– Por que não? – perguntei.

– Ele não disse, apenas que tinha um negócio a resolver e que iria a Ridge até a primeira semana de dezembro. Ele pode dormir no sótão do barracão de ervas – ele acrescentou.

– Então você e ele esperam que eu simplesmente corte as amígdalas dele, dê alguns pontos e o mande em seu alegre caminho de volta? – perguntei sarcasticamente.

– Você se saiu bem com o cachorro – ele disse, rindo.

– Oh, já soube da história, hein?

– Oh, sim. E do garoto que cortou o pé com o machado, das crianças com brotoejas, da dor de dentes da sra. Buchanan e de sua discussão com Murray MacLeod sobre os dutos biliares de um cavalheiro...

– Foi realmente uma manhã movimentada. – Estremeci brevemente diante da lembrança e tomei mais um gole do uísque.

– A Assembleia inteira está falando de você, *Sassenach.* Eu realmente pensei na Bíblia, na verdade, vendo toda aquela multidão clamando ao seu redor esta manhã.

– A Bíblia? – Devo ter parecido perplexa com a referência, porque o riso ampliou-se.

– "E todos da multidão procuravam tocá-lo" – Jamie citou. – Porque dele emanava a virtude, e curava a todos.

Eu ri melancolicamente, interrompendo-me com um pequeno soluço.

– Receio que toda a virtude se esgotou.

– Não se preocupe. Há muita no frasco.

Assim relembrada, ofereci-lhe o uísque, mas ele declinou com um aceno da mão, as sobrancelhas abaixadas, imerso em pensamentos. O gelo derretido deixara faixas molhadas em seus cabelos e elas espalhavam-se como fitas de bronze derretido sobre seus ombros – como a estátua de algum herói militar, exposta ao tempo e brilhando num parque público.

– Então você opera as amígdalas do rapaz quando ele chegar a Ridge?

Pensei por um instante, depois assenti, engolindo. Ainda haveria riscos e normalmente eu não elegia a cirurgia como primeira opção. Mas a condição de Josiah era realmente terrível e as contínuas infecções poderiam acabar matando-o se eu não tomasse medidas para curá-lo.

Jamie balançou a cabeça, satisfeito.

– Vou cuidar disso, então.

Meus pés haviam descongelado, apesar de molhados como estavam, e eu começava a me sentir aquecida e flexível. Quanto à minha barriga, ainda parecia que eu tinha engolido uma grande rocha vulcânica, mas eu já não me importava tanto.

– Eu estava pensando uma coisa, *Sassenach.*

– Sim?

– Por falar na Bíblia...

– Está com as Escrituras na cabeça hoje, hein?

Um dos cantos de sua boca curvou-se para cima enquanto ele olhava para mim.

– Sim. Bem... É só que eu estava pensando. Quando o Anjo do Senhor aparece para Sara e lhe diz que ela terá um filho no ano seguinte, ela ri e diz que essa é uma grande piada, uma vez que para ela já cessou aquilo que é próprio das mulheres.

– A maioria das mulheres nessa situação provavelmente não iria achar graça nenhuma nesta ideia – garanti-lhe. – Mas eu sempre achei que Deus tem um senso de humor muito peculiar.

Ele abaixou os olhos para a larga folha de bordo que ele esmigalhava entre o polegar e o indicador, mas eu percebi o leve esboço de um sorriso.

– Eu mesmo tenho pensado nisso de vez em quando, *Sassenach* – ele disse, um pouco secamente. – Seja como for, ela de fato teve o filho, não é?

– A Bíblia diz que sim. Não sou eu quem vai dizer que o livro do Gênese está mentindo. – Considerei a ideia de beber outro gole ou não, mas resolvi economizar para um dia chuvoso – bem, um dia *mais* chuvoso – e coloquei a tampa de volta no frasco. Pude ouvir uma certa movimentação na direção do acampamento e meus ouvidos captaram uma pergunta, trazida pela brisa gelada.

– Alguém está procurando por você – eu disse. – Outra vez.

Jamie olhou por cima do ombro e fez uma leve careta, mas não fez nenhum movimento imediato de atender ao chamado. Limpou a garganta e eu vi um leve rubor subir pelo seu pescoço.

– Bem, a questão é que – ele disse, cuidadosamente evitando olhar para mim –, até onde eu saiba, se seu nome não for Maria e o Espírito Santo não estiver envolvido no caso, só há uma maneira de engravidar. Estou certo?

– Até onde eu saiba, sim. – Levei a mão à boca para reprimir um soluço iminente.

– Sim. E sendo assim... bem, isso tem que significar que Sara ainda estava se deitando com Abraão na época, certo?

Ele continuava a evitar meu olhar, mas suas orelhas haviam ficado cor-de-rosa e eu percebi tardiamente o motivo dessa discussão religiosa. Estendi a ponta do pé e cutuquei-o delicadamente no lado do corpo.

– Estava achando que talvez eu não fosse mais querer você?

– Você não me quis *agora* – ele ressaltou logicamente, os olhos nos remanescentes esmigalhados da folha.

– Sinto como se minha barriga estivesse cheia de vidro quebrado, estou encharcada e com lama até os joelhos, e quem quer que esteja procurando por você está prestes a irromper dos arbustos com um bando de cães de caça a qualquer momento – eu disse, com certa aspereza. – Você está realmente me convidando a participar de uma orgia carnal com você neste monte de folhas encharcadas? Porque, se estiver...

– Não, não – ele apressou-se a contestar. – Não quero dizer agora. Eu só quis dizer... eu só estava imaginando se.... – As pontas de suas orelhas haviam se tornado roxas. Ele levantou-se abruptamente, limpando folhas mortas do seu *kilt* com uma força exagerada.

– Se – eu disse pausadamente – você me engravidasse nesta altura dos acontecimentos, Jamie Fraser, eu comeria suas bolas *em brochette*. – Virei para trás, erguendo os olhos para ele. – Mas quanto a ir para a cama com você...

Ele parou o que estava fazendo e olhou para mim. Sorri para ele, deixando os meus pensamentos se exibirem claramente em meu rosto.

– Quando você tiver uma cama outra vez – eu disse –, prometo que não a recusarei.

– Oh – ele disse. Respirou fundo, parecendo repentinamente muito feliz. – Bem, então está certo. É apenas que... estive pensando, sabe.

A uma agitação repentina e barulhenta nos arbustos, seguiu-se o aparecimento do sr. Wemyss, cujo rosto fino e ansioso projetou-se de uma moita.

– Ah, é o senhor – ele disse, com evidente alívio.

– Imagino que seja – Jamie disse, resignado. – Algum problema, sr. Wemyss?

O sr. Wemyss não pôde responder imediatamente, tendo ficado inextricavelmente embaraçado na moita e eu fui obrigada a ir ajudá-lo a se soltar. Um ex-contador que fora obrigado a se vender para trabalho escravo, o sr. Wemyss era completamente inadequado para a vida em regiões agrestes.

– Peço-lhe desculpas por vir importuná-lo, senhor – ele disse, ruborizado. Nervosamente, tentava arrancar um galhinho espinhento que se agarrara a seus cabelos louros e esvoaçantes.

– É que... bem, ela disse que pretendia rachá-lo ao meio, da cabeça ao meio das pernas, com seu machado, se ele não a deixasse em paz, e ele disse que nenhuma mulher ia falar com ele daquela maneira, e ela de fato *tem* um machado...

Acostumado aos métodos de comunicação do sr. Wemyss, Jamie suspirou, estendeu a mão para o frasco de uísque, destampou-o e tomou um longo e reconfortante gole. Abaixou o frasco e fixou um olhar penetrante no sr. Wemyss.

– Quem? – ele quis saber.

– Oh! Hã... eu não disse? Rosamund Lindsay e Ronnie Sinclair.

– Mmmmhum.

A notícia não era boa. Rosamund Lindsay *realmente* tinha um machado; ela estava assando vários porcos em um fosso escavado junto ao riacho, sobre brasas de nogueira. Ela também pesava uns cem quilos e, apesar de normalmente bem-humorada, possuía um gênio terrível quando provocada. De sua parte, Ronnie Sinclair era absolutamente capaz de irritar o anjo Gabriel, quanto mais uma mulher tentando cozinhar sob a chuva.

Jamie suspirou e devolveu-me o frasco. Endireitou os ombros, sacudindo as gotas de chuva de seu xale enquanto o ajeitava.

– Vá e diga-lhes que já estou indo, sr. Wemyss – ele disse.

O rosto fino do sr. Wemyss demonstrou a mais viva apreensão à ideia de chegar a uma curta distância do machado de Rosamund Lindsay, mas seu temor de Jamie era ainda maior. Balançou a cabeça numa concordância apressada, virou-se e se enfiou direto na moita de doce viburno novamente.

Uma sirene como uma ambulância que se aproximava anunciou o surgimento de Marsali, Joan nos braços. Ela arrancou um galhinho agarrado na manga do casaco do sr. Wemyss, balançando a cabeça para ele num cumprimento, enquanto se desviava dele cuidadosamente.

– Pai – ela disse, sem preâmbulos. – Você precisa vir. O padre Kenneth foi preso.

As sobrancelhas de Jamie ergueram-se num salto.

– Preso? Agora mesmo? Por quem?

– Sim, neste instante! Um homem gordo horrível, que disse ser o xerife do condado. Chegou com dois homens e eles perguntaram quem era o padre e quando o padre Kenneth se apresentou, eles o agarraram pelos braços e o levaram imediatamente, sem sequer pedir licença!

O sangue aflorava ao rosto de Jamie e seus dois dedos rígidos tamborilaram rapidamente contra a coxa.

– Eles o levaram do meu acampamento? – ele disse. – *A Dhia!*

Isso obviamente era uma pergunta retórica e, antes que Marsali pudesse responder, um barulho de folhas esmagadas veio da outra direção, e Brianna surgiu de trás de um pinheiro.

– O que foi? – ele gritou para ela. Brianna piscou, desconcertada.

– Hã... Geordie Chisholm disse que um dos soldados roubou um presunto de sua fogueira e perguntou se você podia ir falar com o tenente Hayes.

– Sim – ele respondeu prontamente. – Mais tarde. Enquanto isso, volte lá com Marsali e descubra para onde levaram o padre Kenneth. E, sr. Wemyss... – Mas o sr. Wemyss havia finalmente se livrado das garras do arbusto. Um estardalhaço distante assinalou sua pressa em ir cumprir suas ordens.

Um rápido olhar ao rosto de Jamie convenceu as duas jovens de que uma retirada rápida era a ordem do dia e, dentro de poucos segundos, estávamos sozinhos outra vez. Ele respirou fundo e soltou o ar lentamente através dos dentes.

Tive vontade de rir, mas não o fiz. Em vez disso, aproximei-me; apesar do frio e da umidade, eu podia sentir o calor de sua pele através do xale.

– Ao menos, são apenas os doentes que desejam me tocar – eu disse. Estendi o frasco para ele. – O que *você* faz quando toda a virtude se esvaiu de você?

Ele olhou para mim e um lento sorriso se espalhou pelo seu rosto. Ignorando o frasco, ele parou, segurou meu rosto nas mãos e me beijou, muito delicadamente.

– Isso – ele disse.

Depois, virou-se e começou a descer a encosta a passos largos, aparentemente cheio de virtude outra vez.

13
FEIJÃO E CHURRASCO

Levei a chaleira de volta ao nosso acampamento, apenas para encontrá-lo momentaneamente deserto. Vozes e risos a distância indicavam que Lizzie, Marsali e a sra. Bug – aparentemente com as crianças a reboque – estavam a caminho da privada das mulheres, uma fossa que servia de latrina, cavada convenientemente atrás de uma cortina de zimbro, a uma certa distância dos acampamentos. Pendurei a chaleira cheia acima do fogo para ferver, depois parei por um instante, imaginando em que direção meus esforços poderiam ser dirigidos com mais proveito.

Embora a situação do padre Kenneth pudesse ser a mais grave a longo prazo, não era onde a minha presença poderia fazer alguma diferença. Mas eu *era* uma médica – e Rosamund Lindsay *de fato* tinha um machado. Ajeitei meus cabelos e minhas roupas úmidas o melhor que pude e comecei a descer a montanha em direção ao córrego, abandonando a touca à sua própria sorte.

Jamie evidentemente chegara à mesma conclusão sobre a importância relativa das emergências em andamento. Quando abri caminho pelo bosquete de salgueiros novos que beirava o riacho, encontrei-o junto ao braseiro do churrasco, numa tranquila conversa com Ronnie Sinclair – enquanto isso, apoiando-se naturalmente no cabo do machado, do qual ele conseguira, de algum modo, se apossar.

Relaxei um pouco ao ver a cena e não tive pressa em me juntar ao grupo. A menos que Rosamund resolvesse estrangular o marido com as próprias mãos ou espancá-lo até a morte com um presunto – nenhuma dessas contingências sendo de modo algum impensáveis –, meus serviços médicos poderiam não ser necessários, afinal de contas.

O buraco para churrasco era enorme, um declive natural escavado na margem do riacho por alguma remota enxurrada e depois aprofundada por um criterioso trabalho de pás nos anos subsequentes. A julgar pelas pedras enegrecidas e pedaços de carvão espalhados por perto, estava em uso havia um bom tempo. Na realidade, diversas pessoas o usavam agora; os cheiros misturados de aves, carne de porco, carneiro e gambá erguiam-se numa nuvem de fumaça de brasas de macieira e de nogueira, um apetitoso incenso que me deu água na boca.

A visão do buraco era um pouco menos apetitosa. Da madeira úmida, nuvens de fumaça branca subiam em ondas pelos ares, obscurecendo parcialmente diversas figuras que se debruçavam sobre suas piras fumegantes – muitas delas parecendo ligeiramente humanas, e arrepiantes, através do nevoeiro. Fez-me lembrar, vividamente demais, os crematórios na Jamaica, onde os corpos dos escravos que não sobreviveram ao rigores da travessia do oceano eram queimados, e eu engoli com dificuldade, tentando não me lembrar do macabro cheiro de carne queimada daquelas piras funerárias.

Rosamund trabalhava no churrasco no momento, a saia presa acima dos joelhos gordos e as mangas enroladas, deixando ver os braços fortes e roliços, enquanto ela espalhava um molho avermelhado sobre as costelas expostas da carcaça de um enorme porco. À sua volta, havia mais cinco formas gigantescas, envoltas em aniagem molhada, com tênues filetes de fumaça aromática enroscando-se ao redor e desaparecendo na suave garoa.

– É veneno, isso é o que é! – Ronnie Sinclair dizia furiosamente, quando me aproximei por trás dele. – Ela vai estragar a carne. Não vai servir nem para dar aos porcos quando ela tiver terminado!

– Mas *são* porcos, Ronnie – Jamie disse, com considerável paciência. Revirou os olhos para mim, depois olhou para o churrasco, onde a gordura fervente pingava sobre as plataformas de carvão e brasas de nogueira embaixo. – No que me diz respeito, não acho que se possa fazer alguma coisa com um porco – na maneira de cozinhar, quero dizer – que o torne imprestável para se comer.

– Isso é verdade – concordei prestativamente e sorri para Ronnie. – Toucinho defumado, costeletas grelhadas, lombo assado, presunto cozido, patês, linguiças, miúdos, chouriço... alguém disse certa vez que se pode aproveitar tudo de um porco, exceto os berros.

– Sim, bem, mas isso é um churrasco, certo? – Ronnie disse teimosamente, ignorando minha fraca tentativa de pilheriar. – Todo mundo sabe que se tempera um porco no espeto com vinagre, essa é a maneira correta de preparar o churrasco! Afinal, você não colocaria cascalho na carne de sua salsicha, não é? Nem cozinharia o toucinho com os dejetos do galinheiro, não é? Ora! – Lançou o queixo na direção da tigela de cerâmica branca debaixo do braço de Rosamund, deixando claro que o seu conteúdo se incluía na mesma categoria de agentes adulterantes não comestíveis, em sua opinião.

Minhas narinas captaram uma saborosa baforada quando o vento mudou de direção. Até onde eu podia saber apenas pelo cheiro, o molho de Rosamund parecia incluir tomates, cebolas, pimenta e açúcar suficiente para deixar uma crosta espessa e escura na carne e um irresistível aroma de caramelo no ar.

– Acho que a carne vai ficar bem suculenta cozida desta maneira – eu disse, sentindo o estômago começar a roncar sob meu colete de cadarços.

– Sim, e são um belo lote de porcos gordos – Jamie disse lisonjeiramente, quando Rosamund ergueu os olhos para eles, furiosa. Ela estava preta até os joelhos e seu rosto quadrado estava manchado de chuva, suor e fuligem. – Eram porcos selvagens, senhora, ou domésticos?

– Selvagens – ela disse, com certa dose de orgulho, empertigando-se e afastando uma mecha de cabelos grisalhos, molhados, da testa. – Cevados com castanhas, nada se iguala a isso para dar um sabor especial à carne!

Ronnie Sinclair fez um ruído escocês indicativo de desdém e escárnio.

– Claro, o gosto é tão bom, que você precisa escondê-lo sob uma camada do seu molho horrendo, que faz parecer que a carne ainda não está assada, mas sangrenta!

Rosamund fez um comentário um tanto grosseiro com relação à suposta masculinidade de pessoas melindradas à simples ideia de sangue, que Ronnie pareceu disposto a levar para o campo pessoal. Jamie, com uma hábil manobra, interpôs-se entre os dois, mantendo o machado bem fora de alcance.

– Oh, tenho certeza que está muito bem cozida – ele respondeu de forma apaziguadora. – Ora, a sra. Lindsay está trabalhando muito desde o amanhecer, pelo menos.

– Muito antes disso, sr. Fraser – ela respondeu, com uma certa satisfação lúgubre. – Se quiser um churrasco decente, tem que começar pelo menos no dia anterior e cuidar dele a noite toda. Estou cuidando destes porcos desde a tarde de ontem. – Ela aspirou com força a fumaça que se desprendia da carne, com uma expressão de bem-aventurança.

– Ah, isso é que é comida! Pena que uma carne tão saborosa seja desperdiçada com vocês, malditos escoceses – Rosamund disse, recolocando a aniagem e ajeitando-a no lugar com uns tapinhas suaves. – Vocês temperam suas línguas com baldes de vinagre que despejam em todas as suas comidas. Só consigo impedir que Kenny o coloque no seu pão de milho e no seu mingau da manhã.

Jamie ergueu a voz, abafando a inflamada resposta de Ronnie a essa calúnia.

– E foi Kenny quem caçou os porcos para a senhora? Porcos selvagens são traiçoeiros. Certamente é perigoso ficar espreitando bichos desse porte. Como o javali que caçávamos na Escócia, hein?

– Ha. – Rosamund lançou um olhar de bem-humorado desdém para o barranco acima, onde seu marido – quase da metade do seu tamanho – aparentemente se dedicava a perseguições menos extenuantes. – Não, na verdade, sr. Fraser, eu mesma matei este lote. Com esse machado – ela acrescentou incisivamente, indicando com a cabeça o instrumento em questão e estreitando os olhos de modo sinistro para Ronnie. – Afundei o crânio deles com um só golpe!

Ronnie, pouco perspicaz, não entendeu a insinuação.

– São os tomates que ela está usando, *Mac Dubh* – ele sibilou entre dentes, puxando a manga da camisa de Jamie e apontando para a tigela com uma crosta vermelha. – Maçãs do diabo! Ela vai envenenar todos nós!

– Oh, acho que não, Ronnie. – Jamie segurou o braço de Ronnie com força e sorriu sedutoramente para Rosamund. – Pretende vender a carne, eu suponho, não é, sra. Lindsay? Seria um mau comerciante aquele que envenenasse os fregueses, não é?

– Até hoje nunca perdi nenhum, sr. Fraser – Rosamund concordou, virando para cima outro pedaço de aniagem e inclinando-se para derramar molho de uma concha de madeira sobre um quarto de traseiro fumegante. Também nunca tive nenhuma reclamação do sabor – ela disse –, embora, é claro, isso é em Boston, de onde eu venho.

Onde as pessoas têm bom gosto, seu tom de voz deixava claramente implícito.

– Eu conheci um homem de Boston, da última vez que fui a Charlottesville – Ronnie disse, as sobrancelhas espetadas abaixadas com ar de desaprovação. Ele tentou libertar o braço da mão de Jamie, sem sucesso. – Ele me disse que tinha o costume de comer feijão no café da manhã e ostras no jantar, e assim ele fazia desde pequeno. Fiquei admirado de não ter explodido como uma bexiga de porco, se empanturrando com um negócio horrível como esse.

– "Feijão, feijão, feijão, faz bem ao coração" – cantarolei alegremente, aproveitando a oportunidade. – "Quanto mais você come, mais você peida. Quanto mais peida, melhor se sente. Então, vamos comer feijão em toda refeição!"

Ronnie me fitou boquiaberto, assim como a sra. Lindsay. Jamie soltou uma estrondosa gargalhada, e o ar de assombro da sra. Lindsay desfez-se numa sonora risada. Após um instante, Ronnie relutantemente se uniu ao resto, um amplo sorriso levantando os cantos de sua boca.

– Eu morei em Boston durante algum tempo – eu disse serenamente, quando as risadas arrefeceram um pouco. – Sra. Lindsay, isso está com um cheiro maravilhoso!

Rosamund balançou a cabeça com dignidade, gratificada.

– Ora, é verdade, senhora, posso afirmar. – Inclinou-se para mim, abaixando a voz – ligeiramente – de seu tom retumbante normal. – É minha receita particular que faz isso – ela disse, com uma batidinha possessiva na tigela de cerâmica. – Realça o sabor, sabe?

A boca de Ronnie se abriu, mas apenas um gritinho escapou, resultado evidente da mão de Jamie apertando seu bíceps com mais força. Rosamund ignorou o fato, iniciando uma amistosa discussão com Jamie que terminou com ela concordando em reservar uma carcaça inteira para ser servida na festa de casamento.

Olhei para Jamie ao ouvir isso. Considerando que o padre Kenneth, no momento, devia provavelmente estar a caminho de Baltimore ou da prisão em Edenton, eu tinha minhas dúvidas quanto à celebração de algum casamento naquela noite.

Por outro lado, eu também aprendera a nunca subestimar Jamie. Com uma palavra final de elogio à sra. Lindsay, ele arrastou Ronnie para longe do churrasco, parando apenas o suficiente para enfiar o machado em minhas mãos.

– Guarde em lugar seguro, sim, *Sassenach*? – ele disse, beijando-me rapidamente. Riu para mim. – E onde foi que você aprendeu tanto a respeito da história natural do feijão?

– Brianna aprendeu na escola quando tinha uns seis anos de idade – eu disse, retribuindo o sorriso. – Na verdade, é uma pequena canção.

– Diga-lhe para cantá-la para seu marido – Jamie aconselhou. O riso ampliou-se. – Ele pode anotá-la em seu livrinho de música.

Virou-se, passando um braço amistoso, mas firme, pelos ombros de Ronnie Sinclair, que mostrava sinais de tentar escapar de volta em direção ao churrasco.

– Venha comigo, Ronnie – ele disse. – Tenho que dar uma palavrinha com o tenente. Ele quer comprar um presunto da sra. Lindsay, eu acho – acrescentou, pestanejando para mim naquele seu jeito de coruja que ele considerava uma piscadela. Virou-se novamente para Ronnie: – Mas sei que ele vai querer ouvir o que você tiver para lhe contar sobre o pai dele. Você era muito amigo de Gavin Hayes, não?

– Oh – Ronnie disse, a testa franzida relaxando ligeiramente. – Sim. Sim, Gavin era um homem decente. Uma vergonha o que aconteceu. – Sacudiu a cabeça, obviamente referindo-se à morte de Gavin alguns anos atrás. Ergueu os olhos para Jamie, os lábios contraídos. – O filho dele sabe o que aconteceu?

Uma pergunta delicada. Gavin, na verdade, fora enforcado em Charleston, por roubo – uma morte desonrosa, pelos padrões de qualquer pessoa.

– Sim – Jamie disse serenamente. – Tive que lhe contar. Mas vai ser bom, eu acho, se você lhe contar um pouco sobre o pai dele antigamente. Conte-lhe como foi para nós, lá em Ardsmuir. – Algo, não exatamente um sorriso, tocou seu rosto quando olhou para Ronnie, e eu vi uma suavidade no rosto de Sinclair, em resposta.

Jamie havia segurado os ombros de Ronnie com mais força, e então os soltou. Começaram a subir a encosta, lado a lado, as sutilezas do churrasco esquecidas.

Como foi para nós... Observei-os ir, ligados pela invocação daquela simples e única frase. Quatro palavras que relembravam o companheirismo forjado por dias e meses e anos de compartilhado sofrimento; uma proximidade negada a qualquer um que não a tivesse vivenciado também e sobrevivido. Jamie raramente falava de Ardsmuir; nem os outros homens que saíram de lá para o trabalho forçado aqui no Novo Mundo.

A neblina erguia-se dos recôncavos da montanha agora; dentro de poucos instantes, eles teriam desaparecido de vista. Da floresta enevoada acima, o som de vozes escocesas masculinas flutuava para baixo, na direção do braseiro fumegante, cantando alegremente em uníssono: *"Feijão, feijão, feijão, faz bem ao coração..."*

Ao retornar para o acampamento, vi que Roger havia retornado de suas andanças. Estava de pé junto à fogueira, conversando com Brianna, um olhar transtornado no rosto.

– Não se preocupe – eu disse a ele, aproximando-me para pegar a chaleira de água fervente. – Tenho certeza de que Jamie vai dar um jeito. Ele foi lá resolver isso.

– Foi? – Pareceu ligeiramente surpreso. – Ele já sabe?

– Sim, assim que ele encontrar o xerife, acho que tudo vai se resolver. – Emborquei o bule de chá lascado que eu usava no acampamento com uma das mãos, sacudi as folhas de chá velhas no chão e, colocando o bule na mesa, despejei um pouco de água fervente da chaleira para aquecer o bule. Fora um longo dia, e tudo indicava que seria uma longa noite também. Eu ansiava pelo conforto de uma xícara de chá bem feito, acompanhada de uma fatia do bolo de frutas que uma de minhas pacientes me dera durante o atendimento médico da manhã.

– O xerife? – Roger lançou um olhar desnorteado a Brianna, ligeiramente alarmada. – Ela não mandou o xerife no meu encalço, mandou?

– Mandar o xerife no seu encalço? Quem? – eu disse, unindo-me ao coro de perplexidade. Pendurei a chaleira de volta no seu tripé e peguei a lata de folhas de chá. – O que você andou fazendo, Roger?

Um leve rubor transpareceu nas altas maçãs de seu rosto, mas, antes que ele pudesse responder, Brianna resfolegou com desdém.

– Disse poucas e boas a tia Jocasta. – Ela olhou para Roger e seus olhos estreitaram-se em triângulos de maliciosa diversão ao imaginar a cena. – Nossa, quisera ter estado lá!

– O que você disse a ela, Roger? – perguntei, interessada.

O rubor aumentou e ele desviou os olhos.

– Não quero repetir o que eu disse – retorquiu laconicamente. – Não é o tipo de coisa que se diz a uma mulher, quando mais uma senhora, e particularmente alguém que está prestes a se tornar minha parente pelo casamento. Eu estava justamente perguntando a Bri se eu deveria ir pedir desculpas à sra. Cameron antes do casamento.

– Não – Bri disse sem hesitação. – Que audácia a dela! Você teve toda razão de dizer o que disse.

– Bem, não me arrependo do conteúdo dos meus comentários – Roger lhe disse, com o esboço de um sorriso irônico. – Só da forma.

– Veja bem – ele disse, virando-se para mim. – Só estou achando que talvez eu deva pedir desculpas, para que não haja constrangimentos esta noite, não quero estragar o casamento de Bri.

– O casamento de Bri? Acha que eu vou me casar sozinha? – ela perguntou, abaixando as sobrancelhas espessas e ruivas para ele.

– Oh, bem, não – ele admitiu, sorrindo um pouco. Tocou seu rosto, delicadamente. – Estarei ao seu lado, é claro. Mas, desde que sejamos casados, não me importo muito com a cerimônia. Só que você vai querer que seja uma bonita cerimônia, não é? Se eu estragar a ocasião, sua tia é capaz de rachar minha cabeça com um pedaço de pau antes que eu possa dizer "Sim".

A essa altura, eu estava consumida de curiosidade para saber exatamente o que ele havia dito a Jocasta, mas achei melhor tratar da questão mais imediata, que até a última notícia, parecia que não haveria casamento para ser estragado.

– Assim, Jamie está procurando padre Kenneth agora – concluí a história. – Mas Marsali não reconheceu o xerife que o levou, o que dificulta as coisas.

As sobrancelhas escuras de Roger ergueram-se, depois uniram-se num ar de preocupação.

– Será... – ele começou a dizer e, em seguida, virou-se para mim. – Sabe, acho que eu o vi, há alguns instantes.

– Padre Kenneth? – perguntei, a faca suspensa acima do bolo de frutas.

– Não, o xerife.

– O quê? Onde? – Bri girou nos calcanhares, olhando ao redor com os olhos arregalados. Cerrou o punho e eu achei uma felicidade que o xerife não estivesse por perto. Ter Brianna presa por agressão iria realmente ter um efeito desalentador sobre o casamento.

– Ele foi naquela direção. – Roger gesticulou para baixo da montanha, na direção do riacho... e da tenda do tenente Hayes. – Nesse momento, ouvimos o ruído de passos chafurdando na lama e, no instante seguinte, Jamie apareceu, parecendo cansado, preocupado e extremamente irritado. Obviamente, ele ainda não havia encontrado o padre.

– Pai! – Bri chamou-o entusiasticamente. – Roger acha que viu o xerife que levou o padre Kenneth!

– Ah, é? – Jamie animou-se imediatamente. – Onde? – Sua mão esquerda fechou-se na expectativa e eu não pude deixar de sorrir. – Qual é a graça? – ele quis saber, ao me ver.

– Nada – garanti-lhe. – Tome, coma um pedaço de bolo. – Estendi-lhe uma fatia, que ele prontamente enfiou na boca, voltando sua atenção novamente para Roger.

– Onde? – perguntou, indistintamente.

– Não sei se é o homem que está procurando – Roger disse-lhe. – Era um homenzinho malvestido. Mas conduzia um prisioneiro; levava um dos homens de Drunkard's Creek algemado. MacLennan, eu acho.

Jamie engasgou-se e tossiu, cuspindo farelos de bolo no fogo.

– Ele prendeu o sr. MacLennan? E você *deixou*? – Bri fitava Roger, consternada. Nem ela e nem Roger estavam presentes quando Abel MacLennan contou sua história durante o café da manhã, mas ambos o conheciam.

– Não pude impedir – Roger defendeu-se. – Eu gritei para o sr. MacLennan para perguntar se precisava de ajuda, pensei em buscar seu pai ou Farquard Campbell, se ele dissesse que sim. Mas ele apenas olhou através de mim, como se eu fosse um fantasma, e, depois que eu gritei outra vez, ele me deu um sorriso estranho e sacudiu a cabeça. Achei que eu não devia ir e dar uma surra no xerife, só por princípio. Mas se você...

– Um xerife, não – Jamie disse, com voz rouca. Seus olhos lacrimejavam e ele parou para tossir explosivamente outra vez.

– Um caçador de recompensas – eu disse a Roger. – Alguém que caça criminosos e os entrega por dinheiro. – O chá não estava pronto ainda; encontrei uma bilha pela metade de cerveja e entreguei-a a Jamie.

– Para onde ele vai levar Abel? – perguntei. – Você disse que Hayes não queria prisioneiros.

Jamie sacudiu a cabeça, engoliu e abaixou a garrafa, respirando um pouco melhor.

– Não quer. Não, o sr. Boble – deve ser ele, certo? – levará Abel para o magistrado mais próximo. E, se Roger o viu agora mesmo... – Virou-se, pensando, o cenho franzido enquanto inspecionava a encosta da montanha à nossa volta.

– Será para Farquard, é o mais provável – ele concluiu, relaxando um pouco os ombros. – Conheço quatro juízes de paz e três magistrados aqui na Assembleia e, de todos, Campbell é o único acampado deste lado.

– Oh, isso é bom. – Suspirei, aliviada. Farquard Campbell era um bom homem; apegado às leis, mas não sem compaixão – e mais importante, talvez: um velho amigo de Jocasta Cameron.

– Sim, vou pedir à minha tia para dar uma palavra... talvez devêssemos fazer isso antes dos casamentos. – Virou-se para Roger: – Você poderia ir, MacKenzie? Tenho que encontrar o padre Kenneth, se quisermos que haja algum casamento.

Roger fez uma expressão como se ele, também, tivesse se engasgado com um pedaço de bolo.

– Hã... bem – ele disse, sem jeito. – Talvez eu não seja a melhor pessoa para falar com a sra. Cameron no momento.

Jamie fitava-o com uma mistura de interesse e exasperação.

– Por que não?

Enrubescendo violentamente, Roger recontou o conteúdo de sua conversa com Jocasta – abaixando a voz a ponto de quase se tornar inaudível no final da história.

Mas nós a ouvimos com clareza suficiente. Jamie olhou para mim. Sua boca contorceu-se. Depois, seus ombros começaram a se sacudir. Senti a risada subir por baixo das minhas costelas, mas não era nada perto do acesso de riso de Jamie. Ele ria quase em silêncio, mas com tanta intensidade que as lágrimas subiam aos seus olhos.

– Oh, Santo Deus! – exclamou, arfando, finalmente. Apertou o lado do corpo, ainda ofegante. – Meu Deus, acho que desloquei uma costela. – Estendeu o braço e pegou um dos panos lavados e quase secos de um arbusto, limpando o rosto displicentemente com ele.

– Está bem – disse, recuperando-se um pouco. – Vá ver Farquard, então. Se Abel estiver lá, diga a Campbell que eu me responsabilizo por ele. Traga-o de volta com você.

Fez um breve gesto dispensando Roger e este – roxo de constrangimento, mas empertigado de dignidade – partiu imediatamente. Bri seguiu-o, lançando um olhar de reprovação ao pai, o que teve apenas o efeito de fazê-lo sacudir-se de riso outra vez.

Afoguei minha própria vontade de rir com um gole de chá fumegante, maravilhosamente aromático. Ofereci a xícara a Jamie, mas ele recusou-a com um abano da mão, satisfeito com o resto da cerveja.

– Minha tia – ele observou, finalmente abaixando a bilha – sabe muito bem o que o dinheiro compra e o que não compra.

– E ela acaba de comprar para si mesma, e para todos no condado, uma boa opinião a respeito do pobre Roger, não é? – retruquei, um pouco secamente.

Jocasta Cameron era uma MacKenzie de Leoch; uma família que Jamie certa vez descreveu como "encantadora como cotovias no campo... mas astuta como raposas". Se Jocasta tinha realmente alguma dúvida sobre as razões de Roger para se casar com Brianna, ou meramente quis estancar mexericos em Cape Fear, seus métodos haviam sido inegavelmente bem-sucedidos. Ela provavelmente estava agora em sua tenda dando risada de sua astúcia, ansiosa para espalhar a história de sua oferta e da resposta de Roger a ela.

– Pobre Roger – Jamie concordou, a boca ainda torcendo-se num sorriso. – Pobre, mas virtuoso. – Virou a bilha de cerveja, esvaziando-a, e colocou-a na mesa com um breve suspiro de satisfação. – Apesar de que, para dizer a verdade – ele acrescentou, olhando para mim –, ela comprou para o rapaz algo de valor também, não é?

– *Meu filho* – citei brandamente, balançando a cabeça. – Acha que ele próprio percebeu isso antes mesmo de falar? Que ele realmente considera Jemmy seu filho?

Jamie fez um movimento qualquer com os ombros, sem realmente dar de ombros.

– Não sei. Mas é bom que ele tenha isso bem fixo na mente, antes da chegada do próximo filho, um que ele tenha certeza de que é dele.

Pensei na minha conversa com Brianna naquela manhã, mas achei melhor não dizer nada – ao menos, por enquanto. Afinal, era um problema entre Roger e Bri. Apenas balancei a cabeça e virei-me para arrumar as coisas do chá.

Senti um pequeno calor na boca do estômago que era apenas parcialmente resultado do chá. Roger fizera um juramento de tomar Jemmy como seu próprio filho, independentemente de qual fosse a verdadeira paternidade do menino; Roger era um homem honrado e era sincero. Mas o coração fala mais alto do que as palavras de qualquer juramento dito apenas pelos lábios.

Quando eu voltei, grávida, através das pedras, Frank jurou para mim que me manteria como sua esposa, trataria a criança que eu esperava como seu próprio filho – me amaria como antes. Todas essas três promessas seus lábios e sua mente haviam feito o melhor possível para cumprir, mas seu coração, no final, mantivera apenas uma. Desde o instante em que ele tomou Brianna nos braços, ela era sua filha.

Mas, e se tivesse havido uma outra criança?, perguntei-me subitamente. Nunca fora uma possibilidade – mas, e se tivesse havido? Lentamente, enxuguei o bule de chá e envolvi-o numa toalha, contemplando a visão dessa criança mítica; a que eu e Frank poderíamos ter tido, mas nunca tivemos e jamais teríamos. Coloquei o bule enrolado no baú, delicadamente, como se fosse um bebê adormecido.

Quando me virei outra vez, Jamie ainda estava ali parado, olhando-me com uma expressão um pouco estranha – terna e, no entanto, um pouco pesarosa.

– Alguma vez eu já lhe agradeci, *Sassenach*? – ele disse, a voz um pouco rouca.

– Por quê? – perguntei, surpresa. Ele segurou minha mão e puxou-me delicadamente para si. Ele cheirava a cerveja e lã úmida e, muito levemente, ao adocicado do bolo de frutas ao conhaque.

– Pelos meus filhos – ele disse ternamente. – Pelos filhos que você me deu.

– Oh – eu disse. Inclinei-me ligeiramente para frente e descansei a testa contra o sólido calor de seu peito. Coloquei as mãos sobre a curva de suas nádegas, por baixo do seu casaco, e disse, com um suspiro: – Foi... um prazer.

– Sr. Fraser, sr. Fraser!

Virei a cabeça e vi um menino descendo aos trancos e barrancos a encosta íngreme atrás de nós, agitando os braços para manter o equilíbrio, o rosto vermelho do frio e do esforço.

– Ufa! – Jamie ergueu as mãos bem a tempo de amparar o garoto quando ele escorregou pelos últimos passos, totalmente fora de controle. Ele levantou o garoto, que eu reconheci como o filho mais novo de Farquard Campbell, nos braços e sorriu para ele. – Sim, Rabbie, o que é? Seu pai quer que eu vá buscar o sr. MacLennan?

Rabbie sacudiu a cabeça, os cabelos despenteados esvoaçando como os pelos de um cão pastor.

– Não, senhor – disse, arquejante, tentando recuperar o fôlego. Engoliu uma grande quantidade de ar e a pequena garganta inflou como a de uma rã com o esforço para respirar e falar ao mesmo tempo. – Não, senhor. Meu pai disse que sabe onde o padre está e que eu deveria levá-lo lá, senhor. O senhor vem?

As sobrancelhas de Jamie ergueram-se numa surpresa momentânea. Ele olhou para mim, depois sorriu para Rabbie e assentiu, inclinando-se para colocá-lo em pé no chão.

– Vou, sim, rapaz. Me mostre o caminho, então!

– Bem sutil de Farquard – eu disse a Jamie em voz baixa, fazendo um sinal com a cabeça na direção de Rabbie, que saiu correndo na frente, olhando por cima do ombro de vez em quando para ter certeza de que estávamos conseguindo acompanhá-lo. Ninguém prestaria atenção a um menino, entre os enxames de crianças na montanha. Mas todos certamente teriam notado se o próprio Farquard Campbell tivesse vindo ou mandado um de seus filhos adultos.

Jamie soltou a respiração com força, a névoa de seu hálito, um filete de vapor no frio cada vez mais intenso.

– Bem, não é problema de Farquard, afinal, ainda que tenha muita consideração pela minha tia. E imagino que, se ele mandou o menino vir falar comigo, é porque ele conhece o responsável e não quer ter que escolher de que lado ele fica. – Olhou para o sol poente e lançou-me um olhar pesaroso. – Eu disse que tinha que achar o padre Kenneth até o pôr do sol, mas ainda assim... acho que não vamos ver nenhum casamento esta noite, *Sassenach*.

Rabbie nos conduziu para frente e para cima, percorrendo o labirinto de trilhas e capim pisoteado sem hesitação. O sol finalmente irrompera entre as nuvens; já descera entre duas montanhas, mas ainda assim estava bem alto para derramar uma luz morna e vermelha pela encosta, camuflando momentaneamente o frio do dia. As pessoas se reuniam ao redor da fogueira de suas famílias agora, famintas à espera do jantar, e ninguém sequer olhou para nós na confusão.

Finalmente, Rabbie parou, ao pé de um caminho bem demarcado que levava para cima e para a direita. Eu havia cruzado a face da montanha diversas vezes durante a semana da Assembleia, mas nunca me aventurara tão alto. Quem teria a custódia do padre Kenneth, eu me perguntei – e o que Jamie pretendia fazer a respeito?

– Lá em cima – Rabbie disse desnecessariamente, apontando para o pico de uma enorme barraca, apenas visível através de uma cortina de pinheiros.

Jamie emitiu um barulho escocês no fundo da garganta ao avistar a barraca.

– Oh – ele disse suavemente –, então é assim?

– É? Não importa como é; mas *de quem* é. – Olhei em dúvida para a tenda, que era uma grande estrutura de lona marrom encerada, pálida ao crepúsculo. Obviamente pertencia a alguém bastante rico, mas com o qual eu não estava familiarizada.

– Sr. Lillywhite, de Hillsborough – Jamie disse, abaixando as sobrancelhas pensativamente. Deu um tapinha na cabeça de Rabbie Campbell e deu-lhe uma moeda de um *penny* que tirou do seu *sporran*. – Obrigado, rapaz. Volte depressa para sua mãe agora, está na hora do jantar. – Rabbie pegou a moeda e desapareceu sem nenhum comentário, satisfeito por ter terminado sua missão.

– Oh, de fato. – Lancei um olhar cauteloso para a barraca. Aquilo explicava algumas coisas, pensei – embora não tudo. O sr. Lillywhite era um magistrado de Hillsborough, embora eu não soubesse mais nada a seu respeito, a não ser sua aparência. Eu o vira de longe uma ou duas vezes durante a Assembleia, um homem alto, meio curvado, distinguindo-se entre as demais pessoas por um casaco verde-garrafa com botões de prata, mas nunca fora formalmente apresentada a ele.

Os magistrados eram responsáveis pela nomeação de xerifes, o que explicava a conexão com o "homem gordo horrível" que Marsali descrevera e por que o padre Kenneth estava encarcerado ali, mas isso deixava em aberto a questão se teria partido do xerife ou do sr. Lillywhite a ideia de tirar o padre de circulação.

Jamie colocou a mão no meu braço e puxou-me para fora do caminho, para o abrigo de um pequeno pinheiro.

– Você não conhece o sr. Lillywhite, conhece, *Sassenach*?

– Só de vista. O que quer que eu faça?

Ele sorriu para mim, um brilho de malícia nos olhos, apesar de sua preocupação com o padre Kenneth.

– Está pronta?

– A menos que esteja propondo que eu golpeie o sr. Lillywhite na cabeça e liberte o padre Kenneth à força, eu acho que sim. Esse tipo de ação é muito mais a sua linha do que a minha.

Ele riu e lançou um olhar anelante para a tenda.

– Não há nada de que eu mais gostaria – ele disse, confirmando essa impressão. – Não seria nem um pouco difícil – ele continuou, examinando as laterais de lona da barraca com um olhar avaliador conforme elas se sacudiam ao vento. – Olhe só o tamanho da tenda; não pode haver mais do que dois ou três homens ali dentro, além do padre. Eu poderia esperar até anoitecer completamente, trazer um ou dois rapazes e...

– Sim, mas o que quer que eu faça agora? – interrompi, achando melhor colocar um ponto final no que parecia ser uma linha de raciocínio absolutamente criminosa.

– Ah. – Ele abandonou suas maquinações – por enquanto – e estreitou os olhos para mim, avaliando minha aparência. Eu tirara o avental de lona sujo de sangue que usei para as consultas, arrumara os cabelos e os prendera para cima com grampos e parecia razoavelmente respeitável, ainda que um pouco enlameada nas bainhas das saias.

– Não tem nenhum dos seus remédios ou instrumentos aí com você? – ele perguntou, franzindo a testa em dúvida. – Um frasco de laxante ou uma de suas faquinhas?

– Frasco de laxante, é o que faltava! Não, eu... oh, espere um momento. Sim, tenho isso aqui, serve? – Remexendo no bolso amarrado à minha cintura, encontrei a caixinha de marfim onde guardava minhas agulhas de acupuntura com pontas de ouro.

Evidentemente satisfeito, Jamie balançou a cabeça e retirou o frasco de uísque do seu *sporran*.

– Sim, serve – ele disse, entregando-me o frasco. – Mas pegue isso também, para dar mais impressão. Vá até a tenda, *Sassenach*, e diga a quem estiver montando guarda ao padre que ele está doente.

– O guarda?

– O padre – ele disse, dando-me um olhar de leve exasperação. – A essa altura, todo mundo já conhece você como curandeira e vão reconhecê-la logo. Diga que o padre Kenneth tem uma doença que você está tratando e que precisa de uma dose de seu remédio imediatamente, se não é capaz de passar mal e morrer ali mesmo. Acho que não vão querer isso e não terão medo de você.

– Não imagino que precisassem ter – concordei, um pouco causticamente. – Então não pretende espetar minhas agulhas no coração do xerife?

Ele riu diante da ideia, mas sacudiu a cabeça.

– Não, eu só quero que você descubra por que prenderam o padre e o que pretendem fazer com ele. Se eu mesmo fosse lá e exigisse respostas, poderia colocá-los em alerta.

O que significava que ele não abandonara inteiramente a ideia de uma incursão na fortaleza do sr. Lillywhite mais tarde, caso as respostas se mostrassem insatisfatórias. Olhei para a tenda e respirei fundo, ajeitando o xale ao redor dos ombros.

– Está bem – eu disse. – E o que você pretende fazer enquanto eu estiver lá?

– Vou buscar as crianças – ele disse, e com um rápido aperto na minha mão para dar sorte, partiu ladeira abaixo.

Eu ainda estava me perguntando exatamente o que ele queria dizer com *aquela* declaração cifrada – Que “crianças”? Por quê? – quando entrei no campo de visão da aba aberta da tenda, mas todas as especulações foram afastadas da minha mente com o aparecimento de um cavalheiro que combinava tão exatamente com a descrição de Marsali de um “homem gordo horrível”, que não tive a menor dúvida quanto à sua identidade. Ele era baixo e parecia um sapo, calvo, uma barriga que forçava os botões de um colete de linho manchado de comida e olhos pequenos, como duas contas, que me observavam como se eu fosse algo comestível.

– Bom-dia, senhora – ele disse. Olhou-me sem entusiasmo, sem dúvida me achando bem pouco apetitosa, mas inclinou a cabeça com respeito formal.

– Bom-dia – respondi alegremente, fazendo uma rápida mesura. Nunca é demais ser cortês, pelo menos, a princípio. – O senhor é o xerife, não é?

Receio não ter tido o prazer de ser formalmente apresentada. Sou a sra. Fraser, sra. James Fraser, de Fraser's Ridge.

– David Anstruther, xerife de Orange. Seu criado, senhora – ele disse, inclinando-se outra vez, embora sem nenhuma evidência real de prazer. Também não mostrou nenhuma surpresa ao ouvir o nome de Jamie. Ou ele simplesmente não o conhecia – pouco provável – ou já estava esperando por um embaixador.

Assim sendo, não vi motivo para rodeios.

– Soube que está hospedando o padre Donahue – eu disse amavelmente. – Vim vê-lo, sou médica dele.

O que quer que ele estivesse esperando, não era isso. Ficou parcialmente boquiaberto, me revelando um caso grave de má oclusão, gengivite aguda e ausência de um pré-molar. Antes que pudesse fechar a boca, um cavalheiro alto, de casaco verde-garrafa, saiu da tenda por trás dele.

– Sra. Fraser? – ele disse, uma das sobrancelhas erguida. Inclinou-se cuidadosamente. – Está dizendo que quer falar com o clérigo preso?

– Preso? – Fingi grande surpresa diante da informação. – Um padre? Ora, o que ele pode ter feito?

O xerife e o magistrado entreolharam-se. Então o magistrado tossiu.

– Talvez não tenha conhecimento, minha senhora, de que é ilegal para qualquer um que não seja o clérigo da Igreja estabelecida, isto é, da Igreja Anglicana, exercer seu ministério na colônia da Carolina do Norte?

Eu não desconhecia o fato, embora também soubesse que a lei raramente era posta em prática, havendo relativamente poucos clérigos de qualquer tipo na colônia, para começar. Além disso, ninguém se dava ao trabalho de oficialmente prestar atenção a qualquer pregador itinerante – muitos deles autônomos, no sentido mais básico da palavra – que aparecesse uma vez ou outra.

– Santo Deus! – eu disse, fingindo surpresa e choque com o melhor da minha capacidade. – Não, eu não fazia a menor ideia. Meu Deus! Que estranho! – O sr. Lillywhite piscou ligeiramente, o que eu interpretei como uma indicação de que minha atuação, em termos de criar uma impressão convincente de choque, fora suficiente. Limpei a garganta e retirei o frasco de prata e o estojo de agulhas.

– Bem. Espero que quaisquer dificuldades logo sejam resolvidas. No entanto, eu gostaria muito de ver o padre Kenneth por um instante. Como eu disse, sou a médica dele. Ele tem uma... indisposição – deslizei um pouco a tampa do estojo e delicadamente exibi as agulhas, deixando-o imaginar algo devidamente virulento – que requer tratamento contínuo. Posso vê-lo por um instante, para lhe administrar o remédio? Eu... ah... não gostaria de ser surpreendida por nenhuma consequência danosa por negligência de minha parte, sabe? – Sorri, o mais sedutoramente possível.

O xerife enfiou o pescoço dentro da gola de seu casaco com um ar maligno de anfíbio, mas o sr. Lillywhite pareceu mais sugestionado pelo meu sorriso. Hesitou, avaliando-me de cima a baixo.

– Bem, não tenho certeza se... – começou a dizer, quando ouvi o som de passos esmagando as folhas molhadas no caminho atrás de mim. Virei-me, esperando ver Jamie, mas, em vez disso, contemplei meu recente paciente, sr. Goodwin, uma bochecha ainda inchada devido aos meus cuidados, mas com a tipoia intacta.

Ele ficou igualmente surpreso ao me ver, mas cumprimentou-me com grande cordialidade e uma nuvem de vapores alcoólicos. Evidentemente o sr. Goodwin andara seguindo à risca meu conselho relativo à desinfecção da boca.

– Sra. Fraser! Não veio atender meu amigo Lillywhite, não é? No entanto, acho que o sr. Anstruther se beneficiaria de um bom purgativo, limpa os humores biliares, hein, David? Haha! – Bateu nas costas do xerife com afetuosa camaradagem; um gesto que Anstruther retribuiu com não mais do que uma leve careta, dando-me alguma ideia da importância do sr. Goodwin na hierarquia social do condado de Orange.

– George, meu caro – o sr. Lillywhite cumprimentou-o calorosamente. – Então conhece esta encantadora senhora?

– Oh, sim, de fato, conheço! – O sr. Goodwin virou a expressão radiante para mim. – Ora, a sra. Fraser me prestou um grande serviço hoje de manhã, realmente um grande serviço! Veja só! – Exibiu o braço na tipóia, o qual, pude ver com satisfação, evidentemente não estava lhe causando nenhuma dor no momento, embora isso provavelmente tivesse mais a ver com a anestesia autoadministrada do que com as minhas habilidades.

– Ela curou meu braço completamente, apenas com um toque aqui, outro ali. E arrancou um dente quebrado com tanta perícia, que eu praticamente não sinto mais nada! Olhe! – Enfiou o dedo no lado da boca e puxou a bochecha para trás, expondo um tufo de estopa manchada de sangue projetando-se da cavidade do dente e uma linha perfeita de pontos pretos de sutura em sua gengiva.

– Realmente estou muito impressionado, sra. Fraser. – Lillywhite sentiu o bafo de uísque e cravos-da-índia da boca do sr. Goodwin, parecendo interessado, e eu vi o inchaço em sua própria bochecha quando sua própria língua explorou delicadamente um dente molar.

– Mas o que a traz aqui em cima, sra. Fraser? – O sr. Goodwin virou o facho de sua jovialidade para mim. – Tão tarde do dia... talvez me dê a honra de comer alguma coisa comigo em minha fogueira?

– Oh, obrigada, mas não posso, realmente – eu disse, sorrindo o mais encantadoramente possível. – Vim apenas ver outro paciente... isto é...

– Ela quer ver o padre – Anstruther interrompeu.

Goodwin piscou, ligeiramente desconcertado.

– Padre. Tem um padre aqui?

– Um papista – o sr. Lillywhite acrescentou, contraindo ligeiramente os lábios diante de uma palavra tão imunda. – Percebi que havia um padre católico escondido na Assembleia, que propusera celebrar uma missa durante as festividades desta noite. Mandei o sr. Anstruther prendê-lo, é claro.

– O padre Donahue é um amigo meu – eu disse, com toda firmeza possível. – E ele não estava escondido; ele foi abertamente convidado, como hóspede da sra. Cameron. Ele é também meu paciente e precisa de tratamento. Vim ministrar-lhe esse tratamento.

– Amigo seu? A senhora é católica, sra. Fraser? – O sr. Goodwin pareceu estupefato; obviamente não lhe ocorreu que estava sendo tratado por uma dentista papista e ele levou a mão à bochecha inchada, aturdido.

– Sou – eu disse, esperando que o simples fato de ser católica não fosse também contra a concepção que o sr. Lillywhite tinha da lei.

Evidentemente não. O sr. Goodwin deu uma leve cutucada no sr. Lillywhite.

– Oh, vamos, Randall. Deixe a sra. Fraser ver o sujeito, que mal pode fazer? E, se ele realmente for hóspede de Jocasta Cameron...

O sr. Lillywhite contraiu os lábios pensativamente por um instante, depois afastou-se para o lado, segurando a aba da entrada da tenda para mim.

– Imagino que não haja nenhum mal em ver seu... amigo – ele disse devagar. – Entre, então, senhora.

O pôr do sol se avizinhava e o interior da tenda estava às escuras, embora uma das paredes de lona ainda brilhasse com o sol poente por trás. Fechei os olhos por um instante, para acostumá-los à mudança de luz, depois pisquei e olhei ao redor para me situar.

A tenda parecia apinhada, mas relativamente luxuosa, equipada com uma cama de campanha e outras mobílias, o ar cheirando não só a lona e lã molhadas, mas perfumada com chá do Ceilão, vinhos caros e biscoitos de amêndoas.

O padre Donahue estava recortado em silhueta em frente à lona iluminada, sentado em um banco atrás de uma mesa portátil, sobre a qual estavam espalhadas algumas folhas de papel, um tinteiro e uma pena de escrever. Podiam perfeitamente ser alicates, pinças e ferro em brasa, a julgar por sua atitude ereta e combativa, de quem está pronto para o martírio.

Ouviu-se o estalido de pederneira e de caixa de pavios atrás de mim e logo a fraca claridade de uma luz. Esta aumentou e um menino negro –

criado do sr. Lillywhite, imaginei – adiantou-se e silenciosamente colocou um lampião a óleo sobre a mesa.

Agora que eu podia ver o padre com clareza, a impressão de mártir tornou-se ainda mais pronunciada. Ele parecia são Estêvão após a primeira saraivada de pedras, com um machucado no queixo e um olho roxo, enegrecido da sobrancelha até a maçã do rosto e inchado a ponto de ficar completamente fechado.

O olho aberto arregalou-se ao me ver e ele sobressaltou-se com uma exclamação de surpresa.

– Padre Kenneth. – Segurei sua mão e a apertei, sorrindo amplamente para o benefício de qualquer plateia que estivesse espreitando pela aba da tenda. – Trouxe o seu remédio. Como está se sentindo? – Ergui e mexi as sobrancelhas, sinalizando que ele deveria cooperar com o faz de conta. Fitou-me fascinado por um instante, mas depois pareceu compreender. Tossiu e, em seguida, encorajado pelo meu sinal com a cabeça, tossiu outra vez, com mais entusiasmo.

– É... muita gentileza sua... pensar em mim, sra. Fraser – disse ofegante, entre um e outro acesso de tosse seca.

Tirei a tampa do frasco e servi uma generosa dose de uísque.

– O senhor está bem, padre? – perguntei, em voz baixa, enquanto me inclinava sobre a mesa para lhe dar a bebida. – Seu rosto...

– Oh, não é nada, cara sra. Fraser, nada mesmo – assegurou-me, o leve sotaque irlandês vindo à tona sob o estresse da ocasião. – O único problema é que eu cometi o erro de resistir quando o xerife me prendeu. Na confusão, eu causei um pequeno dano às bolas do pobre homem, que só estava cumprindo seu dever, que Deus me perdoe. – O padre Kenneth revirou o olho são para cima com uma expressão piedosa – inteiramente estragada pelo riso pecaminoso nos lábios.

O padre Kenneth era de estatura mediana e parecia mais velho do que era, devido à exposição ao tempo imposta pelos longos períodos passados na sela de um cavalo. Ainda assim, não teria mais do que trinta e cinco anos, era magro e vigoroso como corda de chicote sob seu casaco preto surrado e a camisa de linho puído. Comecei a entender a beligerância do xerife.

– Além do mais – acrescentou, tocando delicadamente o olho roxo –, o sr. Lillywhite realmente me agraciou com um generoso pedido de desculpas pelos danos. – Balançou a cabeça na direção da mesa e eu vi que havia uma garrafa de vinho aberta e uma caneca de estanho entre os materiais de escrita – a caneca ainda cheia e o nível de vinho na garrafa ainda bem alto.

O padre pegou o uísque que eu servira e tomou-o de uma só vez, fechando os olhos em estado de graça.

– Acho que nunca mais vou tomar um remédio tão bom – ele disse, abrindo os olhos. – Muito obrigado, sra. Fraser. Sinto-me tão recuperado, que poderia até andar sobre as águas. – Lembrou-se de tossir, desta vez uma tosse seca delicada, o punho diante da boca.

– O que há de errado com o vinho? – perguntei, com um olhar na direção da porta.

– Ah, nada – ele disse, afastando a mão. – Apenas eu não achei certo aceitar a bebida do magistrado, nas circunstâncias atuais. Chame a isso de consciência. – Sorriu novamente para mim, mas desta vez com um tom de amargura.

– Por que eles o prenderam? – perguntei, a voz baixa. Olhei novamente para a porta da tenda, mas estava vazia e pude ouvir o murmúrio de vozes do lado de fora. Evidentemente Jamie tinha razão; eles não suspeitavam de mim.

– Por rezar a Santa Missa – ele retrucou, abaixando a voz como eu. – Ou assim disseram. Mas é uma terrível mentira. Não rezo missa desde o domingo passado e isso foi na Virgínia. – Ele olhava cobiçosamente para o frasco. Peguei-o e servi uma nova e generosa dose.

Franzi um pouco o cenho, pensando, enquanto ele bebia o uísque, mais devagar desta vez. O que o sr. Lillywhite e companhia estariam tramando? Não podiam, é claro, levar o padre a julgamento sob a acusação de rezar a missa. Não haveria nenhuma dificuldade em encontrar falsas testemunhas para dizer que ele havia rezado a missa, é claro – mas qual seria o objetivo disso?

Embora o catolicismo certamente não fosse popular na Carolina do Norte, eu não podia ver muito sentido em prender um padre que, de qualquer forma, já estaria indo embora ao amanhecer. Padre Kenneth era de Baltimore e pretendia voltar para lá; ele viera à Assembleia apenas como um favor a Jocasta Cameron.

– Oh! – exclamei, e o padre Kenneth olhou para mim com um ar de interrogação por cima da borda de sua caneca.

– Só uma ideia – eu disse, gesticulando para lhe dizer que continuasse bebendo. – Por acaso sabe se o sr. Lillywhite conhece pessoalmente a sra. Cameron? – Jocasta Cameron era uma mulher rica e importante – e uma mulher de personalidade forte, logo devia ter seus inimigos. No entanto, eu não conseguia ver por que o sr. Lillywhite iria se esforçar tanto para incomodá-la de modo tão peculiar, mas...

– Eu conheço a sra. Cameron – disse o sr. Lillywhite, falando atrás de mim. – Embora não tenha nenhuma amizade com essa senhora. – Virei-me abruptamente e me deparei com ele parado bem na entrada da barraca, seguido do xerife Anstruther e pelo sr. Goodwin, com Jamie no final da fila.

Este último ergueu uma sobrancelha para mim, mas, fora isso, manteve uma expressão de solene interesse.

O sr. Lillywhite fez uma reverência para mim.

– Eu estava explicando a seu marido, senhora, que foi a consideração que tenho pelos interesses da sra. Cameron que me levou a tentar regularizar a situação do sr. Donahue, de modo a permitir a continuidade de sua presença na colônia. – O sr. Lillywhite balançou a cabeça friamente para o padre. – No entanto, receio que minha sugestão tenha sido sumariamente rejeitada.

O padre Kenneth colocou sua caneca sobre a mesa e empertigou-se, o olho em bom estado brilhante à luz do lampião.

– Querem que eu assine um juramento, senhor – ele disse a Jamie, indicando com um gesto o papel e a pena na mesa, à sua frente. – Declarando que eu não sou adepto da crença na transubstanciação.

– É mesmo? – A voz de Jamie não deixava transparecer mais do que um interesse educado, mas eu compreendi imediatamente o que o padre quis dizer com sua observação relativa à consciência.

– Bem, ele não pode fazer isso, não é? – eu disse, olhando ao redor do círculo de homens. – Os católicos – quero dizer, *nós* – falei com certa ênfase, olhando para o sr. Goodwin – *realmente* acreditamos na transubstanciação. Não é? – perguntei, virando-me para o padre, que sorriu ligeiramente em resposta e balançou a cabeça.

O sr. Goodwin pareceu infeliz, mas resignado, sua jovialidade alcoólica substancialmente reduzida pela contrariedade social.

– Desculpe-me, sra. Fraser, mas esta é a lei. A única forma de um clérigo que não pertença à Igreja oficial poder permanecer na colônia – legalmente – é mediante a assinatura de tal juramento. Muitos o assinam. Conhece o reverendo Urmstone, o metodista itinerante? Ele assinou o juramento, assim como o sr. Calvert, o ministro da Nova Luz que vive perto de Wadesboro.

O xerife mantinha o ar presunçoso. Contendo a ânsia de dar uma pisada no seu pé, virei-me para o sr. Lillywhite.

– Bem, mas o padre Donahue não pode assiná-lo. Então o que pretende fazer com ele? Atirar o pobre homem numa cela? Não pode fazer isso, ele está doente! – Com essa deixa, o padre Kenneth tossiu apropriadamente.

O sr. Lillywhite olhou-me com ar de dúvida, mas preferiu se dirigir a Jamie.

– Eu poderia, por direito, prender o padre, mas, por consideração ao sr. Fraser e sua tia, eu não o farei. No entanto, ele tem que deixar a colônia amanhã. Mandarei escoltá-lo até a Virgínia, onde será libertado da custódia. Pode ficar descansado, que todo cuidado será tomado para garantir seu bem-estar na viagem. – Virou um olhar frio e cinza para o xerife, que se empertigou e tentou parecer confiável, com resultados medíocres.

– Sei. – Jamie falou calmamente, olhando de um homem para o outro, os olhos finalmente pousando no xerife. – Confio em que seja verdade, senhor... pois, se eu vier a saber de qualquer mal causado ao bom padre, ficarei... muito aborrecido.

O xerife encarou seu olhar, o rosto impassível, e não o desviou até que o sr. Lillywhite limpou a garganta, franzindo o cenho para o xerife.

– Tem a minha palavra, sr. Fraser.

Jamie voltou-se para ele, inclinando-se ligeiramente.

– Fico satisfeito, senhor. E, no entanto, se posso me permitir, o padre não poderia passar a noite confortavelmente entre amigos, para que possam se despedir dele? E que minha mulher possa cuidar de seus ferimentos? Eu posso lhe afiançar que ele lhe será entregue em perfeito estado amanhã de manhã.

O sr. Lillywhite contraiu os lábios e pareceu estar considerando a sugestão, mas o magistrado era um mau ator. Percebi, com certo interesse, que ele previra esse pedido e já tomara a decisão de negá-lo.

– Não, senhor – ele disse, tentando um tom de relutância. – Lamento não poder atender a seu pedido. Mas, se o padre quiser escrever cartas aos seus conhecidos – gesticulou, indicando um maço de papéis –, farei com que sejam prontamente entregues.

Jamie limpou a própria garganta e endireitou-se um pouco.

– Bem, então – ele disse. – Imagino se eu poderia ter a ousadia de pedir... – Parou, parecendo ligeiramente embaraçado.

– Sim, senhor? – Lillywhite olhou para ele com curiosidade.

– Eu imagino se o bom padre poderia ouvir minha confissão. – Os olhos de Jamie estavam fixos no pau central da barraca, diligentemente evitando os meus.

– Sua confissão?

Lillywhite pareceu perplexo, embora o xerife tenha feito um barulho que poderia ser considerado, com muito boa vontade, um riso de desdém.

– Tem alguma coisa incomodando a sua consciência? – Anstruther perguntou arrogantemente. – Ou talvez tenha alguma premonição de morte iminente, hein? – Deu um sorriso maligno, e o sr. Goodwin, parecendo chocado, resmungou alguma coisa em protesto para ele. Jamie ignorou ambos, focalizando seu olhar no sr. Lillywhite.

– Sim, senhor. Já faz algum tempo desde a última vez em que eu tive a oportunidade de ser absolvido, sabe, e pode ser que venha a demorar muito até que tal chance ocorra outra vez. Assim sendo... – Neste ponto, nossos olhos se encontraram e ele fez um leve, mas enfático movimento com a cabeça na direção da porta da tenda. – Poderiam nos dar licença por um instante, senhores?

Sem esperar resposta, ele agarrou-me pelo cotovelo e empurrou-me rapidamente para fora.

– Brianna e Marsali estão subindo a trilha com as crianças – ele sussurrou no meu ouvido, assim que saímos da tenda. – Certifique-se de que Lillywhite e seu maldito xerife já estejam bem distantes e traga-as para dentro.

Deixando-me ali parada no caminho, atônita, ele agachou-se e entrou de novo na tenda.

– Queiram me desculpar, cavalheiros – eu o ouvi dizer. – Achei que talvez... Há certas coisas que um homem não gostaria de dizer diante de sua mulher... Compreendem?

Ouviram-se murmúrios masculinos de compreensão e eu captei a palavra "confissão" repetida em tons duvidosos pelo sr. Lillywhite. Jamie abaixou a voz a um murmúrio confidencial em resposta, interrompido por um sonoro "Você o *quê*?" do xerife e um peremptório "shhh" do sr. Goodwin.

Houve uma conversa confusa, depois uma movimentação arrastada e eu mal consegui sair do caminho e entrar no abrigo dos pinheiros antes que a aba da porta da tenda se levantasse e os três protestantes emergissem da barraca. O dia praticamente já se fora, deixando no céu brasas de nuvens iluminadas pelo sol poente, mas, perto como os cavalheiros estavam, havia luz suficiente para eu ver o vago ar de embaraço que os acometia.

Desceram alguns passos pelo caminho, parando a não mais do que alguns metros do meu próprio esconderijo. Pararam, reunidos para confabular, olhando para trás para a tenda, da qual agora eu podia ouvir a voz do padre Kenneth, erguida numa bênção formal em latim. O lampião dentro da tenda se apagou e as figuras de Jamie e do padre, sombras turvas na lona, desapareceram em uma escuridão de confessionário.

A forma volumosa de Anstruther aproximou-se ainda mais do sr. Goodwin.

– O que quer dizer essa droga de transubstanciação? – ele murmurou.

Eu vi os ombros do sr. Goodwin se endireitarem conforme ele se empertigava, depois se contraírem na direção da orelhas, num gesto de incerteza.

– Com toda franqueza, senhor, não tenho absoluta certeza do significado do termo – ele disse, um pouco enfaticamente –, embora eu entenda como alguma forma de perniciosa doutrina papista. Talvez o sr. Lillywhite possa lhe dar uma definição mais completa. Randall?

– De fato – disse o magistrado. – É a ideia de que, através de algumas palavras especiais que o padre diz quando está rezando uma missa, pão e vinho são transformados na verdadeira substância do corpo e do sangue de Nosso Salvador.

– O quê? – Anstruther pareceu confuso. – Como alguém pode fazer isso?

– Transformar pão e vinho em carne e sangue? – O sr. Goodwin pareceu desconcertado. – Mas isso é bruxaria, sem dúvida!

– Bem, seria, se acontecesse – disse o sr. Lillywhite, soando um pouco mais humano. – A Igreja com razão garante que isso não acontece.

– Temos certeza disso? – Anstruther falou, com ar de suspeita. – Já os viu fazer isso?

– Se eu assisti a uma missa católica? Claro que não! – A figura alta de Lillywhite ergueu-se ainda mais austera no crepúsculo cada vez mais escuro. – Por quem me julga, senhor?

– Ora, vamos, Randall, tenho certeza de que o xerife não quis ofender. – Goodwin colocou a mão de forma apaziguadora no braço do amigo. – Seu ofício lida com questões mais terrenas, afinal de contas.

– Não, não, não tive nenhuma intenção de ofender, absolutamente – Anstruther apressou-se a dizer. – Eu falava de modo mais amplo, se *alguém* teria presenciado esse tipo de atividade, para poder ser uma testemunha confiável, a fim de que os padres pudessem ser processados, foi o que eu quis dizer.

O sr. Lillywhite parecia ainda se sentir um pouco ofendido; sua voz era fria ao responder.

– Basicamente não é necessário ter testemunhas para a heresia, xerife, já que os próprios padres estão dispostos a admiti-la.

– Não, não. Claro que não. – Obsequiosamente, a figura atarracada do xerife pareceu achatar-se ainda mais. – Mas, se estou certo, senhor, os papistas realmente... hã... *compactuam* com esta... esta transubsnão-sei-quê, não é?

– Sim, assim eu soube.

– Muito bem, então. Isso é um maldito canibalismo, não é? – O volume de Anstruther estufou-se outra vez, entusiasmado. – *Isso* eu sei que é contra a lei! Por que não deixar este vagabundo fazer a sua encenação e nós prendermos o bando todo, hein? Já trancafiava todo mundo num golpe só, eu diria.

O sr. Goodwin emitiu um gemido baixo. Ele parecia estar massageando o rosto, sem dúvida para aplacar uma dor recorrente no local da operação.

O sr. Lillywhite soltou o ar ruidosamente pelas narinas.

– Não – disse, sem se alterar. – Receio que não, xerife. Minhas instruções são de que o padre não possa realizar nenhuma cerimônia e não deve receber visitas.

– Ah, é? E o que ele está fazendo agora? – Anstruther perguntou, gesticulando na direção da tenda escura, onde Jamie começava a falar, a voz hesitante e quase inaudível. Achei que talvez ele estivesse falando em latim.

– Isso é totalmente diferente – Lillywhite disse, impaciente. – O sr. Fraser é um cavalheiro. E a proibição contra visitantes é para assegurar que o padre não realize nenhum casamento secreto; dificilmente esta seria uma preocupação neste caso.

– Perdoe-me, padre, pois eu pequei. – A voz de Jamie falou em inglês, repentinamente mais alta, e o sr. Lillywhite sobressaltou-se. O padre Kenneth murmurou uma pergunta.

– Sou culpado dos pecados da luxúria e da impureza, tanto em pensamento quanto na carne – Jamie anunciou, com um pouco mais de volume do que eu achei que seria discreto.

– Ah, certamente – disse o padre Kenneth, repentinamente falando mais alto também. Ele parecia interessado. – Bem, esses pecados de impureza, que forma exatamente eles assumiram, meu filho, e em quantas ocasiões?

– Sim, bem... Tenho olhado para as mulheres com desejo, para começar. Quantas ocasiões... oh, umas cem vezes, pelo menos, desde a minha última confissão. Precisa saber quais mulheres, padre, ou apenas o que eu pensei em fazer com elas?

O sr. Lillywhite retesou-se pronunciadamente.

– Acho que não teremos tempo para tudo isso, meu caro Jamie – disse o padre. – Mas, se você me falar de uma ou duas dessas ocasiões, só para eu poder formar uma ideia da... hã... gravidade da ofensa...?

– Oh, sim. Bem, a pior provavelmente foi aquela vez com a batedeira de manteiga.

– Batedeira de manteiga? Ah... aquele tipo com o cabo batendo para cima? – O tom de voz do padre incluiu uma triste compaixão pelas possibilidades libertinas sugeridas por isso.

– Oh, não, padre; era uma batedeira de barril. Aquele tipo que fica de lado, sabe, com um pequeno cabo para fazer girar? Bem, é que ela estava batendo a manteiga com grande vigor e os cadarços de seu corpete desfeitos, de modo que seus seios balançavam de um lado para o outro, e o tecido grudado na pele com o suor do seu trabalho. Agora, a batedeira era da altura certa... e curva, sabe?... o que me fez pensar em deitá-la sobre ela, levantar suas saias e...

Minha boca abriu-se involuntariamente, chocada. Era o meu corpete que ele estava descrevendo, meus seios e minha batedeira de manteiga! Para não dizer nada das minhas saias. Eu me lembrava muito bem dessa ocasião e, se começara com um pensamento impuro, certamente não parara por aí.

Um barulho farfalhante e o murmúrio de vozes atraíram minha atenção de volta para os homens na trilha. O sr. Lillywhite agarrara o xerife – ainda se inclinando avidamente na direção da tenda, as orelhas em pé – pelo braço e sussurrava alguma coisa para ele enquanto o forçava apressadamente pelo caminho abaixo. O sr. Goodwin os seguiu, embora com um ar de relutância.

O barulho da partida dos três homens infelizmente abafara o resto da descrição de Jamie daquela ocasião de pecado em particular, mas felizmente também encobriu o ruge-ruge de folhas e estalos de galhinhos quebrados atrás de mim que anunciavam o aparecimento de Brianna e Marsali, Jemmy e Joan nos braços e Germain agarrado como um macaco nas costas da mãe.

– Pensei que eles nunca iriam embora – Brianna sussurrou, espreitando por cima do meu ombro na direção do local onde o sr. Lillywhite e seus companheiros haviam desaparecido. – O caminho está livre?

– Sim, venham. – Peguei Germain, que de bom grado se lançou nos meus braços.

– *Où nous allées, grand-mère?* – ele perguntou com voz sonolenta, a cabeça loura aconchegando-se afetuosamente no meu pescoço.

– Shh. Ver *grand-père* e padre Kenneth – sussurrei para ele. – Mas temos que ficar bem quietos.

– Oh. Assim? – ele sibilou, num sussurro alto, e começou a cantar uma canção francesa muito vulgar, cantarolando baixinho.

– Shh! – Tampei a sua boca com a mão, úmida e pegajosa com o que quer que ele tivesse comido. – Não cante, querido, não queremos acordar os bebês.

Ouvi um ruído, pequeno e contido, de Marsali, uma arfada estrangulada de Bri, e percebi que Jamie ainda estava se confessando. Ele parecia ter acertado o passo e agora inventava livremente – ou ao menos assim eu esperava. Ele certamente não andara fazendo tudo aquilo *comigo*.

Botei a cabeça para fora, olhando para baixo e para cima da trilha, mas não havia ninguém por perto. Fiz sinal para as meninas e, atravessando correndo o caminho, entramos na tenda escura.

Jamie parou abruptamente quando começamos a tatear nosso caminho dentro da barraca. Então eu o ouvi dizer depressa:

– E os pecados de raiva, orgulho e ciúme... oh, e um pouquinho de mentira também, padre. Amém.

Ajoelhou-se, recitou apressadamente o Ato de Contrição em francês e já estava de pé outra vez e pegando Germain do meu colo antes que o padre Kenneth tivesse terminado de dizer "*Ego te absolvo*".

Meus olhos estavam se adaptando ao escuro; eu podia divisar as formas volumosas das meninas e a figura alta de Jamie. Ele colocou Germain na mesa diante do padre, dizendo:

– Depressa, então, padre. Não temos muito tempo.

– Também não temos nenhuma água – o padre observou. – A menos que as senhoras tenham lembrado de trazer um pouco? – Ele havia apanhado a pederneira e a caixa de pavios e tentava reacender o lampião.

Bri e Marsali trocaram olhares perplexos, depois sacudiram a cabeça ao mesmo tempo.

– Não se preocupe, padre. – Jamie falou de maneira tranquilizadora e eu o vi pegar algo em cima da mesa. Ouviu-se o breve rangido de uma cortiça sendo retirada e o cheiro doce e quente de uísque de qualidade encheu a tenda, conforme a luz ficava mais fort e no pavio, a chama bruxuleante estabilizando-se numa luz pequena e clara.

– Nas atuais circunstâncias... – Jamie disse, entregando o frasco aberto para o padre.

O padre Kenneth comprimiu os lábios, embora eu achasse que mais para conter o riso do que por irritação.

– Nas circunstâncias, sim – ele repetiu. – E o que seria mais apropriado do que a água da vida, afinal? – Ele levantou as mãos, desatou o lenço do pescoço e puxou uma tira de couro amarrada como um cordão, do qual pendurava-se uma cruz de madeira e uma garrafinha de água, tampada com uma rolha de cortiça.

– O crisma sagrado – ele explicou, abrindo a garrafinha e colocando-a na mesa. – Agradeçam à Virgem Maria por eu ter isso comigo. O xerife apreendeu a caixa com minhas coisas da missa. – Ele fez um rápido inventário dos objetos na mesa, contando-os nos dedos – Fogo, crisma, água – ou quase – e uma criança. Muito bem, então. Você e seu marido serão os padrinhos desta criança, imagino, não é, senhora?

Ele se dirigiu a mim, Jamie tendo saído para montar guarda junto à aba de entrada da tenda.

– De todas elas, padre – eu disse, segurando Germain com firmeza, que já parecia disposto a pular da mesa. – Fique quieto, querido, só por um instante.

Ouvi um som sibilante atrás de mim; metal retirado de couro oleado. Olhei para trás e vi Jamie, indistinto nas sombras, montando guarda junto à porta com sua adaga na mão. Uma náusea de apreensão fez meu estômago se contorcer e ouvi Bri prender a respiração ao meu lado.

– Jamie, meu filho – disse padre Kenneth, num tom de leve reprovação.

– Dê prosseguimento, por favor, padre – Jamie retrucou, com muita calma. – Pretendo ver meus netos batizados esta noite e ninguém vai impedir isso.

O padre respirou fundo, o ar sibilando um pouco, depois sacudiu a cabeça.

– Sim. E se você matar alguém, espero que haja tempo para eu absolvê-lo outra vez antes que nos enforquem a ambos – ele murmurou, estendendo a mão para o óleo. – Se tiver que escolher, escolha o xerife, sim, meu caro?

Mudando rapidamente para o latim, ele puxou para trás o emaranhado de cabelos louros de Germain e seu dedo chicoteou agilmente sobre sua testa, lábios e depois – enfiando a mão por baixo da bata do garoto num gesto que fez Germain dobrar-se em risadinhas – coração, no sinal da cruz.

– Em-nome-desta-criança-você-renuncia-ao-diabo-e-todas-as-suas-obras? – ele perguntou, falando tão rápido que eu mal percebi que ele falava em inglês outra vez e mal consegui acompanhar Jamie na resposta dos padrinhos, recitando obedientemente:

– Sim, eu renuncio.

Eu estava nervosa, um dos ouvidos atento a qualquer ruído que pudesse anunciar o retorno do sr. Lillywhite e do xerife, já visualizando o tipo de confusão que ocorreria se realmente chegassem ali e descobrissem o padre Kenneth no meio do que certamente seria considerada uma cerimônia ilícita.

Olhei de novo para Jamie; ele olhava para mim e me deu um leve sorriso, que provavelmente, pensei, pretendia ser tranquilizador. Se assim fosse, fracassara inteiramente; eu o conhecia muito bem. Ele queria seus netos batizados e iria providenciar para que suas almas fossem colocadas em segurança nas mãos de Deus, ainda que tivesse que morrer por isso – ou que todos nós fôssemos presos, Brianna, Marsali e as crianças incluídas. É desse estofo que os mártires são feitos, e suas famílias são obrigadas a aturar.

– Crê-em-um-único-Deus-o-Pai-o-Filho-e-o-Espírito-Santo?

– Sujeito teimoso – balbuciei para ele. Seu sorriso ampliou-se e eu me virei rapidamente outra vez, apressadamente fazendo coro com seu firme "Creio". Seria aquilo uma passada no caminho lá fora ou apenas o vento da noite, fazendo os galhos das árvores estalarem ao passar?

As perguntas e respostas cessaram e o padre riu para mim, parecendo uma gárgula à luz bruxuleante do lampião.

– Vamos presumir que suas respostas serão as mesmas para as outras crianças, não é, senhora? E qual será o nome de batismo desta doce criatura?

Sem interromper seu ritmo, o padre pegou o frasco de uísque e despejou um cuidadoso filete da bebida na cabeça de Germain, repetindo:

– Eu o batizo, Germain Alexander Claudel MacKenzie Fraser, em nome do Pai, do Filho e do Espírito Santo, Amém.

Germain observou toda essa operação com profundo interesse, os olhos redondos e azuis ficando vesgos conforme o líquido âmbar escorria pelo pequeno cavalete de seu nariz e pingava da pontinha arredondada. Ele estendeu a língua para pegar as gotas, depois fez uma careta por causa do gosto.

– Ugh! – disse claramente. – Xixi de cavalo.

Marsali fez um rápido e chocado "Shh!" para ele, mas o padre apenas riu sorrateiramente, tirou Germain da mesa e fez sinal para Bri se aproximar.

Ela segurou Jemmy acima da mesa, embalado em seus braços como num ritual de sacrifício. Ela olhava atentamente o rosto do bebê, mas vi sua cabeça virar-se ligeiramente, a atenção atraída para alguma coisa lá fora.

Havia sons mais abaixo no caminho; eu podia ouvir vozes. Um grupo de homens, pensei, conversando, vozes alegres, mas não de bêbados.

Retesei-me, tentando não olhar para Jamie. Se eles entrassem, resolvi, era melhor eu segurar Germain, correr para o fundo da barraca, passar por baixo da lona e fugir. Preparei-me, segurando-o pela gola de sua roupa, por precaução. Então, senti uma cotovelada suave quando Bri se apoiou em mim.

– Tudo bem, mamãe – ela sussurrou. – São Roger e Fergus. – Ela balançou a cabeça na direção da escuridão, depois retornou sua atenção a Jemmy.

Eram eles, de fato, e a pele de minhas têmporas comichou de alívio. Agora que sabia, podia identificar o som ligeiramente anasalado, altivo, da voz de Fergus, erguida numa longa oração de algum tipo, e um rumor baixo, escocês, que devia ser de Roger. Um riso reprimido, agudo, que reconheci como sendo do sr. Goodwin flutuou pela noite, seguido de alguma observação na voz arrastada e aristocrática do sr. Lillywhite.

Desta vez, eu realmente olhei para Jamie. Ele ainda segurava a adaga, mas sua mão caíra ao lado do corpo e seus ombros haviam perdido um pouco da tensão. Ele sorriu para mim novamente, e desta vez eu retribuí.

Jemmy estava acordado, mas sonolento. Não fez nenhuma objeção ao óleo, mas assustou-se com o toque frio do uísque em sua testa, os olhos arregalando-se e os braços se debatendo. Emitiu um gritinho agudo de protesto, então, enquanto Bri se apressava a enrolá-lo em seu cobertor e colocá-lo no ombro; crispou o rosto e tentou decidir se estava suficientemente perturbado para começar a chorar.

Bri deu uns tapinhas em suas costas como se ele fosse um bongô, enquanto fazia uns barulhinhos reconfortantes em seu ouvido, distraindo-o. Ele contentou-se em fechar a boca com o polegar e olhou fixamente, com desconfiança, para a congregação, mas a essa altura, padre Kenneth já estava despejando uísque na adormecida Joan, que Marsali segurava à sua frente para o padre.

– Eu a batizo, Joan Laoghaire Claire Fraser – ele disse, seguindo a orientação de Marsali, e eu olhei para Marsali, espantada. Eu sabia que ela se chamava Joan por causa de sua irmã mais nova, mas eu não sabia quais seriam os outros nomes do bebê. Senti um nó na garganta, observando a cabeça de Marsali, coberta pelo xale, inclinada sobre a criança. Tanto sua irmã quanto sua mãe, Laoghaire, estavam na Escócia; as chances de qualquer das duas um dia ver aquela minúscula criatura que tinha seus nomes eram praticamente nulas.

De repente, os olhos puxados de Joan arregalaram-se, assim como sua boca. Ela soltou um berro agudo e todos se sobressaltaram, como se uma bomba tivesse explodido entre nós.

– Vão em paz, para servir a Deus! E vão rápido! – o padre Kenneth disse, os dedos já agilmente fechando a garrafinha e o frasco, freneticamente fazendo desaparecer todos os vestígios da cerimônia. Mais abaixo na trilha, eu podia ouvir vozes erguidas num misto de surpresa e indagação.

Marsali passou pela aba da entrada da tenda como um raio, Joan, berrando, contra o peito, Germain protestando, agarrado pela mão. Bri parou o suficiente para colocar a mão atrás da cabeça do padre Kenneth e beijá-lo na testa.

– Obrigada, padre – ela sussurrou e desapareceu num alvoroço de saias e anáguas.

Jamie segurava-me pelo braço e me conduzia apressadamente para fora da tenda também, mas parou por meio segundo na entrada, virando-se para trás.

– Padre? – chamou, num sussurro. – *Pax vobiscum!*

Padre Kenneth já se sentara por trás da mesa, as mãos entrelaçadas, as acusadoras folhas de papel em branco espalhadas à sua frente. Ergueu os olhos, sorrindo ligeiramente, e seu rosto estava perfeitamente em paz à luz do lampião, apesar do olho roxo e tudo o mais.

– *Et cum spiritu tuo* – ele respondeu, erguendo os três dedos numa bênção.

– Por que razão, Santo Deus, você fez aquilo? – O sussurro de Brianna flutuou até mim, carregado de contrariedade. Ela e Marsali estavam apenas alguns passos à nossa frente, indo devagar por causa das crianças, mas, apesar de estarem próximas como estavam, quase não se podiam distinguir as figuras volumosas, envoltas em xales, dos arbustos e moitas que tomavam conta do caminho.

– Fiz o quê? Largue isso, Germain. Vamos procurar o papai, sim? Não, não coloque isso na boca!

– Você beliscou Joanie, eu vi! Você podia ter causado a prisão de todos nós!

– Mas eu tinha que fazer isso! – Marsali soou surpresa com a acusação. – E não teria importado, de qualquer modo; o batizado já estava feito a essa altura. Não poderiam fazer o padre Kenneth desfazê-lo, não é? – Deu uma risadinha contida diante da ideia, depois irrompeu novamente: – Germain, já disse para soltar isso!

– Como assim você tinha que fazê-lo? Solte, Jemmy, solte meu cabelo! Ai! Solte, já disse!

Jemmy evidentemente agora estava completamente acordado, interessado no novo ambiente e querendo explorá-lo, a julgar por suas repetidas exclamações, pontuadas por um ou outro gritinho de curiosidade.

– Ora, ela estava dormindo! – Marsali disse, parecendo escandalizada. – Ela não acordou quando o padre despejou a água – quero dizer, o uísque – em sua cabeça – Germain, volte aqui! *Thig air ais a seo!* – e você sabe que dá azar a uma criança se ela não fizer um pequeno alvoroço ao ser batizada; é assim que você fica sabendo que o pecado original está deixando-a! Eu não podia deixar o *diabhol* permanecer na minha menininha. Poderia, *mo mhaorine*? – Ouviram-se pequenos barulhos de beijos e um leve arrulho de Joanie, prontamente abafado por Germain, que começara a cantar outra vez.

Bri resfolegou ligeiramente, achando graça, sua irritação desaparecendo.

– Ah, compreendo. Bem, se você teve uma boa razão... Apesar de que eu não tenha certeza de que tenha funcionado com Jemmy e Germain. Olhe só como estão se comportando... eu poderia jurar que estão possuídos. Ai! Não me morda, diabinho, já vou alimentá-lo num minuto!

– Ah, bem, são meninos, afinal de contas – Marsali disse com tolerância, elevando um pouco a voz para ser ouvida acima da algazarra. – Todo mundo sabe que os meninos são uns capetas; imagino que seria necessário mais do que um pouco de água benta para afogar tudo, mesmo sendo de alto teor alcoólico. Germain! *Onde* foi que você ouviu uma música tão suja, moleque?

Eu sorri e, ao meu lado, Jamie ria baixinho, ouvindo a conversa das meninas. Já estávamos bem longe da cena do crime agora para não ter que nos preocupar em ser ouvidos, entre trechos de canções, música de gaita de foles e risos que adejavam em meio às árvores com a luz das fogueiras dos acampamentos, brilhantes contra a escuridão crescente.

As tarefas do dia já estavam praticamente terminadas e as pessoas acomodavam-se para o jantar, antes que as chamadas, a cantoria e a última rodada de visitas começassem. Os cheiros de fumaça e comida lançavam dedos tentadores pelo ar frio e escuro, e meu estômago roncou baixinho em resposta a esses estímulos. Esperava que Lizzie estivesse suficientemente recuperada para ter começado a cozinhar.

– O que é *mo mhaorine*? – perguntei a Jamie. – Nunca ouvi essa expressão antes.

– Significa "minha batatinha", eu acho – ele disse. – É irlandês, sabe? Ela aprendeu com o padre.

Ele suspirou, parecendo profundamente satisfeito com as realizações da noite até agora.

– Que santa Brígida abençoe o padre Kenneth por ser tão esperto. Por um instante, pensei que não iríamos conseguir. Aqueles são Roger e o pequeno Fergus?

Duas sombras escuras haviam saído do bosque para se juntar às meninas e o som de risos abafados e vozes murmuradas – pontuados por gritos agudos

dos dois garotos ao verem seus pais – flutuaram até nós do pequeno grupo de jovens famílias.

– Sim, são. E por falar nisso, minha doce batatinha – eu disse, agarrando seu braço com força para obrigá-lo a reduzir o passo –, o que pretendia contando ao padre Kenneth tudo sobre mim e a batedeira de manteiga?

– Não vá me dizer que você se importou, *Sassenach*? – ele disse, em tom de surpresa.

– Claro que me importei! – eu disse. O sangue subiu, quente, ao meu rosto, embora eu não soubesse ao certo se devido à lembrança de sua confissão ou à lembrança da ocasião original. Minhas entranhas aqueceram-se ligeiramente à ideia também, e os últimos remanescentes de cólica começaram a diminuir conforme meu útero se contraiu e relaxou, apaziguado pela agradável sensação interna de calor. Certamente aquele não era o melhor lugar ou a melhor hora, mas talvez mais tarde na noite, conseguíssemos privacidade suficiente – afastei apressadamente a ideia.

– Fora a questão da privacidade, não foi absolutamente um pecado – eu disse, com exatidão. – Somos casados, pelo amor de Deus!

– Bem, eu confessei que contei mentiras, *Sassenach* – ele disse. Eu não podia ver o sorriso em seu rosto, mas podia muito bem ouvi-lo em sua voz. Suponho que ele também podia ouvir o meu.

– Tive que pensar num pecado realmente tenebroso para afastar Lillywhite e não podia confessar roubo ou sodomia; eu posso vir a ter que fazer negócios com o sujeito um dia.

– Oh, então você acha que ele ficaria desconcertado por sodomia, mas consideraria sua atitude em relação às mulheres em combinações úmidas apenas uma pequena falha de caráter? – Seu braço estava quente sob o tecido da camisa. Toquei a parte interna de seu pulso, aquele lugar vulnerável onde a pele está nua, e acariciei a linha da veia que pulsava ali, desaparecendo sob o linho, em direção ao seu coração.

– Fale baixo, *Sassenach* – ele murmurou, tocando minha mão. – Não vai querer que as crianças ouçam. Além do mais – acrescentou, abaixando tanto a voz, que foi obrigado a se inclinar e sussurrar no meu ouvido –, não são todas as mulheres. Só aquelas com um lindo traseiro redondo. – Soltou minha mão e deu um tapinha no meu traseiro com familiaridade, demonstrando precisão notável na escuridão.

– Eu não atravessaria a estrada para ver uma mulher magricela, ainda que ela estivesse completamente nua e pingando de tão molhada. Quanto a Lillywhite – prosseguiu, num tom de voz mais normal, mas sem retirar a mão, que moldava o tecido de minha saia cuidadosamente ao redor de uma nádega –, ele pode ser protestante, *Sassenach*, mas ainda é um homem.

– Não sabia que as duas condições eram incompatíveis – a voz de Roger soou secamente, saindo da escuridão próxima.

Jamie retirou a mão rapidamente como se meu traseiro estivesse pegando fogo. Não estava – realmente – mas não havia como negar que sua pederneira havia acendido uma faísca ou duas entre os gravetos, apesar de molhados como estavam. Mas ainda faltava muito tempo para a hora de ir para a cama.

Parando apenas o suficiente para administrar um apertão rápido e particular na anatomia de Jamie que o fez arfar enfaticamente, virei-me e vi Roger segurando um objeto grande e esperneante nos braços, a natureza do objeto obscurecida pela escuridão. Não era um porquinho, conjeturei, apesar dos altos grunhidos que fazia, mas Jemmy, que parecia estar mastigando ferozmente os dedos do pai. Um punho pequeno e rosado projetou-se numa inesperada nesga de luz, cerrado em concentração, depois desapareceu, de encontro às costelas de Roger com um sólido baque.

O próprio Jamie deu um pequeno grunhido, achando graça, mas não se mostrou nem um pouco desconcertado por ter sua opinião sobre os protestantes ouvida.

– "Todas são boas moças – ele citou com forte sotaque escocês – mas de onde vêm as más esposas?"

– Hein? – Roger exclamou, parecendo um pouco confuso.

– Os protestantes nascem com cacetes – Jamie explicou –, os homens, ao menos, mas alguns os deixam definhar por falta de uso. Um homem que passa o tempo metendo o... nariz nos pecados alheios não tem tempo de cuidar dos próprios.

Eu converti uma risada numa tosse mais diplomática.

– E alguns se tornam cacetes maiores, com a prática – Roger disse, ainda mais secamente. – Sim, bem. Vim agradecer-lhe... por conseguir os batizados, quero dizer.

Notei uma leve hesitação; ele ainda não tinha definido para si próprio um nome com o qual se sentisse confortável para chamar Jamie. Por sua vez, Jamie o chamava de "Pequeno Roger", "Roger Mac" ou "MacKenzie" – mais raramente, pelo apelido em gaélico que Ronnie Sinclair dera a Roger, *a Smeòraich*, em honra a sua voz. *Melro Cantor*, significava.

– Eu é que devo lhe agradecer, *a charaid*. Não teríamos conseguido no último instante, se não fosse por você e Fergus – Jamie disse, o humor aquecendo sua própria voz.

Roger estava claramente visível em silhueta, alto e esbelto, com o clarão da fogueira de alguém por trás. Ele encolheu um dos ombros e mudou Jemmy para o outro braço, limpando a baba residual em sua mão nas calças.

– De nada – ele disse, um pouco rouco. – Será que o... o padre vai ficar bem? Brianna disse que ele foi tratado com violência. Espero que não lhe façam nenhum mal no caminho de volta.

Jamie ficou sério. Encolheu um pouco os ombros, ajeitando o casaco.

– Acho que ele estará em segurança, sim. Tive uma conversa com o xerife. – Houve uma certa ênfase sombria na palavra "conversa" que tornou claro o seu significado. Um suborno substancial poderia ter sido mais eficaz, mas eu sabia muito bem que tínhamos exatamente dois xelins, três *pence* e nove centavos em dinheiro em nossa posse no momento. Melhor economizar o dinheiro e confiar em ameaças, pensei. Evidentemente, Jamie pensava do mesmo modo.

– Falarei com minha tia – ele disse – para que ela mande um bilhete esta noite para o sr. Lillywhite, com sua própria opinião sobre o assunto. Isso será um salvo-conduto para o padre Kenneth melhor do que qualquer coisa que eu mesmo possa dizer.

– Creio que ela não vai ficar nem um pouco satisfeita ao saber que seu casamento está adiado – observei. Não poderia. Filha de um senhor de terras das Highlands e viúva de um fazendeiro muito rico, Jocasta Cameron está acostumada a conseguir o que quer.

– É verdade – Jamie concordou ironicamente –, embora eu suponha que Duncan esteja um pouco aliviado.

Roger riu, não sem um sentimento solidário, e alinhou-se ao nosso lado quando começamos a descer o caminho. Ele carregava Jemmy, ainda resmungando ferozmente, debaixo do braço como uma bola de futebol.

– Sim, creio que sim. Pobre Duncan. Então os casamentos estão definitivamente cancelados?

Não pude ver Jamie franzir o cenho, mas senti o movimento quando ele sacudiu a cabeça, em dúvida.

– Sim, receio que sim. Recusaram-se a deixar o padre comigo, mesmo com a minha palavra de que o devolveria pela manhã. Talvez pudéssemos tirá-lo de lá à força, mas mesmo assim...

– Duvido que adiantasse – interrompi e contei-lhes o que eu ouvira enquanto esperava do lado de fora da tenda.

– Portanto, não vejo como iriam ficar olhando, enquanto o padre Kenneth realizava casamentos – terminei. – Ainda que conseguisse tirá-lo de lá, eles varreriam a montanha à procura dele, revirando barracas e causando tumultos.

Não faltaria ajuda ao xerife Anstruther; Jamie e sua tia podiam ser tidos em alta estima pela comunidade escocesa, mas os católicos em geral e os padres em particular não eram.

– Instruções? – Jamie repetiu, parecendo atônito. – Tem certeza disso, *Sassenach*? Foi Lillywhite quem disse que tinha "instruções"?

– Foi – eu disse, percebendo pela primeira vez como isso era estranho. O xerife estava obviamente recebendo instruções do sr. Lillywhite, este sendo o seu dever. Mas quem podia estar dando instruções ao magistrado?

– Há um outro magistrado aqui e dois juízes de paz também, mas certamente... – Roger falou devagar, sacudindo a cabeça enquanto pensava. Um grito lancinante interrompeu seus pensamentos e ele olhou para baixo, a luz de uma fogueira próxima refletindo no seu nariz, delineando um leve sorriso enquanto ele falava com seu filho. – O que foi? Está com fome, rapaz? Não se preocupe, mamãe já vai voltar.

– Onde *está* mamãe? – perguntei, espreitando a multidão de sombras em movimento à frente. Um vento leve começara a soprar e os galhos nus de carvalhos e nogueiras chacoalhavam como sabres acima de nossas cabeças. Ainda assim, os berros de Jemmy eram mais do que suficientes para Brianna ouvi-lo. Percebi debilmente a voz de Marsali mais adiante, no que parecia ser uma conversa amistosa com Germain e Fergus relativa ao jantar, mas não havia nenhum sinal dos tons mais roucos e graves de Brianna, característicos dos criados em Boston.

– Por quê? – Jamie perguntou a Roger, elevando a voz para poder ser ouvido acima do vento.

– Por que o quê? Tome, Jemmy, está vendo isto? Você quer? Sim, claro que quer. Sim, bom menino, mastigue isso por enquanto. – Uma centelha de luz iluminou alguma coisa na mão livre de Roger; depois, o objeto desapareceu e os gritos de Jemmy cessaram abruptamente, sucedidos por sonoros ruídos de sucção e mastigação.

– O que é isto? Não é pequeno demais para ele engolir, é? – perguntei ansiosamente.

– Ah, não. É uma corrente de relógio. Nada para se preocupar – Roger garantiu-me –, estou segurando firmemente a outra ponta. Se ele engolir, posso puxá-la para fora de novo.

– Por que alguém não iria querer que você se casasse? – Jamie disse pacientemente, ignorando o perigo iminente ao sistema digestivo de seu neto.

– Eu? – Roger pareceu surpreso. – Acho que ninguém se importa se sou casado ou não, a não ser eu mesmo... e você, talvez – ele acrescentou, um toque de humor na voz. – Imagino que gostaria que o menino tivesse um nome. Por falar nisso – virou-se para mim, o vento soltando longas mechas dos seus cabelos e transformando-o num demônio negro e selvagem em silhueta –, como o nome dele acabou ficando realmente? No batismo, quero dizer.

– Jeremiah Alexander Ian Fraser MacKenzie – eu disse, esperando recordá-lo corretamente. – Era isso que você queria?

– Oh, não me importava muito como ele fosse chamado – Roger disse, contornando cuidadosamente uma grande poça de lama que atravessava o caminho. Começara a chuviscar outra vez; eu podia sentir os pinguinhos frios no meu rosto e ver as marcas na água da poça onde a luz da fogueira a iluminava.

– Eu queria Jeremiah, mas eu disse a Bri que os outros nomes eram por conta dela. Ela não conseguia se decidir entre John, por John Grey, e... e Ian, pelo primo, mas é claro que são o mesmo nome, de qualquer modo.

Novamente, notei a ligeira hesitação e senti o braço de Jamie retesar-se levemente sob minha mão. O sobrinho de Jamie, Ian, era uma questão dolorosa e fresca na mente de todos, graças ao bilhete que recebêramos dele no dia anterior. Isso é o que devia ter levado Brianna a se decidir finalmente.

– Bem, se não forem você e minha filha – Jamie prosseguiu obstinadamente –, então quem? Jocasta e Duncan? Ou o pessoal de Bremerton?

– Você acha que alguém está especialmente empenhado em impedir os casamentos esta noite? – Roger aproveitou a oportunidade para falar de outro assunto que não Ian Murray. – Então acha que não se trata apenas de uma aversão generalizada contra as práticas de Roma?

– Poderia ser, mas não é. Se fosse, por que esperar até agora para prender o padre? Espere um pouco, *Sassenach*, eu a levanto por cima.

Jamie soltou minha mão e deu a volta à poça, depois estendeu os braços, agarrou-me pela cintura e me içou por cima da poça num farfalhar de saias. As folhas molhadas escorregaram e se esborracharam embaixo das minhas botas quando ele me colocou no chão, mas segurei-me em seu braço para manter o equilíbrio.

– Não – Jamie continuou a conversa, voltando-se novamente para Roger. – Lillywhite e Anstruther não morrem de amores pelos católicos, tenho certeza, mas por que arranjar uma confusão agora, quando o padre já iria embora pela manhã, de qualquer modo? Será que pensam que ele vai corromper todos os tementes a Deus na montanha antes do amanhecer se não o mantiverem sob custódia?

Roger soltou uma breve risada.

– Não, imagino que não. Havia alguma outra coisa que o padre pretendesse fazer hoje à noite, além de celebrar casamentos e batizados?

– Talvez algumas confissões – eu disse, beliscando o braço de Jamie. – Nada mais, que eu saiba. – Apertei minhas coxas, sentindo uma alarmante mudança nos meus arranjos íntimos. Droga, um dos alfinetes que segurava o pano entre minhas pernas se soltara quando Jamie me levantou. Eu o teria perdido?

– Será que não estariam querendo impedi-lo de ouvir a confissão de alguém? De alguém em particular, quero dizer? – Roger pareceu em dúvida, mas Jamie ouviu a ideia e revirou-a mentalmente, considerando-a.

– Não fizeram nenhuma objeção a que ele ouvisse a minha. E acredito que não iriam se importar se um católico estava em pecado mortal ou não, já que, no entendimento deles, nós estamos todos amaldiçoados de qualquer modo. Mas, se soubessem de alguém que necessitasse desesperadamente de confissão e achassem que haveria algo a ganhar com isso...

– Que essa pessoa pudesse pagar para ter acesso ao padre? – perguntei ceticamente. – Francamente, Jamie, estes são escoceses. Eu imaginaria que, se fosse uma questão de pagar um alto valor por um padre, seu assassino ou adúltero católico escocês iria simplesmente dizer um Ato de Contrição e desejar que tudo desse certo.

Jamie resfolegou numa risada contida e eu vi a névoa branca do seu hálito fluir ao redor de sua cabeça como fumaça de vela; estava esfriando.

– É muito provável – ele disse sucintamente. – E, se Lillywhite tivesse alguma ideia de se estabelecer no ramo das confissões, ele esperou demais para tirar algum lucro. E, se não for o caso de impedir a confissão de alguém, mas apenas de se certificar de que pudessem ouvi-la?

Roger emitiu um grunhido satisfeito, evidentemente achando essa uma suposição plausível.

– Chantagem? Sim, é uma ideia – ele disse, com aprovação. O sangue não nega, eu pensei; educado em Oxford ou não, não havia nenhuma dúvida de que Roger era um escocês. Houve uma violenta revolta sob seu braço, seguido de um uivo de Jemmy. Roger olhou para baixo.

– Oh, deixou cair o seu brinquedinho? Aonde ele foi, então? – Ele içou Jemmy para seu ombro como uma trouxa de roupa suja e agachou-se, esquadrinhando o chão em busca da corrente de relógio, que Jemmy evidentemente havia arremessado na escuridão.

– Chantagem? Acho que já é um pouco exagerado – objetei, esfregando a mão sob o nariz, que começara a escorrer. – Quer dizer, eles podiam suspeitar de que Farquard Campbell, por exemplo, tivesse cometido algum crime terrível e, se tivessem certeza disso, poderiam confrontá-lo? Mas isso não é um modo de pensar muito tortuoso? Se encontrar um alfinete aí, Roger, é meu.

– Bem, Lillywhite e Anstruther são ingleses, não são? – Jamie disse, com um sarcasmo delicado que fez Roger rir. – Fraudes e maquinações são naturais a essa raça, não é, *Sassenach*?

– Oh, bobagem – eu disse com tolerância. – O roto falando mal do esfarrapado. Além disso, eles não tentaram ouvir sua confissão.

– Não tenho nada com que pudessem me chantagear – Jamie ressaltou, embora fosse perfeitamente óbvio que ele só estava argumentando por diversão.

– Mesmo assim – comecei, mas fui interrompida por Jemmy, que estava ficando cada vez mais agitado, atirando-se de um lado para o outro, com intermitentes berros agudos a vapor. Roger resmungou, pegou algo cuidadosamente entre os dedos e levantou-se.

– Encontrei seu alfinete – ele disse. – Mas nenhum sinal da corrente.

– Alguém a encontrará pela manhã – eu disse, erguendo a voz para ser ouvida acima do crescente alarido. – Talvez seja melhor deixar que eu o leve. – Estendi os braços para o bebê e Roger entregou seu fardo com um distinto ar de alívio, explicado quando eu senti um sopro da fralda de Jemmy.

– *Outra vez?* – eu disse. Aparentemente levando isso como uma repreensão pessoal, ele fechou os olhos e começou a uivar como uma sirene de bombardeio aéreo.

– Onde *está* Bri? – perguntei, tentando simultaneamente embalá-lo e mantê-lo a uma distância higiênica. – Argh! – Ele parecia ter aproveitado a escuridão para fazer crescer vários membros extras, todos os quais estavam debatendo-se ou me agarrando.

– Oh, ela só foi resolver uma coisa – Roger disse, com um ar vago que fez Jamie virar a cabeça abruptamente. A luz iluminava-o de perfil e eu vi as espessas sobrancelhas ruivas abaixarem-se, desconfiadas. O fogo brilhava de seu nariz longo e reto quando ele o levantou, questionando. Obviamente ele suspeitou de uma tramoia. Virou-se para mim, uma das sobrancelhas erguida. Eu estaria a par?

– Não faço a menor ideia – assegurei-lhe. – Olhe, vou até a fogueira de McAllister pegar um pano limpo emprestado. Encontro-me com você no acampamento daqui a pouco.

Sem esperar uma resposta, segurei o bebê com firmeza e entrei no mato, tomando a direção do acampamento mais próximo. Georgiana McAllister tinha gêmeos recém-nascidos – eu os ajudara a nascer quatro dias atrás – e com prazer me emprestou uma fralda limpa e uma moita particular, atrás da qual pude realizar meus reparos pessoais. Isso resolvido, conversei com ela e admirei os gêmeos, o tempo todo pensando nas recentes revelações. Entre o tenente Hayes e sua proclamação, as maquinações de Lillywhite e companhia e o que quer que Bri e Roger estivessem tramando, a montanha parecia uma perfeita estufa de conspirações esta noite.

Eu estava satisfeita por termos conseguido realizar os batizados – na realidade, fiquei surpresa de ver o quanto eu realmente me sentia gratificada por isso –, mas tinha que admitir uma pontada de aflição pelo casamento cancelado de Brianna. Ela não falara muito sobre isso, mas eu sabia que tanto ela quanto Roger haviam esperado ansiosamente pela bênção de sua união. A luz da fogueira refletiu de forma rápida, acusadora, a aliança de ouro em minha mão esquerda, e eu mentalmente ergui as mãos na direção de Frank.

E exatamente o que você espera que eu faça a respeito disso?, perguntei em silêncio, enquanto por fora concordava com a opinião de Georgiana sobre o tratamento contra lombrigas.

– Senhora? – Uma da filhas mais velhas de McAllister, que se prontificara a trocar Jemmy, interrompeu a conversa, balançando um objeto comprido e nojento delicadamente entre dois dedos. – Eu achei este enfeite na fralda do bebê. Será do seu marido?

– Santo Deus! – Fiquei chocada com o reaparecimento da corrente de relógio, mas um instante de racionalidade corrigiu minha primeira impressão alarmada de que Jemmy havia de fato engolido a corrente. Seriam necessárias várias horas para um objeto sólido percorrer seu caminho através do trato intestinal mesmo do mais ativo bebê; evidentemente, ele havia apenas deixado seu brinquedo cair pela frente de sua camisola e ela fora parar dentro de sua fralda.

– Traga isso aqui, menina. – O sr. McAllister, ao ver a corrente de relógio, estendeu a mão e pegou-a com uma leve careta. Retirou um grande lenço da cintura de suas calças e limpou cuidadosamente o objeto, trazendo à luz o brilho de elos de prata e um pequeno berloque redondo, com uma espécie de selo.

Olhei para o berloque com ar sombrio e fiz uma anotação mental para dar a Roger um puxão de orelhas adequado sobre o que ele deixava Jemmy colocar na boca. Graças a Deus, o enfeite não havia se soltado.

– Ora, é a corrente do sr. Caldwell, sem dúvida! – Georgiana inclinou-se para frente, espreitando por cima das cabeças dos gêmeos que amamentava.

– É mesmo? – Seu marido estreitou os olhos para o objeto e remexeu em sua camisa à procura dos óculos.

– Sim, tenho certeza que é! Eu a vi no culto de domingo. Minhas primeiras dores estavam justamente começando – ela explicou, virando-se para mim – e eu tive que me retirar antes de a pregação terminar. Ele me viu virar para sair e deve ter pensado que tinha passado da hora, pois retirou o relógio do bolso para ver a hora, e eu vi o brilho do pequeno pingente redondo.

– Chama-se um selo, *a nighean* – seu marido informou-a, tendo agora colocado um par de óculos com lentes em meia-lua sobre o nariz, enquanto rolava o pequeno símbolo de metal entre os dedos. – Mas você tem razão, é do sr. Caldwell, está vendo? – Um dedo calejado traçou os contornos da figura no selo: um bastão, um livro aberto, um sino e uma árvore, em cima de um peixe com um anel na boca.

– Este símbolo é da Universidade de Glascow. O sr. Caldwell é um erudito – ele me disse, os olhos azuis arregalados de admiração e respeito. – Foi aprender a pregar e está fazendo um ótimo serviço.

– Você realmente perdeu um belo encerramento, Georgie – ele acrescentou, virando-se para a esposa. – Ele ficou com o rosto tão vermelho, falando da Abominação, da Desolação e da ira no final do mundo, que eu pensei que ele fosse ter um ataque de apoplexia, e aí o que iríamos fazer?

Pois ele não aceitaria Murray MacLeod tratando dele, Murray sendo uma espécie de herege para o sr. Caldwell, ele é da Nova Luz, o Murray – o sr. McAllister explicou num adendo para mim –, nem a sra. Fraser aqui, sendo uma papista, além de estar ocupada com você e os bebês.

Inclinou-se para frente e deu uns tapinhas delicadamente na cabeça, coberta por uma touca, de um dos gêmeos, mas o bebê não lhe deu a menor atenção, pacificamente absorto em sua amamentação.

– Hum. Bem, o sr. Caldwell podia ter explodido naquele momento, se dependesse de mim – sua mulher disse francamente. Ela ergueu seu duplo fardo e ajeitou-se mais confortavelmente. – E, quanto a mim, não me importaria se a parteira fosse uma índia ou uma inglesa – oh, peço-lhe que me desculpe, sra. Fraser – desde que soubesse como amparar o bebê e parar o sangramento.

Murmurei alguma coisa modestamente, descartando as desculpas de Georgiana, a fim de descobrir mais sobre as origens da corrente de relógio.

– Sr. Caldwell. Ele é um pastor protestante, você disse? – Uma certa suspeita agitava-se no fundo da minha mente.

– Oh, sim, o melhor que já ouvi – o sr. McAllister me assegurou. – E eu já ouvi todos eles. Agora, o sr. Urmstone, ele é extraordinário para pecados, mas já está avançado em anos e um pouco rouco agora, de modo que é necessário ficar bem lá na frente para ouvi-lo, e isso é um pouco perigoso, sabe, pois é com os pecados do pessoal da frente que ele gosta de começar a pregar. O sujeito da Nova Luz, entretanto, não é grande coisa; não tem voz.

Ele descartou o infeliz pastor com um muxoxo de *connoisseur*.

– O sr. Woodmason é bom; um pouco engomado nos modos, é um inglês, sabe, mas nunca deixa de comparecer aos cultos, apesar da idade. Agora, o jovem sr. Campbell da Igreja Barbecue...

– Este bebê está com muita fome, senhora – a menina que segurava Jemmy interrompeu. Era evidente; ele estava roxo e chorando. – Posso dar um pouco de mingau a ele?

Dei uma rápida olhadela na panela no fogo; estava borbulhando, portanto provavelmente cozido o suficiente para matar todos os germes. Tirei a colher de chifre que carregava no meu bolso, que eu podia ter certeza que estava razoavelmente limpa, e entreguei-a à menina.

– Muito obrigada. Agora, este sr. Caldwell, por acaso ele seria presbiteriano?

O sr. McAllister pareceu surpreso, depois seu rosto se iluminou com a minha capacidade de percepção.

– Ora, sim, de fato! Já ouviu falar dele, então, sra. Fraser?

– Acho que talvez meu genro o conheça – eu disse, com um toque de ironia.

Georgiana riu.

– Eu diria que o seu neto pelo menos o conhece. – Balançou a cabeça indicando a corrente, estendida sobre a palma larga da mão do marido. – Bebês desse tamanho agarram qualquer coisa brilhante que veem.

– É verdade – eu disse devagar, fitando os elos de prata e seu berloque pendente. Isso dava um novo significado à questão. Se Jemmy roubara do bolso do sr. Caldwell, obviamente fora algum tempo antes de Jamie arranjar o batizado improvisado.

Mas Bri e Roger já sabiam da prisão do padre Kenneth e do possível cancelamento de seu casamento bem antes disso; teria havido tempo mais do que suficiente para eles fazerem outros planos enquanto Jamie e eu estávamos lidando com Rosamund, Ronnie e as diversas outras crises. Tempo mais do que suficiente para Roger ir falar com o sr. Caldwell, o ministro presbiteriano – levando Jemmy com ele.

E, assim que Jamie confirmou a improbabilidade de o padre celebrar os casamentos esta noite, Brianna desaparecera numa vaga missão. Bem, se o padre Kenneth quis entrevistar um noivo presbiteriano antes de casá-lo, imagino que o sr. Caldwell tenha o direito ao mesmo privilégio com uma noiva papista.

Jemmy devorava o mingau com a concentração de uma piranha faminta; não podíamos sair agora. Tudo bem, pensei; era melhor deixar que Brianna desse a notícia a seu pai de que ela afinal teria seu casamento – com ou sem padre.

Espalhei minha saia para secar a barra molhada e a luz do fogo brilhou nas minhas duas alianças. Uma forte vontade de rir cresceu dentro de mim, à ideia do que Jamie diria quando descobrisse, mas eu a reprimi, não querendo explicar aos McAllister do que eu estava achando graça.

– Posso pegá-la? – eu disse ao sr. McAllister, com um sinal de cabeça para a corrente. – Acho que vou ver o sr. Caldwell mais tarde.

14

FELIZ A NOIVA EM QUEM BRILHA A LUA

Tivemos sorte. A chuva parou e nuvens esfiapadas revelaram uma lua prateada, erguendo-se torta, mas luminosa, acima da Black Mountain; iluminação adequada para um casamento íntimo em família.

Eu já conhecia David Caldwell, embora não me recordasse até vê-lo; um cavalheiro pequeno, mas imensamente elegante, muito bem-vestido, apesar de estar acampando ao ar livre havia uma semana. Jamie o conhecia também e o respeitava. Isso não impediu uma certa carranca quando o ministro aproximou-se da fogueira, seu velho livro de orações nas mãos, mas eu adverti Jamie com uma cutucada e ele imediatamente alterou a expressão do rosto para uma máscara inescrutável.

Vi Roger olhar uma vez em nossa direção, depois voltar-se novamente para Bri. Parecia haver um pequeno sorriso no canto de sua boca, ou podia ser apenas o efeito das sombras. Jamie bufou pelo nariz e eu o cutuquei de novo.

– Você fez do seu jeito com os batizados – eu sussurrei. Ele levantou ligeiramente o queixo. Brianna olhou em nossa direção, parecendo ligeiramente ansiosa.

– Eu não disse nada, disse?

– É um casamento cristão perfeitamente respeitável.

– Eu disse que não era?

– Então pareça *feliz*, droga! – sibilei. Ele bufou outra vez e assumiu uma expressão de benevolência apenas um grau acima da absoluta imbecilidade.

– Melhor assim? – ele perguntou, os dentes cerrados num sorriso cordial. Eu vi Duncan Innes virar-se casualmente para nós, sobressaltar-se e desviar o olhar apressadamente, murmurando alguma coisa a Jocasta, que estava junto à fogueira, os cabelos brancos brilhando e uma venda sobre os olhos para protegê-los da luz. Ulysses, de pé atrás dela, havia, na realidade, colocado sua peruca em homenagem à cerimônia; era tudo que eu conseguia ver dele na escuridão, aparentemente desencarnado, pairando no ar acima do ombro de Jocasta. Enquanto eu observava, a peruca inclinou-se para o lado, em nossa direção, e eu pude ver um leve brilho de olhos acima dela.

– Quem é aquele, *grand-mère*?

Germain, como sempre fugido da custódia dos pais, surgiu junto aos meus pés, apontando com curiosidade para o reverendo Caldwell.

– É um ministro, querido. Tia Bri e tio Roger vão se casar.

– *Ou quón va* ministro?

Respirei fundo, mas Jamie foi mais rápido do que eu.

– É uma espécie de padre, mas não um padre de verdade.

– Padre mau? – Germain olhou para o reverendo Caldwell com interesse substancialmente maior.

– Não, não – eu disse. – Ele não é de modo algum um padre mau. É só que... bem, veja, nós somos católicos e católicos têm padres, mas tio Roger é presbiteriano...

– Isso quer dizer um herege – Jamie interpôs prestativamente.

– Ele *não* é um herege, querido, *grand-père* só está fazendo graça, ou acha que está. Os presbiterianos são...

Germain não prestava nenhuma atenção à minha explicação. Em vez disso, inclinara a cabeça para trás, olhando fascinado para Jamie.

– Por que *grand-père* está fazendo careta?

– Nós estamos muito felizes – Jamie explicou, a expressão ainda fixa num ricto de amabilidade.

– Oh. – Germain imediatamente distendeu seu próprio rosto extraordinariamente maleável em um grosseiro fac-símile da mesma expressão: um riso de lanterna de abóbora, os dentes trincados e os olhos arregalados. – Assim?

– Sim, querido – eu disse, num tom incisivo. – *Exatamente* assim.

Marsali olhou para nós, piscou e puxou a manga de Fergus. Ele virou-se, estreitando os olhos para nós.

– Pareça feliz, *papa*! – Germain apontou para seu grotesco sorriso. – Está vendo?

A boca de Fergus contorceu-se ao olhar de seu filho para Jamie. Seu rosto ficou impassível por um instante, depois se ajustou num enorme e falso sorriso de dentes brancos. Marsali chutou-o no calcanhar. Ele encolheu-se, mas o sorriso não se abalou.

Brianna e Roger estavam tendo uma reunião de última hora com o reverendo Caldwell do outro lado da fogueira. Brianna virou-se, ajeitando para trás os cabelos soltos, viu a falange de rostos sorridentes e arregalou os olhos, a boca ligeiramente aberta. Seus olhos dirigiram-se para mim; eu encolhi os ombros desamparadamente.

Ela comprimiu os lábios, mas não pôde evitar que se curvassem para cima. Seus ombros sacudiram-se com o riso reprimido. Senti Jamie sacudir-se ao meu lado.

O reverendo Caldwell deu um passo à frente, um dedo no livro no lugar certo, colocou os óculos no nariz e sorriu amavelmente para a plateia, piscando apenas ligeiramente quando se deparou com a fileira de fisionomias maliciosas.

Ele tossiu e abriu o livro de orações.

– Meus caros amigos, estamos aqui reunidos na presença de Deus...

Senti Jamie relaxar um pouco, à medida que as palavras se sucediam, evidenciando pouca familiaridade, talvez, mas nenhuma grande peculiaridade. Suponho que, na verdade, ele jamais tomara parte numa cerimônia protestante antes – a menos que se contasse o batismo improvisado que o próprio Roger conduzira entre os *mohawks*. Fechei os olhos e enviei aos céus uma breve oração pelo Jovem Ian, como fazia sempre que pensava nele.

– Vamos, portanto, reverentemente lembrar que Deus estabeleceu e santificou o casamento, para o bem-estar e a felicidade da humanidade...

Ao abri-los, vi que agora todos os olhares se concentravam em Roger e Brianna, um defronte ao outro, as mãos entrelaçadas. Formavam um belo casal, quase da mesma altura, ela clara e ele moreno, como uma fotografia e seu negativo. Suas feições não eram parecidas e, no entanto, ambos possuíam a ossatura larga, de curvas bem delineadas, que era o legado que ambos receberam do clã MacKenzie.

Olhei para o outro lado da fogueira e vi a repetição dos mesmos ossos e traços em Jocasta, alta e bonita, o rosto cego voltado em profunda concentração para o som da voz do reverendo. Enquanto eu observava, vi sua mão estender-se e descansar no braço de Duncan, os dedos longos e brancos apertando-o delicadamente. O reverendo Caldwell havia amavelmente se oferecido para realizar o casamento deles também, mas Jocasta recusara, preferindo esperar por uma cerimônia católica.

– Não estamos com pressa, afinal, não é, querido? – ela perguntou a Duncan, virando-se para ele numa franca exibição de deferência que não enganava ninguém. Ainda assim, achei que Duncan parecera aliviado, em vez de decepcionado, pelo adiamento de seu próprio casamento.

– Através de Seus apóstolos, Ele instruiu aqueles que entram neste relacionamento a cultivar o respeito mútuo e o amor...

Duncan colocara a mão sobre a de Jocasta, com um surpreendente ar de ternura. Aquele casamento não seria de amor, pensei, mas de respeito mútuo – sim, achei que era isso.

– Conclamo ambos a, diante do Deus Supremo, o Senhor de todos os corações, se um de vocês souber de algum motivo pelo qual não possam ser legalmente unidos em matrimônio, falar agora. Pois tenham a certeza de que, se duas pessoas estiverem unidas de outra forma que não a permitida pela Palavra de Deus, sua união não será abençoada por Ele.

O reverendo Caldwell fez uma pausa, olhando com ar de advertência de Roger para Brianna e vice-versa. Roger sacudiu ligeiramente a cabeça, os olhos fixos no rosto de Bri. Ela sorriu levemente em resposta e o reverendo limpou a garganta e continuou.

O ar de silenciosa hilaridade ao redor da fogueira diminuíra; não se ouvia nenhum som além da voz tranquila do reverendo e do crepitar das chamas.

– Roger Jeremiah, aceita esta mulher como sua legítima esposa e promete ser-lhe fiel, amar e honrar, confortar e proteger, na fé e na ternura, viver com ela e cuidar dela, segundo a lei de Deus, nos sagrados laços do matrimônio?

– Sim – Roger disse, a voz grave e rouca.

Ouvi um profundo suspiro à minha direita e vi Marsali apoiar a cabeça no ombro de Fergus, um olhar sonhador no rosto. Ele virou a cabeça e beijou sua testa, depois inclinou sua própria cabeça escura contra a brancura do lenço de Marsali.

– Sim – Brianna disse com clareza, levantando o queixo e olhando diretamente no rosto de Roger, em resposta à pergunta do ministro.

O sr. Caldwell olhou com ar benevolente ao redor do círculo, a luz do fogo cintilando em seus óculos.

– Quem dá esta mulher em casamento a este homem?

Houve uma pausa mínima e eu senti Jamie sobressaltar-se ligeiramente, pego de surpresa. Apertei seu braço e vi o brilho da luz da fogueira na aliança de ouro em minha mão.

– Oh. Eu, certamente! – ele disse. Brianna virou a cabeça e sorriu para ele, os olhos escuros de amor. Ele devolveu o sorriso, depois pestanejou, limpou a garganta e apertou minha mão com força.

Eu mesma senti um aperto na garganta, enquanto eles faziam seus votos, recordando-me dos meus dois casamentos. E Jocasta?, imaginei. Ela se casara três vezes; que ecos do passado ela ouvia nessas palavras?

– Eu, Roger Jeremiah, aceito você, Brianna Ellen, como minha legítima esposa...

A luz da lembrança brilhava na maioria dos rostos ao redor da fogueira. Os Bug permaneciam bem juntos, olhando um para o outro com idênticos olhares de suave devoção. O sr. Wemyss, ao lado da filha, inclinou a cabeça e fechou os olhos, um misto de alegria e tristeza no rosto, sem dúvida pensando em sua própria mulher, morta muitos anos atrás.

– Na riqueza e na pobreza...

– Na alegria e na tristeza...

– Na doença e na saúde...

Lizzie estava extasiada, os olhos arregalados diante do mistério que se desenrolava diante dela. Quando seria a sua vez de ficar diante de testemunhas e fazer promessas tão impressionantes?

Jamie estendeu o braço e tomou minha mão direita na sua, os dedos entrelaçando-se aos meus, e a prata da minha aliança brilhou, vermelha, no clarão das chamas. Ergui os olhos para seu rosto e vi a promessa em seus olhos, como estava nos meus.

– Até que a morte nos separe.

15
AS CHAMAS DA DECLARAÇÃO

A grande fogueira na clareira lá embaixo flamejava, a lenha úmida saltando com estalos que ressoavam como tiros de pistola contra a encosta da montanha – um tiroteio distante, entretanto, e pouco notado no meio do júbilo da festa de casamento. Apesar de ter preferido não ser casada pelo reverendo Caldwell, Jocasta, mesmo assim, generosamente proporcionou uma farta festa de casamento em homenagem às núpcias de Roger e Brianna. Vinho, cerveja e uísque fluíam como água sob a égide de Ulysses, cuja peruca branca balançava-se em meio à multidão ao redor da fogueira da família, ubíqua como uma mariposa ao redor da chama de uma vela.

Apesar da umidade fria e das nuvens que haviam se reagrupado no alto, pelo menos metade da Assembleia estava ali, dançando ao som da música de violinos e gaitas, caindo como gafanhotos nas mesas abarrotadas de iguarias e bebendo à saúde dos recém-casados – e dos que, por fim, ainda se casariam – com tanto entusiasmo, que, se todos os votos de felicidade realmente se concretizassem, Roger, Bri, Jocasta e Duncan viveriam felizes até os mil anos, no mínimo.

Achei que eu mesma chegaria mais ou menos aos cem anos. Não sentia nenhuma dor; nada além de uma vertiginosa sensação de bem-estar generalizado e um agradável sentimento de iminente dissolução.

De um lado da fogueira, Roger tocava um violão emprestado, fazendo uma serenata para Bri diante de um extasiado círculo de ouvintes. Mais perto, Jamie sentava-se num tronco caído, com Duncan e sua tia, conversando com amigos.

– Senhora? – Ulysses se materializou junto ao meu cotovelo, bandeja na mão e resplandecente em seu uniforme de libré, comportando-se como se estivesse na sala de visitas de River Run, em vez de em um acampamento encharcado na montanha.

– Obrigada. – Aceitei uma caneca de estanho cheia de alguma coisa e descobri tratar-se de conhaque. Aliás, excelente conhaque. Tomei um pequeno gole e deixei que a bebida se infiltrasse pelos seios da minha face. Entretanto, antes que eu pudesse absorver muito mais, tomei consciência de uma repentina calmaria no burburinho geral.

Jamie olhou ao redor do círculo, atraindo os olhares, depois se levantou e estendeu o braço para mim. Fiquei um pouco surpresa, mas rapidamente recoloquei a caneca na bandeja de Ulysses, alisei meus cabelos para trás, prendi meu lenço e fui assumir meu lugar ao seu lado.

– *Thig a seo, a bhean uasa* – ele disse, sorrindo para mim. Venha, minha senhora. Ele virou-se e ergueu o queixo, convocando os outros. Roger largou o violão imediatamente, cobrindo-o cuidadosamente com uma lona, em seguida estendeu a mão para Bri.

– *Thig a seo, a bhean* – ele disse, rindo. Com um olhar de surpresa, ela pôs-se de pé, Jemmy nos braços. Jamie permaneceu parado, esperando, e, pouco a pouco, os demais se levantaram, limpando agulhas de pinheiros e terra das bainhas das saias e dos traseiros, rindo e murmurando, surpresos. Os que dançavam também pararam em seus rodopios e vieram ver o que havia, a música do violino se extinguindo lentamente na correria da curiosidade.

Jamie conduziu-me pela descida da trilha escura, na direção das chamas saltitantes da grande fogueira lá embaixo, os demais seguindo-nos num murmúrio de especulação. No final da clareira principal, ele parou e esperou. Formas escuras esvoaçavam pelas sombras; a figura de um homem recortou-se em silhueta diante do fogo, os braços erguidos.

– Os Menzie estão aqui! – o homem gritou e arremessou no fogo o galho que carregava. Ouviram-se algumas aclamações, dos membros do seu clã que puderam ouvi-lo.

Um outro tomou seu lugar – MacBean – e outro – Ogilvie. Então foi a nossa vez.

Jamie adiantou-se sozinho, entrando na luz das labaredas. A fogueira era montada com carvalho e pinheiro e queimava a uma altura maior do que a de um homem, línguas de fogo amarelo e transparente, tão puro e ardente, que se tornava quase branco contra o céu escuro. A sua luz iluminava seu rosto erguido, sua cabeça e ombros e lançava uma longa sombra que se estendia até a metade do espaço aberto atrás dele.

– Estamos reunidos aqui para confraternizar com velhos amigos – ele disse em gaélico. – E conhecer novos, na esperança de que possam se unir a nós na construção de uma nova vida neste novo país.

Sua voz era grave e emocionada; os últimos vestígios de conversa cessaram, conforme as pessoas empurravam e se comprimiam ao redor da fogueira, em silêncio e estendendo o pescoço para ver e ouvir.

– Todos nós sofremos grandes dificuldades na estrada até aqui. – Virou-se devagar, olhando cada um dos rostos em torno da fogueira. Muitos dos homens de Ardsmuir estavam ali: eu vi os irmãos Lindsay, simplórios como um trio de sapos; o rosto de raposa de Ronnie Sinclair, os cabelos avermelhados espetados para cima como chifres; as feições de moeda romana de Robin McGillivray. Todos olhavam das sombras, a aresta da fronte e o cavalete do nariz brilhando no clarão, cada rosto assinalado pelo fogo com uma cruz.

Sob a influência do conhaque e da emoção, eu também podia facilmente ver as fileiras de fantasmas que se alinhavam atrás deles; as famílias e amigos que ainda permaneciam na Escócia, quer em cima da terra... ou embaixo.

O próprio rosto de Jamie estava sulcado pela sombra, a luz do fogo mostrando as marcas do tempo e da luta em sua carne, como o vento e a chuva marcam a pedra.

– Muitos de nós morreram no campo de batalha – ele disse, a voz quase inaudível acima do barulho da fogueira. – Muitos morreram queimados. Muitos morreram de fome. Muitos morreram no mar, muitos morreram de ferimentos e doenças. – Fez uma pausa. – Muitos morreram de tristeza.

Por um instante, seus olhos fixaram-se num ponto além do círculo iluminado pelo fogo, e eu pensei que talvez ele estivesse buscando a face de Abel MacLennan. Então ele ergueu seu caneco e o manteve bem alto por um instante, numa saudação.

– *Slàinte!* – murmurou uma dezena de vozes, elevando-se como o vento.

– *Slàinte!* – ele repetiu e, em seguida, inclinou um pouco o caneco, de modo que uma pequena porção do conhaque caísse nas chamas, onde sibilou e queimou com uma chama azul por um rápido instante.

Abaixou o caneco e parou por um instante, a cabeça abaixada. Levantou a cabeça outra vez e ergueu o caneco em direção a Archie Hayes, que estava do outro lado da fogueira, em frente a ele, o rosto redondo indecifrável, o fogo cintilando de seu gorjal de prata e do broche que pertencera a seu pai.

– Enquanto choramos a perda dos que morreram, devemos também pagar tributo a você, que lutou e sofreu com igual valor... e sobreviveu.

– *Slàinte!* – ouviu-se a saudação, mais alta desta vez com o estrondo de vozes masculinas.

Jamie fechou os olhos por um instante, em seguida abriu-os, olhando para Brianna, que acompanhava a cena ao lado de Lizzie e Marsali, Jemmy nos braços. A força e a brutalidade de suas feições destacavam-se em contraste com os rostos redondos e inocentes das crianças, a delicadeza das jovens mães – embora mesmo em sua suavidade, eu pensei, a luz do fogo evidenciasse em seus ossos os traços do granito escocês.

– Nós prestamos um tributo às nossas mulheres – ele disse, erguendo o caneco desta vez para Brianna, para Marsali e, depois, virando-se, para mim. Um breve sorriso tocou seus lábios. – Pois elas são a nossa força. E nossa vingança sobre nossos inimigos será, no final, a vingança do berço. *Slàinte!*

Entre os gritos da multidão, ele esvaziou o caneco de madeira e atirou-o no fogo, onde permaneceu redondo e escuro por um instante, explodindo em seguida numa chama brilhante.

– *Thig a seo!* – ele chamou, estendendo a mão direita para mim. – *Thig a seo, a Shorcha, nighean Eanruig, neart mo chridhe.* – *Venha a mim*, ele disse. *Venha a mim, Claire, filha de Henry, força do meu coração.* Mal sentindo meus pés ou aqueles nos quais tropecei, dirigi-me a ele e segurei sua mão, fria mas forte, em meus dedos.

Eu o vi virar a cabeça; estaria procurando Bri? Mas não – ele estendeu a outra mão para Roger.

– *Seas ri mo làmh, Roger an t'òranaiche, mac Jeremiah MacChoinneich!* – *Tome posição ao meu lado, Roger, o Cantor, filho de Jeremiah MacKenzie.* – Roger ficou paralisado em choque por um instante, os olhos escuros fixos em Jamie; em seguida, caminhou em sua direção, como um sonâmbulo. A multidão continuava entusiasmada, mas a gritaria arrefecera e as pessoas esticavam o pescoço para ouvir o que ele dizia.

– Fique ao meu lado na batalha – ele disse em gaélico, os olhos fixos em Roger, a mão esquerda estendida. Ele falava devagar e com clareza, para ter certeza de ser bem compreendido. – Seja um escudo para a minha família e para a sua, filho da minha casa.

A expressão de Roger pareceu se dissolver repentinamente, como um rosto visto na água quando uma pedra é atirada dentro dela. Então solidificou-se outra vez, e ele segurou a mão de Jamie, apertando-a com força.

Em seguida, Jamie voltou-se para a multidão e começou a chamada. Eu já o vira fazer isso antes, muitos anos atrás, na Escócia. Um convite formal e a identificação dos colonos pelo senhor das terras, era uma pequena cerimônia em geral realizada no primeiro dia do início de cada estação ou após a colheita. Rostos iluminaram-se aqui e ali, em reconhecimento; muitos dos escoceses das Highlands conheciam o costume, embora não o tivessem visto nesta terra antes desta noite.

– Venha a mim, Geordie Chisholm, filho de Walter, filho de Connaught, o Ruivo!

– Tome posição ao meu lado, *a Choinneich,* Evan, Murdo, filhos de Alexander Lindsay do Glen!

– Venha para o meu lado, Joseph Wemyss, filho de Donald, filho de Robert! – Sorri ao ver o sr. Wemyss, ruborizado, mas extraordinariamente envaidecido com esta inclusão pública, dirigir-se para nós, a cabeça orgulhosamente erguida, os cabelos louros esvoaçando ao vento da enorme fogueira.

– Fique ao meu lado, Josiah, o Caçador!

Josiah Beardsley estaria ali? Sim, estava; uma figura esbelta, escura, deslizou das sombras, assumindo timidamente um lugar no grupo perto de

Jamie. Meus olhos encontraram os dele e eu sorri; ele desviou apressadamente o olhar, mas um pequeno sorriso, acanhado, aderiu aos seus lábios, como se ele tivesse esquecido que ele estava lá.

Era um grupo impressionante quando ele terminou – quase quarenta homens, reunidos ombro a ombro e ruborizados tanto de orgulho quanto de uísque. Vi Roger trocar um longo olhar com Brianna, que sorria para ele, radiante, do outro lado da fogueira. Ela inclinou a cabeça para sussurrar alguma coisa para Jemmy, imerso em cobertores, quase adormecido em seus braços. Ela pegou uma de suas mãozinhas e acenou-a flacidamente para Roger, que riu.

– ... *Air mo mhionnan...* – Distraída, eu perdera a declaração final de Jamie, captando apenas algumas das últimas palavras. Mas o que quer que ele tenha dito recebeu grande aprovação da plateia; ouviu-se um rumor grave de solene concordância dos homens ao nosso redor e um momento de silêncio.

Em seguida, ele soltou minha mão, inclinou-se e pegou um galho do chão. Acendendo-o, segurou-o no alto, depois atirou o tição incandescente bem alto no ar. Ele veio dando cambalhotas enquanto caía diretamente no centro da fogueira.

– Os Fraser de Ridge estão aqui! – ele berrou, e a clareira eclodiu em ruidosa aclamação.

Quando iniciamos a subida da montanha outra vez para retomar as festividades, eu me vi ao lado de Roger, que cantarolava alegremente à meia-voz. Coloquei a mão na manga de seu casaco e ele olhou para mim, sorrindo.

– Parabéns – eu disse, retribuindo o sorriso. – Bem-vindo à família, filho da casa.

Ele abriu um largo sorriso.

– Obrigado – disse. – Mamãe.

Alcançamos um ponto mais plano e caminhamos lado a lado por alguns instantes, em silêncio. Então ele disse, num tom de voz inteiramente diferente:

– Aquilo foi... algo muito especial, não?

Eu não sabia se ele queria dizer historicamente especial ou especial em termos pessoais. De qualquer modo, ele tinha razão, e eu balancei a cabeça, concordando.

– Mas não peguei toda a parte final – eu disse. – E não sei o que *earbsachd* significa. Você sabe?

– Oh... sim. Eu sei. – Estava bastante escuro ali, entre as fogueiras; eu não podia ver mais dele do que uma mancha turva, mais escura contra o negro dos arbustos e das árvores. Mas havia um tom peculiar em sua voz. Ele limpou a garganta.

– É um juramento... ou algo assim. Ele, Jamie, fez um juramento a nós, a sua família e seus colonos. Apoio, proteção, esse tipo de coisa.

– Ah, é? – eu disse, ligeiramente intrigada. – O que você quer dizer com "algo assim"?

– Ah, bem... – Ele ficou em silêncio por um instante, evidentemente escolhendo as palavras. – É uma palavra de honra, mais do que apenas um juramento – ele disse cuidadosamente. – Antigamente, dizia-se que *Earbsachd* – ele pronunciou "IARB-sorc" – era a característica peculiar dos MacCrimmon de Skye e significava basicamente que a palavra deles, uma vez empenhada, deveria ser cumprida a qualquer custo. Se um MacCrimmon dissesse que faria alguma coisa – ele parou para retomar o fôlego –, ele faria, ainda que morresse por isso.

Sua mão segurou meu cotovelo, surpreendentemente firme.

– Venha – ele disse, serenamente. – Deixe-me ajudá-la; está escorregadio aqui.

16

NA NOITE DO NOSSO CASAMENTO

– Poderia cantar para mim, Roger?

Ela estava parada na abertura da tenda emprestada, olhando para fora. De trás, ele não podia ver mais do que sua silhueta contra o cinzento do céu nublado, os longos cabelos esvoaçando no vento chuvoso. Ela os usara soltos para o casamento – cabelos de solteira, embora ela tivesse um filho.

Fazia frio esta noite, bem diferente daquela primeira vez em que ficaram juntos, aquela noite quente, esplendorosa, que terminara em rancor e traição. Meses de outras noites estendiam-se entre aquela noite e esta de hoje – meses de solidão, meses de alegria. E, no entanto, seu coração batia tão acelerado agora quanto em sua primeira noite de núpcias.

– Eu sempre canto para você, menina. – Aproximou-se por trás dela, puxou-a contra si, de modo que a cabeça de Brianna repousasse em seu ombro, os cabelos frios e cheios de vida contra seu rosto. Ele passou o braço ao redor da cintura dela, segurando-a com firmeza. Inclinou a cabeça, aninhando o rosto na curva de sua orelha.

– Não importa o que aconteça – ele sussurrou –, não importa onde seja. Não importa se você estiver lá ou não, eu sempre cantarei para você.

Ela virou-se para dentro de seus braços, com um pequeno arrulho de satisfação na garganta, e sua boca encontrou a dele, com gosto de carne de churrasco e vinho quente.

A chuva tamborilava na lona acima e o frio do final do outono erguia-se do chão em torno de seus pés. Na primeira vez, o ar cheirava a lúpulo e lamaçais; o lugar onde se refugiaram tinha o cheiro rústico e penetrante de feno e burros. Agora, o ar vibrava com o aroma de pinheiros e zimbros, temperado com a fumaça de fogueiras ardentes – e o leve toque adocicado de fezes de bebê.

E, no entanto, ela estava outra vez escura e leve em seus braços, seu rosto escondido, seu corpo brilhante. Naquela ocasião, ela estava úmida e derretida, suada com o verão. Agora, seu corpo estava frio como o mármore, salvo onde ele a tocara – porém, o verão ainda vivia na palma de sua mão onde ele a tocava, doce e escorregadio, pleno dos segredos de uma noite quente e escura. Foi certo, ele pensou, que esses votos tivessem sido feitos como os primeiros, ao ar livre, parte do vento e da terra, do fogo e da água.

– Eu amo você – ela murmurou contra sua boca, e ele prendeu seu lábio entre os dentes, emocionado demais no momento para pronunciar as palavras em resposta.

Eles recitaram os votos na ocasião, como o fizeram esta noite. As palavras foram as mesmas e ele fora tão sincero da primeira vez quanto o fora esta noite. E, no entanto, *era* diferente.

Da primeira vez, ele as pronunciara apenas para ela e, embora o tivesse feito sob a vista de Deus, Deus fora discreto, pairando apenas ao fundo, o rosto virado diante da nudez de ambos.

Esta noite, ele as pronunciara no clarão da fogueira, diante de Deus e do mundo, da família. Seu coração fora entregue a ela, e tudo o mais que lhe pertencesse – mas agora não havia mais ele ou ela, dele ou dela. Os votos foram feitos, seu anel colocado no dedo dela, a aliança realizada e testemunhada. Agora eram um só corpo.

Uma das mãos de seu organismo agora unido apertou um seio um pouco duro demais e uma garganta fez um pequeno ruído de desconforto. Ela afastou-se um pouco, e ele sentiu, mais do que viu, uma careta de dor. O ar soprou frio entre os dois e ele sentiu a própria pele repentinamente esfolada, exposta, como se tivesse sido separado dela com uma faca.

– Eu preciso – ela disse, e tocou o seio, sem terminar. – Só um minuto, está bem?

Claire alimentara a criança enquanto Brianna fora conversar com o reverendo Caldwell. Explodindo de mingau e pêssegos em calda, Jemmy mal pôde ser acordado para mamar rapidamente, antes de recair na sonolência e ser levado por Lizzie, a barriguinha dura como um tambor. Isso foi muito bom para a privacidade deles – entorpecido em tal estupor glutão, era improvável que o bebê acordasse antes de o sol nascer. O preço disso, no entanto, era o leite não utilizado.

Ninguém que vivesse na mesma casa com uma mulher que estivesse amamentando poderia deixar de notar seus seios, muito menos seu marido. Eles possuíam vida própria, aqueles seios. Mudavam de tamanho a cada hora, para começar, inchando de seus globos macios normais a grandes bolhas duras e redondas, que lhe davam a estranha sensação de que explodiriam se ele as tocasse.

De vez em quando, um deles *realmente* explodia, ou ao menos dava essa impressão. A carne macia iria subir como pão fermentando, devagar mas certamente empurrando-se acima da borda do corpete de Brianna. Então, de repente, haveria um grande círculo molhado no tecido, que apareceria como se fosse por mágica, como se alguém invisível tivesse atirado uma bola de neve sobre ela. Ou duas bolas de neve – pois o que um dos seios fazia, seu companheiro apressava-se a imitar.

Às vezes, entretanto, os Gêmeos Celestiais eram enganados; Jemmy drenava um lado, mas adormecia sem nenhuma consideração antes de realizar o mesmo serviço do outro lado. Isso deixava sua mãe trincando os dentes, cuidadosamente segurando o globo inchado na palma da mão, pressionando a borda de uma caneca de estanho logo abaixo do mamilo para pegar o jato e o gotejamento, conforme o dolorido inchaço se esvaziava, o suficiente para ela própria adormecer.

Ela fazia isso agora; recatadamente virada de costas para ele, um *arisaid* jogado ao redor dos ombros por causa do frio. Ele podia ouvir o som sibilante do jato de leite, um tilintar delicado contra o metal.

Ele relutava em abafar o som, que achava erótico, mas assim mesmo pegou o violão e começou a dedilhar as cordas, a mão sobre os trastos. Ele não tocava acordes, apenas notas isoladas, pequenas vozes para ecoar a sua própria voz, a vibração de uma única corda soando pelo verso da canção.

Uma canção de amor, sem dúvida. Uma das mais antigas, em gaélico. Ainda que ela não soubesse todas as palavras, achou que ela compreenderia o sentido geral.

"Na noite do nosso casamento,
Virei correndo cobri-la de presentes,
Na noite do nosso casamento..."

Ele fechou os olhos, vendo mentalmente o que a noite agora escondia. Seus mamilos estariam da cor de ameixas maduras e do tamanho de cerejas maduras, e Roger teve a vívida sensação mental de como seria ter um deles na boca. Ele os sugara uma vez, havia muito tempo – antes da chegada de Jemmy –, porém nunca mais.

"Você ganhará cem salmões prateados...
Cem peles de texugo..."

Ela nunca lhe pediu para não o fazer, nunca se afastou – e, no entanto, ele sabia pela maneira com que prendia a respiração que ela estava se preparando para não se contrair e recuar quando ele tocasse seus seios.

Seria apenas por estarem muito sensíveis?, ele imaginou. Ela não confiava que ele fosse capaz de ser delicado?

Ele tentou afastar o pensamento, afogando-o em uma pequena cascata de notas, líquidas como uma cachoeira.

Pode não ser por sua causa – sussurrou a voz, recusando-se teimosamente a ir embora. *Talvez fosse por causa* dele – *algo que ele fez a ela.*

Fora!, ele pensou sucintamente para a voz, marcando cada palavra da canção com o som forte de uma corda. Stephen Bonnet não teria nenhum lugar na cama da noite de núpcias deles dois. Nenhum.

Ele colocou a mão sobre as cordas para silenciá-las por um breve instante e, quando ela deixou o *arisaid* deslizar dos ombros, recomeçou, desta vez em inglês. E era uma canção especial – uma só para eles dois. Ele não sabia se alguém mais iria ouvi-la, mas não fazia a menor diferença se ouvissem. Ela parou e fez a combinação deslizar dos ombros, enquanto os dedos dele tocavam a tranquila abertura de "Yesterday", dos Beatles.

Ele a ouviu rir, uma vez, depois suspirar, e o linho sussurrou contra sua pele ao cair.

Ela se aproximou por trás dele, nua, enquanto a suave e melancólica nostalgia da canção enchia a escuridão. A mão dela acariciou seus cabelos, juntou-os com força em sua nuca. Ela oscilou e ele sentiu-a pressionar o corpo contra suas costas, os seios macios agora, maleáveis e quentes através de sua camisa, seu hálito fazendo cócegas em sua orelha. A mão de Brianna descansou em seu ombro por um breve instante, depois deslizou por dentro de sua camisa, os dedos frios em seu peito. Ele pôde sentir o metal duro e quente do anel dela em sua pele e sentiu uma enorme ânsia de possuí-la que pulsava através dele como um grande gole de uísque, um calor expandindo-se por sua carne.

Ansiava por se virar e tomá-la nos braços, mas abafou a compulsão, aumentando a expectativa. Inclinou a cabeça para mais perto das cordas e cantou até que todo e qualquer pensamento o tivesse abandonado e não restasse nada mais além do seu corpo e do corpo dela. Não saberia dizer quando a mão dela fechou-se sobre a sua, nos trastos, e ele se levantou e se virou para ela, ainda repleto da sua música e de seu amor – suave, forte e puro na escuridão.

Ela permaneceu em silêncio no escuro, sentindo o coração retumbar devagar em seus ouvidos. A pulsação ecoava em seu pescoço, nos pulsos, nos seios, no útero. Ela perdera os seus limites; lentamente, a noção de seus membros, dedos, cabeça e tronco, de espaço ocupado retornou. Retirou o dedo grudado entre suas pernas e sentiu o último choque de formigamento descer pelas suas coxas quando ele se soltou.

Respirou devagar, ouvindo atentamente.

O hálito dele ainda vinha em longas e regulares expirações; graças a Deus, não o acordara. Ela fora cuidadosa, movendo não mais do que a ponta de um dedo, mas o último solavanco do clímax a atingira com tal força que seus quadris moveram-se bruscamente, conforme sua barriga estremecia em convulsão, seus calcanhares escavando o colchão com um ruidoso farfalhar de palha.

Ele tivera um dia muito longo – todos eles tiveram. Mesmo assim, ela ainda podia ouvir fracos sons festivos na encosta da montanha em volta deles. A chance de comemorar como esta acontecia tão raramente que ninguém deixaria que algo tão inconsequente quanto chuva, frio ou cansaço os tirasse da diversão.

Ela mesma se sentia como uma poça de mercúrio líquido; macia e pesada, tremeluzindo a cada batida do coração. O esforço de se mover era inimaginável; mas sua convulsão final havia arrancado a colcha dos ombros dele e a pele de suas costas estendia-se macia e nua, escura em contraste com o lençol claro. O bolsão de calor ao seu redor era aconchegante e perfeito, mas ela não podia comprazer-se enquanto ele jazia exposto ao ar gelado da meia-noite. Filetes de neblina haviam se infiltrado por baixo da porta da barraca e pairavam como fantasmas, viscosas, ao redor deles; ela podia ver o leve brilho de umidade na curva alta da maçã de seu rosto.

Ela convocou ossos e músculos, encontrou um neurônio motor em condições de trabalho e severamente ordenou-lhe que disparasse. De posse de seu corpo novamente, ela rolou de lado, de frente para ele, e delicadamente puxou a colcha para cima, até suas orelhas. Ele remexeu-se e murmurou alguma coisa; ela acariciou seus cabelos castanhos soltos e ele sorriu debilmente, as pálpebras abrindo-se parcialmente no olhar vazio de alguém que vê sonhos. Elas cerraram-se outra vez, ele deu um longo suspiro e adormeceu novamente.

– Eu amo você – ela sussurrou, cheia de ternura.

Acariciou de leve suas costas, adorando a sensação de suas omoplatas através da colcha, o osso sólido na base de sua nuca e o sulco longo e liso que percorria o centro de sua espinha dorsal para se arquear na elevação das nádegas. Uma brisa fria arrepiou os pelos de seu braço e ela o enfiou debaixo das cobertas, deixando a mão descansar de leve no traseiro de Roger. A sensação não era nenhuma novidade, mas excitou-a mesmo assim, com sua forma redonda quente e perfeita, os pelos ásperos e encaracolados. Um leve eco de seu prazer solitário a encorajou a repetir o gesto e sua mão livre insinuou-se entre suas pernas, mas a pura exaustão a deteve, dedos flácidos amoldando-se na carne intumescida, um dedo lânguido percorrendo o tecido escorregadio.

Ela esperara que fosse diferente esta noite. Sem o onipresente perigo de acordar Jemmy, livres para levarem todo o tempo que quisessem, e cavalgar as ondas da emoção pela troca de votos, ela imaginara... mas fora tudo igual.

Não que não se sentisse excitada, muito pelo contrário. Cada movimento, cada toque, se imprimia nos nervos de sua pele, nas fendas da boca e na memória, inundando-a do cheiro, marcando-a com a sensação. Mas, por mais maravilhoso que fosse o sexo, permanecia uma estranha sensação de distância, uma barreira que ela não conseguia transpor.

E assim, mais uma vez, ela se viu deitada ao lado dele enquanto ele dormia, revivendo mentalmente cada momento da paixão que acabavam de compartilhar – e capaz, finalmente, na lembrança de se entregar a ela.

Talvez fosse porque o amasse demais, pensou, ou estivesse preocupada demais com o prazer dele para ter o seu próprio. A satisfação que ela sentia quando ele se entregava, arfando e gemendo em seus braços, era muito maior do que o simples prazer físico do clímax. E, no entanto, havia algo mais obscuro sob isso; uma sensação peculiar de triunfo, como se ela tivesse vencido algum concurso não declarado e não reconhecido entre eles.

Suspirou e aninhou a fronte contra a curva do ombro dele, apreciando seu odor masculino – um cheiro almiscarado, forte e amargo, como poejo.

A ideia de ervas a fez lembrar e ela deslizou um dedo escorregadio bem fundo para verificar. Não, estava tudo bem; o pedaço de esponja embebido em óleo de tanaceto ainda estava no lugar, sua presença frágil e pungente protegendo a entrada de seu útero.

Ela aconchegou-se mais a ele e ele se remexeu inconscientemente, seu corpo virando-se parcialmente para acomodá-la, seu calor imediatamente envolvendo-a, reconfortando-a. A mão dele tateou como um pássaro voando às cegas, deslizando pelo seu quadril, sua barriga macia, em busca de um lugar de pouso. Ela envolveu-a com as duas mãos e dobrou-a, presa sob seu queixo. A mão dele curvou-se sobre a dela; ela beijou uma junta áspera e grande e ele suspirou profundamente, a mão relaxando.

Os sons de folguedos na montanha haviam desaparecido, conforme os dançarinos se cansaram e os músicos ficaram roucos e exaustos. A chuva recomeçou, tamborilando na lona acima, e uma névoa cinzenta tocou seu rosto com dedos úmidos e frios. O cheiro de lona molhada a fez pensar nas viagens de acampamento com seu pai, com suas sensações mistas de empolgação e segurança, e ela se aconchegou ainda mais na curva do corpo de Roger, sentindo uma sensação similar de conforto e expectativa.

Eram os primeiros dias, ela pensou. Tinham toda a vida diante deles. O momento da entrega certamente viria.

17

A FOGUEIRA DA SENTINELA

De onde estavam deitados, ele podia ver lá embaixo através de uma lacuna nas rochas, até a fogueira da sentinela que queimava na frente da barraca de Hayes. A enorme fogueira da Assembleia se reduzira a brasas, seu clarão apenas uma fraca lembrança das altas labaredas de declaração, mas a fogueira menor ardia firme como uma estrela contra a noite fria. De vez em quando, uma figura escura, de *kilt*, levantava-se para avivá-la, ficava absolutamente parada por um instante contra a claridade, depois desfazia-se outra vez na noite.

Ele tinha uma leve consciência das nuvens fugidias que encobriam a luz, do forte tremular da lona acima de sua cabeça e das sombras negras das rochas na encosta da montanha, mas não tinha olhos para mais nada além da fogueira lá embaixo e da mancha branca da barraca por trás dela, amorfa como um fantasma.

Ele reduzira a respiração, relaxara os músculos dos braços e do peito, costas, nádegas, pernas. Não na tentativa de dormir; não sentia nenhum sono e não tinha intenção de buscá-lo.

Nem se tratava de uma tentativa de enganar Claire, fazendo-a acreditar que ele estava dormindo. Tão perto do seu corpo, tão perto de sua mente como estava, ela saberia que ele estava acordado. Não, era apenas um sinal para ela; um reconhecido faz de conta que a livrava de qualquer necessidade de prestar atenção nele. Ela deveria dormir, sabendo-o ocupado dentro da casca de noz de sua mente, não tendo nenhuma requisição imediata a fazer a ela.

Poucos dormiam na montanha esta noite, ele pensou. O zumbido do vento mascarava o murmúrio de vozes, o roçar de movimentos, mas seus sentidos de caçador registraram uma dúzia de pequenas agitações, identificando palavras entreouvidas, dando nome às sombras móveis. Um arrastar de sapatos de couro sobre pedra, a batida de um cobertor sacudido. Seriam Hobson e Fowles, partindo em surdina, sozinhos, no escuro, temerosos de esperar pelo amanhecer, por receio de serem traídos durante a noite.

Algumas notas musicais desceram com uma rajada de vento que veio de cima; concertina e violino. Os escravos de Jocasta, recusando-se a abrir mão desta rara ocasião de festejar em prol das necessidades de sono ou dos imperativos das condições climáticas.

Um bebê choramingando. O pequeno Jemmy? Não, o som vinha de trás. A pequena Joan, então, e a voz de Marsali, baixa e meiga, cantando em francês.

– *... Alouette, gentil Alouette...*

Agora, sim, o som que ele esperava; passos no extremo oposto das rochas que delimitavam o santuário de sua família. Rápidos e leves, descendo a encosta. Ele esperou, os olhos abertos, e, dentro de poucos instantes, ouviu a leve saudação de uma sentinela perto da tenda. Nenhuma figura surgiu na luz da fogueira abaixo, mas a aba da entrada da tenda depois dela se mexeu, a abertura se abriu, depois a aba caiu novamente, fechando a entrada.

Como ele imaginara, então; havia um forte sentimento generalizado contra os rebeldes. Não era considerado uma traição de amigos, mas a necessária entrega de criminosos para proteção daqueles que escolheram viver dentro da lei. Podia ser relutante – as testemunhas haviam esperado pela escuridão –, mas não era furtivo.

– *... j'ante plumerai la tête...*

Ocorreu-lhe se perguntar por que as canções entoadas a crianças eram em geral tão assustadoras, sem que se desse a menor atenção às palavras que as crianças absorviam junto com o leite da mãe. A música das canções era para ele não mais do que uma ladainha monótona – talvez fosse por isso que ele prestava mais atenção do que a maioria à letra das canções.

Até mesmo Brianna, que vinha de uma época presumivelmente mais pacífica, cantava canções de terríveis mortes e trágicas perdas para o pequeno Jemmy, tudo com um ar tão terno quando o da Virgem amamentando o Menino Jesus. Aquele verso sobre a filha do mineiro que se afogou em meio aos seus patinhos...

Ocorreu-lhe perversamente imaginar que pavorosos acontecimentos a Santa Mãe de Deus deve ter incluído em seu próprio repertório de canções de ninar; a julgar pela Bíblia, a Terra Santa não era mais pacífica do que a França ou a Escócia.

Ele teria feito o sinal da cruz em penitência pela ideia, mas Claire estava deitada sobre seu braço direito.

– Eles estavam errados? – A voz de Claire veio suavemente de baixo de seu queixo, espantando-o.

– Quem? – Ele inclinou a cabeça para ela e beijou a espessa maciez de seus cachos. Seus cabelos cheiravam a fumaça das fogueiras e ao aroma penetrante e pungente de zimbros.

– Os homens em Hillsborough.

– Sim, acho que sim.

– O que você teria feito?

Ele suspirou e encolheu um dos ombros num gesto de incerteza.

– O que posso dizer? Sim, se fosse eu quem tivesse sido enganado e não houvesse esperança de reparação, eu teria agarrado o responsável. Mas o que foi feito lá... você ouviu. Casas demolidas e incendiadas, homens arrastados de suas salas e espancados até a inconsciência, apenas por causa do seu trabalho... não, *Sassenach*. Eu não sei o que eu teria feito... mas não isso.

Ela virou um pouco a cabeça, de modo que ele viu a curva alta de sua maçã do rosto, delineada em luz, e o flexão do músculo que corria diante de sua orelha quando ela riu.

– Não achei que você o faria. Não consigo vê-lo fazendo parte de uma turba de arruaceiros.

Ele beijou sua orelha, para não responder diretamente. *Ele* podia ver-se como parte de uma turba de revoltosos, sem a menor dificuldade. Isso era o que o amedrontava. Ele conhecia muito bem a força desse movimento.

Um único homem das Highlands era um guerreiro, mas o mais poderoso dos homens ainda era apenas um homem. Era a loucura que tomava conta de grupos de homens que haviam governado os vales das Highlands por mil anos; essa excitação do sangue, quando você ouvia os berros de seus companheiros, sentia a força do todo levá-lo em suas asas, e você conhecia a imortalidade – porque, ainda que caísse, seria levado em frente, seu espírito gritando nas bocas daqueles que correram ao seu lado. Somente mais tarde, quando o sangue corria frio em veias flácidas e ouvidos surdos, ouviam-se as mulheres chorando...

– E se não fosse um homem que o tivesse enganado? E se fosse a Coroa ou a Justiça? Quero dizer, não uma única pessoa, mas uma instituição?

Ele sabia aonde ela queria chegar. Apertou o braço ao seu redor, sentindo seu hálito quente nas articulações dos seus dedos, curvados logo abaixo do seu queixo.

– Não é isso. Não aqui. Não agora. – Os desordeiros haviam atacado em resposta a crimes de homens, de indivíduos; o preço desses crimes devia ser pago com sangue, não retaliado com a guerra – ainda não.

– Não é – ela disse serenamente. – Mas vai ser.

– Não agora – ele repetiu.

O pedaço de papel estava escondido em segurança em seu alforje, sua maldita convocação oculta. Ele precisava lidar com aquilo, e sem perda de tempo, mas esta noite ele fingiria que não estava lá. Uma última noite de paz, com sua mulher nos braços, sua família ao seu redor.

Outra sombra junto à fogueira. Outra saudação da sentinela, mais um a atravessar o portão dos traidores.

– E *eles* estão errados? – Uma ligeira inclinação de sua cabeça na direção da tenda lá embaixo. – Os que estão indo entregar seus conhecidos?

– Sim – ele disse, após um instante. – Eles também estão errados.

Um bando de desordeiros pode dominar, mas era cada homem individualmente que pagaria o preço pelo que havia sido feito. Parte do preço era a quebra da confiança, a delação de vizinho contra vizinho, medo de um nó apertando com tanta força até não sobrar nenhum ar de compaixão ou perdão.

Começara a chover; o leve salpicar das gotas na lona acima transformou-se num tamborilar harmônico e o ar ganhou vida com o correr das águas. Era uma tempestade de inverno; nenhum relâmpago iluminava o céu e as altas montanhas estavam invisíveis.

Segurou Claire bem junto a si, curvando a mão livre no seu baixo-ventre. Ela suspirou, um leve tom de dor na respiração, e acomodou-se, o traseiro encaixando-se na curva de suas coxas. Ele pôde sentir o derretimento começar conforme ela relaxava, aquela estranha fusão de seus corpos.

No começo, acontecia somente quando ele a possuía, e apenas no final. Depois, cada vez mais cedo, até que a mão dela sobre ele era tanto um convite quanto uma conclusão, uma entrega inevitável, oferecida e aceita. Ele resistira uma vez ou outra, só para ter certeza de que podia, repentinamente temeroso de perder-se. Ele a considerara uma paixão traiçoeira, como a que varria um bando de homens, vinculando-os numa fúria insana.

Mas agora ele tinha certeza de que era uma sensação certa. A Bíblia de fato a mencionava: *Vocês serão uma só carne* e *O que Deus uniu, nenhum homem poderá separar.*

Ele sobrevivera a tal separação uma vez; não poderia suportá-la duas vezes e sobreviver. As sentinelas haviam erguido uma lona em meia-água perto da fogueira para abrigá-los da chuva. As chamas crepitavam conforme a chuva era soprada pelo vento e iluminavam o tecido claro com uma claridade bruxuleante que pulsava como batimentos cardíacos. Ele não tinha medo de morrer com ela, pelo fogo ou de qualquer outro modo – só tinha medo de viver sem ela.

O vento mudou de direção, carregando com ele o som fraco de risos de uma minúscula tenda onde os recém-casados dormiam – ou não dormiam. Sorriu consigo mesmo. Esperava que sua filha encontrasse no casamento a mesma alegria e felicidade que ele encontrara – e até aqui, tudo bem. O rosto do rapaz iluminava-se quando olhava para ela.

– O que você vai fazer? – Claire perguntou serenamente, as palavras quase se perdendo no barulho da chuva.

– O que tiver que fazer.

Não era uma resposta, mas a única possível.

Não havia nenhum mundo fora daquele pequeno confinamento, ele disse a si mesmo. A Escócia se perdera, as Colônias iriam se perder – o que se estendia à frente ele só podia imaginar muito indistintamente pelo que Brianna lhe contava. A única realidade era a mulher que ele segurava em seus braços; seus filhos e netos; seus colonos e criados – essas eram as dádivas que Deus lhe dera; para ele acolher, para ele proteger.

A encosta da montanha estava escura e silenciosa, mas ele podia senti-los em toda a sua volta, confiantes nele para guiá-los com segurança. Se Deus depositara nele essa confiança, certamente também lhe concederia a força para merecê-la.

Ele estava ficando excitado pelo hábito do contato íntimo, seu pênis levantando-se e desconfortavelmente preso. Ele a desejava, havia dias ansiava por ela, o desejo posto de lado na confusão da Assembleia. A dor difusa em suas bolas reproduzia o que ele achava que devia ser a dor no útero dela.

Ele a possuíra algumas vezes em meio à sua menstruação, quando ambos sentiam uma urgência que não admitia espera. Ele achara confuso e perturbador, mas também excitante, deixando-o com uma leve sensação de vergonha que não era inteiramente desagradável. Agora não era a hora nem o lugar para isso, é claro, mas a lembrança de outras ocasiões e outros lugares o fez mudar de posição, afastando-se dela, para não a incomodar com a evidência física de seus pensamentos.

Entretanto, o que ele sentia agora não era cobiça sexual – não inteiramente. Nem sequer era necessidade dela, o desejo de companhia da alma. Ele queria cobri-la com seu corpo, possuí-la – pois, se pudesse fazer isso, poderia fingir para si mesmo que ela estava a salvo. Cobrindo-a desse modo, unidos em um só corpo, ele poderia protegê-la. Ou assim ele sentia, embora reconhecendo a falta de lógica do sentimento.

Ele se estendera, o corpo involuntariamente se retesando com seus pensamentos. Claire remexeu-se e estendeu a mão para trás. Pousou-a em sua perna, deixou-a ali por um instante, depois subiu lentamente, numa indagação sonolenta.

Ele inclinou a cabeça, colocou os lábios atrás de sua orelha. Disse o que estava pensando, sem refletir.

– Nada poderá feri-la enquanto houver um sopro de vida em meu corpo, *a nighean donn.* Nada.

– Eu sei – ela disse. Seus membros relaxaram-se lentamente, sua respiração se acalmou e a suave curva de sua barriga inflou sob a palma de sua mão enquanto ela se dissolvia no sono. A mão dela permaneceu sobre ele, cobrindo-o. Ele continuou retesado e completamente insone, até muito tempo depois da fogueira da sentinela ter sido apagada pela chuva.

PARTE DOIS

A CONVOCAÇÃO DO CHEFE

18
LAR DOCE LAR

Gideon arremeteu a cabeça para frente como uma cobra, mirando a perna do cavaleiro adiante.

– *Seas!* – Jamie girou com força a cabeça do enorme baio antes que ele pudesse dar uma mordida. – Filho da mãe desgraçado – murmurou à meia-voz. Geordie Chisholm, sem perceber que escapara por pouco dos dentes de Gideon, ouviu a observação e olhou para trás por cima do ombro, surpreso. Jamie sorriu e tocou a aba de seu chapéu como um pedido de desculpas, conduzindo o cavalo para a frente da mula de pernas longas de Chisholm.

Jamie esporeou Gideon sem piedade nos flancos, instigando-o a ultrapassar o restante dos viajantes vagarosos a uma velocidade suficiente para impedir o brutamontes de morder, dar coice, pisotear crianças desgarradas ou causar algum outro tipo de confusão. Após uma semana de viagem, ele estava muito bem familiarizado com as inclinações do garanhão. Passou por Brianna e Marsali, mais ou menos na metade da coluna, num trote lento; quando passou por Claire e Roger, cavalgando à frente, estava veloz demais para fazer mais do que saudá-los com um floreio do chapéu.

– *A mhic an dhiobhail* – ele disse, enfiando o chapéu de novo na cabeça e inclinando-se sobre o pescoço do cavalo. – Você é um pouco arisco demais para o seu próprio bem, quanto mais para o meu. Vamos ver quanto tempo você aguenta o rojão, hein?

Ele puxou com força para a esquerda, saindo da trilha e descendo um declive, pisoteando o mato seco e tirando os cornisos desfolhados do caminho, os galhinhos estalando como um tiroteio. O que o maldito filho da mãe precisava era de um terreno plano, onde Jamie o faria galopar até perder o fôlego e o traria de volta arquejando. Como não havia nenhum lugar plano num raio de trinta quilômetros, ele teria que se arranjar como pudesse.

Juntou as rédeas, estalou a língua, enfiou os calcanhares nas costelas no animal e arremessaram-se pela encosta acima como se tivessem sido lançados de um canhão.

Gideon era um cavalo de ossatura larga, bem nutrido e de bom fôlego, e fora por isso que Jamie o comprara. Era também um cavalo teimoso e mal-humorado, por isso não custara muito, embora mais do que Jamie poderia se dar ao luxo de gastar.

Quando voaram por cima de um córrego, saltaram um tronco caído e subiram a toda brida uma encosta quase vertical, entulhada de chaparreiros e caquizeiros raquíticos, e Jamie se perguntou se havia feito um bom negócio ou se aquilo era um suicídio. Este foi o último pensamento coerente que ele teve antes de Gideon mudar bruscamente de direção, esmagando a perna de Jamie contra uma árvore, depois contrair as ancas, se arremessar pelo outro lado da montanha abaixo e enfiar-se num aglomerado de arbustos, fazendo bandos de perdizes saltarem de baixo de seus enormes cascos, explodindo em todas as direções.

Meia hora esquivando-se dos galhos baixos, saltando córregos e subindo a galope tantas encostas quantas Jamie pôde encontrar, e Gideon ficou, se não exatamente dócil, ao menos exausto o suficiente para ser manejável. Jamie estava encharcado até as coxas, machucado, sangrando de meia dúzia de arranhões e arfando quase tanto quanto o cavalo. No entanto, ele ainda estava na sela e ainda no comando.

Ele virou a cabeça do cavalo na direção do sol poente e estalou a língua outra vez.

– Está bem agora – ele disse. – Vamos para casa.

Eles haviam se exercitado vigorosamente, mas, dada a natureza acidentada do terreno, não haviam coberto tanta distância a ponto de se perderem inteiramente. Ele virou a cabeça de Gideon para cima e, em quinze minutos, saíram no alto de uma pequena serra que ele reconheceu.

Escolheram seu caminho ao longo da serra, procurando uma maneira segura de descer pelos emaranhados de castanheiras-anãs, choupos e abetos. O grupo não estaria muito distante, ele sabia, mas poderia levar algum tempo até alcançá-los e ele queria se juntar a eles outra vez antes de chegarem a Ridge. Não que Claire ou MacKenzie não pudessem guiá-los, mas ele admitiu para si mesmo que queria muito retornar a Fraser's Ridge à frente de seu grupo, liderando-os na volta para casa.

– Santo Deus, homem, você pensa que é Moisés – ele murmurou, sacudindo a cabeça como se zombasse das próprias pretensões.

O cavalo espumava e, quando as árvores se abriram num pequeno espaço livre, Jamie parou para um momento de descanso – relaxando as rédeas, mas ainda assim mantendo-as firmemente seguras, para desencorajar qualquer ideia que a voluntariosa criatura ainda pudesse estar alimentando. Ficaram no meio de um bosque de vidoeiros prateados, à beira de uma pequena formação rochosa acima de um declive de doze metros; achava que o cavalo era orgulhoso demais para pensar em autodestruição, mas o melhor era ser cuidadoso, caso ele tivesse qualquer ideia de lançar seu cavaleiro no meio dos loureiros lá embaixo.

A brisa soprava do oeste. Jamie ergueu o queixo, desfrutando seu toque frio na pele afogueada. O terreno estendia-se em ondulações de marrom e verde, salpicadas aqui e ali de manchas coloridas, iluminando a neblina nos recôncavos como a claridade da fumaça de uma fogueira de acampamento. Sentiu uma grande paz dominá-lo diante da vista e respirou profundamente, seu corpo relaxando.

Gideon relaxou também, toda a agressividade lentamente se esvaindo dele como água de um balde furado. Devagar, Jamie deixou suas mãos pousarem com leveza no pescoço do cavalo e o animal permaneceu quieto, as orelhas para frente. Ah, ele pensou, e ele percebeu que aquele era um Lugar.

Ele pensava em tais lugares de uma forma que não cabia em palavras, apenas reconhecendo quando chegava a um deles. Podia chamá-lo de sagrado, salvo que a sensação transmitida por tais lugares nada tinha a ver com igreja ou santo. Era apenas um lugar ao qual ele pertencia, e isso era suficiente, embora ele preferisse estar sozinho quando encontrava um lugar assim. Deixou as rédeas caírem frouxas sobre o pescoço do cavalo. Sentiu que nem mesmo uma criatura mal-humorada como Gideon daria trabalho ali.

De fato, o cavalo permaneceu quieto, a base escura e vigorosa do pescoço soltando vapor no ar frio. Não podiam se demorar, mas ele sentia-se profundamente gratificado pela trégua momentânea – não da batalha com Gideon, mas da pressão das pessoas.

Ele aprendera desde cedo o truque de viver à parte em uma multidão, com privacidade em sua mente, quando a privacidade física não era possível. Mas ele nasceu como um homem da montanha e aprendera cedo também o encanto da solidão e a capacidade de cura de lugares tranquilos.

De repente, teve uma visão de sua mãe, um dos pequenos retratos vívidos que sua mente abrigava, apresentando-os inesperadamente em resposta a Deus sabe o quê – um som, um cheiro, algum fugidio capricho da memória.

Ele estava preparando armadilhas para coelhos numa colina, suado e acalorado, os dedos espetados do tojo e a camisa grudada no corpo de suor e lama. Ele vira um bosquete de árvores e fora se refugiar em sua sombra. Sua mãe estava lá, sentada na sombra verde, no chão, ao lado de uma pequena fonte. Ela estava absolutamente imóvel – o que não era próprio dela –, as mãos longas entrelaçadas no colo.

Ela não disse nada, mas sorriu para ele e ele aproximou-se, também sem falar, mas tomado de uma magnífica sensação de paz e contentamento, descansando a cabeça no ombro dela, sentindo seu braço rodeá-lo e sabendo que estava no centro do mundo. Ele devia ter cinco ou seis anos.

Tão repentinamente quanto surgira, a visão desapareceu, como uma truta brilhante sumindo em águas escuras. Mas deixou para trás a mesma profunda sensação de paz – como se alguém o tivesse abraçado rapidamente, a mão suave tocado em seu cabelo.

Ele saltou da sela, precisando sentir as agulhas dos pinheiros sob suas botas, um contato físico com aquele lugar. A precaução o fez amarrar as rédeas num robusto pinheiro, apesar de Gideon parecer bastante calmo; o garanhão abaixara a cabeça e, com o focinho, procurava tufos de capim seco. Jamie ficou parado, imóvel, por um instante, depois se voltou cuidadosamente para a direita, de frente para o norte.

Ele já não se recordava de quem lhe ensinara isto – se tinha sido sua mãe, seu pai ou o Velho John, pai de Ian. Mas proferiu as palavras, enquanto girava no sentido do sol, como no folclore escocês, murmurando a pequena prece a cada um dos pontos cardeais por sua vez, até terminar de frente para o oeste, para o sol poente. Colocou as mãos em concha e a luz encheu-as, derramando-se das palmas.

"Que Deus torne seguro cada um dos meus passos,
Que Deus abra meus caminhos,
Que Deus ilumine minha estrada
E que Deus me tome em Suas próprias mãos."

Com um instinto mais antigo do que a oração, ele pegou o frasco da cintura e despejou algumas gotas no chão.

Fragmentos de sons transportados pela brisa alcançaram-no; risos e gritos, o barulho de animais atravessando vegetação rasteira. A caravana não estava distante, apenas do outro lado de um pequeno vale, dobrando a curva vagarosamente da colina à sua frente. Deveria ir agora, juntar-se a eles na última investida monte acima, na direção de Ridge.

Ainda assim, hesitou por um instante, com receio de quebrar o encanto do Lugar. Pelo canto do olho, captou um minúsculo movimento; inclinou-se, estreitando os olhos enquanto espreitava debaixo das sombras profundas de um azevinho.

Ele estava paralisado, perfeitamente mesclado ao fundo escuro e turvo. Jamie jamais o teria avistado se seus olhos de caçador não tivessem percebido o movimento. Um gatinho, o pelo cinza inflado como a cabeça de um algodão-do-campo maduro, os olhos enormes arregalados e fixos, sem piscar, quase sem cor na obscuridade do arbusto.

– *A Chait* – ele sussurrou, estendendo devagar um dedo para ele. – O que você está fazendo aqui?

Um gato selvagem, sem dúvida; nascido de mãe selvagem, fugido da cabana de algum colono e há muito livre da prisão da domesticidade. Ele roçou os pelos finos de seu peito e o pequeno animal fincou os minúsculos dentes repentinamente em seu dedo.

– Ai! – Ele deu um salto para trás e examinou a gota de sangue que se formava no pequeno ferimento. Fitou o gato com raiva por um instante, mas ele simplesmente lhe devolveu o olhar, sem fazer nenhum movimento para fugir. Jamie parou, depois se decidiu. Limpou a gota de sangue em seu dedo nas folhas, mais uma oferenda para se somar ao gole de bebida que ele derramara, um presente aos espíritos do Lugar – que evidentemente haviam resolvido também lhe oferecer um presente.

– Muito bem, então – ele disse à meia-voz. Ajoelhou-se e estendeu a mão, a palma para cima. Muito devagar, moveu um dedo, depois o outro, e o outro, e o outro, depois repetiu o gesto, num movimento ondulante de algas na água. Os grandes olhos pálidos fixaram-se no movimento, como hipnotizados. Ele pôde ver a ponta da pequena cauda mexer-se, bem devagar, e sorriu diante da cena.

Se ele podia pescar uma truta com a mão – e podia –, por que não poderia pegar um gato?

Fez um pequeno ruído entre os dentes, um som sibilante, como o chilrear distante de pássaros. O gatinho olhava fixamente, fascinado, enquanto os dedos suavemente ondulantes moviam-se invisíveis cada vez mais perto. Quando afinal tocou o pelo do animal outra vez, ele não fez nenhuma menção de fugir. Um dedo avançou lentamente por baixo do pelo, outro deslizou por baixo das pequeninas e frias almofadas de uma pata, e o animal deixou que ele o pegasse com delicadeza na mão e o levantasse do solo.

Segurou-o por um instante contra o peito, acariciando-o com um dedo, traçando a linha sedosa do maxilar às orelhas delicadas. O gatinho cerrou os olhos e começou a ronronar, em êxtase, produzindo um rumor em sua mão como uma trovoada distante.

– Oh, então você vai embora comigo, não é? – Não recebendo nenhuma objeção do gato, ele abriu a gola de sua camisa e enfiou o pequeno animal lá dentro, onde ele cutucou e explorou um pouco suas costelas antes de se enroscar contra sua pele, o ronronar reduzido a uma vibração silenciosa, mas agradável.

Gideon parecia satisfeito com o descanso; ele partiu obedientemente e, quinze minutos depois, eles já haviam alcançado os outros. Mas a momentânea docilidade do cavalo evaporou-se sob o esforço da íngreme subida final.

Não que o animal não conseguisse galgar a encosta escarpada; o que ele não suportava era ter que seguir outro cavalo. Não importava se Jamie queria ou não liderar a caravana para casa – se Gideon tivesse alguma coisa a ver com a questão, eles não só estariam na liderança, como a uma boa distância à frente.

A coluna de viajantes estendia-se por mais de oitocentos metros, cada família viajando a seu próprio passo: Fraser, MacKenzie, Chisholm, MacLeod e Aberfeldy. A cada espaço e alargamento da trilha, Gideon abria caminho rudemente para frente, empurrando e deixando para trás mulas, carneiros, viajantes a pé e éguas; ele até mesmo assustou e espalhou os três porcos que lentamente acompanhavam a vovó Chisholm. Os porcos arremeteram-se para dentro do mato num coro de roncos em pânico quando Gideon lançou-se sobre eles.

Na maioria das vezes, Jamie concordava com o cavalo; ansioso para chegar a casa e esforçando-se para isso, irritado com tudo que ameaçasse retardá-lo. No momento, o principal impedimento ao progresso era Claire, que havia – maldita mulher – parado sua égua diante dele e apeado para pegar mais uma erva da beira do caminho. Como se a casa inteira já não estivesse cheia de plantas, da soleira da porta à cumeeira, e seus alforjes cheios até a borda com mais!

Gideon, absorvendo com entusiasmo o humor de seu cavaleiro, estendeu o pescoço e mordiscou a anca da égua. Ela deu um pinote, berrou e disparou para fora da trilha, as rédeas soltas penduradas. Gideon emitiu um ruído grave e retumbante de satisfação e disparou atrás dela, mas Jamie o fez parar bruscamente com um safanão, sem a menor cerimônia.

Claire girara nos calcanhares com o barulho, os olhos arregalados. Ergueu os olhos para Jamie, para a trilha, à procura de seu cavalo desaparecido, depois novamente para ele. Encolheu os ombros num gesto de desculpas, as mãos cheias de folhas rasgadas e raízes imundas.

– Sinto muito – ela disse, mas ele a viu morder o canto da boca e o rubor subir às suas faces, o sorriso cintilando nos seus olhos como a luz da manhã num rio de trutas. Contra sua vontade, sentiu a tensão dos seus ombros diminuir. Ele pensara em repreendê-la; na verdade, ainda o fez, mas as palavras não pareciam vir à sua língua.

– Suba, então, mulher – ele disse, asperamente, indicando a sela atrás dele com um sinal da cabeça. – Quero jantar.

Ela riu e subiu com dificuldade, segurando as saias para não atrapalharem. Gideon, irritado com o fardo adicional, girou bruscamente para morder qualquer coisa que pudesse alcançar. Jamie estava pronto para isso; puxou com força a ponta da rédea do focinho do cavalo, fazendo-o dar uma guinada para trás e relinchar de surpresa.

– Isso vai ensiná-lo, seu filho da mãe. – Puxou o chapéu sobre a testa e ajeitou sua mulher errante com segurança, as saias esvoaçantes enfiadas embaixo das coxas, os braços ao redor de sua cintura. Ela cavalgava sem sapatos ou meias e suas longas panturrilhas eram brancas e nuas contra o couro escuro do cavalo baio. Ele juntou as rédeas e esporeou o cavalo, com um pouco mais de força do que o estritamente necessário.

Gideon prontamente se empinou, recuou, contorceu-se e tentou arrancar ambos da sela passando por baixo de um galho de álamo pendurado. O gatinho, bruscamente acordado de seu cochilo, enfiou todas as garras na barriga de Jamie e berrou alarmado, embora o barulho tenha se perdido no berro muito mais alto de Jamie. Ele deu um safanão, fazendo a cabeça do cavalo girar, praguejando, e chutou seu traseiro com a perna esquerda.

Sem se deixar vencer, Gideon executou um salto, como um saca-rolha. Houve um guincho fino e uma repentina sensação de vazio atrás dele, quando Claire foi arremessada dentro de um arbusto como uma saca de farinha. O cavalo cedeu de repente ao puxão em sua boca e arremessou-se trilha abaixo, na direção contrária, enfiando-se pelo meio de uma cortina de amoreiras silvestres e parando com uma derrapagem que quase o fez cair sobre o traseiro, numa chuva de lama e folhas mortas. Em seguida, endireitou-se como uma cobra, sacudiu a cabeça e saiu trotando tranquilamente para roçar focinho com o cavalo de Roger, que estava parado na borda da clareira da fonte, observando-os com o mesmo ar divertido exibido por seu cavaleiro desmontado.

– Tudo bem aí? – Roger perguntou, erguendo uma das sobrancelhas.

– Claro – Jamie respondeu, tentando recobrar o fôlego sem perder a dignidade. – E você?

– Tudo bem.

– Ótimo. – Ele já apeava da sela enquanto falava. Atirou as rédeas na direção de MacKenzie, sem esperar para ver se ele as pegara, e correu de volta para a trilha, gritando:

– Claire! Onde você está?

– Aqui! – ela chamou alegremente. Ela emergiu da sombra dos álamos, com folhas nos cabelos e mancando ligeiramente, mas, fora isso, parecendo não ter sofrido outros danos. – Você está bem? – ela perguntou, arqueando uma das sobrancelhas para ele.

– Sim, bem. Vou dar um tiro neste cavalo. – Avaliou-a rapidamente da cabeça aos pés, para se assegurar de que ela estava realmente inteira. Ela respirava pesadamente, mas sentia-se perfeitamente bem e beijou-o no nariz.

– Bem, não atire nele até chegarmos a casa. Não quero andar os dois quilômetros finais descalça.

– Hei! Não mexa aí, seu vagabundo!

Ele soltou Claire e virou-se, vendo Roger arrancar um punhado de plantas enxovalhadas do focinho romano e investigador de Gideon. Mais plantas

– que mania era essa de colher plantas? Claire ainda ofegava por causa do acidente, mas inclinou-se para frente para vê-las, parecendo interessada.

– O que você tem aí, Roger?

– Para Bri – ele disse, segurando-as no alto para que ela as inspecionasse.

– São do tipo certo? – Para o olhar suspeitoso de Jamie, pareciam as pontas amareladas de cenouras deixadas tempo demais na terra, mas Claire manuseou a folhagem imunda e balançou a cabeça com aprovação.

– Oh, sim – ela disse. – *Muito* romântico!

Jamie fez um pequeno ruído diplomático, indicando que deveriam se pôr a caminho, já que Bri e a tribo mais lenta dos Chisholm logo iriam alcançá-los.

– Sim, tudo bem – Claire disse, dando um tapinha em seu ombro no que ele presumiu que fosse um gesto apaziguador. – Não precisa bufar, já estamos indo.

– Mmmmhum – ele resmungou e inclinou-se para colocar a mão sob seu pé. Impulsionando-a para cima e para a sela, ele deu um olhar ameaçador para Gideon que dizia "Nem tente, seu filho da mãe" e montou atrás dela.

– Você espera pelos outros, então, e os leva para cima? – Sem esperar pela anuência de Roger, Jamie fez o cavalo dar a volta e retomar a trilha.

Acalmado por estar bem na dianteira dos demais, Gideon concentrou-se no que tinha que fazer no momento, subindo com firmeza através dos bosques cerrados de carpinos e choupos, castanheiras e abetos. Mesmo tão tarde no ano, algumas folhas ainda se agarravam às árvores e, com a passagem deles, se soltavam e flutuavam em marrom e amarelo, caindo sobre eles como uma chuva leve, prendendo-se na crina do cavalo, pousando nas ondas soltas e volumosas dos cabelos de Claire. Eles se soltaram quando foi lançada para fora do cavalo e ela não se preocupara em prendê-los outra vez.

A própria serenidade de Jamie voltou com a sensação de progresso e foi inteiramente restaurada pela descoberta fortuita do chapéu que havia perdido, pendurado em um carvalho branco junto à trilha, como se tivesse sido colocado ali pela mão amável de alguém. Ainda assim, sua mente continuava inquieta e não conseguia realmente se tranquilizar, apesar da calma da montanha ao seu redor, o ar enevoado de azul e cheirando a madeira molhada e plantas perenes.

Então ele percebeu, com um golpe repentino na boca do estômago, que o gatinho desaparecera. Havia arranhões comichando na pele de seu peito e barriga, onde ele escalara pelo seu corpo numa frenética tentativa de escapar, mas deve ter saído pela gola de sua camisa e ter sido arremessado do seu ombro na louca carreira pela encosta abaixo. Olhou de um lado para o outro, procurando nas sombras embaixo dos arbustos e árvores, mas em vão. As sombras se alongavam e agora escureciam a trilha principal, onde ele e Gideon haviam saído do meio do mato.

– Vá com Deus – ele murmurou e benzeu-se rapidamente.

– O que foi isso? – Claire perguntou, virando-se parcialmente na sela.

– Nada – ele disse. Afinal, era um gato selvagem, ainda que pequeno. Certamente conseguiria sobreviver.

Gideon mordia o bocado do freio, trabalhando a mandíbula e sacudindo a cabeça. Jamie percebeu que a tensão em suas mãos estava percorrendo as rédeas outra vez e conscientemente afrouxou a mão. Afrouxou um pouco também a mão que prendia Claire e ela respirou fundo subitamente.

Seu coração batia acelerado.

Era sempre impossível para ele voltar para casa após um período de ausência sem uma certa apreensão. Durante anos após o Levante, ele viveu numa caverna, raramente indo até sua própria casa, depois de anoitecer e com grande cuidado, sem nunca saber o que poderia encontrar lá. Mais de um homem das Highlands voltara para sua casa e a encontrara negra e queimada, sua família desaparecida. Ou pior, ainda lá.

Tinha que dizer a si mesmo para não ficar imaginando horrores; a dificuldade era que ele não tinha nenhuma necessidade de imaginação – a lembrança era suficiente.

O cavalo firmava-se nas ancas e patas traseiras, impulsionando-se para frente. Não adiantava dizer a si mesmo que este era um novo lugar; era, com seus próprios perigos. Se não havia soldados ingleses nestas montanhas, ainda havia saqueadores. Aqueles muito preguiçosos para criar raízes e cavar seu próprio sustento, mas que vagavam pelo interior, roubando e saqueando. Ataques de índios em incursões de surpresa. Animais selvagens. E fogo. Sempre o fogo.

Ele havia enviado os Bug na frente, com Fergus guiando-os, para poupar Claire de ter que lidar com as tarefas simultâneas de chegada e hospitalidade. Os Chisholm, os MacLeod e Billy Aberfeldy, com sua mulher e filha pequena, iriam todos ficar hospedados com eles na casa grande por algum tempo; ele dissera à sra. Bug para começar a cozinhar imediatamente. Com montarias decentes e sem o estorvo de crianças ou animais domésticos, os Bug já deviam ter chegado a Ridge dois dias atrás. Ninguém voltara para dizer que havia algum problema, então provavelmente tudo estava bem. Ainda assim...

Ele não havia notado que Claire também estava tensa, até que, de repente, ela relaxou contra o corpo dele, a mão em sua perna.

– Está tudo bem – ela disse. – Sinto o cheiro de fumaça da chaminé.

Ele levantou a cabeça para pegar o ar; Claire tinha razão; o cheiro pungente de nogueira queimando flutuava na brisa. Não o odor da conflagração de que se recordava, mas um sopro caseiro, carregando a promessa de calor e comida. A sra. Bug provavelmente o levara ao pé da letra.

Contornaram a última curva da trilha e a viram, a alta chaminé de pedra rústica erguendo-se acima das árvores dos montes, a espessa nuvem de fumaça enroscando-se sobre o telhado.

A casa estava de pé.

Ele respirou fundo de alívio, notando agora os outros cheiros de casa; o leve e pungente odor de estrume do curral, de carne defumada e pendurada no barracão e o ar da floresta próxima – madeira úmida e folhas apodrecidas, pedra e água corrente –, frio e revigorante em seu rosto.

Saíram do bosque de castanheiras, entrando na enorme clareira onde a casa estava situada, sólida e benfeita, as janelas com um verniz dourado dos últimos raios do sol.

Era uma casa modesta de vigamento de madeira, caiada de branco e com telhado de lâminas de madeira, simples e elegante em suas linhas, e solidamente construída, mas impressionante apenas em comparação com as toscas cabanas da maioria dos colonos. Sua própria cabana construída apressadamente assim que se instalaram ali continuava de pé, escura e robusta, um pouco mais abaixo na encosta da colina. A fumaça elevava-se dessa chaminé também.

– Alguém acendeu o fogo para Roger e Bri – Claire disse, indicando a cabana com um sinal da cabeça.

– Ótimo – ele disse. Apertou sua cintura com mais força e ela fez um pequeno ruído de satisfação na garganta, ajeitando o traseiro no colo dele.

Gideon também estava feliz; esticou o pescoço e relinchou para os dois cavalos no curral, que trotavam de um lado para o outro no cercado, gritando saudações. A égua de Claire estava junto à cerca, as rédeas penduradas; ela curvou o lábio no que parecia um gesto de escárnio, a bruxinha. De algum lugar bem abaixo da trilha atrás deles, veio um zurro alegre e grave; Clarence, a mula, ouvindo a algazarra e encantada de estar voltando para casa.

A porta abriu-se de supetão e a sra. Bug surgiu, redonda e atrapalhada como um vira-bosta. Jamie sorriu ao vê-la e estendeu o braço para Claire deslizar para o chão, antes de ele próprio desmontar.

– Está tudo bem, está tudo bem, e o senhor como vai? – a sra. Bug assegurou-lhe antes de suas botas tocarem o solo. Carregava uma caneca de estanho em uma das mãos e um pano de polimento na outra e não interrompeu seu trabalho nem por um instante, nem mesmo quando virou o rosto para cima para aceitar seu beijo em sua face redonda e enrugada.

Ela não esperou por uma resposta, virando-se imediatamente e ficando na ponta dos pés para beijar Claire, a expressão radiante.

– Oh, que maravilha que estão em casa, a senhora e seu marido, e o jantar já está pronto, de modo que não vai ter que se preocupar nem um pouco com isso, senhora, mas entre, entre e troque estas roupas sujas, e eu mandarei o velho Arch ir à casa de maltagem buscar um pouco de cerveja, e nós... – Ela puxava Claire por uma das mãos, arrastando-a para dentro de casa, falando sem parar, a outra mão ainda polindo energicamente, os dedos curtos e grossos habilmente esfregando o pano dentro da caneca. Claire lançou-lhe um olhar desamparado por cima do ombro e ele riu para ela, enquanto Claire desaparecia dentro da casa.

Gideon empurrou um focinho impaciente embaixo do seu braço e deu um encontrão em seu cotovelo.

– Oh, sim – ele disse, chamado de volta aos seus deveres. – Venha, então, seu filho da mãe impertinente.

Quando ele por fim terminou de tirar os arreios, limpar e alimentar o enorme cavalo e a égua, Claire já havia se livrado da sra. Bug; ao voltar do cercado, ele viu a porta da casa abrir-se de par em par e Claire escapulir para fora, olhando com ar de culpa por cima do ombro como se temesse ser seguida.

Para onde estaria indo? Ela não o viu; virou-se e correu para a quina mais distante da casa, desaparecendo num farfalhar de tecido rústico. Ele seguiu-a, curioso.

Ah. Ela já cuidara do seu consultório; agora, estava indo à sua horta antes que escurecesse completamente; vislumbrou-a contra o céu na subida atrás da casa, a última luz do dia presa como teias de aranha em seus cabelos. Haveria bem pouco na horta agora, apenas algumas ervas mais resistentes e as hortaliças que resistiam ao inverno como cenouras, cebolas e nabos, mas não fazia diferença; ela sempre ia ver como a horta estava indo, por menos tempo que tivesse se ausentado.

Ele entendia a necessidade; ele próprio não se sentia inteiramente em casa, até que tivesse verificado todos os animais e barracões, além de ter verificado a destilaria.

Por falar em barracões, a brisa da noite trouxe um cheiro ácido da distante latrina, sugerindo que as instalações lá iriam demandar sua atenção dentro de pouco tempo. Então lembrou-se dos novos colonos que chegavam e relaxou; cavar uma nova latrina seria a tarefa certa para os dois filhos mais velhos de Chisholm.

Ele e Ian haviam escavado aquela, assim que chegaram a Ridge. Meu Deus, que falta sentia do garoto.

– *A Mhicheal bheanaichte* – ele murmurou. *Abençoado Miguel, protegei-o.* Ele gostava muito de MacKenzie, mas, se a escolha fosse sua, não teria trocado Ian pelo sujeito. Mas fora decisão de Ian, não dele, e não havia mais nada a ser dito a respeito.

Afastando a dor da perda de Ian, refugiou-se atrás de uma árvore, afrouxou as calças e aliviou-se. Se o visse, Claire certamente iria fazer o que ela considerava um comentário espirituoso sobre cachorros e lobos marcando seu terreno quando retornavam a ele. Não se tratava disso, ele retrucou mentalmente; para que subir a encosta, só para piorar o estado da latrina? Além do mais, no final das contas, era de fato seu lugar e se queria urinar nele... arrumou as roupas, sentindo-se mais aplacado.

Ergueu a cabeça e a viu descendo o caminho da horta, o avental cheio de cenouras e nabos. Uma rajada de vento lançou as últimas folhas do bosque de castanheiras em redemoinho ao seu redor, numa dança amarela, com fagulhas de luz.

Movido por um impulso repentino, ele entrou mais para dentro das árvores e começou a olhar em volta.

Normalmente, ele só prestava atenção àquela vegetação imediatamente comestível para homem ou para o cavalo, de fibras suficientemente longas para tábuas e vigas ou tão obstrutivas a ponto de bloquear o caminho e dificultar a passagem. Entretanto, quando começou a observar com olho estético, ficou surpreso com a variedade à disposição.

Talos de cevada semimadura, as sementes dispostas em fileiras como uma trança de mulher. Uma erva frágil e seca, que parecia a renda de um lenço fino. Um galho de abeto, assombrosamente verde e frio entre os galhos secos, deixando sua seiva flagrante na sua mão quando o arrancou da árvore. Um raminho de folhas de carvalho secas e lustrosas, que o faziam se lembrar dos cabelos dela, em tons de dourado, castanho e cinza. E um pouco de trepadeira escarlate, acrescentada para dar cor.

Bem a tempo; ela dobrava a esquina da casa. Absorta em seus pensamentos, ela passou a meio metro dele, sem o ver.

– *Sorcha* – ele chamou baixinho, e ela se virou, os olhos apertados contra os raios do sol poente, depois arregalados e dourados de surpresa ao vê-lo.

– Bem-vinda ao lar – ele disse, entregando-lhe o pequeno buquê de folhas e galhinhos.

– Oh – ela exclamou. Ela olhou novamente para a mistura de folhas e raminhos, depois para ele, e os cantos de sua boca tremeram, como se fosse rir ou chorar, mas não sabia ao certo ainda. Ela estendeu a mão e pegou as plantas, os dedos pequenos e frios ao roçarem na mão dele.

– Oh, Jamie... são *maravilhosas.* – Ela ficou na ponta dos pés e beijou-o, um beijo quente e salgado, e ele quis mais, mas ela já saíra correndo para dentro de casa, o tolo buquê agarrado contra o peito como se fosse de ouro.

Ele se sentiu agradavelmente palerma e ridiculamente satisfeito consigo mesmo. O gosto de Claire ainda estava em sua boca.

– *Sorcha* – ele murmurou e percebeu que a chamara assim havia poucos instantes. Ora, isso era estranho; não era de admirar que ela tivesse se surpreendido. Era seu nome em gaélico, mas ele nunca a chamara assim. Ele gostava do seu caráter de estrangeira, de inglesa. Ela era sua Claire, sua *Sassenach*.

E, no entanto, no momento em que passou por ele, ela era *Sorcha*. Não significava apenas "Claire" – mas luz.

Respirou fundo, satisfeito.

Sentia-se repentinamente faminto, tanto de comida quanto dela, mas não se apressou a entrar na casa. Alguns tipos de fome eram doces em si mesmos, a expectativa um prazer tão intenso quanto a saciação.

Barulho de cascos de cavalos e vozes; os outros haviam finalmente chegado. Sentiu uma ardente necessidade de prolongar um pouco mais sua doce solidão, mas já era tarde demais – em questão de segundos, estava rodeado pela confusão, pelos gritos agudos de crianças empolgadas e chamadas de mães distraídas, as boas-vindas aos recém-chegados, a pressa e a agitação em descarregar, entregar cavalos e mulas, buscar comida e água... porém, no meio desta Babel, ele se movia como se ainda estivesse sozinho, tranquilo e sossegado ao sol poente. Ele voltara para casa.

Já escurecera completamente antes de tudo estar arranjado, o menor dos indóceis filhos dos Chisholm recolhido e enviado para dentro para o jantar, todos os animais domésticos tratados e instalados para a noite. Ele seguiu Geoff Chisholm em direção à casa, mas depois ficou para trás, demorando-se por um instante no escuro pátio de entrada.

Ficou parado por um momento, preguiçosamente esfregando as mãos contra o frio, enquanto admirava o lugar. Um celeiro bem-arrumado e barracões sólidos, um cercado e um curral em boas condições, uma bonita cerca de estacas em volta da horta confusa de Claire, para manter os veados longe. A casa assomava branca no crepúsculo, um espírito benévolo guardando a serra. A luz jorrava de cada porta e de cada janela e, de dentro, vinha o som de risadas.

Ele pressentiu um movimento na escuridão e virou-se, deparando-se com sua filha voltando da pequena edificação em cima do riacho para refrigeração de laticínios e carnes, um balde de leite fresco na mão. Parou perto dele, olhando para a casa.

– Que bom estar de volta, hein? – ela disse brandamente.

– Sim – ele disse. – É verdade. – Olharam um para o outro, sorrindo. Então ela inclinou-se para frente, olhando-o atentamente. Virou-o, de modo que a luz da janela incidisse sobre ele, e franziu ligeiramente o cenho.

– O que é isso? – ela disse, batendo de leve em seu casaco. Uma lustrosa folha escarlate soltou-se e flutuou até o chão. Ela ergueu as sobrancelhas ao ver a folha. – É melhor você ir se lavar, pai – ela disse. – Você andou pelo sumagre venenoso.

– Você devia ter me dito, *Sassenach*. – Jamie fitou com raiva a mesa junto à janela do quarto, onde eu havia colocado o buquê num recipiente com água. O vermelho luminoso e malhado do sumagre venenoso resplandecia, mesmo na semiescuridão do fogo na lareira. – E devia se livrar logo disso. Está querendo zombar de mim?

– Não, não estou – eu disse, sorrindo enquanto pendurava meu avental no gancho e começava a desatar os cadarços da minha roupa. – Mas, se eu tivesse lhe dito quando você me deu o buquê, você o teria arrancado de minha mão. Este foi o único ramalhete de flores que você já me deu e acho que nunca mais vou ganhar outro. Pretendo ficar com ele.

Ele bufou e sentou-se na cama para tirar as meias. Já havia tirado o casaco, o lenço do pescoço e a camisa, e a luz do fogo cintilava na curva dos seus ombros. Ele coçou a parte inferior de um dos pulsos, apesar de eu ter lhe dito que aquilo era psicossomático; ele não tinha nenhum sinal de erupções na pele.

– Você nunca veio para casa com erupção causada por sumagre venenoso – observei. – E na certa já esbarrou nele várias vezes, já que passa tanto tempo nos campos e bosques. Acho que você deve ser imune a isso. Algumas pessoas são, sabe?

– Ah, é? – Ele pareceu interessado, embora continuasse a se coçar. – É por isso que você e Brianna não pegaram certas doenças?

– É parecido, mas por razões diferentes. – Despi o vestido de tecido rústico verde-claro – mais do que um pouco sujo, após uma semana de viagem – e retirei meus espartilhos com um suspiro de alívio.

Levantei-me para verificar a panela com água que eu colocara para esquentar sobre as brasas. Alguns dos recém-chegados haviam sido enviados para passar a noite com Fergus e Marsali, ou com Roger e Bri, mas a cozinha, o consultório e o gabinete de Jamie embaixo estavam cheios de hóspedes, todos dormindo no chão. Eu não iria para a cama sem lavar a sujeira da viagem, mas também não queria oferecer um espetáculo público.

A água tremia com o calor, minúsculas borbulhas agarrando-se nas laterais da panela. Enfiei o dedo na água, apenas para verificar – adoravelmente quente. Despejei um pouco na bacia e devolvi a panela ao lugar, para manter a água aquecida.

– Não somos inteiramente imunes, sabe – eu o avisei. – Algumas doenças, como varíola, nunca pegaremos, Roger, Bri e eu, porque fomos vacinados contra ela, e o efeito da vacina é vitalício. Outras, como cólera e febre tifóide, não é *provável* que possamos pegar, mas as injeções não dão imunidade permanente. A validade vence após algum tempo.

Inclinei-me para remexer nos alforjes que ele trouxera para cima e deixara junto à porta. Alguém na Assembleia me dera uma esponja – uma esponja de verdade, importada das Antilhas – em pagamento pela extração de um dente com abscesso. Exatamente o que eu precisava para um banho rápido.

– Doenças como malária, que Lizzie tem...

– Pensei que você a tivesse curado – Jamie interrompeu, franzindo o cenho.

Sacudi a cabeça, pesarosa.

– Não, ela sempre vai ter isso, a pobrezinha. Tudo que eu posso fazer é tentar reduzir a severidade dos ataques e evitar que aconteçam com muita frequência. Está no sangue, sabe?

Ele puxou a tira de couro que amarrava seus cabelos na nuca e sacudiu as mechas ruivas, deixando-as despenteadas ao redor da cabeça, como uma juba.

– Isso não faz sentido – ele objetou, levantando-se para desatar as calças. – Você me disse que, quando uma pessoa tinha sarampo, se sobrevivesse, não pegaria essa doença outra vez, porque ficava no sangue. E assim eu não poderia pegar catapora ou sarampo agora, porque eu já tive ambas quando criança, elas estão no meu sangue.

– Bem, não é exatamente a mesma coisa – eu disse, de modo pouco convincente. A ideia de tentar explicar as diferenças em imunidade ativa, imunidade passiva, imunidade adquirida, anticorpos e infecção parasitária era um desafio maior do que eu estava disposta a enfrentar no momento, após um longo dia de viagem.

Molhei a esponja na bacia, deixei-a absorver a água, depois a espremi, apreciando sua textura estranhamente sedosa e fibrosa. Uma névoa fina de areia flutuou dos poros da esponja e assentou-se no fundo da bacia de louça. A esponja estava se amaciando conforme absorvia água, mas eu ainda podia sentir um ponto duro em uma das bordas.

– Por falar em cavalgar...

Jamie olhou-me ligeiramente surpreso.

– Estávamos falando em cavalgar?

– Bem, não, mas eu estava pensando nisso. – Abanei a mão, descartando a distinção inconsequente. – De qualquer modo, o que pretende fazer com Gideon?

– Oh. – Jamie deixou as calças caírem numa poça no assoalho e espreguiçou-se, pensando no assunto. – Bem, não posso me dar ao luxo de simplesmente dar-lhe um tiro, imagino. E ele é um animal valente. Para começar, vou cortá-lo. Isso talvez o acalme um pouco.

– Cortá-lo? Oh, castrá-lo, você quer dizer. Sim, acho que isso o faria parar para pensar, embora pareça um pouco drástico. – Hesitei por um instante, relutante. – Quer que eu o faça?

Ele olhou para mim espantado, depois desatou a rir.

– Não, *Sassenach*, não acho que castrar um garanhão de mais de um metro e oitenta de altura seja trabalho para uma mulher, cirurgiã ou não. Não requer exatamente um toque delicado, sabe?

Fiquei satisfeita em ouvir isso. Eu estava amaciando a esponja com meu polegar; ela cedeu um pouco e uma minúscula concha saltou de repente de um poro grande. Ela flutuou para o fundo da água, uma perfeita espiral em miniatura, cor-de-rosa e violeta.

– Oh, veja – eu disse, encantada.

– Que coisinha bonita. – Jamie inclinou-se por cima do meu ombro, um grande dedo indicador delicadamente tocando a concha no fundo da bacia. – Como ela foi parar dentro de sua esponja?

– Acho que a esponja a comeu por engano.

– Comeu? – Uma sobrancelha ruiva ergueu-se repentinamente.

– Esponjas são animais – expliquei. – Ou, para ser mais exata, estômagos. Elas sugam a água e simplesmente engolem tudo que for comestível conforme for passando.

– Ah, então foi por isso que Bri chamou o garoto de esponjinha. Ele faz isso. – Sorriu ao pensar em Jemmy.

– É verdade. – Sentei-me e fiz a combinação deslizar dos meus ombros, deixando-a cair ao redor de minha cintura. O fogo tirara o frio do aposento, mas ainda estava frio o suficiente para a pele dos meus seios e braços ficar arrepiada.

Jamie pegou seu cinto e cuidadosamente retirou os diversos apetrechos presos a ele, colocando de lado a pistola, a caixa de cartuchos, a adaga e o frasco de estanho em cima da pequena cômoda. Ergueu o frasco e levantou uma sobrancelha interrogativa em minha direção.

Balancei a cabeça entusiasticamente e ele se virou para encontrar uma caneca entre a diversidade de objetos espalhados. Com tantas pessoas e seus pertences armazenados na casa, todos os nossos próprios alforjes, além das trouxas e objetos adquiridos na Assembleia, haviam sido levados para cima e largados em nosso quarto; as sombras arqueadas da bagagem tremeluzindo na parede dava ao quarto a estranha aparência de uma gruta, revestida de pedras arredondadas.

Jamie era uma esponja tanto quanto seu neto, refleti, observando-o remexer os fardos, completamente nu e absolutamente despreocupado com isso. Ele encarava tudo e parecia capaz de lidar com o que quer que se apresentasse à sua frente, por mais familiar ou estranho que fosse à sua experiência. Garanhões maníacos, padres sequestrados, criadas casadouras, filhas teimosas e genros pagãos... Tudo que ele não conseguisse derrotar, superar ou modificar, ele simplesmente aceitava – mais ou menos como a esponja e sua concha incrustada.

Perseguindo ainda mais a analogia, eu imaginava que eu era a concha. Arrancada do meu próprio nicho por uma corrente forte e inesperada, absorvida e envolvida por Jamie e sua vida. Presa para sempre entre as estranhas correntes que pulsavam através deste ambiente forasteiro.

O pensamento me deu uma repentina e estranha sensação. A concha permanecia imóvel no fundo da bacia – delicada, bela... mas vazia. Lentamente levei a esponja até a nuca e a espremi, sentindo o formigamento da água morna descer pelas minhas costas.

Em grande parte, eu não sentia nenhum remorso. Eu escolhera estar aqui; eu *queria* estar aqui. No entanto, de vez em quando, pequenas coisas como nossa conversa sobre imunidade me faziam perceber exatamente quanto havia sido perdido – daquilo que eu tinha, daquilo que eu fora. Era inegável que algumas das minhas partes macias haviam sido digeridas, e a ideia me fazia sentir um pouco oca de vez em quando.

Jamie inclinou-se para remexer em um dos alforjes e a visão de suas nádegas nuas, viradas para mim com toda inocência, contribuiu muito para dispersar o momentâneo sentimento de ansiedade. Eram graciosamente bem torneadas, arredondadas da musculatura e agradavelmente cobertas com uma leve penugem ruivo-dourada que refletia a luz do fogo e da vela. As colunas claras, longas, de suas coxas emolduravam a sombra de seu escroto, escuro e pouco visível entre elas.

Ele encontrara uma caneca finalmente e encheu-a até a metade. Virou-se e entregou-a a mim, erguendo os olhos da superfície do líquido escuro, espantado ao me ver olhando-o fixamente.

– O que foi? – ele disse. – Alguma coisa errada, *Sassenach*?

– Não – eu disse, mas não devo ter soado muito convincente, pois franziu as sobrancelhas momentaneamente. – Não – eu disse, com mais ênfase. Peguei a caneca da mão dele e sorri, erguendo-a ligeiramente em agradecimento. – Só estava pensando.

Um sorriso de resposta surgiu em seus lábios.

– Ah, é? Bem, não deve pensar muito tão tarde da noite, *Sassenach*. Vai lhe dar pesadelos.

– Devo dizer que você tem razão a respeito disso. – Tomei um pequeno gole da caneca; para minha surpresa, era vinho – e vinho dos melhores. – Onde conseguiu isso?

– Do padre Kenneth. É vinho do sacramento... mas não é consagrado, veja bem. Ele disse que os homens do xerife iriam confiscá-lo; ele preferia que ficasse comigo.

Uma leve sombra atravessou seu rosto à menção do padre.

– Você acha que ele vai ficar bem? – perguntei. Os homens do xerife não haviam me dado a impressão de civilizados cumpridores de um regulamento obscuro, mas sim de brutamontes cujos preconceitos estavam momentaneamente contidos por medo – de Jamie.

– Espero que sim. – Jamie virou-se, agitado. – Eu disse ao xerife que, se o padre fosse maltratado, ele e seus homens iriam responder por isso.

Balancei a cabeça silenciosamente, tomando outro pequeno gole. Se Jamie viesse a saber de qualquer mal causado ao padre Donahue, ele de fato faria o xerife pagar por isso. O pensamento deixou-me um pouco inquieta; este não era um bom momento para fazer inimigos e não era bom ter o xerife de Orange como inimigo.

Ergui o rosto e me deparei com os olhos de Jamie ainda fixos em mim, embora agora com um olhar de profunda apreciação.

– Você está com ótima aparência ultimamente, *Sassenach* – ele comentou, inclinando a cabeça para o lado.

– Lisonjeador – eu disse, lançando-lhe um olhar frio enquanto pegava a esponja outra vez.

– Você deve ter ganho uns cinco quilos, pelo menos, desde a primavera – ele disse com aprovação, desprezando meu olhar e circulando ao meu redor para inspecionar. – Foi um verão bem farto, hein?

Virei-me e atirei a esponja molhada em sua cabeça.

Ele pegou-a sem dificuldade, rindo.

– Eu não tinha notado como você ficou bem com uns quilos a mais, *Sassenach*, tão embrulhada você tem andado nas últimas semanas. Eu não a vejo nua há pelo menos um mês. – Ele ainda me olhava com um ar de avaliação, como se eu fosse a principal participante de um concurso na Feira de Porcos Gordos de Shropshire.

– Aproveite – avisei, minhas faces afogueadas de contrariedade. – Talvez não veja de novo por um bom tempo! – Levantei a parte de cima da combinação outra vez, cobrindo meus – inegavelmente cheios – seios.

Suas sobrancelhas ergueram-se de surpresa diante do meu tom de voz.

– Você não está zangada comigo, está, *Sassenach*?

– Claro que não – eu disse. – O que lhe deu essa ideia?

Ele sorriu, esfregando a esponja distraidamente no peito enquanto seus olhos viajavam pelo meu corpo. Os mamilos dele contraíram-se com o frio, escuros e rígidos entre os anéis ruivos dos cabelos do peito, e a água cintilou em sua pele.

– Gosto de você assim mais gorda, *Sassenach* – ele disse suavemente. – Gorda e suculenta como uma franguinha. Gosto muito.

Eu poderia ter considerado isso uma simples tentativa de remediar a gafe que cometera, se não fosse pelo fato de que homens nus são convenientemente equipados com detectores sexuais de mentira. Ele *realmente* gostava muito.

– Oh – eu disse. Devagar, abaixei minha combinação. – Então está bem.

Ele ergueu o queixo, gesticulando. Hesitei por um instante, depois me levantei e deixei a combinação cair no assoalho, juntando-se às suas calças. Estendi o braço e tomei a esponja de sua mão.

– Só vou... hum... acabar de me lavar, sim? – murmurei. Virei de costas, apoiei um pé no banquinho para me lavar e ouvi um ruído encorajador de apreciação atrás de mim. Sorri comigo mesma e prossegui bem devagar. O quarto estava ficando mais quente; quando terminei minhas abluções, minha pele estava rosada e macia, com um pouco de frio apenas nos dedos das mãos e dos pés.

Virei-me finalmente, deparando-me com Jamie ainda me observando, embora ele ainda coçasse o pulso, a testa ligeiramente franzida.

– E *você*, se lavou? – perguntei. – Ainda que não o incomode, se tiver óleo de sumagre venenoso em sua pele, ele pode passar para tudo que você tocar... e *eu* não sou imune a isso.

– Eu esfreguei as mãos com sabão desinfetante – ele me garantiu, colocando-as sobre meus ombros para ilustrar. De fato, cheiravam fortemente ao macio sabão ácido que fazíamos com cinzas de madeira e sebo – não era sabonete perfumado, mas realmente limpava coisas como panelas de ferro e assoalhos. Não era de admirar que estivesse se coçando; o sabão era forte e suas mãos estavam rachadas e ásperas.

Abaixei a cabeça e beijei as articulações de seus dedos, depois peguei a pequena caixa onde eu guardava pequenos objetos pessoais e retirei dali o potinho de bálsamo para a pele. Feito de óleo de nozes, cera de abelha e lanolina purificada, retirada da lã de carneiro fervida, ele era agradavelmente calmante, perfumado com essência de camomila, confrei, milefólio e flores de sabugueiro.

Peguei um pouco com a unha do polegar e esfreguei-o entre minhas mãos; no começo, estava quase sólido, mas se liquefez bem quando aquecido.

– Venha cá – eu disse e peguei uma de suas mãos entre as minhas, esfregando a pomada nas fendas dos nós dos dedos, massageando as palmas calejadas. Aos poucos, ele relaxou, deixando-me esticar cada dedo enquanto eu trabalhava a partir das articulações e esfregava mais pomada nos pequenos arranhões e cortes. Ainda havia marcas em suas mãos onde ele havia mantido as rédeas de couro enroladas e apertadas.

– O buquê é lindo, Jamie – eu disse, balançando a cabeça na direção do ramalhete em seu vaso. – Mas o que o levou a fazer isso? – Embora muito romântico a seu próprio modo, Jamie também era absolutamente prático; creio que ele nunca me deu um presente completamente frívolo e não era o tipo de homem a ver algum valor em qualquer vegetação que não pudesse ser comida, usada como remédio ou transformada em cerveja.

Ele remexeu-se um pouco, obviamente desconfortável.

– Sim, bem... – disse, desviando o olhar. – Eu só... quero dizer... bem, eu tinha uma coisinha que pretendia lhe dar, só que a perdi, mas depois você achou que foi muito meigo o pequeno Roger ter colhido algumas margaridas silvestres para Brianna e eu... – Interrompeu-se, murmurando baixinho alguma coisa que soou como "*Ifrinn!*".

Senti uma vontade irresistível de rir. Em vez disso, ergui sua mão e beijei as juntas de seus dedos, de leve. Ele pareceu envergonhado, mas satisfeito. Seu polegar traçou a borda de uma bolha quase curada na palma de minha mão, produzida por uma chaleira quente.

– Veja, *Sassenach*, você também precisa de um pouco disso, deixe-me passar – ele disse, inclinando-se para pegar uma pitada do bálsamo verde. Ele envolveu minha mão na sua, quente e ainda escorregadia com a mistura de óleo e cera de abelha.

Eu resisti por um instante, mas depois deixei que tomasse minha mão, desenhando círculos lentos e fortes na minha palma, que me faziam querer fechar os olhos e derreter pacificamente. Soltei um pequeno suspiro de prazer e devo ter fechado os olhos afinal, porque não o vi se aproximar e me beijar; apenas senti o toque breve e macio de sua boca.

Ergui a outra mão, preguiçosamente, e ele a tomou também, seus dedos alisando os meus. Deixei nossos dedos se entrelaçarem, os polegares combatendo delicadamente, a base de nossas mãos roçando-se de leve. Ele estava suficientemente perto para eu sentir o calor que emanava de seu corpo e o toque delicado dos pelos dourados do braço em meu quadril quando ele se esticava para pegar mais pomada.

Ele parou, beijando-me levemente outra vez ao passar. As chamas sibilavam na lareira como marés em mudança e a luz tremeluzia turvamente nas paredes caiadas de branco, como uma luz dançando na superfície da água bem acima. Parecia que estávamos sozinhos, juntos, no fundo do mar.

– Roger não estava sendo estritamente romântico, sabe? – eu disse. – Ou talvez estivesse, dependendo de como se queira olhar.

Jamie pareceu não entender, enquanto tomava minha mão outra vez. Nossos dedos se entrelaçaram, movendo-se lentamente, e eu suspirei de prazer.

– Ah, é?

– Bri me perguntou sobre controle de natalidade e eu lhe disse os métodos que existem agora... que francamente não são tão bons assim, embora melhores do que nada. Mas a velha vovó Bacon me deu algumas sementes que ela diz que as índias usam como contraceptivo; parece que é muito eficiente.

O rosto de Jamie passou pela mais cômica mudança, do sonolento prazer à perplexidade de olhos arregalados.

– Controle de... o quê? Ela... você quer dizer, ele... aquelas ervas enlameadas...

– Bem, sim. Ou ao menos eu acho que elas podem ajudar a evitar a gravidez.

– Mmmmhum. – O movimento de seus dedos arrefeceu e ele franziu as sobrancelhas – mais de preocupação do que desaprovação, eu achei. Depois, retomou a tarefa de massagear minhas mãos, envolvendo-as nas suas, muito maiores, com um movimento decidido que me obrigou a capitular.

Ele ficou em silêncio por uns instantes, massageando a pomada em meus dedos, mais da maneira pragmática de um homem esfregando sabão de sela nos arreios do que um marido carinhoso efetivando um ato de amor nas dedicadas mãos de sua esposa. Remexi-me ligeiramente e ele pareceu perceber o que estava fazendo, pois parou, franzindo o cenho, depois apertou de leve as minhas mãos e deixou o rosto relaxar. Levou minha mão aos lábios, beijou-a e retomou a massagem, bem mais devagar.

– Você acha... – ele começou e parou.

– O quê?

– Mmmmhum. É que... não lhe parece um pouco estranho, *Sassenach*? Que uma jovem recém-casada possa estar pensando dessa forma?

– Não, não parece – eu disse, um pouco asperamente. – Parece-me absolutamente sensato. E não são tão recém-casados assim, eles estão juntos... quero dizer, eles já têm um filho.

As narinas dele alargaram-se em silenciosa discordância.

– *Ela* tem um filho – ele disse. – É isso que eu quero dizer, *Sassenach*. Parece-me que uma jovem mulher satisfeita com seu homem não estaria preocupada em como *não* ter um filho com ele. Tem certeza de que está tudo bem entre eles?

Parei, franzindo a testa ao considerar a ideia.

– Acho que sim – eu disse finalmente, devagar. – Lembre-se, Jamie... Bri vem de uma época em que as mulheres *podem* decidir se ou quando querem ter filhos, com um elevado grau de certeza. Ela deve sentir que isso é seu direito.

A boca larga moveu-se, contraindo-se absortamente; eu podia vê-lo se debatendo com a ideia... uma ideia inteiramente contrária à sua própria experiência.

– Então é isso? – ele perguntou finalmente. – Uma mulher pode dizer terei ou não terei... e o homem não tem nenhuma opinião nisso? – Sua voz estava repleta de assombro – e de desaprovação.

Eu ri um pouco.

– Bem, não é *exatamente* assim. Ou não o tempo todo. Quero dizer, há acidentes. E ignorância e tolice; muitas mulheres apenas deixam as coisas acontecerem. E a maioria das mulheres certamente *importa-se* com o que seus homens pensam sobre isso. Mas, sim... imagino que, se você analisar bem, é isso mesmo.

Ele resmungou baixinho.

– Mas MacKenzie também é dessa época. Então ele não acharia nada estranho nisso?

– Ele colheu as ervas para ela – ressaltei.

– De fato. – A ruga permaneceu entre suas sobrancelhas, mas se abrandou um pouco.

Estava ficando tarde e o rumor abafado de conversas e risos diminuía na parte térrea da casa. A crescente quietude da casa foi repentinamente perfurada pelo berro de um bebê. Nós dois permanecemos imóveis, ouvindo – depois relaxamos quando o murmúrio da voz da mãe nos alcançou através da porta fechada.

– Além do mais, não é tão incomum uma jovem pensar assim. Marsali veio me perguntar sobre isso, antes de se casar com Fergus.

– Oh, é mesmo? – Uma de suas sobrancelhas ergueu-se bruscamente. – E você, então, não lhe contou?

– Claro que sim!

– O que quer que tenha lhe dito não funcionou muito bem, não é? – Um canto de sua boca curvou-se para cima num sorriso cínico; Germain nascera aproximadamente dez meses depois do casamento de seus pais e Marsali engravidara de Joan dias depois de desmamá-lo.

Senti uma onda de calor subir ao meu rosto.

– Nada funciona o tempo inteiro, nem mesmo os métodos modernos. E, quanto a isso, nada funciona se você não usar. – De fato, Marsali quisera um contraceptivo não porque não quisesse um bebê, mas apenas porque temia que a gravidez iria interferir com a intimidade do seu relacionamento com Fergus. *Quando a gente chega à parte do pênis, eu quero gostar* foram suas palavras naquela memorável ocasião e minha própria boca curvou-se num sorriso à lembrança.

Minha ideia igualmente cínica foi a de que ela realmente gostara e decidira que era improvável que a gravidez diminuísse sua apreciação das melhores qualidades físicas de Fergus. Mas isso remetia de novo aos temores de Jamie sobre Brianna – pois sem dúvida sua intimidade com Roger estava bem estabelecida. Ainda assim, dificilmente...

Uma das mãos de Jamie permaneceu entrelaçada com a minha; a outra largou meus dedos e tocou outro lugar – muito delicadamente.

– Oh – eu disse, começando a perder o fio dos meus pensamentos.

– Pílulas, você disse. – Seu rosto estava muito próximo, os olhos velados em pensamento enquanto ele me acariciava. – Então é assim?

– Hum... oh. Sim.

– Você não trouxe nenhuma com você – ele disse. – Quando voltou.

Inspirei fundo e expirei, sentindo-me como se começasse a me dissolver.

– Não – respondi debilmente.

Ele parou por um instante, a mão pousada de leve.

– Por que não? – ele perguntou, à meia-voz.

– Eu... bem, eu... na verdade, eu... eu pensei... mas você tem que tomá-las continuamente. Eu não poderia trazer o suficiente. Há uma forma permanente, uma pequena operação. É razoavelmente simples e torna uma pessoa permanentemente... estéril. – Engoli em seco. Analisando a perspectiva de voltar ao passado, eu havia de fato pensado seriamente nas possibilidades de uma gravidez... e dos riscos. Considerei a possibilidade muito baixa, considerando tanto a minha idade e história prévia, mas o risco...

Jamie ficou paralisado, olhando para baixo.

– Pelo amor de Deus, Claire – ele disse finalmente à meia-voz. – Diga-me se você a fez.

Respirei fundo e apertei sua mão, meus dedos ligeiramente escorregadios.

– Jamie – eu disse suavemente –, se eu tivesse feito, teria lhe dito. – Engoli em seco outra vez. – Você... gostaria que eu tivesse feito?

Ele ainda segurava minha mão. A outra mão afastou-se de mim, depois tocou minhas costas, apertou-me – muito delicadamente – contra ele. Sua pele estava quente em contato com a minha.

Permanecemos unidos, tocando-nos, sem nos mover, por vários minutos. Então ele suspirou, o peito elevando-se sob minha orelha.

– Já tenho filhos demais – ele disse serenamente. – Só tenho uma vida... e é você, *mo chridhe.*

Ergui a mão e toquei seu rosto. Estava marcado de linhas fundas de cansaço, áspero com a barba por fazer; havia dias ele não se barbeava.

Eu havia realmente pensado nisso. E chegara muito perto de pedir a um amigo cirurgião para realizar a esterilização em mim. Sangue-frio e cabeça tranquila argumentavam a favor; não fazia sentido arriscar-se. E, no entanto... não havia nenhuma garantia de que eu iria sobreviver à jornada, chegaria ao lugar e à época certa, ou de que o reencontraria. Menos ainda, a possibilidade de eu conceber outra vez na minha idade.

Porém, longe dele por tanto tempo, sem saber se eu o encontraria – não pude destruir a única possibilidade entre nós. Eu não queria outro filho. Mas, se eu o encontrasse e *ele* quisesse... eu correria o risco por ele.

Toquei-o, de leve, e ele emitiu um pequeno som rouco na garganta. Encostou a cabeça em meus cabelos, abraçando-me com força. Fazer amor era sempre um risco e uma promessa entre nós – pois, se ele tinha minha vida em suas mãos quando se deitava comigo, eu tinha sua alma, e ele sabia disso.

– Eu pensei... pensei que você jamais veria Brianna. E não sabia sobre Willie. Não estava certo eu tirar de você qualquer chance de ter outro filho, não sem lhe contar.

Você é sangue do meu sangue, eu dissera a ele, *carne da minha carne*. Isso era verdade e sempre seria, quer houvesse filhos ou não.

– Eu não quero outro filho – ele sussurrou. – Eu quero você.

Sua mão ergueu-se, como por vontade própria, tocou meu seio com a ponta do dedo, deixou um brilho do óleo perfumado em minha pele. Envolvi minha mão, escorregadia e perfumada, em volta dele e dei um passo para trás, levando-o comigo para a cama. Tive apenas a presença de espírito suficiente para apagar a vela.

– Não se preocupe com Bri – eu disse, erguendo a mão para tocá-lo, conforme ele assomava acima de mim, escuro contra a luz do fogo. – Roger colheu as ervas para ela. Ele sabe o que ela quer.

Ele suspirou fundo, o suspiro de uma risada que se prendeu em sua garganta quando veio para mim, e terminou num pequeno gemido de prazer e realização quando deslizou entre minhas pernas, bem lubrificado e pronto.

– Eu também sei o que quero – ele disse, a voz abafada em meus cabelos. – Vou colher outro ramalhete para você amanhã.

Entorpecida de cansaço, lânguida de amor e embalada pelo conforto de uma cama limpa e macia, eu dormi como morta.

Em algum momento perto do amanhecer, comecei a sonhar – sonhos agradáveis de toque e cor, sem forma. Mãos pequenas tocavam meus cabelos, alisavam meu rosto; virei de lado, semiconsciente, sonhando em amamentar uma criança em meu sono. Dedos pequeninos e macios amassavam meu seio e minha mão subiu para segurar a cabeça da criança. Ela me mordeu.

Dei um grito, sentei-me na cama com um salto e vi uma forma cinza correr pela colcha e desaparecer pelo pé da cama. Gritei outra vez, mais alto.

Jamie saltou da cama como um raio, pelo lado, rolou no chão e terminou em pé, os ombros preparados e os punhos cerrados.

– O que foi? – perguntou, olhando freneticamente ao redor em busca de saqueadores. – Quem? O quê?

– Um rato! – eu disse, apontando o dedo trêmulo para o local onde a forma cinza desaparecera na fenda entre o pé da cama e a parede.

– Oh. – Seus ombros relaxaram. Passou as mãos no rosto e pelos cabelos, pestanejando. – Um rato, hein?

– Um rato em nossa *cama*! – eu disse, nada disposta a ver o acontecimento com qualquer grau de calma. – Ele me mordeu! – Examinei atentamente meu seio machucado. Não havia sangue; apenas duas minúsculas picadas, dois furinhos que ardiam um pouco. Mas pensei em raiva e meu sangue gelou nas veias.

– Não se preocupe, *Sassenach*. Eu resolvo isso. – Endireitando os ombros outra vez, Jamie pegou o atiçador da lareira e avançou com passos decididos para o pé da cama. A madeira da cama era sólida; havia um espaço de apenas alguns centímetros entre ela e a parede. O rato devia estar encurralado, a menos que tivesse conseguido escapar nos poucos segundos entre meu grito e o salto de Jamie do meio das cobertas.

Ergui-me sobre os joelhos, pronta para saltar para fora da cama, se necessário. Com a testa franzida em concentração, Jamie ergueu o atiçador, estendeu a mão livre e arrancou a colcha caída por cima do pé da cama, tirando-a do caminho.

Arremeteu o atiçador com toda a força e desviou-o para o lado no último instante, batendo-o contra a parede.

– O que foi? – perguntei.

– O quê? – ele repetiu, num tom de incredulidade. Inclinou-se para mais perto, estreitando os olhos na luz turva, depois começou a rir. Largou o atiçador, agachou-se no chão e enfiou a mão devagar no espaço entre o pé da cama e a parede, fazendo um barulhinho como um gorjeio entre os dentes. Soava como passarinhos chilreando num arbusto distante.

– Você está *falando* com o rato? – Comecei a engatinhar na direção do pé da cama, mas ele fez um gesto para que eu recuasse, sacudindo a cabeça, enquanto continuava com o chilreado.

Esperei, com alguma impaciência. Em um minuto, ele agarrou alguma coisa, evidentemente capturando o que quer que fosse, pois soltou uma pequena exclamação de satisfação. Levantou-se, sorrindo, uma forma peluda, cinza, agarrada pela nuca, pendurada e balançando de seus dedos como uma bolsa.

– Eis o seu rato, *Sassenach* – ele disse, gentilmente depositando uma bola de pelos cinza sobre a colcha. Os olhos enormes de um verde-claro amarelado ergueram-se para mim, sem piscar.

– Santa Mãe de Deus – exclamei. – De onde você veio? – Estendi um dedo, bem devagar. O gatinho não se moveu. Toquei de leve a borda de uma minúscula mandíbula, cinza e sedosa, e os grandes olhos verdes desapareceram, transformando-se em fendas enquanto ele se esfregava contra meu dedo. Um ronronar surpreendentemente grave reverberou pela sua estrutura pequenina.

– *Este* – Jamie disse, com imensa satisfação – é o presente que eu *pretendia* lhe dar, *Sassenach*. Ele vai manter os animais nocivos longe de seu consultório.

– Bem, provavelmente animais nocivos *bem* pequeninos – eu disse, examinando meu novo presente com desconfiança. – Acho que uma barata grande poderia carregá-lo para a sua toca, quanto mais um camundongo.

– Ele vai crescer – Jamie garantiu-me. – Olhe para suas patas.

Ele – era ele?, sim era um ele – rolara de costas e imitava um besouro morto, as patas no ar. Cada pata era mais ou menos do tamanho de uma larga moeda de cobre, bastante pequenas quando sozinhas, mas enormes em contraste com o corpo minúsculo. Toquei as patinhas, um rosa imaculado no meio de macios pelos cinza, e o gatinho contorceu-se em êxtase.

Uma batida discreta veio da porta e eu levantei o lençol depressa sobre o peito quando a porta se abriu e a cabeça do sr. Wemyss se enfiou para dentro, os cabelos em pé como um monte de palha de trigo.

– Hã... está tudo bem, senhor? – ele perguntou, piscando para tentar enxergar melhor. – Minha filha me acordou, dizendo que achava que havia uma espécie de tumulto e então ouvimos uma batida forte... – Seus olhos, apressadamente desviados de mim, dirigiram-se para a marca de madeira esfolada na parede caiada, deixada pelo atiçador de Jamie.

– Sim, está tudo bem, Joseph – Jamie assegurou-lhe. – É só um gatinho.

– Oh, sim? – O sr. Wemyss estreitou os olhos na direção da cama, o rosto comprido abrindo-se num sorriso quando distinguiu a mancha de pelo cinza. – Um gatinho, hein? Bem, ele vai ser de grande ajuda na cozinha, não tenho a menor dúvida.

– Sim. Por falar em cozinhas, Joseph... será que sua filha poderia trazer um vasilha de nata para o gato aqui?

O sr. Wemyss assentiu e desapareceu, com um último sorriso de tio para o gatinho.

Jamie espreguiçou-se, bocejou e esfregou as duas mãos vigorosamente pelos cabelos, que se comportavam ainda mais indisciplinadamente do que o normal. Examinei-o, com uma certa dose de pura apreciação estética.

– Você está parecendo um mamute peludo – eu disse.

– Oh? E como é um mamute, além de grande?

– Uma espécie de elefante pré-histórico, sabe, os animais com uma longa tromba?

Ele apertou os olhos, fitando seu corpo para baixo, depois me olhou interrogativamente.

– Bem, agradeço-lhe pelo elogio, *Sassenach* – ele disse. – Mamute, hein? – Lançou os braços para cima e esticou-se outra vez, displicentemente arqueando as costas, o que – inadvertidamente, me pareceu – aumentou qualquer semelhança acidental que se pudesse notar entre a anatomia matinal aumentada de um homem e os adornos faciais de um paquiderme.

Eu ri.

– Não era *exatamente* isso que eu quis dizer – ressaltei. – Pare de se balançar. Lizzie vai entrar a qualquer instante. É melhor vestir sua camisa ou entrar de novo na cama.

O som de passos no patamar da escada o fez mergulhar embaixo das cobertas, levando o gato a fugir correndo pelo lençol, sobressaltado. No final das contas, era o próprio sr. Wemyss, trazendo a tigelinha de nata e, assim, poupando sua filha da possível visão do seu patrão pelado.

O tempo estando bom, havíamos deixado as persianas abertas na noite anterior. O céu lá fora estava da cor de ostras frescas, úmido e cinza-perolado. O sr. Wemyss olhou para a janela, piscou e balançou a cabeça para os agradecimentos de Jamie, depois saiu cambaleando de volta para sua cama, agradecido por mais meia hora de sono antes do alvorecer.

Eu desembaracei o gatinho, que se refugiara no meio dos meus cabelos, e o coloquei no chão, perto da vasilha de nata. Imaginei que ele jamais tivesse visto uma tigela de nata na vida, mas o cheiro foi suficiente – dentro de instantes, ele já estava com os bigodes mergulhados na nata, lambendo com sofreguidão.

– Ele é forte – Jamie observou com aprovação. – Posso ouvi-lo daqui.

– Ele é uma gracinha. Onde o arranjou? – Aconcheguei-me na curva do corpo de Jamie, desfrutando seu calor; o fogo quase se extinguira durante a noite e o ar no quarto estava frio, ácido das cinzas.

– Eu o encontrei na floresta. – Jamie bocejou e relaxou, apoiando a cabeça em meu ombro para ver o gatinho, que se abandonara num êxtase de gula. – Pensei que o tivesse perdido quando Gideon disparou. Imagino que tenha se enfiado em um dos alforjes e veio aqui para cima junto com o resto da bagagem.

Resvalamos num tranquilo estupor, sonolentamente aconchegados no ninho da nossa cama, enquanto o céu clareava, pouco a pouco, e o ar adquiria vida com o canto dos pássaros que despertavam. A casa também acordava – ouviu-se o choro de um bebê vindo lá de baixo, seguido pela movimentação e o arrastar de pés de pessoas se levantando, o murmúrio de vozes. Nós também deveríamos nos levantar – havia tanto a ser feito – e, no entanto, nenhum de nós dois se mexeu, cada qual relutante em abrir mão da sensação de um tranquilo santuário. Jamie suspirou, seu hálito quente em meu ombro nu.

– Uma semana, eu acho – ele disse serenamente.

– Antes de você ter que partir?

– Sim. Posso dispor desse tempo para arrumar as coisas por aqui e falar com os homens de Ridge. Depois, mais uma semana, para atravessar a região entre a Linha do Tratado e Drunkard's Creek e passar em revista. Então eu os trarei aqui para treinar. Se Tryon convocar a milícia, então...

Fiquei imóvel e em silêncio por alguns instantes, minha mão envolta na mão de Jamie, o punho relaxado fechado sobre meu seio.

– Se ele convocá-lo, irei com você.

Ele beijou a minha nuca.

– Você quer ir? – ele disse. – Acho que não será necessário. Nem você, nem Bri sabem de nenhuma luta a ser travada aqui agora.

– Isso só significa que, se alguma coisa *vai* acontecer, não será uma enorme batalha – eu disse. – Isto aqui, as Colônias, é um lugar imenso, Jamie. E, duzentos anos depois dos acontecimentos de hoje, não iríamos ficar sabendo dos conflitos menores, especialmente os que aconteceram em um lugar diferente. Agora, em Boston... – Suspirei, apertando sua mão.

Eu mesma não saberia dizer muito sobre os acontecimentos em Boston, mas Bri sabia; tendo crescido lá, aprendera muito na escola sobre a história local e estadual. Eu a ouvira contando a Roger o que fora o Massacre de Boston – um pequeno confronto entre cidadãos e as tropas britânicas que ocorrera no mês de março passado.

– Sim, suponho que seja verdade – ele disse. – Ainda assim, não parece que vai dar em nada. Acho que Tryon está apenas querendo assustar os Reguladores, fazendo-os se comportar.

Isso, de fato, era provável. No entanto, eu tinha perfeita consciência do velho adágio: "O homem põe e Deus dispõe" – e fosse Deus ou William Tryon no comando, só os céus saberiam o que poderia acontecer.

– Você acredita? – perguntei. – Ou apenas espera que seja assim?

Ele suspirou e esticou as pernas, o braço apertando mais a minha cintura.

– Ambos – ele admitiu. – Principalmente, eu espero. E rezo. Mas também acredito nisso.

O gatinho esvaziara completamente a vasilha de nata. Sentou-se com um baque audível de seu minúsculo traseiro, limpou o resto do delicioso creme branco de seus bigodes, em seguida resvalou devagar na direção da cama, os flancos visivelmente bojudos. Saltou para cima da colcha, aninhou-se junto a mim e adormeceu imediatamente.

Talvez não inteiramente adormecido; eu podia sentir a pequena vibração de seu ronronar através da colcha.

– Como você acha que devo chamá-lo? – pensei em voz alta, tocando a ponta da cauda macia e franzina. – Manchinha? Pompom?

– Nomes bobos – Jamie disse, com preguiçosa tolerância. – Então era assim que você costumava chamar seus gatos em Boston? Ou na Inglaterra?

– Não. Eu nunca tive um gato – admiti. – Frank era alérgico a eles, faziam-no espirrar. E qual é um bom nome escocês para gatos, então? Diarmuid? MacGillivray?

Ele resfolegou, depois riu.

– Adso – disse, com firmeza. – Chame-o de Adso.

– Que tipo de nome é esse? – perguntei, virando-me para trás, para olhar para ele, perplexa. – Já ouvi muitos nomes escoceses estranhos, mas este é novo.

Ele descansou o queixo confortavelmente em meu ombro, observando o gatinho dormir.

– Minha mãe tinha um gatinho chamado Adso – ele disse, para minha surpresa. – Um gatinho cinza, muito parecido com este.

– É mesmo? – Coloquei a mão em sua perna. Ele raramente falava de sua mãe, que morrera quando ele tinha oito anos.

– Sim, tinha. Um excelente caçador de ratos e gostava muito de minha mãe; não tinha muita utilidade para nós, crianças. – Sorriu com as lembranças. – Provavelmente porque Jenny o vestia com roupas de bebê e o alimentava com bolachas, e eu o joguei na represa do moinho, para ver se ele sabia nadar. Aliás, ele sabia – informou-me –, mas não gostou.

– Não posso dizer que o culpo – eu disse, achando graça. – Mas por que ele se chamava Adso? É o nome de um santo? – Eu estava acostumada aos nomes estranhos dos santos celtas, de Aodh – pronunciado UUH – a Dervorgilla, mas não ouvira falar de santo Adso antes. Provavelmente o padroeiro dos ratos.

– Não era um santo – ele me corrigiu. – Um monge. Minha mãe era muito erudita. Ela foi educada em Leoch, sabe, juntamente com Colum e Dougal, sabia ler grego e latim e um pouco de hebraico, bem como francês e alemão. Ela não tinha muita oportunidade de ler em Lallybroch, é claro, mas meu pai fazia todo o esforço para encomendar livros para ela, de Edimburgo e de Paris.

Ele estendeu o braço por cima do meu corpo para tocar uma orelha sedosa e translúcida, e o gatinho remexeu os bigodes, crispando o rosto como se fosse espirrar, mas não abriu os olhos. O ronronar continuou inabalável.

– Um dos livros de que ela gostava era escrito por um austríaco, da cidade de Melk, e assim ela achou que era um nome muito adequado para o gato.

– Adequado...?

– Sim – ele disse, balançando a cabeça para a vasilha vazia, sem o menor tremor no lábio ou na pálpebra. – Adso de Melk, como Milk, leite, entendeu?

Uma fenda verde surgiu quando um olho se abriu, como em resposta ao nome. Depois, fechou-se outra vez e o ronronar continuou.

– Bem, se ele não se importa, eu também não – eu disse, resignada. – Portanto, vai ser Adso.

19

O DIABO CONHECIDO

Uma semana mais tarde, nós – isto é, as mulheres – estávamos empenhadas no estafante serviço de lavanderia, quando Clarence, a mula, soltou seu aviso alto e claro de que íamos ter companhia. A pequena sra. Aberfeldy pulou como se tivesse sido picada por uma abelha e deixou cair uma braçada de camisas molhadas no chão de terra do pátio. Pude ver o sr. Bug e a sra. Chisholm abrindo a boca em reprovação e aproveitei a oportunidade para enxugar as mãos no meu avental e correr para a frente, para saudar quem quer que fosse o visitante que se aproximava.

De fato; uma mula baia saía das árvores na cabeceira da trilha, seguida por uma gorda égua marrom conduzida por uma rédea. As orelhas da mula chicotearam para frente e ela zurrou entusiasticamente em resposta à saudação de Clarence. Tampei os ouvidos para bloquear a algazarra insuportável e apertei os olhos contra a luz ofuscante do sol da tarde para distinguir o cavaleiro na mula.

– Sr. Husband! – Tirando os dedos dos ouvidos, corri para cumprimentá-lo.

– Sra. Fraser, bom-dia!

Hermon Husband retirou seu chapéu preto desabado e fez um leve cumprimento com a cabeça, depois apeou da mula com um gemido que denunciava as muitas horas passadas na sela. Seus lábios moveram-se sem som na moldura de sua barba enquanto ele endireitava o corpo rígido; ele era um *quaker* e não usava palavrões. Ao menos, não em voz alta.

– Seu marido está em casa, sra. Fraser?

– Acabo de vê-lo indo para o estábulo, vou chamá-lo! – gritei, acima dos zurros continuados das mulas. Segurei seu chapéu e gesticulei, indicando a casa. – Vou guardar seus animais!

Ele balançou a cabeça em agradecimento e saiu mancando devagar, dando a volta na casa em direção à cozinha. De costas, eu podia ver como andar era doloroso para ele; ele mal conseguia colocar peso no pé esquerdo. O chapéu na minha mão estava coberto de poeira e manchas de lama, e eu sentira o odor de corpo e roupas não lavados quando ele ficou perto de mim. Ele estava viajando havia muito tempo, não apenas hoje – por uma semana ou mais, pensei, e dormindo mal a maior parte do tempo.

Tirei os arreios da mula, removendo, no processo, dois alforjes surrados cheios até a metade de panfletos impressos, mal impressos e grosseiramente ilustrados. Examinei a ilustração com algum interesse; era uma xilogravura de vários honrados e indignados Reguladores desafiando um grupo de agentes do governo, entre eles uma figura atarracada que não tive o menor problema de identificar como David Anstruther; a legenda não mencionava seu nome, mas o artista captara a semelhança do xerife com um sapo venenoso com notável facilidade. Teria Husband assumido a entrega dos malditos panfletos de porta em porta?, me perguntei.

Levei os animais para o curral, deixei o chapéu e os alforjes na varanda, depois comecei a subir a colina em direção ao estábulo, uma caverna rasa que Jamie fechara com grossas paliçadas. Brianna referia-se a ele como a maternidade, já que os ocupantes usuais eram basicamente éguas, vacas ou porcas grávidas.

Eu me perguntava o que teria trazido Hermon Husband ali – e se ele estava sendo seguido. Ele era dono de uma fazenda e de um pequeno moinho, ambos a pelo menos dois dias de cavalgada de Ridge; não era uma viagem que ele iria empreender simplesmente pelo prazer de nossa companhia.

Husband era um dos líderes dos Reguladores e já fora preso mais de uma vez pelos panfletos subversivos que imprimia e distribuía. As notícias mais recentes que eu ouvira dele foram de que tinha sido expulso da reunião local dos *quakers*, os Amigos, como eram chamados, que olhavam com desconfiança suas atividades, considerando-as incitação à violência. Creio que tinham uma certa razão, a julgar pelos panfletos que li.

A porta do estábulo estava aberta, permitindo que os cheiros agradavelmente fecundos de palha, calor animal e estrume flutuassem para fora, juntamente com uma torrente de palavras igualmente fecundas. Jamie, que não era nenhum *quaker*, acreditava em palavreado forte e estava usando uma enxurrada agora, apesar de em gaélico, o que tende para o poético, em vez de para o vulgar.

Traduzi a atual efusão mais ou menos como: "Que suas tripas se enrosquem como serpentes e seus intestinos explodam pelas paredes de sua barriga! Que a maldição dos corvos caia sobre você, cria bastarda de uma linhagem de moscas de esterco!" Ou palavras nesse sentido.

– Com quem você está falando? – perguntei, enfiando a cabeça pela porta. – E qual é a maldição dos corvos?

Pisquei na repentina obscuridade, vendo-o apenas como uma figura alta contra os montes de feno claro empilhados junto à parede. Ele virou-se ao me ouvir e veio a passos largos para a claridade da porta. Andara passando as mãos pelos cabelos; vários fios haviam sido puxados da tira que os prendia e agora estavam arrepiados, com palhas espetadas.

– *Tha nighean na galladh torrach!* – ele disse, com uma carranca feroz e um breve gesto apontando para trás.

– Filha de uma é... Oh! Está me dizendo que a maldita porca fez isso de novo?

A enorme porca branca, apesar de possuir uma gordura superior e uma capacidade reprodutiva surpreendente, também era uma criatura obtusa e impaciente no cativeiro. Ela já havia fugido duas vezes do seu cercado para dar cria, uma vez investindo contra Lizzie, que – sabiamente – gritou e arremessou-se para fora do caminho enquanto o animal partia em disparada, e novamente pelo expediente de assiduamente escavar um lado do cercado e ficar à espera, até a porta do estábulo ser aberta, derrubando-me no chão enquanto partia para o descampado.

Desta vez, ela não se preocupara com estratégia, mas simplesmente destruíra uma tábua de seu cercado, depois escavara um túnel por baixo das estacas da paliçada, digno de prisioneiros de guerra britânicos em um campo nazista.

– Fez, sim – Jamie disse, esquecendo o gaélico, agora que sua fúria inicial havia arrefecido um pouco. – Quanto à maldição dos corvos, depende. Pode significar que você deseja que os corvos ataquem a plantação de um homem e comam todos os seus grãos. Nesse caso, eu tinha em mente os pássaros bicando os olhos da maldita criatura.

– Imagino que isso a tornaria mais fácil de ser capturada – eu disse, suspirando. – Quanto falta para ela dar cria?

Ele deu de ombros e passou a mão pelos cabelos.

– Um, dois dias, talvez três. Vai ser bem feito para ela se parir no mato e for comida pelos lobos, ela e toda a ninhada de uma vez. – Chutou de mau humor o monturo deixado pela escavação da porca, lançando uma cascata de terra dentro do buraco. – Quem chegou? Ouvi Clarence berrando.

– Hermon Husband.

Ele virou-se bruscamente em minha direção, esquecendo-se imediatamente da porca.

– É ele, então? – ele disse brandamente, como se falasse consigo mesmo. – Por que será?

– É o que eu estava me perguntando. Está cavalgando há um bom tempo, distribuindo panfletos evidentemente.

Tive que sair correndo atrás de Jamie enquanto acrescentava esse comentário; ele já descia a colina a passos largos, em direção à casa, arrumando os cabelos enquanto prosseguia. Alcancei-o bem a tempo de limpar pedacinhos de palha de seus ombros antes que ele chegasse ao pátio.

Jamie cumprimentou a sra. Chisholm e a sra. MacLeod distraidamente com um sinal da cabeça, as duas içando com pás grandes fardos de roupas fumegantes da enorme chaleira e estendendo-as sobre os arbustos para secar. Continuei apressadamente ao lado de Jamie, ignorando os olhares acusadores das mulheres e fazendo parecer que eu tinha preocupações muito maiores com as quais lidar do que com a lavagem de roupas.

Alguém providenciara um lanche para Husband. Um prato de pão com manteiga parcialmente comido e uma caneca pela metade de leite desnatado estavam sobre a mesa. Também sobre a mesa estava Husband, que apoiara a cabeça sobre os braços cruzados e adormecera. Adso agachara-se sobre a mesa ao lado dele, fascinado pelas densas suíças grisalhas que estremeciam como antenas com os roncos reverberantes do *quaker.* O gatinho estava exatamente tentando esticar uma pata na direção da boca aberta de Husband quando Jamie agarrou-o pela nuca e largou-o com precisão em minhas mãos.

– Sr. Husband? – ele disse brandamente, inclinando-se sobre a mesa. – Seu criado, senhor.

Husband roncou, pestanejou e, em seguida, sentou-se direito abruptamente, quase entornando o leite. Arregalou os olhos por um breve instante para mim e Adso, depois pareceu lembrar-se de onde estava, pois sacudiu-se, levantou-se parcialmente, balançando a cabeça para Jamie.

– Amigo Jamie – ele disse com voz rouca. – Eu estou... desculpe-me... tenho andado...

Jamie fez um gesto descartando suas desculpas e sentou-se à frente dele, distraidamente pegando um pedaço de pão com manteiga do prato.

– Posso ajudá-lo em alguma coisa, sr. Husband?

Husband esfregou a mão pelo rosto, o que em nada ajudou a melhorar sua aparência, mas pareceu acordá-lo melhor. Visto claramente na suave luz da tarde da cozinha, ele parecia ainda pior do que lá fora, os olhos empapuçados e injetados, e a barba e os cabelos grisalhos embaraçados. Ele tinha apenas cinquenta e poucos anos, eu sabia, mas parecia pelo menos dez anos mais velho. Fez uma tentativa de ajeitar o casaco e balançou a cabeça para mim, depois para Jamie.

– Agradeço-lhe por sua hospitalidade, sra. Fraser. E a você também, sr. Fraser. Eu vim, na verdade, lhe pedir um favor, se me permitir.

– Pode pedir, é claro – Jamie disse educadamente. Deu uma mordida no pão com manteiga, erguendo as sobrancelhas num ar interrogativo.

– Quer comprar meu cavalo?

As sobrancelhas de Jamie continuaram levantadas. Mastigou devagar, meditando, depois engoliu.

– Por quê?

De fato, por quê? Teria sido muito mais fácil para Husband vender um cavalo em Salem ou High Point, se não quisesse ir até Cross Creek. Ninguém em seu juízo perfeito teria se aventurado a um lugar remoto como Ridge simplesmente para vender um cavalo. Coloquei Adso no chão e sentei-me ao lado de Jamie, esperando a resposta.

Husband lançou-lhe um olhar claro e direto, apesar de seus olhos estarem injetados.

– Você foi indicado coronel de milícia, disseram-me.

– Pelos meus pecados – Jamie disse, o pão parado no ar. – Acha que o governador me deu dinheiro para adquirir montaria para meu regimento? – Deu uma mordida no pão, esboçando um sorriso.

O canto da boca de Husband ergueu-se levemente em reconhecimento da piada. Um coronel de milícia tinha que suprir seu próprio regimento, contando apenas com um eventual reembolso da Assembleia Legislativa; uma das razões pelas quais somente homens de posses eram assim nomeados e uma forte razão para a indicação não ser considerada exclusivamente uma honra.

– Se tivesse, eu teria prazer em aceitar. – A um gesto de Jamie, convidando-o, Husband estendeu a mão e pegou outro pedaço de pão com manteiga, que mastigou gravemente, olhando para Jamie por baixo das sobrancelhas espessas e grisalhas. Finalmente ele sacudiu a cabeça.

– Não, amigo James. Tenho que vender meus animais para pagar as multas que a Justiça está impondo sobre mim. Se eu não vender tudo que puder, isso poderá ser confiscado. E, se eu não vender, não terei escolha senão abandonar a colônia e levar minha família para outro lugar. E, se eu fizer isso, terei que me livrar de tudo que não puder levar, pelo preço que conseguir.

Uma pequena ruga formou-se entre as sobrancelhas de Jamie.

– Sim, compreendo – ele disse devagar. – Eu o ajudaria, Hermon, do modo que pudesse. Você sabe disso, espero. Mas eu mal tenho dois xelins em dinheiro vivo, nem mesmo a desvalorizada moeda da proclamação, quanto mais libras esterlinas. Mas, se houver alguma coisa que eu tenha que possa lhe ser útil...

Husband sorriu ligeiramente, suas feições ásperas abrandando-se.

– Sim, amigo James. Sua amizade e sua honra são realmente de grande importância para mim. Quanto ao resto... – Reclinou-se para trás, afastando-se da mesa, e começou a remexer na pequena bolsa a tiracolo que colocara ao seu lado. Retirou dali uma carta fina, com um selo de cera vermelha. Reconheci o selo e meu peito apertou-se.

– Encontrei o mensageiro em Pumpkin Town – Husband disse, observando enquanto Jamie pegava a carta e enfiava o polegar sob a aba. – Eu me ofereci para trazer a carta para você, já que estava vindo para cá de qualquer modo.

As sobrancelhas de Jamie levantaram-se, mas sua atenção estava focalizada no pedaço de papel em sua mão. Aproximei-me, para ver por cima de seu ombro.

22 de novembro de 1770

Coronel James Fraser

Ao ser informado de que aqueles que se autodenominam Reguladores se reuniram com força significativa perto de Salisbury, enviei mensagem ao general Waddell para dirigir-se para lá imediatamente com as tropas de milícias à sua disposição, na esperança de dispersar esta assembleia ilegal. Ordeno-lhe que reúna os homens que julgar em condições de servirem num Regimento de Milícia e siga com eles para Salisbury, com a maior presteza que possa conseguir, para se unir às tropas do general antes ou no dia 15 de dezembro, quando ele marchará sobre Salisbury. Até onde for possível, leve com você farinha e outras provisões suficientes para manterem seus homens por um período de duas semanas.

Seu humilde criado
William Tryon

O aposento estava silencioso, a não ser pelo murmúrio suave do caldeirão sobre as brasas na lareira. Lá fora, eu podia ouvir as mulheres falando em curtas explosões, entremeadas de grunhidos de esforço, e o cheiro de sabão detergente flutuava pela janela aberta, misturando-se aos aromas do ensopado e do pão fermentando.

Jamie ergueu os olhos para Husband.

– Sabe o que isto diz?

O *quaker* balançou a cabeça afirmativamente, os contornos do rosto repentinamente flácidos de fadiga.

– O mensageiro me disse. Afinal, o governador não pretende fazer segredo de suas intenções.

Jamie fez um som de concordância e olhou para mim. Não, o governador não iria querer fazer segredo disso. No que dizia respeito a Tryon, quanto mais gente soubesse que Waddell dirigia-se para Salisbury com uma grande tropa de milícias, melhor. Daí também o estabelecimento de uma data específica. Qualquer soldado inteligente iria preferir intimidar o inimigo a lutar contra ele – e, considerando que Tryon não dispunha de tropas oficiais, a sabedoria era sem dúvida a parte mais importante da bravura.

– E quanto aos Reguladores? – perguntei a Husband. – O que pretendem fazer?

Ele me olhou ligeiramente surpreso.

– Fazer?

– Se o seu pessoal está se reunindo, presume-se que seja com algum propósito – Jamie salientou, um tom ligeiramente irônico na voz. Husband percebeu-o, mas não o censurou.

– Certamente há um propósito – ele disse, endireitando-se com certa dignidade. – Embora você esteja errado em dizer que são meus homens, a não ser no sentido de irmãos, como são todos os homens. Mas, quanto à finalidade, é apenas para protestar contra os abusos de poder tão comuns atualmente, a imposição de impostos ilegais, o confisco descabido de...

Jamie fez um gesto impaciente, interrompendo-o.

– Sim, Hermon, já ouvi dizer. Pior, li seus panfletos sobre isso. E, se esse é o propósito dos Reguladores, qual é o seu?

O *quaker* fitou-o, as sobrancelhas grossas erguidas e a boca semiaberta num ar de interrogação.

– Tryon não quer manter suas intenções em segredo – Jamie explicou –, mas você talvez queira. Não serve aos interesses dos Reguladores que essas intenções sejam divulgadas, afinal. – Ele fitou Husband, esfregando um dedo vagarosamente para cima e para baixo do cavalete comprido e reto do seu nariz.

Husband ergueu a mão e coçou o queixo.

– Você está perguntando por que eu trouxe isso – balançou a cabeça na direção da carta aberta sobre a mesa – quando poderia ter jogado fora?

Jamie balançou a cabeça pacientemente.

– Isso mesmo.

Husband respirou fundo, o peito erguendo-se, e esticou-se, as articulações estalando audivelmente. Pequenos sopros brancos de poeira ergueram-se de seu casaco, dissipando-se como fumaça. Acomodou-se novamente, piscando e parecendo se sentir mais confortável.

– Deixando de lado qualquer consideração sobre a honestidade de tal conduta, amigo James... eu já lhe disse que a sua amizade é o que mais utilidade teria para mim.

– Sim, é verdade. – O esboço de um sorriso tocou o canto da boca de Jamie.

– Digamos, como argumento, que o general Waddell realmente marche sobre um grupo de Reguladores – Husband sugeriu. – É melhor para os Reguladores enfrentarem homens que não os conhecem e são hostis a eles... ou enfrentar vizinhos que os conhecem e talvez simpatizem com sua causa?

– "Mais vale o diabo conhecido do que o desconhecido", não é? – Jamie disse. – E eu sou o diabo que vocês conhecem. Compreendo.

Um lento sorriso aflorou ao rosto de Husband, igualando-se ao de Jamie.

– Um deles, amigo James. Estive viajando a cavalo nos últimos dez dias, vendendo meus animais e visitando uma ou outra casa, por toda a parte oeste da colônia. O movimento dos Reguladores não faz nenhuma ameaça, não busca nenhuma destruição de propriedade. Só pedimos que nossas queixas sejam ouvidas e providências sejam tomadas. É para chamar atenção sobre a natureza e a justiça dessas queixas que os mais prejudicados estão se reunindo em Salisbury. Mas não posso esperar solidariedade daqueles que não têm informações sobre a ofensa afinal de contas.

O sorriso desapareceu do rosto de Jamie.

– Você pode contar com minha solidariedade, Hermon, e minha hospitalidade. Mas, se for necessário... sou um coronel de milícia. Terei um dever a cumprir, quer eu goste ou não desse dever.

Husband abanou uma das mãos, descartando o argumento.

– Eu não lhe pediria para faltar com seu dever... se fosse preciso. Rezo para que não seja. – Inclinou-se um pouco para frente, por cima da mesa. – Mas eu lhe pediria uma coisa. Minha mulher, meus filhos... se eu tiver que partir apressadamente...

– Mande-os para cá. Estarão seguros.

Com isso, Husband recostou-se para trás, os ombros arriando-se. Ele fechou os olhos e respirou profundamente, depois abriu-os e colocou as mãos sobre a mesa, como se fosse se levantar.

– Eu lhe agradeço. Quanto à égua, fique com ela. Se minha família tiver necessidade dela, alguém virá. Se não... eu certamente prefiro que você fique com ela a algum xerife corrupto.

Senti Jamie mover-se, querendo protestar, e coloquei a mão em sua perna para impedi-lo. Hermon Husband precisava de confiança, muito mais do que de um cavalo que não podia manter.

– Nós cuidaremos bem dela – eu disse, sorrindo e olhando-o nos olhos. – E de sua família, se houver necessidade. Diga-me, qual o nome dela?

– Da égua? – Herman levantou-se e um sorriso repentino irrompeu em seu rosto, iluminando-o surpreendentemente. – O nome dela é Jerusha, mas minha mulher a chama de Sra. Porquinha. Receio que ela realmente possua um enorme apetite – ele acrescentou em tom de desculpas para Jamie, que se retesara perceptivelmente à palavra "porco".

– Não tem importância – Jamie disse, afastando porcos de seu pensamento com visível esforço. Ele se levantou, olhando pela janela, onde os raios do sol da tarde transformavam a lustrosa madeira de pinho do peitoril e dos assoalhos em ouro derretido. – Está ficando tarde, Hermon. Por que não janta e passa a noite conosco?

Husband sacudiu a cabeça e inclinou-se para pegar sua bolsa a tiracolo.

– Não, amigo James, obrigado. Ainda tenho muitos lugares a visitar.

Mas insisti em que ele esperasse enquanto eu preparava um pacote de comida para ele levar, e ele foi com Jamie colocar a sela em sua mula enquanto esperava. Eu os ouvi conversando em voz baixa enquanto voltavam do curral, as vozes tão baixas, que não pude distinguir as palavras. Mas, quando saí para a varanda dos fundos com o embrulho de sanduíches e cerveja, ouvi Jamie dizer-lhe, com certa urgência:

– Tem certeza, Hermon, de que o que você faz é prudente... ou necessário?

Husband não respondeu imediatamente, mas pegou o pacote da minha mão com um sinal da cabeça em agradecimento. Em seguida, virou-se para Jamie, as rédeas da mula na outra mão.

– Eu me lembro – ele disse, olhando de Jamie para mim – de James Nayler. Já ouviram falar nele?

Jamie parecia tão perplexo quanto eu e Hermon sorriu em meio a sua barba.

– Ele foi um dos primeiros membros da Sociedade de Amigos, um dos que se uniram a George Fox, que fundou a Sociedade na Inglaterra. James Nayler era um homem de fortes convicções, embora ele fosse... pessoal na maneira de se expressar. Em uma famosa ocasião, ele caminhou nu pela neve, enquanto maldizia aos berros a cidade de Bristol. George Fox lhe perguntou, então: "Você tem *certeza* de que Deus lhe disse para fazer isso?"

O sorriso ampliou-se e ele colocou o chapéu cuidadosamente de volta na cabeça.

– Ele disse que sim. E assim sou eu, amigo James. Que Deus proteja você e sua família.

20

AULAS DE TIRO

Brianna olhou para trás por cima do ombro, sentindo-se culpada. A casa lá embaixo havia desaparecido sob um mar amarelo de folhas de castanheiras, mas os gritos de seu filho ainda ressoavam em seus ouvidos.

Roger a viu olhar para trás, para baixo da montanha, e franziu um pouco a testa, embora sua voz fosse suave quando falou.

– Ele vai ficar bem, Bri. Você sabe que sua mãe e Lizzie cuidarão bem dele.

– Lizzie vai estragá-lo de tanto o mimar – ela concordou, mas com um estranho baque no coração ao admiti-lo. Podia facilmente ver Lizzie carregando Jemmy de um lado para o outro o dia inteiro, brincando com ele, fazendo caretas para ele, dando-lhe arroz-doce com melado... Jemmy adoraria as atenções, depois que superasse o estresse de sua partida. Experimentou uma onda repentina de sentimento de posse com relação aos dedinhos róseos de Jemmy; detestava a ideia de Lizzie brincando de Dez Porquinhos com ele.

Ela simplesmente detestava ter que o deixar, ponto final. Os berros de pânico de Jemmy quando ela soltou a mãozinha agarrada à sua blusa e o entregou a sua mãe ecoavam em sua mente, ampliados pela imaginação, e o olhar cheio de lágrimas de quem havia sido violentamente traído permanecia em sua mente.

Ao mesmo tempo, sua necessidade de fugir era premente. Mal podia esperar para arrancar as mãozinhas grudentas de Jemmy de sua pele e correr pela manhã, livre como um dos gansos que voltavam para casa, buzinando em seu caminho para o sul através dos desfiladeiros das montanhas.

Ela imaginava, com relutância, que não se sentiria tão culpada em deixar Jemmy se secretamente não estivesse tão ansiosa para isso.

– Tenho certeza de que ele vai ficar bem – tranquilizou-se, mais do que Roger. – É que... eu nunca realmente o deixei por muito tempo.

– Mmmmhum. – Roger fez um ruído evasivo que poderia ser interpretado como solidariedade. Sua expressão, no entanto, deixava claro que ele pessoalmente achava que já passara muito da hora de ela deixar o bebê.

Uma momentânea explosão de raiva aqueceu seu rosto, mas ela mordeu a língua. Afinal, ele não dissera nada – na verdade, fizera um esforço óbvio para não dizer nada. Ela também podia fazer um esforço – e achou que talvez não fosse justo brigar com alguém com base no que você achava que ela estava pensando.

Ela sufocou o comentário ácido que tivera em mente e, em vez disso, sorriu para ele.

– Lindo dia, hein?

O olhar cauteloso desapareceu do rosto dele e ele sorriu também, os olhos aquecendo-se em um verde tão intenso e cheio de vida quanto o musgo que se estendia em placas grossas aos pés sombreados das árvores pelas quais passavam.

– Maravilhoso – ele disse. – É bom se afastar um pouco da casa, não é?

Ela lançou-lhe um rápido olhar, mas parecia ser a simples declaração de um fato, sem nenhuma segunda intenção por trás.

Ela não respondeu, mas balançou a cabeça, concordando, e levantou o rosto para a brisa errante que vagava pelo meio dos abetos ao redor deles. Um redemoinho de folhas de álamo castanho-avermelhadas soprou sobre eles, agarrando-se momentaneamente ao tecido rústico de suas calças e à lã fina de suas meias.

– Espere um minuto.

Num impulso, ela parou e tirou os coturnos de couro e as meias, enfiando-os negligentemente na mochila em seu ombro. Permaneceu parada, os olhos fechados em êxtase, meneando os dedos nus dos pés no musgo úmido.

– Oh, Roger, experimente! Isso é maravilhoso!

Ele ergueu uma das sobrancelhas, mas obedientemente deixou a arma ao lado – ele a trouxera, quando deixaram a casa, e ela deixara, apesar de uma necessidade de proprietária de carregá-la ela mesma –, desamarrou as próprias botas e cautelosamente deslizou um pé de ossos longos no musgo ao lado dos pés de Brianna. Seus olhos fecharam-se involuntariamente e sua boca contraiu-se num silencioso "Uuh!".

Movida por um impulso, ela inclinou-se e beijou-o. Os olhos dele abriram-se repentinamente, atônitos, mas ele tinha reflexos rápidos. Envolveu um braço longo ao redor da sua cintura e devolveu-lhe o beijo, um longo beijo. Era um dia anormalmente quente para o final de outono e ele não usava casaco, apenas uma camisa de caçar. Seu peito parecia despido através da lã fina de sua camisa; ela pôde sentir a minúscula protuberância do mamilo dele erguer-se sob a palma de sua mão.

Só Deus sabe o que poderia ter acontecido em seguida, mas o vento mudou de direção. Um grito fraco flutuou até eles, vindo do mar amarelo e encrespado lá embaixo. Podia ter sido um grito de bebê ou talvez um corvo distante, mas a cabeça de Brianna girou naquela direção, como a agulha de uma bússola apontando para o verdadeiro norte.

Aquilo quebrou o encanto e ele a soltou, recuando um passo.

– Você quer voltar? – ele perguntou, parecendo resignado.

Ela cerrou os lábios e sacudiu a cabeça.

– Não. Mas vamos nos afastar mais um pouco da casa. Não queremos incomodá-los com o barulho. Dos... dos tiros, quero dizer.

Ele riu e ela sentiu o sangue ferver em seu rosto. Não, ela não podia fingir que não sabia que havia mais de um motivo para aquela expedição particular.

– Não, nem disso, tampouco – ele disse. Agachou-se para pegar seus sapatos e meias. – Vamos, então.

Ela mesma não quis calçar seus sapatos e meias, mas aproveitou a oportunidade para se apropriar novamente da arma. Não é que não confiasse nele com a arma, apesar de ele ter admitido que nunca disparara aquele tipo de arma de fogo. Ela simplesmente gostava de segurá-la e se sentia segura com seu peso equilibrado no ombro, mesmo estando descarregada. Era um mosquete com mais de um metro e meio de comprimento, pesando uns cinco quilos, mas a ponta de nogueira polida da coronha encaixava-se perfeitamente em sua mão e o peso do cano de aço adaptava-se com perfeição no vão de seu ombro, a boca da arma apontada para o céu.

– Você vai descalça? – Roger lançou um olhar interrogativo para seus pés, depois para cima da encosta da montanha, onde uma trilha quase apagada serpenteava pelo meio de pés de amoras silvestres e galhos caídos.

– Só um pouco – ela tranquilizou-o. – Eu costumava andar descalça o tempo todo quando era criança. Papai, Frank, nos levava às montanhas todo verão, para as White Mountains ou as Adirondacks. Após uma semana, as solas dos meus pés pareciam couro. Eu poderia caminhar sobre brasas e não sentir nada.

– Sim, eu também – ele disse, sorrindo, e igualmente guardou seus sapatos. – Só que – ele disse, com um sinal da cabeça na direção da trilha apagada que ziguezagueava pelo mato e pelas pedras de granito semienterradas – a caminhada pela margem do Ness ou pelo estuário era um pouco mais fácil do que esta, apesar das pedras.

– É um bom argumento – ela disse, franzindo ligeiramente a testa enquanto olhava para os pés dele. – Você tomou uma antitetânica recentemente? Caso pise em alguma coisa pontiaguda e fure o pé?

Ele já subia à frente dela, escolhendo cuidadosamente onde pisar.

– Tomei todo tipo de vacina que fosse possível tomar, antes de atravessar as pedras – ele assegurou-lhe, por cima do ombro. – Febre tifóide, cólera, dengue, tudo que possa imaginar. Tenho certeza de que tétano estava entre elas.

– Dengue? Eu pensei que tivesse tomado vacina para tudo, mas não esta. – Enfiando os dedos nos tapetes frios de capim seco, ela deu algumas passadas largas para alcançá-lo.

– Não deveria precisar aqui em cima. – O caminho fazia uma curva por uma rampa íngreme tomada por asimineiros amarelados e desaparecia sob a projeção de um aglomerado de cicuta preto-esverdeada. Ele segurou para trás os pesados galhos e ela agachou-se para passar por baixo, entrando na obscuridade pujante, a arma cuidadosamente levada transversalmente.

– Mas, sabe, eu não tinha certeza de para onde eu teria que ir. – A voz dele vinha detrás dela, descontraída, amortecida pelo ar escuro sob as árvores. – Se seriam as cidades costeiras ou as Antilhas... havia... *há*... – ele corrigiu-se, automaticamente – inúmeras doenças africanas, trazidas pelos navios negreiros. Achei melhor estar preparado.

Ela aproveitou o terreno acidentado para não responder, mas ficou estupefata – e ao mesmo tempo satisfeita, ainda que um pouco envergonhada – ao descobrir até que ponto ele fora capaz de ir para se preparar para segui-la e encontrá-la.

O chão estava coberto de manchas marrons formadas pelas agulhas de pinheiro caídas, mas era tão úmido, que não estalavam nem espetavam as solas dos pés. A sensação era mais de esponja, fria e agradável sob os pés descalços, com uma flexibilidade que a fez pensar que a massa de agulhas mortas deveria ter pelo menos trinta centímetros de espessura.

– Ooi! – Roger, sem tanta sorte em sua passagem, havia pisado num caqui podre e escorregado, mal conseguindo se equilibrar ao agarrar um galho de azevinho, que prontamente o espetou com suas folhas espinhosas.

– Droga – ele disse, sugando o polegar ferido. – Ainda bem que somos imunes ao tétano, hein?

Ela riu concordando, mas começou a se preocupar enquanto subiam. E quanto a Jemmy, quando começasse a andar, escalar as montanhas descalço? Ela já vira muito bem como eram os pequenos MacLeod e Chisholm – para não falar em Germain – para saber que meninos se furavam, arranhavam, cortavam e fraturavam semanalmente, pelo menos. Ela e Roger estavam protegidos contra doenças como difteria e tifo – Jemmy não teria tal proteção.

Ela engoliu em seco, lembrando-se da noite anterior. Aquele cavalo assassino de seu pai o mordera no braço e Claire fizera Jamie sentar-se sem camisa diante do fogo enquanto ela limpava e fazia um curativo na mordida. Jemmy esticara a cabeça, curioso, de seu berço, e seu avô, sorrindo, pegou-o e colocou-o sobre seu joelho.

"Pocopó, pocopó", ele cantara, balançando um Jemmy encantado para cima e para baixo. "Eu tenho um cavalo malvado!/ Pocopó, pocopó/ Vamos mandá-lo pro inferno e ele vai ser torrado!"

Mas não era a bela cena dos dois ruivos rindo um para o outro que ficara em sua mente; era o clarão do fogo na pele translúcida, perfeita, intocada de seu filho – e brilho prateado na teia de cicatrizes sobre as costas de seu pai, preto-vermelho no ferimento ensanguentado em seu braço. Era uma época perigosa para os homens.

Ela não poderia manter Jem a salvo de ferimentos; sabia disso. Mas a ideia de Jem – ou Roger – se ferindo ou adoecendo dava um nó em seu estômago e fazia um suor frio escorrer pelos lados do seu rosto.

– Seu polegar está bem? – Virou-se para Roger, que pareceu surpreso, tendo se esquecido completamente do polegar.

– O quê? – Ele olhou para o dedo, intrigado. – Sim, claro.

Ainda assim, ela pegou sua mão e beijou o polegar ferido.

– Tenha *cuidado* – disse energicamente.

Ele riu e pareceu surpreso quando ela o olhou furiosa.

– Está bem – ele disse, ficando sério. Ele fez um sinal com a cabeça, indicando a arma que ela carregava. – Não se preocupe, posso nunca ter usado uma, mas sei um pouco sobre elas. Não vou arrancar meus dedos fora. Este lugar parece bom para um pouco de prática?

Haviam chegado a um cume descampado, um prado alto coberto de capim e rododendros. Havia um grupo de álamos na outra extremidade, seus galhos claros agitados com alguns tardios aglomerados de folhas vermelho-escuras e douradas, vívidas contra o profundo azul do céu. Um riacho gorgolejava encosta abaixo, em algum lugar fora de vista, e um falcão de cauda vermelha voava em círculos no alto. O sol já estava bem elevado agora, quente em seus ombros, e havia uma rampa agradável, coberta de capim, ali perto.

– Perfeito – ela disse, tirando a arma do ombro.

Era uma bela arma, com mais de um metro e meio de comprimento, mas tão perfeitamente balanceada, que se podia apoiá-la sobre o braço estendido sem sequer uma oscilação – era o que Brianna fazia, como demonstração.

– Está vendo? – ela disse, recolhendo o braço e girando a coronha para o ombro num movimento fluido. – Este é o ponto de equilíbrio; coloque a mão esquerda bem ali, segure a coronha pelo gatilho com a direita e encaixe a ponta no ombro. Ajuste-a bem, com firmeza. Sempre há um coice com o disparo. – Ela encaixou a coronha de nogueira delicadamente na cavidade forrada de camurça de seu ombro para ilustrar, depois abaixou a arma e entregou-a a Roger, com mais cuidado do que demonstrava ao entregar-lhe seu bebê, ele notou com ironia. Por outro lado, até onde ele podia ver, Jemmy era muito mais indestrutível do que a arma.

Ela lhe mostrou, hesitante no começo, relutante em corrigi-lo. Mas ele mordeu a própria língua e imitou-a cuidadosamente, seguindo a fácil sequência de passos, desde abrir o cartucho com os dentes até preparar, carregar, socar e verificar, aborrecido com sua própria falta de jeito de novato, mas secretamente fascinado – e mais do que um pouco excitado – pela ferocidade descontraída dos movimentos de Brianna.

As mãos dela eram quase tão grandes quanto as suas, apesar de mais delicadas; ela manuseava a longa arma com a familiaridade que outras mulheres demonstravam com agulha e vassoura. Ela usava calças de tecido rústico e o longo músculo de sua coxa ergueu-se firme e arredondado contra o tecido quando ela se agachou ao seu lado, a cabeça inclinada enquanto remexia na sacola de couro.

– Você trouxe o almoço? – ele brincou. – Pensei que iríamos atirar em alguma coisa e comê-la.

Ela o ignorou. Retirou da sacola um lenço branco rasgado para usar como alvo e sacudiu-o, franzindo a testa com ar crítico. Certa vez, ele achou que ela cheirava a jasmim e grama; agora ela cheirava a pólvora, couro e suor. Inspirou, os dedos alheiamente acariciando a madeira da coronha.

– Pronto? – ela disse, olhando para ele com um sorriso.

– Oh, sim – ele disse.

– Verifique a pederneira e a carga – ela disse, levantando-se. – Vou prender o alvo.

Vista de costas, os cabelos ruivos firmemente presos para trás e vestindo uma folgada camisa de caça de camurça que a cobria dos ombros às coxas, sua semelhança com seu pai era ampliada a um grau surpreendente. Mas não havia como confundir os dois, ele pensou. Com calças ou não, Jamie Fraser nunca na vida teve um traseiro como *esse*. Observou-a caminhar, congratulando-se pela sua escolha de instrutor.

Seu sogro teria lhe dado uma lição de tiro de boa vontade. Jamie era um excelente atirador e um professor paciente; Roger o vira levar os rapazes Chisholm após o jantar para praticarem atirando em pedras e árvores no campo de milho vazio.

Uma coisa era Jamie saber que Roger não tinha experiência com armas; outra era sofrer a humilhação de demonstrar exatamente *o quanto* ele era inexperiente, sob aquele olhar azul impassível.

No entanto, além da questão do orgulho, ele tinha mais um motivo para pedir a Brianna que saísse com ele para atirar. Não que o referido motivo fosse de algum modo um segredo; Claire olhara dele para a filha quando ele sugeriu a excursão e os olhou com ar divertido de uma maneira muito particular, que fez Brianna franzir a testa e exclamar "Mãe!" num tom de voz acusador.

Além das pouquíssimas horas da noite de seu casamento na Assembleia, esta era a primeira – e única – vez que tinha Brianna para si, livre das exigências insaciáveis de seu filho.

Ele percebeu o brilho do sol refletido no metal quando ela abaixou o braço. Ela estava usando o bracelete que ele lhe dera, ele percebeu, com profunda satisfação. Ele lhe dera o bracelete quando a pedira em casamento – uma vida inteira atrás, na neblina gelada de uma noite de inverno em Inverness. Era um aro simples de prata, gravado com uma série de palavras em francês. *Je t'aime,* dizia: *Eu a amo. Un peu, beaucoup, passionnément, pas du tout*: Um pouco, muito, apaixonadamente – absolutamente.

– *Passionnément* – ele murmurou, visualizando-a sem nada, *exceto* seu bracelete e seu anel de casamento.

Uma coisa de cada vez, disse a si mesmo, e pegou um novo cartucho. Afinal, tinham bastante tempo.

Satisfeita por ele ter aprendido a carregar a arma ainda que não muito rapidamente, Brianna permitiu que ele praticasse a pontaria e, por fim, o tiro.

Foram necessárias doze tentativas até ele finalmente acertar o quadrado branco do lenço, mas o sentimento de exultação que sentiu quando um ponto negro apareceu repentinamente perto da borda do alvo o fez pegar um novo cartucho antes que a fumaça do tiro tivesse se dissipado. A sensação entusiástica de realização o levou por mais doze cartuchos, mal notando qualquer coisa além do coice e do estouro da arma, o clarão da pólvora e o tenso instante de concretização quando ele via que um ou outro tiro atingira o alvo.

O lenço pendia em farrapos a essa altura e pequenas nuvens de fumaça esbranquiçada flutuavam sobre o prado. O falcão batera em retirada com o som do primeiro tiro, juntamente com todos os outros pássaros das cercanias, apesar do tinido em seus ouvidos soarem como todo um coro de distantes abelharucos.

Ele abaixou a arma e olhou para Brianna, rindo, quando ela desatou a rir.

– Você parece o Al Jolson – ela disse, a ponta do nariz rosada com a risada. – Tome, limpe-se um pouco, e tentaremos atirar de mais longe.

Ela pegou a arma e entregou-lhe um lenço limpo em troca. Ele limpou a fuligem do rosto, observando enquanto ela rapidamente limpava o cano e recarregava. Ela empertigou-se, depois ouviu alguma coisa; levantou a cabeça subitamente, os olhos fixos num carvalho do outro lado do prado.

Com os ouvidos ainda zumbindo do barulho da arma, Roger não ouvira nada. Mas, girando nos calcanhares, ele vislumbrou um rápido movimento; um esquilo cinza-escuro, parado num galho de pinheiro a pelo menos dez metros acima do solo.

Sem a menor hesitação, Brianna ergueu a arma ao ombro e pareceu disparar no mesmo movimento. O galho diretamente sob o esquilo explodiu numa chuva de lascas de madeira, e o esquilo, arrancado de seu pouso, mergulhou para o chão, batendo nos galhos flexíveis das plantas perenes conforme caía.

Roger correu para o pé da árvore, mas não havia pressa; o esquilo jazia morto, flácido como um trapo felpudo.

– Belo tiro – ele disse, felicitando-a, e ergueu o corpo do esquilo para Brianna, que se aproximava para ver. – Mas ele não tem nem uma marca. Você deve tê-lo matado de susto.

Brianna lançou-lhe um olhar nivelado por baixo das sobrancelhas.

– Se eu quisesse acertar nele, Roger, eu teria acertado – ela disse, com um ligeiro tom de reprovação. – E se eu o *tivesse* atingido, você estaria segurando um punhado de purê de esquilo. Não se mira diretamente para algo deste tamanho; você mira logo abaixo dele e o derruba. A técnica é estraçalhar o galho ou a casca da árvore – ela explicou, como uma amável professora de jardim de infância corrigindo seu aluno retardado.

– Ah, é? – Ele reprimiu uma pequena irritação. – Foi seu pai quem lhe ensinou isso?

Ela lançou-lhe um olhar levemente estranho antes de responder.

– Não, foi Ian.

Ele fez um ruído indistinto em resposta. Ian era um ponto de constrangimento na família. O primo de Brianna era muito amado e ele sabia que toda a família sentia muito a sua falta. Ainda assim, hesitavam em falar do Jovem Ian diante de Roger, por delicadeza.

Não fora exatamente *culpa* de Roger que Ian Murray tivesse permanecido com os *mohawks* – mas não havia como negar que ele tivera participação na questão. Se ele não tivesse matado aquele índio...

Não pela primeira vez, ele afastou as lembranças confusas daquela noite em Snaketown, mas ainda assim sentiu os ecos físicos; a precipitação torrencial de terror pela sua barriga e a violenta vibração de impacto pelos músculos de seus braços, quando ele lançou a ponta quebrada da viga de madeira com toda a sua força na sombra que pulara na frente dele, saindo do breu. Uma sombra muito sólida.

Brianna atravessara o prado e armara novo alvo; três pedaços irregulares de madeira colocados sobre um toco de árvore do tamanho de uma mesa de jantar. Sem comentários, ele limpou as mãos suadas nas calças e concentrou-se no novo desafio, mas Ian Murray recusava-se a sair de sua mente. Ele mal vira o sujeito, mas se lembrava perfeitamente dele; um jovem, alto e desengonçado, com um rosto sem graça, mas de certa forma cativante.

Não podia pensar no rosto de Murray sem vê-lo como da última vez, o rosto salpicado de crostas da linha de pontos recém-tatuados, que volteavam pelas faces e sobre o cavalete do nariz. Seu rosto era bronzeado do sol, mas a parte do couro cabeludo de onde haviam acabado de arrancar os cabelos estava lisa, brilhante e rosada, pelada como o traseiro de um bebê e manchada de vermelho pela irritação causada.

– O que foi?

A voz de Brianna assustou-o e o cano deu um solavanco quando ele disparou, o tiro se perdendo numa direção qualquer. Ou se perdendo mais longe ainda, melhor dizendo. Ele não havia conseguido acertar nenhum dos blocos de madeira em uma dúzia de tiros.

Ele abaixou a arma e virou-se para ela. Ela franziu o cenho, mas não pareceu zangada, apenas perplexa e preocupada.

– Qual foi o problema? – ela perguntou novamente.

Ele respirou fundo e limpou o rosto na manga da camisa, sem se preocupar com as manchas de fuligem.

– Seu primo – ele disse abruptamente. – Sinto muito por ele, Bri.

O rosto de Brianna abrandou-se e a ruga de preocupação desfez-se um pouco.

– Oh – ela disse. Colocou a mão no braço dele e aproximou-se, de modo que ele sentiu o calor de sua proximidade. Ela suspirou profundamente e apoiou a testa contra o ombro dele.

– Bem – disse por fim –, eu também sinto muito. Mas não é mais culpa sua do que minha ou do papai... ou do próprio Ian, quanto a isso. – Resfolegou um pouco no que pareceu ser uma tentativa de risada. – Se for culpa de alguém, é de Lizzie, e ninguém a culpa.

Ele sorriu, com certa amargura.

– Sim, eu sei – ele respondeu, colocando a mão sobre a maciez fria de sua trança. – Você tem razão. Mas... eu matei um homem, Bri.

Ela não se sobressaltou, nem recuou, ao contrário, ficou absolutamente imóvel. Ele também; era a última coisa que pretendia dizer.

– Você nunca me falou sobre isso – ela disse finalmente, levantando a cabeça para olhar para ele. Ela parecia hesitante, sem saber ao certo se deveria insistir no assunto. A brisa soprou uma mecha de cabelo pelo seu rosto, mas ela não se mexeu para afastá-la.

– Eu... bem, para lhe dizer a verdade, eu não tenho pensado nisso. – Deixou cair a mão e o imobilismo se quebrou. Ela sacudiu-se levemente e afastou-se.

– Soa terrível, não é? Mas... – Procurava ansiosamente as palavras. Não pretendera dizer nada, mas, agora que começara, parecia urgentemente necessário explicar, colocar com as palavras certas.

– Foi à noite, durante uma briga na aldeia. Eu fugi... eu tinha um pedaço de viga quebrada na mão e, quando alguém assomou na escuridão, eu...

Seus ombros arriaram-se de súbito, quando ele percebeu que não havia nenhum modo possível de explicar realmente. Abaixou os olhos para a arma que ainda segurava.

– Eu não sabia que o havia matado – ele disse serenamente, os olhos na pederneira. – Nem vi seu rosto. Até hoje não sei quem era, mas tinha que ser alguém que eu conhecia. Snaketown era uma aldeia pequena, eu conhecia todos *ne rononkwe.* – Ora, ele se perguntou subitamente, ele nunca pensara em perguntar quem era o homem que matara? Era óbvio; ele não perguntara porque não queria saber.

– *Ne rononkwe?* – ela repetiu as palavras, sem muita certeza.

– Os homens... os guerreiros... os bravos. É como se chamam, os *Kahnyen'kehaka.* – As palavras em *mohawk* pareceram ao mesmo tempo estranhas e familiares em sua boca; ele podia ver cautela em seu rosto e sabia que falar do assunto lhe parecera estranho; não a maneira como alguém usa um termo estrangeiro, desajeitadamente, mas do modo como seu pai às vezes distraído misturava gaélico e escocês, a mente apoderando-se da palavra mais disponível em qualquer das línguas.

Ele continuou olhando fixamente para a arma em sua mão, como se jamais tivesse visto uma. Não estava olhando para ela, mas sentiu-a se aproximar outra vez, ainda experimentalmente, mas sem repulsa.

– Você... lamenta isso?

– Não – ele disse rápido e ergueu os olhos para ela. – Quero dizer... sim, lamento que tenha acontecido. Mas lamentar o que fiz... não. – Ele falara sem fazer uma pausa para pesar as palavras e ficou surpreso, e aliviado, de ver que eram verdadeiras. Lamentava, como lhe dissera, mas qualquer culpa que houvesse nada tinha a ver com a morte da sombra, quem quer que fosse. Ele fora um escravo em Snaketown e não tinha nenhuma simpatia pelos *mohawk*s, embora alguns deles fossem bastante corretos. Ele não pretendera matar, mas se defendera. Faria tudo de novo, nas mesmas circunstâncias.

Entretanto, havia uma pequena ferida de culpa – a percepção da facilidade com que ele afastara aquela morte da mente. Os *Kahnyen'kehaka* cantavam e contavam histórias de seus mortos, e mantinham sua memória viva ao redor das fogueiras, pronunciando seus nomes durante gerações e recontando suas façanhas. Exatamente como os escoceses das Highlands. Ele pensou repentinamente em Jamie Fraser, o rosto afogueado na grande fogueira da Assembleia, chamando seus homens pelo nome e pela linhagem. *Tome posição ao meu lado, Roger, o Cantor, filho de Jeremiah MacKenzie.* Talvez Ian Murray não achasse os *mohawks* tão estranhos no final das contas.

Ainda assim, ele sentia, de uma forma obscura, como se tivesse privado o desconhecido morto de seu nome, assim como de sua vida, procurando apagá-lo pelo esquecimento, comportar-se como se essa morte nunca tivesse acontecido, apenas para salvar a si próprio de ter que reconhecê-la. E isso, a seu ver, era errado.

O rosto de Brianna estava imóvel, mas não congelado; seus olhos pousaram nos seus com compaixão. Ainda assim, ele desviou o olhar, voltando-o novamente para a arma cujo cano segurava. Seus dedos, sujos de fuligem, haviam deixado impressões ovais, negras e engorduradas no metal. Ela estendeu a mão e tomou-lhe a arma, limpando as marcas com a barra da camisa.

Ele deixou que ela a tomasse e observou, esfregando os dedos sujos no lado das calças.

– É que... não parece que, se você tiver que matar um homem, deve ser proposital? Que você deva realmente querer matá-lo?

Ela não respondeu, mas seus lábios contraíram-se um pouco e depois relaxaram.

– Se você atirar em alguém com isto, Roger, será proposital – ela disse serenamente. Em seguida, ergueu o rosto para ele, o olhar azul intenso, e ele viu que o que tinha tomado por compaixão era na verdade uma feroz imobilidade, como as pequenas chamas azuis em uma tora queimada.

– E, se você tiver que atirar em alguém, Roger, quero que seja intencional.

Doze balas depois, ele podia atingir os blocos de madeira ao menos uma em cada seis tentativas. Ele teria continuado, teimosamente, mas ela pôde ver os músculos em seus antebraços começando a tremer quando ele levantava a arma, imobilizados pela força de vontade. Ele começaria a errar com mais frequência agora, de fadiga, e isso de nada iria lhe adiantar.

Ou a ela. Seus seios começavam a doer, congestionados de leite. Logo teria que fazer alguma coisa a respeito.

– Vamos comer – ela disse, sorrindo enquanto tomava o mosquete das mãos dele após o último tiro. – Estou faminta.

O esforço de atirar, recarregar, armar os alvos os mantivera aquecidos, mas já era quase inverno e o ar estava frio; frio demais, ela pensou pesarosamente, para se deitarem nus em faias secas. Mas o sol estava quente e por precaução ela havia colocado duas colchas velhas em sua mochila, juntamente com o almoço.

Ele permaneceu em silêncio, mas era um silêncio confortável. Ela o observou cortar lascas do pedaço de queijo, as pestanas escuras abaixadas, e admirou sua figura longilínea, competente, os dedos ágeis e precisos, a boca suave ligeiramente apertada enquanto ele se concentrava em seu trabalho, uma gota de suor rolando pela curva alta e bronzeada da maçã do rosto, diante da orelha.

Ela não sabia o que pensar do que ele lhe contara. Ainda assim, sabia o suficiente para compreender que era bom que ele tivesse lhe contado, embora ela não gostasse de ouvir ou pensar nessa época que ele passou com os *mohawks*. Fora uma época tão ruim para ela – sozinha, grávida, sem saber se ele ou seus pais um dia voltariam – quanto para ele. Estendeu a mão para aceitar um pedaço de queijo, seus dedos se roçaram e ela inclinou-se para frente, para fazê-lo beijá-la.

Ele a beijou, depois se sentou direito, os olhos meigos, verdes e límpidos, livres das sombras que o haviam assombrado.

– Pizza – ele disse.

Ela piscou, depois riu. Era um dos seus jogos; revezando-se para pensar em coisas das quais sentiam falta na outra época, a época anterior – ou posterior, dependendo de como você a olhasse.

– Coca-Cola – ela disse prontamente. – Acho que talvez pudesse me contentar com pizza, mas de que adianta pizza sem Coca-Cola?

– Pizza com cerveja é ótimo – ele garantiu-lhe. – E podemos tomar cerveja; não que aquela bebida caseira que Lizzie faz esteja à altura de uma MacEwan's Lager, ainda. Mas você acha mesmo que poderia fazer pizza?

– Não vejo por que não. – Ela beliscou o queijo, franzindo a testa. – Este não serviria – brandiu o pedaço amarelo restante de seu queijo, depois jogou-o na boca –, forte demais. Mas eu acho... – Ela parou de mastigar o queijo e o engoliu, depois tomou um longo gole de cidra caseira.

– Pensando bem, isto iria muito bem com pizza. – Ela abaixou a garrafa de couro e lambeu as últimas gotas doces, semialcoólicas, dos lábios. – Mas o queijo... acho que talvez queijo de ovelha servirisse. Papai trouxe alguns de Salem da última vez que foi lá. Vou pedir a ele para trazer mais alguns e vamos ver como ele derrete.

Apertou os olhos contra o sol claro e luminoso, calculando.

– Mamãe tem um monte de tomates secos e toneladas de alho. Sei que ela tem manjericão... mas não sei se tem orégano, mas pode ficar sem isso. E a crosta... – Abanou a mão negligentemente. – Farinha de trigo, água e banha de porco, nada demais.

Ele riu, entregando-lhe uma bolacha recheada com presunto e *piccalilli* da sra. Bug.

– Como a Pizza Chegou às Colônias – ele disse, e levantou a garrafa de cidra numa breve saudação. – As pessoas sempre se perguntam de onde vieram as grandes invenções da humanidade; agora sabemos!

Ele falou com descontração, mas havia um estranho tom em sua voz e ele manteve o olhar fixo nela.

– Talvez a gente saiba – ela disse brandamente, após alguns instantes. – Você alguma vez pensa sobre isso... por quê? Por que estamos aqui?

– Claro. – O verde de seus olhos estava mais escuro agora, mas ainda límpido. – Você também, não é?

Ela balançou a cabeça, deu uma mordida na bolacha com presunto, o *piccalilli* doce de cebolas e picante em sua boca. É claro que pensavam nisso. Ela, Roger e sua mãe. Pois certamente tinha um significado, essa passagem pelas pedras. Tinha que ter. E, no entanto... seus pais raramente falavam de guerras e batalhas, mas, pelo pouco que diziam – e a quantidade muito maior que ela havia lido –, ela sabia exatamente o quanto essas coisas podiam ser aleatórias e sem sentido. Às vezes uma sombra se ergue e a morte espreita anonimamente na escuridão.

Roger esfarelou o restante de seu pão entre os dedos e atirou as migalhas a alguns passos de distância. Um canário-da-terra voou para baixo, bicou uma vez e, em segundos, um bando deles se lançou do alto das árvores, aspirando as migalhas com barulhenta eficiência. Ele espreguiçou-se, suspirando, e deitou-se na colcha.

– Bem – ele disse –, se você descobrir, não deixe de me dizer, certo?

As batidas do seu coração formigavam em seus seios; não mais contidas em segurança por trás da proteção do esterno, mas soltas para estalar pela sua carne, pequenas descargas elétricas beliscando seus mamilos. Ela não ousava pensar em Jem; a mais leve lembrança dele e seu leite espirraria num jato.

Antes de se permitir pensar muito sobre isso, ela retirou a camisa de caçar pela cabeça.

Os olhos de Roger estavam abertos, fixos nela, meigos e brilhantes como o musgo sob as árvores. Ela desfez o nó da faixa de linho e sentiu o toque frio do vento em seus seios nus. Segurou-os nas mãos, sentindo seu peso aumentar, começar a formigar e chegar ao topo.

– Venha cá – ela disse suavemente, os olhos fixos nele. – Depressa. Eu preciso de você.

Permaneceram deitados, seminus e confortavelmente entrelaçados sob a colcha velha, sonolentos e pegajosos do leite semisseco, o calor de seus corpos ainda ao redor.

O sol que penetrava pelo meio dos galhos desfolhados no alto provocava ondulações negras por trás das pálpebras de seus olhos fechados, como se ela olhasse para baixo através de um mar vermelho-escuro, vadeando na água quente como sangue, vendo areia preta vulcânica mover-se e ondular ao redor de seus pés.

Ele estaria acordado? Ela não virou a cabeça, nem abriu os olhos para ver, mas tentou mandar uma mensagem para ele, uma pulsação lenta, preguiçosa, do coração, uma pergunta explodindo de sangue para sangue. *Você está aí?* –, ela perguntou silenciosamente. Sentiu a pergunta subir em seu peito e sair pelo seu braço; ela imaginou a parte de baixo de seu braço, muito clara, e a veia azul ao longo dele, como se fosse ver algum lampejo subterrâneo revelador conforme o impulso percorria seu sangue, descia pelo braço, atingia a palma de sua mão, seu dedo e entregava uma levíssima pulsação de sua pressão contra a pele dele.

Nada aconteceu imediatamente. Ela podia ouvir sua respiração, lenta e regular, um contraponto ao sussurro da brisa através do capim e das árvores, como a onda do mar desmanchando-se na areia da praia.

Imaginou-se como uma água-viva, ele outra. Podia vê-los claramente; dois corpos transparentes, brilhantes como a luz, as veias pulsando num ritmo hipnótico, levados pela maré na direção um do outro, arrastando seus filamentos, tocando-se devagar...

Um dedo atravessou a palma de sua mão, tão delicadamente, que poderia ser o roçar de uma barbatana ou de uma pena.

Estou aqui, ele disse. *E você?*

Sua mão fechou-se sobre o dedo e ele rolou em sua direção.

Sendo tão tarde no ano, a luz desaparecia cedo. Ainda faltava um mês para o solstício de inverno, mas, no meio da tarde, o sol já roçava a encosta de Black Mountain, e suas sombras estendiam-se a distâncias extraordinárias diante deles quando voltavam para casa, na direção leste.

Ela carregava a arma; a aula terminara por este dia e, embora não estivessem caçando, se a oportunidade se oferecesse, ela a aproveitaria. O esquilo que matara mais cedo já estava limpo e guardado em sua mochila, mas aquilo mal dava para temperar um ensopado de legumes. Mais alguns seria bom. Ou um gambá, pensou sonhadoramente.

Ela não conhecia bem os hábitos dos gambás; talvez hibernassem durante o inverno e, se assim fosse, já poderiam ter se recolhido. Os ursos ainda estavam em atividade; ela vira fezes de urso semissecas na trilha e arranhões na casca de um pinheiro, ainda destilando seiva amarela. Um urso era uma boa caça, mas ela não pretendia nem procurar por um, nem se arriscar a atirar num deles, a menos que os atacassem – e isso não era provável. Deixe os ursos em paz e eles também deixarão você; seus dois pais haviam lhe dito isso e ela considerava o conselho excelente.

Um bando de codornizes explodiu de um arbusto próximo como metralha e ela sobressaltou-se, o coração na boca.

– Estes são bons para comer, não? – Roger indicou com a cabeça a última das codornizes cinzentas e brancas a desaparecer. Ele também levara um susto, porém nem tanto quanto ela, Brianna notou com aborrecimento.

– Sim – ela disse, decepcionada por ter sido pega desprevenida. – Mas não se atira nelas com um mosquete, a menos que só queira as penas para um travesseiro. Usa-se uma arma menor, com balas apropriadas. É como uma espingarda de caça.

– Eu sei – ele disse, laconicamente.

Ela não se sentia inclinada a conversar, arrancada como fora de sua paz de espírito. Seus seios começavam a inchar outra vez; era hora de ir para casa amamentar Jemmy.

Ela acelerou um pouco o passo diante do pensamento, mesmo enquanto sua mente abandonava com relutância a lembrança do cheiro pungente de faias secas amassadas, o brilho do sol nos ombros nus, bronzeados, de Roger acima dela, o silvo do jato de seu leite, enfeitando seu peito com uma chuva de gotículas, escorregadio, quente e frio alternadamente entre seus corpos em movimento.

Ela suspirou profundamente e o ouviu rir, um riso baixo, na garganta.

– Huum? – Ela virou a cabeça e ele indicou o terreno diante deles. Haviam começado a caminhar juntos, nenhum dos dois notando a inconsciente atração da força gravitacional que os unia. Agora suas sombras haviam se fundido no topo, de modo que uma fera estranha de quatro pernas caminhava como uma aranha à frente deles, as duas cabeças inclinadas uma para a outra.

Ele passou o braço em torno de sua cintura e a sombra de uma cabeça submergiu, unindo-se à outra em uma única forma arredondada.

– Foi um bom dia, hein? – ele disse ternamente.

– Sim, foi – ela disse e sorriu. Teria continuado a falar, mas ela ouviu um barulho acima do chacoalhar dos galhos das árvores e afastou-se repentinamente.

– O quê... – ele começou a dizer, mas ela colocou um dedo nos lábios para silenciá-lo, fazendo sinal para ele segui-la, enquanto ela se agachava e se refugiava sorrateiramente num aglomerado de carvalhos vermelhos.

Era um bando de perus, ciscando amigavelmente na terra sob um enorme carvalho, desencavando larvas do tapete de glandes do carvalho e folhas mortas. O sol poente brilhava baixo no céu, iluminando as penas iridescentes do peito, de modo que o preto sombrio das aves cintilava com minúsculos arcos-íris conforme elas se moviam.

A arma já estava carregada, mas não preparada para disparar. Ela tateou em busca do frasco de pólvora em seu cinto e encheu o compartimento, mal desviando o olhar das aves. Roger agachou-se ao seu lado, atento como um cão de caça no faro. Ela cutucou-o e estendeu a arma para ele num convite, uma das sobrancelhas erguidas. Os perus não estavam a mais do que vinte metros de distância e mesmo os menores eram do tamanho de uma bola de futebol.

Ele hesitou, mas ela viu a vontade de tentar em seus olhos. Enfiou a arma na mão dele com firmeza e balançou a cabeça, indicando uma abertura nos arbustos.

Ele ajeitou-se com cuidado, tentando uma linha de visão desimpedida. Ela ainda não lhe ensinara a atirar agachado e ele, sabiamente, não tentou, preferindo ficar de pé, apesar de significar que teria que atirar para baixo. Hesitou, o longo cano oscilando conforme ele mudava de uma ave para outra, tentando escolher o melhor alvo. Ela dobrou e apertou os dedos, ansiando para corrigir a mira dele, puxar o gatilho.

Ela sentiu quando ele inspirou e prendeu a respiração. Então três coisas aconteceram, tão rapidamente, que pareceram simultâneas. A arma disparou com um retumbante *Booom!*, um repuxo de folhas de carvalho secas jorrou da terra embaixo da árvore para cima e quinze perus enlouqueceram, correndo como um desvairado time de futebol na direção deles, gorgolejando histericamente.

Os perus alcançaram os arbustos, viram Roger e saltaram para o ar como bolas de futebol voadoras, as asas batendo freneticamente. Roger agachou-se para evitar um deles, que passou a três centímetros de sua cabeça, apenas para ser atingido no peito por outro. Ele cambaleou para trás e o peru, agarrando-se à sua camisa, aproveitou a oportunidade para correr agilmente pelo seu ombro e escapulir, arranhando o lado de seu pescoço com as garras.

A arma voou pelos ares. Brianna pegou-a, tirou um cartucho da caixa em seu cinto e estava furiosamente recarregando e socando a pólvora quando o último peru correu na direção de Roger, ziguezagueou, viu-a, ziguezagueou em outra direção e finalmente arremeteu-se entre eles, gorgolejando gritos de alarme e imprecações.

Ela girou nos calcanhares, mirou na ave quando saía do solo, captou a mancha preta delineada contra o céu brilhante por uma fração de segundo e atirou nas penas da cauda. A ave caiu como um saco de carvão e atingiu o solo a quarenta metros com um baque surdo.

Brianna ficou parada por um instante, depois abaixou a arma lentamente. Roger fitava-a, boquiaberto, pressionando o tecido da camisa contra os arranhões ensanguentados em seu pescoço. Ela sorriu para ele, um pouco frouxamente, sentindo as mãos suadas na coronha de madeira e o coração batendo com força em reação retardada.

– Santo Deus! – Roger exclamou, profundamente impressionado. – Isso foi sorte, não?

– Bem... alguma – ela disse, tentando ser modesta. Não conseguiu e sentiu um sorriso florescer em seu rosto. – Digamos, metade.

Roger foi pegar o prêmio enquanto ela limpava a arma novamente, voltando com uma ave de cinco quilos, o pescoço flácido e sangrando como um cantil de pele furado.

– Que ave – ele disse. Segurava-a com o braço esticado para deixá-la drenar, admirando os vívidos vermelhos e azuis da cabeça de pele enverrugada e da barbela pendurada. – Acho que nunca vi uma, a não ser assada em uma travessa, com purê de castanhas e batatas assadas.

Ele olhou do peru para ela com grande respeito e balançou a cabeça indicando a arma.

– Foi um belo tiro, Bri.

Ela sentiu as faces corarem de satisfação e conteve a premente necessidade de dizer "Oh, bobagem, não foi nada", contentando-se com um simples "Obrigada".

Retomaram o caminho de casa, Roger ainda carregando a carcaça gotejante, mantendo-a afastada do corpo.

– E você não atira há muito tempo – Roger dizia, ainda impressionado. – Quanto tempo, seis meses?

Ela não queria diminuir a avaliação que ele fazia de sua capacidade, mas riu, deu de ombros e disse a verdade, mesmo assim.

– Há uns seis anos. Na verdade, há mais de dez.

– Hein?

– Papai... Frank... me ensinou a atirar quando eu tinha onze ou doze anos. Ele me deu uma vinte e dois quando fiz treze anos e até os quinze já me levava para atirar em discos arremessados no ar em linhas de tiro, ou caçar pombos ou codornas nos fins de semana, no outono.

Roger olhou para ela com interesse.

– Pensei que Jamie havia lhe ensinado. Eu não tinha ideia de que Frank Randall fosse um desportista.

– Bem – ela disse devagar. – Acho que ele não era.

Uma sobrancelha negra ergue-se numa interrogação.

– Oh, ele sabia atirar – ela afirmou. – Ele esteve no exército durante a Segunda Guerra Mundial. Mas ele mesmo quase nunca atirava; ele só me ensinava e depois ficava observando. Na verdade, ele nunca teve uma arma.

– Isso é estranho.

– Não é? – Ela aproximou-se dele deliberadamente, encostando-se em seu ombro, de modo que suas sombras se fundissem novamente; agora parecia um monstro de duas cabeças, carregando uma arma no ombro e uma terceira cabeça ensanguentada na mão. – Eu fiquei pensando nisso – ela disse, tentando parecer descontraída. – Depois que você me contou... sobre a carta dele e tudo o mais, na Assembleia.

Ele lançou-lhe um olhar penetrante.

– Pensando em quê?

Ela respirou fundo, sentindo as tiras de linho machucar seus seios.

– Pensando por que um homem que não cavalgava, nem atirava, se esforçava tanto para que sua filha pudesse fazer ambas as coisas. Quero dizer, não era muito comum que meninas fizessem isso. – Ela tentou rir. – Ao menos, não em Boston.

Não houve nenhum som por alguns instantes, salvo o arrastar de seus pés pelas folhas secas.

– Santo Deus – Roger disse à meia-voz, por fim. – Ele procurou Jamie Fraser. Ele disse isso em sua carta.

– E ele encontrou um Jamie Fraser. Ele disse isso, também. Só não sabemos se era o Jamie Fraser certo. – Ela mantinha os olhos nas botas, atenta a cobras. Havia cobras venenosas na floresta; ela as via de vez em quando, tomando sol em pedras ou troncos caídos.

Roger respirou fundo, erguendo a cabeça.

– Sim. E agora você está pensando: o que mais ele terá descoberto?

Ela balançou a cabeça, sem erguer os olhos.

– Talvez ele tenha me encontrado – ela disse brandamente. Sentiu um nó na garganta. – Talvez ele soubesse que eu iria voltar, através das pedras. Mas, se sabia... ele não me disse.

Ele parou de andar e colocou a mão em seu braço para fazê-la virar para ele.

– E talvez ele não soubesse de nada disso – ele disse com firmeza. – Ele pode ter pensado apenas que você *talvez* tentasse, se um dia descobrisse a respeito de Fraser. E, se realmente descobrisse e realmente atravessasse... então, queria que soubesse se defender. Eu diria que, independentemente do que ele soubesse, isso era o que ele queria: que você ficasse segura. Hein?

Ela respirou fundo, sentindo um grande consolo com as palavras dele. Ela nunca duvidara que Frank Randall a amara durante todos os anos em que estava crescendo. Não queria duvidar disso agora.

– Sim – ela disse, erguendo-se um pouco na ponta dos pés para beijá-lo.

– Muito bem, então – ele disse, tocando seu seio delicadamente, onde a camurça de sua camisa mostrava uma mancha úmida. – Jem deve estar faminto. Vamos, já devíamos estar em casa.

Viraram-se novamente e desceram a montanha, entrando no mar dourado de folhas de castanheiras, vendo suas sombras seguirem adiante deles conforme caminhavam, abraçados.

– Você acha... – ela começou, depois hesitou. A sombra de uma cabeça mergulhou na outra, ouvindo.

– Você acha que Ian é feliz?

– Espero que sim – ele respondeu, e seu braço apertou-a em seu abraço. – Se ele tiver uma mulher como a minha, então tenho certeza de que é.

21

VISÃO NORMAL

– Agora segure isto sobre o olho esquerdo e leia a menor linha que puder ver com clareza.

Com um ar de grande sofrimento, Roger segurou a colher de pau sobre o olho direito e apertou o esquerdo, concentrando-se na folha de papel que eu havia prendido na porta da cozinha. Ele estava de pé no saguão de entrada, logo depois da porta, já que o comprimento do corredor era a única extensão de assoalho dentro da casa que se aproximava de seis metros.

– *Et tu Brute?* – ele riu. Abaixou a colher e olhou para mim, uma sobrancelha escura arqueada. – Nunca vi uma tabela de oculista com veio literário.

– Bem, eu sempre achei maçantes as sequências de "f, e, 5, z, t, d" nas tabelas comuns – eu disse, despregando o papel e virando-o. – O outro olho, por favor. Qual a menor linha que pode ler com facilidade?

Ele trocou a posição da colher de pau, estreitou os olhos para as cinco linhas manuscritas – desenhadas com as mais regulares reduções de tamanho que consegui fazer – e leu a terceira, devagar.

– *Não coma cebolas*. De onde é isso?

– Shakespeare, é claro – eu disse, fazendo uma anotação. – *Não coma cebolas, nem alho, pois nosso hálito deve ser doce*. Essa é a menor linha que você consegue ler?

Vi a expressão de Jamie alterar-se sutilmente. Ele e Brianna estavam de pé logo atrás de Roger, do lado de fora da porta, na varanda, observando os procedimentos com grande interesse. Brianna inclinava-se ligeiramente na direção de Roger, uma expressão ligeiramente ansiosa no rosto, como se quisesse que ele visse as letras.

A expressão de Jamie, entretanto, mostrava uma ligeira surpresa e um pouco de pena – e um brilho inegável de satisfação. *Ele*, evidentemente, podia ler a quinta linha sem nenhuma dificuldade. *Eu o respeito.* Uma citação de *Júlio César: Como ele era valoroso, eu o respeito; como ele era ambicioso, eu o destruí.*

Ele sentiu meu olhar sobre ele e a expressão desapareceu como por encanto, o rosto instantaneamente retomando sua expressão costumeira de bem-humorada inescrutabilidade. Estreitei os olhos para ele, com uma expressão do tipo "Você não me engana", e ele desviou o olhar, o canto da boca torcendo-se ligeiramente.

– Não consegue distinguir nada na linha seguinte? – Bri aproximara-se de Roger, como se atraída por osmose. Ela fitou intensamente o papel, depois olhou para ele, com um olhar de encorajamento. Obviamente, ela também podia ler as últimas duas linhas sem nenhuma dificuldade.

– Não – Roger disse, um pouco secamente. Ele concordara em me deixar examinar seus olhos a pedido dela, mas obviamente não estava contente com isso. Bateu de leve na palma da mão com a colher, impaciente para acabar logo com aquilo. – Mais alguma coisa?

– Só mais alguns testes – eu disse, o mais apaziguadora possível. – Entre aqui, onde a luz é melhor. – Coloquei a mão em seu braço e conduzi-o para o meu consultório, lançando um olhar severo para Bri e Jamie. – Brianna, por que você não vai arrumando a mesa para o jantar? Não vamos nos demorar.

Ela hesitou por um instante, mas Jamie tocou em seu braço e disse alguma coisa para ela em voz baixa. Ela balançou a cabeça, olhou novamente para Roger com um ar ligeiramente ansioso e saiu. Jamie encolheu o ombro para mim, num gesto de desculpas, e seguiu-a.

Roger estava parado no meio da confusão do meu consultório, parecendo um urso que ouve cães de caça latindo a distância – ao mesmo tempo aborrecido e cauteloso.

– Não há necessidade disso – ele disse, quando fechei a porta. – Eu vejo bem. Só não atiro muito bem ainda. Não há nenhum problema com meus olhos. – Ainda assim, ele não fez menção de escapar e eu percebi a insinuação da dúvida em sua voz.

– Não creio que haja – eu disse, descontraidamente. – Só me deixe dar uma olhada rápida... apenas curiosidade da minha parte, na verdade... – Eu o fiz se sentar, ainda que com relutância, e, por falta da pequena lanterna padrão, acendi uma vela.

Eu a levei até perto dos seus olhos para verificar a dilatação das pupilas. Pensei comigo mesma que seus olhos possuíam uma linda cor; não eram nem um pouco amarelados, mas de um verde escuro e muito límpido. Suficientemente escuro para parecer quase preto na sombra, mas de uma cor surpreendente – quase esmeralda – quando visto diretamente sob a luz. Uma visão desconcertante, para alguém que conhecera Geilie Duncan e vira o humor tresloucado que brotava daquelas profundezas verdes e translúcidas. Eu esperava que Roger não tivesse herdado dela *nada* além dos olhos.

Ele piscou uma vez, involuntariamente, as longas pestanas negras varrendo os olhos, e a lembrança desapareceu. Estes olhos eram belos – mas calmos, e, acima de tudo, equilibrados. Sorri para ele e ele devolveu o sorriso num reflexo, sem compreender.

Passei a vela diante de seus olhos, para cima, para baixo, para a direita, para a esquerda, pedindo-lhe que acompanhasse a chama, enquanto eu observava as mudanças, conforme seus olhos moviam-se de um lado para o outro. Já que não se exigia nenhuma resposta neste teste, ele começou a relaxar um pouco, os punhos cerrados gradualmente se desfazendo sobre as coxas.

– Muito bem – eu disse, mantendo a voz baixa e tranquilizadora. – Sim, assim está bom... Pode olhar para cima, por favor? Sim, agora olhe para baixo, para o canto perto da janela. Hum-hum, sim... Agora olhe para mim outra vez. Vê meu dedo? Ótimo, agora feche o olho esquerdo e diga-me se o dedo se move. Hum-huuum...

Finalmente apaguei a vela, endireitei-me e estendi as costas com um pequeno gemido.

– Então – Roger disse vivamente –, qual o veredicto, doutora? Devo ir fazer uma bengala branca para mim? – Ele abanou os esvoaçantes filetes de fumaça da vela apagada, fazendo uma boa tentativa de descontração – negada apenas pela leve tensão nos ombros.

Eu ri.

– Não, você não vai precisar de um cão-guia durante um bom tempo ainda, nem mesmo óculos. Embora, por falar nisso... você disse que nunca viu uma tabela de oculista literária antes. Mas você viu tabelas de exame de olhos, imagino. Você usou óculos quando criança?

Ele franziu a testa, tentando se lembrar.

– Sim, usei – ele disse devagar. – Ou melhor – um sorriso fraco surgiu em seu rosto –, eu *tive* um par de óculos. Ou dois ou três. Quando tinha sete ou oito anos, eu acho. Eram um transtorno e me davam dor de cabeça. Assim, eu costumava esquecê-los no ônibus, na escola ou nas pedras perto do rio... Não me lembro de realmente *usá-los* por mais de uma hora de cada vez e, depois de ter perdido o terceiro par, meu pai desistiu. – Deu de ombros. – Para ser franco, nunca senti que precisasse de óculos.

– Bem, não precisa... agora.

Ele percebeu o tom da minha voz e olhou-me, intrigado.

– Como assim?

– Você é um pouco míope do olho esquerdo, mas não o suficiente para lhe causar qualquer dificuldade real. – Esfreguei o cavalete do meu nariz, como se eu mesma sentisse o incômodo dos óculos. – Deixe-me adivinhar: você era bom em hóquei e futebol quando estava na escola, mas não em tênis.

Ele riu, os olhos enrugando-se nos cantos.

– Tênis? Numa escola primária de Inverness? Nós o teríamos chamado de "esporte frouxo de inglês", jogo de maricas. Mas entendi aonde quer chegar. Não, tem razão, eu era bom em futebol, mas não muito em beisebol. Por quê?

– Você não tem nenhuma visão binocular – eu disse. – É provável que alguém tenha notado isso quando você era pequeno e fez um esforço para corrigir o problema com lentes prismáticas, mas provavelmente já era tarde demais quando você tinha sete ou oito anos – acrescentei rapidamente, vendo seu ar de perplexidade. – Para funcionar, tem que ser feito quando a pessoa é muito nova, antes dos cinco anos.

– Eu não... visão binocular? Mas não é assim com todo mundo?... Quero dizer, meus dois olhos funcionam, não? – Ele pareceu ligeiramente confuso. Olhou para baixo, para a palma da mão, fechando um dos olhos, depois o outro, como se alguma resposta pudesse ser encontrada entre as linhas da mão.

– Seus olhos estão bem – assegurei-lhe. – É só que eles não funcionam *juntos*. É um problema bastante comum e muitas pessoas que são assim nem percebem. É que, em algumas pessoas, por uma ou outra razão, o cérebro nunca aprende a fundir as imagens que entram pelos dois olhos para formar uma imagem tridimensional.

– Eu não vejo em três dimensões? – Ele olhou para mim, agora, apertando os olhos com força, como se esperasse que eu ficasse repentinamente achatada contra a parede.

– Bem, eu não tenho o conjunto de aparelhos de um oculista – abanei a mão para a vela queimada, a colher de pau, as figuras desenhadas e uns dois palitos que eu andara usando –, nem o conhecimento de um especialista. Mas tenho quase certeza de que sim.

Ele ouviu em silêncio enquanto eu explicava o que podia. Sua visão parecia bem normal, em termos de acuidade. Mas, como seu cérebro não fundia as informações dos olhos, ele devia estar estimando a distância e a localização relativa de objetos simplesmente pela comparação inconsciente de seus tamanhos e não pela formação de uma verdadeira imagem 3-D. O que significava...

– Você pode ver perfeitamente bem para quase tudo que quer fazer – assegurei-lhe. – E muito provavelmente pode aprender a atirar bem; de qualquer modo, a maioria dos homens que eu vejo atirar fecha um dos olhos quando dispara. Mas pode ter problemas em acertar alvos em movimento. Você pode ver o que está mirando, certamente, mas sem visão binocular talvez não consiga dizer *com precisão* onde está o objeto para atingi-lo.

– Entendi – ele disse. – Então, no caso de um confronto, é melhor eu confiar num corpo a corpo, é isso?

– Em minha humilde experiência com conflitos de escoceses, a maioria dos confrontos não vai além de pancadaria, de qualquer forma. Você só usa uma arma de fogo ou arco e flecha se o seu objetivo for matar. Neste caso, uma lâmina em geral é a arma de preferência. Muito mais confiável, segundo Jamie.

Ele deu um pequeno grunhido, achando graça, mas não disse mais nada. Ficou sentado em silêncio, meditando no que eu tinha lhe dito, enquanto eu arrumava a desordem deixada pelas consultas do dia. Eu podia ouvir barulho de louças e panelas da cozinha e os estalidos e chiados de gordura que acompanhavam o aroma tentador de cebolas fritas com toucinho que flutuava pelo corredor.

Iria ser uma refeição apressada; a sra. Bug ficara ocupada o dia inteiro com os preparativos para a expedição da milícia. No entanto, até as refeições menos elaboradas da sra. Bug eram deliciosas.

Vozes abafadas atravessavam a parede – o repentino choro de Jemmy, uma breve exclamação de Brianna, outra de Lizzie, depois a voz grave de Jamie, evidentemente consolando o bebê enquanto Bri e Lizzie lidavam com o jantar.

Roger os ouviu também; vi sua cabeça virar-se na direção do som.

– Uma mulher e tanto – ele disse, com um ligeiro sorriso. – Ela pode matar *e* cozinhar. O que parece ser uma boa coisa, nas circunstâncias – acrescentou sarcasticamente. – Evidentemente eu não vou colocar muita comida na mesa.

– Bah – exclamei energicamente, querendo estancar qualquer tentativa de sua parte de sentir pena de si mesmo. – Nunca cacei nada em minha vida e coloco comida nesta mesa todo dia. Se você realmente acha que tem que matar alguma coisa, sabe, há muitas galinhas, gansos e porcos. E, se você conseguir prender aquela maldita porca branca antes que ela mine os alicerces completamente, será um herói.

Isso o fez sorrir, apesar do laivo de ironia que se podia perceber.

– Espero que minha autoestima se recobre, com ou sem porcos – ele disse. – O pior será contar aos exímios atiradores – ele sacudiu a cabeça na direção da parede, onde a voz de Brianna misturava-se com a de Jamie numa conversa abafada – qual é o problema. Eles vão ser muito amáveis, como se é com alguém que perdeu um pé.

Eu ri, terminei de limpar meu almofariz e me estiquei para guardá-lo no armário.

– Bri só está preocupada com você por causa desse problema dos Reguladores. Mas Jamie acha que não vai dar em nada; as probabilidades de você ter que atirar em alguém são muito pequenas. Além do mais, aves de rapina também não têm visão binocular – acrescentei, num pensamento tardio.

– Exceto as corujas. Falcões e águias não têm; seus olhos são um de cada lado da cabeça. Apenas diga a Bri e Jamie que eu disse que você tem olhos de falcão.

Ele riu desbragadamente desta vez, depois se levantou, batendo a poeira das bordas do seu casaco.

– Certo, direi. – Ele me esperou, abrindo para mim a porta que dava para o corredor. Mas, quando a alcancei, ele colocou a mão em meu braço, fazendo-me parar.

– Esse negócio binocular – ele disse, gesticulando vagamente na direção dos olhos. – Eu nasci com isso, não é?

Balancei a cabeça, confirmando.

– Sim, é quase certo.

Ele hesitou, obviamente não sabendo como colocar o que queria dizer.

– Isso é... hereditário, então? Meu pai esteve na RAF; não deve ter tido isso, certamente, mas minha mãe usava óculos. Ela o mantinha numa corrente, pendurado no pescoço; eu me lembro de brincar com eles. Quero dizer, eu devo ter herdado isso dela.

Eu contraí os lábios, tentando lembrar o que – se é que havia alguma coisa – eu já lera sobre o assunto de disfunções oculares herdadas, mas nada de concreto veio à minha mente.

– Não sei – eu disse finalmente. – Pode ser. Mas também pode não ser. Eu realmente não sei. Está preocupado com Jemmy?

– Oh. – Um leve ar de decepção atravessou seu semblante, embora ele o ocultasse quase imediatamente. Deu-me um sorriso enviesado e abriu a porta, segurando-a para eu passar.

– Não, não preocupado. Só estava pensando... se for herdado e o garotinho tiver isso também... então eu saberei.

O corredor estava tomado dos apetitosos aromas de ensopado de esquilo e pão quente, e eu estava faminta, mas permaneci imóvel, fitando-o.

– Eu não lhe desejaria isso – Roger disse apressadamente, ao ver minha expressão. – De jeito nenhum! Só que, se tiver que ser assim... – Interrompeu-se e desviou o olhar, engolindo em seco. – Olhe, não diga a Bri que eu pensei nisso, por favor.

Toquei de leve em seu braço.

– Acho que ela compreenderia. Sua vontade de saber... com certeza.

Ele olhou para a porta da cozinha, de onde se erguia a voz de Bri, cantando "Clementine", para ruidoso prazer de Jemmy.

– Ela pode compreender – ele disse. – Não significa que gostaria de ouvir isso.

22

A CRUZ DE FOGO

Os homens haviam partido. Jamie, Roger, sr. Chisholm e seus filhos, os irmãos MacLeod... todos eles haviam desaparecido antes do amanhecer, sem deixar rastros para trás, salvo os resquícios desordenados de um café da manhã apressado e uma coleção de marcas de botas enlameadas na soleira da porta.

Jamie movia-se tão silenciosamente, que era raro me acordar quando deixava nossa cama para se vestir no escuro antes do alvorecer. Ele, no entanto, inclinava-se para me dar um beijo de despedida, murmurando rapidamente alguma palavra carinhosa no meu ouvido e deixando-me levar seu cheiro e seu toque de volta para os meus sonhos.

Ele não me acordara nesta manhã.

Essa tarefa fora deixada a cargo dos pequeninos Chisholm e MacLeod, vários dos quais travaram uma barulhenta batalha diretamente embaixo da minha janela, logo após a aurora.

Acordei de repente, momentaneamente confusa com a gritaria, minhas mãos automaticamente procurando esponja e oxigênio, seringa e álcool, visões da emergência de um hospital muito vívidas ao meu redor. Então inspirei fundo e senti o cheiro de madeira queimada, não de etanol. Sacudi a cabeça, piscando diante da visão de uma colcha azul e amarela, a tranquilizadora fileira de roupas penduradas em seus ganchos e o fluxo de luz pálida e límpida pelas persianas parcialmente abertas. Lar. Eu estava em casa, em Ridge.

Uma porta se abriu com uma forte pancada no andar térreo e o tumulto se extinguiu abruptamente, sendo sucedido por um barulho arrastado de crianças em fuga, acompanhado de risadinhas abafadas.

– Mmmmmhum! – soou a voz da sra. Bug, maldosamente satisfeita de ter colocado os baderneiros para correr. A porta se fechou e os baques de madeira e o retinir de metais de baixo anunciaram o começo das atividades do dia.

Quando desci alguns instantes depois, encontrei a boa senhora simultaneamente empenhada em torrar pão, coar café, fazer mingau e se queixar, enquanto limpava os restos deixados pelos homens. Não por causa da desordem – o que mais se podia esperar dos homens? –, mas pelo fato de Jamie não a ter acordado para que ela providenciasse um café da manhã decente para eles.

– E como ele vai conseguir passar o dia? – ela perguntou, brandindo um garfo de tostar para mim, com ar de reprovação. – Um homem grande e forte como ele, lá fora, sem nada para forrar o estômago além de uma sopinha rala de leite e um pão dormido?

Lançando um olhar turvo para as variadas migalhas e louças sujas, pareceu-me que o senhor da casa e seus companheiros haviam provavelmente dado conta de pelo menos duas dúzias de bolinhos de milho e de um pão inteiro, acompanhados de mais ou menos meio quilo de manteiga fresca sem sal, uma jarra de mel, uma tigela de passas e todo o produto da primeira ordenha.

– Acho que ele não vai passar fome – murmurei, pegando uma migalha com o dedo indicador molhado. – O café está pronto?

O mais velho dos Chisholm e as crianças MacLeod geralmente dormiam na cozinha à noite, junto à grande lareira onde se cozinhava, enrolados em trapos ou cobertores. Já haviam se levantado e saído agora, suas cobertas empilhadas atrás do banco. À medida que o cheiro de comida começou a permear a casa, murmúrios de gente se levantando começaram a atravessar as paredes e descer as escadas, conforme as mulheres se vestiam e cuidavam dos bebês de colo e das crianças menores. Vários rostinhos começaram a reaparecer lá de fora, espreitando esfomeadamente pela porta da cozinha.

– Já lavaram essas patas imundas, seus bárbaros? – a sra. Bug perguntou ao vê-los. Brandiu uma colher de mingau para os bancos ao longo da mesa. – Se já lavaram, entrem e sentem-se. Não se esqueçam de limpar os pés sujos de lama antes!

Em poucos instantes, os bancos compridos e os banquinhos estavam ocupados, a sra. Chisholm, a sra. MacLeod e a sra. Aberfeldy bocejando e piscando em meio ao bando de filhos, balançando a cabeça e murmurando "Bom-dia" para mim e para as outras, arrumando um lenço de cabeça aqui e uma fralda de camisa acolá, usando um polegar molhado de cuspe para abaixar os cabelos arrepiados da cabeça de um garotinho ou limpar uma mancha de sujeira do rosto de uma menina.

Confrontada com uma dúzia de bocas abertas para alimentar, a sra. Bug estava em seu elemento, saltitando de um lado para o outro entre a lareira e a mesa. Observando-a ir e vir em sua azáfama, imaginei que ela devia ter sido uma canária-da-terra numa vida passada.

– Você viu Jamie partir? – perguntei, quando ela parou momentaneamente para reencher todas as canecas de café, uma enorme salsicha crua na outra mão.

– Não, não vi. – Sacudiu a cabeça, imaculadamente branca em seu lenço. – Não sei de nada. Ouvi meu garoto mais velho se levantar e se mexer antes do amanhecer, mas achei que ele só estava indo à latrina, pois ele não gosta de me incomodar com o barulho do urinol. Mas ele não voltou e, quando eu mesma acordei, todos já tinham ido embora. Ah! Pare com isso!

Captando um movimento pelo canto do olho, ela deu um piparote de leve com a sua salsicha na cabeça de um garotinho MacLeod de seis anos, fazendo-o retirar rapidamente os dedinhos do pote de geleia.

– Talvez tenham ido caçar – sugeriu timidamente a sra. Aberfeldy, dando colheradas de mingau à menininha sentada em seu colo. Com apenas dezenove anos, ela quase não se pronunciava, tímida diante das mulheres mais velhas.

– É melhor que estejam caçando terrenos e madeira para a construção de casas – disse a sra. MacLeod, içando um bebê ao ombro e dando tapinhas em suas costas. Ela afastou do rosto uma mecha de cabelos que começava a encanecer e deu-me um sorriso amargo. – Nada tem a ver com sua hospitalidade, sra. Fraser, mas eu preferia não ter que passar o inverno sob seu teto. Geordie! Deixe as tranças de sua irmã em paz ou vai se arrepender!

Ainda não em meu melhor estado de espírito tão cedo de manhã, sorri e murmurei algo educadamente incompreensível. Eu também preferia não ter cinco ou dez pessoas extras em minha casa durante todo o inverno, mas não tinha certeza se isso poderia ser evitado.

A carta do governador fora bem específica. Todos os homens em boa forma física no interior deveriam ser convocados para formar tropas de milícia e se apresentar em Salisbury até meados de dezembro. Isso deixava muito pouco tempo de sobra para construir casas. Ainda assim, eu esperava que Jamie tivesse algum plano para aliviar o congestionamento. Adso, o gatinho, praticamente estabelecera residência num armário em meu consultório e o cenário na cozinha estava rapidamente assumindo sua costumeira semelhança diária com uma das pinturas de Hieronymus Bosch.

Ao menos, a cozinha perdera o frio do começo da manhã, com tantos corpos ali amontoados, e agora estava confortavelmente quente e barulhenta. No entanto, com toda a aglomeração e movimento, somente após alguns momentos é que eu percebi a presença de quatro jovens mães na cozinha, em vez de três.

– De onde você saiu? – perguntei, espantada ao ver minha filha, desgrenhadamente enrolada e encolhida sob um cobertor numa ponta do longo banco.

Bri piscou sonolentamente e ajeitou a posição de Jemmy, que mamava com uma concentração imperturbável, alheio à balbúrdia à sua volta.

– Os Mueller apareceram no meio da noite e bateram em nossa porta – ela disse, bocejando. – Oito deles. Eles praticamente não falam inglês, mas eu *acho* que papai mandou chamá-los.

– É mesmo? – Estendi a mão para pegar uma fatia de bolo de passas, por pouco perdendo a vez para um pequenino Chisholm. – Eles ainda estão lá?

– Hum-hum. Obrigada, mamãe. – Ela estendeu a mão para pegar o pedacinho de bolo que eu lhe ofereci. – Sim. Papai foi lá e tirou Roger da cama quando ainda estava escuro, mas parece que ele não precisava dos Mueller ainda. Depois que Roger saiu, um Mueller velho e enorme levantou-se do chão e disse: *"Bitte, Maedle"* e deitou-se ao meu lado. – Um leve rubor subiu às suas faces. – Assim, achei melhor me levantar e vir para cá.

– Oh – exclamei, reprimindo um sorriso. – Esse deve ser Gerhard. – Eminentemente prático, o velho fazendeiro não veria razão para estender os velhos ossos nas tábuas do assoalho, se havia um espaço disponível na cama.

– Creio que sim – ela disse indistintamente, através da boca cheia de bolo. – Acho que ele é inofensivo, mas mesmo assim...

– Bem, ele não seria nenhum perigo para *você*... – concordei. Gerhard Mueller era o patriarca de uma enorme família alemã que vivia entre Ridge e o acampamento morávio em Salem. Ele devia ter quase oitenta anos, mas não era de modo algum inofensivo.

Mastiguei devagar, lembrando-me de como Jamie me descrevera os escalpos pregados na porta do celeiro de Gerhard. Escalpos de mulheres, longos cabelos negros e sedosos, as pontas esvoaçando ao vento. *Como coisas vivas*, ele dissera, o rosto perturbado com a lembrança, *como pássaros, pregados na madeira*. E o escalpo branco que Gerhard me trouxera, envolvido em linho e salpicado de sangue. Não, não inofensivo. Engoli, o bolo parecendo seco em minha garganta.

– Inofensivos ou não, devem estar com fome – disse a sra. Chisholm de maneira prática. Inclinou-se e pegou uma boneca de palha de milho, uma fralda molhada e um bebê engatinhando, conseguindo de algum modo deixar uma das mãos livres para seu café. – É melhor mandar esta leva embora, antes que os alemães sintam cheiro de comida e venham bater à porta.

– Restou alguma coisa para oferecer a eles? – eu disse, preocupada, tentando me lembrar de quantos presuntos restavam na casa de defumação. Após duas semanas de hospitalidade, nossas provisões diminuíam a uma velocidade alarmante.

– Claro que há – disse a sra. Bug energicamente, fatiando salsichas e jogando as fatias na chapa fumegante. – Deixe-me apenas terminar isto aqui e poderá chamá-los para o café da manhã. Você, *a muirninn*. – Deu uma pancadinha na cabeça de uma menina de uns oito anos com sua espátula. – Corra até o porão de armazenagem e traga-me um avental cheio de batatas. Os alemães gostam de batatas.

Quando finalmente terminei meu mingau e comecei a juntar as tigelas para lavar, a sra. Bug, vassoura na mão, varria as crianças e os restos de comida pela porta dos fundos com uma eficiência sem misericórdia, enquanto dava uma lista de ordens a Lizzie e à sra. Aberfeldy – Ruth, esse era seu nome –, que pareciam ter sido requisitadas à força como ajudantes de cozinha.

– Posso ajudar... – comecei, um tanto debilmente, mas a sra. Bug sacudiu a cabeça e fez alguns movimentos com a vassoura, enxotando-me.

– Nem pense nisso, sra. Fraser! – ela disse. Tenho certeza de que a senhora tem muito o que fazer e... ora, vamos, vocês aí, não vão entrar na minha bela cozinha limpa com essas botas imundas! Pra fora, pra fora, e limpem bem as botas antes de pensar em colocar o pé aqui dentro!

Gerhard Mueller, seguido dos filhos e sobrinhos, estava parado na soleira da porta, envergonhado. A sra. Bug, sem se deixar intimidar pelo fato de que ele a ultrapassava em mais de trinta centímetros e de que não falava inglês, fez uma cara feia e cutucou ferozmente as botas dele com sua vassoura.

Acenei para os Mueller, cumprimentando-os, depois aproveitei a oportunidade de fuga e escapei rapidamente.

Procurando evitar a multidão na casa, lavei-me na bica do poço lá fora, depois fui aos barracões e ocupei-me fazendo um inventário. A situação não era tão ruim quanto eu temera; tínhamos o suficiente, com uma administração cuidadosa, para durar o inverno inteiro, embora eu pudesse ver que a mão esbanjadora da sra. Bug teria que ser um pouco contida.

Além de seis presuntos na casa de defumação, havia quatro flancos de toucinho e metade de outro, além de uma prateleira de carne de cervo seca e metade de uma carcaça relativamente recente. Olhando para cima, eu podia ver as vigas baixas do telhado, pretas de fuligem e apinhadas de amontoados de peixe seco, defumado, abertos e amarrados firmemente em maços, como as pétalas de flores grandes e feias. Também havia dez barris de peixe salgado e quatro de carne de porco salgada. Um pote de cerâmica de banha de porco, um menor de tiras de toucinho, outro de um tipo de linguiça feita de cabeça e pé de porco... eu tinha minhas dúvidas quanto a essa.

Eu a fizera de acordo com as instruções de uma das mulheres Mueller, como traduzido por Jamie, mas eu mesma nunca vira esse tipo de linguiça e não tinha certeza se *aquela* era a aparência que ela deveria ter. Levantei a tampa e cheirei atentamente, mas o cheiro era bom; ligeiramente condimentado de alho e pimenta em grão e absolutamente nenhum odor de putrefação. Talvez não morrêssemos de envenenamento por ptomaína, embora eu tivesse em mente convidar Gerhard Mueller para experimentar primeiro.

– Como pode permitir o velho demônio em sua casa? – Marsali perguntara, quando Gerhard e um de seus filhos vieram a Ridge alguns meses atrás. Ela ouvira de Fergus a história das mulheres índias e via os alemães com horrorizada repugnância.

– E o que você queria que eu fizesse? – Jamie perguntara em resposta, a colher suspensa a meio caminho da boca. – Matar os Mueller – todos eles, porque se eu matasse Gerhard, teria que fazer o mesmo com o bando todo – e pregar os cabelos deles no *meu* celeiro? – Sua boca torceu-se um pouco. – Acho que a vaca iria parar de dar leite. Eu certamente iria parar de ordenhar.

A testa de Marsali enrugou-se, mas ela não era do tipo que se deixasse abater facilmente com uma piada.

– Talvez isso não – ela disse. – Mas você os recebe em sua casa e os trata como amigos! – Ela olhou de Jamie para mim, franzindo o cenho. – As mulheres que ele matou... *elas* eram suas amigas, não eram?

Troquei um olhar com Jamie e dei de ombros. Ele parou por um instante, reunindo seus pensamentos, enquanto mexia a sopa devagar. Em seguida, largou a colher e olhou para ela.

– Foi uma coisa medonha o que Gerhard fez – ele disse simplesmente. – Mas para ele era uma questão de vingança; pelo seu modo de pensar, ele não poderia ter agido de outra maneira. Iria ser melhor para mim me vingar dele?

– *Non* – Fergus disse com firmeza. Colocou a mão no braço de Marsali, colocando um ponto final no que quer que ela fosse dizer em seguida. Abriu um amplo sorriso para ela. – Claro, os franceses não acreditam em vingança.

– Bem, talvez alguns franceses – murmurei, pensando no conde St. Germain.

Mas Marsali não se deixou dissuadir tão facilmente.

– Huum – ela disse. – O que você quer dizer é que elas não eram *suas,* não é? – Vendo a sobrancelha de Jamie erguer-se de espanto, ela insistiu no argumento. – As mulheres que ele matou. Mas e se fossem sua família? Se tivessem sido eu, Lizzie e Brianna, por exemplo?

– Essa – Jamie disse sem se alterar – é justamente a questão. A família era de Gerhard. – Levantou-se da mesa, empurrando o banco para trás, deixando metade da sopa na tigela. – Terminou, Fergus?

Fergus arqueou uma sobrancelha lustrosa para ele, pegou sua tigela e virou-a de uma vez só, o pomo de adão subindo e descendo em seu longo pescoço moreno.

– *Oui* – ele disse, limpando a boca na manga da camisa. Levantou-se e deu um tapinha na cabeça de Marsali, depois arrancou um fio de seu cabelo cor de palha que se libertara do lenço de cabeça. – Não se preocupe, *chéri*. Apesar de eu não acreditar em vingança, se alguém vier atrás dos seus cabelos, prometo que farei uma bolsa de tabaco do escroto dele. E seu pai, com certeza, vai amarrar as meias com as tripas do facínora.

Marsali soltou um pequeno *pfft!* de bem-humorada irritação e deu um tapa na mão dele, e nada mais foi dito sobre Gerhard Mueller.

Levantei o pesado pote de linguiça de cabeça e pé de porco e coloquei-o junto à porta do barracão de defumação, de modo a não o esquecer quando voltasse para casa. Imaginei se o filho de Gerhard Frederick teria vindo com ele – provavelmente; o rapaz tinha menos de vinte anos, não era uma idade em que um rapaz ficaria de fora de qualquer coisa que prometesse emoção. Foram a jovem mulher de Frederick, Petronella, e seu bebê que haviam morrido de sarampo, embora Gerhard tivesse pensado que a infecção fora uma maldição lançada deliberadamente em sua família pelos tuscarora.

Será que Frederick já teria encontrado outra mulher?, me perguntei. Muito provavelmente. Embora, se não... havia duas jovens adolescentes entre os novos arrendatários. Talvez os planos de Jamie envolvessem encontrar rapidamente maridos para elas? E ainda havia Lizzie...

A estrutura para armazenamento do milho estava cheia com mais de três quartos, embora houvesse quantidades preocupantes de fezes de ratos no terreno do lado de fora. Adso estava crescendo rapidamente, mas talvez não tanto quanto o necessário; ele era do tamanho aproximado de uma ratazana de porte médio. Farinha de trigo – as reservas estavam um pouco baixas, apenas oito sacas. No entanto, devia haver mais no moinho; eu precisava perguntar a Jamie.

Sacas de arroz e feijões secos, alqueires de castanhas, nozes brancas e nozes pretas. Montes de abóboras secas, sacas de aniagem de aveia e farinha de aveia e incontáveis galões de sidra e vinagre de maçã. Um pote de manteiga salgada, outro de manteiga sem sal e um cesto de queijos de cabra esféricos, pelos quais eu havia trocado um alqueire de amoras-pretas e outro de groselhas. O restante das frutas silvestres havia sido cuidadosamente desidratado, juntamente com as uvas silvestres, ou transformado em geleias ou compotas, e estava atualmente escondido na despensa, a salvo – eu esperava – de depredações infantis.

O mel. Parei, comprimindo os lábios. Eu tinha quase vinte galões de mel purificado e quatro grandes jarras de cerâmica de favos de bastante mel, tirados das minhas colmeias e à espera de serem transformados em velas de cera de abelha. Tudo ficava guardado na caverna fechada que servia de estábulo, para manter a salvo de ursos. Mas não estava a salvo das crianças que haviam sido incumbidas de alimentar as vacas e porcos no estábulo. Eu ainda não havia visto nenhum rostinho ou dedos melados que delatassem a invasão, mas era melhor tomar algumas medidas de prevenção.

Entre carne, grãos e um pequeno laticínio, parecia que ninguém iria passar fome neste inverno. Minha preocupação agora era a ameaça menor, mas ainda assim importante, de deficiência de vitaminas. Olhei para o bosque de castanheiras, os galhos agora completamente desfolhados. Ainda se passariam uns bons quatro meses antes que víssemos um pouco de verduras frescas, apesar de eu ter muitos nabos e repolhos ainda no solo.

O porão de armazenagem de tubérculos estava com um bom estoque, inebriante com o cheiro terroso de batatas, o odor pungente de cebolas e alho e o aroma suave, saudável de nabos. Havia dois grandes tonéis de maçãs ao fundo – com as pegadas de vários conjuntos de pés infantis levando até eles, observei.

Olhei para cima. Enormes pencas de uvas muscadíneas haviam sido penduradas dos caibros e lentamente se desidratando em passas. Ainda estavam lá, mas os cachos mais baixos, de mais fácil alcance haviam se transformado em ramagens de hastes vazias. Então talvez eu não tivesse que me preocupar com ataques de escorbuto.

Caminhei vagarosamente de volta para casa, tentando calcular quanto de nossas provisões deveria ser enviado com Jamie e sua milícia e quanto deveria ser deixado para o consumo das mulheres e crianças. Impossível dizer; isso dependeria em parte de quantos homens ele conseguiria reunir e do que trariam com eles. No entanto, ele fora nomeado coronel; a responsabilidade de alimentar os homens de seu regimento seria principalmente dele, com reembolso – se viesse a ter – a ser pago mais tarde, a critério da Assembleia Legislativa.

Não pela primeira vez, desejei ardentemente que eu soubesse mais. Por quanto tempo mais a Assembleia Legislativa continuaria a ser um organismo funcional?

Brianna estava fora da casa, junto ao poço, andando de um lado para o outro com um olhar pensativo franzindo sua testa.

– Canos – ela disse, sem preliminares. – As pessoas fazem cano de metal agora? Os romanos faziam, mas...

– Eu os vi em Paris e Edimburgo, sendo usados para captar a água da chuva dos telhados – informei. – Portanto, existem. Mas não estou certa de ter visto nenhum nas Colônias. Se houver algum, deve ser terrivelmente caro. – Fora as coisas mais simples, como ferraduras de cavalos, todas as ferragens tinham que ser importadas da Grã-Bretanha, assim como todos os demais artefatos de metal, como cobre, latão e chumbo.

– Huum. Ao menos, eles saberão o que é. – Ela estreitou os olhos, calculando a inclinação do terreno entre o poço e a casa, depois sacudiu a cabeça e suspirou. – Posso fazer uma bomba, eu acho. Mas conseguir levar água para dentro de casa é outra história. – Bocejou repentinamente e piscou, os olhos lacrimejando ligeiramente à luz do sol. – Meu Deus, estou tão cansada, que nem consigo pensar. Jemmy berrou a noite toda e, quando ele finalmente adormeceu, os Mueller apareceram; acho que não dormi nada.

– Sei como se sente – eu disse, solidária, e ri.

– Eu fui um bebê muito irritado? – Brianna perguntou, devolvendo o sorriso.

– Muito – assegurei-lhe, voltando-me para a casa. – E onde está o seu?

– Ele está com...

Brianna parou bruscamente, agarrando meu braço.

– O que... – ela disse. – O que em nome de Deus é *aquilo*?

Virei-me para olhar e senti um espasmo de choque, no fundo do estômago.

– É bem evidente *o que* é – eu disse, caminhando devagar naquela direção. – A pergunta é... por quê?

Era uma cruz. Aliás, uma grande cruz, feita de galhos secos de pinheiro, despidos dos seus raminhos e amarrados com corda. Estava firmemente fincada na borda do pátio de entrada, perto do enorme abeto azul que guardava a casa.

Os galhos eram finos, mas sólidos, e tinha aproximadamente dois metros de altura. Não era volumosa nem chamativa e, no entanto, sua serena presença parecia dominar o pátio, do mesmo modo como um tabernáculo domina uma igreja. Ao mesmo tempo, o efeito do objeto não parecia nem reverente, nem protetor. Na realidade, era terrivelmente sinistro.

– Vamos ter uma reunião para o despertar religioso? – a boca de Brianna torceu-se, tentando fazer uma piada. A cruz a perturbava tanto quanto a mim.

– Não que eu saiba. – Vagarosamente dei a volta na cruz, olhando-a de cima a baixo. Jamie a fizera; eu sabia pela qualidade da mão-de-obra. Os galhos haviam sido escolhidos pela retidão e simetria, cuidadosamente aparados, as pontas estreitando-se gradualmente. A peça horizontal fora habilmente entalhada para ajustar-se à peça vertical, a corda unindo as duas de forma cruzada, com a precisão e o cuidado de um marinheiro.

– Talvez papai esteja começando sua própria religião – Brianna disse, erguendo uma das sobrancelhas; ela também reconheceu a qualidade da execução.

A sra. Bug apareceu repentinamente, dobrando a quina da casa, uma tigela de ração de galinha nas mãos. Parou bruscamente ao nos ver, a boca abrindo-se de imediato. Preparei-me instintivamente para o massacre e ouvi Brianna abafar uma risadinha.

– Oh, aí está a senhora! Eu estava acabando de dizer a Lizzie como é uma vergonha, uma vergonha mortal, na verdade, que essa criançada fique correndo para cima e para baixo, deixando suas marcas imundas espalhadas por toda a casa, até mesmo no gabinete do dono da casa, e ela me disse, Lizzie me disse, ela disse...

– No meu consultório? O quê? Onde? O que fizeram? – Esquecendo a cruz, eu já corria na direção da casa, a sra. Bug nos meus calcanhares, ainda falando.

– Eu peguei dois dos pequenos diabinhos brincando com suas vasilhas lá, com seus belos frascos azuis e uma maçã, e sem dúvida dei-lhes um tapa no ouvido com tanta força por causa disso, que, tenho certeza, ainda estão zumbindo, as endiabradas criaturas, e elas largando por aí pedaços de boa comida, para apodrecerem e se estragarem, e...

– Meu pão! – Eu alcançara o vestíbulo e agora abria de supetão a porta do consultório, encontrando tudo perfeitamente limpo e arrumado – inclusive a bancada onde eu havia disposto minhas experiências mais recentes com penicilina. Agora estava inteiramente vazia, a superfície de carvalho esfregada até a madeira virgem.

– Estava uma imundície – a sra. Bug disse do corredor atrás de mim. Comprimia os lábios com afetada virtuosidade. – Uma imundície! Coberto de mofo, todo coberto de mofo, todo azul e...

Respirei fundo, os punhos cerrados ao lado do corpo para evitar estrangulá-la. Fechei a porta do consultório, apagando a visão da bancada vazia, e virei-me para a pequena escocesa.

– Sra. Bug – eu disse, mantendo a voz controlada com um grande esforço –, sabe o quanto eu aprecio a sua ajuda, mas eu *realmente* lhe pedi para não...

A porta da frente escancarou-se e bateu na parede ao meu lado.

– Sua velha bruxa desgraçada! Como ousa colocar as mãos nas minhas crianças!

Girei nos calcanhares e fiquei cara a cara com a sra. Chisholm, o rosto afogueado de fúria e armada com uma vassoura, duas criancinhas de rosto vermelho agarradas às suas saias, as faces sujas com lágrimas recentes. Ela me ignorou completamente, sua atenção focalizada na sra. Bug, que permanecia parada no vestíbulo, ao meu lado, ouriçada como um porco-espinho em miniatura.

– Você e suas preciosas crianças! – a sra. Bug gritou indignada. – Se você realmente se importasse com elas, estaria lhes ensinando o que é certo e o que é errado e não as deixando largadas, pulando pela casa como macacos bárbaros, espalhando e arruinando tudo do sótão à soleira da porta e deixando os dedos sujos em tudo que não está pregado no chão!

– Ora, sra. Bug, tenho certeza de que elas não... – Minha tentativa de estabelecer a paz foi abafada por gritos lancinantes dos três Chisholm, a sra. Chisholm sendo de longe a mais estridente.

– Quem é você para chamar meus filhos de ladrões, velha maluca! – A ofendida mãe brandiu a vassoura ameaçadoramente, movendo-se de um lado para o outro, tentando pegar a sra. Bug. Eu me movia com ela, saltando de um lado para o outro, no esforço de ficar entre as duas combatentes.

– Sra. Chisholm – eu disse, erguendo a mão de forma apaziguadora. – Margaret. Realmente, tenho certeza de que...

– Quem sou eu? – a sra. Bug parecia se expandir visivelmente, como massa de pão fermentando. – Quem sou eu? Ora, sou uma mulher temente a Deus e uma alma cristã! Quem é *você* para falar com os mais velhos e superiores dessa forma, você e sua tribo maligna que perambulam pelas colinas, maltrapilhos e esfarrapados, sem sequer um penico para mijar?

– Sra. Bug! – exclamei, girando nos calcanhares para ela. – A senhora não deve...

A sra. Chisholm não se deu ao trabalho de tentar encontrar uma resposta para isso, mas simplesmente se arremessou para frente, a vassoura pronta na mão. Abri os braços para impedi-la de passar por mim; vendo-se frustrada em sua tentativa de golpear a sra. Bug, ela começou a cutucá-la por cima do meu ombro, arremetendo freneticamente a vassoura, tentando golpear a mulher mais velha.

A sra. Bug, obviamente sentindo-se a salvo por trás da barricada da minha pessoa, saltitava para cima e para baixo, como uma bola de pingue-pongue, o rosto pequeno e redondo vermelho de fúria e triunfo.

– Mendigos! – ela gritava, a plenos pulmões. – Latoeiros! Ciganos!

– Sra. Chisholm! Sra. Bug! – eu suplicava, mas nenhuma das duas me dava a menor atenção.

– *Kittock! Mislearnit pilsh!* – berrava a sra. Chisholm, golpeando desvairadamente com sua vassoura. As crianças gritavam e a sra. Chisholm – que era uma mulher um tanto corpulenta – pisou com força no dedo do meu pé.

Isso foi a gota d'água e eu me virei para a sra. Chisholm lançando chispas dos olhos. Ela encolheu-se e recuou, largando a vassoura.

– Ha! Vagabunda descarada! Você e...

Os gritos da sra. Bug atrás de mim foram abruptamente silenciados e eu me virei de novo, deparando-me com Brianna, que evidentemente dera a volta na casa e entrara pela cozinha, segurando a minúscula sra. Bug acima do chão, um braço ao redor de sua cintura, a outra mão firmemente pressionada sobre sua boca. A sra. Bug esperneava freneticamente, os pés pequeninos agitando-se convulsivamente, os olhos arregalados acima da mordaça da mão de Brianna. Bri revirou os olhos para mim e saiu pela porta da cozinha, carregando sua prisioneira.

Virei-me para lidar com a sra. Chisholm, mas vi apenas um lampejo de sua saia cinza de tecido rústico desaparecendo apressadamente pelo canto da soleira da porta, um berreiro de criança diminuindo como uma sirene distante. A vassoura ficou aos meus pés. Peguei-a, entrei no consultório e fechei a porta atrás de mim.

Cerrei os olhos, as mãos apoiadas com força na minha bancada vazia. Senti uma súbita e irracional vontade de esmurrar alguma coisa – e foi o que fiz. Bati o punho cerrado com toda força na bancada, soquei-a repetidamente com a parte lateral da mão, mas a bancada era tão sólida, que meus golpes quase não produziam nenhum som, e eu parei, ofegante.

Qual era, afinal, o meu problema? Por mais irritante que fosse a interferência da sra. Bug, não era crucial. Nem a combatividade maternal da sra. Chisholm – ela e seus diabinhos iriam embora mais cedo ou mais tarde. Mais cedo, eu esperava.

Meu coração começou a desacelerar um pouco, mas ferroadas de irritação ainda percorriam minha pele como urticária. Tentei me acalmar, abrindo o grande armário para verificar se as depredações da sra. Bug ou das crianças haviam danificado alguma coisa realmente importante.

Não, estava tudo bem. Cada frasco de vidro fora polido até adquirir o brilho de uma joia – a luz do sol iluminava-os com um clarão de azuis, verdes e cristais –, mas cada qual fora colocado exatamente de volta no mesmo lugar, cada rótulo cuidadosamente escrito virado para frente. As trouxas de gaze de ervas secas haviam sido sacudidas para livrá-las da poeira, mas cuidadosamente penduradas de volta em seus ganchos.

A visão dos remédios cuidadosamente arrumados era tranquilizadora. Toquei em uma vasilha de pomada contra piolho, sentindo a sensação gratificante de um avarento diante do número e da variedade de sacolinhas, frascos e botijas.

Lampião a álcool, garrafa de álcool, microscópio, uma serra grande de amputação, jarra de suturas, caixa de emplastros, pacote de teias de aranha – tudo estava arrumado com precisão militar, dispostos em fileiras como recrutas de todo tipo sob o olhar de um sargento-instrutor. A sra. Bug podia ter grandes defeitos, mas eu não podia deixar de admitir suas virtudes domésticas.

A única coisa no armário que obviamente não havia sido tocada era uma sacolinha de couro, o amuleto que a xamã tuscarora, Nayawenne, havia me dado; essa permanecia sozinha, enviesada, num canto. Interessante que a sra. Bug se recusasse a tocar nela, pensei; eu nunca lhe disse o que era, embora realmente parecesse um objeto indígena, com as penas – de corvo e pica-pau – enfiadas no nó que a amarrava. Havia menos de um ano nas Colônias e menos de um mês em terras selvagens, a sra. Bug olhava com profunda desconfiança tudo que dizia respeito aos índios.

O forte cheiro de sabão detergente pairava no ar, acusador como o fantasma de uma doméstica. Acredito que não poderia realmente culpá-la; pão mofado, melão podre e fatias moles de maçã podiam ser pesquisa para mim; para a sra. Bug, não podia ser nada além de uma ofensa deliberada contra o deus da limpeza.

Suspirei e fechei o armário, acrescentando o leve perfume de lavanda seca e o cheiro desagradável de poejo aos fantasmas de solução desinfetante e maçãs podres. Eu já havia perdido material de experiências muitas vezes antes e este não era particularmente complexo, nem estava em estágio muito avançado. Não levaria mais do que meia hora para substituí-lo, espalhando pedaços de pão fresco e outras amostras. Mas não iria fazer isso; não havia tempo suficiente. Jamie estava evidentemente começando a reunir os homens de sua milícia; dentro de poucos dias estariam partindo para Salisbury, para se apresentar ao governador Tryon. *Nós* estaríamos partindo, pois eu certamente pretendia acompanhá-los.

Ocorreu-me inesperadamente que já não havia tempo suficiente para terminar a experiência quando eu a armei. Eu sabia que partiríamos em breve; ainda que eu obtivesse um crescimento imediato muito bom, não teria tempo para coletar, secar, purificar... eu sabia disso conscientemente – e ainda assim eu iniciara a experiência, de qualquer maneira, continuei com meus planos, seguindo minhas rotinas, como se a vida ainda fosse estabelecida e previsível, como se nada pudesse ameaçar o teor dos meus dias. Como se a representação da ação pudesse torná-la verdadeira.

– Você é mesmo uma tola, Beauchamp – murmurei, empurrando um cacho dos meus cabelos fatigadamente para trás da orelha. Saí, fechando a porta do consultório com firmeza, e fui negociar a paz entre a sra. Bug e a sra. Chisholm.

Superficialmente, a paz na casa foi restaurada, mas uma atmosfera de mal-estar permaneceu. As mulheres continuavam seu trabalho tensas e caladas; até mesmo Lizzie, a encarnação da paciência, foi ouvida emitindo uma exclamação de aborrecimento quando uma das crianças derramou soro de leite nas escadas.

Até do lado de fora, o ar parecia estalar, como se uma trovoada se aproximasse. Conforme eu ia e vinha dos barracões para a casa, ficava olhando por cima do ombro para o céu acima das montanhas, esperando ver nuvens carregadas assomarem repentinamente – e, no entanto, o céu continuava com seu azul-pálido de final de outono, com nada mais do que alguns fiapos de nuvens esvoaçantes.

Eu estava distraída, incapaz de me concentrar em alguma coisa. Passava de uma tarefa a outra, deixando uma pilha de cebolas parcialmente trançadas na despensa, uma tigela de feijões parcialmente debulhados na entrada da casa, um par de calças rasgado largado em cima do banco, a agulha pendurada de sua linha. Inúmeras vezes eu me vi atravessando o pátio, vindo de nenhum lugar em particular e sem nenhum propósito específico.

Eu olhava para cima toda vez que passava pela cruz, como se esperasse que tivesse desaparecido desde a última vez em que eu passara por ela ou tivesse adquirido alguma cartaz explicativo, cuidadosamente pregado na madeira. Se não *Iesus Nazarenus Rex Iudaeorum*, ao menos *alguma coisa.* Mas não. A cruz permanecia ali, dois simples galhos de pinho amarrados com uma corda. Nada mais. Exceto, é claro, que uma cruz sempre tem significado. Eu simplesmente não sabia qual poderia ser desta vez.

Todos os demais pareciam compartilhar a minha distração. A sra. Bug, ofendida com a briga com a sra. Chisholm, recusou-se a preparar o almoço e retirou-se para seu quarto, ostensivamente sofrendo de dor de cabeça, embora se recusasse a me deixar tratá-la. Lizzie, normalmente uma boa cozinheira, queimou o ensopado, e rolos de fumaça negra sujaram as vigas de carvalho acima da lareira.

Ao menos os Mueller estavam fora do caminho. Haviam trazido um grande barril de cerveja com eles e, após o café da manhã, se retiraram para a cabana de Brianna, onde pareciam estar se divertindo bastante.

O pão recusava-se a crescer. Um novo dentinho, um bem difícil, despontara em Jemmy, que berrava, berrava, berrava. O berreiro incessante deixava todos com os nervos à flor da pele, inclusive os meus. Eu gostaria de sugerir a Bri que o levasse a algum lugar longe do alcance dos nossos ouvidos, mas eu vi as profundas olheiras de cansaço sob seus olhos e o estresse em seu rosto e não tive coragem. A sra. Chisholm, irritada com as constantes labutas com seus próprios rebentos, não teve tal inibição.

– Pelo amor de Deus, por que não leva essa criança para a sua própria cabana, menina? – esbravejou. – Se ele tem que gritar assim, não há necessidade de todos nós termos que ouvir!

Os olhos de Bri estreitaram-se perigosamente.

– Porque – ela sibilou entre dentes – seus dois filhos mais velhos estão sentados na minha cabana, bebendo com os alemães. Eu não quis perturbá-los!

O rosto da sra. Chisholm ficou vermelho-escuro. Antes que ela pudesse falar, dei um passo rápido à frente e peguei o bebê dos braços de Bri.

– Vou levá-lo para dar uma voltinha lá fora, está bem? – eu disse, erguendo-o no ombro. – Eu mesma preciso de um pouco de ar fresco. Por que não sobe e se deita um pouco na minha cama, querida? – Eu disse a Bri. – Você parece meio cansada.

– Hum-hum – ela disse. Um canto de sua boca se ergueu. – E o papa é um pouco católico também. Obrigada, mamãe. – Ela beijou o rostinho quente e molhado de Jemmy e desapareceu na direção das escadas.

A sra. Chisholm fez uma careta horrorizada na direção de Bri, mas viu meu olhar, tossiu e chamou seus gêmeos de três anos, que estavam empenhados em destruir meu cesto de costura.

O ar fresco do lado de fora foi um alívio, depois do confinamento quente e enfumaçado da cozinha, e Jemmy aquietou-se um pouco, embora continuasse a choramingar e contorcer-se. Esfregava o rosto úmido e quente contra meu pescoço e mordia ferozmente o tecido do meu xale, empurrando e babando.

Caminhei devagar, de um lado para o outro, batendo delicadamente em suas costas e cantarolando baixinho. Achei o exercício tranquilizador, apesar da irritabilidade de Jemmy. Ele era um só, afinal de contas, e não podia falar.

– Além do mais, você é homem – eu lhe disse, puxando o capuz de lã por cima da penugem brilhante e macia de sua cabecinha. – Como membro do sexo masculino, você tem seus defeitos, mas eu diria que se engalfinhar como gatos não é um deles.

Por mais que eu gostasse de cada uma individualmente – Bri, Marsali, Lizzie e até mesmo a sra. Bug –, tenho que admitir que, tomadas em conjunto, eu achava muito mais fácil lidar com homens. Se era culpa da minha educação inortodoxa – eu fora criada em grande parte por meu tio Lamb e seu criado persa, Firouz –, minhas experiências na guerra ou simplesmente um aspecto da minha própria personalidade pouco convencional, eu achava os homens tranquilizadoramente lógicos e – com algumas surpreendentes exceções – agradavelmente diretos.

Virei-me para olhar para a casa. Erguia-se serenamente entre abetos e castanheiras, elegantemente bem-proporcionada, solidamente construída. Um rosto surgiu em uma das janelas. O rosto mostrou a língua e pressionou-se contra a vidraça, fazendo olhos vesgos acima do nariz e das bochechas achatadas. Vozes femininas estridentes e o som de pancadas flutuaram até mim através do ar frio e limpo.

– Huum – eu disse.

Apesar de relutante em deixar a casa tão cedo outra vez, e por menos que gostasse da ideia de Jamie envolvido em conflitos armados de qualquer espécie, a ideia de partir para viver na companhia de vinte ou trinta homens barbados e malcheirosos por uma ou duas semanas começara a exercer uma inegável atração. Ainda que significasse dormir no chão...

– "Em cada vida, alguma chuva tem que cair" – eu disse a Jemmy com um suspiro, citando Longfellow. – Mas acho que você está aprendendo isso agora, não é, pobrezinho?

– Gnnnnh! – ele disse, enroscando-se numa bola, para se livrar da dor de seus dentes emergentes, os joelhos enfiando-se dolorosamente no lado do meu corpo. Ajeitei-o mais confortavelmente em meu quadril e dei-lhe o dedo indicador para ele morder. Suas gengivas estavam duras e cheias de calombos; eu podia sentir o lugar sensível onde o novo dente despontava, inchado e quente sob a pele. Um grito agudo veio da casa, seguido do som de berros e pés correndo.

– Sabe – eu disse, em tom de conversa –, acho que um pouco de uísque seria o melhor para isso, não acha? – Retirei o dedo de sua boca e ajeitei Jemmy no meu ombro. Abaixei-me para passar pela cruz e entrei no refúgio do grande abeto vermelho – bem a tempo, pois a porta da casa abriu-se de supetão e a voz penetrante da sra. Bug elevou-se como uma trombeta no ar gelado.

Era uma boa distância até a clareira do uísque, mas não me importei. Estava abençoadamente silencioso na floresta e Jemmy, embalado pelo movimento, finalmente relaxou num cochilo, flácido e pesado como um pequeno saco de areia nos meus braços.

Sendo tão tarde no ano, todas as árvores que perdem as folhas estavam nuas; a trilha estava recoberta por um tapete crepitante de marrons e dourados que atingia a altura do tornozelo, e sementes de bordo giravam no vento, roçando em minhas saias com um sussurro de asas. Uma corvo passou, no alto. Soltou um grito rouco, rascante, e o bebê deu um solavanco em meus braços.

– Quietinho – eu disse, abraçando-o mais junto a mim. – Não foi nada, querido, apenas um pássaro.

Ainda assim, fiquei olhando o corvo e procurando ouvir algum outro. Eram aves de agouro – ou assim dizia a superstição das Highlands. Um único corvo era um presságio de mudança; dois, de boa sorte; três, de má sorte. Tentei afastar essas ideias de minha mente – mas Nayawenne havia me dito que o corvo era meu guia, meu espírito animal – e eu nunca via as enormes sombras pretas passarem acima de mim sem um certo calafrio na espinha.

Jemmy remexeu-se, deu um gritinho e recaiu no silêncio. Continuei dando-lhe uns tapinhas tranquilizadores e retomei minha subida, imaginando, enquanto subia a montanha devagar, que animal seria o guia dele.

O espírito do animal é que o escolhia, Nayawenne disse-me, e não o contrário. Você tem que prestar muita atenção a sinais e presságios e esperar que seu animal se manifeste a você. O animal de Ian era o lobo; o de Jamie era o urso – ou assim disse a índia tuscarora. Eu me perguntara na época o que uma pessoa deveria fazer se fosse escolhida por um animal ignominioso como um musaranho ou um besouro de estrume, mas fui muito educada para perguntar.

Um único corvo. Ainda podia ouvi-lo, embora estivesse fora de vista, mas nenhum grito de resposta veio dos abetos atrás de mim. Um presságio de mudança.

– Podia ter se poupado o trabalho – eu disse a ele, à meia-voz para não acordar o bebê. – Não preciso que ninguém me diga isso, não é?

Subi devagar, ouvindo o suspiro do vento e o som mais profundo da minha própria respiração. Nesta estação do ano, a mudança estava no próprio ar, os cheiros de amadurecimento e morte carregados na brisa e no sopro frio do inverno. Ainda assim, os ritmos da Terra em seus movimentos trazem mudanças já esperadas, ordenadas; corpo e mente enfrentam as mudanças com conhecimento e – de um modo geral – com paz. As mudanças que estavam por vir eram de uma outra ordem, destinada a perturbar a alma.

Olhei para trás, para a casa; desta altura, eu podia ver apenas a ponta do telhado e a fumaça saindo da chaminé.

– O que você acha? – eu disse suavemente, a cabeça de Jemmy sob meu queixo, redonda e quente em seu capuz de tricô. – Ela será sua? Você vai morar aqui, e seus filhos depois de você?

Seria uma vida muito diferente, pensei, da que ele poderia ter tido. Se Brianna tivesse se arriscado a levá-lo de volta através das pedras – mas ela não o fez e, portanto, o destino do menino estava aqui. Ela teria pensado nisso, eu me perguntei. Que, ao ficar, ela fizera uma escolha não só por ela própria, mas por ele também? Escolheu guerra e ignorância, doença e perigo, mas arriscara tudo isso por seu pai – e por Roger. Eu não tinha absoluta certeza de que fora a escolha certa – mas a escolha não era minha.

Ainda assim, refleti, não havia como imaginar de antemão como era ter um filho – nenhum poder da mente igualava-se ao conhecimento do que o nascimento de uma criança podia fazer, arrebatando vidas e destroçando corações.

– E ainda bem que é assim – eu disse a Jemmy. – Caso contrário, ninguém em seu juízo perfeito o faria.

Minha agitação se acalmara agora, amainada pelo vento e pela paz da floresta desfolhada. A clareira do uísque, como a chamávamos, ficava escondida do caminho. Jamie passara dias percorrendo as encostas acima de Ridge, até encontrar um local que atendesse a seus requisitos.

Ou melhor, locais. A eira de maltagem fora construída numa pequena clareira ao pé de uma depressão do terreno; a destilaria ficava mais no alto da montanha, num local próprio, perto de uma pequena nascente que fornecia água limpa e fria. A eira de maltagem ficava fora da vista da trilha, mas não era difícil de ser alcançada.

– Não adianta escondê-la – Jamie dissera, explicando-me sua escolha –, já que qualquer pessoa com nariz poderia chegar até ela de olhos vendados.

Verdade; mesmo agora, quando não havia nenhum grão sendo ativamente fermentado no barracão ou tostado no solo, um leve cheiro fumarento e fecundo permanecia no ar. Quando o grão estava fermentando, o cheiro penetrante e bolorento da fermentação era perceptível a uma grande distância, mas, quando a cevada germinada era espalhada na área acima de um fogo lento, uma fina névoa de fumaça pairava na clareira e o cheiro era bastante forte para chegar à cabana de Fergus, quando o vento soprava naquela direção.

Não havia ninguém na eira de maltagem agora, é claro. Quando um novo lote estava fermentando, Marsali ou Fergus estariam ali para cuidar do processo, mas, no momento, a área coberta por um telhado estava vazia, tábuas lisas escurecidas até o cinza pelo uso e pelas condições climáticas. Havia, entretanto, uma pilha perfeita de lenha ao lado, pronta para uso.

Aproximei-me para ver qual era o tipo de madeira. Fergus gostava de nogueira, tanto porque se partia com mais facilidade, quanto pelo sabor adocicado que emprestava ao grão maltado. Jamie, profundamente tradicional quando se tratava de uísque, não usaria nada além de carvalho. Toquei um pedaço de madeira cortada; veios largos, madeira leve, casca fina. Sorri. Portanto, Jamie estivera ali recentemente.

Normalmente, um pequeno barril de uísque era guardado na eira de maltagem, tanto para eventual hospitalidade, quanto por cautela. "Se alguém aparecer quando a menina estiver lá sozinha, é melhor que ela tenha algo a lhes oferecer", Jamie dissera. "Não é segredo o que fazemos aqui; é melhor que ninguém tente fazer Marsali dizer onde está a bebida." Não era o melhor dos uísques – em geral não era envelhecido –, mas sem dúvida suficientemente bom para visitas inesperadas ou uma criança com dentes despontando.

– Você ainda não tem papilas gustativas, de qualquer modo, então, que diferença faz? – murmurei para Jemmy, que se remexeu e estalou os lábios em seu sono, contraindo o rosto numa cara feia.

Procurei por toda parte, mas não havia sinal do pequeno barril de uísque nem em seu lugar habitual atrás das sacas de cevada, nem dentro da pilha de lenha. Talvez tivesse sido levado para ser reabastecido, talvez roubado. Não era nada importante, de qualquer forma.

Virei-me para o norte, depois da eira de maltagem, dei dez passos e me virei para a direita. A rocha da montanha projetava-se dali, um sólido bloco de granito lançando-se para cima do meio de um grupo de tupelos e cefalantos. Só que não era sólido. Duas placas de pedra apoiadas uma na outra, a fenda aberta sob elas escondida entre azevinhos. Puxei meu xale sobre o rosto de Jemmy para protegê-lo das folhas de bordas cortantes e passei com cuidado por trás deles, agachando-me para atravessar a fenda.

A face da rocha estendia-se para baixo num amontoado de enormes blocos de pedra arredondados, do outro lado da fenda, com mudas de plantas e mato brotando teimosamente das rachas entre as pedras. De baixo, parecia intransponível, mas, de cima, uma leve trilha era visível, serpenteando para baixo até uma pequena clareira. Mal podia ser considerada uma clareira; não passava de uma lacuna entre as árvores, onde uma nascente límpida borbulhava da rocha e desaparecia novamente para dentro da terra. No verão, era invisível, mesmo de cima, encoberta pela folhagem das árvores ao redor.

Agora, nas vésperas do inverno, o brilho branco da rocha junto à fonte era facilmente visível através da cortina desfolhada de amieiros e sorveiras. Jamie encontrara uma pedra grande e clara e a rolara para a cabeceira da fonte, onde ele raspou a forma de uma cruz e fez uma prece, consagrando a fonte para nosso uso. Na ocasião, pensei em fazer uma piada equacionando uísque com água benta – pensando no padre Kenneth e seus batismos –, mas me contive, pensando melhor; não tinha tanta certeza de que Jamie acharia graça na piada.

Avancei cautelosamente pelo declive, a trilha quase invisível conduzindo-me pelo meio das grandes pedras e finalmente dando a volta num afloramento de rocha, antes de desembocar na clareira da fonte. Eu estava acalorada com a descida, mas o frio era suficiente para deixar meus dedos dormentes onde eu segurava as pontas do xale. E Jamie estava parado na beira da fonte com nada além de sua camisa.

Estanquei subitamente, escondida por um amontoado de arbustos perenes.

Não foi seu estado de seminudez que me fez parar, mas algo em sua expressão. Ele parecia cansado, mas isso era bastante justificável, já que se levantara e partira tão cedo.

As calças esfarrapadas que ele usava para cavalgar estavam amontoadas no chão, o cinto e seus apetrechos, cuidadosamente enrolados ao seu lado. Meus olhos captaram uma mancha de cor escura, semioculta na relva mais à frente; o tecido azul e marrom de seu *kilt* de caça. Enquanto eu observava, ele tirou a camisa pela cabeça e atirou-a para o lado, depois se ajoelhou, despido, junto à nascente e jogou água nos braços e no rosto.

Suas roupas tinham alguns riscos de lama da cavalgada, mas ele não estava sujo, de maneira alguma. Lavar o rosto e as mãos teria sido suficiente, pensei – e poderia ter sido feito com muito mais conforto junto à lareira da cozinha.

Ele levantou-se e, pegando um pequeno balde da beira da fonte, encheu-o com a água gelada e despejou-a deliberadamente sobre si mesmo, fechando os olhos e cerrando os dentes conforme a água escorria pelo peito e pelas pernas. Pude ver seus testículos contraírem-se contra seu corpo, buscando abrigo conforme a água gelada fluía pela moita castanho-avermelhada de seus pelos púbicos e pingava de seu pênis.

– Seu avô ficou completamente maluco – sussurrei para Jemmy, que se remexeu e fez uma careta em seu sono, mas não deu a menor atenção a idiossincrasias ancestrais.

Eu sabia que Jamie não era inteiramente imune ao frio; podia vê-lo arfar e estremecer de onde eu estava, ao abrigo da rocha, e estremeci em solidariedade. Como um bom escocês nascido e criado nas Highlands, ele simplesmente não considerava frio, fome ou desconforto de um modo geral como algo ao qual dar importância. Mesmo assim, isso parecia levar a limpeza ao extremo.

Ele respirou fundo, arfante, e despejou água sobre o corpo uma segunda vez. Quando se abaixou para encher o balde novamente, comecei a compreender o que ele estava fazendo.

Um cirurgião se lava minuciosamente antes de uma operação em função da limpeza, é claro, mas não só por isso. O ritual de lavar as mãos com sabão, esfregar as unhas, friccionar a pele, inúmeras vezes, a ponto de sentir dor, é tanto uma atividade mental quanto física. O ato de se lavar desta maneira obsessiva serve para concentrar-se mentalmente e preparar o espírito; assim, lavam-se todas as preocupações exteriores, descartam-se todas as distrações insignificantes, da mesma forma como se eliminam germes e pele morta.

Eu já fizera isso inúmeras vezes e podia reconhecer este ritual particular quando o via. Jamie não estava apenas tomando um banho; ele estava se purificando, usando a água fria não só como solvente, mas como forma de penitência. Ele estava se preparando para alguma coisa e a ideia fez um calafrio percorrer minha própria espinha, gelado como a água da fonte.

De fato, após o terceiro balde de água, ele colocou-o no chão e sacudiu-se, gotículas voando das pontas molhadas de seus cabelos como uma pancada de chuva sobre a relva seca. Ainda parcialmente molhado, ele enfiou a camisa pela cabeça outra vez e virou-se para oeste, onde o sol descia entre as montanhas. Ficou imóvel por um instante – completamente imóvel.

A luz filtrava-se pelas árvores nuas, o suficiente para que, de onde eu estava, pudesse vê-lo apenas em silhueta agora, a luz brilhando através do linho úmido de sua camisa, a escuridão de seu corpo uma sombra dentro dela. Ele permaneceu imóvel com a cabeça erguida, os ombros retos, um homem ouvindo atentamente.

Ouvindo o quê? Tentei prender minha própria respiração e pressionei delicadamente a cabecinha coberta do bebê mais junto do meu ombro, para que ele não acordasse. Fiquei ouvindo também.

Eu podia ouvir o som da floresta, um suspiro suave e constante de galhos e agulhas de pinheiros. Havia pouco vento e eu podia ouvir o barulho da fonte próxima, água correndo em surdina entre pedras e raízes. Ouvi com absoluta clareza os batimentos do meu coração e a respiração de Jemmy contra o meu pescoço e, de repente, eu tive medo, como se os sons fossem altos demais, como se pudessem atrair a atenção de algo perigoso para nós.

Fiquei paralisada, absolutamente imóvel, tentando não respirar e, como um coelho sob um arbusto, me tornar parte da vegetação ao meu redor. O coração de Jemmy pulsava em azul, uma frágil veia em sua têmpora, e eu inclinei minha cabeça sobre a dele, para escondê-la.

Jamie disse algo em voz alta, em gaélico. Soou como um desafio – ou talvez uma saudação. As palavras me pareciam vagamente familiares – mas não havia ninguém lá; a clareira estava vazia. O ar pareceu repentinamente mais frio, como se a luz tivesse esmaecido; uma nuvem passando na frente do sol, pensei, e ergui os olhos – mas não havia nenhuma nuvem; o céu estava limpo. Jemmy moveu-se repentinamente nos meus braços, assustado, e eu o aconcheguei ainda mais contra mim, desejando que ele não fizesse nenhum barulho.

Então o ar se agitou, o frio se dissipou e minha apreensão passou. Jamie não havia se movido. Agora a tensão abandonou seu corpo, e seus ombros relaxaram. Ele moveu-se apenas um pouco; o sol poente iluminou sua camisa numa auréola dourada e incendiou seus cabelos numa repentina explosão luminosa.

Ele pegou sua adaga da bainha descartada e, sem hesitação, passou a ponta sobre os dedos da mão direita. Pude ver a fina linha escura atravessando as pontas dos dedos e mordi os lábios. Ele esperou um instante para o sangue afluir, depois sacudiu a mão com um movimento súbito do pulso, de modo que as gotículas de sangue voaram de seus dedos e bateram na pedra vertical na cabeceira do pequeno lago da fonte.

Ele colocou a adaga sob a pedra e fez o sinal da cruz com os dedos sujos de sangue da mão direita. Em seguida, ajoelhou-se, muito devagar, e abaixou a cabeça sobre as mãos postas.

Eu já o vira rezar, uma vez ou outra, é claro, mas sempre em público, ou ao menos com o conhecimento de que eu estava lá. Agora ele obviamente se considerava sozinho, e vê-lo assim, ajoelhado, sujo de sangue, a alma entregue, me fez sentir que eu estava espionando um ato mais particular do que qualquer intimidade física. Eu teria me movido ou dito alguma coisa, mas interromper parecia uma espécie de profanação. Permaneci em silêncio, mas vi que eu já não era uma espectadora; minha própria mente havia se voltado para a oração por vontade própria.

Oh, Senhor, as palavras se formavam em minha mente, sem uma intenção consciente, *entrego em Vossas mãos a alma de Vosso servo James. Ajudai-o, por favor.* E turvamente pensei: mas ajudá-lo em quê?

Em seguida, ele se persignou e se levantou, e o tempo recomeçou a passar, sem que eu tivesse notado que ele havia parado. Eu descia a encosta em direção a ele, o capim roçando em minha saia, sem me lembrar de ter dado o primeiro passo. Não me lembro de vê-lo subir, mas Jamie caminhava em minha direção, sem parecer surpreso, mas seu rosto iluminou-se ao nos ver.

– *Mo chridhe* – ele disse brandamente, sorrindo, e inclinou-se para me beijar. Senti a aspereza da barba espetada e a pele ainda fria da água.

– É melhor vestir as suas calças – eu disse. – Você vai congelar.

– Vou vestir. *Ciamar a tha thu, an gille ruaidh?*

Para minha surpresa, Jemmy estava acordado e babando, os olhos azuis arregalados num rostinho rosado, todo vestígio de mau-humor desaparecido sem deixar vestígios. Ele inclinou-se para frente, jogando-se para Jamie, que o levantou delicadamente dos meus braços e aconchegou-o junto ao ombro, abaixando frouxamente o capuz de lã sobre suas orelhas.

– Um dentinho está despontando – eu disse a Jamie. – Ele estava muito inquieto, devia estar incomodando demais, então eu pensei que um pouco de uísque nas gengivas... não havia nenhum em casa.

– Oh, sim. Podemos resolver isso, eu acho. Tenho um pouco no meu frasco. – Levando o bebê para o lugar onde estavam suas roupas, ele inclinou-se e remexeu com uma das mãos, surgindo com o frasco amassado que carregava no cinto.

Sentou-se na rocha, balançando Jemmy no joelho, e me entregou o frasco para eu abrir.

– Fui à casa de moagem – eu disse, tirando a rolha com um *pop* suave –, mas o barril de uísque havia sumido.

– Sim, está com Fergus. Deixe que eu faço isso; minhas mãos estão limpas. – Estendeu o indicador esquerdo e eu pinguei um pouco da bebida sobre ele.

– O que Fergus está fazendo com ele? – perguntei, acomodando-me a seu lado na pedra.

– Guardando – ele disse laconicamente. Enfiou o dedo na boca de Jemmy, delicadamente esfregando a gengiva inchada. – Oh, aqui está ele. Sim, isso dói um pouco, não é? Ai! – Ele levou a mão ao peito e cuidadosamente desembaraçou os dedos de Jemmy, agarrados aos pelos de seu peito.

– Por falar nisso... – eu disse e peguei sua mão direita. Ajeitando o outro braço para continuar segurando Jemmy, ele deixou que eu segurasse sua mão e virasse os dedos para cima.

Era um corte bem superficial, atravessando as pontas dos três primeiros dedos – os dedos com os quais ele se benzera. O sangue já havia coagulado, mas pinguei um pouco mais de uísque sobre os cortes e limpei as manchas de sangue da palma de sua mão com meu lenço.

Ele deixou que eu cuidasse dele em silêncio, mas, quando terminei e ergui o olhar para ele, fitou-me nos olhos com um leve sorriso.

– Está tudo bem, *Sassenach* – ele disse.

– Está? – eu disse; examinei seu rosto; ele parecia cansado, mas tranquilo. A leve ruga que eu vira entre suas sobrancelhas nos últimos dias havia desaparecido. O que quer que pretendesse fazer, ele havia começado.

– Você viu, então? – ele perguntou serenamente, lendo meu próprio rosto.

– Sim. É... tem a ver com a cruz no pátio, não é?

– Oh, de certa forma, eu creio.

– Para que é? – perguntei sem rodeios.

Ele contraiu os lábios, esfregando delicadamente a gengiva de Jemmy. Finalmente disse:

– Você nunca viu Dougal MacKenzie convocar o clã, viu?

Fiquei mais do que espantada diante disso, mas respondi cautelosamente:

– Não. Vi Colum fazer isso uma vez... no juramento em Leoch.

Ele balançou a cabeça, a lembrança daquela longínqua noite de tochas vívida em seus olhos.

– Sim – disse suavemente. – Eu me lembro. Colum era o chefe e os homens iam quando ele os convocava, sem dúvida. Mas era Dougal quem os conduzia na guerra.

Parou por um instante, reunindo seus pensamentos.

– Havia incursões, de vez em quando. Isso era diferente, não mais do que um capricho de Dougal ou Rupert, talvez uma necessidade nascida da bebida ou do tédio, um pequeno bando querendo diversão, tanto quanto gado ou cereais. Mas reunir o clã para a guerra, todos os guerreiros, isso era raro. Eu mesmo só vi isso uma vez, mas não é algo que se possa esquecer.

A cruz de pinho estava lá quando ele acordou um dia no castelo, surpreendendo-o quando ele atravessou o pátio. Os habitantes de Leoch estavam por lá, cuidando de seus afazeres como de costume, mas ninguém olhava para a cruz ou se referia a ela de nenhum modo. Mesmo assim, havia correntes subterrâneas de agitação percorrendo o castelo.

Os homens permaneciam em pequenos grupos aqui e ali, falando em voz baixa, mas, quando ele se juntava a um grupo, a conversa mudava imediatamente para algum assunto sem propósito.

– Eu era sobrinho de Colum, sabe, mas recém-chegado ao castelo, e eles conheciam meu pai e meu avô. – O avô paterno de Jamie fora Simon, lorde Lovat, chefe dos Fraser de Lovat, que não eram grandes amigos dos MacKenzie de Leoch.

– Eu não sabia o que estava acontecendo, mas alguma coisa estava; os pelos dos meus braços se eriçavam sempre que meus olhos se encontravam com os de alguém. – Finalmente ele se dirigiu ao estábulo e encontrou o Velho Alec, o estribeiro-mor de Leoch. O Velho Alec fora apaixonado por Ellen MacKenzie e era gentil com o filho por causa da mãe e por ele mesmo.

– É a cruz de fogo, rapaz –, ele dissera a Jamie, atirando-lhe uma escova para cavalos e sacudindo a cabeça na direção das baias. – Nunca viu uma antes?

Era um costume antigo, ele dissera, seguido por centenas de anos, ninguém sabia ao certo quando começara, quem havia feito isso pela primeira vez, nem por quê.

– Quando um chefe de clã das Highlands convoca seus homens para a guerra –, o velho dissera, correndo a mão nodosa habilmente por uma crina embaraçada –, ele manda erguer uma cruz e ateia fogo. É apagada imediatamente, sabe, com sangue ou com água – mas ainda assim é chamada "cruz de fogo" e é levada pelos vales e desfiladeiros, um sinal aos homens do clã para pegarem suas armas e partirem para o local de encontro, preparados para a guerra.

– Ah, é? – Jamie dissera, sentindo a empolgação causar um buraco em sua barriga. – E contra quem vamos lutar, então? E para onde nós temos que ir?

A fronte grisalha do Velho Alec se enrugara numa divertida aprovação do "nós" que ele usara.

– Você segue o chefe para onde ele for, rapaz. Mas, esta noite, estamos indo enfrentar os Grant.

– E estávamos mesmo – Jamie me disse. – Mas não naquela noite. Quando escureceu, Dougal acendeu a cruz e convocou o clã. Ele respingou sangue de carneiro na madeira em chamas, depois dois homens a cavalo saíram do pátio com a "cruz de fogo" para levá-la através das montanhas.

Quatro dias mais tarde, havia trezentos homens naquele pátio, armados com espadas, pistolas e adagas, e, na aurora do quinto dia, partimos para guerrear contra os Grant.

Seu dedo ainda estava na boca do bebê, os olhos distantes enquanto ele rememorava.

– Foi a primeira vez que usei minha espada contra outro homem – ele disse. – Lembro-me bem.

– Imagino que sim – murmurei. Jemmy começava a contorcer-se e resmungar outra vez; peguei-o e o coloquei no meu próprio colo para examinar. De fato, sua fralda estava molhada. Felizmente, eu tinha outra, enfiada no meu cinto por precaução. Deitei-o sobre meus joelhos para trocar a fralda.

– Então essa cruz no nosso pátio... – eu disse delicadamente, os olhos no meu trabalho. – Tem a ver com a milícia, não é?

Jamie suspirou e eu pude ver as sombras da lembrança movendo-se por trás de seus olhos.

– Sim – ele disse. – Houve uma época em que eu poderia chamar e os homens viriam sem questionar... porque eles eram meus. Homens do meu sangue, homens da minha terra.

Seus olhos estavam velados, olhando para a encosta da montanha que se erguia diante de nós. Mas creio que ele não via os cumes cobertos de florestas do interior da Carolina; em vez disso, via as montanhas áridas e os terrenos rochosos de Lallybroch. Coloquei a mão livre em seu pulso; a pele estava fria, mas eu podia sentir seu calor, logo abaixo da superfície, como uma febre crescente.

– Eles iam por você, mas você ia por eles, Jamie. Você foi para Culloden por eles. Você os levou lá... e você os levou de volta para casa.

Irônico, pensei, que os homens que foram servir naquela época atendendo ao seu chamado ainda estivessem, em sua grande maioria, a salvo na Escócia. Nenhum lugar das Highlands permanecera intocado pela guerra, mas Lallybroch e seu povo estavam em sua maior parte ainda de pé – por causa de Jamie.

– Sim, é verdade. – Ele se virou para mim e um sorriso melancólico aflorou ao seu rosto. Sua mão apertou a minha por um instante, depois relaxou, e a ruga entre os olhos aprofundou-se outra vez. Abanou a mão na direção das montanhas ao nosso redor.

– Mas esses homens... não há nenhuma dívida de sangue entre mim e eles. Não são Fraser; não nasci senhor de terras, nem chefe deles. Se vierem lutar ao meu chamado, será por vontade própria.

– Bem, sua – eu disse secamente – e do governador Tryon.

Ele sacudiu a cabeça.

– Não, isso não. O governador saberá quais homens estão aqui e quais vão atender a seu chamado? – Riu levemente. – Ele conhece a mim... e isso lhe basta.

Eu tinha que admitir a verdade dessa afirmação. Tryon nem sabia, nem se importava em saber quem Jamie levaria com ele – apenas que ele comparecesse, levando um número satisfatório de homens, prontos para fazerem o trabalho sujo do governador.

Refleti sobre isso por um instante, delicadamente secando o traseiro de Jemmy com a barra da minha saia. Tudo que eu sabia da Revolução Americana era o que tinha ouvido em segunda mão dos livros escolares de Brianna – e eu, melhor do que qualquer outra pessoa, sabia o quanto pode ser grande a lacuna entre a história escrita e a realidade.

Além disso, tínhamos vivido em Boston e os livros escolares naturalmente refletiam a história local. A impressão geral que se obtinha ao ler sobre Lexington e Concord e outros era que as milícias envolviam todo homem fisicamente capaz da comunidade, todos os quais entravam em ação ao primeiro sinal de alarme, ansiosos para cumprir com seu dever cívico. Talvez sim, talvez não – mas o interior da Carolina não era Boston, nem de longe.

– *... prontos para partir e espalhar o aviso* – eu disse à meia-voz – *a todo vilarejo e fazenda de Middlesex.*

– O quê? – As sobrancelhas de Jamie ergueram-se de repente. – Onde fica Middlesex?

– Bem, seria de pensar que ficasse entre homem e mulher – eu disse –, mas, na verdade, é apenas uma região de Boston. Embora, é claro, tenha recebido esse nome de outra região na Inglaterra.

– É mesmo? – ele disse, parecendo confuso. – Sim, se é você quem diz, *Sassenach*. Mas...

– Milícias. – Ergui Jemmy, que esperneava e se contorcia como um peixe tirado da água, fazendo ruídos de extremo protesto por ter sido forçado a trocar a fralda. Ele me chutou no estômago. – Oh, por favor, menino, fique quieto.

Jamie inclinou-se e pegou o bebê por baixo dos braços, içando-o do meu colo.

– Deixe-me segurá-lo. Ele precisa de mais uísque?

– Não sei, mas ao menos ele não pode berrar com o seu dedo na boca. – Entreguei Jemmy com certo alívio, retornando ao meu fio de pensamento.

– Boston já está colonizada há mais de cem anos, mesmo agora – eu disse. – Possui vilas e fazendas, e as fazendas nem ficam muito distantes das vilas. As pessoas moram lá há muito tempo, todas se conhecem.

Jamie balançava a cabeça pacientemente a cada uma dessas surpreendentes revelações, achando que por fim eu chegaria a algum ponto. O que eu fiz, apenas para descobrir que era o mesmo ponto que ele defendia para mim.

– Então quando alguém forma milícias lá – eu disse, repentinamente percebendo o que ele vinha me dizendo o tempo todo –, eles vêm porque estão acostumados a lutar unidos para defender suas cidades e porque ninguém iria querer ser considerado um covarde por seus vizinhos. Mas aqui... – Mordi o lábio, contemplando as altas montanhas à nossa volta.

– Sim – ele disse, balançando a cabeça, vendo a compreensão por fim tomar conta do meu rosto. – É diferente aqui.

Não havia nenhum assentamento grande o suficiente para ser considerado uma cidade em cento e cinquenta quilômetros, a não ser o dos luteranos alemães em Salem. Fora isso, não havia nada no interior, salvo alguns sítios espalhados; às vezes um lugar onde uma família havia se fixado e se expandido, irmãos ou primos construindo casas a curta distância umas das outras. Pequenos assentamentos e casas distantes, algumas escondidas nas depressões das montanhas, ocultas por cortinas de loureiros, onde os residentes poderiam não ver outro rosto branco durante meses – ou anos – de cada vez.

O sol desaparecera por trás do declive íngreme da montanha, mas a luz ainda se demorava, uma leve aquarela de cor que tingia de ouro as árvores e pedras ao nosso redor e inundava os picos distantes de azul e violeta. Havia criaturas vivas na paisagem fria e brilhante, eu sabia, habitações próximas e corpos quentes se movendo; mas, até onde a vista podia alcançar, nada se movia.

Colonos das montanhas eram capazes de ir ajudar um vizinho sem maiores indagações – porque eles próprios poderiam precisar da ajuda dos outros a qualquer momento. Não havia, afinal de contas, ninguém mais a quem recorrer.

Mas nunca haviam lutado por um objetivo comum, nada tinham em comum para defender. E abandonar suas granjas e deixar suas famílias sem defesa, a fim de servir ao capricho de um distante governador? Uma vaga noção de dever poderia compelir alguns poucos; alguns iriam por curiosidade, para fugir da monotonia ou na vaga esperança de obter algum ganho. Mas a maioria só iria se convocada por um homem que respeitavam; um homem em quem confiavam.

Não nasci senhor de terras, nem chefe deles, ele dissera. Não para eles, não – mas nascido para isso, ainda assim. Ele poderia, se quisesse, transformar-se em chefe.

– Por quê? – perguntei suavemente. – Por que vai fazer isso? – As sombras erguiam-se das rochas, lentamente sufocando a luz.

– Não vê? – Uma de suas sobrancelhas ergueu-se quando ele se virou para mim. – Você me disse o que iria acontecer em Culloden, e eu acreditei em você, *Sassenach*, terrível como foi. Os homens de Lallybroch voltaram para casa tanto por sua causa quanto pela minha.

Isso não era inteiramente verdade; qualquer homem que tivesse marchado para Nairn com o exército das Highlands sabia que o desastre os aguardava em algum lugar à frente. Ainda assim... eu realmente pude ajudar de alguma forma, fazer com que Lallybroch se preparasse, não só para a guerra, mas para o que viria depois. O pequeno peso de culpa que sempre sentia quando pensava no Levante desfez-se ligeiramente, deixando meu coração mais leve.

– Bem, talvez. Mas o que...

– Você me disse o que vai acontecer aqui, *Sassenach.* Você, Brianna e o MacKenzie, todos os três. Rebelião e guerra. E desta vez... vitória.

Vitória. Balancei a cabeça, entorpecida, lembrando-me do que eu sabia de guerras e do preço da vitória. Era, no entanto, melhor do que a derrota.

– Muito bem, então. – Ele inclinou-se para pegar sua adaga e gesticulou com ela para as montanhas à nossa volta. – Eu fiz um juramento à Coroa; se eu o quebrar em tempos de guerra, serei um traidor. Minhas terras são uma concessão – e minha vida –, e aqueles que me seguirem compartilharão minha sina. Verdade?

– Verdade. – Engoli em seco, passando os braços ao meu redor com força, desejando ainda estar segurando Jemmy. Jamie virou-se para me encarar, os olhos duros e frios.

– Mas a Coroa não vencerá desta vez. Você me disse. E, se o rei for deposto... o que acontece com meu juramento? Se eu o tiver mantido, então serei um traidor para a causa rebelde.

– Oh – exclamei com firmeza.

– Está vendo? Em algum momento, Tryon e o rei perderão seu poder sobre mim... mas eu não sei quando isso acontecerá. Em algum momento, os rebeldes tomarão o poder... mas eu não sei quando isso acontecerá. E, em meio a isso... – Virou a ponta da adaga para baixo.

– Compreendo. Entre a cruz e a caldeirinha – eu disse, sentindo-me oca ao perceber o quanto nossa situação era precária.

Seguir as ordens de Tryon agora era obviamente a única escolha. Mais tarde, entretanto... se Jamie continuasse como um homem do governador até os primeiros estágios da revolução, estaria se declarando um legalista, o que seria fatal, com o decorrer do tempo. A curto prazo, entretanto, romper com Tryon, renegar seu juramento ao rei e se declarar a favor dos rebeldes... isso lhe custaria suas terras e provavelmente sua vida.

Ele deu de ombros com um trejeito irônico da boca e sentou-se um pouco para trás, ajeitando Jemmy em seu colo.

– Bem, não que eu já não tenha tido que caminhar entre dois fogos antes, *Sassenach.* Posso sair disso meio chamuscado nas bordas, mas acho que não vou virar churrasco. – Resfolegou de leve, como se estivesse achando graça. – Está no meu sangue, não?

Consegui dar uma risada curta.

– Se está pensando no seu avô – eu disse –, admito que ele era bom nisso. Mas o feitiço virou contra o feiticeiro no fim, não foi?

Ele inclinou a cabeça de um lado para o outro, ambiguamente.

– Sim, talvez. Mas você não acha que as coisas aconteceram talvez como ele desejava?

O falecido lorde Lovat fora famoso pela maneira tortuosa de pensar, mas eu não podia ver qual o benefício de planejar ter a cabeça decepada e disse isso.

Jamie sorriu, apesar da seriedade da discussão.

– Bem, talvez a decapitação não fosse exatamente o que ele havia planejado, mas mesmo assim... Você viu o que ele fez; ele enviou o Jovem Simon para a guerra e ele ficou em casa. Mas qual dos dois pagou o preço em Tower Hill?

Balancei a cabeça devagar, começando a compreender seu ponto de vista. O Jovem Simon, que na verdade tinha aproximadamente a idade de Jamie, não sofrera fisicamente por sua participação no Levante, apesar de visível como fora. Não foi aprisionado, nem exilado, como muitos dos jacobitas, e, embora tivesse perdido a maior parte de suas terras, na verdade, recuperara uma boa parte de sua propriedade desde então, por meio de constantes e tenazes processos judiciais contra a Coroa.

– E o Velho Simon *poderia* ter culpado o filho, e o Jovem Simon terminaria no cadafalso, mas ele não o fez. Bem, imagino que mesmo uma víbora velha como essa hesitaria em colocar o próprio filho e herdeiro sob um machado.

Jamie balançou a cabeça.

– Você deixaria alguém decapitá-la, *Sassenach*, se fosse uma escolha entre você e Brianna?

– Sim – eu disse sem hesitação. Eu relutava em admitir que o Velho Simon pudesse ter possuído uma virtude como o sentimento de família, mas imagino que mesmo víboras tenham alguma preocupação com o bem-estar de seus filhos.

Jemmy havia abandonado o dedo oferecido por seu avô em favor da adaga e mastigava furiosamente o cabo. Jamie envolveu a lâmina com a mão, segurando-a com firmeza longe da criança, mas não fez nenhum esforço para tirá-la dali.

– Eu também – Jamie disse, sorrindo ligeiramente. – Embora eu espere que não chegue a esse ponto.

– Não creio que nenhum dos dois exércitos estava... estará... inclinado a decapitar pessoas – eu disse. Isso, é claro, deixava inúmeras outras opções desagradáveis disponíveis, mas Jamie sabia disso tão bem quanto eu.

Tive uma vontade repentina e ardente de instá-lo a jogar tudo para o alto, afastar-se de tudo aquilo. Dizer a Tryon para ficar com suas terras, dizer aos colonos que deviam seguir seu próprio caminho – abandonar a Ridge e fugir. A guerra se aproximava, mas não precisava obrigatoriamente nos engolfar; não desta vez. Podíamos ir para o sul, para a Flórida, ou para as Antilhas. Para oeste, nos refugiarmos com os cherokee. Ou até mesmo de volta para a Escócia. As Colônias iriam se revoltar, mas havia lugares para onde se poderia ir.

Ele observava meu rosto.

– Isso – ele disse, um gesto descartando Tryon, a milícia, os Reguladores –, isso são coisas muito pequenas. *Sassenach*, talvez nada em si mesmas. Mas são o começo, eu acho.

A luz começava a desaparecer agora; a sombra cobria seus pés e pernas, mas o restante da luz do sol lançava seu próprio rosto em forte relevo. Havia uma mancha de sangue em sua testa, onde ele a tocara, ao fazer o sinal da cruz. Eu deveria tê-la limpado, eu pensei, mas não fiz nenhum movimento para isso.

– Se devo salvar esses homens, se eles me acompanharem entre os dois fogos... então terão que me seguir incondicionalmente, *Sassenach*. É melhor começar agora, enquanto não há tanto em jogo.

– Eu sei – eu disse, estremecendo.

– Está com frio, *Sassenach*? Tome, pegue o bebê e vá para casa. Irei em seguida, assim que acabar de me vestir.

Entregou-me Jemmy e a adaga, já que os dois pareciam momentaneamente inseparáveis, e levantou-se. Pegou seu *kilt* e sacudiu-o, mas eu não me movi. A lâmina da adaga estava quente onde eu a segurava, quente da mão dele.

Ele olhou para mim interrogativamente, mas eu sacudi a cabeça.

– Nós vamos esperá-lo.

Ele vestiu-se rapidamente, mas com cuidado. Apesar de minhas apreensões, eu tinha que admirar a delicadeza de seus instintos. Não era seu *kilt* de festa, em carmesim e preto, mas o *kilt* de caça. Nenhum esforço para impressionar os homens das montanhas com riqueza; mas uma peculiaridade no vestir suficiente para deixar claro para os outros escoceses das Highlands que ele era um deles, para atrair a atenção e o interesse dos alemães. Xale preso com o broche do cervo correndo, o cinto e a bainha, meias limpas de lã. Ele estava quieto, absorto no que fazia, vestindo-se com a calma precisão que fazia lembrar de maneira desconcertante o modo de um sacerdote se vestir com seus paramentos.

Seria esta noite, então. Roger e o resto haviam obviamente partido para convocar os homens que viviam num raio de um dia de viagem; esta noite ele iria acender sua cruz e chamar os primeiros de seus homens – e selar o acordo com uísque.

– Então Bri tinha razão – eu disse, para quebrar o silêncio na clareira. – Ela disse que talvez você estivesse dando início à sua própria religião. Quando ela viu a cruz, quero dizer.

Ele olhou para mim, espantado. Olhou na direção de onde estava a casa, depois sua boca curvou-se ironicamente.

– Imagino que sim – ele disse. – Que Deus me ajude.

Tirou gentilmente a adaga de Jemmy, limpou-a numa prega do xale e enfiou-a na bainha. Estava pronto.

Levantei-me para segui-lo. As palavras que eu não conseguia dizer – não diria – formavam um bolo de enguias na minha garganta. Com medo de que uma delas se livrasse e escapasse pela minha boca, eu disse, em vez disso:
– Agora há pouco, era a Deus que você estava invocando para ajudá-lo?

– Oh, não – ele disse. Desviou o olhar por um instante, depois me fitou diretamente nos olhos com uma expressão estranha e repentina. – Eu estava invocando Dougal MacKenzie.

Senti uma profunda e repentina sensação de desfalecimento me percorrer. Dougal estava morto havia muito tempo; morrera nos braços de Jamie na véspera de Culloden – morrera com a adaga de Jamie na garganta. Engoli em seco, e meus olhos moveram-se involuntariamente para a faca em seu cinto.

– Já fiz as pazes com Dougal há muito tempo – ele disse suavemente, vendo a direção do meu olhar. Tocou o cabo da adaga, com sua protuberância de ouro, que um dia pertencera a Hector Cameron. – Dougal era um líder de clã. Ele sabe que eu fiz na ocasião o que eu tinha que fazer – pelos meus homens, por você – e que agora o farei de novo.

Compreendi então o que ele havia dito, de pé, ereto, fitando o oeste – a direção em que as almas dos mortos voam para casa. Não fora nem uma oração, nem uma súplica. Eu conhecia as palavras – embora muitos anos já tivessem transcorrido desde que eu as ouvira. Ele gritara "*Tulach Ard!*" – o grito de guerra do clã MacKenzie.

Engoli com força.

– E ele vai... ajudá-lo, você acha?

Ele balançou a cabeça, sério.

– Se puder – ele disse. – Nós lutamos muitas vezes juntos, eu e Dougal; um protegendo as costas do outro. E afinal, *Sassenach,* sangue é sangue.

Balancei a cabeça também, mecanicamente, e levantei Jemmy, colocando-o contra meu ombro. O céu havia desbotado para um branco de inverno e a clareira enchera-se de sombra. A pedra na cabeceira da fonte destacava-se, uma forma pálida e espectral acima da água negra.

– Vamos – eu disse. – Já é quase noite.

23
O BARDO

Já estava escuro quando Roger finalmente chegou à sua própria porta, mas as janelas brilhavam acolhedoramente e faíscas saltavam da chaminé, numa promessa de calor e comida. Ele estava cansado, enregelado e faminto e sentiu um profundo e agradecido apreço por sua casa – substancialmente aguçado por saber que a deixaria no dia seguinte.

– Brianna? – Ele entrou, estreitando os olhos na luz turva, procurando sua mulher.

– Até que enfim! Está tão atrasado! Por onde andou? – Ela saiu de repente do pequeno quarto dos fundos, o bebê equilibrado no quadril e uma pilha de tecido de tartã agarrado junto ao peito. Inclinou-se para beijá-lo rapidamente, deixando-o com um gosto tentador de geleia de ameixa.

– Subi e desci morros nas últimas dez horas – ele disse, pegando o tartã de sua mão e atirando-o na cama. Procurando uma família mítica de holandeses. Venha cá e me beije direito, sim?

Ela obedientemente enlaçou-o pela cintura com o braço livre e deu-lhe um longo beijo perfumado de ameixa que o fez pensar que, apesar de faminto como estava, o jantar poderia talvez esperar um pouco. O bebê, no entanto, tinha outras ideias e iniciou um estridente berreiro que fez Brianna afastar-se apressadamente, fazendo uma careta diante da gritaria.

– Ainda os dentes? – Roger perguntou, observando o rostinho vermelho e inchado da criança, coberto com uma brilhante camada de muco, saliva e lágrimas.

– Como adivinhou? – ela disse sarcasticamente. – Tome, pode segurá-lo só por um instante? – Ela empurrou Jemmy, ainda se debatendo, nos braços do pai e puxou seu corpete, o linho verde amarrotado e úmido e marcado com manchas pálidas do leite extravasado. Um de seus seios surgiu à vista e ela estendeu os braços para Jemmy, sentando-se com ele na cadeira de amamentar, junto ao fogo.

– Ele ficou irritado o dia inteiro – ela disse, sacudindo a cabeça enquanto o bebê contorcia-se e lamuriava-se, estapeando a fonte de alimento que lhe era oferecida com a mãozinha impaciente. – Não consegue mamar por mais do que alguns minutos e, quando o faz, cospe tudo de novo. Resmunga quando o pego no colo, mas berra quando o coloco no berço. – Ela passou a mão, exausta, pelos cabelos. – Sinto-me como se tivesse passado o dia lutando contra jacarés.

– Oh, huum. Sinto muito – Roger disse. A região lombar de suas costas doía e ele massageou-a, tentando ser discreto. Apontou para a cama com o queixo. – Ah... para que o tartã?

– Oh, eu me esqueci, é para você. – Com a atenção momentaneamente desviada da criança inquieta, ela ergueu os olhos para Roger, observando pela primeira vez seu estado deplorável. – Papai trouxe para você usar esta noite. Aliás, você está com o rosto sujo de lama... você caiu do cavalo?

– Várias vezes. – Aproximou-se do lavatório, mancando ligeiramente. Uma das mangas de seu casaco e os joelhos de suas calças estavam emplastados de lama, e ele esfregou o peito, tentando tirar partículas de folhas secas que haviam entrado pela gola de sua camisa.

– Oh? Sinto muito. Shh, shh, shh – ela murmurava para a criança, balançando-a de um lado para o outro. – Você se machucou?

– Ah, não. Está tudo bem. – Tirou o casaco e virou-se de costas, despejando a água da jarra na bacia. Jogou água fria no rosto, ouvindo os berros de Jemmy e silenciosamente calculando as chances de fazer amor com Brianna em algum momento antes de partir na manhã seguinte. Entre os dentes de Jemmy e os planos de seu sogro, as chances pareciam fracas, mas a esperança é a última que morre.

Secou o rosto com a toalha, olhando disfarçadamente ao redor em busca de algo para comer. Tanto a mesa quanto o fogo estavam vazios, embora houvesse um forte cheiro de vinagre no ar.

– *Sauerkraut?* – ele adivinhou, farejando acintosamente. – Os Mueller?

– Trouxeram dois grandes jarros – Brianna disse, gesticulando na direção do canto, onde um jarro de cerâmica de seis quilos escondia-se na sombra. – Aquele é nosso. Comeu alguma coisa enquanto esteve fora?

– Não. – Sua barriga roncou de maneira audível, evidentemente considerando o *sauerkraut* frio, se isso era tudo que havia em oferta. No entanto, provavelmente haveria comida na casa grande. Animado com esse pensamento, tirou as calças e começou a complicada tarefa de preguear o tecido de xadrez para fazer um xale preso com cinto.

Jemmy sossegara um pouco, agora não fazendo mais do que arrulhos intermitentes de desconforto enquanto sua mãe balançava-o de um lado para o outro.

– Que história é essa de holandeses míticos? – Brianna perguntou, ainda se balançando, mas agora podendo lhe dar um minuto de atenção.

– Jamie me enviou para o nordeste, para procurar uma família de holandeses que ele ouvira dizer que se instalara perto de Boiling Creek, para contar aos homens sobre a convocação da milícia e trazê-los de volta, se eles quisessem. – Franziu o cenho para o tecido estendido na cama. Ele usara um xale como este apenas duas vezes antes e, em ambas as ocasiões, tivera ajuda para vesti-lo. – Você acha que é importante que eu vista isso?

Brianna deu uma pequena risada atrás dele.

– Acho melhor você usar *alguma coisa*. Você não pode ir para a casa grande apenas de camisa. Então não conseguiu encontrar os holandeses?

– Nem sequer um tamanco de madeira. – Encontrara o que achava que era Boiling Creek e percorrera quilômetros de suas margens, esquivando-se – ou não – de galhos pendentes, matagais e moitas de hamamélis, mas não encontrara nem sinal de nada maior do que uma raposa que atravessara correndo à sua frente, desaparecendo no mato como uma chama repentinamente extinta.

– Talvez tenham se mudado. Foram para a Virgínia ou Pensilvânia. – Brianna falou com solidariedade. Ele tivera um dia longo e exaustivo, com fracasso no final. Não um terrível fracasso; Jamie dissera apenas "Encontre-os se puder" – e se ele de fato os tivesse encontrado, poderiam não compreender seu holandês precário, adquirido em rápidas férias em Amsterdã nos anos 1960. Ou poderiam, de qualquer forma, ter se negado a vir. Ainda assim, o pequeno fracasso incomodava-o, como uma pedra em seu sapato.

Olhou para Brianna, que abriu um largo sorriso zombeteiro.

– Tudo bem – ele disse, com resignação. – Pode rir. – Entrar num xale preso por cima não era a coisa mais digna que um homem podia fazer, considerando que o método mais eficiente era deitar-se sobre o tecido pregueado e rolar como uma salsicha enfaixada. Jamie podia fazer isso em pé, mas o sujeito tinha prática.

Seus esforços – deliberadamente exagerados – foram recompensados pela risada de Brianna, o que por sua vez pareceu exercer um efeito calmante no bebê. Quando Roger finalmente concluiu os últimos arranjos em suas pregas e dobras, tanto a mãe quanto o filho estavam afogueados, mas felizes.

Roger fez uma mesura exagerada para ambos, com um amplo floreio, e Bri bateu na própria perna num aplauso de uma só mão.

– Magnífico – ela disse, os olhos viajando com admiração pelo seu corpo. – Viu o papai? Papai está bonito! – Virou-se para Jemmy, que fitava boquiaberto a visão de glória masculina diante dele e iluminou-se num sorriso largo e lento, um filete de baba pendurado da curvinha do lábio.

Roger ainda estava faminto, dolorido e cansado, mas isso já não parecia tão importante. Ele riu e estendeu os braços para o bebê.

– Você precisa trocar de roupa? Se ele já está satisfeito e seco, eu o levarei para a casa grande, para você ter um pouco de tempo para se arrumar.

– Acha que eu preciso me arrumar? – Brianna lançou-lhe um olhar austero de cima para baixo. Seus cabelos haviam se soltado em mechas e fios desgrenhados, parecia que havia semanas ela vinha dormindo com seu vestido e havia uma escura mancha de geleia na curva superior de um seio.

– Você está ótima – ele disse, inclinando-se e habilmente içando Jemmy de seu colo. – Quietinho, *a bhalaich*. Já ficou tempo demais com sua mãe e ela definitivamente gostaria de um tempinho longe de você. Venha comigo.

– Não se esqueça do violão! – Bri falou às suas costas quando ele se dirigia para a porta. Ele virou-se para ela, surpreso.

– O quê?

– Papai quer que você cante. Espere, ele me deu uma lista.

– Uma lista? De *quê*? – Até onde Roger sabia, Jamie Fraser não dava a menor atenção a música. Na verdade, até o amargurava um pouco, embora raramente admitisse, que sua maior qualidade fosse justamente algo a que Fraser não dava valor.

– Canções, é claro. – Ela franziu a testa, tentando se lembrar da lista memorizada. – Ele quer que você cante "Ho Ro!", "Birniebouzle" e "The Great Silkie". Você pode entremear essas com outras canções, ele disse, mas ele quer essas. E depois deve cantar umas canções de guerra. Não foi exatamente isso que ele disse, mas você sabe o que eu quero dizer: "Killiecrankie", "The Haughs of Cromdale" e "The Sherrifsmuir Fight". Só canções antigas; ele disse para não cantar as da Revolução de 45, exceto "Johnnie Cope". Esta ele certamente quer, porém mais para o final. E...

Roger fitava-a, desembaraçando o pé de Jemmy das pregas de seu xale.

– Eu pensei que seu pai nem soubesse os nomes das canções, quanto mais que ele tivesse preferências.

Brianna levantara-se e estendia a mão para o longo alfinete de madeira que mantinha seus cabelos presos. Tirou-o e deixou a cintilante cabeleira ruiva derramar-se em cascatas pelos seus ombros e rosto. Correu ambas as mãos pelos cabelos e levou-os para trás, sacudindo a cabeça.

– Ele não tem. Preferências, digo. Papai não tem nenhum ouvido musical. Mamãe diz que ele tem uma boa noção de ritmo, mas não sabe distinguir uma nota da outra.

– É o que eu pensava. Mas por que...

– Ele pode não ter ouvido para música, Roger, mas ele *ouve*. – Ela olhou para ele, passando o pente pelos cabelos embaraçados. – E ele observa. Ele sabe como as pessoas reagem e como se sentem quando o ouvem cantar essas canções.

– É mesmo? – Roger murmurou. Sentiu uma pequena centelha de prazer à ideia de que Fraser havia de fato notado o efeito de sua música, ainda que ele pessoalmente não a apreciasse. – Então... ele quer que eu os amoleça, não é? Que eu os coloque no estado de espírito certo antes que ele faça a sua parte?

– Isso mesmo. – Ela balançou a cabeça, ocupada em desamarrar os cadarços de seu colete. Livres de seu confinamento, seus seios saltaram repentinamente para a liberdade, redondos e soltos sob a musselina fina de sua combinação.

Roger remexeu-se, ajeitando as pregas do xale. Ela percebeu o leve movimento e olhou para ele. Devagar, ela ergueu as mãos, segurando os seios e erguendo-os, os olhos nos dele e um ligeiro sorriso nos lábios. Só por um instante, ele sentiu como se tivesse parado de respirar, embora seu peito continuasse a subir e descer.

Ela foi a primeira a quebrar o momento, deixando as mãos caírem e virando-se para mergulhar no baú onde guardava suas roupas de baixo.

– Você sabe exatamente o que ele pretende? – ela perguntou, a voz abafada nas profundezas do baú. – Ele já havia erguido aquela cruz quando você partiu?

– Sim, sei. – Jemmy fazia alguns barulhinhos ressentidos, como o motor de um brinquedo esforçando-se para subir uma ladeira. Roger enfiou-o debaixo de um dos braços, a mão segurando a barriguinha gorda. – É uma cruz de fogo. Sabe o que significa?

Ela emergiu do baú, uma combinação limpa nas mãos, parecendo levemente perturbada.

– Uma cruz de fogo? Você quer dizer que ele pretende *queimar* uma cruz no pátio?

– Bem, não a queimar até o fim, não. – Pegando seu *bodhran* com a mão livre e golpeando o dedo de leve no tambor para verificar se estava bem retesado, ele explicou rapidamente a tradição da cruz de fogo. – É algo extraordinário – ele concluiu, afastando o tambor do alcance da mão estendida de Jemmy. – Creio que nunca mais ocorreu nas Highlands outra vez, depois do Levante. Mas seu pai me disse que ele viu o ritual uma vez... é algo realmente especial ver isso ser feito aqui.

Animado com o entusiasmo histórico, ele não notou de imediato que Brianna parecia ligeiramente menos empolgada.

– Talvez seja – ela disse inquieta. – Não sei... isso me amedronta um pouco.

– É? – Roger olhou para ela surpreso. – Por quê?

Ela encolheu os ombros, tirando a combinação suja e amarrotada pela cabeça.

– Não sei. Talvez seja porque eu já tenha visto cruzes em chamas... no noticiário da TV. Você sabe, a KKK. Ou não sabe? Talvez eles não passassem coisas assim na televisão na Grã-Bretanha?

– A Ku Klux Klan? – Roger estava menos interessado em fanáticos intolerantes do que na visão dos seios nus de Brianna, mas fez um esforço para se concentrar na conversa. – Oh, sim, já ouvi falar deles. De onde você acha que eles tiraram essa ideia?

– O quê? Você quer dizer...

– Claro – ele disse animadamente. – Tiraram dos imigrantes das Highlands, de quem, aliás, descendiam. É por isso que se chamavam "Klan", entendeu? Por falar nisso – ele acrescentou, interessado –, pode ser que isto, esta noite, seja o elo. A ocasião que traz o costume do Velho Mundo para o Novo, quero dizer. Não seria incrível?

– Incrível – Brianna repetiu debilmente. Ela vestira uma nova combinação e agora sacudia um vestido limpo de linho azul, parecendo inquieta.

– Tudo começa em algum lugar, Bri – ele disse, mais delicadamente. – Na maioria das vezes, não sabemos onde, nem como; faz diferença se agora soubermos? E a Ku Klux Klan só vai surgir daqui a cem anos, no mínimo. – Ele içou Jemmy ligeiramente, balançando-o sobre um quadril. – Nós não vamos ver isso, nem mesmo o Jeremiah aqui... talvez nem mesmo o filho dele.

– Ótimo – ela disse secamente, vestindo o espartilho e começando a atar os cadarços. – Assim, nosso *bisneto* pode acabar sendo o Grande Dragão.

Roger riu.

– Sim, talvez. Mas esta noite é o seu pai.

24
BRINCANDO COM FOGO

Ele não sabia ao certo o que esperava. Algo como o espetáculo da grande fogueira na Assembleia, talvez. Os preparativos eram os mesmos, envolvendo grandes quantidades de comida e bebida. Viam-se um enorme barril de cerveja e um menor de uísque sobre pranchas na borda do pátio, e um enorme porco assado num espeto de nogueira girava lentamente acima de um leito de brasas, lançando sopros de fumaça e aromas de dar água na boca pelo frio ar da noite.

Ele sorriu para os rostos à sua frente, banhados pela luz da fogueira, brilhantes de gordura e afogueados da bebida, e começou a tocar seu *bodhran*. Seu estômago roncou, mas o barulho foi abafado sob o coro rouco de "Killiecrankie".

"Oh, eu encontrei o D-i-ia-bo e Dundeeee...
Nas colinas-as de Killiecrankie-O!"

Ele já teria merecido seu próprio jantar quando finalmente o conseguiu. Havia tocado e cantado por mais de uma hora e a luz subia acima de Black Mountain agora. Fez uma pausa enquanto repetiam o refrão, apenas o tempo suficiente para agarrar a caneca de cerveja sob seu banquinho e molhar a garganta, depois iniciou a estrofe seguinte com mais clareza e vigor.

"Lutei em terra, lutei no mar,
Em casa lutei com minha tia, Oh!
Encontrei o D-i-ia-bo e Dundeeee...
Nas colinas-as de Killiecrankie-O!"

Sorria profissionalmente enquanto cantava, olhando nos olhos de um aqui, focalizando um rosto ali, e calculava o progresso no fundo da mente. Já conseguira envolvê-los – com uma pequena ajuda da bebida oferecida, tinha que admitir – e prendê-los no que Bri chamara de "canções de guerra".

Podia sentir a cruz de pé às suas costas, quase escondida na escuridão. Mas todos tiveram a chance de vê-la; ele ouvira os murmúrios de interesse e especulação.

Jamie Fraser observava de longe, fora do círculo iluminado pela fogueira. Roger podia apenas divisar a figura alta e escura nas sombras do enorme abeto vermelho que se erguia ao lado da casa. Fraser andara perseguindo seus objetivos metodicamente durante toda a noite, parando aqui e ali para trocar cordialidades, contar uma piada, ouvir um problema ou uma história. Agora estava sozinho, aguardando. Então estava quase na hora – para o que quer que ele pretendesse fazer.

Roger deu-lhes um momento para os aplausos e seu próprio descanso, depois cantou "Johnnie Cope", uma canção animada e engraçada.

Ele cantara essa canção na Assembleia várias vezes e sabia perfeitamente como iriam reagir. Um momento de pausa e incerteza, depois as vozes começariam a acompanhar – ao fim da segunda estrofe, já estariam cantando entusiasticamente e gritando observações grosseiras ao fundo.

Alguns daqueles homens haviam lutado em Prestonpans; mesmo derrotados em Culloden, ainda assim haviam expulsado as tropas de Johnnie Cope e adoravam a oportunidade de relembrar essa famosa vitória. E os homens das Highlands que não haviam lutado tinham ouvido falar. Os Mueller, que provavelmente nunca ouviram falar de Carlos Stuart e só entendiam uma em cada dez palavras, pareciam estar improvisando seu próprio coro em falsete ao fundo, acenando com suas canecas numa saudação regada a borrifos de cerveja a cada verso. Sim, tudo bem, desde que estivessem se divertindo.

A multidão praticamente gritava o refrão final, quase abafando sua voz.

"Hei, Johnnie Cope, você ainda está andando?
E seus tambores ainda estão soando?
Se você estivesse andando, eu esperaria
Para ir para os campos de carvão de manhã!

Após os últimos acordes fez uma mesura, agradecendo os aplausos entusiásticos. O aquecimento estava feito; hora de o ator principal subir ao palco. Inclinando-se e sorrindo, levantou-se de seu banco e desapareceu, surgindo nas sombras próximas aos remanescentes da carcaça do enorme porco assado.

Bri estava lá à sua espera, Jemmy totalmente acordado, com olhos de coruja em seu colo. Ela inclinou-se sobre o bebê e o beijou, entregando-lhe o menino ao fazê-lo e, em troca, tomando o *bodhran* de suas mãos.

– Você esteve ótimo! – ela disse. – Segure-o, vou pegar comida e cerveja para você.

Jemmy em geral queria ficar com sua mãe, mas estava estupefato demais com o barulho e as chamas saltitantes para protestar. Aconchegou-se junto ao peito de Roger, chupando o dedo com ar sério.

Roger suava do esforço, o coração batendo acelerado com a adrenalina da apresentação, e o ar longe da fogueira e da multidão soprava frio em seu rosto afogueado. O peso do bebê enrolado em cobertas era uma boa sensação em seu peito, quente e sólido na curva do seu braço. Ele fizera um ótimo trabalho e sabia disso. Esperava que fosse o que Fraser queria.

Quando Bri reapareceu com a bebida e um prato de estanho cheio de carne de porco fatiada, bolinhos fritos de maçã e batatas assadas, Jamie já entrara no círculo de luz ao redor da fogueira, assumindo o lugar de Roger à frente da cruz.

Sua figura impressionava, alto, de ombros largos, em seu melhor casaco cinza formal, sobre o *kilt* de tartã em tons de azul-claro, os cabelos soltos e flamejantes sobre os ombros, com uma pequena trança de guerreiro em um dos lados, adornado com uma única pena. A luz do fogo cintilava do cabo adornado a ouro de sua adaga e do broche que prendia as dobras de seu xale. Ele parecia bastante à vontade, mas de um modo geral seus gestos eram graves, decididos. Ele dava um belo espetáculo – e sabia disso.

A multidão calou-se em poucos segundos, os homens cutucando com os cotovelos os vizinhos mais falantes para silenciá-los.

– Vocês sabem muito bem por que estamos reunidos aqui, não é? – ele perguntou, sem preâmbulos. Ergueu uma das mãos, na qual segurava a convocação amarrotada do governador, a mancha vermelha do selo oficial visível à luz bruxuleante da fogueira. Ouviu-se um murmúrio geral de concordância; a multidão ainda estava alegre, sangue e uísque correndo livremente nas veias.

– Somos compelidos pelo dever e vamos com honra servir à causa da lei... e do governador.

Roger viu o velho Gerhard Mueller inclinado para o lado para ouvir a tradução que um de seus genros murmurava em seu ouvido. Ele balançou a cabeça em aprovação e gritou:

– *Ja! Lang lebe* governador!

Houve uma onda de risos e gritos semelhantes ecoaram em inglês e gaélico.

Jamie sorriu, esperando o barulho diminuir. Assim que a algazarra arrefeceu, ele virou-se devagar, balançando a cabeça enquanto olhava de um rosto para o seguinte, reconhecendo cada homem. Em seguida, virou-se de lado e ergueu uma das mãos para a cruz que assomava austera e negra atrás dele.

– Nas montanhas da Escócia, quando um chefe se preparava para a guerra – ele disse, o tom de voz descontraído e natural, mas suficientemente alto para ser ouvido em todo o pátio –, ele queimava uma cruz de fogo e a enviava como um sinal pelas terras de seu clã. Era o sinal para os homens do seu clã, para pegarem suas armas e irem para o local de encontro, preparados para a guerra.

Uma agitação percorreu a multidão, um breve acotovelamento e mais gritos de aprovação, embora esses fossem mais amortecidos. Alguns homens já haviam presenciado essa cerimônia ou, ao menos, sabiam do que ele estava falando. O resto erguia o queixo e esticava o pescoço, a boca semiaberta de interesse.

– Mas esta é uma terra nova e, embora sejamos amigos – sorriu para Gerhard Mueller –, *Ja, Freunde*, vizinhos e compatriotas – um olhar para os irmãos Lindsay – e companheiros de armas, não somos um clã. Embora tenham me dado o comando, eu não sou seu chefe.

Pois sim que não é, Roger pensou. *Ou está a caminho de ser, de qualquer modo.* Tomou um último e grande gole de cerveja fria e deixou de lado a caneca e o prato. A comida podia esperar mais um pouco. Bri pegara o bebê de volta e segurava seu *bodhran* embaixo do braço; ele pegou-o e ela lhe deu um breve sorriso, mas sua atenção estava concentrada em seu pai.

Jamie inclinou-se e retirou uma tocha da fogueira. Ficou parado com a tocha na mão, a luz iluminando os largos planos e os bem delineados ângulos de seu rosto.

– Que Deus seja testemunha agora da nossa boa vontade e que Deus fortaleça nossos braços. – Parou para que os alemães tivessem tempo de entender. – Mas que esta cruz de fogo sirva de testemunha de nossa honra, para invocar a proteção de Deus para nossas famílias, até voltarmos sãos e salvos para casa.

Virou-se e tocou a base da cruz com a tocha, segurando-a até que a casca seca pegasse fogo e uma pequena chama crescesse e cintilasse da madeira escura.

Todos ficaram em silêncio, observando. Não se ouvia nenhum som, salvo o ligeiro movimento e o suspiro da multidão, fazendo eco ao murmúrio do vento na floresta ao redor. Não passava de uma pequena língua de fogo, tremeluzindo na brisa, à beira de se extinguir inteiramente. Nenhum rugido embebido em combustível, nenhuma conflagração devoradora. Roger sentiu Brianna suspirar ao seu lado, um pouco da tensão abandonando-a.

A chama firmou-se e cresceu. As beiradas da casca do pinho brilharam vermelhas em brasa, depois embranqueceram e desapareceram em cinzas conforme a chama começou a se alastrar para cima. A cruz era grande e sólida e queimaria devagar até o meio da noite, iluminando o pátio enquanto os homens se reuniam sob ela, conversando, comendo, bebendo, começando o processo de se tornar o que Jamie Fraser queria que fossem: amigos, vizinhos, companheiros de armas. Sob seu comando.

Fraser permaneceu parado por um instante, observando, para se assegurar de que o fogo pegara. Depois voltou-se novamente para a multidão de homens e lançou a tocha de volta à fogueira.

– Não sabemos qual será a nossa sorte. Que Deus nos dê coragem. Que Deus nos dê sabedoria. Se for Sua vontade, que nos dê paz. Partimos pela manhã.

Virou-se e deixou a fogueira, olhando à procura de Roger. Ao encontrá-lo, balançou a cabeça e Roger devolveu o sinal, engoliu para limpar a garganta e começou a cantar suavemente do meio da escuridão, a abertura da canção com que Jamie queria encerrar os procedimentos – "A Flor da Escócia".

"Oh, flor da Escócia,
Quando vamos ver outra como tu?
Que lutou e morreu
Pelos teus pequenos montes e vales..."

Não era uma das que Bri chamara de canções de guerra. Era uma canção solene e melancólica. Mas, ainda assim, não era uma canção de luto e tristeza; era de recordação, de orgulho e determinação. Nem mesmo era uma música antiga – Roger conheceu o homem que a escreveu, em sua própria época –, mas Jamie a ouvira e, conhecendo a história de Stirling e Bannockburn, aprovou o sentimento com entusiasmo.

"E resistiu frente
Ao exército do orgulhoso Eduardo
E mandou-o de volta para casa
Para que pensasse melhor."

Os integrantes escoceses da multidão deixaram-no cantar os versos sozinho, mas as vozes ergueram-se suavemente, depois com mais força, no refrão.

"E mandou-o de vo-olta para casa...
Para que pensasse melhor!"

Lembrou-se de algo que Bri lhe dissera, deitados na cama na noite anterior, durante os poucos momentos em que ambos ainda estavam conscientes. Estavam conversando sobre as pessoas da época, especulando se um dia eles poderiam encontrar pessoas como Jefferson ou Washington frente a frente; era uma perspectiva empolgante – e nem um pouco impossível. Ela mencionara John Adams, citando algo lido sobre o que Jefferson havia dito – ou melhor, iria dizer – durante a Revolução Americana:

"Sou um guerreiro, para que meu filho seja um comerciante – e o filho dele possa ser um poeta."

"Os montes estão desnudos agora
E as folhas de outono jazem espessas e imóveis,
Sua terra agora perdida
Nunca foi com tanto amor defendida."

"E resistiu frente
Ao exército do orgulhoso Eduardo
E mandou-o de volta para casa
Para que pensasse melhor."

Não mais o exército de Eduardo, mas de Jorge. Porém, o mesmo exército orgulhoso. Ele vislumbrou a figura de Claire, junto com as outras mulheres, em separado, na beira do círculo de luz. Seu rosto estava distante e ela permanecia imóvel, os cabelos esvoaçando, soltos, ao redor do rosto, os olhos dourados escurecidos por uma sombra interior – fixos em Jamie, parado a seu lado em silêncio.

O mesmo exército orgulhoso com o qual ela lutara certa vez; o exército orgulhoso com o qual seu pai havia morrido. Sentiu um nó na garganta e forçou o ar a sair dos recessos dos seus pulmões, cantando com toda a energia. *Serei um guerreiro, para que meu filho possa ser um comerciante – e o filho dele possa ser um poeta.* Nem Adams, nem Jefferson haviam lutado; Jefferson não teve filhos. Ele fora o poeta cujas palavras haviam reverberado através dos anos, incitado exércitos, incendiado os corações daqueles que morreriam por elas e pelo país fundado por elas.

Talvez sejam os cabelos, Roger pensou ironicamente, vendo o brilho de luz ruiva conforme Jamie se movia, observando silenciosamente o desdobramento do que ele começara. Um matiz *viking* no sangue, que dava àqueles homens altos e inflamados o dom de incitar os homens à guerra.

"Que lutou e morreu
Pelos teus pequenos montes e vales..."

Sim, haviam lutado e o fariam de novo. Pois era por isso que os homens sempre lutavam, não era? Por suas terras e famílias. Outro lampejo de cabelos ruivos, soltos à luz da fogueira, junto aos ossos do porco. Bri, segurando Jemmy. E, se agora Roger se via como um bardo para um chefe de clã das Highlands longe de suas terras, ainda assim ele devia tentar também ser um guerreiro quando a hora chegasse, pelo seu filho e por aqueles que viriam depois.

"E mandou-o de volta para casa
Para que pensasse melhor."

"Para que pensasse... melhor."

25

O ANJO DO MEU REPOUSO

Apesar de ser tarde da noite, fizemos amor por mudo consentimento, cada qual ansiando pelo refúgio e segurança do corpo um do outro. Sozinhos em nossa cama, com as persianas bem fechadas contra o barulho das vozes no pátio – o pobre Roger ainda estava cantando, por exigência da plateia –, podíamos abandonar as necessidades e cansaços do dia, ao menos por um curto período.

Ele continuou me abraçando com força contra ele depois, o rosto enterrado em meus cabelos, agarrando-se a mim como a um talismã.

– Tudo vai dar certo – eu disse suavemente, acariciando seus cabelos úmidos, afundando os dedos com força no ponto de união entre pescoço e ombro, o músculo ali duro como madeira sob a pele.

– Sim, eu sei. – Ele permaneceu imóvel por um instante, deixando meus dedos trabalharem, e a tensão de seu pescoço e ombros gradualmente relaxou, seu corpo ficando cada vez mais pesado sobre o meu. Ele sentiu minha dificuldade em respirar e moveu-se, rolando o corpo para o lado.

Sua barriga roncou sonoramente e nós dois rimos.

– Não teve tempo para jantar? – perguntei.

– Não consigo comer, logo antes – ele respondeu. – Me dá ânsia de vômito. E não houve tempo, depois. Será que tem alguma coisa que se possa comer aqui em cima?

– Não – respondi, pesarosa. – Eu tinha algumas maçãs, mas os Chisholm as pegaram. Desculpe-me, eu devia ter pensado em trazer alguma coisa para você. – Eu sabia que ele raramente comia "antes" – isto é, antes de qualquer luta, confronto ou outra situação socialmente estressante –, mas não imaginei que ele não teria chance de comer depois, porque todos queriam "dar uma palavrinha com o senhor".

– Certamente você tinha outras coisas para pensar, *Sassenach* – ele disse secamente. – Não se preocupe, posso esperar o café da manhã.

– Tem certeza? – Coloquei o pé para fora da cama, pretendendo me levantar. – Sobrou muita coisa; ou, se você não quiser descer, eu posso ir e...

Ele me impediu colocando a mão em meu braço, depois me arrastou com firmeza de volta para baixo das cobertas, aconchegando-me como em uma colher na curva do seu corpo e passando o braço por cima de mim para garantir que eu permanecesse ali.

– Não – disse categoricamente. – Esta pode ser a última noite que eu passo numa cama durante algum tempo. Pretendo ficar nela, com você.

– Está bem. – Aconcheguei-me obedientemente sob seu queixo e relaxei meu corpo contra o dele, igualmente satisfeita em ficar ali. Eu compreendia; embora ninguém viesse nos procurar, a menos que houvesse alguma emergência, a simples presença de um de nós dois lá embaixo causaria uma corrida imediata de pessoas precisando disso ou daquilo, querendo fazer uma pergunta, oferecer um conselho, solicitar alguma coisa... melhor permanecer ali, tranquilos e aconchegados.

Eu havia apagado a vela e o fogo na lareira estava baixo. Pensei rapidamente em me levantar e acrescentar mais lenha, mas resolvi não o fazer. Que ele queimasse até se reduzir a cinzas, se quisesse; nós já teríamos partido quando o dia amanhecesse.

Apesar do meu cansaço e da natureza grave de nossa viagem, eu estava ansiosa para partir. Além da sedução da novidade e da possibilidade de aventura, havia a maravilhosa perspectiva de fuga de lavagem de roupas, cozinha e guerra de mulheres. Ainda assim, Jamie tinha razão; este era provavelmente o último momento de privacidade e conforto que teríamos por algum tempo.

Espreguicei-me, conscientemente desfrutando o abraço macio do colchão de penas, dos lençóis limpos e macios com seu leve perfume de alecrim e flor de sabugueiro. Eu teria colocado roupas de cama suficientes na bagagem?

A voz de Roger alcançava-nos através da janela, ainda forte, mas começando a soar um pouco desafinada de cansaço.

– O Melro devia ir para a cama – Jamie disse, com leve desaprovação –, se pretende se despedir adequadamente da mulher dele.

– Meu Deus, Bri e Jemmy já foram dormir há horas! – eu disse.

– O pequeno, talvez. Bri ainda está lá. Ouvi a voz dela há poucos instantes.

– É mesmo? – Esforcei-me para ouvir, mas não consegui distinguir mais do que um murmúrio de aplausos abafados quando Roger encerrou sua canção. – Imagino que ela queira ficar com ele o maior tempo possível. Esses homens vão estar exaustos pela manhã, sem falar na ressaca.

– Desde que consigam se sentar num cavalo, não me importo se tiverem que apear de vez em quando para vomitar no mato – Jamie afirmou.

Aconcheguei-me ainda mais, as cobertas puxadas até os ombros. Eu podia ouvir a voz grave e retumbante de Roger, rindo, mas recusando-se com firmeza a continuar cantando. Pouco a pouco, os ruídos no pátio cessaram, embora eu ainda pudesse ouvir baques e pancadas, conforme o barril de cerveja era levantado e sacudido para extrair as últimas gotas. Em seguida, um barulho oco e surdo quando alguém largou o barril no chão.

Havia ruídos na casa; o repentino gemido de um bebê acordando, passos na cozinha, as lamúrias sonolentas de crianças pequenas perturbadas pelos homens, a voz de uma mulher repreendendo a criança, depois tentando confortá-la.

Meu pescoço e meus ombros doíam, e meus pés estavam doloridos da longa caminhada até a nascente do uísque, carregando Jemmy. Ainda assim, eu me via aborrecidamente insone, incapaz de isolar os barulhos do mundo exterior tão completamente quanto as persianas o bloqueavam da vista.

– Você consegue se lembrar de tudo que fez hoje? – Essa era uma pequena brincadeira que às vezes fazíamos à noite, cada qual tentando se lembrar detalhadamente de tudo que fizera, vira, ouvira ou comera durante o dia, desde que se levantara até a hora em que fora para a cama. Como escrever um diário, o esforço de se lembrar parecia purgar a mente dos esforços do dia, e nos divertíamos imensamente com as experiências de um e de outro. Eu adorava ouvir os relatos diários de Jamie, prosaicos ou emocionantes, mas ele não estava com disposição para isso esta noite.

– Não consigo me lembrar de nada que aconteceu antes de fecharmos a porta do quarto – ele disse, apertando minha nádega amigavelmente. – Depois disso, no entanto, acho que eu consigo me lembrar de um ou dois detalhes.

– Também está razoavelmente fresco em minha mente – afirmei. Dobrei os dedos dos pés, acariciando a parte de cima dos pés dele.

Paramos de falar, então, e começamos a nos mexer e acomodar para dormir, quando os barulhos lá embaixo cessaram, substituídos pelo zumbidos e sons arranhados de diferentes roncos. Ou, ao menos, eu tentei. Apesar de ser tão tarde e do meu corpo estar indubitavelmente exausto, minha mente parecia determinada a permanecer acordada e efervescente. Fragmentos do dia apareciam por trás de minhas pálpebras no instante em que eu fechava os olhos – a sra. Bug e sua vassoura, as botas enlameadas de Gerhard Mueller, aglomerados de videiras, de hastes nuas, punhados pálidos de *sauerkraut*, as nádegas redondas e rosadas do traseiro de Jemmy, dezenas de pequenos Chisholm correndo como uns loucos... Eu resolutamente me esforcei para disciplinar minha mente fugidia, voltando-me, em vez disso, para uma listagem mental de meus preparativos para a viagem.

Isso em nada ajudou, pois, instantes depois, eu estava completamente acordada com uma reprimida ansiedade, imaginando a destruição completa do meu consultório; Brianna, Marsali ou as crianças sucumbindo a alguma horrenda e repentina epidemia; e a sra. Bug incitando a baderna e o derramamento de sangue de uma ponta a outra de Ridge.

Rolei na cama, ficando de lado, olhando para Jamie. Ele ficara de costas como sempre, os braços cuidadosamente cruzados sob o abdômen como uma estátua de tumba, o perfil puro e severo contra a claridade agonizante da lareira, perfeitamente arrumado para o sono. Seus olhos estavam fechados, mas sua testa estava ligeiramente enrugada e os lábios torciam-se de vez em quando, como se estivesse conduzindo alguma espécie de discussão interior.

– Você está pensando tão alto que eu posso ouvi-lo daqui – eu disse, em tom de conversa. – Ou só está contando carneiros?

Seus olhos abriram-se de imediato e ele se virou para sorrir melancolicamente para mim.

– Eu estava contando porcos – ele me informou. – E estava indo muito bem. Só que eu ficava avistando aquela criatura branca pelo canto do olho, saltando de um lado para o outro, fora do meu alcance, zombando de mim.

Eu ri e me aproximei mais dele. Coloquei a testa contra seu ombro e dei um profundo suspiro.

– Nós realmente precisamos dormir, Jamie. Estou tão cansada, que meus ossos parecem estar se derretendo, e você está acordado há mais tempo do que eu.

– Huum. – Ele colocou o braço sobre mim, puxando-me para a curva do seu ombro.

– Aquela cruz... ela não vai incendiar a casa, não é? – perguntei após alguns instantes, tendo descoberto algo mais com que me preocupar.

– Não. – Ele soou ligeiramente sonolento. – Ela já se queimou há muito tempo.

O fogo na lareira havia se reduzido a uma camada de brasas brilhantes. Virei-me de novo e fiquei observando-as por alguns minutos, tentando esvaziar minha mente de tudo.

– Quando Frank e eu nos casamos – eu disse –, fomos nos aconselhar com um padre. Ele nos aconselhou a começar nossa vida de casados rezando o terço juntos na cama todas as noites. Frank disse que não sabia se isso deveria significar devoção, uma ajuda para pegar no sono ou apenas um método de controle da natalidade sancionado pela Igreja.

O peito de Jamie vibrou com uma risada silenciosa atrás de mim.

– Bem, podemos tentar, se você quiser, *Sassenach* – ele disse. – Mas você terá que manter a contagem das aves-marias; você está deitada sobre a minha mão esquerda e meus dedos ficaram dormentes.

Mudei ligeiramente de posição para permitir que ele puxasse a mão de baixo do meu quadril.

– Isso não, acho que não – eu disse. – Mas talvez uma prece. Você conhece alguma boa oração para a hora de dormir?

– Sim, várias – ele disse, erguendo a mão e flexionando os dedos devagar enquanto o sangue voltava a circular. No escuro do quarto, o movimento lento me fez lembrar a maneira como ele atraía trutas de dentro das pedras. – Deixe-me pensar um pouco.

A casa embaixo estava silenciosa agora, a não ser pelos rangidos e estalidos de vigas se acomodando. Achei ter ouvido uma voz lá fora, erguida numa discussão distante, mas podia não ser nada além do chacoalhar dos galhos das árvores ao vento.

– Eis uma – Jamie disse finalmente. – Eu já havia quase me esquecido dela. Meu pai a ensinou para mim, não muito antes de morrer. Disse que talvez um dia eu a achasse útil.

Ele acomodou-se confortavelmente, a cabeça inclinada, de modo que seu queixo descansava em meu ombro, e começou a falar, a voz lenta e afetuosa em meu ouvido.

"Abençoai para mim, Ó Senhor, a lua que está acima de mim,
Abençoai para mim, Ó Senhor, a terra que está sob mim,
Abençoai para mim, Ó Senhor, minha mulher e meus filhos,
E abençoai, Ó Senhor, a mim mesmo, que sou responsável por eles;
Abençoai para mim minha mulher e meus filhos,
E abençoai, Ó Senhor, a mim mesmo, que sou responsável por eles."

Ele havia começado com um certo acanhamento, hesitando de vez em quando para encontrar uma palavra, mas isso desapareceu com a continuação. Agora ele falava suavemente e com segurança, e não mais para mim, apesar do calor de sua mão permanecer na curva da minha cintura.

"Abençoai, Ó Senhor, aquilo em que meus olhos pousarem,
Abençoai, Ó Senhor, aquilo em que minha esperança se depositar,
Abençoai, Ó Senhor, minha razão e minha determinação,
Abençoai, Ó abençoai-os, Senhor da vida;
Abençoai, Ó Senhor, minha razão e minha determinação,
Abençoai, Ó abençoai-os, Senhor da vida."

Sua mão acariciou a curva do meu quadril e ergueu-se para alisar meus cabelos.

"Abençoai para mim a companhia na cama de meu amor,
Abençoai para mim o toque de minhas mãos,
Abençoai, Ó abençoai para mim, Ó Senhor, a cerca da minha defesa,
E abençoai, abençoai para mim o anjo do meu repouso;

Abençoai, Ó abençoai para mim, Ó Senhor, a cerca da minha defesa,
E abençoai, abençoai para mim o anjo do meu repouso."

Sua mão permaneceu parada, fechada sob meu queixo. Envolvi-a com a minha e suspirei profundamente.

– Ah, gostei dessa. Especialmente "o anjo do meu repouso". Quando Bri era pequena, nós a colocávamos para dormir com uma oração aos anjos. "Que Miguel esteja à minha direita; Gabriel, à minha esquerda; Uriel, atrás de mim; Rafael, à minha frente. E, acima da minha cabeça, a presença do Senhor."

Ele não disse nada, mas apertou meus dedos em resposta. Uma brasa se desfez na lareira com um sopro suave e fagulhas flutuaram por um instante na escuridão do quarto.

Algum tempo depois, retornei rapidamente à consciência ao senti-lo deslizar para fora da cama.

– O quê...? – comecei a perguntar, sonolentamente.

– Nada – ele murmurou. – Apenas um bilhete que eu queria escrever. Durma, *a nighean donn.* Eu acordarei ao seu lado.

Fraser's Ridge, 1º de dezembro de 1770
James Fraser, Esq., para Lorde John Grey,
Mount Josiah Plantation

Milorde,

Escrevo na esperança de que tudo esteja bem com sua propriedade e seus habitantes; meus cumprimentos em particular para o seu filho.

Tudo vai bem em minha casa e – até onde eu saiba – em River Run também. As bodas planejadas para minha filha e minha tia, sobre as quais eu lhe escrevi, sofreram a inesperada interferência das circunstâncias (principalmente uma circunstância que atende pelo nome de sr. Randall Lillywhite, cujo nome eu menciono para o caso de um dia vir ao seu conhecimento), mas felizmente meus netos foram batizados e, apesar do casamento de minha tia ter sido adiado para uma outra ocasião, a união de minha filha com o sr. MacKenzie foi celebrada por cortesia do reverendo sr. Caldwell, um valoroso cavalheiro, apesar de presbiteriano.

O pequeno Jeremiah Alexander Ian Fraser MacKenzie (o nome "Ian" é obviamente a variação escocesa para "John"– uma homenagem de minha filha a um amigo, bem como a seu primo) sobreviveu tanto à cerimônia do batizado quando à jornada de volta para casa com bom humor. Sua mãe me pede para lhe contar que seu homônimo agora possui nada menos do que quatro dentes, uma façanha temerária, que o torna extremamente perigoso para as almas desavisadas, atraídas por sua aparente inocência, e que deixam seus dedos ao seu pernicioso alcance. A criança morde como um crocodilo.

Ultimamente nossa população aqui tem apresentado um gratificante crescimento, com o acréscimo de cerca de umas vinte famílias desde a última vez que lhe escrevi. Deus recompensou nossos esforços durante o verão, abençoando-nos com abundância de milho e feno e uma abundância de animais para consumi-los. Acredito que os porcos soltos em minha floresta não somem menos de quarenta no momento, duas vacas deram cria e eu comprei um novo cavalo. A personalidade desse animal é extremamente dúbia, mas não sua arrogância.

Essas são minhas boas notícias.

Agora as más. Fui nomeado Coronel de Milícia, com ordens para convocar e conduzir o maior número possível de homens a serviço do governador, até meados do mês, esse serviço sendo o de ajudar a reprimir as hostilidades locais.

Você deve ter ouvido falar, durante sua visita à Carolina do Norte, de um grupo de homens que se denomina "Reguladores" – ou talvez não, uma vez que outras questões prendiam sua atenção naquela ocasião (minha mulher está satisfeita em saber de seu bom estado de saúde e envia, com esta, um pacote de remédios, com instruções para sua administração, caso ainda esteja atormentado por dores de cabeça).

Esses Reguladores não passam de populacho, menos disciplinados em suas ações até mesmo do que os desordeiros que ouvimos dizer que enforcaram o governador Richardson, em Effigy, Boston. Não digo que não haja fundamentos em suas queixas, mas os meios de expressão parecem improváveis de resultar em reparação por parte da Coroa – ao contrário, são capazes de provocar mais excessos de ambos os lados, o que não deixará de terminar mal.

Houve uma séria explosão de violência em Hillsborough no dia 24 de setembro, quando muitas propriedades foram desenfreadamente destruídas e muita violência cometida – algumas justas, outras não – contra funcionários da Coroa. Um homem, um juiz, foi gravemente ferido; muitos dos Reguladores foram detidos. Desde então, temos ouvido apenas boatos; o inverno arrefece o descontentamento, que fica ardendo em fogo lento junto às lareiras das casas e tavernas, mas, com o arejamento da primavera, se espalhará como os fétidos odores de uma casa lacrada, contaminando o ar.

Tryon é um homem capaz, mas não é um fazendeiro. Se fosse, dificilmente pensaria em buscar a guerra no inverno. Ainda assim, pode ser que ele espere que, fazendo uma demonstração de força agora – quando é quase certo que não será necessária –, intimidará os vilões para evitar sua necessidade depois. Ele é um soldado.

Esses comentários me trazem ao real objetivo desta missiva. Não espero nenhum resultado maléfico da atual iniciativa e, no entanto... Você também é um soldado, assim como eu. Sabe a imprevisibilidade do mal e que catástrofe pode advir de começos triviais.

Nenhum homem sabe os detalhes de seu próprio fim; sabe apenas que terá um. Assim, tomei as providências que pude, para o bem-estar da minha família.

Relaciono-os aqui, já que não conhece todos eles: Claire Fraser, minha amada esposa; minha filha Brianna e seu marido, Roger MacKenzie, e o filho deles, Jeremiah MacKenzie. Também minha filha Marsali e seu marido, Fergus Fraser (que é meu filho adotivo) – eles agora têm dois filhos pequenos, chamados Germain e Joan. A pequena Joan recebeu o nome da irmã de Marsali, chamada Joan MacKenzie, atualmente ainda residindo na Escócia. Não tenho tempo no momento para colocá-lo a par do histórico da situação, mas estou disposto, por boas razões, a considerar essa jovem igualmente minha filha e sinto-me igualmente responsável pelo seu bem-estar, bem como do de sua mãe, Laoghaire MacKenzie.

Rogo-lhe, em nome de sua longa amizade e pela consideração que tem por minha mulher e filha, que, se a sorte me faltar nesta empreitada, você fará o que puder para que fiquem a salvo.

Parto amanhã, ao alvorecer, que já não está muito longe.

Seu humilde e obediente criado,
James Alexander Malcolm MacKenzie Fraser

Postscriptum: Muito obrigado pelas informações que me forneceu em resposta às minhas investigações referentes a Stephen Bonnet. Registro seu conselho anexo às informações com a maior admiração e gratidão por sua bondosa intenção – embora, como deve suspeitar, não me demova de meus propósitos.

Post-postscriptum: Cópias do meu testamento e dos documentos pertencentes à minha propriedade e negócios, aqui e na Escócia, poderão ser encontradas com Farquard Campbell, de Greenoaks, perto de Cross Creek.

PARTE TRÊS

ALARME E INCURSÕES

26

SURGE A MILÍCIA

O tempo estava a nosso favor, mantendo-se frio, mas límpido. Com os Mueller e os homens de pequenas fazendas próximas, partimos de Fraser's Ridge com um grupo de aproximadamente quarenta homens – e eu.

Anexamos mais meia dúzia de homens de Wogan's Hollow, três de Belleview e os dois irmãos Findlay, que vinham de um minúsculo assentamento chamado Possum Gut. Quando nos aproximamos da Linha do Tratado e do ponto mais distante de nossa errante reunião de tropa, formávamos uma respeitável companhia em número, se não em competência. Alguns dos homens já haviam sido soldados, ainda que não fossem homens de infantaria treinados; haviam lutado na Escócia ou nas guerras contra os franceses ou contra os índios. Muitos nunca haviam lutado, e toda noite eu via Jamie conduzindo exercícios de treinamento militar, apesar de bem pouco ortodoxos.

– Não temos tempo suficiente para treiná-los adequadamente – ele dissera a Roger junto à fogueira na primeira noite. – Leva semanas, sabe, para preparar os homens para que não fujam quando estiverem sendo atacados.

Roger apenas balançou a cabeça, embora eu tenha achado que um ligeiro ar de inquietação atravessou seu rosto. Suponho que estivesse tendo dúvidas sobre sua própria falta de experiência e como ele próprio iria reagir debaixo de fogo. Eu havia conhecido muitos soldados jovens na minha época.

Eu estava ajoelhada junto à fogueira, fritando pães de farinha de milho numa frigideira de ferro colocada sobre as brasas. Ergui os olhos para Jamie e me deparei com ele olhando para mim, um leve sorriso oculto no canto da boca. Ele não apenas conhecera jovens soldados; ele fora um deles. Ele tossiu e inclinou-se para frente para ajeitar os carvões com um pedaço de pau, procurando mais das codornas que eu havia colocado para assar, envolvidas em barro.

– É a reação natural correr do perigo, hein? O objetivo de treinar tropas é acostumá-los à voz de um oficial, de modo que ouçam, mesmo acima do rugido das armas, e obedeçam sem pensar no perigo.

– Sim, como se treina um cavalo a não disparar com barulhos – Roger interrompeu, sarcasticamente.

– Sim, isso mesmo – Jamie concordou, com ar sério. – A diferença é que você tem que fazer o cavalo acreditar que você sabe mais das coisas do que ele; um oficial só precisa gritar mais alto. – Roger riu e Jamie continuou, com um leve sorriso.

– Quando fui soldado na França, tive que marchar para cima e para baixo, para frente e para trás, até gastar toda a sola das minhas botas, antes que me dessem pólvora para minha arma. Eu estava tão exausto ao final de um dia de treinamento, que podiam disparar um canhão do lado da minha cama que eu não teria mexido um fio de cabelo.

Sacudiu um pouco a cabeça, o esboço de sorriso desaparecendo de seu rosto.

– Mas nós não temos tempo para isso. Metade dos homens tem alguma noção de serviço no exército; vamos ter que contar com eles para se manterem a postos, se tivermos que lutar, e ter fé nos demais. – Olhou para além do fogo e gesticulou na direção da paisagem de árvores e montanhas que desaparecia lentamente.

– Não se parece muito com um campo de batalha, não é? Não sei dizer onde a batalha poderá ser, se houver uma, mas acho que temos que nos preparar para um confronto onde haja algum abrigo. Nós os ensinaremos a lutar como os escoceses das Highlands lutam; se reunir e debandar à minha ordem, e, fora isso, devem fazer o melhor que puderem. Somente metade dos homens já foi soldado, mas todos eles sabem caçar. – Ergueu o queixo, indicando os recrutas, vários dos quais haviam capturado pequenos animais durante a cavalgada do dia. Os irmãos Lindsay haviam abatido a codorna que estávamos comendo.

Roger concordou e inclinou-se para frente, tirando uma bola de barro enegrecida do fogo com sua própria vareta, mantendo o rosto escondido. Quase todo. Ele havia saído para caçar todos os dias desde o nosso retorno a Ridge e ainda não conseguira abater nem mesmo um gambá. Jamie, que fora com ele uma vez, expressara em particular para mim a opinião de que Roger se sairia melhor se golpeasse o animal na cabeça com seu mosquete do que tentando atirar nele.

Cerrei as sobrancelhas para Jamie; ele ergueu as dele para mim, devolvendo meu olhar. Os sentimentos de Roger tinham que se resolver sozinhos, era a dura mensagem em seu semblante. Arregalei meus olhos e me levantei.

– Mas, na verdade, não é realmente como caçar, não é? – Sentei-me ao lado de Jamie e entreguei-lhe um dos pães de milho quentes. – Especialmente agora.

– O que quer dizer com isso, *Sassenach*? – Jamie abriu o pão de milho, semicerrando os olhos em estado de graça enquanto inalava o vapor quente e fragrante.

– Para começar, você não tem nenhuma certeza de que haverá uma batalha – ressaltei. – Segundo, se houver, você não estará enfrentando tropas treinadas; os Reguladores não são soldados, da mesma forma com que seus homens não são. Terceiro, vocês não estarão tentando realmente matar os Reguladores; apenas assustá-los para baterem em retirada ou se entregarem. E quarto – sorri para Roger –, o objetivo da caça é matar alguma coisa. O objetivo de ir para a guerra é voltar vivo.

Jamie engasgou-se com um pedaço do pão. Dei um prestativo tapa em suas costas e ele virou-se num salto para mim, fitando-me furiosamente. Tossiu os farelos, engoliu e levantou-se, o xale oscilando.

– Ouça-me – ele disse, um pouco rouco. – Você está certa, *Sassenach*... e você está errada. Sim, não é como caçar. Porque a caça em geral não está tentando matar *você*. Preste atenção. – Virou-se para Roger, o rosto severo. – Ela está errada quanto ao resto. Guerra é para matar, e ponto final. Pense em qualquer coisa menor, pense em meias medidas, pense em afugentar, acima de tudo pense em sua própria pele... e, por Deus, rapaz, estará morto ao final do primeiro dia.

Arremessou o resto do seu pão de milho no fogo e afastou-se pisando arrogantemente.

Fiquei paralisada por um instante, até que o calor do pão fresco que eu estava segurando atravessou o pano que o embrulhava e queimou meus dedos. Coloquei-o no tronco com um "ai" abafado e Roger remexeu-se um pouco no tronco onde estava sentado.

– Tudo bem? – ele perguntou, embora não estivesse olhando para mim. Seus olhos estavam fixos na direção por onde Jamie desaparecera, em que estavam os cavalos.

– Tudo bem. – Acalmei as pontas chamuscadas dos meus dedos contra a casca úmida e fria do tronco. Com o silêncio embaraçador amenizado por essa curta troca de palavras, achei possível abordar a questão em pauta.

– Mesmo admitindo-se – eu disse – que Jamie tenha uma certa experiência da qual pode falar... eu ainda acho que o que ele disse foi uma reação exagerada.

– Acha? – Roger não parecia aborrecido ou desconcertado com as observações de Jamie.

– Claro que sim. O que quer que aconteça com os Reguladores, sabemos perfeitamente bem que não vai ser bem uma guerra. É provável que não venha a ser nada!

– Oh, sim. – Roger continuava olhando para dentro da escuridão, os lábios contraídos pensativamente. – Só que... acho que não era disso que ele estava falando.

Ergui uma das sobrancelhas para ele e ele mudou seu olhar para mim, com um sorriso irônico.

– Quando foi caçar comigo, ele me perguntou o que eu sabia sobre o que estava por vir. Eu lhe contei. Bri disse que ele havia perguntado a ela, e ela também lhe contou.

– O que estava por vir.... quer dizer, a Revolução da Independência?

Ele balançou a cabeça, confirmando, os olhos no pedaço de pão de milho que ele esfarelava entre os dedos longos e calejados.

– Contei a ele o que eu sabia. Sobre as batalhas, a política. Não todos os detalhes, é claro, mas as principais batalhas de que eu me lembrava; que guerra longa, arrastada e sangrenta vai ser. – Fez silêncio por um instante; em seguida, ergueu o rosto para mim, um leve brilho verde nos olhos. – Imagino que possa chamar isso de uma troca justa. Com ele, é difícil saber, mas eu *acho* que talvez eu o tenha assustado. Ele está apenas retribuindo o favor.

Dei uma ligeira arfada, achando graça, e me levantei, limpando os farelos e cinzas da minha saia.

– No dia em que você conseguir assustar Jamie Fraser com histórias de guerra, meu rapaz – eu disse –, será o dia em que o inferno congelará.

Ele riu, nem um pouco embaraçado.

– Então talvez eu não o tenha assustado, embora ele tenha ficado muito quieto. Mas vou lhe dizer uma coisa – ficou sério, embora o brilho continuasse nos olhos –, ele realmente me assustou, agora mesmo.

Olhei na direção dos cavalos. A luz ainda não tinha surgido e eu não podia ver nada além de uma vaga confusão de sombras grandes e inquietas, com um brilho ocasional da luz da fogueira refletindo de uma anca arredondada ou o lampejo do brilho de um olho. Jamie não estava visível, mas eu sabia que ele estava lá; havia um movimento sutil de um lado para o outro entre os cavalos, com débeis relinchos e roncos, que me dizia que alguém conhecido estava entre eles.

– Ele não foi apenas um soldado – eu disse finalmente, falando baixo, embora eu tivesse quase certeza de que Jamie estava distante demais para me ouvir. – Ele era um oficial.

Sentei-me no tronco outra vez e coloquei a mão no pão de milho. Mal estava morno agora. Peguei-o, mas não o mordi.

– Eu fui uma enfermeira de guerra, você sabe. Num hospital de campanha na França.

Ele balançou a cabeça escura, inclinando-a para mim com interesse. O fogo lançava sombras profundas em seu rosto, enfatizando o contraste da fronte larga e dos ossos pronunciados com a curva delicada da boca.

– Eu cuidei de soldados. *Todos* eles estavam apavorados. – Sorri um pouco, melancolicamente. – Os que haviam estado na frente de batalha se lembravam e os que não haviam imaginavam. Mas eram os oficiais que não conseguiam dormir à noite.

Corri o polegar distraidamente sobre a superfície irregular do pão de milho. A sensação era ligeiramente gordurosa, da banha de porco.

– Sentei-me ao lado de Jamie, certa vez, depois de Preston, enquanto ele segurava nos braços um de seus homens, agonizante. E chorei. Ele se lembra disso. Ele não se lembra de Culloden, porque não pode suportar a lembrança. – Abaixei os olhos para o pequeno torrão de massa frita em minha mão, tirando as pontinhas queimadas com a unha. – Sim, você o assustou. Ele não quer chorar por você. Nem eu – acrescentei suavemente. – Pode não ser agora, mas, quando chegar a hora... tome cuidado, sim?

Fez-se um longo silêncio.

– Tomarei – ele disse, em voz baixa, por fim. Ele levantou-se e se afastou, os passos desaparecendo rapidamente, silenciados pela terra úmida.

As outras fogueiras arderam brilhantemente noite adentro. Os homens ainda se mantinham na companhia de parentes e amigos, cada pequeno grupo ao redor de sua própria fogueira. Conforme continuássemos, eles começariam a se misturar, eu sabia. Dentro de poucos dias, haveria uma única e grande fogueira, todos reunidos num único círculo de luz.

Jamie não temia pelo que Roger lhe contara, eu pensei – mas pelo que ele próprio sabia. Havia duas escolhas para um bom oficial: deixar que a preocupação com suas responsabilidades o dilacerassem ou deixar a necessidade endurecê-lo como pedra. Ele sabia disso.

Quanto a mim... eu também sabia algumas coisas. Eu fora casada com dois soldados – oficiais, ambos; pois Frank também fora um oficial. Eu fora enfermeira e curandeira, nos campos de duas guerras.

Eu sabia os nomes e datas das batalhas; eu conhecia o cheiro de sangue, de vômito e de intestinos esvaziados. Um hospital de campanha vê membros destroçados, entranhas dilaceradas, fraturas expostas... mas também vê homens que nunca pegaram em armas, mas morreram lá de qualquer modo, de febre, sujeira, doença e desespero.

Eu sabia que milhares morreram de ferimentos e massacres nos campos de batalha de duas guerras mundiais; eu sabia que centenas e centenas de milhares morreram lá de infecção e doença. Não seria diferente agora – nem em quatro anos.

E isso me assustava realmente muito.

Na noite seguinte, acampamos na floresta de Balsam Mountain, a um quilômetro e meio acima do povoado de Lucklow. Vários dos homens queriam prosseguir viagem até alcançar o vilarejo de Brownsville. Brownsville era o ponto extremo de nossa jornada, de onde voltaríamos na direção de Salisbury, e reservava a possibilidade de uma taverna – ou ao menos de um albergue onde dormir –, mas Jamie achou melhor esperar.

– Não quero assustar o pessoal de lá – ele explicou a Roger –, chegando com uma tropa de homens armados à noite. Melhor anunciar nosso propósito durante o dia, depois dar um dia aos homens – e uma noite – para se aprontarem para partir. – Ele parou, então, com um forte acesso de tosse, os ombros sacudindo-se com o espasmo.

Eu não estava gostando nem da aparência, nem da respiração de Jamie. Tinha o ar emplastrado de uma colcha mofada e, quando se aproximou da fogueira para se servir do jantar, pude ouvir um débil chiado a cada respiração. A maioria dos homens estava em condições semelhantes; narizes vermelhos e tosse eram endêmicos, e o fogo estalava e sibilava de vez em quando, conforme alguém escarrava e cuspia na fogueira.

Eu gostaria de enfiar Jamie na cama com uma pedra quente nos pés, um emplastro de mostarda no peito e um chá quente e aromático de folhas de hortelã e de efedra para beber. Como teriam sido necessários uma braçadeira de canhão, grilhões de ferro e vários homens armados para levá-lo até lá, contentei-me em fisgar uma particularmente suculenta concha de ensopado e despejá-la em sua tigela.

– Ewald – com voz rouca, Jamie chamou um dos Mueller. Parou e limpou a garganta, com um som de flanela rasgada. – Ewald, leve Paul e traga mais lenha para a fogueira. Vai ser uma noite fria.

Já estava muito frio. Os homens estavam parados de pé tão junto à fogueira, que as franjas de seus xales e casacos estavam chamuscados e a ponta de suas botas – dos que tinham botas – fediam a couro quente. Meus próprios joelhos e coxas já estavam quase empolando, já que eu tinha que ficar perto das chamas a fim de servir o ensopado. Meu traseiro, porém, parecia de gelo, apesar do velho par de calças compridas que eu usava por baixo da minha combinação e anágua – tanto para me aquecer, quando para evitar fricção excessiva enquanto cavalgava. As florestas do interior da Carolina não eram um lugar para andar em silhão.

Uma vez servida a última tigela, virei-me para comer meu próprio ensopado, com o fogo às minhas costas, uma abençoada onda de calor envolvendo meu traseiro congelado.

– Está bom, então, senhora? – Jimmy Robertson, que fizera o ensopado, espreitou por cima de meu ombro, buscando um elogio.

– Ótimo – afirmei. – Delicioso! – Na verdade, estava quente e eu estava com fome. Isso, além do fato de que não tive que prepará-lo eu mesma, emprestou um tom de sinceridade tão convincente às minhas palavras, que ele se retirou, satisfeito.

Comi devagar, apreciando o calor da tigela de madeira em minhas mãos frias, bem como a reconfortante sensação de comida quente no estômago. A cacofonia de espirros e tosses atrás de mim em nada atrapalhou a sensação momentânea de bem-estar engendrada pela comida e pela perspectiva de descanso após um longo dia na sela. Nem mesmo a visão da floresta ao nosso redor, negra e glacial sob a crescente luz das estrelas, foi capaz de me perturbar.

Meu próprio nariz começara a escorrer, mas eu esperava que fosse meramente o resultado de comer comida quente. Engoli devagar, mas não havia sinal de garganta dolorida, nem estertores de congestão em meu peito. Jamie, sim, respirava ruidosamente; terminara de comer e viera ficar ao meu lado, aquecendo seu traseiro no calor da fogueira.

– Tudo bem, *Sassenach*? – ele perguntou com voz rouca.

– Apenas rinite vasomotora – respondi, enxugando o nariz com um lenço.

– Onde? – Ele lançou um olhar desconfiado para a floresta. – Aqui? Pensei que tivesse dito que vivem na África.

– O que... oh, rinocerontes. Sim, vivem. Só quis dizer que meu nariz está escorrendo, mas não peguei *la grippe*.

– Ah, sim? Isso é bom. Eu peguei – ele acrescentou desnecessariamente, espirrando três vezes em sequência. Entregou-me sua tigela vazia, a fim de usar as duas mãos para assoar o nariz, o que fez com uma série de abomináveis grasnidos. Pestanejei levemente, ao ver suas narinas vermelhas e esfoladas. Eu tinha um pouco de gordura de urso com cânfora no meu alforje, mas tinha certeza de que ele não iria deixar que eu o untasse em público.

– Tem certeza de que não deveríamos seguir em frente? – perguntei, observando-o. – Geordie diz que a vila não está muito longe e que há uma estrada... ou algo parecido.

Eu já sabia a resposta; ele não era de alterar estratégia em prol do conforto pessoal. Além do mais, o acampamento já fora levantado e havia uma boa fogueira queimando. Ainda assim, além do meu próprio desejo de uma cama limpa e quente – bem, qualquer cama, eu não seria exigente –, estava preocupada com Jamie. De perto, o ruído em sua respiração tinha um chiado profundo que me inquietava.

Ele sabia o que eu queria dizer. Sorriu, guardando o lenço sujo na manga.

– Vou ficar bem, *Sassenach* – ele disse. – É só um pequeno resfriado no nariz. Já estive bem pior do que isso, muitas vezes.

Paul Mueller ergueu uma outra tora para dentro da fogueira; uma enorme brasa quebrou-se e explodiu com um rugido, lançando para o alto uma labareda brilhante, que nos fez sair de perto, para evitar a chuva de fagulhas. A essa altura, com o traseiro já suficientemente cozido, virei-me de frente para o fogo. Jamie, no entanto, continuou de costas, o cenho ligeiramente franzido enquanto examinava as sombras da floresta que assomava à nossa volta.

Seu rosto relaxou e eu me virei, vendo dois homens emergindo do meio das árvores, sacudindo agulhas de pinheiro e pedaços de casca de árvore das roupas. Jack Parker e um novo homem – eu ainda não sabia seu nome, mas era óbvio que ele havia emigrado recentemente de algum lugar perto de Glasgow, a julgar pela sua maneira de falar.

– Tudo tranquilo, senhor – Parker disse, tocando o chapéu numa breve saudação. – Mas frio como gelo.

– Sim, não sinto minhas partes desde o jantar – o homem de Glasgow interpôs, rindo e se esfregando, enquanto se dirigia para a fogueira. – Já devem ter congelado completamente!

– Sei o que está dizendo, rapaz – Jamie disse, rindo. – Fui dar uma mijada ainda há pouco e não consegui encontrá-lo. – Virou-se no meio das gargalhadas e foi verificar os cavalos, uma segunda tigela de ensopado ainda não terminada na mão.

Os outros homens já estavam preparando suas cobertas para dormir, discutindo se era melhor dormir com os pés ou com a cabeça perto do fogo.

– Vai queimar as solas de suas botas se você chegar perto demais – argumentou Evan Lindsay. – Está vendo? Torrei as cavilhas e agora, veja só! – Ergueu um pé grande, exibindo uma bota surrada, amarrada com uma cordinha rústica. Os saltos e solas de couro às vezes eram costurados, porém com mais frequência eram presos com minúsculas cavilhas recortadas, de couro ou madeira. Coladas com resina de pinheiro ou algum outro tipo de substância adesiva. A resina de pinheiro, em particular, era inflamável; eu já vira faíscas ocasionais saltarem dos pés de homens que dormiam com os pés perto demais do fogo, quando uma cavilha dessas repentinamente se incendiava com o calor.

– Melhor do que ter os cabelos queimados – Ronnie Sinclair argumentou.

– Acho que os Lindsay não têm que se preocupar muito com isso. – Kenny riu para o irmão mais velho e puxou o gorro de lã que ele usava – como seus dois irmãos – sobre a cabeça calva.

– Sim, sempre com a cabeça para o fogo – Murdo concordou. – Não vai querer resfriar seu couro cabeludo; isso vai direto para o seu fígado e você será um homem morto. – Murdo era muito sensível quanto à sua calvície, sendo raramente visto sem seu gorro de dormir de lã tricotada ou um estranho chapéu feito de pele de gambá, forrado e decorado anarquicamente com pele de outro tipo de gambá. Ele olhou com inveja para Roger, que amarrava para trás sua própria cabeleira espessa e negra com um pedaço de tira de couro.

– MacKenzie não precisa se preocupar. Ele é peludo como um urso!

Roger abriu um largo sorriso em resposta. Como os outros, ele parara de se barbear quando deixamos a Ridge; agora, oito dias depois, uma camada espessa de barba espetada e escura realmente lhe dava uma feroz aparência de urso. Ocorreu-me que, fora a inconveniência, uma barba cerrada indubitavelmente mantinha o rosto aquecido em noites como aquela; enfiei meu próprio queixo, liso e vulnerável, para baixo, nas dobras acolhedoras do meu xale.

Retornando dos cavalos a tempo de ouvir isso, Jamie riu também, mas terminou num acesso de tosse. Evan esperou até terminar.

– O que diz, *Mac Dubh*? Cara ou coroa?

Jamie limpou a boca na manga e sorriu. Cabeludo como o resto, ele parecia um *viking* apropriado, com o fogo refletindo em vermelho, ouro e prata da barba espetada e dos cabelos soltos.

– Não se preocupem, rapazes – ele disse. – Eu vou dormir bem quente, não importa *como* eu me deite. – Inclinou a cabeça em minha direção e ouviu-se um onda geral de risos, com uns salpicos de comentários ligeiramente grosseiros em escocês e gaélico dos homens de Ridge.

Um ou dois dos novos recrutas examinaram-me com uma breve e instintiva especulação, rapidamente abandonada após uma olhada para a altura, a largura e o ar de afável ferocidade de Jamie.

Meus olhos encontraram-se com os de um dos homens e sorri; ele pareceu surpreso, depois devolveu o sorriso, abaixando a cabeça timidamente.

Como é que Jamie fazia isso? Uma piada curta e grosseira e ele havia me reivindicado publicamente, livrando-me de qualquer ameaça de avanços indesejáveis e reafirmando sua posição de líder.

– Exatamente como um bando de malditos babuínos – murmurei baixinho. – E eu estou dormindo com o líder dos babuínos!

– Babuínos são os macacos sem rabo? – Jamie perguntou, voltando-se novamente para mim depois de uma troca de palavras com Ewald a respeito dos cavalos.

– Sabe muito bem que sim. – Nossos olhos se encontraram e sua boca curvou-se ligeiramente no canto. Eu sabia o que ele estava pensando, e ele sabia que eu sabia; o sorriso se ampliou.

Luís de França mantinha um zoológico particular em Versalhes, entre cujos habitantes havia um pequeno bando de mandris, parentes próximos dos babuínos. Uma das mais populares atividades da Corte nas tardes de primavera era visitar o local dos mandris, para admirar não só a intrepidez sexual do macho, como seu traseiro esplendidamente multicolorido.

Um tal de M. de Ruvel havia se oferecido – ao alcance dos meus ouvidos – a ter o seu traseiro tatuado da mesma forma, se isso resultasse numa receptividade tão favorável por parte das senhoras da Corte. Ele fora, entretanto, firmemente informado por Madame de la Tourelle de que seu físico era, sob todos os aspectos, inferior ao do mandril e era improvável que deixá-lo colorido fosse melhorar a questão.

Era difícil saber à luz do fogo, mas eu tinha quase certeza de que as próprias cores exuberantes de Jamie deviam-se tanto ao riso contido quanto à excitação sexual.

– Por falar em rabos – ele murmurou no meu ouvido. – Você está usando aquelas calças infernais?

– Sim.

– Tire-as.

– O quê? Aqui? – Lancei-lhe um olhar arregalado de fingida inocência. – Quer que meu traseiro fique congelado?

Seus olhos estreitaram-se ligeiramente, com um brilho azul de gato nas profundezas.

– Ah, ele não vai congelar – ele disse baixinho. – Eu garanto.

Ele moveu-se para trás de mim e a ardente tremulação das chamas em minha carne foi substituída pela solidez fresca de seu corpo. Mas não menos ardente, como descobri quando ele passou os braços ao redor da minha cintura e me puxou para ele.

– Ah, você as encontrou – exclamei. – Que bom.

– Encontrou o quê? Você tinha perdido alguma coisa? – Roger parou, vindo de onde estavam os cavalos com um rolo de cobertores embaixo do braço, o *bodhran* embaixo do outro.

– Oh, apenas um par de calças velhas – Jamie disse impassivelmente. Por baixo do meu xale, uma de suas mãos deslizou por dentro do cós da minha saia. – Vai nos brindar com uma canção?

– Se todos quiserem, sem dúvida. – Roger sorriu, a luz da fogueira vermelha em suas feições. – Na verdade, pretendo aprender uma. Evan prometeu cantar uma canção das *silkies* que sua avó sabia.

Jamie riu.

– Oh, acho que essa eu conheço.

Uma das sobrancelhas de Roger ergueu-se repentinamente e eu vireime ligeiramente para olhar para Jamie com surpresa.

– Bem, eu não poderia *cantá-la* – ele disse timidamente, vendo nosso espanto. – Mas eu sei a letra. Evan sempre a cantava, na prisão de Ardsmuir. É um pouco obscena – ele acrescentou, com aquela entoação ligeiramente hipócrita que os escoceses das Highlands frequentemente adotam antes de dizer alguma coisa realmente chocante.

Roger reconheceu o tom e riu.

– Então acho melhor eu escrever a letra – ele disse. – Em prol das gerações futuras.

Os dedos de Jamie haviam continuado a trabalhar agilmente e, neste ponto, as calças – que eram dele e, assim, cerca de seis tamanhos maiores do que o meu – soltaram-se e caíram silenciosamente no chão. Uma corrente de ar frio subiu por baixo da minha saia e atingiu minhas partes inferiores desnudadas. Inspirei de repente, com uma leve arfada.

– Frio, hein? – Roger encolheu os ombros, sorrindo enquanto tremia exageradamente em solidariedade.

– É verdade – eu disse. – Capaz de congelar as bolas de um macaco assanhado, não é?

Jamie e Roger desataram em simultâneos acessos de tosse.

Sentinelas a postos e cavalos prontos para a noite, nos retiramos para nosso próprio local de dormir, a uma discreta distância do círculo junto ao fogo. Eu já havia retirado os galhos e pedras maiores da camada de folhas mortas, cortado ramos de abetos e estendido nossos cobertores sobre eles quando Jamie terminou a última ronda do acampamento. O calor da comida e da fogueira havia diminuído, mas não comecei a tremer a sério até ele me tocar.

Eu teria ido diretamente para baixo das cobertas, mas Jamie ainda me segurava. Sua intenção original parecia intacta – para dizer o mínimo –, mas alguma coisa distraiu momentaneamente sua atenção. Seus braços ainda me enlaçavam, mas ele permaneceu parado, absolutamente imóvel, a cabeça levantada como se ouvisse com atenção, olhando para dentro das trevas da floresta. Estava escuro como breu; nada se via das árvores além do clarão da fogueira refletido dos poucos troncos que estavam mais perto do acampamento – os últimos vestígios do crepúsculo já haviam desaparecido e tudo além deles estava absolutamente negro.

– O que foi? – Recuei um pouco, pressionando-me instintivamente contra ele, e seus braços apertaram-se ao meu redor.

– Não sei. Mas realmente senti alguma coisa, *Sassenach*. – Ele moveu-se um pouco, levantando a cabeça para sondar melhor a escuridão, como um lobo farejando o vento, mas nenhuma informação chegou até nós, salvo um chocalhar distante de galhos desfolhados.

– Se não forem rinocerontes, é alguma outra coisa – ele disse baixinho e um leve tremor de inquietação arrepiou os cabelos de minha nuca. – Um momento, *Sassenach*.

Ele me deixou, o vento soprando repentinamente frio ao meu redor com a perda de sua presença, e foi falar com dois dos homens que estavam ali perto, sem fazer nenhum alarde.

E o que ele teria pressentido, lá fora, na escuridão? Eu tinha o maior respeito pelo senso de perigo de Jamie. Ele vivera tempo demais como caçador e como caça, para não sentir a tensa prontidão que havia entre os dois – invisível ou não.

Ele retornou instantes depois e agachou-se ao meu lado enquanto eu me enfiava, tremendo, embaixo dos cobertores.

– Está tudo bem – ele disse. – Eu disse para deixarmos dois homens de guarda esta noite e para cada um manter a arma carregada e à mão. Mas creio que está tudo bem. – Ele olhou para além de mim, para dentro da floresta, mas seu rosto agora estava apenas pensativo.

– Está tudo bem – ele repetiu, com mais convicção.

– Foi embora?

Ele virou a cabeça, os lábios esboçando um sorriso. Sua boca parecia macia, tenra e vulnerável em meio aos pelos duros, vermelhos e espetados da barba.

– Nem sei se havia alguma coisa lá, *Sassenach* – ele disse. – Senti olhos sobre mim, mas pode ter sido um lobo de passagem, uma coruja ou nada mais do que um espírito inquieto, vagando pela floresta. Mas, sim, agora já se foi.

Sorriu para mim; vi a tremulação da luz que orlava sua cabeça e ombros quando ele se virou, recortado em silhueta contra a fogueira. Mais além, a voz de Roger flutuava até mim, acima dos estalidos da fogueira, conforme ele aprendia a melodia da canção das *silkies,* seguindo a voz de Evan, grave, mas confiante. Jamie deslizou para baixo das cobertas ao meu lado e virou-se para mim, as mãos frias tateando para que eu devolvesse o favor que ele me fizera antes.

Tremíamos convulsivamente, ansiosos pelo calor um do outro. Eu o encontrei e ele me virou, puxando para cima as camadas de tecido entre nós, de modo que ele ficasse atrás de mim, o braço ao meu redor, as pequenas áreas secretas de nossa nudez unidas no calor embaixo das cobertas. Permaneci de frente para a escuridão da floresta, observando a luz da fogueira dançar entre as árvores, enquanto Jamie movia-se atrás de mim – atrás, entre, dentro – quente e volumoso e tão vagaroso a ponto de mal farfalhar os ramos que forravam o solo sob nós. A voz de Roger ergueu-se forte e melodiosa, acima do murmúrio dos homens, e os tremores lentamente cessaram.

Acordei muito mais tarde sob um céu azul-preto, a boca seca, o som áspero da respiração de Jamie em meu ouvido. Eu estivera sonhando; um desses sonhos repetitivos, inquietantes e sem sentido, que desaparece imediatamente assim que acordamos, mas deixa um gosto desagradável na boca e na mente. Precisando tanto de água quanto de aliviar minha bexiga, contorci-me cuidadosamente para sair de baixo do braço de Jamie e deslizei para fora das cobertas. Ele se mexeu e gemeu levemente, fungando em seu sono, mas não acordou.

Parei para colocar a mão de leve em sua testa. Fresca, nenhuma febre. Talvez ele estivesse certo, então – apenas um forte resfriado. Levantei-me, relutante em deixar o quente santuário de nosso ninho, mas sabendo que não conseguiria esperar até de manhã.

As canções haviam silenciado, a fogueira estava menor, mas ainda queimando, mantida pela sentinela a serviço. Era Murdo Lindsay; eu podia ver o pelo branco de seu chapéu de pele de gambá, empoleirado em cima do que parecia uma pilha amontoada de roupas e cobertores. O anônimo de Glasgow agachava-se do outro lado da clareira, o mosquete sobre os joelhos; balançou a cabeça para mim, o rosto sombreado pela aba do chapéu desengonçado. O chapéu branco também se virou em minha direção, com o ruído dos meus passos. Delineei uma onda e Murdo balançou a cabeça para mim e virou-se novamente para a floresta.

Os homens dormiam num círculo encoberto como por uma mortalha, enfiados em seus cobertores. Senti uma súbita inquietação ao caminhar pelo meio deles. Ainda sob o efeito da noite e dos sonhos, estremeci à vista das formas silenciosas, jazendo tão imóveis no chão, lado a lado. Exatamente assim, haviam sido dispostos os corpos em Amiens. Em Preston. Imóveis e cobertos, lado a lado, os rostos cobertos e anônimos. A guerra raramente olha no rosto de seus mortos.

E por que eu deveria acordar dos braços do meu amado pensando em guerra e nas fileiras adormecidas de homens mortos?, eu me perguntei, pisando de leve pela fila de corpos cobertos. Bem, isso era bastante simples, considerando-se nossa missão. Estávamos a caminho da guerra – se não agora, ainda assim muito em breve.

Uma forma enrolada num cobertor resmungou, tossiu e virou-se, o rosto invisível, indiscernível dos demais. O movimento assustou-me, mas um enorme pé projetou-se de baixo do cobertor, revelando a bota amarrada com corda de Evan Lindsay. Senti o fardo da imaginação ansiosa relaxar, com aquela prova de vida, de individualidade.

É o anonimato da guerra que torna a matança possível. Quando os mortos sem nome são identificados outra vez no túmulo e no monumento aos mortos de guerra, é que eles recuperam a identidade que perderam como soldados e assumem seu lugar no luto e na lembrança, os fantasmas de filhos e amantes. Talvez esta jornada terminasse em paz. Mas o conflito que estava por vir, entretanto... o mundo iria ouvir falar dele, e eu passei pelo último dos homens adormecidos, como se caminhasse por um pesadelo do qual ainda não acordara.

Peguei um cantil do chão perto dos alforjes e tomei um grande gole. A água estava gelada e meus pensamentos sombrios começaram a se dissipar, levados por sua sensação límpida e agradável. Parei, arquejante por causa do frio, e limpei a boca.

Era melhor levar um pouco para Jamie; se ele não acordara com a minha ausência, acordaria com a minha volta, e eu sabia que sua boca também estaria seca, já que ele estava completamente impossibilitado de respirar pelo nariz no momento. Passei a tira de couro do cantil pelo meu ombro e entrei no abrigo da floresta.

Estava ainda mais frio sob as árvores, mas o ar estava parado e absolutamente límpido. As sombras que pareciam sinistras vistas da fogueira eram estranhamente reconfortantes, vistas de dentro da floresta. Longe do clarão e dos estalidos do fogo, meus olhos e ouvidos começaram a se adaptar à escuridão. Ouvi o farfalhar de algo pequeno no capim seco ali perto e o inesperado e distante pio de uma coruja.

Depois de terminar, permaneci imóvel por alguns minutos, desfrutando da momentânea solidão. Estava terrivelmente frio, mas cheio de paz. Jamie tinha razão, pensei; o que quer que tenha ou não estado ali antes, o bosque não tinha nada de hostil agora.

Como se meu pensamento o tivesse invocado, ouvi uma passada cautelosa e sua respiração lenta e arranhada. Ele tossiu, um barulho abafado, sufocado, que não me tranquilizou nem um pouco.

– Estou aqui – eu disse baixinho. – Como está o peito?

A tosse foi substituída por um repentino chiado de pânico, e ouviu-se uma agitação e um ruído de folhas e galhinhos triturados entre as árvores. Vi Murdo sobressaltar-se junto ao fogo, o mosquete na mão, e, em seguida, uma figura escura passou por mim como uma flecha.

– Oi! – exclamei, mais espantada do que assustada. A figura tropeçou e, por reflexo, tirei o cantil do ombro e girei-o no ar pela tira. A figura foi atingida nas costas com uma pancada oca e, quem quer que fosse – certamente não era Jamie –, caiu de joelhos, tossindo.

Seguiu-se um curto período de caos, de gritaria incoerente e confusão generalizada, com os homens explodindo de seus cobertores como bonecos de mola saltando da caixa de brinquedo. O sujeito de Glasgow pulou por cima de vários corpos atrapalhados para se levantar e arremessou-se para dentro da floresta, o mosquete acima da cabeça, berrando. Correndo para dentro da escuridão, ele se lançou sobre a primeira figura que vislumbrou, que por acaso era eu. Voei de cabeça no meio das folhas, onde aterrissei de forma pouco elegante, esparramada e sem ar, o sujeito de Glasgow ajoelhado na minha barriga.

Devo ter soltado um grunhido suficientemente feminino quando caí, porque ele parou, por pouco não desfechando uma coronhada na minha cabeça.

– Hein? – Abaixou a mão livre e apalpou cautelosamente. Sentindo o que inequivocamente era um seio, deu um salto para trás como se tivesse se queimado e lentamente afastou-se de mim.

– Hãã... humm! – resmungou.

– Ufa! – respondi, o mais cordialmente possível. As estrelas giravam acima da minha cabeça, brilhando através dos galhos desfolhados. O homem de Glasgow desapareceu, com um pequeno ruído escocês de constrangimento. Havia tumulto e gritaria mais adiante, à minha esquerda, mas eu não tinha atenção para mais nada além de tentar recuperar o fôlego.

Quando finalmente consegui ficar de pé novamente, o intruso havia sido capturado e arrastado para a luz da fogueira.

Se ele não estivesse tossindo quando eu o atingi, provavelmente teria conseguido escapar. No entanto, ele arquejava tão ruidosamente, tossindo e chiando, que mal conseguia permanecer em pé, e seu rosto estava escuro do esforço para conseguir respirar. As veias de sua testa sobressaíam-se como vermes e ele emitia um estranho ruído sibilante quando respirava – ou tentava respirar.

– O que *você* está fazendo aqui? – Jamie perguntou com a voz rouca, depois parou para tossir, em solidariedade.

Essa era uma pergunta puramente retórica, já que o rapaz obviamente não conseguia falar. Era Josiah Beardsley, meu paciente em potencial para extração das amígdalas, e o que quer que ele tenha andado fazendo desde a Assembleia não havia contribuído em nada para melhorar sua saúde.

Corri para o fogo, onde o bule de café estava sobre o carvão. Peguei-o com uma dobra do meu xale e o sacudi. Ótimo, ainda restava um pouco e, como estava ali desde o jantar, devia estar forte como Hades.

– Sente-o, afrouxe suas roupas, traga-me água fria! – Abri caminho pelo círculo de homens em torno do prisioneiro, forçando-os a se afastarem com o bule de café quente.

Em um ou dois instantes, eu já tinha uma caneca de café forte em seus lábios, escuro como piche, diluído com não mais do que uns salpicos de água fria, para que não queimasse sua boca.

– Expire devagar contando até quatro, inspire contando até dois, expire outra vez e tome um gole – eu disse. Os brancos de seus olhos apareciam a toda volta da íris e a saliva havia se acumulado nos cantos de sua boca. Mas coloquei a mão em seu ombro com firmeza, obrigando-o a respirar, contar, respirar – e o esforço desesperado abrandou um pouco.

Um gole, uma respiração, um gole, uma respiração, e, quando finalmente todo o café já tinha sido ingerido, seu rosto já havia desbotado de um alarmante tom roxo-azulado para algo mais parecido com barriga de peixe, com duas marcas avermelhadas onde os homens o haviam golpeado. O ar ainda assobiava em seus pulmões, mas ele estava conseguindo respirar, o que era uma melhora significativa.

Os homens espalharam-se ao redor, murmurando e observando com interesse, mas fazia frio e era tarde e, conforme o frenesi da captura esvaeceu, começaram a desanimar e bocejar. Tratava-se, afinal, apenas de um garoto, e um bem mirrado e feio, por sinal. Voltaram com bastante satisfação para seus cobertores quando Jamie os despachou, ficando apenas Jamie, Roger e eu para cuidar do hóspede inesperado.

Eu fiz com que o embrulhassem em cobertores extras, untei-o com gordura de urso canforada e coloquei outra xícara de café em suas mãos, antes de permitir que Jamie o interrogasse. O rapaz parecia extremamente envergonhado dos meus cuidados, os ombros encolhidos e os olhos fixos no chão, mas não sei se era apenas o fato de não estar acostumado a que cuidassem dele ou se era a presença intimidante de Jamie, os braços cruzados, que o embaraçava.

Ele era pequeno para catorze anos e magro a ponto de ser emaciado; eu poderia contar suas costelas quando abri sua camisa para ouvir o coração. Não tinha nenhum traço bonito; os cabelos negros haviam sido picados bem curtos e projetavam-se de sua cabeça como um tapete de espigões, emplastrados de poeira, gordura e suor, e seu aspecto geral era o de um macaco assolado de pulgas, os olhos grandes e arregalados num rosto macilento, contraído de preocupação e desconfiança.

Tendo finalmente feito tudo que me era possível, fiquei satisfeita com seu aspecto. A um sinal meu com a cabeça, Jamie agachou-se ao lado do garoto.

– Então, sr. Beardsley – ele disse amavelmente. – Veio se unir ao nosso grupo de milícia?

– Ah... não. – Josiah rolava a caneca de madeira entre as mãos, sem erguer os olhos. – Eu... hã... o que eu fazia me trouxe para este lado, só isso. – Falou com voz tão rouca, que eu me contraí em solidariedade, imaginando a dor que sua garganta inflamada estaria provocando.

– Sei. – A de Jamie era baixa e amistosa. – Então você viu nossa fogueira por acaso e pensou em vir, em busca de um abrigo e uma refeição?

– Sim, foi isso. – Ele engoliu, com evidente dificuldade.

– Mmmmhum. Mas você veio antes, não foi? Você estava na floresta pouco antes do pôr do sol. Por que esperar até a luz subir no céu para se apresentar?

– Não... eu não estava...

– Ah, estava sim. – A voz de Jamie ainda era amistosa, mas firme. Estendeu a mão e agarrou a frente da camisa de Josiah, forçando o garoto a olhar para ele.

– Olhe aqui, rapaz. Nós temos um acordo. Você é meu colono; foi o que combinamos. Isso significa que tem direito à minha proteção. Também significa que tenho o direito de ouvir a verdade.

Josiah devolveu o olhar e, apesar de haver medo e cautela em seus olhos, havia também uma noção de autoconfiança que parecia de alguém com bem mais de catorze anos. Ele não fez nenhum esforço para desviar os olhos e havia uma expressão de profunda avaliação nos astutos olhos negros.

Esta criança – se é que se podia considerá-lo uma criança; obviamente, Jamie não o fazia – estava acostumada a contar apenas consigo mesma.

– Eu lhe disse, senhor, que eu estaria em sua casa até o Ano-Novo, e é o que pretendo fazer. O que eu fizer neste meio-tempo é problema meu.

As sobrancelhas de Jamie ergueram-se repentinamente, mas ele balançou a cabeça devagar e soltou a camisa do rapaz.

Josiah abriu a boca como se fosse falar, mas mudou de ideia e, em vez disso, enterrou o nariz na xícara de café.

Jamie tentou outra vez.

– E podemos ajudá-lo no que você estava fazendo? Quer viajar um pouco conosco, ao menos?

Josiah sacudiu a cabeça.

– Não. Agradeço-lhe muito, senhor, mas eu tenho que resolver isso sozinho.

Roger estava sentado um pouco atrás de Jamie, observando em silêncio. Inclinou-se para frente agora, os olhos verdes fixos no garoto.

– Isso que você está fazendo – ele disse. – Não está por acaso ligado a essa marca no seu polegar?

A xícara caiu no chão e o café espalhou-se, respingando no meu rosto e corpete. O rapaz já estava fora dos cobertores e no meio da clareira antes que eu pudesse piscar os olhos para ver o que estava acontecendo – e a essa altura, Jamie já se levantara e o perseguia. O garoto deu a volta na fogueira; Jamie saltou por cima dela. Eles desapareceram na floresta como raposa e cão de caça, deixando Roger e eu paralisados e boquiabertos.

Pela segunda vez naquela noite, os homens saltaram de suas cobertas, agarrando as armas. Eu estava começando a achar que o governador ficaria satisfeito com esta milícia; eles certamente estavam prontos para entrar em ação num piscar de olhos.

– O que diabos...? – eu disse a Roger, limpando café das minhas sobrancelhas.

– Talvez eu não devesse ter mencionado aquilo tão repentinamente – ele disse.

– O quê? O que foi? O que está acontecendo? – berrou Murdo Lindsay, olhando com os olhos arregalados ao redor enquanto girava o cano do seu mosquete pelas árvores nas sombras.

– Estamos sendo atacados? Onde estão os filhos da mãe? – Kenny surgiu de quatro ao meu lado, espreitando por baixo da aba de seu gorro de tricô como um sapo debaixo de um daqueles regadores redondos, comuns na época.

– Ninguém. Não aconteceu nada. Quero dizer... realmente, está tudo bem!

Meus esforços para acalmar e explicar passaram praticamente despercebidos na confusão. Roger, no entanto, sendo muito maior e com voz muito mais forte, conseguiu finalmente acalmar o distúrbio e explicar o que havia acontecido – até onde podia ser explicado. Que diferença faria um garoto a mais ou a menos? Com sonoros resmungos, os homens acalmaram-se mais uma vez, deixando Roger e eu entreolhando-nos por cima do bule de café.

– O que era aquilo, então? – perguntei, um pouco irritada.

– A marca? Tenho certeza de que era a letra "L". Eu a vi quando você o fez pegar o café e ele envolveu a caneca com a mão.

Senti um nó no estômago. Eu sabia o que isso significava; eu já vira essa marca antes.

– Ladrão – Roger disse, os olhos no meu rosto. – Ele foi marcado.

– Sim – eu disse pesarosamente. – Ah, meu Deus.

– As pessoas em Ridge não o aceitariam, se soubessem? – Roger perguntou.

– Duvido de que a maioria se importasse muito – eu disse. – Não é isso; é que ele fugiu quando você mencionou isso. Ele não é apenas um ladrão condenado; receio que possa ser um fugitivo. E Jamie chamou-o, na Assembleia.

– Ah. – Roger coçou a barba distraidamente. – *Earbsachd.* Jamie vai se sentir de certa forma responsável por ele?

– Algo assim.

Roger era escocês e – ao menos, tecnicamente – um escocês das Highlands. Mas ele nascera muito tempo depois do fim dos clãs, e nem a história nem a herança cultural poderiam ter lhe ensinado a força dos laços antigos entre o senhor das terras e seu arrendatário, entre o chefe e os membros do clã. Muito provavelmente, o próprio Josiah não tinha a menor ideia da importância do *earbsachd* – do que fora prometido e aceito de ambos os lados. Jamie tinha.

– Acha que Jamie vai conseguir pegá-lo? – Roger perguntou.

– Espero que já o tenha feito. Não pode rastrear o garoto no escuro e, se o tivesse perdido, já estaria de volta.

Havia outras possibilidades – que Jamie houvesse caído de um precipício na escuridão, tropeçado numa pedra e quebrado a perna ou se deparado com um lince ou um urso, por exemplo, mas preferi não ficar remoendo as possibilidades.

Levantei-me, esticando meus membros contraídos, e olhei para dentro da floresta, onde Jamie e sua caça haviam desaparecido. Josiah devia ser um ótimo mateiro e caçador; Jamie o era havia muito mais tempo. Josiah era pequeno, rápido e estava impelido pelo medo; Jamie possuía uma grande vantagem em tamanho, força e absoluta ferocidade.

Roger ficou de pé ao meu lado. O rosto magro estava ligeiramente perturbado, enquanto perscrutava as árvores ao redor.

– Está levando muito tempo. Se ele pegou o garoto, o que estará fazendo com ele?

– Extraindo a verdade, imagino – eu disse. Mordi o lábio diante deste pensamento. – Jamie não gosta que mintam para ele.

Roger olhou para mim, ligeiramente espantado.

– Como?

Dei de ombros.

– Do modo que puder. – Eu já o vira fazer isso por racionalização, trapaça, sedução, ameaças – e, de vez em quando, pela força bruta. Eu esperava que ele não tivesse que recorrer à força – mais pelo seu próprio bem do que pelo de Josiah.

– Sei – Roger disse à meia-voz. – Muito bem, então.

O bule de café estava vazio; enrolei minha capa ao meu redor e me dirigi ao córrego para lavá-lo e enchê-lo, pendurei-o acima do fogo para ferver e sentei-me para esperar.

– Você devia ir dormir – eu disse a Roger, após alguns minutos. Ele apenas sorriu para mim, limpou o nariz e encolheu-se mais em sua capa.

– Você também – ele disse.

Não havia nenhum vento, mas era muito tarde e o frio se apossara do vale, descendo úmido e pesado sobre o solo. Os cobertores dos homens haviam ficado impregnados da condensação e eu podia sentir o frio denso do solo infiltrando-se pelas dobras da minha saia. Pensei em recolocar minhas calças, mas não conseguia reunir forças para procurá-las. A agitação do aparecimento e fuga de Josiah havia desaparecido e a letargia do frio e do cansaço começava a predominar.

Roger atiçou um pouco a fogueira e acrescentou lenha ao fogo. Enfiei outra dobra da saia sob minhas coxas e me enrolei mais na capa e no xale, enterrando as mãos nas dobras do tecido. O bule fervia, dependurado, o silvo de uma ou outra gota caindo no fogo, pontuando os roncos encatarrados dos homens adormecidos.

Mas eu não via as formas enroladas em cobertores, nem ouvia o murmúrio dos pinheiros escuros. Eu ouvia o estalido de folhas secas num bosque de carvalho na Escócia, nas colinas acima de Carryarrick. Nós havíamos acampado lá, dois dias antes de Prestonpans, com trinta homens de Lallybroch – a caminho de nos juntar às tropas de Carlos Stuart. E um jovem surgira de repente do meio da escuridão; uma faca brilhara na luz do fogo.

Outro lugar, outra época. Sacudi-me, tentando dissipar as repentinas lembranças: um rosto branco e magro e os olhos de um garoto esbugalhados de choque e dor. A lâmina de uma adaga, escurecendo e brilhando nas brasas da fogueira. O cheiro de pólvora, suor e carne queimada.

"*Eu pretendo matá-lo com um tiro*", ele dissera a John Grey. "*Cabeça ou coração?*" Por ameaça, trapaça – pela força bruta.

Isso foi naquela ocasião; agora era outra, eu disse a mim mesma. Mas Jamie faria o que achasse que tinha que fazer.

Roger permanecia sentado em silêncio, observando as chamas bruxuleantes e a floresta do outro lado da fogueira. Seus olhos estavam velados e eu me perguntei o que ele estaria pensando.

– Você se preocupa com ele? – ele perguntou brandamente, sem olhar para mim.

– Quando? Agora ou sempre? – Sorri, embora sem muito humor. – Se o fizesse, nunca teria descanso.

Ele virou a cabeça para mim e seus lábios esboçaram um leve sorriso.

– Está descansando agora, hein?

Eu sorri novamente, agora de verdade, a despeito de mim mesma.

– Não estou andando de um lado para o outro – respondi. – Nem estou ainda torcendo as mãos.

Uma sobrancelha escura se levantou.

– Ajudaria a mantê-las aquecidas.

Um dos homens se mexeu, murmurando em suas cobertas, e paramos de falar por um instante. O bule de café estava fervendo; eu podia ouvir o ronco suave do líquido lá dentro.

O que podia estar retendo-o? Ele não podia estar levando todo este tempo para interrogar Josiah Beardsley – ou ele já teria obtido as respostas desejadas sem demora ou teria deixado o garoto ir embora. Não interessava o que o garoto havia roubado, não era problema de Jamie – a não ser pela promessa de *earbsachd.*

As chamas eram ligeiramente hipnóticas; eu podia olhar para o clarão bruxuleante e ver na lembrança a grande fogueira da Assembleia, as figuras escuras ao seu redor e o som de violinos distantes...

– Quer que eu vá procurar por ele? – Roger perguntou repentinamente, em voz baixa.

Sobressaltei-me, arrancada bruscamente da minha sonolenta hipnose. Esfreguei a mão no rosto e sacudi a cabeça para clareá-la.

– Não. É perigoso entrar em florestas estranhas no escuro e você não conseguiria encontrá-lo de qualquer modo. Se ele não tiver voltado até de manhã, então estará na hora de procurarmos por ele.

Conforme o tempo continuava transcorrendo lentamente, comecei a pensar que era possível que amanhecesse antes de Jamie chegar. Eu estava preocupada com Jamie – mas, na verdade, não havia nada que se pudesse fazer antes do amanhecer. Pensamentos inquietantes forçavam-se a se instalar em minha mente. Josiah teria uma faca? Certamente, sim. Mas ainda que o garoto estivesse suficientemente desesperado para usá-la, seria possível para ele pegar Jamie de surpresa? Afastei essas ansiosas especulações, tentando ocupar a mente em contar o número de tosses dos homens ao redor do fogo. A número oito foi de Roger; uma tosse profunda, solta, que sacudiu seus ombros. Ele estaria preocupado com Bri e Jemmy?, eu me perguntei. Ou ele se perguntava se Bri estaria preocupada com *ele*? Eu poderia ter lhe dito isso, mas de nada adiantaria ele saber. Os homens na guerra – ou se preparando para ela – precisavam da ideia de lar como um lugar de absoluta segurança; a convicção de que tudo estava bem lá mantinha-os animados e de pé, marchando, suportando todas as vicissitudes. Outras coisas o fariam lutar, mas lutar é uma parte muito pequena da guerra...

Uma parte desgraçadamente importante, Sassenach, disse a voz de Jamie no fundo da minha cabeça.

Comecei finalmente a cochilar, acordando repetidamente, conforme minha cabeça tombava bruscamente no meu pescoço. Da última vez, foi a sensação de mãos nos meus ombros que me acordou, mas apenas por um breve instante. Roger me ajudou a me deitar, ajeitando metade do meu xale como um travesseiro sob a minha cabeça e cobrindo bem meus ombros com o restante. Vislumbrei a sua figura em silhueta contra o fogo, negra e parecendo um urso em sua capa, e, em seguida, não vi mais nada.

Não sei quanto tempo dormi; acordei repentinamente, com o barulho de um espirro explosivo nas proximidades. Jamie estava sentado a alguns passos de distância, segurando o pulso de Josiah Beardsley com uma das mãos, a adaga na outra. Parou apenas o suficiente para dar mais dois espirros, limpou o nariz com impaciência na manga, depois enfiou a adaga nas brasas da fogueira.

Senti o cheiro de metal incandescente e levantei-me bruscamente sobre um dos cotovelos. Antes que eu pudesse dizer ou fazer alguma coisa, algo se remexeu contra mim. Olhei para baixo, atônita, depois para cima, novamente para baixo, convencida em meu atordoamento de que ainda estava sonhando.

Havia um menino debaixo da minha capa, curvado contra meu corpo, dormindo profundamente. Vi cabelos pretos e uma forma raquítica, uma pele macerada, suja e arranhada. Então ouviu-se um assobio repentino e alto do fogo e meus olhos saltaram de volta para Jamie, a tempo de ver Jamie pressionar o polegar de Josiah contra o metal abrasador de sua adaga enegrecida.

Jamie percebeu meu movimento convulsivo pelo canto do olho e olhou de cara feia em minha direção, os lábios contraídos numa silenciosa súplica para que eu ficasse quieta. O rosto de Josiah estava contorcido, os lábios cerrados sobre os dentes em agonia – mas ele não fez nenhum ruído. Do outro lado do fogo, Kenny Lindsay observava, sentado, silencioso como uma rocha.

Ainda convencida de que eu estava sonhando – ou esperando estar –, coloquei a mão sobre o garoto enroscado ao meu lado. Ele moveu-se outra vez e a sensação de um corpo sólido sob meus dedos me acordou completamente. Minha mão fechou-se em seu ombro e seus olhos abriram-se repentinamente, arregalados de susto.

Ele afastou-se bruscamente, arrastando-se para se pôr de pé. Então viu seu irmão – pois obviamente Josiah *era* seu irmão – e parou abruptamente, olhando com pavor ao redor da clareira, para os homens espalhados, para Jamie, Roger e para mim.

Ignorando o que devia ser uma dor terrível de um dedo queimado, Josiah levantou-se e aproximou-se rápida e silenciosamente de seu irmão, segurando-o pelo braço.

Levantei-me, movendo-me devagar para não os assustar. Eles me observaram, expressões idênticas de cautela nos rostos pálidos e macilentos. Idênticas. Sim, exatamente os mesmos rostos esquálidos – embora os cabelos do outro garoto fossem compridos. Ele vestia apenas uma camisa esfarrapada e estava descalço. Vi Josiah apertar o braço do irmão para tranquilizá-lo e comecei a suspeitar exatamente o que ele havia roubado. Esbocei um sorriso para ambos, depois estendi a mão para Josiah.

– Deixe-me ver sua mão – sussurrei.

Ele hesitou por um instante, depois me deu sua mão direita. Foi um trabalho limpo e benfeito; tão perfeito, que senti uma sensação de desmaio por um instante. A almofada do polegar havia sido extirpada com precisão, o ferimento aberto cauterizado com metal em brasa. Uma crosta oval negra e vermelha substituía a marca incriminadora.

Houve um leve movimento atrás de mim; Roger fora buscar minha caixa de remédios e colocou-a no chão aos meus pés.

Não havia muito que fazer com o ferimento, a não ser aplicar um pouco de pomada de genciana e enfaixar o polegar com um pano limpo e seco. Eu tinha consciência da presença de Jamie enquanto trabalhava; ele havia embainhado a adaga e se levantado silenciosamente para ir remexer nos alforjes e pacotes. Quando terminei meu rápido curativo, ele já estava de volta, com um bocado de comida embrulhada num lenço e um cobertor sobressalente enrolado como um rolo. Sobre o braço, estavam minhas calças descartadas.

Entregou as calças ao novo menino, deu a comida e o cobertor a Josiah, depois colocou a mão no ombro do garoto e a apertou com força. Tocou delicadamente o outro menino, virando-o na direção da floresta com uma das mãos em suas costas. Em seguida, sacudiu a cabeça na direção das árvores e Josiah assentiu. Tocou a testa para mim, a atadura brilhando, branca, em seu polegar, e murmurou:

– Obrigado, senhora.

Os dois meninos desapareceram silenciosamente dentro da floresta, os pés descalços do gêmeo refletindo palidamente sob a bainha esvoaçante das calças, enquanto ele seguia o irmão.

Jamie balançou a cabeça para Kenny, depois se sentou novamente junto ao fogo, os ombros arriando-se em repentina exaustão. Servi-lhe café e ele aceitou, a boca torcendo-se numa tentativa de sorriso de agradecimento que se dissipou num acesso violento de tosse.

Peguei a caneca antes que o café derramasse e meus olhos encontraram-se com os de Roger por cima do ombro de Jamie. Ele fez um sinal com a cabeça na direção leste e colocou um dedo sobre os lábios, depois deu de ombros com uma careta de resignação. Ele queria tanto quanto eu saber o que havia acontecido exatamente – e por quê. Mas ele tinha razão; a noite findava. Logo a aurora surgiria e os homens – todos acostumados a acordar à primeira luz do dia – estariam flutuando para a superfície da consciência.

Jamie parara de tossir, mas fazia terríveis sons gorgolejantes na tentativa de limpar a garganta – soava mais ou menos como um porco afundando na lama.

– Tome – sussurrei, devolvendo-lhe a xícara. – Beba e vá se deitar. Devia dormir um pouco.

Ele sacudiu a cabeça e levou a xícara aos lábios. Engoliu, fazendo uma careta com a bebida amarga.

– Não vale a pena – ele disse, grasnando como um corvo. Indicou a direção leste com a cabeça, onde as cristas dos pinheiros pareciam pintadas de preto contra um céu cada vez mais cinzento. – E, além do mais, tenho que pensar no que fazer agora.

27

A MORTE CHAMA

Eu mal podia conter minha impaciência até os homens terem se levantado e comido, desfeito o acampamento – de uma maneira irritantemente vagarosa – e montado. Finalmente, entretanto, eu me vi mais uma vez na sela do cavalo, cavalgando por uma manhã tão fria e revigorante, que parecia que o ar iria se estilhaçar quando eu respirava.

– Pronto – eu disse sem preâmbulos, quando meu cavalo emparelhou com o de Jamie. – Fale.

Ele olhou para mim e sorriu. Seu rosto estava marcado pelo cansaço, mas o ar refrescante – e muito café forte – o haviam reanimado. Apesar da noite tumultuada, eu mesma me sentia ágil e cheia de energia, o sangue correndo perto da superfície da pele e colorindo minhas faces.

– Não pretende esperar por Roger?

– Eu contarei a ele mais tarde... ou você pode contar. – Não havia como cavalgar com três cavalos emparelhados; foi somente graças a uma enxurrada que deixara um leque de cascalhos na encosta da montanha que podíamos agora cavalgar lado a lado por alguns instantes, fora do alcance dos ouvidos alheios. Instiguei meu cavalo a se aproximar da montaria de Jamie, meus joelhos envoltos no vapor das narinas do animal.

Jamie passou a mão pelo rosto e sacudiu-se, como se quisesse se livrar da fadiga.

– Sim, bem... – ele disse. – Você viu que eles são irmãos, não?

– Sim, eu notei. De onde surgiu o outro?

– De lá. – Ergueu o queixo, apontando para oeste. Graças ao vazio deixado pela enxurrada, havia uma vista desimpedida de um pequeno bosque no vale embaixo – uma dessas interrupções naturais na mata fechada, onde as árvores cedem lugar a prados e córregos. Das árvores na beira do bosque, erguia-se uma leve nuvem de fumaça, apontando como um dedo no ar frio e parado.

Estreitando os olhos, pude divisar o que parecia uma pequena casa de fazenda, com duas precárias construções separadas. Enquanto eu observava, uma figura minúscula emergiu da casa e dirigiu-se a um dos barracões.

– Logo vão descobrir que ele se foi – Jamie disse com ar severo. – Apesar de que, com sorte, pensarão apenas que ele foi à latrina ou ordenhar as cabras.

Não me dei ao trabalho de perguntar como ele sabia que tinham cabras.

– É a casa deles? De Josiah e seu irmão?

– Mais ou menos, *Sassenach*. Eram escravos.

– *Eram?* – eu disse ceticamente. De certo modo, eu duvidava de que os termos do contrato de servidão houvessem simplesmente expirado na noite anterior.

Jamie deu de ombros e limpou o nariz escorrendo na manga.

– Se ninguém os pegar, sim.

– Você pegou Josiah – ressaltei. – O que ele lhe disse?

– A verdade – ele disse, contorcendo ligeiramente o canto da boca. – Ou ao menos eu acho que sim.

Ele havia caçado Josiah pela escuridão, guiado pelo som dos chiados desenfreados da respiração do rapaz, e finalmente encurralou-o numa depressão rochosa do terreno, agarrando-o no escuro. Ele enrolou o garoto quase congelado em seu xale, obrigou-o a sentar-se e, com judiciosa aplicação de paciência e firmeza – aumentada com goles de uísque do frasco –, conseguira finalmente extrair sua história.

– A família era de imigrantes, pai, mãe e seis crianças. Somente os gêmeos sobreviveram à travessia, o resto morreu de doença no mar. Não tinham nenhum parente aqui – ou nenhum que estivesse esperando o navio, de qualquer modo – e assim o capitão do navio vendeu-os. O preço não cobria o custo da passagem da família, então os garotos foram contratados como escravos por trinta anos, devendo seus salários servirem para abater a dívida.

Sua voz, ao contar a história, era prática e impessoal; coisas assim aconteciam. Eu sabia que sim, porém estava menos inclinada a aceitá-las sem comentário.

– Trinta anos! Ora, isso... que idade tinham na época?

– Dois ou três – ele disse.

Fiquei desconcertada. Deixando de lado a tragédia inicial, isso era uma espécie de solução, imaginei; se a compra dos meninos provesse o bem-estar das crianças... mas eu me lembrei das costelas esqueléticas de Josiah e de suas pernas tortas. Não haviam realmente cuidado deles. Mas, de qualquer modo, muitas crianças que vinham de lares afetuosos também não o eram.

– Josiah não faz a menor ideia de quem eram seus pais, de onde vinham, nem quais eram seus nomes – Jamie explicou. Tossiu brevemente e limpou a garganta.

– Ele sabe seu nome e o do irmão, Keziah, porém nada mais. Beardsley é o nome do homem que os comprou, mas, quanto aos garotos, não sabem se são escoceses, ingleses, irlandeses. Com esses nomes, provavelmente não são alemães, nem poloneses, mas mesmo isso não é impossível.

– Huum. – Soltei uma baforada de vapor pensativo, temporariamente obscurecendo a casa de fazenda lá embaixo. – Então Josiah fugiu. Imagino que isso tenha alguma coisa a ver com a marca em seu dedo, não é?

Jamie confirmou, balançando a cabeça, os olhos no chão enquanto seu cavalo escolhia onde pisar no terreno em declive. O solo de cada lado dos cascalhos era macio e torrões de terra preta projetavam-se como um fungo rastejante pelas pedras soltas.

– Ele roubou um queijo, foi bem sincero sobre isso. – Sua boca alargou-se momentaneamente achando graça. – Pegou-o de um barracão de laticínios em Brownsville, mas a mulher que trabalhava lá o viu. Na realidade, a mulher disse que tinha sido o outro, o irmão, que roubara o queijo, mas... – As sobrancelhas ruivas de Jamie uniram-se por um instante.

– Talvez Josiah não tenha sido tão sincero sobre isso quanto eu pensei. De qualquer modo, um dos garotos roubou o queijo. Beardsley pegou-os com o queijo e chamou o xerife, e Josiah assumiu a culpa... e o castigo.

O rapaz fugira da fazenda depois do incidente, que aconteceu havia dois anos. Josiah – segundo ele contou a Jamie – sempre pretendera voltar e resgatar seu irmão, assim que conseguisse arranjar um lugar para eles viverem. A oferta de Jamie caíra do céu para ele e ele deixara a Assembleia para fazer seu caminho de volta a pé.

– Imagine a sua surpresa ao nos encontrar acampados lá na encosta do monte – Jamie disse e espirrou. Limpou o nariz, os olhos lacrimejando um pouco. – Ele estava espreitando por perto, tentando decidir se esperava até termos partido, ou descobrir se estávamos indo para a fazenda, achando que, se assim fosse, seríamos uma boa distração para ele se esgueirar até lá e resgatar o irmão.

– Então você resolveu ir com ele até lá e ajudá-lo a raptar o irmão. – Meu próprio nariz escorria do frio. Tateei em busca do lenço com uma das mãos, confiando que a égua, a sra. Piggy, não fosse nos lançar como uma catapulta, de cabeça pela montanha abaixo, enquanto eu assoava o nariz. Examinei Jamie por cima do lenço. Ele ainda tinha a aparência doentia, emaciada e de nariz vermelho, mas suas altas maçãs do rosto estavam coradas com o sol da manhã e ele parecia extraordinariamente alegre para um homem que passara a noite numa floresta gelada. – Foi divertido, hein?

– Oh, sim, foi. Há anos não faço nada semelhante. – Os olhos de Jamie crisparam-se em dois triângulos azuis com sua risada. – Me fez lembrar quando eu era jovem e fazia incursões nas terras dos Grant com Dougal e seus homens. Andando furtivamente pela escuridão, entrando no celeiro sem nenhum ruído. Santo Deus, tive que me conter para não roubar uma vaca. Eu teria roubado, se tivessem uma.

Funguei e ri com indulgência.

– Você é um bandido inveterado, Jamie – eu disse.

– Bandido? – ele disse, ligeiramente ofendido. – Sou um homem muito honesto, *Sassenach*. Ou ao menos sou sempre que posso – corrigiu-se, com um rápido olhar para trás, para se certificar de que não éramos ouvidos.

– Oh, você é completamente honesto – assegurei-lhe. – Honesto demais para o seu próprio bem, na verdade. Só que não é muito cumpridor das leis.

Essa observação pareceu desconcertá-lo ligeiramente, pois franziu o cenho e emitiu um grunhido na garganta que tanto poderia ser um resmungo escocês de discordância ou meramente uma tentativa de soltar o catarro. Ele tossiu, depois puxou as rédeas, reduzindo o passo do cavalo e, de pé nos estribos, acenou o chapéu para Roger, que estava a alguma distância encosta acima. Roger retribuiu o aceno e virou o focinho do cavalo em nossa direção.

Emparelhei meu cavalo com o de Jamie e deixei as rédeas frouxas em seu pescoço.

– Vou mandar Roger levar os homens a Brownsville – Jamie explicou, endireitando-se em sua sela – enquanto eu vou fazer uma visita aos Beardsley sozinho. Quer vir comigo, *Sassenach*, ou quer ir com Roger?

– Oh, eu vou com você – eu disse, sem hesitação. – Quero ver como são esses Beardsley.

Ele sorriu e alisou os cabelos para trás com uma das mãos antes de recolocar o chapéu. Ele usava os cabelos soltos para proteger o pescoço e as orelhas do frio, e sua cabeleira brilhava como cobre derretido ao sol da manhã.

– Achei que iria querer. Mas cuidado com a expressão do rosto – ele disse, numa advertência irônica. – Não vá ficar boquiaberta ou parecendo uma groselha quando mencionarem o escravo desaparecido.

– Preocupe-se com seu próprio rosto – eu disse, um pouco irritada. – Groselha, era o que me faltava! Josiah e o irmão disseram que eram maltratados? – Eu me perguntava se haveria outros motivos para a fuga de Josiah do que o incidente do queijo.

Jamie sacudiu a cabeça.

– Não perguntei e ele não disse, mas pergunte a si mesma, *Sassenach*. Você deixaria um lar decente para ir viver sozinho na floresta, fazer sua cama nas folhas frias e comer grilos e raízes até aprender a caçar?

Acelerou o cavalo e subiu a encosta ao encontro de Roger, deixando-me sozinha para ponderar sobre aquela conjectura. Retornou alguns instantes depois e eu virei minha montaria para ficar ao seu lado, com outra pergunta em mente.

– Mas, se a situação aqui era tão ruim a ponto de forçá-lo a ir embora, por que não levou o irmão com ele?

Jamie olhou para mim, surpreso, mas depois sorriu, um pouco sombriamente.

– Keziah é surdo, *Sassenach*.

Não nascido surdo, pelo que Josiah lhe dissera; seu irmão gêmeo perdera a audição em consequência de um ferimento, quando tinha mais ou menos cinco anos. Keziah podia, portanto, falar, mas não ouvir, a não ser um barulho muito forte; e, sendo incapaz de perceber o som de farfalhar de folhas e arrastar de pés, não podia nem caçar nem escapar da perseguição.

– Ele diz que Keziah o compreende, e sem dúvida é verdade. Quando rastejamos para dentro do celeiro, eu fiquei de guarda embaixo enquanto o garoto subia a escada para o palheiro. Eu não ouvi nem um ruído, mas, um minuto depois, ambos estavam embaixo ao meu lado, Keziah esfregando os olhos de sono. Eu não tinha percebido que eram gêmeos; levei um susto ao ver os dois juntos, tão iguais.

– Por que será que Keziah não trouxe suas calças? – perguntei, tocando num detalhe que me deixara intrigada.

Jamie riu.

– Eu perguntei. Parece que ele as tirara na noite anterior e a deixara no feno, e uma gata do celeiro deu cria em cima delas. Ele não quis perturbá-la.

Ri também, embora com uma inquietante lembrança de pés claros e descalços, pele azulada parecendo roxa à luz da fogueira.

– Bom menino. E seus sapatos?

– Ele não tinha.

Havíamos alcançado o sopé da encosta. Os cavalos rodaram em círculo por um instante, num giro lento ao redor de Jamie conforme direções eram resolvidas, pontos de encontro acertados, despedidas feitas. Então Roger – com apenas uma leve evidência de inibição – assoviou através dos dentes e abanou o chapéu no ar, convocando todos a partirem. Observei-o se afastar e notei quando se virou parcialmente para trás na sela, depois virou-se novamente, olhando diretamente para frente.

– Ele não tem certeza de que irão segui-lo realmente – Jamie disse, observando. Sacudiu a cabeça de maneira crítica, depois deu de ombros, descartando o assunto. – Ah, bem. Ele vai conseguir, ou não.

– Ele vai conseguir – eu disse, pensando na noite anterior.

– Fico feliz que pense assim, *Sassenach*. Vamos, então. – Estalou a língua e puxou as rédeas, virando a cabeça do cavalo em outra direção.

– Se não tem certeza de que Roger pode se sair bem, por que o enviou sozinho? – perguntei às suas costas, balançando na sela quando entramos no pequeno bosque que ficava entre nós e a fazenda agora invisível. – Por que não manter os homens juntos e levá-los a Brownsville você mesmo?

– Primeiro, porque ele não vai aprender se eu não lhe der a oportunidade. Segundo – parou, virando-se para olhar para mim –, não quero o grupo todo indo conosco até os Beardsley para que eles fiquem sabendo do escravo desaparecido. Todo o acampamento viu Josiah ontem à noite, entende? Se você tem um escravo fugido e ouve falar de um rapaz que surgiu de repente, causando a maior confusão na floresta aqui perto, conclusões podem ser tiradas, não acha?

Ele virou-se outra vez e eu o segui por uma passagem estreita entre os pinheiros. O orvalho cintilava como diamantes nos troncos e nas agulhas dos pinheiros, e pequenas gotas de gelo caíam dos galhos acima, pinicando minha pele onde caíam.

– Mas, a menos que esse Beardsley seja velho ou enfermo, ele não vai se juntar a você? – retruquei. – Alguém vai acabar mencionando Josiah em seu ouvido mais cedo ou mais tarde.

Ele sacudiu a cabeça, sem se virar.

– E vão lhe dizer o quê? Eles viram o rapaz quando nós o capturamos e o viram fugir outra vez. Pelo que sabem, ele conseguiu escapar.

– Kenny Lindsay viu os dois quando você os trouxe de volta.

Ele deu de ombros.

– Sim, eu tive uma conversa com Kenny, quando selávamos os cavalos. Ele não dirá nada. – Ele tinha razão, eu sabia. Kenny era um de seus homens de Ardsmuir. Ele seguiria as ordens de Jamie sem perguntas.

– Não – Jamie prosseguiu, habilmente contornando uma grande rocha –, Beardsley não está enfermo; Josiah disse que ele negocia com os índios, cruzando a Linha do Tratado com mercadorias até as aldeias dos cherokee. O que eu não sei é se ele está em casa agora. Mas, se estiver... – Ele inspirou e parou para tossir quando o ar frio atingiu seus pulmões.

– Essa é outra razão para mandar os homens na frente – ele continuou, chiando um pouco. – Acho que só nos reuniremos a eles amanhã. A essa altura, já terão tido uma noite para beber e espairecer em Brownsville; mal se lembrarão do garoto e é menos provável que falem dele e que Beardsley venha a ouvir. Com sorte, estaremos bem longe antes que qualquer coisa seja dita. Assim, Beardsley não vai nos deixar para perseguir o garoto.

Então ele estava achando que os Beardsley seriam bastante hospitaleiros para nos deixar passar a noite. Uma expectativa razoável, neste gargalo da floresta. Ouvindo-o tossir outra vez, decidi que me sentaria sobre seu peito esta noite, se necessário, para obrigá-lo a ficar bem untado com cânfora, quer gostasse ou não.

Emergimos das árvores e eu olhei desconfiada para a casa da fazenda à nossa frente. Era menor do que eu pensara e em mau estado, com um degrau quebrado, um alpendre meio tombado e uma boa área sem telhas no telhado precário. Bem, eu já dormira em lugares piores e provavelmente dormiria outra vez.

A porta para um diminuto celeiro jazia escancarada, mas não havia sinal de vida. O lugar inteiro parecia deserto, exceto pela nuvem de fumaça que saía da chaminé.

Eu fora sincera no que dissera a Jamie, embora não muito precisa. Ele realmente era honesto e também cumpridor das leis – desde que fossem leis que ele resolvesse respeitar. O simples fato de uma lei ter sido sancionada pela Coroa não era, eu sabia, suficiente para torná-la uma lei aos olhos dele. Havia outras leis, não declaradas, pelas quais ele era capaz de morrer.

Ainda assim, embora a lei da propriedade significasse um pouco menos para um antigo invasor das Highlands do que poderia significar para outros, não me passara despercebido – e, portanto, certamente também não passara a ele – que ele estava prestes a solicitar tanto a hospitalidade quanto o dever de um homem cuja propriedade ele acabara de ajudar a evadir-se. Jamie não tinha uma objeção arraigada aos contratos de serviços em colônias, eu sabia; normalmente ele respeitava esse sistema. Que ele tivesse agido como agiu por perceber uma lei maior em operação – quer fosse amizade, compaixão, a reivindicação de sua *earbsachd* ou alguma outra coisa, eu não sabia. Ele parou, à minha espera.

– Por que resolveu ajudar Josiah? – perguntei sem rodeios, enquanto atravessávamos a abandonada lavoura de milho em frente à casa. Pés de milho secos estalavam sob os cascos dos cavalos e cristais de gelo brilhavam no entulho de folhas mortas.

Jamie tirou o chapéu e colocou-o na sela à sua frente, enquanto prendia os cabelos, preparando-se para o encontro.

– Bem, eu disse a ele que, se quisesse continuar nessa linha, que assim fosse. Mas, se preferisse ir para Ridge, sozinho ou com o irmão, então teríamos que livrá-lo da marca no polegar, pois isso geraria comentários que poderiam chegar aos ouvidos de Beardsley, com todas as consequências e implicações que isso teria.

Ele inspirou fundo e soltou o ar, o vapor de seu hálito flutuando em filetes brancos ao redor de sua cabeça, depois se virou para olhar para mim, o rosto sério.

– O garoto não hesitou nem por um instante, embora tivesse sido marcado; ele sabia. E vou lhe dizer, *Sassenach*, embora um homem possa fazer uma coisa desesperada por amor ou coragem... é preciso bem mais do que isso se já o fez uma vez e sabe muito bem como vai ser ter que fazê-lo de novo.

Virou-se sem esperar pela minha resposta e entrou no pátio a cavalo, afugentando um bando de pombos que ciscavam por ali. Manteve o cavalo aprumado, seus ombros largos e eretos. Não havia nenhum indício das cicatrizes profundamente emaranhadas que cobriam suas costas por baixo da capa de tecido rústico, mas eu as conhecia bem.

Então era isso, pensei. *Como o reflexo do rosto na água, assim é o coração do homem para o homem*. E a lei da coragem era a aquela pela qual ele vivia por mais tempo.

Várias galinhas amontoavam-se no alpendre, como bolas de penas de olhar amarelo ressentido. Murmuravam sinistramente entre si enquanto desmontávamos, mas estavam com frio demais para fazer outra coisa além de sair do nosso caminho, relutantes em abandonar sua área banhada pelo sol. Várias tábuas do assoalho do alpendre estavam quebradas e o quintal estava entulhado de restos de madeira serrada a machado e pregos espalhados, como se alguém tivesse pretendido consertá-lo, mas ainda não tivesse encontrado tempo para cuidar disso. O adiamento já durava algum tempo, pensei; os pregos estavam enferrujados e as tábuas novas haviam rachado e empenado com a umidade.

– Olá! Alguém em casa? – Jamie gritou, parando no meio do pátio. Essa era a norma de etiqueta aceita para alguém se aproximar de uma casa estranha; embora a maioria das pessoas nas montanhas fosse hospitaleira, não eram poucas as que viam estranhos com desconfiança e inclinavam-se a fazer apresentações sob a mira de uma arma, até que a boa-fé dos visitantes fosse comprovada.

Com isso em mente, mantive uma distância cautelosa atrás de Jamie, mas fiz questão de estar visível, ostentosamente espalhando minhas saias e alisando-as, exibindo minha feminilidade como prova de nossas intenções pacíficas.

Droga, havia um pequeno buraco queimado na lã marrom, sem dúvida produzido por uma faísca lançada pela fogueira do acampamento. Escondi o lugar queimado numa prega da saia, pensando em como era estranho que todos considerassem as mulheres inofensivas por natureza. Se quisesse, eu poderia facilmente ter assaltado casas e assassinado famílias inteiras de uma ponta à outra de Ridge.

Felizmente, o impulso de agir assim não havia me atacado, embora de vez em quando eu percebesse que o juramento de Hipócrates e sua injunção de "Não causar nenhum mal" pudesse não ter a ver estritamente com procedimento médico. Por mais de uma vez, tive o impulso de dar uma paulada na cabeça de um dos meus pacientes mais teimosos, mas até agora havia conseguido me conter.

Claro, a maioria das pessoas não tinha a vantagem da visão distorcida que um médico tinha da humanidade. E era verdade que as mulheres não eram tão afeitas a certos tipos de confusões recreativas com lesões corporais que os homens tanto apreciavam – eu raramente encontrava mulheres socando-se mutuamente por diversão. Mas deem-lhes um bom motivo e...

Jamie caminhava na direção do celeiro, gritando a intervalos, aparentemente em vão. Olhei ao redor, mas não havia rastros recentes no pátio, a não ser os nossos. Várias bolas de esterco espalhavam-se perto da tora parcialmente serrada, mas obviamente já estavam ali havia dias; estavam úmidas do orvalho, mas não frescas – algumas haviam se esfarelado.

Ninguém chegara, ninguém partira, a não ser a pé. Os Beardley, quem quer que fossem e quantos fossem, provavelmente ainda estavam dentro de casa.

Mas escondidos. Era cedo, mas não tão cedo que moradores de fazendas já não estivessem de pé, cuidando de seus afazeres; afinal, eu vira alguém anteriormente. Recuei uns passos e protegi os olhos contra o sol nascente, à procura de qualquer sinal de vida. Eu estava mais do que curiosa a respeito desses Beardsley – e mais do que ligeiramente apreensiva sobre a perspectiva de ter um ou mais homens dos Beardsley cavalgando conosco, tendo em vista os últimos acontecimentos.

Virei-me novamente para a porta e notei uma estranha série de entalhes cortados na madeira do batente da porta. Cada qual era pequeno, mas havia muitos, de cima a baixo de um dos batentes e chegando até a metade do outro. Olhei mais de perto; estavam arranjados em grupos de sete, uma pequena distância de madeira intocada entre um e outro grupo, como um prisioneiro contaria, marcando as semanas.

Jamie saiu do celeiro, seguido por um leve balido. As cabras que ele mencionara, é claro; perguntei-me se teria sido tarefa de Keziah ordenhá-las – caso assim fosse, sua ausência logo se tornaria evidente, se já não tivesse sido notada.

Jamie deu alguns passos em direção à casa, colocou as mãos ao redor da boca e gritou outra vez. Nenhuma resposta. Ele esperou alguns instantes, depois deu de ombros e dirigiu-se ao alpendre a passos largos, onde bateu com força na porta com o cabo de sua adaga. O barulho foi suficiente para acordar os mortos, caso houvesse algum nas redondezas, e fazer as galinhas debandarem guinchando em pânico, penas voando para todo lado, mas ninguém atendeu aos ameaçadores chamados.

Jamie olhou para mim, uma das sobrancelhas erguidas. As pessoas não costumavam sair e deixar suas fazendas sem alguém para tomar conta, não se tinham animais domésticos.

– Há alguém aqui – ele disse, em resposta ao pensamento não manifestado. – As cabras foram ordenhadas recentemente. Ainda há gotas de leite em suas tetas.

– Acha que poderiam estar todos fora, procurando por... hã... você sabe quem? – sussurrei, aproximando-me dele.

– Talvez. – Ele afastou-se para o lado, inclinando-se para espreitar pela janela. Um dia já tivera vidros, mas a maioria dos painéis estava quebrada ou faltando, e um pedaço de musselina esfarrapada fora pregada sobre a abertura. Vi Jamie franzir o cenho, com o desprezo de um artesão por um conserto malfeito.

Virou a cabeça repentinamente; em seguida, olhou para mim.

– Você ouviu, *Sassenach*?

– Sim. Pensei que eram as cabras, mas...

Ouviu-se o balido outra vez – desta vez, de dentro da casa. Jamie experimentou a porta, mas ela não abriu.

– Trancada – ele disse sucintamente, voltando para a janela, onde enfiou a mão cuidadosamente pela esquadria e soltou o canto de uma das musselinas.

– Uff! – exclamei, torcendo o nariz para o ar que saiu lá de dentro. Eu estava acostumada aos odores de uma cabana fechada para o inverno, onde os cheiros de suor, roupas sujas, pés molhados, cabelos engordurados e urinóis misturavam-se aos de pão assando, carne cozinhando e nuances mais sutis de fungos e mofos, mas o cheiro de dentro da residência dos Beardsley estava muito além do normal.

– Ou estão guardando os porcos em casa – eu disse, com uma olhada para o celeiro – ou há dez pessoas morando aí e que não saem de casa desde a primavera.

– Está um pouco forte – Jamie concordou. Ele colocou o rosto na janela, fazendo uma careta diante do fedor, e gritou: – *Thig a mach!* Saia daí, Beardsley, ou eu vou entrar!

Espreitei por cima de seu ombro, para ver se o convite produziria resultados. O aposento ali dentro era espaçoso, mas tão entulhado, que quase nada do assoalho de madeira manchado era visível através do entulho. Farejando cautelosamente, deduzi que os barris que eu via continham – entre outras coisas – peixe salgado, alcatrão, maçãs, cerveja e *sauerkraut*, enquanto trouxas de cobertores de lã tingidos com cochonila e índigo, pequenos barris de pólvora e couros mal curtidos fedendo a fezes de cachorro emprestavam suas próprias fragrâncias particulares aos fétidos vapores ali dentro. Os artigos de comércio dos Beardsley, imaginei.

A outra janela também fora coberta, com uma pele de lobo esfarrapada, de modo que o interior estava escuro e sombreado; com todas as caixas, trouxas, peças de mobília e barris empilhados por toda parte, o lugar parecia uma versão pobre da caverna de Ali Babá.

O som veio novamente, do fundo da casa, um pouco mais alto; um barulho entre um grunhido e um ronco. Dei um passo para trás, o som e o cheiro ácido vividamente evocando uma imagem de pelos escuros e violência repentina.

– Ursos – sugeri, meio a sério. – As pessoas se foram e há um urso dentro da casa.

– Sim, Cachinhos Dourados – Jamie disse, muito secamente. – Não há dúvida. Ursos ou não, há alguma coisa errada. Pegue as pistolas e a caixa de cartuchos do alforje.

Assenti e virei-me para ir, mas, antes de sair, ouvi o som de pés se arrastando vindo lá de dentro e me virei abruptamente. Jamie agarrara sua adaga, mas, ao ver o que era, sua mão relaxou-se no cabo da adaga. Suas sobrancelhas também se ergueram com espanto e eu me inclinei sobre seu braço para ver.

Uma mulher espreitava do meio de duas pilhas de mercadorias, olhando ao redor com desconfiança, como um rato espreitando de um depósito de lixo. Ela não tinha exatamente a aparência de um rato, tendo cabelos cacheados e sendo bastante robusta, mas piscava para nós da maneira calculada dos animais daninhos, calculando a ameaça.

– Vão embora – ela disse, evidentemente concluindo que não éramos a vanguarda de um exército invasor.

– Bom-dia, senhora – Jamie começou –, sou James Fraser, de...

– Não me importa quem você seja – ela retrucou. – Vá embora.

– Na verdade, não vou, não – ele disse com firmeza. – Preciso falar com o homem da casa.

Uma expressão extraordinária atravessou o rosto gordo; preocupação, avaliação e o que poderia ser sarcasmo.

– Você precisa? – ela disse. – E quem disse que precisa? – Ela possuía um ligeiro problema de fala, apoiando a língua nos dentes; soou como "diche" e "prechisa".

As orelhas de Jamie estavam começando a ficar vermelhas, mas ele respondeu com bastante calma.

– O governador, senhora. Eu sou o *coronel* James Fraser – ele disse, com ênfase –, encarregado de formar uma milícia. Todos os homens fisicamente aptos entre as idades de dezesseis e sessenta estão convocados. Pode ir chamar o sr. Beardsley, por favor?

– "Mili-chi-ia", é? – ela disse, pronunciando a palavra com cuidado. – Por quê? Contra quem vão lutar?

– Com sorte, contra ninguém. Mas a ordem de se apresentar foi emitida; tenho que atender, assim como todos os homens fisicamente capazes dentro da Linha do Tratado. – A mão de Jamie agarrou a moldura interior da janela e sacudiu-a de leve. Era feita de frágeis ripas de pinho, a madeira empenada e desgastada; ele poderia perfeitamente arrancá-la da parede e entrar pela abertura, se quisesse. Olhou para a mulher diretamente nos olhos e sorriu amavelmente.

Ela estreitou os olhos e contraiu os lábios, pensando.

– Homens fisicamente capazes – ela disse finalmente. – Hum. Bem, não temos nenhum. O criado fugiu outra vez, mas, ainda que estivesse aqui, não é apto; surdo como um poste e igualmente idiota. – Balançou a cabeça em direção à porta, para ilustrar. – Mas, se quiser se dar ao trabalho de caçá-lo, pode ficar com ele.

Portanto, tudo indicava que não haveria nenhum clamor ou choro por Keziah. Inspirei fundo, num suspiro de alívio, mas soltei o ar rapidamente.

Jamie não se dava por vencido.

– O sr. Beardsley está em casa? – ele perguntou. – Quero vê-lo. – Deu um empurrão na moldura da janela e a madeira seca estalou com o som de um tiro de pistola.

– Ele não pode recheber ninguém – ela disse, e a maneira peculiar de falar voltou à sua voz; cautelosa, mas ao mesmo tempo cheia de excitação.

– Ele está doente? – perguntei, inclinando-me sobre o ombro de Jamie. – Talvez eu possa ajudar, sou médica.

Ela arrastou os pés, um ou dois passos à frente, e me olhou atentamente, franzindo a testa por baixo de uma vasta cabeleira de cabelos castanhos ondulados. Era mais nova do que eu imaginara; visto na claridade, o rosto pesado não apresentava a teia de rugas da idade ou da flacidez da pele.

– Médica?

– Minha mulher é famosa como curandeira – Jamie disse. – Os índios a chamam de Corvo Branco.

– A feiticeira? – Seus olhos se arregalaram, assustados, e ela recuou um passo.

Algo me parecia peculiar naquela mulher e, olhando bem para ela, percebi o que era. Apesar do mau cheiro na casa, tanto sua pessoa como seu vestido estavam limpos, e seus cabelos eram macios e soltos – o que em absoluto não era a norma nesta época do ano, quando as pessoas geralmente não tomavam banho durante vários meses no clima frio.

– Quem é você? – perguntei diretamente. – É a sra. Beardsley? Ou talvez srta. Beardsley?

Não devia ter mais do que vinte e cinco anos, pensei, apesar da figura volumosa. Seus ombros destacavam-se, abundantes, sob o xale, e a largura de seus quadris roçava os barris entre os quais ela estava. Evidentemente o comércio com os cherokee era bastante lucrativo para manter a família Beardsley bem alimentada, ainda que não seus criados. Olhei-a com certa aversão, mas ela enfrentou meu olhar com bastante frieza.

– Chou a sra. Beardsley.

O susto havia passado; ela contraiu os lábios, empurrando-os para dentro e para fora, fitando-me com um ar de avaliação. Jamie flexionou o braço e a moldura da janela estalou sonoramente.

– Entrem, então.

O tom estranho continuava em sua voz; um pouco desafiador, um pouco ansioso. Jamie percebeu e franziu a testa, mas soltou a mão da janela.

Ela saiu do meio dos caixotes e dirigiu-se para a porta. Eu não pude ver mais do que apenas um vislumbre de sua figura em movimento, mas foi o suficiente para ver que ela era aleijada; uma das pernas se arrastava, o sapato raspando o assoalho de madeira.

Ouviu-se uma pancada e um grunhido enquanto ela lutava com o ferrolho; um rangido e depois um baque, quando ela o largou no chão. A porta estava empenada, emperrada no batente; Jamie empurrou-a com o ombro, e ela se soltou e se abriu, as tábuas vibrando com o choque. Havia quanto tempo esta porta não era aberta?, eu me perguntei.

Evidentemente, muito tempo. Ouvi Jamie fungar e tossir quando entramos e eu fiz todo o possível para respirar através da boca quando o segui. Mesmo assim, o cheiro era suficiente para derrubar um furão. Além do mau cheiro das mercadorias, havia um cheiro de latrina em algum lugar; fedor de urina e de fezes. De comida podre, também, porém havia alguma coisa a mais. Minhas narinas torceram-se cautelosamente quando tentei inalar não mais do que algumas moléculas do ar para análise.

– Há quanto tempo o sr. Beardsley está doente? – perguntei.

Eu havia detectado um distinto mau cheiro de doença em meio ao fedor geral. Não apenas o fantasma de vômito seco, mas o cheiro adocicado de descarga purulenta e aquele odor indefinível de mofo e fermento de pão, que parece simplesmente ser o cheiro da própria doença.

– Oh... algum tempo.

Ela fechou a porta às nossas costas e eu senti uma repentina onda de claustrofobia. Ali dentro, o ar parecia denso, tanto por causa do mau cheiro quanto pela falta de luz. Senti um forte impulso de arrancar os panos que cobriam as duas janelas e deixar entrar um pouco de ar fresco; tive que cerrar os pulsos no tecido da minha capa para me conter.

A sra. Beardsley virou-se de lado e saiu se arrastando apressadamente pela passagem estreita deixada entre as pilhas de mercadorias. Jamie olhou para mim, fez um ruído escocês de repugnância em sua garganta e abaixou-se para passar por baixo de um feixe de estacas de tenda que se projetava na passagem. Segui-o cautelosamente, tentando não notar que meu pé de vez em quando pisava em objetos de desagradável consistência. Maçãs podres? Ratos mortos? Apertei meu nariz entre o indicador e o polegar e tentei não olhar para baixo.

A casa era de construção simples; um grande aposento na frente, outro atrás.

O aposento dos fundos era um surpreendente contraste com o repugnante amontoado da frente. Não havia nenhum enfeite ou decoração; o aposento era simples e bem-arrumado como uma sala de reunião dos *quakers*. Tudo era vazio e imaculadamente limpo, a mesa de madeira e a lareira de pedra esfregada até o exagero, alguns utensílios de estanho brilhando foscamente numa prateleira. Uma das janelas fora deixada descoberta, os vidros intactos, e o sol da manhã atravessava a sala com uma claridade branca e límpida. O aposento estava silencioso e o ar, parado, aumentando a estranha sensação de que havíamos entrado em algum tipo de santuário fora do caos do cômodo da frente.

A impressão de paz se dissipou imediatamente com um barulho de cima. Era o mesmo som que havíamos ouvido anteriormente, porém muito mais perto, um berro cheio de desespero, como o de um porco torturado. Jamie sobressaltou-se com o barulho e virou-se imediatamente na direção de uma escada no extremo oposto da sala, que levava para um sótão.

– Ele echtá lá em cima – a sra. Beardsley disse, desnecessariamente, uma vez que Jamie já estava no meio da escada. O grito estridente soou de novo, com mais insistência, e eu resolvi não ir buscar minha caixa de remédios antes de investigar melhor.

A cabeça de Jamie apareceu no topo da escada quando eu ia começar a subir.

– Traga uma luz, *Sassenach* – ele disse rapidamente, e sua cabeça desapareceu.

A sra. Beardsley permaneceu imóvel, as mãos enfiadas sob o xale, sem fazer nenhum esforço para pegar uma luz. Seus lábios estavam apertados e as bochechas gordas, vermelhas. Passei por ela, peguei um castiçal da prateleira e ajoelhei-me para acender a vela na lareira antes de subir apressadamente.

– Jamie? – Enfiei a cabeça na entrada do sótão, segurando minha vela cuidadosamente acima da cabeça.

– Aqui, *Sassenach.* – Ele estava de pé no outro lado do sótão, onde as sombras estavam mais densas. Subi até o alto da escada com dificuldade e fui caminhando em sua direção, pisando com grande cautela.

O fedor era muito mais forte ali. Vislumbrei o brilho de alguma coisa na escuridão e levei a vela à frente para ver.

Jamie prendeu a respiração, tão chocado quanto eu, mas rapidamente dominou suas emoções.

– Sr. Beardsley, suponho – ele disse.

O homem era enorme – ou fora. A enorme curva de sua barriga ainda se erguia das sombras como uma baleia e a mão que jazia flacidamente sobre as tábuas do assoalho junto ao meu pé poderia ter segurado uma bala de canhão com facilidade. Mas a carne do braço pendurava-se, flácida, branca e mole, o peito maciço afundado no centro. O que um dia devia ter sido o pescoço de um touro se desgastara, restando apenas tendões, e um único olho brilhava, frenético por trás de mechas de cabelos emplastrados.

O olho arregalou-se e ele urrou outra vez, a cabeça esforçando-se para cima com desespero. Senti um tremor percorrer o corpo de Jamie. A cena era suficiente para arrepiar os cabelos da minha nuca, mas desconsiderei a sensação, empurrando o castiçal nas mãos de Jamie.

– Segure a luz para mim.

Caí de joelhos e somente tarde demais senti a infiltração líquida através do tecido da minha saia. O homem jazia em sua própria imundície e estava assim havia muito tempo; o assoalho estava viscoso de sujeira e umidade; ele estava despido, coberto apenas com um lençol de linho, e, quando o removi, distingui macerações ulceradas entre as manchas gordurosas de excremento.

Era bastante claro o que afligia o sr. Beardsley; um lado do seu rosto decaía grotescamente, a pálpebra caída e tanto o braço quanto a perna deste lado do corpo jaziam flácidos e inertes, as juntas nodosas e estranhamente distorcidas pelo prolapso dos músculos ao redor. Ele fungava e balia, a língua projetando-se e escorrendo saliva pelo canto da boca em suas tentativas vãs, mas desesperadas, de falar.

– Fique quieto – eu lhe disse. – Não fale, está tudo bem agora.

Peguei sua mão para verificar o pulso; a carne movia-se frouxamente nos ossos do braço, sem a menor reação ao toque dos meus dedos.

– Um derrame – eu disse à meia-voz para Jamie. – Uma apoplexia, como vocês chamam. – Coloquei a mão no peito de Beardsley, para oferecer o conforto do toque.

– Não se preocupe – eu lhe disse. – Viemos ajudar. – Falei de modo tranquilizador, embora, no instante mesmo em que proferia as palavras, eu me perguntasse que ajuda seria possível. Bem, limpeza e calor, ao menos;

estava quase tão frio no sótão quanto lá fora, e seu peito estava frio e encaroçado dos pelos grossos e arrepiados.

A escada rangeu pesadamente e virei-me para ver o contorno dos cabelos soltos e dos ombros robustos da sra. Beardsley, em silhueta por causa da luz que vinha da cozinha embaixo.

– Há quanto tempo ele está assim? – perguntei asperamente.

– Talvez... um mês – ela disse, após uma pausa. – Não conchegui movê-lo – ela disse, na defensiva. – Ele é pesado demais.

Isso, obviamente, era verdade. No entanto...

– Por que ele está aqui em cima? – Jamie perguntou. – Se você não consegue movê-lo, como ele veio parar aqui? – Ele se virou, lançando a luz da vela pelo sótão. Havia pouca coisa ali que pudesse atrair um homem; um velho colchão de palha, algumas ferramentas espalhadas e alguns itens de entulho doméstico. A luz brilhou no rosto da sra. Beardsley, transformando seus claros olhos azuis em gelo.

– Ele echtava... me perseguindo – ela disse debilmente.

– O quê? – Jamie atravessou o sótão em poucas passadas largas e, inclinando-se, agarrou-a pelo braço, ajudando-a – um pouco contra a vontade dela, ao que parecia – a galgar a entrada do sótão.

– O que quer dizer com perseguindo-a? – ele perguntou. Ela encolheu os ombros, olhando ao redor, caseira como uma jarra de biscoitos em seu amontoado de xales.

– Ele me batia – ela disse simplesmente. – Chubi as echcadas para fugir dele, mas ele me cheguiu. Tentei me echconder aqui atrás nas chombras, e ele veio, mas logo... caiu. E... não concheguiu che levantar. – Encolheu os ombros outra vez.

Jamie segurou a vela perto do rosto da mulher. Ela deu um sorrisinho nervoso, os olhos dardejando de mim para Jamie, e eu vi que o problema da fala devia-se ao fato dos seus dentes da frente estarem quebrados – em ângulo, bem junto às gengivas. Uma pequena cicatriz atravessava seu lábio superior; uma outra se destacava, branca, no supercílio.

Um barulho horrível veio do homem no chão – um berro furioso do que soava como protesto – e ela se encolheu, os olhos apertados com força num reflexo aterrorizado.

– Mmmmhum – Jamie disse, olhando dela para o marido. – Sim. Bem, traga um pouco de água, senhora, por favor. Outra vela e alguns trapos limpos também – ele disse às suas costas, conforme ela se afastava apressadamente na direção da escada, satisfeita de ter uma desculpa para sair dali.

– Jamie, traga a luz de volta, sim?

Ele veio e postou-se ao meu lado, segurando a vela de modo a iluminar o corpo arruinado. Ele lançou a Beardsley um olhar sombrio, mistura de pena e aversão, e sacudiu a cabeça devagar.

– Castigo de Deus, não acha, *Sassenach*?

– Não inteiramente de Deus, eu acho – eu disse, abaixando a voz para não ser ouvida na cozinha embaixo. Ergui o braço e peguei a vela de sua mão. – Olhe.

Um frasco de água e um prato de pão, duro e manchado de mofo azul, estavam nas sombras, junto à cabeça de Beardsley; restos de comida e pequenos pedaços de pão, pegajosos e parcialmente mastigados, cobriam o chão ao redor. Ela o alimentara – o suficiente para mantê-lo vivo. No entanto, eu vira grandes quantidades de comida no aposento da frente quando o atravessamos – presuntos pendurados, barris de frutas secas, peixe salgado e *sauerkraut*.

Havia fardos de peles de animais, jarros de óleo, pilhas de cobertores de lã – e, no entanto, o dono desses artigos jazia ali no escuro, passando fome e tremendo de frio sob um único lençol de linho.

– Por que ela simplesmente não o deixou morrer? – Jamie perguntou brandamente, os olhos fixos no pão mofado. Beardsley gargarejou e reclamou em roncos guturais diante das palavras de Jamie; seu olho aberto revirou-se com raiva, as lágrimas escorrendo pelo seu rosto e o muco saindo em bolhas de seu nariz. Ele debateu-se e grunhiu, arqueando o corpo em frustração, depois se deixou arriar pesadamente com um baque surdo que sacudiu as tábuas do assoalho.

– Ele pode nos entender, eu acho. Você pode? – dirigi essa pergunta ao doente, que emitiu um grunhido gutural e babou profusamente, deixando claro que entendia ao menos que alguém estava falando com ele.

– Quanto a por quê...

Gesticulei indicando as pernas de Beardsley, movendo a vela devagar acima delas. Algumas das feridas eram, na verdade, escaras, causadas por ficar deitado, inativo por um longo tempo. Outras, não. Havia cortes paralelos, obviamente feitos com uma faca, cobertos com uma crosta negra de sangue coagulado em uma das coxas enormes. A tíbia exibia uma linha regular de ulcerações, feridas vermelhas e inflamadas, com as bordas negras e exsudando pus. Queimaduras, deixadas ali para supurarem.

Jamie soltou um pequeno grunhido diante daquela visão e olhou por cima do ombro, na direção da escada. Ouviu o barulho de uma porta se abrindo lá embaixo e uma corrente de ar frio varreu o sótão, fazendo a chama da vela dançar freneticamente. A porta se fechou e a chama estabilizou-se.

– Acho que consigo abaixá-lo daqui. – Jamie ergueu a vela, avaliando as vigas acima. – Uma funda, talvez, passando uma corda por cima daquela viga. Ele pode ser movido?

– Sim – eu disse, mas não estava prestando atenção. Inclinando-me sobre o doente, eu percebera um leve cheiro de algo que havia muito, muito tempo eu não sentia: um cheiro fétido e sinistro.

Eu não me deparara com ele muitas vezes, mas uma única vez já teria sido suficiente; o odor penetrante de gangrena gasosa não é facilmente esquecido. Eu não queria dizer nada que pudesse assustar Beardsley – já que ele parecia capaz de compreender – e, assim, dei uns tapinhas tranquilizadores nele e me levantei para ir buscar a vela de Jamie e poder examiná-lo melhor.

Jamie me entregou a vela, inclinando-se para falar ao meu ouvido enquanto o fazia.

– Você pode fazer alguma coisa por ele, *Sassenach*?

– Não – respondi, igualmente em voz baixa. – Quer dizer, não pelo derrame. Posso tratar as feridas e lhe dar ervas contra a febre, nada mais.

Ele ficou parado por um instante, olhando para a figura arredondada nas sombras, agora quieta. Em seguida, sacudiu a cabeça, se benzeu e desceu rapidamente as escadas para procurar uma corda.

Voltei devagar para junto do doente, que me recebeu com uma exclamação rouca e uma agitada batida com uma das pernas, como a advertência de um coelho. Ajoelhei-me junto aos seus pés, falando apaziguadoramente sobre nada em particular, enquanto segurava a luz de perto para examiná-los. Os dedos. Todos os dedos em seu pé inerte haviam sido queimados, alguns apenas formaram bolhas, outros tinham sido queimados quase até o osso. Os dois primeiros dedos estavam completamente enegrecidos e um tom esverdeado espalhava-se pela parte de cima do pé.

Eu estava abismada – tanto pela ideia do que poderia ter levado a isso, quanto pelo ato em si. A vela oscilou; minhas mãos tremiam, e não somente por causa do frio. Eu não estava apenas horrorizada pelo que acontecera ali; também estava preocupada com as perspectivas imediatas. O que iríamos fazer em relação àquelas pessoas abomináveis?

Obviamente, não podíamos levar Beardsley conosco – igualmente óbvio, ele não poderia ser deixado ali, sob os cuidados da mulher. Não havia vizinhos, não havia ninguém na fazenda para protegê-lo. Eu imaginava que teríamos de dar um jeito de transportá-lo para Brownsville; devia haver uma carroça no celeiro. Mas ainda que conseguíssemos, e daí?

Não havia hospital para cuidar dele. Se uma das casas em Brownsville pudesse aceitá-lo por caridade... muito bem, mas, vendo o estado de Beardsley após um mês, achava improvável que sua condição – em termos tanto da paralisia quanto da fala – pudesse melhorar muito. Quem ficaria com ele, se isso significasse cuidar dele dia e noite pelo resto da vida?

O resto de sua vida, é claro, podia ser curto, dependendo do meu sucesso em lidar com a gangrena. A preocupação recuou conforme me voltei para o problema imediato. Eu teria que amputar; era a única possibilidade. Os dedos eram fáceis – mas isso podia não ser suficiente. Se eu tivesse que amputar o pé ou parte dele, corríamos o risco maior de choque e infecção.

Ele teria sensibilidade ali? Às vezes, vítimas de derrame mantinham a sensibilidade num membro afetado, apesar de não ter movimento, às vezes movimento, sem sensibilidade – às vezes, nem um nem outro. Cautelosamente toquei o dedo gangrenado, os olhos em seu rosto.

O olho são estava aberto, focalizado nas vigas do teto. Ele não olhou para mim, nem emitiu nenhum ruído, o que respondia à pergunta. Não, ele não sentia o pé. Isso era um alívio, de certa forma – ao menos, não sofreria a dor da amputação. Nem, ocorreu-me, ele sentira os danos infligidos em sua perna. Ela saberia disso? Ou escolhera atacar o lado morto somente porque ele mantinha alguma força no outro, podendo ainda se defender?

Ouvi um leve farfalhar às minhas costas. A sra. Beardsley estava de volta. Colocou no chão um balde de água e uma pilha de trapos, depois se postou atrás de mim, observando em silêncio quando comecei a limpá-lo.

– Você pode curá-lo? – ela perguntou. Sua voz era calma, distante, como se falasse de um estranho.

A cabeça do paciente pendeu para o lado repentinamente, de modo que seu olho aberto se fixasse em mim.

– Acho que posso ajudar um pouco – eu disse cuidadosamente. Esperava que Jamie voltasse logo. Além de precisar de minha caixa de remédios, estava achando a companhia dos Beardsley um pouco assustadora.

Mais ainda quando o sr. Beardsley inadvertidamente soltou uma pequena quantidade de urina. A sra. Beardsley riu e ele fez um som em resposta que fez meus braços se arrepiarem. Limpei o líquido de sua coxa e continuei com meu trabalho, tentando ignorar o acontecido.

– Você ou o sr. Beardsley têm algum parente aqui perto? – perguntei, no tom mais coloquial possível. – Alguém que pudesse vir ajudá-la?

– Ninguém – ela disse. – Ele me tirou da casa do meu pai em Maryland. Para echte lugar. – *Este lugar* foi dito como se fosse um imundo círculo do inferno; até onde eu podia ver, certamente havia alguma semelhança no momento atual.

A porta abriu-se lá embaixo e uma agradável corrente de ar frio anunciou o retorno de Jamie. Ouviu-se um barulho metálico quando ele colocou minha caixa sobre a mesa e eu me levantei depressa, ansiosa para fugir deles, ainda que por um instante.

– É o meu marido com os remédios. Eu só vou... hã... vou buscar... hum... – Passei pela figura volumosa da sra. Beardsley e desci a escada correndo, suando apesar do frio na casa.

Jamie estava de pé junto à mesa, a testa franzida enquanto revirava um pedaço de corda nas mãos. Ergueu os olhos ao me ouvir e seu rosto relaxou um pouco.

– Como está a situação lá em cima, *Sassenach*? – ele perguntou, a voz baixa, esticando o queixo na direção do sótão.

– Péssima – sussurrei, indo ficar ao seu lado. – Ele tem dois dedos gangrenados, vou ter que amputá-los. E ela diz que não têm nenhum familiar por perto para ajudar.

– Mmmmhum. – Seus lábios cerraram-se e ele voltou sua atenção para a funda que estava improvisando.

Estendi a mão para pegar minha caixa de remédios e verificar meus instrumentos, mas parei quando vi as pistolas de Jamie na mesa ao lado da caixa, juntamente com seu chifre de pólvora e estojo de balas. Toquei seu braço e indiquei-os com um sinal da cabeça, murmurando apenas:

– Por quê?

A ruga entre suas sobrancelhas ficou mais pronunciada, mas, antes de poder responder, ouviu-se uma terrível confusão do sótão acima, batidas e pancadas, acompanhadas de urros gorgolejantes, como o de um elefante se afogando num lamaçal.

Jamie largou a corda e partiu em disparada para as escadas, comigo nos calcanhares. Ele deu um grito quando sua cabeça ficou ao nível do sótão e arremessou-se para frente. Quando consegui arrastar-me para dentro do sótão atrás dele, eu o vi nas sombras, atracado com a sra. Beardsley.

Ela golpeou o rosto dele com o cotovelo, atingindo-o no nariz. Isso eliminou quaisquer inibições que ele ainda pudesse ter sobre dominar uma mulher à força; deu-lhe um safanão, fazendo-a virar-se para ele, e golpeou-a com um soco curto e direto no queixo, que fez os maxilares da mulher estalarem e ela cambalear, os olhos se embaciando. Precipitei-me para frente para salvar a vela, quando ela desabou sentada num tufo de saias e anáguas.

– Meu Deus... acalme... esta... mulher. – A voz de Jamie estava abafada, a manga pressionada contra o rosto para estancar o fluxo de sangue do seu nariz, mas a sinceridade em suas palavras era indubitável.

O sr. Beardsley sacudia-se como um peixe fora d'água, respirando com um chiado e gargarejando. Levantei a vela e o vi batendo no pescoço com a mão aberta. Um lenço de linho havia sido enrolado como uma corda e amarrado em volta do seu pescoço, e seu rosto estava escuro, o único olho esbugalhado. Com a maior rapidez possível, desatei o lenço e sua respiração se soltou com um grande sopro de ar fétido.

– Se ela tivesse sido mais rápida, teria conseguido matá-lo. – Jamie abaixou o braço sujo de sangue e tocou cuidadosamente no nariz. – Santo Deus, acho que ela quebrou meu nariz.

– Por quê? Por que me impediu? – A sra. Beardsley ainda estava consciente, embora cambaleante e com os olhos embaciados. – Ele devia morrer, quero que ele morra, ele tem que morrer.

– *A nighean na galladh*, você podia tê-lo matado como quisesse a qualquer hora neste último mês, se o quisesse morto – Jamie disse com impaciência. – Por que, em nome de Deus, esperar até ter testemunhas?

Ela ergueu o rosto para ele, os olhos repentinamente límpidos e penetrantes.

– Eu não o queria morto – ela disse. – Eu queria que ele *morreche* devagar. – Sorriu, exibindo os tocos de seus dentes quebrados.

– Oh, Santo Deus – eu disse, passando a mão pelo rosto. Estávamos apenas no meio da manhã, mas eu sentia como se o dia já durasse várias semanas. – A culpa é minha. Eu disse a ela que talvez eu pudesse ajudar. Ela achou que eu iria salvá-lo, talvez curá-lo completamente. – A maldição da reputação de fazer curas mágicas! Eu poderia rir, se estivesse com ânimo para ironia.

Havia um novo e penetrante fedor no ar e a sra. Beardsley virou-se para o marido com um grito de horror.

– Animal imundo! – Ela se arrastou sobre os joelhos, agarrou um pedaço de pão duro do prato e atirou-o nele. Ricocheteou de sua cabeça. – Nojento, imundo, desgrachado... – Jamie agarrou-a pelos cabelos quando ela se lançou sobre o corpo prostrado do marido, agarrou-a pelo braço e arrancou-a de perto dele, soluçando e gritando estridentemente.

– Maldição! – ele disse, acima da baderna. – Pegue aquela corda para mim, *Sassenach*, antes que eu mesmo mate esses dois.

A tarefa de descer o sr. Beardsley do sótão foi suficiente para deixar tanto Jamie quanto eu encharcados de suor e imundos, fedendo e com os joelhos bambos do esforço. A sra. Beardsley desabara sobre um banquinho no canto, quieta e maligna como um sapo, sem fazer nenhum esforço para ajudar.

Ela soltou uma arfada ultrajada quando colocamos o corpo grande e mole sobre a mesa limpa, mas Jamie fulminou-a com o olhar e ela afundou-se de novo no seu banco, a boca cerrada numa linha fina e reta.

Jamie limpou o suor da testa com a manga suja de sangue e sacudiu a cabeça ao olhar para Beardsley. Eu não o culpava; mesmo limpo, bem aquecido sob cobertas limpas e alimentado às colheradas com um pouco de papa morna, o homem estava num estado deplorável. Examinei-o outra vez, cuidadosamente, à luz da janela. Não havia dúvida a respeito dos dedos dos pés; o mau cheiro da gangrena era inconfundível e o tom esverdeado cobria o dorso externo do pé.

Eu teria que ir além dos dedos. Franzi o cenho, apalpando cuidadosamente em torno da região putrefata, perguntando-me se seria melhor tentar uma amputação parcial entre os metacarpos ou simplesmente amputar o pé no tornozelo. A operação no tornozelo seria mais rápida e, embora em outras circunstâncias eu desse preferência à amputação parcial, mais conservadora, não fazia realmente nenhum sentido neste caso; Beardsley obviamente nunca mais iria andar outra vez.

Mordi meu lábio inferior em dúvida. Quanto a isso, toda a questão poderia ser irrelevante; ele ardia com uma febre intermitente e as feridas nas pernas e nas nádegas estavam supuradas. Quais eram as suas chances de se recuperar da amputação sem morrer de infecção generalizada?

Eu não ouvi a sra. Beardsley surgir atrás de mim; para uma mulher tão corpulenta, ela se movia de modo incrivelmente silencioso.

– O que pretende fazer? – ela perguntou, a voz soando neutra e distante.

– Os dedos dos pés de seu marido estão gangrenados – eu disse. Não fazia sentido tentar não assustar Beardsley agora. – Vou ter que amputar seu pé. – Não havia realmente escolha, embora meu coração doesse diante da ideia de passar os próximos dias – ou semanas – ali, cuidando de Beardsley. Eu não podia deixá-lo nas mãos carinhosas de sua mulher!

Ela deu a volta lentamente na mesa, parando junto aos pés dele. Seu rosto permanecia impassível, mas um leve sorriso surgia nos cantos de sua boca, indo e vindo, como se não dependesse dela. Ela olhou para os dedos enegrecidos por um longo minuto, depois sacudiu a cabeça.

– Não – ela disse suavemente. – Deixe-o apodrecher.

A questão da capacidade de compreender de Beardsley, ao menos, foi resolvida; seu olho aberto esbugalhou-se e ele emitiu um grito estridente de ódio, debatendo-se e sacudindo-se num esforço para alcançá-la, ficando perigosamente na beira da mesa, a ponto de cair no chão em suas tentativas. Jamie agarrou-o, empurrando-o e içando-o, para manter o pesado fardo sobre a mesa. Quando Beardsley finalmente se acalmou, arfando e choramingando, Jamie empertigou-se, ele próprio arquejante, e deu à sra. Beardsley um olhar de extrema antipatia.

Ela arqueou os ombros, puxando o xale mais junto do corpo, mas não recuou, nem desviou o olhar. Ergueu o queixo numa atitude desafiadora.

– Eu chou mulher dele – ela disse. – Não permitirei que o corte. É um richco à chua vida.

– É morte certa se não o fizermos – eu disse sucintamente. – E uma morte horrível. Você... – Não consegui terminar; Jamie colocou a mão em meu ombro, apertando-o com força.

– Leve-a para fora, Claire – ele disse serenamente.

– Mas...

– Lá fora. – Sua mão apertou ainda mais meu ombro, a pressão quase causando dor. – Não volte até eu chamar.

Seu rosto estava sombrio, mas havia algo em seus olhos que me fez me sentir oca por dentro. Olhei para o aparador, onde suas pistolas estavam ao lado da caixa de remédios, depois de novo para seu rosto, alarmada.

– Não pode – eu disse.

Ele olhou para Beardsley, o rosto impassível.

– Eu sacrificaria um cachorro num caso assim sem pensar duas vezes – ele disse brandamente. – Posso fazer menos por ele?

– Ele não é um cachorro!

– Não, não é. – Tirou a mão do meu ombro e deu a volta na mesa, até ficar ao lado de Beardsley.

– Se me compreende... feche o olho – ele disse à meia-voz. Houve um momento de silêncio e o olho injetado de Beardsley fixou-se no rosto de Jamie... com inegável inteligência. A pálpebra cerrou-se devagar, depois se levantou outra vez.

Jamie virou-se para mim.

– Vá – ele disse. – Deixe que a escolha seja dele. Seja sim ou não, eu a chamarei.

Meus joelhos tremiam e eu crispei as mãos nas pregas da minha saia.

– Não – eu disse. Olhei para Beardsley, engoli com dificuldade e sacudi a cabeça. – Não – repeti. – Se... se você... você precisa de uma testemunha.

Ele hesitou por um instante, depois balançou a cabeça.

– Sim, tem razão. – Ele olhou para a sra. Beardsley. Ela permanecia imóvel, as mãos crispadas embaixo do avental, os olhos saltando de mim para Jamie, para seu marido e de novo para mim. Jamie sacudiu a cabeça quase imperceptivelmente, depois se virou para o doente, endireitando os ombros.

– Pisque uma vez para sim, duas para não – ele disse. – Compreende?

A pálpebra abaixou-se sem hesitação.

– Então ouça. – Jamie respirou fundo e começou a falar, num tom de voz uniforme, sem emoção, os olhos fixos no rosto arruinado e no olhar feroz de seu olho aberto.

– Sabe o que aconteceu a você?

Uma piscadela.

– Sabe que minha mulher é médica, uma curandeira?

O olho se revirou em minha direção, depois novamente para Jamie. Uma piscadela.

– Ela diz que você sofreu uma apoplexia, que os danos são permanentes, não podem ser reparados. Compreende?

Um som raivoso veio da boca torta. Isso não era novidade. Uma piscadela.

– Seu pé está podre. Se não for amputado, você apodrecerá e morrerá. Compreende?

Nenhuma resposta. As narinas alargaram-se repentinamente, úmidas, investigando; então resfolegou, expelindo o ar com uma arfada. Ele sentiu o cheiro da podridão; suspeitara, talvez, mas não sabia ao certo se vinha de sua própria carne. Não até agora. Devagar, uma piscadela.

A serena ladainha continuou, afirmações e perguntas, cada qual uma pá de terra, escavando uma sepultura. Cada finalização com a inexorável pergunta: Compreende?

Eu sentia as mãos, os pés e o rosto dormentes. A estranha sensação de santuário no aposento se alterara; parecia uma igreja, porém não mais um lugar de refúgio. Um lugar agora onde um ritual se desenrolava, levando a um final solene, predeterminado.

E era predeterminado, eu compreendi. Beardsley já fizera sua escolha havia muito tempo – talvez antes mesmo de chegarmos. Afinal, ele tivera um mês inteiro naquele purgatório, suspenso na escuridão fria entre o céu e a terra, para pensar, para se debater com as perspectivas e fazer as pazes com a morte.

Ele compreendia?

Oh, sim, perfeitamente.

Jamie inclinou-se sobre a mesa, uma das mãos no braço de Beardsley, um padre em roupas manchadas, oferecendo absolvição e salvação. A sra. Beardsley continuava paralisada sob o raio de luz que penetrava pela janela, um impassível anjo de denúncia.

Afirmações e perguntas chegaram ao fim.

– Quer que minha mulher tire seu pé e trate suas feridas?

Uma, depois duas piscadelas, exageradas, deliberadas.

A respiração de Jamie era audível, o peso em seu peito produzindo um suspiro a cada palavra.

– Você me pede para tirar sua vida?

Embora metade seu rosto fosse descaída e sem vida e a outra estivesse macilenta e emaciada, ainda havia um pouco de expressão em Beardsley. O canto da boca que funcionava curvou-se para cima num esgar cínico. *O que mais resta*, dizia seu silêncio. A pálpebra abaixou-se e permaneceu fechada.

Jamie fechou os próprios olhos. Um pequeno tremor o percorreu. Em seguida, sacudiu-se levemente, como um homem se livrando de água fria, e virou-se para o aparador, onde estavam suas pistolas.

Atravessei o aposento rapidamente até ele, colocando a mão em seu braço. Ele não olhou para mim, mas manteve os olhos na arma que preparava. Seu rosto estava branco, mas as mãos estavam firmes.

– Vá – ele disse. – Leve-a para fora.

Olhei de novo para Beardsley, mas ele já não era mais meu paciente; seu corpo estava além da minha capacidade de curar ou dar conforto. Dirigi-me à mulher e tomei-a pelo braço, virando-a na direção da porta. Ela me acompanhou, andando mecanicamente, e não se virou para olhar para trás.

A fazenda, do lado de fora, parecia irreal, o pátio iluminado pelo sol, pouco convincente em sua normalidade. A sra. Beardsley livrou-se de minha mão e tomou a direção do celeiro, andando rápido. Olhou para trás, por cima do ombro, para a casa, depois começou a correr, desaparecendo pela porta aberta do celeiro como se demônios a perseguissem.

Percebi seu senso de pânico e quase corri atrás dela. Mas não o fiz; parei na beira do pátio e esperei. Podia sentir meu coração batendo, devagar, pancadas surdas em meus ouvidos. Isso também parecia irreal.

Ouviu-se o tiro, finalmente. Um pequeno estouro seco, inconsequente, entre o suave balido das cabras que vinha do celeiro e o ruído arrastado produzido pelas galinhas, ciscando na terra ali perto. Cabeça, imaginei repentinamente, ou coração, e estremeci.

Já passava bastante do meio-dia; o ar gelado e parado da manhã havia se dispersado e uma brisa fria soprava pelo pátio, levantando poeira e fragmentos de feno. Levantei-me e esperei. Ele teria feito uma pausa, pensei, para fazer uma breve oração pela alma de Beardsley. Um momento se passou, dois, em seguida a porta dos fundos se abriu. Jamie saiu, deu alguns passos, depois parou, inclinou-se e vomitou.

Comecei a ir em sua direção, para o caso de ele precisar de mim, mas não. Endireitou-se e limpou a boca, depois se virou e atravessou o pátio, afastando-se de mim, rumo à floresta.

Senti-me subitamente supérflua e estranhamente insultada. Eu estivera trabalhando apenas alguns instantes atrás, profundamente absorvida na prática da medicina. Conectada à carne, à mente e ao corpo; atenta aos sintomas, consciente do pulso e da respiração, os sinais vitais. Eu não gostara nem um pouco de Beardsley e, no entanto, estava totalmente empenhada na luta para preservar sua vida, diminuir seu sofrimento. Ainda podia sentir o estranho toque quente e flácido de sua pele em minhas mãos.

Agora meu paciente estava abruptamente morto e eu sentia como se uma pequena parte de meu corpo tivesse sido amputada. Achei que talvez estivesse um pouco chocada.

Olhei para a casa, minha sensação original de cautela substituída pelo desgosto – e por algo mais profundo. O corpo deve ser lavado, é claro, e decentemente arrumado para o enterro. Eu já havia feito isso antes – sem grande comoção, ainda que sem ânimo –, mas agora eu me via com uma grande relutância em voltar para dentro daquela casa.

Eu já vira morte por violência – e muitas muito mais repugnantes do que esta provavelmente havia sido. Morte era morte. Quer viesse como passagem, como separação ou, em alguns casos, como uma libertação extremamente almejada... Jamie libertara Beardsley muito repentinamente da prisão de seu corpo assolado; será que seu espírito ainda vagava na casa, sem ter ainda percebido sua liberdade?

– Você está sendo supersticiosa, Beauchamp – eu disse severamente para mim mesma. – Pare com isso agora mesmo. – No entanto, não dei nem um passo na direção da casa e fiquei vagando pelo pátio, nervosa como um indeciso beija-flor.

Se Beardsley estava além da minha ajuda e Jamie, sem nenhuma necessidade dela, ainda havia uma pessoa que podia precisar de mim. Dei as costas para a casa e me dirigi ao celeiro.

Esse não era mais do que um barracão grande e aberto com um palheiro, agradavelmente escuro e cheio de feno e formas em movimento. Fiquei parada na entrada até meus olhos se ajustarem. Havia uma baia em um dos cantos, mas nenhum cavalo. Uma cerca precária, com um suporte para a ordenha, formava um cercado para as cabras do outro lado; ela estava agachada dentro dele, sobre uma pilha de palha fresca. Meia dúzia de cabras amontoavam-se ao seu redor, empurrando e beliscando as pontas de seu xale. Ela não passava de uma forma arqueada, mas percebi o breve lampejo de um olho cauteloso nas sombras.

– Echtá acabado? – A pergunta foi feita brandamente, quase inaudível acima dos ruídos serenos das cabras.

– Sim. – Hesitei, mas ela não parecia estar em absoluto precisando do meu apoio; eu podia ver melhor agora: ela segurava um cabrito no colo, os dedos acariciando a cabecinha sedosa. – Está bem, sra. Beardsley?

Silêncio, depois a figura corpulenta estremeceu e se aquietou, parecendo liberada de uma parte da tensão.

– Nem chei ao cherto – ela disse suavemente. Esperei, mas ela nem se moveu, nem disse mais nada. A tranquilizadora companhia das cabras parecia ser tão reconfortante para ela quanto a minha, então me virei e as deixei, de certa forma invejando o aquecido refúgio do celeiro e suas alegres companhias.

Nós havíamos deixado os cavalos no pátio de entrada, ainda selados, amarrados a uma amieiro novo. Jamie soltara os cinturões e removera os alforjes quando foi pegar minha caixa de remédios, mas não tivera tempo de tirar os arreios. Eu fiz isso agora; obviamente, ainda se passaria algum tempo até podermos ir embora. Tirei as bridas também e prendi as maneias, deixando-os soltos para pastar no capim queimado do inverno que ainda crescia profusamente no limiar dos pinheiros.

Havia uma metade de uma tora, escavada no meio, no lado oeste da casa, obviamente destinada a servir de cocho para cavalos, mas estava vazia. Satisfeita em poder me ocupar com os cavalos por enquanto, tirei água do poço e despejei balde após balde no cocho.

Limpando minhas mãos úmidas em minha saia, olhei em volta em busca de outra ocupação útil, mas não havia nenhuma. Portanto, não havia escolha. Preparei-me para o que tinha que ser feito, despejei mais água no balde com a cabaça oca usada para beber água que estava na beira do poço e carreguei-a comigo até a casa, concentrando-me ferozmente em não entornar nem um pouco da água, a fim de evitar ter que pensar sobre as perspectivas no interior da casa.

Quando ergui os olhos, fiquei espantada de ver que a porta dos fundos estava aberta. Eu tinha certeza de que tinha sido fechada antes. Jamie estaria lá dentro? Ou a sra. Beardsley?

Mantendo uma distância cautelosa, estiquei o pescoço para espreitar para dentro da cozinha, mas, quando me aproximava mais, ouvi o ruído regular de uma pá tirando terra. Dei a volta no canto da casa e vi Jamie cavando perto de uma sorveira solitária no pátio, a pouca distância da casa. Ele ainda estava em mangas de camisa e o vento soprava o linho branco e sujo contra seu corpo, agitando os cabelos ruivos sobre seu rosto.

Ele afastou-os para trás com o pulso e eu vi, com uma pequena sensação de choque, que ele estava chorando. Chorava silenciosamente e de certo modo furiosamente, atacando o solo como se fosse um inimigo. Ele percebeu meu movimento pelo canto do olho e parou, passando a manga da camisa, suja de sangue, rapidamente pelo rosto, como se estivesse limpando o suor da testa.

Ele respirava roucamente, alto o suficiente para se ouvir a distância. Aproximei-me silenciosamente e lhe ofereci a cabaça de água, juntamente com um lenço limpo. Ele não me olhou nos olhos, mas bebeu, tossiu, bebeu de novo, devolveu-me a cabaça e assoou o nariz. Estava inchado, mas já não sangrava.

– Nós não vamos dormir aqui esta noite, não é? – arrisquei-me a perguntar, sentando-me no toco de cortar lenha que havia embaixo da sorveira.

Ele sacudiu a cabeça.

– Por Deus, não – disse roucamente. Seu rosto estava manchado e os olhos injetados, mas ele mantinha um firme autocontrole. – Vamos enterrá-lo decentemente e depois vamos embora. Não me importo de dormir com frio na floresta outra vez... mas não aqui. – Concordei de todo coração, mas havia mais uma coisa a ser considerada.

– E... ela? – perguntei delicadamente. – Ela está na casa? A porta dos fundos está aberta.

Ele grunhiu e enfiou a pá na terra com força.

– Não, fui eu. Eu havia me esquecido de deixar a porta aberta quando saí... para deixar a alma partir, livre – ele explicou, vendo minha sobrancelha erguida.

Foi a completa trivialidade com que ele ofereceu essa explicação, mais do que o fato de que ela vinha ao encontro da minha própria noção anterior, que fez os cabelos da minha nuca se arrepiarem.

– Compreendo – eu disse, um pouco fracamente.

Jamie continuou cavando por algum tempo, a pá entrando fundo na terra. Ali o solo era formado de argila e folhas mortas; era fácil de cavar. Finalmente, sem interromper o movimento ritmado da pá, ele disse:

– Brianna contou-me uma história que ela havia lido certa vez. Não me lembro muito bem de tudo, mas houve um assassinato, só que o morto era um homem cruel, que levara alguém a matá-lo. E, no final, quando perguntaram à pessoa que estava contando a história o que deveria ser feito, ele disse: "Que se faça a justiça de Deus."

Assenti. Eu concordava, embora parecesse um pouco penoso para a pessoa que se via na obrigação de ser o instrumento de tal justiça.

– Você acha que foi isso neste caso? Justiça?

Ele sacudiu a cabeça; não em negação, mas com perplexidade; e continuou a cavar. Observei-o por alguns instantes, acalmada pela sua presença e pelo ritmo hipnótico de seus movimentos. Após algum tempo, entretanto, preparei-me para enfrentar a tarefa que me aguardava.

– Acho melhor eu preparar o morto e limpar o sótão – eu disse com relutância, preparando-me para me levantar. – Não podemos deixar a pobre mulher sozinha com tal bagunça, independentemente do que ela tenha feito.

– Não, espere, *Sassenach* – Jamie disse, fazendo uma pausa na escavação. Olhou na direção da casa, um pouco cautelosamente. – Eu vou com você, daqui a pouco. Por enquanto – fez um sinal com a cabeça indicando a borda da floresta –, acha que pode ir buscar algumas pedras para o marco do túmulo?

Um montículo de pedras, um marco celta para o túmulo? Fiquei mais do que ligeiramente surpresa com isso; parecia uma sofisticação desnecessária para o falecido sr. Beardsley. Ainda assim, havia lobos na floresta; eu vira marcas na trilha dois dias atrás. Também me ocorreu que Jamie devia estar arrumando uma desculpa plausível para eu adiar a entrada na casa outra vez – nesse caso, carregar pedras parecia uma alternativa perfeitamente desejável.

Felizmente não havia escassez de pedras adequadas. Peguei no meu alforje o grosso avental de lona que eu usava para as cirurgias e comecei a ir e voltar, uma formiga colecionando farelos laboriosamente. Após cerca de meia hora neste trabalho, a ideia de entrar na casa começara a parecer menos desagradável. Jamie ainda trabalhava arduamente na cova, de modo que eu continuei a recolher e transportar pedras.

Finalmente parei, arquejante, e despejei no chão nova carga do meu avental, junto à cova cada vez mais funda. As sombras se estendiam pelo pátio de entrada e o ar estava tão frio, que meus dedos haviam ficado dormentes – ainda bem, tendo em vista os diversos arranhões e pequenos cortes em minhas mãos.

– Você está com péssimo aspecto – observei, afastando um feixe de cabelos emaranhados do meu próprio rosto. – A sra. Beardsley já saiu lá de dentro?

Ele sacudiu a cabeça, mas parou um instante para recuperar o fôlego antes de responder.

– Não – ele disse, numa voz tão rouca, que mal pude ouvi-lo. – Ainda está lá com as cabras. Deve estar bem quente lá.

Olhei para ele com inquietação. Cavar sepulturas é um trabalho árduo; sua camisa estava grudada no corpo, encharcada de suor, apesar do dia frio, e seu rosto estava afogueado – do esforço, eu esperava, e não de febre. Mas seus dedos estavam brancos e tão rígidos quanto os meus; foi um visível esforço para ele abri-los e soltar o cabo da pá.

– Certamente já está bastante funda – eu disse, examinando o trabalho. Eu mesma teria ficado satisfeita com uma canaleta rasa na terra macia, mas serviço malfeito não era do feitio de Jamie. – Por favor, Jamie, pare e troque de camisa agora mesmo. Você está ensopado de suor, vai piorar do resfriado.

Ele não se deu ao trabalho de argumentar, mas pegou a pá e cuidadosamente acertou os cantos da cova, moldando as paredes de forma a que as laterais não desmoronassem para dentro.

As sombras sob os pinheiros estavam cada vez mais densas e as galinhas já tinham se retirado para seus poleiros, bolas de penas empoleiradas nas árvores como maços de visco marrom. Os pássaros da floresta também haviam silenciado e a sombra da casa estendia-se longa e fria sobre a nova sepultura. Abracei meus cotovelos e estremeci diante daquela quietude.

Jamie atirou a pá no chão com uma batida metálica, sobressaltando-me. Saltou para fora da cova e ficou parado, imóvel por um instante, os olhos fechados, oscilando de exaustão. Em seguida, abriu os olhos e sorriu para mim com ar cansado.

– Vamos terminar com isso – ele disse.

Se a porta aberta realmente havia permitido que o espírito do falecido partisse ou se era apenas o fato de Jamie estar comigo, não senti nenhuma hesitação em entrar na casa agora. O fogo se extinguira e a cozinha estava fria e na penumbra e, no entanto, não havia nenhuma sensação de nada maligno no ar. Estava simplesmente... vazia.

Os restos mortais do sr. Beardsley descansavam pacificamente sob um de seus próprios cobertores para venda, silenciosos e imóveis. Vazios, também.

A sra. Beardsley se recusara a ajudar com as formalidades – ou mesmo entrar na casa, enquanto o corpo do marido estivesse lá dentro. Assim, varri a lareira, acendi um novo fogo e aticei-o até ganhar vida, enquanto Jamie cuidava da sujeira no sótão. Quando ele finalmente desceu, eu já me voltara para o trabalho principal à minha espera.

Morto, Beardsley parecia muito menos grotesco do que em vida; os membros retorcidos haviam relaxado, o ar de frenético esforço desaparecera. Jamie colocara uma tolha de linho sobre a cabeça, embora, quando espreitei sob ela, vi que não havia nenhuma sujeira sanguinolenta para limpar; Jamie atirara nele com precisão pelo olho cego e a bala não estourara os miolos. O olho são estava fechado agora, o ferimento enegrecido fixamente aberto. Recoloquei a toalha delicadamente de volta sobre o rosto, sua simetria restaurada na morte.

Jamie desceu as escadas e veio se colocar silenciosamente atrás de mim, tocando de leve em meu ombro.

– Vá se lavar – eu disse, gesticulando para trás de mim para indicar a pequena chaleira de água quente que eu pendurara sobre o fogo para esquentar. – Eu resolvo isso aqui.

Ele assentiu, tirou a camisa imunda e suada e largou-a na lareira. Ouvi os pequenos ruídos familiares que ele fazia enquanto se lavava. Tossia de vez em quando, mas sua respiração parecia melhor do que lá fora no frio.

– Eu não sabia que podia ser assim – ele disse de trás de mim. – Eu achava que a apoplexia mataria um homem instantaneamente.

– Às vezes é assim mesmo – eu disse, um pouco distraidamente, franzindo a testa em concentração no que estava fazendo. – Na verdade, em geral é isso mesmo que acontece.

– É mesmo? Nunca pensei em perguntar a Dougal, ou Rupert. Ou Jenny. Se meu pai... – A frase foi bruscamente interrompida, como se ele a tivesse engolido.

Ah. Senti uma pontada no plexo solar ao compreender finalmente. Então era isso. Eu não me lembrava, mas ele me contara, havia muitos anos, logo depois do nosso casamento. Seu pai vira Jamie açoitado em Fort William e, com o choque, sofrera um derrame e morrera. Jamie, ferido e doente, fora secretamente retirado do forte e partira em exílio. Não lhe contaram sobre a morte do pai senão semanas mais tarde – ele não teve nenhuma chance de se despedir, não pudera nem enterrar nem prestar homenagem em sua sepultura.

– Jenny deve saber – eu disse brandamente. – Ela teria lhe dito se... – Se Brian Fraser tivesse sofrido uma morte de tão lenta agonia e ignomínia como esta, definhado e paralisado, degradando-se fisicamente diante dos olhos da família que ele lutara para proteger.

Ela teria mesmo lhe contado? Se tivesse cuidado de seu pai durante a incontinência e a impotência? Se tivesse esperado dias ou semanas, repentinamente desprovida tanto do pai quanto do irmão, sozinha para enfrentar a morte de frente enquanto ela se aproximava, lentamente... e, no entanto, Jenny Fraser era uma mulher muito forte, que amava imensamente seu irmão. Talvez ela tivesse resolvido protegê-lo, tanto da culpa quando do conhecimento.

Virei-me para encará-lo. Estava seminu, mas limpo agora, com uma camisa limpa tirada do alforje que tinha nas mãos. Olhava para mim, mas vi seus olhos deslizarem para além de mim e se fixarem no cadáver com um perturbado fascínio.

– Ela teria lhe contado – repeti, esforçando-me para incutir certeza em minha voz.

Jamie inspirou profunda e dolorosamente.

– Talvez.

– Ela teria – eu disse com mais firmeza.

Ele assentiu, respirou fundo novamente e expirou devagar, mais relaxado. Compreendi que a casa não era a única coisa assombrada pela morte de Beardsley. Mas era Jenny quem tinha a chave da única porta que poderia ser aberta para Jamie.

Eu compreendia agora por que ele havia chorado e tomara tanto cuidado na escavação da sepultura. Não era por causa do choque, nem por caridade, muito menos por consideração com o falecido – mas por Brian Fraser; o pai que ele não enterrara, nem pranteara.

Virei-me novamente, me levantei e prendi as pontas do cobertor cuidadosamente sobre o corpo limpo e arranjado, amarrando-o com uma corda fina na cabeça e nos pés, fazendo um embrulho bem-arrumado e anônimo. Jamie tinha quarenta e nove anos; a mesma idade com que seu pai morrera. Olhei-o pelo canto do olho rapidamente, enquanto ele terminava de se vestir. Se seu pai fosse como ele... senti uma repentina pontada de tristeza, por uma perda tão grande. Pela força extirpada e o amor extinto, pela perda de um homem que eu sabia que fora grandioso, apenas pelo reflexo dele que eu via em seu filho.

Vestido, Jamie deu a volta na mesa e ajudou-me a levantar o corpo. No entanto, em vez de colocar as mãos sob ele, ele estendeu os braços e tomou minhas mãos nas suas.

– Jure para mim, Claire – ele disse. Sua voz era quase inaudível com a rouquidão; tive que me inclinar para frente para ouvi-lo. – Se um dia me acontecer o que aconteceu com meu pai... jure que fará por mim a mesma caridade que eu fiz por esse desgraçado aqui.

Havia novas bolhas nas palmas de suas mãos por causa da escavação da sepultura; senti a estranha suavidade delas, cheias de líquido e maleáveis, conforme ele agarrava minhas mãos.

– Farei o que tiver que ser feito – sussurrei em resposta. – Assim como você fez. – Apertei suas mãos e soltei-as. – Venha e me ajude a enterrá-lo. Acabou.

28

BROWNSVILLE

A tarde já estava avançada quando Roger e a milícia chegaram a Brownsville, tendo errado a estrada e vagado pelos montes por várias horas antes de encontrar dois cherokee que lhes indicaram o caminho certo.

Brownsville consistia em meia dúzia de choças caindo aos pedaços, espalhadas pelo matagal seco da encosta de uma colina como um punhado de lixo atirado no mato. Perto da estrada – se é que o estreito e esburacado caminho de lama preta pisoteada pudesse merecer esse nome –, duas cabanas inclinavam-se precariamente de cada lado de uma construção ligeiramente maior e de aparência um pouco mais sólida, como dois bêbados apoiando-se num companheiro mais sóbrio. Ironicamente, esse prédio maior parecia funcionar como taverna e armazém geral de Brownsville, a julgar pelos barris de cerveja e pólvora, bem como as pilhas de peles de animais encharcadas que havia no pátio lamacento ao lado. No entanto, Roger pensou, aplicar qualquer desses termos a ele também era conceder-lhe mais dignidade do que merecia.

Ainda assim, era obviamente o lugar por onde deviam começar – ao menos, em consideração aos homens que o acompanhavam e que haviam começado a vibrar como limalhas perto de um ímã à vista dos barris; o cheiro fermentado de cerveja flutuava até eles como um aceno de boas-vindas. Ele também não iria dizer não a um caneco de cerveja, pensou, acenando a mão para que parassem. Era um dia extremamente frio e já se passara muito tempo desde o café da manhã. Provavelmente não conseguiriam nada além de pão ou ensopado ali, mas, desde que estivesse quente e fosse engolido com algum tipo de bebida alcoólica, ninguém iria reclamar.

Desceu do cavalo e se virava para chamar os outros quando a mão de alguém segurou seu braço.

– *Attendez*. – Fergus falou serenamente, mal movendo os lábios. Estava ao lado de Roger, olhando para alguma coisa além dele. – Não se mexa.

Roger não se moveu, nem nenhum dos homens ainda em seus cavalos. O que quer que Fergus vira, eles também haviam visto.

– O que é? – Roger perguntou, mantendo a voz baixa também.

– Alguém, duas pessoas, estão apontando armas para nós, através da janela.

– Ah. – Roger lembrou-se do bom senso de Jamie de não entrar em Brownsville à noite, no dia anterior. Evidentemente ele sabia alguma coisa sobre a natureza desconfiada de lugares remotos.

Movendo-se muito devagar, ele levantou as duas mãos no ar e sinalizou com um movimento do queixo para Fergus, que relutantemente fez o mesmo, o gancho brilhando ao sol da tarde. Ainda com as mãos para o alto, Roger virou-se muito devagar. Mesmo sabendo o que esperar, sentiu o estômago se contrair ao ver os dois canos longos e brilhantes das armas projetando-se de trás da pele de veado oleada que cobria a janela.

– Ô de casa! – ele gritou, com tanta autoridade quanto conseguiu reunir com as mãos acima da cabeça. – Sou o capitão Roger MacKenzie, no comando da milícia sob as ordens do coronel James Fraser, de Fraser's Ridge!

O único efeito dessa estratégia foi fazer o cano de uma arma se virar, focalizando-se em Roger, de modo que ele podia olhar diretamente pelo círculo pequeno e escuro da boca da arma. A desagradável perspectiva, entretanto, fazia-o perceber que a outra arma não fora apontada para ele desde o começo. Ela fora, e continuava sendo, apontada diretamente por cima de seu ombro direito, na direção de um grupo de homens ainda montados em seus cavalos atrás dele, remexendo-se em suas selas e murmurando entre si nervosamente.

Ótimo. E agora? Os homens estavam esperando que ele fizesse *alguma coisa*. Movendo-se devagar, ele abaixou as mãos. Estava inspirando fundo para gritar outra vez, mas antes que pudesse falar, uma voz rouca soou de trás da pele de veado.

– Estou vendo você, Morton, seu filho da mãe!

Essa imprecação foi acompanhada de um significativo safanão do cano da primeira arma, que se virou bruscamente de Roger para mirar no mesmo alvo da segunda – provavelmente Isaiah Morton, um dos homens da milícia, oriundo de Granite Falls.

Houve um rebuliço entre os homens montados, gritos de espanto e, depois, um tumulto geral quando as duas armas dispararam. Cavalos empinaram-se e dispararam, homens gritavam e praguejavam, e nuvens de fumaça branca e ácida emanaram da janela.

Roger lançara-se ao chão com a primeira explosão. No entanto, quando os ecos desvaneceram-se, ele levantou-se atabalhoadamente, como por reflexo, limpou lama dos olhos e arremeteu-se contra a porta, de cabeça. Para sua surpresa, sua mente estava funcionando com absoluta clareza. Brianna levava vinte segundos para carregar e preparar a arma e duvidava de que esses vagabundos fossem mais rápidos. Ele calculou que houvesse dez segundos de sobra e pretendia usá-los.

Atingiu a porta com o ombro e ela voou para dentro, batendo contra a parede e fazendo Roger entrar correndo, atordoado, e chocar-se com a parede em frente. Colidiu direto com a chaminé, numa pancada que deixou seu ombro dormente, ricocheteou e, aos trancos e barrancos, conseguiu ficar de pé, cambaleando como um bêbado.

Várias pessoas na sala haviam se virado para olhar para ele, boquiabertas. Sua visão clareou o suficiente para ver que apenas dois homens estavam de fato portando armas. Ele respirou fundo, arremessou-se sobre o mais próximo, um homem raquítico com uma barba rala e irregular, e agarrou-o pela camisa, imitando um temível professor de luta do colégio de Roger.

– O que pensa que está fazendo, homenzinho?! – rugiu, levantando o homem com um puxão. O sr. Sanderson teria ficado satisfeito, ele pensou, à ideia de que seu exemplo fora tão profícuo. E eficaz, também; embora o homenzinho magricela na mão de Roger não tivesse urinado nas calças nem choramingado, como às vezes acontecia com os alunos iniciantes sob tal tratamento, ele de fato emitiu alguns sons guturais, batendo em vão na mão de Roger agarrada à sua camisa.

– Você, senhor! Largue o meu irmão! – A vítima de Roger deixara cair tanto sua arma quanto o chifre de pólvora que segurava quando fora agarrado, espalhando o pó negro por todo o assoalho. No entanto, o outro atirador conseguira recarregar sua arma e agora tentava mirar em Roger. De certa forma, foi impedido nesta tentativa pelas três mulheres na sala, duas das quais tagarelavam e puxavam sua arma, interpondo-se entre eles. A terceira jogara o avental por cima da cabeça e emitia gritos histéricos, altos e ritmados.

Nesse momento, Fergus entrou impetuosamente na casa, uma enorme pistola na mão. Apontou-a negligentemente para o homem com a arma.

– Abaixe esta arma, por gentileza – ele disse, erguendo a voz o suficiente para ser ouvido acima da algazarra. – E talvez, *madame*, poderia jogar um pouco de água nesta jovem mulher? Ou dar-lhe um leve tapa? – Gesticulou com seu gancho na direção da mulher que berrava histericamente, contraindo-se com o barulho.

Movendo-se como se estivesse hipnotizada, uma das mulheres dirigiu-se devagar para a jovem esganiçada, sacudiu-a com força pelos ombros e começou a murmurar no seu ouvido, sem tirar os olhos de Fergus. Os gritos cessaram, substituídos por soluços e arfadas irregulares.

Roger sentiu um imenso alívio. Pura raiva, simples pânico e a absoluta necessidade de fazer *alguma coisa* o haviam levado até ali, mas admitia sem nenhum constrangimento que não tinha a menor ideia do que fazer em seguida.

Respirou fundo, sentindo as pernas começarem a tremer e lentamente colocou sua vítima no chão, soltando a mão com um sinal desajeitado da cabeça. O homem deu vários passos rapidamente para trás, depois ficou alisando as marcas de sua camisa, os olhos estreitados fixos em Roger com rancor.

– E quem é *você*? – O segundo homem, que de fato abaixara a arma, olhou para Fergus, confuso.

O francês abanou seu gancho – o qual, Roger notou, parecia fascinar as mulheres – num gesto que descartava a pergunta.

– Isso não tem nenhuma importância – ele disse majestosamente, levantando um pouco mais o nariz aristocraticamente arrogante. – Eu exijo... isto é, *nós* exigimos – ele consertou, com um educado aceno da cabeça na direção de Roger – saber quem é *você*.

Os presentes na cabana trocaram olhares de perplexidade, como se perguntassem a si próprios quem eles realmente eram. Após um instante de hesitação, no entanto, o maior dos dois homens empinou o queixo com beligerância.

– Meu nome é Brown, senhor. Richard Brown. Estes são meu irmão, Lionel, minha mulher, Meg, minha filha, Alicia – esta parecia ser a jovem do avental, que o havia removido da cabeça, permanecendo ali parada, chorosa e soluçando – e minha irmã, Thomasina.

– Seu criado, *madame, mesdemoiselles*. – Fergus fez uma mesura extremamente elegante para as mulheres, mas tendo o cuidado de manter a pistola apontada para a cabeça de Richard Brown. – Minhas desculpas pelo incômodo.

A sra. Brown respondeu com um sinal da cabeça, parecendo um pouco estupidificada. A srta. Thomasina Brown, uma mulher alta, de ar severo, olhou de Roger para Fergus e de novo para Roger com a expressão de quem compara uma barata com uma centopéia, decidindo qual irá pisotear primeiro.

Fergus, tendo conseguido transformar o ambiente de um confronto armado ao de um *salon* parisiense, parecia satisfeito. Olhou para Roger e inclinou a cabeça, um sinal de que passaria o comando da situação para ele.

– Certo. – Roger usava uma camisa de caça solta, mas sentia como se estivesse numa camisa de força. Respirou fundo novamente, tentando forçar o ar a entrar em seu peito. – Bem. Como eu disse, eu sou... ah... o capitão MacKenzie. Fomos encarregados pelo governador Tryon de formar uma milícia e viemos notificá-los de sua obrigação de fornecer homens e suprimentos.

Richard Brown pareceu surpreso; seu irmão fulminou-os com o olhar. No entanto, antes que pudessem fazer objeções, Fergus aproximou-se de Roger, murmurando:

– Não acha que devemos primeiro descobrir se eles mataram o sr. Morton, *mon capitaine*, antes de aceitá-los em nosso grupo?

– Oh, mmhum. – Roger olhou fixamente para os Brown com a expressão mais severa que conseguiu apresentar. – Sr. Fraser. Poderia ir ver como está o sr. Morton? Eu ficarei aqui. – Mantendo os olhos nos Brown, estendeu a mão para a pistola de Fergus.

– Oh, o seu Morton ainda está cheio de vida, capitão. Aliás, ele não está aqui, porque saiu correndo para o mato como um gato que queimou o rabo, mas estava bom das pernas na última vez em que o vi. – Uma voz anasalada com sotaque de Glasgow falou da soleira da porta e Roger olhou naquela direção e viu um amontoado de cabeças interessadas espreitando para dentro da cabana. O cocuruto espetado de Henry Gallegher entre elas. Viam-se também várias armas prontas para atirar e Roger respirou com mais alívio.

Os Brown haviam perdido o interesse em Roger e fitavam Gallegher absolutamente atônitos.

– O que ele disse? – a sra. Brown sussurrou para sua cunhada. A mulher mais velha sacudiu a cabeça, os lábios contraídos como a boca de uma sacolinha fechada com cordão.

– O sr. Morton está vivo e bem – Roger traduziu para elas. Ele tossiu. – Felizmente para vocês – disse para os irmãos Brown, com o tom mais ameaçador que conseguiu imprimir à voz. Voltou-se para Gallegher, que agora entrara na sala e apoiava-se no umbral da porta, o mosquete na mão e com ar de quem estava se divertindo.

– Então estão todos bem, Henry?

Gallegher deu de ombros.

– Esses patifes não feriram ninguém, mas furaram seu alforje com uma descarga de chumbinhos. Senhor – ele acrescentou como um pensamento tardio, exibindo os dentes com um breve lampejo no meio da barba.

– O alforje com o uísque? – Roger perguntou.

– Credo! – Gallegher esbugalhou os olhos horrorizado, depois abriu um largo sorriso tranquilizador. – Não, o outro.

– Ah, bom. – Roger abanou a mão, descartando o problema. – São apenas minhas calças sobressalentes, não é mesmo?

Essa resposta filosófica provocou risos e assobios de apoio dos homens amontoados na soleira da porta, o que animou Roger o suficiente para voltar à carga com o Brown franzino.

– E o que você tem contra Isaiah Morton? – ele perguntou.

– Ele desonrou minha filha – o sr. Brown respondeu prontamente, tendo recobrado a compostura. Olhou furiosamente para Roger, a barba torcendo-se de raiva. – Eu disse a ele que o deixaria morto aos pés dela se ele um dia ousasse mostrar a cara a quilômetros de Brownsville. E não é que o patife sem-vergonha tem o desplante de vir até a minha porta!

O sr. Richard Brown virou-se para Gallegher.

– Está me dizendo que nós dois *não* conseguimos acertar o filho da mãe?

Gallegher deu de ombros, se desculpando.

– Sim. Lamento.

A jovem srta. Brown acompanhara essa conversa com a boca ligeiramente aberta.

– Eles erraram? – ela perguntou, a esperança iluminando os olhos vermelhos. – Isaiah ainda está vivo?

– Não por muito tempo – seu tio assegurou-lhe. Inclinou-se para pegar a arma de caçar aves, e todas as três mulheres Brown desandaram num coro de renovado berreiro, enquanto as armas da milícia à porta ergueram-se simultaneamente, mirando em Brown. Bem devagar, ele recolocou a arma no chão.

Roger olhou para Fergus, que levantou uma sobrancelha e deu de ombros. Ele é que decidia.

Os Brown haviam se juntado, os dois irmãos olhando-o com raiva, as mulheres amontoadas atrás deles, fungando e murmurando. Homens da milícia enfiavam a cabeça pelas janelas com curiosidade, todos olhando para Roger, à espera de suas ordens.

E exatamente o que ele deveria lhes dizer? Morton era um membro da milícia e, portanto – ele presumia –, com direito a proteção. Roger certamente não podia entregá-lo aos Brown, independentemente do que ele tivesse feito – sempre presumindo que ele poderia ser capturado. Por outro lado, Roger tinha a incumbência de alistar os Brown e o resto dos homens aptos de Brownsville, além de também extrair deles suprimentos suficientes para ao menos uma semana; a julgar pela expressão de seus rostos, tal sugestão também não seria bem recebida neste momento.

Tinha a incômoda convicção de que Jamie Fraser saberia imediatamente como melhor resolver esta crise diplomática. Ele, pessoalmente, não tinha a menor ideia.

Mas ele podia pelo menos usar a tática do adiamento. Suspirando, abaixou a pistola e tocou na bolsa em sua cintura.

– Henry, traga o alforje com o uísque, sim? E, sr. Brown, talvez me permita comprar alguma comida e um barril da sua cerveja, para meus homens fazerem uma refeição.

E com sorte, quando todos estivessem bêbados, Jamie Fraser estaria de volta.

29
A TERÇA PARTE DE UMA CABRA

Não estava totalmente acabado, afinal. O sol já se pusera havia muito tempo quando terminamos tudo na fazenda dos Beardsley, nos arrumamos, refizemos nossas bagagens e encilhamos novamente os cavalos. Pensei em sugerir que comêssemos antes de partir – não havíamos comido nada desde o café da manhã –, mas a atmosfera do lugar era tão perturbadora, que nem Jamie nem eu tínhamos apetite.

– Vamos esperar – ele disse, içando os alforjes sobre o lombo da égua. Olhou por cima do ombro para a casa. – Estou oco como uma cabaça, mas não poderia comer nada enquanto avistasse este lugar.

– Sei como se sente. – Olhei para trás, também, nervosamente, embora não houvesse nada para ser visto; a casa estava silenciosa e vazia. – Mal posso esperar para estar longe daqui.

O sol desaparecera atrás das árvores e uma sombra fria e azulada espalhava-se pela depressão onde ficava a casa da fazenda. A terra fresca da sepultura de Beardsley mostrava-se escura de umidade, um monturo arqueado sob os galhos despidos da sorveira. Era impossível olhar para ela sem pensar no peso da terra molhada e na imobilidade, na decomposição e no apodrecimento.

Você vai apodrecer e morrer, Jamie dissera a ele. Eu esperava que a inversão desses dois acontecimentos tenha sido de algum benefício para Beardsley – não tinha sido para mim. Apertei meu xale com força ao redor dos ombros e expirei ruidosamente, depois inspirei profundamente, na esperança de que o aroma límpido e frio dos pinheiros erradicasse o fantasma do fedor de carne morta que parecia prender-se às mãos, às roupas e ao nariz.

Os cavalos remexiam-se, batiam as patas e sacudiam as crinas, ansiosos para partir. Não os culpava. Incapaz de me conter, olhei para trás outra vez. Seria difícil imaginar uma paisagem mais desolada. Ainda mais difícil de imaginar era a ideia de ficar ali, sozinha.

Evidentemente a sra. Beardsley havia imaginado como seria e chegara a conclusões semelhantes. Neste momento, ela emergiu do celeiro, o cabrito nos braços, e anunciou que iria conosco. E, evidentemente, as cabras também. Ela me entregou o cabrito e desapareceu de novo dentro do celeiro.

O cabrito era pesado e estava quase adormecido, as pequenas juntas flexíveis dobradas numa trouxinha aconchegante. Ele soprou a respiração morna em minha mão, mordiscou delicadamente para ver de que eu era feita, depois emitiu um pequeno "méé" de contentamento e relaxou numa tranquila inércia contra as minhas costelas. Um "méé!" mais alto e um empurrão na minha coxa anunciaram a presença da mãe do cabrito, tomando conta de seu rebento.

– Bem, ela certamente não pode deixá-las aqui – murmurei para Jamie, que fazia ruídos de contrariedade na penumbra atrás de mim. – As cabras têm que ser ordenhadas. Além do mais, não é uma distância tão grande, não é?

– Sabe a velocidade com que uma cabra anda, *Sassenach*?

– Nunca tive a oportunidade de marcar o tempo de uma – eu disse, um pouco asperamente, mudando de posição meu pequeno fardo peludo. – Mas não creio que sejam muito mais lentas do que os cavalos no escuro.

Ele emitiu um barulho escocês gutural diante disso, ainda mais expressivo do que o normal por causa da garganta encatarrada. Ele tossiu.

– Você está com um ronco horrível – eu disse. – Quando chegarmos aonde estamos indo, vou passar a pomada de gordura de ganso mentolada em você, meu caro.

Ele não fez nenhuma objeção a essa proposta, o que de certa forma me alarmou um pouco, pois indicava uma séria depressão de sua vitalidade. Mas, antes que eu pudesse fazer mais perguntas sobre seu estado de saúde, fui interrompida pela saída da sra. Beardsley do celeiro, conduzindo cinco cabras, amarradas por corda como um bando de prisioneiros jovialmente embriagados.

Jamie olhou para a procissão com ar de dúvida, suspirou resignado e voltou-se para a consideração dos problemas de logística que tinha à mão. Não havia a menor possibilidade de fazer a sra. Beardsley montar Gideon, o Canibal. Jamie olhou de mim para a figura corpulenta da sra. Beardsley, em seguida para a pequena estrutura da minha égua, pouco maior do que um pônei, e tossiu.

Após alguns instantes de consideração, ele fez a sra. Beardsley montar na sra. Piggy, o cabrito adormecido equilibrado à sua frente. Eu viajaria com ele, na nuca de Gideon, teoricamente impedindo qualquer tentativa da parte do animal de me jogar longe do seu lombo e dentro do mato. Ele amarrou uma corda ao redor do pescoço do bode e prendeu-a frouxamente na sela da égua, mas deixou as cabras soltas.

– A mãe ficará com o filhote e as outras seguirão o bode – ele me disse. – São criaturas sociáveis, não vão querer se desgarrar do bando. Especialmente à noite. Xô – ele murmurou, afastando um focinho curioso do seu rosto, enquanto se agachava para verificar o cinturão da sela. – Creio que porcos seriam mais difíceis. Cada qual partiria numa direção. – Levantou-se, distraidamente acariciando uma cabecinha peluda.

– Se alguma coisa der errado, solte-o imediatamente – ele disse à sra. Beardsley, mostrando-lhe o laço preso à sela, perto de sua mão. – Se o cavalo disparar com vocês, seu animalzinho aí será enforcado.

Ela assentiu, um monte curvado em cima do cavalo, em seguida levantou a cabeça e olhou para a casa.

– Temos que partir antes da lua nacher – ela disse à meia-voz. – É quando ela vem.

Um calafrio percorreu minha espinha e Jamie sobressaltou-se, virando a cabeça abruptamente para olhar a casa às escuras. O fogo se extinguira e ninguém pensara em fechar a porta; aberta como uma órbita vazia.

– Ela *quem*? – Jamie perguntou, uma perceptível tensão na voz.

– Mary Ann – a sra. Beardsley respondeu. – Ela foi a última. – Não havia nenhuma emoção em sua voz; ela soava como uma sonâmbula.

– A última *o quê*? – perguntei.

– A última echposa – ela respondeu, pegando as rédeas. – Ela apareche embaixo da chorveira em noite de lua.

Jamie virou a cabeça para mim. Estava escuro demais para ver a expressão de seu rosto, mas eu não precisava. Clareei a garganta.

– Deveríamos... fechar a porta? – sugeri. O espírito do sr. Beardsley já devia ter compreendido a situação a esta altura e, quer a sra. Beardsley tivesse ou não qualquer interesse na casa e em seu conteúdo, não parecia correto deixá-la à mercê do assalto de guaxinins e esquilos, para não falar de algo maior que poderia ser atraído pelo cheiro da morte do sr. Beardsley. Por outro lado, eu realmente não tinha o menor desejo de me aproximar da casa vazia.

– Suba no cavalo, *Sassenach*.

Jamie atravessou o pátio a passos largos, bateu a porta com um pouco mais de força do que o necessário, depois voltou – andando rapidamente – e saltou para a sela, atrás de mim.

– Upa! – ele disse energicamente, e partimos, a claridade da meia-lua nascente, começando a se tornar visível acima das árvores.

Era talvez uma distância de uns quatrocentos metros até o início do caminho, o terreno subindo da depressão onde ficava a casa dos Beardsley. Avançávamos devagar, por causa das cabras, e eu observava o capim e os arbustos conforme roçávamos por eles, imaginando se eles pareciam mais visíveis somente porque meus olhos estavam se adaptando à escuridão ou porque a lua subira no céu.

Eu me sentia em perfeita segurança, com o poderoso volume do cavalo sob mim, a companhia sociável das cabras ao nosso redor e a presença igualmente reconfortante de Jamie atrás de mim, um dos braços ao redor da minha cintura. Mas eu não tinha certeza de que me sentia confiante o suficiente para me virar e olhar para trás outra vez. Ao mesmo tempo, a necessidade de olhar era tão premente, que chegava quase a anular a sensação de terror que eu sentia a respeito daquele lugar. Quase.

– Não é realmente uma sorveira, é? – a voz de Jamie veio suave de trás de mim.

– Não – respondi, encorajada pelo braço sólido ao meu redor. – Mas é da mesma família. Muito parecida. – Eu já vira essa árvore muitas vezes antes. Os imigrantes das Highlands geralmente as plantavam perto das cabanas ou casas porque os cachos de frutinhas cor de laranja e as folhas em forma de pluma realmente a tornavam parecida com a sorveira da Escócia – um parente próximo da família botânica. Mas compreendi que o comentário de Jamie não era proveniente do interesse em minúcias taxonômicas, mas da dúvida de se esta árvore possuía as mesmas qualidades repelentes, em termos de feitiço e proteção do mal. Ele não escolhera enterrar Beardsley sob aquela árvore nem por estética, nem por conveniência.

Apertei sua mão cheia de bolhas e ele me beijou delicadamente no topo da cabeça.

No começo do caminho, eu realmente me voltei e olhei para trás, mas não consegui ver nada além de uma leve claridade do telhado desgastado da casa. A sorveira e o que quer que pudesse – ou não – estar embaixo dela estavam ocultos na escuridão.

Gideon estava anormalmente bem-comportado, não tendo feito mais do que um protesto simbólico por ter que carregar duas pessoas. Achei que ele também estava contente em deixar a fazenda para trás. Eu disse isso, mas Jamie espirrou e expressou a opinião de que o desgraçado só estava ganhando tempo, enquanto planejava alguma insolência futura.

As cabras pareciam inclinadas a ver esta excursão noturna como uma diversão e caminhavam vagarosamente com grande interesse, arrancando bocados de capim seco, esbarrando umas nas outras e nos cavalos e, de um modo geral, soando como um bando de elefantes no crepitante matagal.

Senti um grande alívio por finalmente deixar a propriedade dos Beardsley. Conforme os pinheiros apagavam a última visão da depressão do terreno onde ficava a fazenda, eu resolutamente afastei da mente os perturbadores acontecimentos do dia e comecei a pensar no que nos aguardava em Brownsville.

– Espero que Roger tenha se saído bem – eu disse, recostando-me no peito de Jamie com um leve suspiro.

– Mmmmhum. – Por uma longa experiência, interpretei este ruído encatarrado em particular como indicativo de uma educada concordância com meu sentimento aliada a uma completa indiferença pessoal com a realidade. Ou ele não via nenhum motivo para preocupação ou pouco se importava com os sucessos ou fracassos de Roger.

– Espero que ele tenha encontrado alguma espécie de hospedaria – eu disse, achando que essa perspectiva pudesse ser recebida com um pouco mais de entusiasmo. – Comida quente e uma cama limpa seriam uma boa pedida.

– Mmmmhum. – Esse comentário carregava um toque de humor, misturado a um ceticismo inato, desenvolvido por longa experiência, em relação à possível existência de tais comodidades como comida quente e camas limpas no interior da Carolina.

– As cabras parecem estar indo muito bem – eu disse e fiquei esperando sua reação.

– Mmmmhum. – Concordância relutante, misturada com uma profunda desconfiança quanto à continuação do bom comportamento por parte das cabras.

Eu estava cuidadosamente formulando outra observação, na esperança de obter mais um desses comentários – três vezes era o recorde até agora –, quando Gideon repentinamente provou que Jamie estava certo em sua desconfiança original ao jogar a cabeça para trás com um sonoro relincho e empinando.

Colidi contra o peito de Jamie, batendo a cabeça em sua clavícula com uma pancada que me fez ver estrelas. Seu braço retirou o ar dos meus pulmões enquanto ele puxava as rédeas, gritando.

Eu não fazia a menor ideia do que ele estava dizendo, ou mesmo se ele estava gritando em inglês ou gaélico. O cavalo berrava, recuando e batendo os cascos no chão, e eu buscava desenfreadamente me agarrar a alguma coisa, crina, sela, rédeas... Um galho atingiu meu rosto e me cegou. Reinou o pandemônio; havia gritos estridentes, balidos e um ruído de tecido se rasgando, depois alguma coisa me atingiu com força e me arremessou como um bólido para dentro da escuridão.

Não fui a nocaute, mas não fez muita diferença. Fiquei estatelada num emaranhado de arbustos, esforçando-me para respirar, incapaz de me mexer e incapaz de ver qualquer coisa além de algumas estrelas espalhadas no céu acima.

Uma algazarra infernal acontecia a pouca distância dali, onde figurava um coro de cabras em pânico, pontuado pelo que me pareceram gritos de mulher. Gritos de duas mulheres.

Sacudi a cabeça, confusa. Em seguida, virei-me com um impulso e comecei a engatinhar, tardiamente reconhecendo o que estava fazendo aquele barulho. Eu já ouvira gritos de panteras muitas vezes – mas sempre muito longe, sem nenhum perigo. Esta não estava longe. O ruído de tecido se rasgando que eu ouvira fora a tosse de um felino grande, muito perto.

Colidi com um enorme tronco caído e prontamente rolei para baixo dele, enfiando-me o mais para dentro possível da pequena fenda ali existente. Não era o melhor esconderijo que eu já vira, mas ao menos podia impedir que a fera saltasse de uma árvore sobre mim.

Eu ainda podia ouvir Jamie gritando, embora o teor de suas exclamações tivesse mudado para uma espécie de fúria rouca. As cabras, em sua maioria, haviam parado de protestar – certamente a fera não podia ter matado todas? Eu não conseguia ouvir nada da sra. Beardsley tampouco, mas os cavalos faziam uma enorme confusão, relinchando e pisoteando nervosamente.

Meu coração batia com força contra o solo coberto de folhas e um suor frio escorria pelo meu maxilar. Pouca coisa é capaz de invocar o terror absoluto como o medo primitivo de ser devorado e senti pena dos animais. Houve estalidos nos arbustos próximos e ouvi Jamie gritando meu nome.

– Aqui – consegui gritar com voz rouca, sem querer sair do meu refúgio até saber ao certo onde estava a pantera – ou ao menos saber ao certo que não estava perto de mim. Os cavalos haviam parado de relinchar, embora ainda resfolegassem e batessem os cascos no chão, fazendo barulho suficiente para indicar que nenhum deles havia sido vítima de nosso visitante, nem fugido em disparada.

– Aqui! – gritei, um pouco mais alto.

Mais estalidos, bem próximos. Jamie avançou tropeçando pela escuridão, agachou-se e tateou embaixo do tronco até sua mão encontrar meu braço, que ele agarrou.

– Você está bem, *Sassenach*?

– Ainda não sei, mas acho que sim – respondi. Deslizei cautelosamente para fora da proteção do meu tronco caído, avaliando meu estado. Machucados aqui e ali, cotovelos arranhados e uma sensação de ardência onde o galho atingira meu rosto. Portanto, basicamente eu estava bem.

– Ótimo. Venha rápido, ele está ferido. – Içou-me, colocando-me de pé, e começou a me impelir pela escuridão com a mão na parte baixa das minhas costas.

– Quem?

– O bode, é claro.

A essa altura, meus olhos já haviam se adaptado à escuridão e eu divisei as figuras volumosas de Gideon e da égua, sob um álamo sem folhas, crinas e caudas chicoteando de agitação. Uma figura menor, que imaginei ser a sra. Beardsley, estava agachada ali perto sobre algo estendido no chão.

Senti cheiro de sangue e um forte odor do bode. Agachei-me e estendi a mão, tocando em pelo áspero e quente. O bode se mexeu com o toque da minha mão, com um sonoro balido, o que de certa forma me tranquilizou um pouco. Ele podia estar ferido, mas não estava morrendo – ao menos, ainda não; o corpo sob minhas mãos estava sólido e cheio de vida, os músculos tensos.

– Onde está a fera? – perguntei, localizando a superfície rugosa dos chifres e apalpando apressadamente para trás ao longo da espinha dorsal, depois descendo para as costelas e flancos. O bode tinha objeções e debatia-se sob minhas mãos.

– Foi embora – Jamie disse. Agachou-se também e colocou a mão na cabeça do bode. – Pronto, pronto, *a bhalaich*. Vai ficar tudo bem. *Seas, mo charaid.*

Eu não consegui encontrar nenhum ferimento aberto no corpo do bode, mas certamente sentia cheiro de sangue; um odor quente, metálico, que perturbava o ar límpido da noite na floresta. Os cavalos também sentiam; relinchavam e moviam-se nervosamente na escuridão.

– Tem certeza de que se foi mesmo? – perguntei, tentando ignorar a sensação de olhos fixos na minha nuca. – Sinto cheiro de sangue.

– Sim. O animal levou uma das cabras – Jamie me informou. Ele ajoelhou-se ao meu lado, colocando a mão enorme no pescoço do bode.

– A sra. Beardsley soltou este bravo rapaz e ele foi atacar a pantera, sem titubear. Não pude ver muito bem, mas a criatura deve ter lhe dado uma patada; eu a ouvi guinchar e bufar, e o bode deu um berro nessa hora também. Acho que sua perna deve estar quebrada.

Estava. Com essa indicação, encontrei a fratura facilmente, na parte baixa do úmero da perna dianteira direita. A pele não havia se rompido, mas o osso se partira completamente; eu podia sentir o ligeiro deslocamento das pontas estilhaçadas. O bode debateu-se e lançou os chifres contra meu braço quando toquei sua perna. Seus olhos estavam enlouquecidos, revirando-se, as estranhas pupilas quadradas visíveis, mas incolores na claridade fraca do luar.

– Pode tratá-lo, *Sassenach*?

– Não sei. – O bode ainda esperneava, mas os acessos de movimento estavam ficando cada vez mais fracos, conforme ele entrava em choque. Mordi o lábio, tateando em busca do pulso na junção da perna com o corpo. A fratura em si provavelmente podia ser reparada, mas o choque era um grande perigo; eu já vira muitos animais – e algumas pessoas também – morrerem rapidamente em seguida a um incidente traumático, de ferimentos que não eram fatais por si mesmos.

– Não sei – repeti. Finalmente, meus dedos encontraram um pulso; estava acelerado e irregular. Eu estava tentando imaginar as possibilidades de tratamento, todas elas precárias. – Ele pode muito bem morrer, Jamie, ainda que eu consiga arrumar sua perna. Acha que talvez seja melhor sacrificá-lo? Ele seria bem mais fácil de carregar, como carne.

Jamie acariciou o pescoço do bode, delicadamente.

– Seria uma pena, é uma criatura tão galante.

Diante disso, a sra. Beardsley riu, uma risadinha nervosa, como a de uma garota, saindo da escuridão atrás de Jamie.

– O nome dele é Hiram – ela disse. – É um bom garoto.

– Hiram – Jamie repetiu, ainda acariciando o animal. – Bem, Hiram. *Courage, mon brave.* Você vai conseguir, você tem colhões grandes como melões.

– Bem, caquis, talvez – eu disse, tendo inadvertidamente encontrado os testículos em questão enquanto fazia o exame. – Mas perfeitamente respeitáveis, tenho certeza – acrescentei, respirando superficialmente. As glândulas almiscaradas de Hiram estavam trabalhando em excesso. Até o penetrante cheiro férrico de sangue ficava em segundo plano.

– Eu estava falando no sentido figurado – Jamie me informou, um pouco secamente. – Do que você vai precisar, *Sassenach*?

Evidentemente, a decisão fora tomada; ele já estava se levantando.

– Muito bem, então – eu disse, afastando meus cabelos para trás com as costas da mão. – Encontre dois galhos retos, de cerca de trinta centímetros, nada de varetas, e um pouco de corda dos alforjes. Então você pode ajudar aqui – acrescentei, tentando segurar bem meu agitado paciente. – Hiram parece gostar de você. Certamente sabe reconhecer um espírito semelhante.

Jamie riu, um som baixo e reconfortante, junto ao meu cotovelo. Levantou-se com um afago final nas orelhas de Hiram e saiu apressadamente, voltando pouco depois com os itens solicitados.

– Ótimo – eu disse, retirando uma das mãos do pescoço de Hiram, a fim de localizar os pedaços de pau. – Vou entalar a perna. Vamos ter que carregá-lo, mas as talas impedirão a perna de se flexionar e causar maiores danos. Ajude-me a colocá-lo de lado. – Hiram, por orgulho de macho ou teimosia de bode – sempre presumindo que sejam duas coisas diferentes – continuava tentando se levantar, apesar da perna quebrada. No entanto, sua cabeça sacudia-se de forma alarmante, conforme os músculos do pescoço se enfraqueciam, e seu corpo cambaleava de um lado para o outro. Ele raspou debilmente o solo, depois parou, ofegante.

A sra. Beardsley pairava acima do meu ombro, o cabrito ainda agarrado nos braços. O animalzinho baliu fracamente, como se tivesse acordado subitamente de um pesadelo, e Hiram emitiu um sonoro e reverberante "Méé!" em resposta.

– Tenho uma ideia – Jamie murmurou. Levantou-se repentinamente e pegou o cabrito dos braços da sra. Beardsley. Em seguida, ajoelhou-se outra vez, aconchegando a pequena criatura junto a Hiram. O bode imediatamente parou de se debater, inclinando a cabeça para o lado para cheirar seu rebento. O cabrito choramingou, empurrando o focinho contra a lateral do corpo do bode, e uma língua longa e viscosa se projetou, babando em minha mão enquanto buscava a cabeça do cabrito.

– Trabalhe rápido, *Sassenach* – Jamie sugeriu.

Eu não precisava de nenhum estímulo e, dentro de poucos minutos, já tinha a perna imobilizada, as talas acolchoadas com um dos múltiplos xales que a sra. Beardsley parecia estar usando. Hiram se acalmara, emitindo apenas resmungos e exclamações ocasionais, mas o cabrito ainda balia estridentemente.

– Onde está a mãe dele? – perguntei, embora não precisasse ouvir a resposta. Eu não sabia muito a respeito de cabras, mas sabia o suficiente a respeito de mães e crias para compreender que nada, senão a morte, impediria uma mãe de atender um filho que estivesse fazendo tal algazarra. As outras cabras haviam voltado, atraídas pela curiosidade, medo do escuro ou simplesmente desejo de companhia, mas a mãe não apareceu.

– Pobre Beckie – disse a sra. Beardsley tristemente. – Uma cabra tão meiga.

Formas escuras saltavam e empurravam-se; senti um sopro de ar quente no meu ouvido quando uma delas começou a mordiscar meu cabelo e outra pisou na minha perna, fazendo-me soltar um grito de protesto quando os pequenos cascos afiados me arranharam a pele. Mas não fiz nenhum esforço para enxotá-las; a presença de seu harém parecia estar fazendo um grande bem para Hiram.

Encaixei os ossos da perna no lugar e amarrei as talas firmemente. Eu encontrara um bom ponto para verificar o pulso do animal na base de sua orelha e o monitorava, a cabeça de Hiram no meu colo. Conforme as outras cabras pressionavam para junto dele, cutucando-o com o focinho e emitindo uns queixumes, ele repentinamente ergueu a cabeça e rolou sobre o peito, a perna quebrada desajeitadamente estendida à sua frente em suas ataduras.

Ele oscilou de um lado para o outro como um bêbado por um instante, depois emitiu um sonoro e beligerante "MÉÉÉÉÉ!" e, com uma guinada, levantou-se sobre três pernas. Ele prontamente caiu de novo, mas a façanha nos animou. Até a sra. Beardsley emitiu um gritinho de satisfação ao vê-lo.

– Muito bem. – Jamie levantou-se e passou a mão pelos cabelos com um profundo suspiro. – Pois bem.

– Pois bem *o quê*? – perguntei.

– Agora eu tenho que decidir o que fazer – ele disse, com uma certa irritação na voz.

– Não estamos indo para Brownsville?

– Poderíamos – ele disse. – Se a sra. Beardsley por acaso conhecer o caminho tão bem a ponto de encontrar a trilha outra vez com o luar. – Virou-se esperançosamente para ela, mas pude ver o movimento negativo de sua cabeça, mesmo nas sombras.

Só então percebi que, de fato, não estávamos mais no caminho – que era, de qualquer modo, não mais do que uma estreita trilha de veados, serpenteando pela floresta.

– Certamente não podemos estar muito longe dele, não é? – Olhei ao redor, espreitando em vão a floresta escura, como se algum sinal luminoso pudesse indicar a posição do caminho. Na verdade, eu não fazia nem ideia de em que direção ele devia estar.

– Não – Jamie concordou. – E, sozinho, acredito que conseguiria pegá-lo de novo mais cedo ou mais tarde. Mas não pretendo sair andando por aí pela floresta no escuro com este bando. – Olhou ao redor, evidentemente contando cabeças. Dois cavalos muito ariscos, duas mulheres – uma notadamente estranha e com possíveis tendências homicidas – e cinco cabras, além de um bode e um cabrito incapazes de andar. Compreendi seu ponto de vista.

Ele endireitou os ombros, estremecendo ligeiramente, como se quisesse afrouxar uma camisa apertada.

– Vou dar uma olhada por aí. Se eu achar o caminho imediatamente, ótimo. Se não, acamparemos para passar a noite – ele disse. – Será um pouco mais fácil achar a trilha com a luz do dia. Tome cuidado, *Sassenach*.

E, com um último espirro, desapareceu na floresta, deixando-me a cargo dos seguidores e feridos.

O cabrito órfão estava ficando cada vez mais barulhento e angustiado em seus berros; doía em meus ouvidos, assim como em meu coração. A sra. Beardsley, no entanto, ficara um pouco mais animada com a ausência de Jamie; creio que tinha medo dele. Ela trouxe uma das outras cabras, convencendo-a a ficar imóvel para que o cabrito pudesse mamar. O órfão hesitou por um instante, mas a fome e a necessidade de calor e conforto eram mais fortes. Dentro de alguns minutos, se alimentava diligentemente, o rabinho abanando num movimento rápido e trepidante.

Fiquei feliz de vê-lo, mas consciente de um pequeno sentimento de inveja; percebi, de repente, que eu não comera nada o dia inteiro, que estava com muito frio, desesperadamente cansada, dolorida em inúmeros lugares – e que, sem as complicações da sra. Beardsley e seus companheiros, já estaria a salvo em Brownsville muito tempo antes, alimentada, aquecida e reunida com amigos ao redor de uma fogueira. Coloquei a mão na barriga do cabrito, cada vez mais firme e arredondada com o leite, e pensei um pouco melancolicamente que eu gostaria simplesmente de que houvesse alguém para cuidar de *mim*. Mas, por enquanto, tudo indicava que era eu a Boa Samaritana e não havia nada que eu pudesse fazer.

– Acha que ela pode voltar? – A sra. Beardsley agachou-se ao meu lado, o xale apertado ao redor dos ombros largos. Falou em voz baixa, como se temesse que alguém pudesse ouvir.

– Quem, a pantera? Não, creio que não. Por que voltaria? – Ainda assim, um pequeno calafrio me percorreu, ao pensar em Jamie, sozinho em algum lugar da escuridão. Hiram, o ombro firmemente pressionado contra a minha coxa, roncou, depois apoiou a cabeça no meu joelho com um longo suspiro.

– Dizem que elas cacham em duplas.

– É mesmo? – Reprimi um bocejo, não de tédio, mas de simples exaustão. Pisquei os olhos para a escuridão, uma letargia gelada infiltrando-se pelo meu corpo. – Oh. Bem, imagino que uma cabra de bom tamanho dê para duas panteras. Além do mais – bocejei outra vez, um longo bocejo de estalar a mandíbula –, além do mais, os cavalos nos avisariam.

Gideon e a sra. Piggy estavam se farejando sociavelmente sob o álamo, agora sem nenhum sinal de agitação. Isso pareceu tranquilizar a sra. Beardsley, que se sentou no chão abruptamente, os ombros arriando-se como se ela tivesse se esvaziado de todo o ar de repente.

– E como está se sentindo? – perguntei, mais pela necessidade de manter conversa do que por qualquer desejo real de saber.

– Echtou contente de ir embora daquele lugar – ela disse simplesmente.

Eu definitivamente compartilhava deste sentimento; nossa atual situação era, ao menos, uma melhora em relação à casa dos Beardsley, mesmo com a presença inesperada de uma pantera. Entretanto, isso não significava que eu estava ansiosa para ficar ali muito tempo.

– Conhece alguém em Brownsville? – perguntei. Eu não sabia ao certo qual era o tamanho da vila, embora, pela conversa de alguns dos homens que haviam se unido a nós durante a viagem, parecia ser de bom tamanho.

– Não. – Ela ficou em silêncio por um instante e eu mais senti do que a vi erguer a cabeça para trás, olhando as estrelas e a tranquila lua.

– Eu... nunca fui a Brownsville – ela acrescentou, quase timidamente.

Ou a nenhum outro lugar, ao que parecia. Ela contou a história com hesitação, mas quase ansiosamente, com não mais do que um leve incentivo de minha parte.

Beardsley havia – essencialmente – comprado-a de seu pai e a levara, com outros artigos comprados em Baltimore, para a casa dele, onde basicamente a mantivera prisioneira, proibindo-a de deixar a fazenda ou aparecer para quem quer que fosse até a casa. Encarregada de fazer todo o trabalho da fazenda enquanto Beardsley viajava para as terras dos cherokee com suas mercadorias, ela não tinha convívio com mais ninguém, exceto o escravo – que não era nenhuma companhia, por ser surdo e mudo.

– Sei – eu disse. Com todos os acontecimentos do dia, eu me esquecera inteiramente de Josiah e seu irmão gêmeo. Imaginei se ela teria conhecido os dois, ou apenas Keziah.

– Há quanto tempo você veio para a Carolina do Norte? – perguntei.

– Dois anos – ela disse baixinho. – Dois anos, três meses e cinco dias. – Lembrei-me das marcas no umbral da porta e me perguntei quando ela começara a contar. Desde o começo? Estiquei as costas, perturbando Hiram, que resmungou.

– Compreendo. Aliás, qual é seu nome de batismo? – perguntei, percebendo tardiamente que eu não fazia a menor ideia.

– "Franches" – ela disse, depois tentou novamente, não gostando do som de seu nome transformado pela falta de dentes. – Fran-*cess* – o final um silvo entre os dentes quebrados. Deu de ombros, depois, e riu – uma risadinha tímida. – Fanny – ela disse. – Minha mãe me chamava de Fanny.

– Fanny – eu disse, de modo encorajador. – É um nome muito bonito. Posso chamá-la assim?

– Eu... gochtaria muito – ela disse. Ela inspirou outra vez, como se fosse falar, mas parou, evidentemente tímida demais para dizer o que quer que tivesse em mente. Com o marido morto, ela parecia inteiramente passiva, totalmente desprovida da força que a animava anteriormente.

– Oh – eu disse, percebendo tardiamente. – Claire. Me chame de Claire, por favor.

– Claire... que bonito.

– Bem, pelo menos não tem nenhum "s" – eu disse, sem pensar. – Oh... queira me desculpar!

Ela fez um pequeno som soprado, descartando o pedido de desculpas. Encorajada pela escuridão, a leve sensação de intimidade engendrada pela troca de nomes – ou simplesmente pela necessidade de falar, depois de tanto tempo –, ela me contou sobre sua mãe, que falecera quando Fanny tinha doze anos, seu pai, um pescador de caranguejos, e sobre sua vida em Baltimore, vadeando pela praia na maré baixa para pegar ostras e mexilhões, vendo os barcos de pesca e os navios de guerra chegarem, passando por Fort Howard para subir o rio Patapsco.

– Era muito... tranquilo – ela disse, melancolicamente. – Era muito aberto, nada além do chéu e da água. – Inclinou a cabeça para trás novamente, como se ansiasse pelo pedacinho de céu noturno visível através dos galhos entremeados acima. Imaginei que, embora as montanhas cobertas de florestas da Carolina do Norte significassem refúgio e acolhimento para um escocês das Highlands como Jamie, poderiam muito bem parecer claustrofóbicas e inóspitas para alguém acostumado ao litoral de Chesapeake.

– Acha que vai voltar para lá? – perguntei.

– Voltar? – Ela pareceu ligeiramente espantada. – Oh. Eu... eu não havia penchado nisso...

– Não? – Eu encontrara um tronco de árvore contra o qual me recostar e me estendi levemente, para relaxar as costas. – Você devia ter visto que seu... que o sr. Beardsley estava morrendo. Você não tinha algum plano? – Quer dizer, além da diversão de torturá-lo lentamente até a morte. Ocorreu-me que eu estava ficando muito à vontade com esta mulher, sozinha na escuridão com as cabras. Ela podia realmente ter sido vítima de Beardsley, ou podia só estar dizendo isso agora, para angariar nossa ajuda. Era bom eu não me esquecer dos dedos dos pés queimados do sr. Beardsley e do estado calamitoso daquele sótão. Empertiguei-me um pouco e tateei para sentir a pequena faca que carregava na cintura – só por precaução.

– Não. – Ela parecia um pouco confusa... e não era de admirar, imagino. Eu mesma me sentia mais do que um pouco confusa, simplesmente de emoção e cansaço. Tanto que quase perdi o que ela disse em seguida.

– O que você disse?

– Eu diche que Mary Ann não me diche o que eu deveria fazer... depois.

– Mary Ann – eu disse cautelosamente. – Sim, essa seria... a primeira sra. Beardsley, não é?

Ela riu e os cabelos da minha nuca arrepiaram-se com uma sensação desagradável.

– Oh, não. Mary Ann foi a quarta.

– A... quarta – eu disse, um pouco frouxamente.

– Foi a única que ele enterrou embaixo da chorveira – ela me informou. – Foi um erro. As outras echtão na floresta. Ele ficou preguiçoso, eu acho. Não quis ir muito longe.

– Oh – eu disse, por falta de resposta melhor.

– Eu diche a vochê. Ela fica parada embaixo da chorveira quando a lua nache. Quando a vi lá da primeira vez, achei que era uma mulher viva. Tive medo do que *ele* poderia fazer che a viche lá chozinha, então chaí de casa echcondida para avisá-la.

– Sei. – Algo em minha voz deve ter traído minha incredulidade, pois sua cabeça virou-se bruscamente para mim. Segurei a faca com mais força.

– Não acredita em mim?

– Claro que acredito! – eu disse, procurando tranquilizá-la, enquanto tentava tirar a cabeça de Hiram do meu colo. Minha perna esquerda ficara dormente com a pressão do peso do bode e não sentia mais meu pé.

– Eu pocho lhe mochtrar – ela disse, e sua voz era calma e firme. – Mary Ann contou-me onde elas echtavam, as outras, e eu as encontrei. Pocho lhe mochtrar as chepulturas delas.

– Tenho certeza de que não será necessário – eu disse, flexionando os dedos dos pés para restaurar a circulação. Se ela me atacasse, pensei, eu atiraria o bode em seu caminho, rolaria para o lado e fugiria o mais rápido que pudesse de quatro, gritando por Jamie. E, aliás, onde *estava* Jamie?

– Então... hum... Fanny. Você está dizendo que o sr. Beardsley – ocorreu-me que eu também não sabia seu nome, mas achei que seria melhor manter minha relação com sua lembrança em nível formal, naquelas circunstâncias –, que seu marido *assassinou* quatro esposas? E ninguém sabia? – Não que alguém necessariamente tivesse que saber, percebi. A fazenda dos Beardsley era muito isolada e não era incomum as mulheres morrerem – de acidente, parto ou simplesmente excesso de trabalho. Alguém devia saber que Beardsley perdera quatro mulheres, mas era inteiramente possível que ninguém se importasse como.

– Chim. – Sua voz soava calma, pensei; não de forma perigosa, ao menos. – Ele teria me matado também... mas Mary Ann o impediu.

– E como Mary Ann fez isso?

Ela respirou fundo e suspirou, acomodando-se no chão. Ouviu-se um fraco e sonolento balido de seu colo e eu percebi que ela estava segurando o cabrito outra vez. Relaxei minha mão na faca; ela dificilmente poderia me atacar com o animal no colo.

Ela contou que saía para falar com Mary Ann sempre que a lua subia no céu; a mulher-fantasma aparecia sob a sorveira somente na lua crescente e na lua minguante – nunca na lua nova ou na lua cheia.

– Muito específica – murmurei, mas ela não prestou atenção, estando absorvida demais na história.

Isso continuou por alguns meses. Mary Ann contou a Fanny Beardsley quem ela era, informou-a sobre o destino de suas antecessoras e a maneira como fora assassinada.

– Ele a echtrangulou – Fanny confidenciou. – Pude ver as marcas das mãos dele na garganta dela. Ela me avisou que ele ia fazer o mechmo comigo, um dia.

Certa noite, algumas semanas mais tarde, Fanny estava certa que a hora tinha chegado.

– Ele echtava bêbado de tanto rum – ela explicou. – Eu chempre ficava com medo quando ele bebia e decha vez...

Tremendo de nervoso, ela deixara cair a travessa com o jantar dele, respingando-o com a comida. Ele levantou-se com um rugido, arremessando-se sobre ela, e ela fugira correndo.

– Ele ficou entre mim e a porta – ela disse. – Corri para o chótão. Penchei que ele echtiveche bêbado demais para concheguir chubir as echcadas, e era verdade.

Beardsley tropeçou, cambaleou e arrastou a escada para baixo, que caiu com um estrondo. Enquanto ele lutava, resmungando e xingando, para colocar a escada de volta no lugar, alguém bateu na porta.

Beardsley gritou perguntando quem era, mas não houve nenhuma resposta; somente uma nova batida. Fanny arrastara-se para a entrada do sótão, deparando-se com o rosto vermelho dele olhando para cima, fitando-a com raiva. A batida na porta soou pela terceira vez. A língua dele estava espessa demais para conseguir falar coerentemente; ele apenas emitiu um grunhido rouco e apontou-lhe o dedo ameaçando-a, depois se virou e saiu cambaleando em direção à porta. Abriu-a com um safanão, olhou para fora – e gritou.

– Nunca ouvi um som como aquele – ela disse, brandamente. – Nunca.

Beardsley virou-se e correu, tropeçando num banquinho e estatelando-se no chão; levantou-se atabalhoadamente, correu, escorregando, para o pé da escada e começou a galgá-la, errando os degraus e tentando se agarrar, berrando e gritando.

– Ele continuava gritando para eu ajudá-lo, ajudá-lo. – Sua voz tinha um tom estranho; talvez apenas perplexidade de que um homem como ele pudesse pedir a sua ajuda, mas com um tom inquietante que traía, eu pensei, um prazer profundo e secreto na lembrança.

Beardsley finalmente alcançou o topo da escada, mas não conseguia saltar o último degrau para dentro do sótão. Em vez disso, seu rosto passou repentinamente de vermelho para branco, os olhos reviraram-se e em seguida ele caiu sem sentidos, o rosto nas tábuas do assoalho, as pernas penduradas de uma maneira absurda da beirada do sótão.

– Eu não podia levá-lo para baixo, tudo que pude fazer foi puxá-lo para chima, para dentro do chótão. – Ela suspirou. – E o rechto... vochê já chabe.

– Não inteiramente. – Jamie falou da escuridão, perto do meu ombro, sobressaltando-me. Hiram resmungou indignado por ter sido acordado bruscamente.

– Há quanto tempo você está aí? – perguntei.

– Há bastante tempo. – Passou para o meu lado e ajoelhou-se, uma das mãos em meu braço. – E o que foi a batida na porta, então? – ele perguntou à sra. Beardsley. Sua voz não denotava mais do que um leve interesse, mas sua mão apertava meu braço. Um leve estremecimento percorreu meu corpo. Realmente, *o quê*?

– Nada – ela disse simplesmente. – Não havia abcholutamente ninguém lá que eu pudeche ver. Mas... podeche ver a chorveira daquela porta e havia uma meia-lua no chéu.

Diante disso, houve um pronunciado período de silêncio. Finalmente, Jamie passou a mão pelo rosto, suspirou e levantou-se.

– Sim. Bem, achei um lugar onde podemos nos abrigar para passar a noite. Ajude-me com o bode, *Sassenach*.

Estávamos num terreno acidentado, repleto de projeções de rocha e pequenos emaranhados de mogno da montanha e salsaparrilha, tornando o caminho a pé entre as árvores tão incerto na escuridão, que eu caí duas vezes, conseguindo me equilibrar somente por sorte antes de quebrar o pescoço. Já teria sido difícil em plena luz do dia; à noite, era quase impossível. Felizmente não era mais do que uma curta distância até o local que Jamie encontrara.

Era uma espécie de talho superficial na encosta desmoronada de um barranco de argila, encimado por uma videira em mau estado e com um telhado de ervas entrelaçadas. Em certa época, houve um riacho aqui e a água escavara um bom pedaço da terra da margem, deixando uma prateleira ressaltada. No entanto, alguma coisa havia desviado o fluxo da água alguns anos atrás, e as pedras arredondadas do que já fora o leito do rio estavam espalhadas e semienterradas no solo coberto de musgo; uma delas rolou sob meu pé e eu caí sobre um dos joelhos, batendo-o dolorosamente em outra das malditas pedras.

– Tudo bem, *Sassenach*? – Jamie ouviu minha brusca exclamação e parou, virando-se para mim. Ele estava na subida logo adiante de mim, Hiram nos seus ombros. De baixo, recortado em silhueta contra o céu, ele parecia grotesco e um tanto assustador; uma figura alta, de chifres, com ombros monstruosos e arqueados.

– Tudo bem – respondi, um pouco ofegante. – É aqui mesmo, não é?

– Sim. Ajude-me... sim? – Ele soou bem mais ofegante do que eu. Ajoelhou-se cuidadosamente e eu me apressei a ajudá-lo a abaixar Hiram e colocá-lo no chão. Jamie continuou ajoelhado, uma das mãos no chão para se apoiar.

– Espero que não seja difícil demais encontrar a trilha pela manhã – eu disse, observando-o ansiosamente. Sua cabeça estava abaixada de exaustão, o ar roncando em seu peito a cada respiração. Eu queria vê-lo sossegado, perto do fogo e alimentado, o mais rápido possível.

Ele sacudiu a cabeça e tossiu, limpando a garganta.

– Sei onde ela está – ele disse e tossiu outra vez. – É somente que... – A tosse sacudiu-o com força; eu podia ver seus ombros contraídos contra o acesso. Quando parou, coloquei a mão gentilmente em suas costas e pude sentir um tremor nítido e constante percorrendo seu corpo; não um calafrio, apenas um estremecimento de músculos obrigados a trabalhar além do limite de suas forças.

– Eu não consigo dar nem mais um passo, Claire – ele disse brandamente, como se tivesse vergonha de ter que admitir isso. – Estou exausto.

– Deite-se – eu disse, com a mesma brandura. – Eu cuidarei de tudo.

Houve um certo rebuliço e confusão, mas em meia hora aproximadamente todos já estavam mais ou menos instalados, os cavalos, amarrados e uma pequena fogueira, ardendo.

Ajoelhei-me para verificar meu principal paciente, sentado sobre o peito, a perna imobilizada estendida à sua frente. Hiram, com seu harém a salvo e aninhado atrás dele, no abrigo do barranco, emitiu um balido beligerante e me ameaçou com seus chifres.

– Patife ingrato – eu disse, afastando-me.

Jamie riu, depois teve um novo acesso de tosse, os ombros se sacudindo com o espasmo. Ele estava encolhido em um dos lados da depressão do barranco, a cabeça apoiada no casaco dobrado, à guisa de travesseiro.

– E quanto a você – eu disse, analisando-o –, eu não estava brincando quando falei da gordura de ganso. Abra a capa e levante a camisa, agora.

Ele estreitou os olhos para mim e lançou um olhar rápido na direção da sra. Beardsley. Disfarcei um sorriso diante de seu acanhamento, mas dei à sra. Beardsley a chaleira pequena do meu alforje e a mandei ir buscar água e mais lenha e, em seguida, peguei a cabaça de pomada mentolada.

O aspecto de Jamie me alarmou um pouco, agora que eu podia vê-lo bem. Estava pálido, os lábios descorados, as narinas vermelhas e os olhos irritados de fadiga. Ele parecia bastante doente e soava pior ainda, o ar assobiando no peito a cada respiração.

– Bem, imagino que, se o bode se recusou a morrer em frente às suas cabras, você também não vai morrer diante de mim – eu disse sem muita certeza, pegando um bocado da gordura aromática.

– Eu não estou morrendo nada – ele disse, um pouco irritado. – Só estou um pouquinho cansado. Estarei completamente recuperado de manhã. Oh, meu Deus, eu detesto isso!

Seu peito estava bastante quente, mas achei que ele não estava com febre; era difícil saber, meus próprios dedos estando muito frios.

Ele deu um safanão, emitiu um guincho estridente e tentou se esquivar. Segurei-o com firmeza pelo pescoço, coloquei o joelho em sua barriga e continuei com meu trabalho, apesar dos protestos. Finalmente ele desistiu de lutar e se submeteu ao tratamento, apenas dando uma risadinha intermitente, espirrando e proferindo um gritinho agudo quando eu atingia um lugar particularmente sujeito a cócegas. As cabras acharam tudo muito divertido.

Em poucos minutos, ele já estava bem untado e arquejando no chão, a pele do peito e da garganta, vermelha da esfregação e brilhante de pomada, um forte cheiro de menta e cânfora no ar. Coloquei uma flanela grossa sobre seu peito, puxei a camisa por cima, ajeitei as pontas de sua capa ao seu redor e o cobri até o pescoço com um cobertor, enfiando-o embaixo de seu queixo.

– Muito bem – eu disse, satisfeita, limpando as mãos em um pano. – Assim que eu tiver água quente, tomaremos uma boa xícara de chá de marroio-branco.

Ele abriu um olho, desconfiado.

– Tomaremos?

– Bem, você tomará. Eu mesma prefiro beber urina quente de cavalo.

– Eu também.

– Lamento, mas não tem nenhum efeito médico que eu conheça.

Ele gemeu e fechou o olho. Respirou pesadamente por alguns instantes, soando como um fole enfermo. Em seguida, levantou a cabeça alguns centímetros, abrindo os olhos.

– A mulher já voltou?

– Não, imagino que levará algum tempo para achar o riacho no escuro. – Hesitei. – Você... ouviu tudo que ela estava me contando?

Ele sacudiu a cabeça.

– Tudo, não. Mas o suficiente. Mary Ann e todo o resto?

– Sim, isso.

Ele resmungou.

– Você acreditou, *Sassenach*?

Não respondi imediatamente, mas demorei-me limpando a gordura de ganso de baixo das minhas unhas.

– Na hora, sim – eu disse por fim. – No momento... não tenho certeza.

Ele resmungou novamente, desta vez com aprovação.

– Não creio que ela seja perigosa – ele disse. – Mas mantenha sua faca com você, *Sassenach*... e não lhe dê as costas. Ficaremos de vigia, nos revezando. Acorde-me daqui a uma hora.

Ele fechou os olhos, tossiu e, sem maiores dificuldades, adormeceu rapidamente.

Nuvens passavam à deriva por cima da lua e um vento frio agitava o capim na margem acima de nós.

– Acordá-lo daqui a uma hora – murmurei, mudando de posição num esforço para conseguir o mínimo de conforto no terreno pedregoso. – Ha, pois sim. – Inclinei-me para frente e icei a cabeça de Jamie para o meu colo. Ele gemeu baixinho, mas não protestou.

– Resfriado – eu disse em tom acusatório. – Ha!

Relaxei os ombros e inclinei-me para trás, recostando-me precariamente contra a parede inclinada de nosso abrigo. Apesar do aviso de Jamie, pareciame desnecessário ficar de olho na sra. Beardsley; ela obedientemente aumentara a fogueira, depois encolheu-se entre as cabras – sendo apenas de carne e osso e, portanto, estando exausta com os acontecimentos do dia – e adormeceu imediatamente. Eu podia ouvi-la do outro lado da fogueira, roncando tranquilamente entre os diversos assobios e resmungos de suas companheiras.

– E do que você acha que é, aliás? – perguntei à cabeça pesada que descansava em meu colo. – Borracha vulcanizada? – Meus dedos tocaram seus cabelos, sem intenção, e alisou-os delicadamente. Um canto de sua boca ergueu-se repentinamente, num sorriso de surpreendente doçura.

Desapareceu tão rapidamente quanto surgira, e eu fiquei olhando-o atônita. Não, ele dormia profundamente; sua respiração era áspera, mas regular, e as longas pestanas multicores descansavam, escuras, sobre suas faces. Muito suavemente, acariciei sua cabeça de novo.

Como previsto, o sorriso tremeluziu como uma pequena chama e desapareceu. Ele suspirou, inclinou a cabeça para aconchegar-se mais em meu colo, depois relaxou completamente, seu corpo repentinamente flácido.

– Oh, Santo Deus, Jamie – eu disse baixinho, sentindo lágrimas nos olhos.

Fazia anos que eu não o via sorrir assim durante o sono. Na realidade, desde o começo do nosso casamento – em Lallybroch.

Ele sempre fazia isso quando era pequeno, sua irmã Jenny me dissera na ocasião. *Acho que significa que ele está feliz.*

Meus dedos enredaram-se nos cabelos macios e espessos de sua nuca, sentindo a curva sólida de seu crânio, o couro cabeludo morno e a linha fina como um fio de cabelo de uma cicatriz muito antiga.

– Eu também – sussurrei para ele.

30

A PROLE DE SATÃ

A sra. MacLeod e seus dois filhos foram morar com a mulher de Evan Lindsay, e, com a saída dos irmãos MacLeod com a milícia, assim como de Geordie Chisholm e seus dois filhos mais velhos, o congestionamento na casa grande foi substancialmente diminuído. Mas nem de longe o suficiente, Brianna refletiu, considerando que a sra. Chisholm permaneceu.

O problema não era exatamente a sra. Chisholm; o problema eram os cinco filhos pequenos da sra. Chisholm, todos meninos, e a quem a sra. Bug se referia coletivamente como "a prole de Satã". A sra. Chisholm, talvez compreensivelmente, opunha-se a essa terminologia. Embora os outros habitantes da casa fossem menos diretos do que a sra. Bug em declarar sua opinião, havia uma notável unanimidade entre eles. Garotos gêmeos de três anos de idade causavam esse efeito, Brianna pensou, olhando para Jemmy com certa apreensão ao visualizar o futuro.

No momento, ele não dava nenhuma indicação de potencial para uma futura turbulência, estando quase adormecido no tapete de tiras de pano do gabinete de Jamie, para onde Brianna se retirara na débil esperança de quinze minutos de breve solidão para escrever. Um temor residual de Jamie era suficiente para manter os pestinhas fora deste aposento, de um modo geral.

A sra. Bug informara a Thomas, de oito anos, Anthony, de seis anos, e Toby Chisholm, de cinco, que a sra. Fraser era uma feiticeira famosa; uma Dama Branca, que certamente os transformaria em sapos na hora – e não seria nenhuma grande perda para a sociedade, ela deu a entender –, caso houvesse algum dano aos pertences de seu consultório. Isso não os manteve fora dali – bem ao contrário; ficaram fascinados –, mas até agora os impedira de quebrar muita coisa.

Os apetrechos de Jamie para escrever ficavam ao alcance da mão sobre a escrivaninha; uma cabaça oca, bem tampada com um grande fruto do carvalho, uma jarra de cerâmica com penas de peru cuidadosamente afiadas ao lado. A maternidade ensinara Brianna a aproveitar momentos aleatórios; ela aproveitou este, pegando uma pena e abrindo o pequeno diário onde anotava o que considerava suas observações particulares.

Ontem à noite sonhei que estava fazendo sabão. Eu mesma ainda não fiz sabão, mas andei esfregando o chão ontem e o cheiro de sabão ainda estava em minhas mãos quando fui dormir. É um cheiro desagradável, algo entre ácido e cinzas, com um leve e horrível fedor de banha de porco, como algo que está morto há muito tempo.

Eu estava despejando água em uma chaleira de cinzas de madeira para fazer lixívia e a água se transformava na solução no momento mesmo em que eu a despejava. Grossas nuvens de fumaça venenosa amarela subiam da chaleira.

Papai me trouxe uma grande tigela de sebo, para misturar com a lixívia, e havia dedos de bebê dentro da tigela. Não me lembro de achar que houvesse nada de estranho com isso – na ocasião.

Brianna andara tentando ignorar uma série de batidas estrondosas no andar de cima, que soavam como várias pessoas pulando para cima e para baixo sobre uma cama. Cessaram abruptamente, sucedendo-se um grito lancinante, que, por sua vez, foi seguido pelo som de carne contra carne num sonoro tapa e mais vários gritos em diferentes frequências.

Ela encolheu-se e fechou os olhos com força, recuando quando os sons do conflito se expandiram. Mais um instante, e um tremendo estrépito indicou que corriam escada abaixo. Com um olhar para Jemmy, que acordara com o barulho, mas não parecia assustado – meu Deus, ele estava se acostumando, ela pensou –, ela colocou a pena sobre a mesa e levantou-se, suspirando.

O sr. Bug estava lá para cuidar da fazenda e dos animais, bem como repelir ameaças físicas; o sr. Wemyss estava lá para cortar lenha, buscar água e de um modo geral manter o funcionamento da casa. Mas o sr. Bug era quieto, o sr. Wemyss, tímido; Jamie deixara Brianna formalmente no comando. Ela era, portanto, a corte de apelação e a juíza em todos os conflitos. A dona da casa, pode-se dizer.

A dona da casa abriu a porta do gabinete com um safanão e olhou furiosamente para a turba.

A sra. Bug, com o rosto vermelho – como sempre – e extravasando acusações. A sra. Chisholm, idem, transbordando de afronta maternal. A pequena sra. Aberfeldy, da cor de uma berinjela, agarrando sua filha de dois anos, Ruth, protetoramente contra o peito. Tony e Toby Chisholm, ambos banhados em lágrimas e melequentos. Toby exibia a marca vermelha de uma palma na face; os cabelinhos ralos da pequena Ruth pareciam estranhamente mais curtos de um lado do que do outro. Todos começaram a falar ao mesmo tempo.

– ... Selvagens peles-vermelhas!

– ... Os lindos cabelos da minha filha!

– Foi ela quem começou!

– ... Ouse bater em meu filho!

– Nós só estávamos brincando de escalpelar, senhora...

– ... IIIIIIIIIIIII!

– ... e rasgou um grande buraco no meu colchão de penas, o capetinha!

– *Veja* o que ela fez, a velha bruxa malvada!

– *Veja* o que eles fizeram!

– Olhe você, minha senhora, trata-se apenas...

– AAAAAAAAAAAAAA!

Brianna saiu para o corredor e bateu a porta atrás de si. Era uma porta sólida e o estrondo resultante estancou temporariamente a gritaria. Do outro lado, Jemmy começou a chorar, mas ela o ignorou por um instante.

Ela respirou fundo, preparada para entrar na briga, mas depois pensou melhor. Não podia nem pensar em enfrentar com a interminável disputa que viria se ela lidasse com eles como um grupo. Dividir e conquistar era a única saída.

– Eu estou *escrevendo* – ela declarou, olhando com os olhos estreitados de um rosto para o outro. – Algo importante. – A sra. Aberfeldy pareceu impressionada; a sra. Chisholm, insultada; a sra. Bug, atônita.

Ela, por sua vez, fez um sinal com a cabeça, friamente, para cada uma delas.

– Falarei sobre isso com cada uma de vocês mais tarde. Hein?

Abriu a porta, entrou e fechou-a delicadamente diante dos três rostos de olhos arregalados, depois recostou as costas contra ela, fechou os olhos e soltou a respiração que estivera prendendo.

Fez-se silêncio do outro lado da porta, depois um distinto muxoxo na voz da sra. Chisholm e o ruído de passos se afastando – um par subiu as escadas, outro seguiu na direção da cozinha e um passo mais pesado dirigiu-se ao consultório do outro lado do corredor. Uma corrida de pequenas passadas saindo pela porta da frente anunciou Tony e Toby empreendendo sua fuga.

Jemmy parou de chorar ao vê-la e começou a chupar o dedo.

– Espero que a sra. Chisholm não entenda nada de ervas – ela disse a ele, sussurrando. – Tenho certeza de que a vovó guarda venenos lá. – Ainda bem que sua mãe levara o estojo de serras e bisturis com ela.

Ficou parada por um instante, ouvindo. Nenhum barulho de vidros se quebrando. Talvez a sra. Chisholm tenha entrado no consultório apenas para evitar a sra. Aberfeldy e a sra. Bug. Brianna deixou-se afundar na cadeira de espaldar reto junto à pequena mesa que seu pai usava como escrivaninha. Ou talvez a sra. Chisholm estivesse aguardando ali fora, esperando capturar

Brianna para forçá-la a ouvir suas próprias reclamações, assim que as outras estivessem longe.

Jemmy agora estava deitado de costas, com os pés no ar, esmagando com prazer um pedaço de pão que encontrara em algum lugar. Seu diário caíra no chão. Ouvindo a sra. Chisholm sair do consultório, ela apressadamente pegou a pena e, com a outra mão, agarrou um dos livros de contabilidade da pilha sobre a mesa.

A porta abriu-se alguns centímetros. Houve um momento de silêncio, durante o qual ela inclinou a cabeça, franzindo a testa numa concentração exagerada sobre a folha à sua frente, rabiscando com uma pena seca. A porta fechou-se novamente.

– Vagabunda – ela disse, num sussurro. Jemmy fez um ruído interrogativo e ela olhou para ele. – Você não ouviu isso, está bem?

Jemmy fez um barulho de concordância e enfiou o remanescente empapado de seu pão na narina esquerda. Ela fez um movimento instintivo para tirá-lo dele, depois parou. Não estava com disposição para mais nenhum conflito nesta manhã. Nem tampouco nesta tarde.

Deu uns tapinhas com a pena preta pensativamente na folha do livro. Teria que fazer alguma coisa, e rápido. A sra. Chisholm devia ter achado a beladona – e ela *sabia* que a sra. Bug tinha uma machadinha.

A sra. Chisholm levava vantagem em peso, altura e alcance, mas Brianna pessoalmente apostaria seu dinheiro na sra. Bug, em termos de ardil e traição. Quanto à pobre sra. Aberfeldy, ela seria atingida no fogo cruzado, perfurada com tiros verbais. E a pequena Ruth provavelmente ficaria careca como um ovo antes de uma semana.

Seu pai teria resolvido a disputa em nada mais do que o exercício conjunto de charme e autoridade masculina. Ela deu uma risadinha diante da ideia. Venha, ele diz a uma, e ela se enrosca a seus pés, ronronando como Adso, o gato. Vá, ele diz a outra, e ela sai prontamente para a cozinha e prepara para ele uma travessa de bolinhos amanteigados.

Sua mãe teria aproveitado a primeira desculpa para fugir da casa – cuidar de um paciente distante ou colher ervas medicinais – e as deixando sozinhas para brigarem entre si, retornando somente quando um estado de armada neutralidade tivesse sido restaurado. Brianna não deixara de perceber a expressão de alívio no rosto de sua mãe quando subiu na sela de sua égua – ou o olhar ligeiramente culpado que lançou a sua filha. De qualquer forma, nenhuma dessas estratégias funcionaria para ela –, embora o desejo de agarrar Jemmy e fugir para as montanhas fosse bastante forte.

Pela centésima vez desde que os homens partiram, ela desejou ter podido ir com eles. Podia imaginar o volume de um cavalo movendo-se sob ela, o ar puro, límpido, em seus pulmões, e Roger cavalgando a seu lado, o sol se refletindo em seus cabelos escuros, uma aventura desconhecida a ser enfrentada juntos, em algum lugar à frente.

Ela sentia sua falta com uma dor profunda, como um ferimento no osso. Por quanto tempo ele ficaria longe se realmente houvesse uma guerra? Afastou esse pensamento, sem querer olhar para a ideia que vinha em seguida; a ideia de que, se realmente houvesse luta, havia a possibilidade – ainda que fraca – de que ele voltasse doente ou machucado – ou que não voltasse de modo algum.

– Não vai chegar a esse ponto – ela disse com firmeza, em voz alta. – Estarão de volta em uma ou duas semanas.

Houve um estrépito quando uma rajada de chuva de gelo atingiu a janela. O tempo estava esfriando; nevaria antes do anoitecer. Estremeceu, puxando o xale em volta dos ombros, e olhou para Jemmy para ver se ele estava bem agasalhado. Sua bata estava embolada na altura da cintura, a fralda estava obviamente molhada e uma das meias saíra, deixando seu pezinho rosado descoberto. Ele nem parecia notar, absorto em balbuciar uma música para os dedos dos pés, preguiçosamente se flexionando acima de sua cabeça.

Ela olhou para ele com ar de dúvida, mas ele parecia bastante feliz – e o braseiro no canto estava de fato emitindo algum calor.

– Ok – ela disse e suspirou. Tinha Jemmy, e ponto final. Assim sendo, o problema era encontrar um meio de lidar com as Três Fúrias antes que a enlouquecessem ou se matassem com o rolo de massa ou agulha de tricô.

– Lógica – ela disse para Jemmy, sentando-se ereta na cadeira e apontando a pena para ele. – Tem que haver uma maneira lógica. É como aquele problema em que você tem que levar um canibal, um missionário e um bode numa canoa para atravessar um rio. Deixe-me pensar.

Jemmy começou a tentar colocar o pé na boca suja de farelos, apesar da clara falta de lógica do procedimento.

– Você deve ter puxado ao papai – ela lhe disse tolerantemente. Devolveu a pena à sua jarra e começou a fechar o livro de contabilidade, mas parou de repente, atraída pelas anotações esparramadas. A visão da caligrafia rabiscada característica de Jamie ainda lhe causava uma leve emoção, fazendo-a lembrar a primeira vez em que a vira – em um antigo documento de transmissão de propriedade, a tinta marrom claro, desbotada pelo tempo.

Esta tinta fora marrom claro desde o começo, mas agora escurecera, a mistura ferrogálica atingindo sua típica cor preta-azulada com a exposição ao ar em um ou dois dias.

Não era propriamente um livro de contabilidade, ela viu, mas um livro de registros, onde eram anotadas as atividades diárias da fazenda.

16 de julho – Recebidos seis leitõezinhos do pastor Gottfried, em troca de duas garrafas de vinho moscatel e um machado. Coloquei-os no estábulo até ficarem bastante grandes para forragearem convenientemente.

17 de julho – Uma das colmeias começou a extravasar à tarde e entrou no estábulo. Minha mulher felizmente recapturou o enxame, que guardou numa desnatadeira vazia. Ela diz que Ronnie Sinclair deve fazer uma nova para ela.

18 de julho – Carta de minha tia, pedindo conselho sobre a serraria em Grinder's Creek. Respondi, dizendo que irei até lá inspecionar a situação ainda este mês. Carta enviada com R. Sinclair, que vai a Cross Creek com uma carga de 22 barris, dos quais devo receber metade de seu lucro para pagamento de dívida em ferramentas de sapateiro. Negociei a dedução do custo de uma nova desnatadeira dessa quantia.

O fluxo de anotações era tão tranquilizador quanto os dias de verão que registravam. Ela sentiu o nó de tensão entre suas omoplatas começar a se desfazer e sua mente começou a relaxar, pronta a buscar uma saída para suas dificuldades.

20 de julho – A cevada no campo baixo está da altura de minhas meias. A vaca vermelha pariu uma saudável novilha logo depois da meia-noite. Tudo bem. Um dia excelente.

21 de julho – Fui à casa dos Mueller. Troquei uma jarra de favo de mel por brida de couro em más condições (mas pode ser consertada). Cheguei em casa bem depois do anoitecer, pois fiquei vendo o crepúsculo cair no lago perto de Holli's Gap. Parei para pescar e fisguei uma fiada de dez belas trutas. Seis foram comidas no jantar; o resto será servido no café da manhã.

22 de julho – Meu neto está com uma erupção, embora minha mulher diga que não é nada importante. A porca branca abriu uma brecha em seu cercado outra vez e fugiu para a floresta. Não sei se devo persegui-la ou apenas expressar minha compaixão pelo pobre predador que a encontrar. Seu gênio é semelhante ao da minha filha no momento, que tem dormido pouco nas últimas noites...

Brianna inclinou-se para frente, franzindo a testa.

... em consequência do berreiro de seu bebê, que minha mulher diz que se deve à cólica e que passará. Espero que ela esteja certa. Enquanto isso, instalei Brianna e a criança na antiga cabana, o que é algum alívio para nós na casa, ainda que não para minha pobre filha. A porca branca comeu quatro de suas últimas crias antes que eu pudesse impedir.

– Ora, seu *filho da mãe*! – ela exclamou. Ela estava familiarizada com a porca branca em questão e não ficava nem um pouco lisonjeada com a comparação. Jemmy, assustado com seu tom de voz, parou de cantarolar e deixou o pão cair, a boca começando a tremer.

– Não, não, está tudo bem, querido. – Levantou-se e pegou-o nos braços, balançando-o delicadamente para acalmá-lo. – Shh, está tudo bem. Mamãe só está falando com o vovô, só isso. Você não ouviu essa palavra também, ok? Shh, shh.

Jemmy acalmou-se, mas esticou os braços, querendo pegar de volta sua refeição descartada com pequenos grunhidos de ansiedade. Ela abaixou-se e pegou o pedaço de pão, olhando com nojo para o objeto parcialmente desfeito. A crosta não só estava velha e úmida, mas adquirira uma leve camada do que parecia ser pelo de gato.

– Cruzes. Você não quer isso realmente, quer?

Evidentemente, ele queria, e só com muita dificuldade foi persuadido a aceitar um grande anel de touro, de ferro – usado para conduzir os machos pelo focinho, ela notou com certa ironia –, que tirou da prateleira para substituir o resto de pão. Mas uma leve mordidela confirmou a preferência pelo anel de nariz e ele acomodou-se em seu colo para uma mastigação concentrada, permitindo que ela pudesse reler a conclusão do registro ofensivo.

– Humm. – Reclinou-se para trás, ajeitando o peso de Jemmy mais confortavelmente. Ele já conseguia ficar sentado com facilidade, embora ainda parecesse incrível que seu pescoço fino pudesse suportar o domo redondo de sua cabeça. Olhou para o livro pensativamente.

– É uma ideia – ela disse a Jemmy. – Se eu transferir a vaga..., quero dizer, a sra. Chisholm, para nossa cabana, ficaremos livres dela e de seus monstrinhos. Depois... humm. A sra. Aberfeldy e Ruthie podiam ficar com Lizzie e seu pai, se mudarmos a cama de armar do quarto de mamãe e papai para lá. Os Bug recuperam sua privacidade e a sra. Bug para de ser uma velha... hã... malvada. Seja como for, suponho que você e eu poderemos então dormir no quarto de mamãe e papai, ao menos até eles voltarem.

Ela detestava a ideia de ter que se mudar da cabana. Era sua casa, seu lugar privado, o lar de sua família. Ela podia ir para lá e fechar a porta, deixando o furor grassar ali na casa. Seus pertences estavam lá; o tear inacabado, os pratos de estanho, a jarra de cerâmica que ela pintara – todos os objetos pequenos e familiares com o qual ela transformou o espaço em sua casa.

Além da sensação de propriedade e paz, tinha uma sensação desconfortável como uma superstição em relação a deixar a cabana. Era o lar que Roger compartilhara com ela; deixá-lo, ainda que temporariamente, parecia de certa forma uma admissão de que ele pudesse não retornar para compartilhá-lo outra vez.

Apertou Jemmy com mais força, que a ignorou, preferindo concentrar-se em seu brinquedo, as mãozinhas gorduchas brilhantes de baba onde segurava o anel.

Não, ela não queria abrir mão de sua cabana. Mas era uma solução e bastante lógica. A sra. Chisholm concordaria? A cabana era muito mais rústica do que a casa grande e não tinha o mesmo conforto.

Ainda assim, tinha quase certeza de que a sra. Chisholm aceitaria a sugestão. Se algum dia já vira alguém cujo lema era "Melhor reinar no inferno do que servir no céu"... Apesar de seu aborrecimento, sentiu uma pequena bolha de riso erguer-se por baixo de seu espartilho.

Estendeu a mão e fechou o livro, depois tentou recolocá-lo na pilha de onde o retirara. Porém, apenas com uma das mãos e atrapalhada por Jemmy, não conseguiu, e o livro escorregou, caindo de novo sobre a mesa.

– Droga – murmurou e inclinou-se rapidamente para frente em sua cadeira, tentando pegar o livro outra vez. Várias folhas soltas haviam caído e ela enfiou-as de novo da melhor forma que conseguiu com a mão livre.

Uma delas, obviamente uma carta, tinha o remanescente de seu selo de cera ainda preso a ela. Seus olhos captaram a marca impressa de uma meia-lua sorridente, e ela parou. Era o selo de lorde John Grey. Devia ser a carta que ele enviou em setembro, em que descreve suas aventuras caçando cervos no Dismal Swamp; seu pai a lera para a família várias vezes – lorde John era um missivista bem-humorado e a caçada ao cervo fora acossada pelo tipo de infortúnios que sem dúvida eram desconfortáveis de vivenciar, mas que depois tornavam pitoresca a narrativa dos acontecimentos.

Sorrindo diante da lembrança, ela abriu a carta com o polegar, na expectativa de ver a história outra vez, mas descobriu que estava olhando para algo inteiramente diferente.

13 de outubro, Anno Domini 1770

Sr. James Fraser
Fraser's Ridge, Carolina do Norte

Meu caro Jamie,

Acordei hoje de manhã com o barulho da chuva que tem nos castigado nesta última semana e com o suave cacarejar de várias galinhas, que vieram se empoleirar na cabeceira de minha cama. Tendo acordado sob o olhar fixo de vários olhos pequenos e brilhantes, fui investigar a causa dessa circunstância, sendo informado de que o rio havia subido tanto sob o ímpeto das chuvas recentes que havia arrastado tanto a latrina quanto o galinheiro. O conteúdo deste último foi recuperado por William (meu filho, de quem deve se lembrar) e dois escravos, que resgataram as aves desalojadas das águas da inundação com vassouras. Não sei de quem foi a ideia de abrigar as desafortunadas e emplumadas vítimas da inundação no meu quarto de dormir, mas tenho algumas suspeitas quanto a isso.

Sendo obrigado a recorrer ao meu urinol (talvez as galinhas compartilhem comigo esse utensílio, pois são aves extremamente incontinentes), vesti-me e saí para ver o que podia ser salvo. Algumas tábuas e o telhado do galinheiro permaneceram, mas minha latrina, ai de mim!, tornou-se propriedade do rei Netuno – ou seja lá qual for a divindade menor que reine sobre um afluente tão modesto quanto nosso rio.

No entanto, rogo-lhe que não se preocupe conosco; a casa está a certa distância do rio e seguramente localizada numa elevação do terreno, de modo a nos deixar totalmente a salvo da mais incômoda das inundações. (A latrina foi cavada pelo antigo proprietário e nós ainda não tínhamos providenciado uma nova estrutura mais conveniente; esse pequeno desastre, ao prover nossas "necessidades" com a oportunidade de reconstruí-la, pode ser, na verdade, uma bênção disfarçada.)

Brianna revirou os olhos diante do trocadilho, mas sorriu. Jemmy deixou cair o anel e começou imediatamente a choramingar por ele. Ela abaixou-se para pegá-lo, mas parou no meio do movimento, atraída pelas palavras no começo do parágrafo seguinte.

Sua carta menciona o sr. Stephen Bonnet e pergunta se tenho notícias ou conhecimento de seu paradeiro. Eu me encontrei com ele, como você deve lembrar, mas não tenho absolutamente nenhuma recordação do encontro, nem mesmo a lembrança de sua aparência, pois, como sabe, tenho um pequeno furo na cabeça, como um lembrete singular da ocasião. (Pode informar à sua esposa que eu me curei perfeitamente, sem nenhum sintoma posterior de desconforto, além de uma dor de cabeça ocasional. Além disso, a placa de prata com que a abertura está coberta é sujeita a um resfriamento quando o tempo está frio, o que tende a fazer meu olho esquerdo lacrimejar e causar uma grande descarga de muco nasal, mas isso não tem nenhuma importância.)

Como eu compartilho seu interesse no sr. Bonnet e seu paradeiro, há muito tempo fiz investigações junto a conhecidos que tenho perto da costa, já que as descrições que tenho de suas tramoias me fazem acreditar que lá é o lugar mais provável de encontrar o sujeito (essa é uma ideia reconfortante, dada a grande distância entre a costa e seu remoto ninho de águias). Entretanto, sendo o rio navegável até o mar, achei que os capitães do rio e os salafrários da água que de vez em quando honram minha mesa poderiam em algum momento trazer-me notícias do sujeito.

Não me agrada a obrigação de informá-lo de que Bonnet ainda está entre os vivos, mas tanto o dever quanto a amizade me compelem a informá-lo de suas andanças, conforme fui notificado. As informações são poucas; parece que o miserável está consciente de sua situação de criminoso, de modo que tem sido discreto em seus movimentos até agora.

Jemmy berrava e esperneava. Como em transe, ela parou, segurando-o, e apanhou o anel, os olhos fixos na carta.

Eu pouco ouvi sobre ele, salvo a informação em determinando momento de que ele havia partido para a França – ótima notícia. Entretanto, há duas semanas, recebi um hóspede, capitão Liston ("capitão" não passando de um título de cortesia; ele alega prestar serviços para a Marinha Real, mas eu aposto um barril do meu melhor tabaco [uma amostra do qual você encontrará acompanhando esta missiva – caso contrário, eu gostaria de ficar sabendo, já que eu não confio no escravo pelo qual eu o enviei] que ele nunca sequer sentiu o cheiro da tinta de uma nomeação, quanto mais o odor dos porões de um navio), que me fez um relato mais recente – e altamente desagradável – desse homem, Bonnet.

Encontrando-se com tempo livre no porto de Charleston, Liston disse que se viu na companhia de camaradas de má reputação, que o convidaram a acompanhá-los a uma rinha de galos, realizada no pátio interno de um estabelecimento chamado Devil's Glass. Em meio à ralé, havia um homem notável pela qualidade de suas roupas e pelo esbanjamento com que gastava seu dinheiro – Liston ouviu dizer que esse homem se chamava Bonnet e o dono do estabelecimento lhe contou que esse Bonnet tinha o nome de um contrabandista do litoral, sendo popular entre os comerciantes das cidades costeiras da Carolina do Norte, porém bem menos popular junto às autoridades, as quais se viam impotentes de lidar com o sujeito por causa de seus negócios e da dependência que as cidades de Wilmington, Edenton e New Bern tinham de seu comércio.

Liston não prestou mais atenção a Bonnet (segundo ele) até que eclodiu uma discussão sobre uma aposta na rinha de galos. Palavras acaloradas foram trocadas e não restava nada senão reparar a honra com sangue. Sem nenhuma objeção, os espectadores logo começaram a fazer apostas sobre o resultado da rinha de homens, como faziam com a de galos.

Um dos lutadores era o tal Bonnet, o outro, um capitão Marsden, um capitão do exército de meio soldo conhecido como um bom espadachim. Esse Marsden, sentindo-se a parte ofendida, amaldiçoou os olhos de Bonnet e desafiou o contrabandista a enfrentá-lo ali mesmo, uma proposta imediatamente aceita. As apostas recaíram quase todas em Marsden, sua reputação sendo conhecida, mas logo ficou claro que ele encontrara em Bonnet alguém do seu nível ou mais. Em poucos ins-

tantes, Bonnet conseguiu desarmar seu adversário e feri-lo tão gravemente na coxa, que Marsden caiu de joelhos e se rendeu ao adversário – não tendo outra escolha a essa altura, sem dúvida.

Mas Bonnet não aceitou sua rendição e, em vez disso, executou um ato de tal crueldade que causou uma profunda impressão em quem o presenciou. Observando com grande frieza que não eram seus olhos que seriam amaldiçoados, ele passou a ponta de sua arma pelos olhos de Marsden, revirando-a de tal forma a não apenas cegar o capitão, como a infligir-lhe tal mutilação, que faria dele um objeto do maior horror e piedade de quem o visse.

Deixando seu inimigo assim mutilado e desmaiado sobre a areia ensanguentada do pátio, Bonnet limpou sua lâmina na frente da camisa de Marsden, embainhou-a e saiu – não sem antes se apossar da bolsa de Marsden, que ele alegou ser em pagamento de sua aposta original. Nenhum dos presentes teve coragem de impedi-lo, depois de um exemplo convincente do que ele era capaz.

Eu reconto essa história tanto para colocá-lo a par das andanças de Bonnet, como para avisá-lo de sua natureza e habilidade. Sei que já está bem familiarizado com a primeira, mas chamo sua atenção para a última, por preocupação com seu bem-estar. Não que eu espere que uma palavra do meu bem-intencionado aviso encontre abrigo em seu peito, tão repleto deve estar de sentimentos adversos em relação ao sujeito, mas suplico-lhe que ao menos atente para a menção que Liston faz sobre as conexões de Bonnet.

Na ocasião do meu próprio encontro com o sujeito, ele era um condenado, e não creio que desde então ele tenha prestado tal serviço à Coroa que tivesse obtido o perdão oficial. Se ele não se preocupa em se exibir tão abertamente assim em Charleston – onde há poucos anos escapou da forca –, tudo indica que ele não teme por sua segurança – e isso só pode significar que ele agora desfruta da proteção e do apoio de amigos poderosos. Você deve descobrir quem são e tomar cuidado com eles, se quiser destruir Bonnet.

Continuarei minhas investigações a esse respeito e o notificarei imediatamente sobre novos detalhes. Enquanto isso, cuide-se e dedique um pensamento de vez em quando ao seu encharcado e trêmulo amigo da Virgínia. Subscrevo-me, com os melhores votos a sua mulher, filha e família,

Seu obediente criado,
John William Grey, Esq.
Mount Josiah Plantation
Virgínia

Postscriptum: Tenho andado à procura de um astrolábio, a seu pedido, mas até agora não encontrei nada que pudesse servir aos seus propósitos. Estou fazendo um pedido de diversos materiais a Londres esta semana e terei prazer em encomendar um da Halliburton's, na Green Street, pois seus instrumentos são de renomada qualidade.

Muito devagar, Brianna sentou-se novamente em sua cadeira. Colocou as mãos delicadamente, mas com firmeza, sobre os ouvidos de seu filho e soltou um palavrão.

31
ÓRFÃO DA TEMPESTADE

Adormeci, recostada no barranco, com a cabeça de Jamie no meu colo. Tive pesadelos, como acontece quando se está com frio e desconfortável. Sonhei com árvores; florestas infinitas, monótonas, com cada tronco, folha e agulha estampados como uma gravação em minhas pálpebras, cada qual cristalino, todos iguais. Olhos amarelos de cabras flutuavam no ar entre os troncos das árvores e a floresta da minha mente ressoava com os gritos de panteras e com o choro de crianças órfãs.

Acordei de repente, com os ecos de seus gritos ainda soando em meus ouvidos. Eu estava deitada num emaranhado de capas e cobertores, as pernas de Jamie pesadamente entrelaçadas nas minhas, e uma neve fina e gélida caía entre os pinheiros.

Pequenos grãos de gelo formavam uma crosta em minhas sobrancelhas e pestanas, e meu rosto estava gelado e úmido de neve derretida. Momentaneamente desorientada, estendi a mão por reflexo para tocar em Jamie; ele remexeu-se e tossiu, o ombro sacudindo-se sob a minha mão. O som áspero trouxe de volta os acontecimentos do dia anterior – Josiah e seu irmão gêmeo, a fazenda dos Beardsley, os fantasmas de Fanny, o cheiro de imundície e gangrena e o odor mais limpo de pólvora e terra molhada. O balido das cabras ainda ecoando dos meus sonhos.

Um choro fino atravessou o sussurro da neve e eu me sentei abruptamente, atirando os cobertores para trás numa chuva de flocos de neve. Nem uma cabra. Absolutamente nenhuma.

Acordando sobressaltado, Jamie moveu-se bruscamente e rolou instintivamente para fora da confusão de capas e cobertores, terminando agachado, os cabelos emaranhados e os olhos lançando-se loucamente ao redor, em busca da fonte de ameaça.

– O que foi? – ele sussurrou roucamente. Estendeu a mão para sua faca em sua bainha perto dele no chão, mas ergui a mão para impedi-lo de se mover.

– Não sei. Um barulho. Escute!

Ele ergueu a cabeça, ouvindo, e eu vi sua garganta mover-se doloridamente quando ele engoliu. Eu não conseguia ouvir nada, a não ser o sussurro da neve, nem via nada além de pinheiros gotejantes. Mas Jamie ouviu alguma coisa – ou viu; seu rosto transformou-se repentinamente.

– Lá – ele disse em voz baixa, indicando com a cabeça alguma coisa atrás de mim. Virei-me atabalhoadamente, de joelhos, e vi o que parecia ser um pequeno amontoado de trapos, a uns três metros de distância, junto às cinzas da fogueira extinta. O choro veio outra vez, agora inconfundível.

– Meu Deus! – Eu mal percebi que havia falado, enquanto me arrastava na direção da trouxa. Peguei-a e comecei a escavar pelas camadas de cueiros. Estava evidentemente viva – eu a ouvira chorar – e no entanto jazia inerte, quase sem peso, na curva do meu braço.

O minúsculo rosto e a cabeça pelada estavam branco-azulados, as feições fechadas e enrugadas como a casca de uma noz. Coloquei a palma da mão sobre o nariz e a boca e senti um débil e úmido calor contra a minha pele. Espantada com o toque, a boca abriu-se, choramingando, e os olhos puxados apertaram-se ainda mais, barrando o mundo ameaçador.

– Santo Deus. – Jamie benzeu-se rapidamente. Sua voz resumiu-se a um estalido encatarrado; ele limpou a garganta e tentou outra vez, olhando ao redor. – Onde está a mulher?

Chocada com o aparecimento da criança, eu não parara para considerar de onde ela viera, nem havia tempo para isso agora. O bebê remexeu-se um pouco em seus cueiros, mas as mãos minúsculas estavam frias como gelo, a pele manchada de azul e roxo da friagem.

– Não se preocupe com ela agora, pegue meu xale, sim, Jamie? O pobrezinho está quase congelado. – Tateei com uma das mãos os cadarços do meu corpete; era um modelo antigo que abria na frente, usado pela facilidade de vestir na viagem. Soltei meu espartilho e o cordão da minha combinação e pressionei a pequena criatura gelada contra meus seios nus, minha pele ainda quente do sono. Uma rajada de vento lançou a neve urticante pela pele exposta do meu pescoço e ombros. Puxei a combinação apressadamente por cima da criança e me curvei, tremendo. Jamie jogou o xale sobre meus ombros, depois nos envolveu com seus braços, abraçando-nos ferozmente, como se quisesse forçar o calor de seu próprio corpo na criança.

Seu calor era considerável; ele ardia de febre.

– Meu Deus, você está bem? – Consegui erguer os olhos para ele; o rosto branco e os olhos vermelhos, mas bastante firme.

– Sim, estou bem. Onde está ela? – ele perguntou outra vez, roucamente. – A mulher.

Fora embora, evidentemente. As cabras estavam amontoadas sob o abrigo do barranco; vi os chifres de Hiram balançando-se entre as costas listradas das cabras. Meia dúzia de pares de olhos amarelos nos observavam com interesse, fazendo-me lembrar dos meus sonhos.

O lugar onde a sra. Beardsley se deitara estava vazio, com apenas uma área de capim amassado para testemunhar que ela já estivera ali. Ela deve ter se afastado para dar à luz; não havia nenhum sinal de um parto perto do fogo.

– O bebê é dela? – Jamie perguntou. Eu ainda podia ouvir a congestão em sua voz, mas o som sibilante em seu peito diminuíra; isso era um alívio.

– Imagino que deva ser. De onde mais ele poderia ter vindo?

Minha atenção estava dividida entre Jamie e a criança – ela começara a se remexer, com pequenos movimentos contra minha barriga –, mas eu consegui olhar ao redor de nosso acampamento improvisado. Os pinheiros erguiam-se pretos e silenciosos sob a neve sussurrante; se Fanny Beardsley havia entrado na floresta, não restava nenhum rastro no tapete de agulhas para assinalar sua passagem. Cristais de neve cobriam os troncos das árvores, mas não haviam caído em quantidade suficiente para se acumular no solo; não havia chance de encontrar pegadas.

– Ela não pode ter ido longe – eu disse, esticando o pescoço para espreitar pelo ombro de Jamie. – Ela não levou nenhum dos cavalos. – Gideon e a sra. Piggy estavam juntos sob um abeto, as orelhas abaixadas por causa do tempo, o hálito formando nuvens de vapor ao seu redor. Vendo-nos de pé e se movendo, Gideon bateu os cascos e relinchou, exibindo os grandes dentes amarelos numa impaciente requisição de alimento.

– Sim, velho patife, já estou indo. – Jamie deixou cair os braços e deu um passo para trás, passando os nós dos dedos sob o nariz.

– Ela não podia levar um cavalo se pretendia sair em segredo. Se levasse, o outro teria feito um estardalhaço e me acordado. – Colocou a mão delicadamente sobre o volume embaixo do meu xale. – Tenho que ir alimentá-los. Ele está bem, *Sassenach*?

– Ele está descongelando – afirmei. – Mas ele, ou ela, também vai ficar com fome. – O bebê começava a se remexer mais, contorcendo-se indolentemente, como uma minhoca gelada, a boca tateando às cegas. A sensação era chocante em sua familiaridade; meu mamilo eriçou-se em reflexo, meu seio pinicando de eletricidade conforme a boquinha tateou, fuçou, encontrou o mamilo e prendeu-o.

Dei um gritinho de surpresa e Jamie ergueu uma das sobrancelhas.

– Ele... hum... está com fome – eu disse, reajustando meu fardo.

– Estou vendo, *Sassenach* – ele disse. Olhou para as cabras, ainda aconchegadas em seu abrigo junto ao barranco, mas começando a se mexer e se agitar com resmungos sonolentos. – Ele não é o único faminto. Um momento, sim?

Nós havíamos trazido grandes fardos de feno seco da fazenda dos Beardsley; ele abriu um desses e espalhou a ração para os cavalos e cabras, depois retornou para me ajudar. Inclinou-se para desembaraçar uma das capas da úmida pilha de cobertas e colocou-a sobre meus ombros, depois remexeu na sacola até achar uma caneca de madeira, com a qual aproximou-se decididamente das cabras pastando.

O bebê sugava com força, meu mamilo puxado até o fundo de sua boca. Considerei o fato tranquilizador, no que dizia respeito à saúde da criança, mas a sensação era perturbadora.

– Não é que eu me importe, na verdade – eu disse à criança, tentando distrair nós duas. – Mas receio que eu não seja sua mãe, sabe? Sinto muito.

E, afinal de contas, onde estaria sua mãe? Virei-me devagar, girando num círculo, esquadrinhando a paisagem mais cuidadosamente, mas ainda assim não discerni nenhum sinal de Fanny Beardsley, quanto mais qualquer razão para o seu desaparecimento – ou seu silêncio.

O que poderia ter acontecido? A sra. Beardsley podia ter escondido – e obviamente o fizera – uma gravidez avançada sob aquela montanha de gordura e xales – mas por que teria feito isso?

– Por que não nos contar? – perguntei para o topo da cabeça da criança. Ela estava ficando irrequieta e fiquei balançando de um pé para o outro para acalmá-la. Bem, talvez tivesse temido que Jamie não a quisesse levar conosco se soubesse que ela estava tão perto de dar à luz. Eu não a culpava por não querer continuar naquela fazenda, quaisquer que fossem as circunstâncias.

Mas, ainda assim, por que agora abandonara a criança? *Teria* de fato a abandonado? Considerei por um instante a possibilidade de que alguém, ou alguma coisa – senti um arrepio momentâneo na espinha à lembrança de panteras – tivesse vindo e roubado a mulher de junto da fogueira, mas meu bom senso descartou a ideia.

Uma pantera ou urso poderia perfeitamente ter entrado no campo sem acordar a mim ou a Jamie, exaustos como estávamos, mas não havia a menor chance do animal ter se aproximado sem causar alarme entre as cabras e cavalos, que a essa altura já estavam fartos de animais selvagens. E um animal feroz à procura de uma presa obviamente iria preferir algo tenro como a criança e não um artigo duro como a sra. Beardsley.

Mas se a interferência humana tivesse sido responsável pelo desaparecimento de Fanny Beardsley – por que haviam deixado a criança?

Ou, talvez, a trazido de volta?

Funguei profundamente para desobstruir meu nariz, depois virei a cabeça, inspirando e expirando, testando o ar em diferentes direções. Um parto faz grande sujeira e eu estava plenamente familiarizada com seus odores. A criança em meus braços cheirava fortemente a tudo isso, mas eu não consegui detectar absolutamente nenhum vestígio de sangue ou fluidos do parto no vento frio. Excremento de cabra, esterco de cavalo, feno cortado, o cheiro amargo de cinzas de madeira e uma boa baforada de gordura de ganso canforada das roupas de Jamie – porém nada mais.

– Muito bem, então – eu disse, em voz alta, balançando delicadamente meu fardo, cada vez mais agitado. – Ela se afastou da fogueira para dar à luz. Ou ela foi por conta própria, ou alguém a fez ir. Mas, se alguém a levou e viu que ela estava prestes a dar à luz, por que teriam se dado ao trabalho de trazê-lo de volta? Certamente ou teriam ficado com você, ou o matado, ou simplesmente deixado que morresse. Oh, sinto muito. Não quis perturbá-lo. Shh, querido. Quietinho, quietinho.

O bebê, começando a sair de seu estupor, tivera tempo de considerar o que mais estava faltando em seu mundo. Ele abandonara meu peito de frustração e contorcia-se e choramingava com renovada força quando Jamie retornou com uma caneca fumegante de leite de cabra e um lenço moderadamente limpo. Torcendo-o numa teta improvisada, mergulhou-o no leite e cuidadosamente inseriu o tecido gotejante na boca aberta. Os queixumes cessaram imediatamente e nós dois suspiramos de alívio quando o barulho parou.

– Ah, assim está melhor, hein? *Seas, a bhalaich, seas* – Jamie murmurava para a criança, imergindo o lenço torcido em mais leite. Olhei para baixo, para o rostinho minúsculo ainda pálido e encerado com as substâncias gordurosas do parto, porém não mais branco como giz, conforme sugava com profunda concentração.

– Como pôde deixá-lo? – eu me perguntei em voz alta. – E por quê?

Esse era o melhor argumento para sequestro; o que mais poderia ter feito uma mãe abandonar seu filho recém-nascido? Para não falar em fugir a pé para a floresta escura imediatamente após o parto, com o andar pesado e dolorido, sua própria carne ainda rasgada e exsudando... fiz uma careta diante da ideia, meu útero contraindo-se de compaixão.

Jamie sacudiu a cabeça, os olhos ainda concentrados em sua tarefa.

– Ela teve algum motivo, mas só Cristo e os santos sabem qual é. Mas ela não odiava a criança; podia deixá-la na floresta e nós nem ficaríamos sabendo.

Era verdade; ela – ou alguém – enrolara o bebê cuidadosamente e o deixara o mais perto do fogo possível. Portanto, queria que a criança sobrevivesse – mas sem ela.

– Então você acha que ela partiu por vontade própria?

Ele balançou a cabeça, olhando para mim.

– Não estamos longe da Linha do Tratado aqui. Poderiam ser os índios, mas se fossem, se alguém a levou, por que não nos capturar também? Ou matar todos nós? – ele perguntou, com lógica. – E índios teriam levado os cavalos. Não, acho que ela foi embora sozinha. Mas quanto a por quê... – Sacudiu a cabeça e molhou o lenço outra vez.

A neve caía mais intensamente agora, ainda leve e seca, mas começando a acumular aqui e ali. Devíamos partir logo, pensei, antes que a tempestade piorasse. No entanto, de algum modo parecia errado simplesmente ir embora sem nenhuma tentativa de descobrir o destino de Fanny Beardsley.

Toda a situação parecia irreal. Era como se a mulher tivesse desaparecido repentinamente, por um passe de mágica, deixando aquele pequeno substituto em seu lugar. De uma maneira bizarra, me fez lembrar das histórias escocesas de crianças substituídas por outras; filhos de fadas deixados no lugar de bebês humanos. Mas não conseguia imaginar o que as fadas poderiam querer com Fanny Beardsley.

Eu sabia que era inútil, mas fiz um novo giro devagar, inspecionando nossos arredores. Nada. O barranco de barro assomava acima de nós, debruado de capim seco e polvilhado de neve. O fio de água corrente de um diminuto córrego passava a uma pequena distância e as árvores farfalhavam e suspiravam ao vento. Não havia nenhuma marca de cascos ou patas na camada de agulhas esponjosas e úmidas e nenhum sinal de pegadas. A floresta não estava de modo algum silenciosa, por causa do vento, mas certamente escura e impenetrável.

– E faltam muitos quilômetros até podermos dormir – observei, virando-me para Jamie com um suspiro.

– Hein? Ah, não, não é mais do que uma hora de cavalo até Brownsville – ele me assegurou. – Ou talvez duas – corrigiu-se, olhando para o céu esbranquiçado, de onde a neve caía cada vez mais depressa. – Sei onde estamos, agora com a luz do dia.

Tossiu outra vez, um acesso repentino sacudindo seu corpo, depois se endireitou e me entregou a caneca e o lenço.

– Tome, *Sassenach*. Alimente o pobre *sgaogan* enquanto eu cuido dos cavalos, sim?

Sgaogan. Uma criança trocada. Então ele também percebera o ar estranho e sobrenatural de todo o caso. Bem, a mulher alegara ver fantasmas; talvez um deles tenha vindo buscá-la? Estremeci e abracei mais o bebê.

– Existe algum outro povoado aqui perto, além de Brownsville? Algum lugar aonde a sra. Beardsley possa ter decidido ir?

Jamie sacudiu a cabeça, uma linha entre as sobrancelhas. A neve derretia onde tocava sua pele aquecida e escorria pelo seu rosto em minúsculos filetes.

– Não que eu saiba – ele disse. – O bebê está aceitando o leite de cabra?

– Como um "*kid*" – assegurei-lhe e ri. Ele pareceu intrigado, mas mesmo assim um dos cantos de sua boca se torceu. Ele precisava de humor neste momento, quer compreendesse a piada ou não.

– "*Kid*", em inglês, quer dizer cabrito e é também como os americanos vão chamar as crianças no futuro – expliquei. – "*Kids*."

O sorriso alargou-se em seu rosto.

– Ah, é? Então é por isso que Brianna e MacKenzie chamam Jem assim, não é? Achei que fosse apenas uma brincadeira entre eles.

Ele ordenhou o resto das cabras rapidamente enquanto eu dava mais leite à criança, trazendo de volta um balde cheio até a borda de leite morno para nosso próprio café da manhã. Eu gostaria de uma boa xícara de chá quente – meus dedos estavam gelados e dormentes de mergulhar a falsa teta repetidamente no leite – mas o leite cremoso e branco estava delicioso e tão reconfortante para nossos estômagos frios e vazios quanto para o do bebê.

A criança parara de sugar e se molhara copiosamente; um bom sinal de saúde, de um modo geral, mas um pouco inconveniente no momento, já que tanto seus cueiros quanto a frente do meu colete estavam agora encharcados.

Jamie remexeu apressadamente pelas sacolas outra vez, agora em busca de roupas secas e panos para fraldas. Felizmente a sra. Piggy carregara a sacola em que eu guardava pedaços de linho e chumaços de algodão para limpeza e ataduras. Ele pegou um punhado desses e a criança, enquanto eu me concentrava na difícil e fria tarefa de trocar minha combinação e meu colete sem remover saia, anágua ou capa.

– V-vista sua própria capa – eu disse, os dentes chacoalhando. – Vai morrer da m-maldita pneumonia.

Ele sorriu, os olhos concentrados no seu trabalho, embora a ponta do seu nariz brilhasse, vermelha, em contraste com o rosto pálido.

– Estou bem – grasnou, depois limpou a garganta com um barulho semelhante a rasgar um tecido, impaciente. – Bem – repetiu, com mais força, depois parou, os olhos arregalando-se de surpresa. – Oh – disse, mais suavemente. – Olhe. É uma menininha.

– É? – Ajoelhei-me ao lado dele para ver.

– Um pouco sem graça – ele disse, inspecionando criticamente a pequena criatura. – Ainda bem que terá um bom dote.

– Acho que você também não era nenhuma beldade quando nasceu – eu disse, em tom de repreensão. – Ela ainda nem foi limpa direito, pobrezinha. Mas o que você quis dizer com seu dote?

Ele deu de ombros, conseguindo manter a criança coberta com um xale, enquanto deslizava um pedaço de linho dobrado com grande destreza sob o minúsculo traseiro.

– Seu pai está morto e sua mãe foi embora. Ela não tem irmãos, nem irmãs para dividir e eu não encontrei nenhum testamento na casa dizendo que alguma outra pessoa deveria herdar a propriedade de Beardsley. Mas resta uma boa fazenda e algumas mercadorias lá, sem falar nas cabras. – Ele olhou para Hiram e sua família e sorriu. – Então tudo será dela, eu suponho.

– Creio que sim – eu disse devagar. – Então ela vai ser uma menininha rica, não é?

– Sim, e ela acabou de se sujar. Você não podia ter feito isso antes de eu colocar uma fralda limpa? – ele perguntou à criança. Sem se deixar perturbar com a repreensão, a menininha piscou sonolentamente e soltou um leve arroto.

– Ah, bem – ele disse, resignado. Mudou de posição para poder protegê-la melhor do vento, levantou as cobertas rapidamente e limpou com agilidade uma substância escura e gordurosa das rosadas partes pudendas.

A criança parecia saudável, embora um pouco menor do que o normal; não era maior do que uma boneca grande, o estômago um pouco saliente do leite. Essa era a dificuldade imediata; pequena como era, e sem gordura corporal para servir de isolante, ela iria morrer de hipotermia em pouco tempo, a menos que conseguíssemos mantê-la aquecida e alimentada.

– Não a deixe se resfriar. – Coloquei minhas mãos nas axilas para aquecê-las, preparando-me para pegar a criança.

– Não se preocupe, *Sassenach*. Só vou limpar seu traseiro e depois... – Ele parou, franzindo a testa.

– O que é isso, *Sassenach*? Você acha que ela está machucada? Será que aquela tola deixou-a cair?

Aproximei-me para ver. Ele segurou os pés do bebê para o alto com uma das mãos, um chumaço de algodão sujo na outra. Logo acima das pequeninas nádegas havia uma mancha escura, azulada, como uma mancha de uma contusão.

– Ela não está machucada – assegurei-lhe, puxando mais um xale descartado pela sra. Beardsley para cima, para proteger a cabecinha pelada de sua filha. – É uma mancha mongólica.

– Uma o quê?

– Significa que a criança é negra – expliquei. – Africana, quero dizer, ou ao menos em parte. – Jamie piscou, surpreso, depois se inclinou para espreitar dentro do xale, franzindo a testa.

– Não, não é. Ela é tão clara quanto você mesma, *Sassenach*.

Era absoluta verdade; a criança era tão branca, que parecia desprovida de sangue.

– Crianças negras nem sempre parecem negras ao nascer – eu lhe expliquei. – Na verdade, geralmente são bem claras. A pigmentação da pele começa a se desenvolver algumas semanas mais tarde. Mas geralmente nascem com essa leve descoloração da pele na base da espinha; é chamada mancha mongólica.

Ele passou a mão pelo rosto, piscando os olhos para retirar os flocos de neve que tentavam se fixar em suas pestanas.

– Compreendo – ele disse, devagar. – Sim, bem, isso explica um pouco, não é?

De fato. O falecido sr. Beardsley, o que quer que tenha sido, certamente não era negro. O pai da criança era. E Fanny Beardsley, sabendo – ou temendo – que a criança que estava prestes a dar à luz a denunciaria como adúltera, achou melhor abandonar a criança e fugir, antes que a verdade fosse revelada. Quanto a isso, eu me perguntava se o misterioso pai tivera alguma coisa a ver com o que acontecera ao sr. Beardsley.

– Será que ela sabia com certeza que o pai era um negro? – Jamie tocou o pequeno lábio inferior, agora exibindo um leve tom rosado, delicadamente com o dedo. – Ou ela nunca viu a criança? Porque, afinal de contas, ela deve ter dado à luz no escuro. Se tivesse visto que ela parecia branca, talvez tivesse decidido não a abandonar.

– Talvez. Mas não o fez. Quem você acha que pode ser o pai?– Isolada como era a fazenda dos Beardsley, eu não podia imaginar Fanny tendo a oportunidade de conhecer muitos homens, além dos índios que vinham negociar. Será que bebês indígenas talvez tivessem manchas mongólicas?

Jamie relanceou o olhar melancolicamente para os arredores desolados e pegou a criança nos braços.

– Não sei, mas não creio que seja difícil descobrir quando chegarmos a Brownsville. Vamos, *Sassenach*.

Jamie, com relutância, resolveu deixar as cabras para trás, no interesse de encontrar abrigo e alimento para a criança o mais depressa possível.

– Elas ficarão bem aqui por algum tempo – ele disse, espalhando o resto do feno para elas. – As fêmeas não abandonarão o velho bode. E você não vai a lugar nenhum no momento, não é, *a bhalaich*? – Coçou a cabeça de Hiram entre os chifres em despedida e partimos sob um coro de balidos de protesto, as cabras tendo se acostumado com nossa companhia.

O tempo piorava progressivamente; conforme a temperatura subia, a neve mudava de pó seco para flocos grandes e úmidos que grudavam em tudo, cobrindo o solo e as árvores com uma camada de açúcar fino e derretendo-se pela crina dos cavalos.

Bem protegida em minha grossa capa de capuz, com vários xales por baixo e a criança aconchegada contra meu estômago numa tipoia improvisada, eu estava bastante aquecida, apesar dos flocos que roçavam em meu rosto e se grudavam em minhas pestanas. Jamie tossia de vez em quando, mas, de um modo geral, parecia bem mais saudável do que antes; a necessidade de atender a uma emergência o havia energizado.

Ele cavalgava logo atrás de mim, vigilante para o caso de alguma pantera ou outras ameaças. Eu mesma pensei que qualquer felino que se respeitasse – particularmente um com a barriga cheia de cabra – passaria um dia como esse encolhido em algum esconderijo confortável, em vez de vagar pela neve. De qualquer modo, era muito reconfortante tê-lo ali; eu me sentia vulnerável, cavalgando com uma das mãos nas rédeas e a outra segurando protetoramente o volume sob a minha capa.

A criança dormia, eu pensei, mas não estava sossegada; ela se esticava e contorcia com movimentos lânguidos e vagarosos do mundo das águas, ainda não acostumada à liberdade da vida fora do útero.

– Você parece estar grávida, *Sassenach*. – Olhei para trás por cima do ombro, vendo Jamie com um ar divertido sob a aba do chapéu, embora eu achasse que havia algo mais em sua expressão; talvez um leve anseio.

– Talvez porque eu esteja com uma criança – retruquei, ajeitando-me na sela para acomodar os movimentos da minha companhia. – Mas é apenas a criança de outra pessoa. – A pressão dos minúsculos joelhos, da cabeça e dos cotovelos movendo-se contra minha barriga era, na verdade, perturbadora como as sensações da gravidez; o fato de serem externas e não internas quase não fazia diferença.

Como se atraído pelo volume sob minha capa, Jamie instigou Gideon e se posicionou ao meu lado. O cavalo resfolegava e arremetia a cabeça de um lado para o outro, querendo seguir adiante mais depressa, mas Jamie o conteve com um suave *"Seas!"* de repreensão e ele se acalmou, bufando vapor.

– Está preocupada por ela? – Jamie perguntou, indicando a floresta à nossa volta com um movimento da cabeça.

Desnecessário perguntar a quem ele se referia. Balancei a cabeça, minha mão sobre a minúscula espinha dorsal curvada, ainda arqueada para se encaixar na curva do útero desaparecido. Onde estaria Fanny Beardsley? Sozinha na floresta? Teria se arrastado para longe para morrer, como uma fera ferida – ou partido talvez para algum paraíso imaginário, vagando a esmo pelo tapete de folhas mofadas e congeladas ou pela neve cada vez mais profunda, voltando, quem sabe, para Chesapeake Bay e alguma lembrança de céu aberto, imensidões de água e felicidade?

Jamie inclinou-se e colocou a mão sobre a minha onde ela se curvava sobre a criança adormecida; eu podia sentir o frio de seus dedos sem luva através da camada de tecido entre nós.

– Ela fez a escolha dela, *Sassenach* – ele disse. – E confiou o bebê a nós. Nós salvaremos a menina. É tudo que podemos fazer pela mulher.

Eu não podia virar minha mão para segurar a dele, mas balancei a cabeça. Ele apertou minha mão e a soltou em seguida, deixando-se ficar para trás outra vez. Eu virei meu rosto na direção do nosso destino, minhas pestanas molhadas, espetando quando eu piscava para me livrar dos cristais de gelo.

Entretanto, assim que avistamos Brownsville, a maior parte de minha preocupação com Fanny Beardsley fora substituída por uma grande ansiedade por sua filha. A criança estava acordada e chorando, socando meu fígado com seus minúsculos punhos em busca de comida.

Ergui-me na sela, espreitando através da cortina de neve. De que tamanho seria Brownsville? Eu não via mais do que a linha do telhado de uma única cabana através do verde perene de pinheiros e loureiros. No entanto, um dos homens de Granite Falls dissera que era um povoado de bom tamanho – o que seria "de bom tamanho" aqui no interior? Quais seriam as chances de que ao menos um dos habitantes de Brownsville pudesse ser uma mulher que estivesse amamentando?

Jamie havia esvaziado o cantil e enchido com leite de cabra, mas eu achava melhor chegar a um abrigo do que tentar alimentar o bebê outra vez. Se houvesse uma mãe que pudesse oferecer seu leite à criança, seria o melhor – se não, o leite de cabra teria que ser esquentado; do jeito como fazia frio ao ar livre, dar leite frio à criança poderia abaixar perigosamente sua temperatura corporal.

A sra. Piggy soltou uma grande baforada de vapor e repentinamente apertou o passo. Ela conhecia o cheiro de civilização – e de outros cavalos. Ela atirou a cabeça para trás e relinchou estridentemente. Gideon uniu-se a ela e, quando a algazarra terminou, pude ouvir as respostas encorajadoras de vários cavalos a distância.

– Eles estão aqui! – Expirei de alívio, numa explosão de vapor. – A milícia, eles conseguiram!

– Bem, assim eu esperava, *Sassenach* – Jamie retrucou, segurando as rédeas com força para impedir Gideon de sair em disparada. – Se o pequeno Roger não pudesse encontrar uma vila ao fim de uma estrada reta, eu teria minhas dúvidas quanto à sua inteligência e quanto aos seus olhos. – Mas ele também estava sorrindo.

Quando fizemos uma curva do caminho, pude ver que Brownsville era *realmente* um povoado. A fumaça das chaminés subia em leves nuvens cinzentas de uma dúzia de cabanas, espalhadas pela encosta da colina que se erguia à nossa direita; um aglomerado de construções amontoava-se junto à estrada, obviamente localizado ali para facilitar os negócios, a julgar pelo entulho de garrafas e barris descartados, bem como de outros tipos de lixo espalhados no mato seco à beira da estrada.

Do outro lado da rua, em frente a uma precária taverna, os homens haviam erguido um abrigo tosco para os cavalos, coberto com galhos de pinheiro e cercado de um lado com mais galhos para quebrar o vento. Os cavalos da milícia estavam reunidos sob esse teto num grupo aconchegado, amarrados e bufando, envolvidos em nuvens da mistura de seus próprios hálitos.

Tendo identificado esse refúgio, nossos próprios cavalos moviam-se a passo rápido; eu tive que puxar as rédeas com força, com apenas uma das mãos, a fim de impedir que a sra. Piggy saísse trotando, o que abalaria seriamente minha passageira. Quando a restringi a um passo normal, ainda que relutante, uma figura esbelta destacou-se do abrigo de um pinheiro e entrou na estrada, à nossa frente, acenando.

– Milorde – Fergus saudou Jamie, enquanto Gideon parava com um giro relutante. Ele ergueu os olhos para Jamie de baixo da faixa de um gorro tricotado, tingido de índigo, que usava puxado sobre as sobrancelhas. Isso fazia sua cabeça parecer a ponta de um torpedo, escura e perigosa. – Você está bem? Achei que talvez tivesse se deparado com alguma dificuldade.

– Oh. – Jamie acenou vagamente em minha direção, indicando o volume sob a minha capa. – Não é realmente uma dificuldade, é só que...

Fergus olhava fixamente por cima do ombro de Gideon para o volume em minha barriga, um ar divertido no rosto.

– *Quelle virilité, monsieur* – ele disse a Jamie, em tom de profundo respeito. – Meus parabéns.

Jamie lançou-lhe um olhar fulminante e emitiu um ruído escocês que soava como grandes pedras rolando embaixo da água. O bebê começou a chorar outra vez.

– Uma coisa de cada vez – eu disse. – Há alguma mulher aqui com bebês? Esta criança precisa de leite, o mais rápido possível.

Fergus balançou a cabeça, os olhos arregalados de curiosidade.

– *Oui,* milady. Duas, pelo menos, que eu tenha visto.

– Ótimo. Leve-me até elas.

Ele assentiu outra vez e, segurando o cabresto da sra. Piggy, virou-se na direção do povoado.

– O que há de errado? – Jamie perguntou e limpou a garganta. Em minha ansiedade por causa do bebê, eu não parara para considerar o que a presença de Fergus significava. Jamie tinha razão; a simples preocupação com nosso bem-estar não o teria trazido para a estrada com aquele tempo.

– Ah. Parece que temos uma pequena dificuldade, milorde. – Ele descreveu os acontecimentos da tarde anterior, concluindo com um movimento francês dos ombros e uma baforada de vapor. – ... e assim o *monsieur* Morton se refugiou com os cavalos – ele fez um sinal com a cabeça, indicando o abrigo improvisado – enquanto o resto de nós desfruta da *hospitalité* de Brownsville.

Jamie pareceu um pouco contrariado com isso; sem dúvida pensando no que a *hospitalité* para mais de quarenta homens iria custar.

– Mmmmhum. Pelo que entendi, os Brown não sabem que Morton está aqui?

Fergus sacudiu a cabeça.

– Por que Morton está aqui? – perguntei, tendo temporariamente calado o bebê colocando-o no meu próprio seio. – Eu imaginaria que ele já estivesse longe, de volta a Granite Falls, satisfeito por ainda estar vivo.

– Ele se recusa a ir, milady. Diz que não pode abrir mão da gratificação. – A notícia chegara pouco antes de nossa partida de Ridge; o governador estava oferecendo quarenta xelins por homem como um estímulo a servir na milícia; uma quantia substancial, particularmente para um colono novo como Morton, enfrentando um inverno gélido.

Jamie passou a mão lentamente pelo rosto. Isso era um dilema, sem dúvida; a milícia precisava dos homens e dos suprimentos de Brownsville, mas Jamie não poderia recrutar os Brown porque imediatamente iriam tentar assassinar Morton. Nem ele podia pagar a gratificação de Morton do próprio bolso. Jamie parecia tentado a assassinar Morton pessoalmente, mas imagino que essa não seria uma alternativa aceitável.

– Talvez Morton possa ser convencido a se casar com a jovem? – eu sugeri delicadamente.

– Eu pensei nisso – Fergus disse. – Infelizmente *monsieur* Morton já tem uma esposa em Granite Falls. – Ele sacudiu a cabeça, que começava a parecer uma pequena elevação coberta de neve no topo.

– Por que os Brown não foram atrás de Morton? – Jamie perguntou, aparentemente seguindo seu próprio raciocínio. – Se um inimigo invade seu terreno, e você com seus parentes, você não o deixa simplesmente fugir; você o persegue e mata.

Fergus assentiu, claramente familiarizado com esse tipo de lógica das Highlands.

– Acho que essa era a intenção – ele disse. – Mas foram distraídos por *le petit Roger.*

Pude perceber uma nota distinta de humor em sua voz. Jamie também percebeu.

– O que ele fez? – perguntou cautelosamente.

– Cantou para eles – Fergus disse, o ar de riso cada vez mais pronunciado. – Ele passou a maior parte da noite cantando e tocando. A vila inteira veio ouvir, há seis homens em idade de servir na milícia e... – acrescentou de modo prático – e duas mulheres *avec lait*, como eu disse, milady.

Jamie tossiu, passou a mão embaixo do nariz e balançou a cabeça para Fergus, acenando para mim.

– Sim. Bem, a menina precisa comer e eu não posso ficar para trás ou os Brown vão descobrir que Morton está aqui. Vá dizer a ele que irei lhe falar assim que puder.

Ele virou a cabeça do cavalo na direção da taverna e eu fiz a sra. Piggy segui-lo.

– O que vai fazer a respeito dos Brown? – perguntei.

– Santo Deus – Jamie disse, mais para si mesmo do que para mim. – Como é que eu vou saber? – E tossiu novamente.

32
MISSÃO CUMPRIDA

Nossa chegada com o bebê criou um rebuliço suficiente para distrair todos em Brownsville de suas preocupações particulares, fossem de ordem prática ou homicida. Um olhar de imenso alívio atravessou o rosto de Roger ao ver Jamie, embora tivesse sido imediatamente suprimido e substituído por uma amena atitude de autoconfiança e ombros retos. Abaixei a cabeça para esconder um sorriso e olhei para Jamie, imaginando se ele havia notado essa rápida transformação. Ele diligentemente evitou meu olhar, indicando que também havia notado.

– Você agiu muito bem – ele disse em voz baixa e descontraída, batendo no ombro de Roger numa saudação, antes de se virar para receber os cumprimentos dos outros homens e para as apresentações aos nossos involuntários anfitriões.

Roger apenas balançou a cabeça de um modo meio brusco, mas seu rosto assumiu um brilho velado, como se alguém tivesse acendido uma vela dentro dele.

A jovem srta. Beardsley causou grande agitação; uma das mulheres que estava amamentando foi trazida e de imediato colocou o choroso bebê no seio, apressadamente me entregando seu próprio filho em troca. Um menino de três meses de plácido temperamento ergueu os olhos para mim com ligeira perplexidade, mas não pareceu fazer objeção à substituição, meramente soprando algumas bolhas de cuspe em minha direção.

Seguiu-se uma certa confusão, com todo mundo fazendo perguntas e imediatamente apresentando especulações, mas a história de Jamie – editada e sintetizada – dos eventos na fazenda Beardsley colocou um ponto final no burburinho. Até mesmo a jovem de olhos vermelhos, que eu reconheci pelas história de Fergus como a enamorada de Isaiah Morton, esqueceu sua tristeza, ouvindo boquiaberta.

– Pobre criaturinha – ela disse, fitando o bebê que sugava ferozmente o seio de sua prima. – Então parece que você é órfã de pai e mãe. – A srta. Brown lançou um olhar sombrio ao próprio pai, aparentemente achando que a orfandade tinha suas vantagens.

– O que vai ser dela? – a sra. Brown perguntou, com maior praticidade.

– Oh, cuidaremos para que seja bem cuidada, querida. Ela encontrará um lugar seguro aqui conosco. – Seu marido colocou a mão de forma tranquilizadora em seu braço, ao mesmo tempo trocando um olhar com o irmão. Jamie também viu; vi sua boca se mexer como se fosse dizer alguma coisa, mas ele deu de ombros e virou-se para conversar com Henry Gallegher e Fergus, os dois dedos rígidos tamborilando delicadamente na perna.

A srta. Brown mais velha inclinou-se para mim, preparando-se para fazer outra pergunta, mas foi impedida por um repentino pé de vento glacial que atravessou o salão, levantando os couros de animais soltos que cobriam as janelas e salpicando o aposento com uma rajada de neve como chumbinho de caça congelado. A srta. Brown deu um gritinho, abandonou sua curiosidade e correu para amarrar para baixo as coberturas das janelas; todos pararam de discutir os Beardsley e começaram apressadamente a bater todas as portinholas.

Olhei rapidamente para fora, quando a srta. Brown lutava contra os couros das janelas, pesados e difíceis de manejar. A tempestade chegara agora com toda força. A neve caía rápida e densa; os sulcos negros da estrada haviam desaparecido completamente sob uma camada branca, e ficou óbvio que a Companhia de Fraser não iria a lugar algum por enquanto. O sr. Richard Brown, parecendo levemente decepcionado, ainda nos ofereceu educadamente mais uma noite de abrigo e os homens da milícia se acomodaram para o jantar entre as casas e celeiros do vilarejo.

Jamie saiu para trazer para dentro nossas roupas de cama e provisões que estavam nos cavalos, bem como alimentá-los e acomodá-los para passar a noite. Provavelmente ele também iria aproveitar a oportunidade para falar em particular com Isaiah Morton, se este ainda estivesse à espreita lá fora na nevasca.

Eu realmente me perguntava o que Jamie pretendia fazer com seu Romeu da montanha, mas não tive tempo para muita especulação. O crepúsculo se avizinhava e eu fui sugada pelo redemoinho de atividades que se formara ao redor da lareira, conforme as mulheres enfrentavam o novo desafio de fazer o jantar para quarenta hóspedes inesperados.

Julieta – isto é, a srta. Brown mais nova – permanecia aparvalhada no canto, recusando-se a ajudar. No entanto, aceitou tomar conta do bebê Beardsley, balançando a garotinha e cantarolando para ela muito tempo depois de estar óbvio que a criança adormecera.

Fergus e Gallegher foram enviados para recuperar as cabras e retornaram com elas pouco antes da hora do jantar, molhados e enlameados até os joelhos, a barba e sobrancelhas cobertas de neve. As cabras também estavam molhadas e cobertas de neve endurecida, os úberes vermelhos do frio, inchados de leite e balançando-se dolorosamente contra suas pernas. Mas ficaram encantadas por estar de volta ao seio da civilização e tagarelavam umas com as outras com alegre animação.

A sra. Brown e sua cunhada levaram as cabras para o minúsculo celeiro para serem ordenhadas, deixando-me encarregada da panela de ensopado e de Hiram, instalado em solitária majestade perto do fogo, preso num cercado improvisado composto de uma mesa virada, dois bancos e um baú de cobertores.

A cabana consistia basicamente de uma grande sala cortada por correntes de ar, com um sótão fechado em cima e uma pequena meia-água nos fundos, para armazenagem. Apinhada como estava, com mesas, bancos, tamboretes, barris de cerveja, pilhas de peles de animais, um pequeno tear manual em um canto, um *chiffonier* – uma estante para roupas, com o mais incompatível relógio de carrilhão, adornado com cupidos – em outro, uma cama contra a parede, dois grandes bancos de madeira – com braços, espaldar alto e arcas sob o assento –, junto à lareira, um mosquete e duas armas de caça penduradas acima da parede da chaminé e vários aventais e capas em ganchos perto da porta, a presença de um bode machucado era surpreendentemente irrelevante.

Lancei um olhar para meu antigo paciente, que baliu de forma ingrata para mim, a longa língua azul projetando-se com escárnio. A neve derretia das profundas espirais de seus chifres, deixando-as negras e brilhantes, e seu pelo estava ensopado nos ombros, formando listras espetadas.

– Quanta gratidão, hein? – eu disse, repreendendo-o. – Se não fosse por Jamie, você estaria cozinhando *em cima* daquele fogo, em vez de estar sentado ao lado dele, e bem feito para você, seu patife desgraçado.

– Mééé! – ele retrucou laconicamente.

Ainda assim, ele estava com frio, cansado e com fome, e seu harém não estava ali para ele ter que impressionar, assim ele permitiu que eu esfregasse sua cabeça e coçasse suas orelhas, o alimentasse com um pouco de feno e – por fim – entrasse em seu cercado e corresse a mão de leve pela perna machucada para verificar a fratura. Eu estava mais do que um pouco cansada e faminta também, não tendo comido nada desde o leite de cabra ao amanhecer. Com o cheiro do ensopado fumegante e as sombras e a luz bruxuleante do aposento, eu me sentia meio zonza e um pouco fora do meu corpo, como se flutuasse uns trinta centímetros acima do solo.

– Você é um belo bode velho, não é? – murmurei. Após uma tarde inteira passada em estreito contato com bebês, todos em estágios variados de umidade e gritaria, a companhia do velho bode irascível era bem calmante.

– Ele vai morrer?

Ergui os olhos, surpresa, tendo me esquecido completamente da jovem srta. Brown, negligenciada num canto do banco grande. Ela agora estava de pé junto à lareira, ainda segurando o bebê Beardsley e franzindo a testa para Hiram, que tentava mordiscar a ponta do meu avental.

– Não – eu disse, tirando o tecido de sua boca. – Acredito que não. – Qual era mesmo o nome dela? Tateei turvamente pela minha memória, tentando combinar rostos e nomes da enxurrada de apresentações quando chegamos. Alicia, era isso, embora eu não conseguisse deixar de pensar nela como Julieta.

Ela não era muito mais velha do que Julieta; devia ter quinze anos, se tanto. Mas não era uma menina bonita, com um tom pastoso e o queixo redondo. Estreita nos ombros e larga nos quadris; não era realmente como uma joia na orelha de um etíope. Ela não disse mais nada e, para manter a conversa, fiz sinal com a cabeça indicando o bebê, ainda em seus braços.

– Como vai a pequenina?

– Vai bem – ela disse, com indiferença. Ficou parada, fitando o bode por mais alguns instantes. Então repentinamente seus olhos se encheram de lágrimas.

– Quisera *eu* estar morta – ela disse.

– Oh, é mesmo? – eu disse, desconcertada. – Hã... bem... – Passei a mão pelo rosto, tentando reunir bastante presença de espírito para lidar com a situação. Onde estava a mãe da desagradável garota? Lancei um rápido olhar à porta, mas não ouvi ninguém se aproximando. Estávamos momentaneamente sozinhas, as mulheres ordenhando as cabras ou cuidando do jantar, todos os homens cuidando dos animais.

Saí do cercado de Hiram e coloquei a mão em seu braço.

– Olhe – eu disse em voz baixa. – Isaiah Morton não vale a pena. Ele é casado, sabia disso?

Seus olhos se arregalaram, depois se estreitaram a ponto de quase fechar, as lágrimas jorrando. Não, evidentemente, ela não sabia.

As lágrimas rolavam pelas suas faces e pingavam na cabeça do bebê, alheio a tudo. Estendi as mãos e delicadamente tomei a criança de seus braços, conduzindo-a ao grande banco de madeira com a minha mão livre.

– C-como você...? Q-quem...? – Ela fungava e gorgolejava, tentando fazer perguntas e se controlar ao mesmo tempo. A voz de um homem gritou alguma coisa lá fora e ela limpou freneticamente o rosto com a manga do vestido.

O gesto me fez lembrar que, embora a situação parecesse um pouco melodramática – para não dizer ligeiramente cômica – em meu estado mental confuso atual, era uma questão de grande seriedade para os personagens envolvidos. Afinal, os homens de sua família haviam tentado matar Morton e certamente tentariam de novo, se o encontrassem. Fiquei tensa ao som de passos se aproximando e o bebê remexeu-se e choramingou um pouco em meus braços. Mas as passadas continuaram na estrada e o som desapareceu no vento.

Sentei-me ao lado de Alicia Brown, suspirando com o puro prazer de tirar o peso dos meus pés. Cada músculo e articulação do meu corpo doía com os efeitos colaterais do dia e da noite anteriores, embora até aquele momento eu não tivesse tido muito tempo para pensar sobre isso. Jamie e eu certamente passaríamos a noite enrolados em cobertores no assoalho de alguém; olhei para as tábuas sujas do assoalho, iluminadas pelo fogo, com uma emoção que se aproximava da cobiça.

Estava estranhamente pacífico na ampla sala, com a neve sussurrando do lado de fora e o caldeirão de ensopado borbulhando na lareira, enchendo o ar com os aromas instigantes de cebola, carne de cervo e nabos. O bebê dormia sobre meu peito, emanado uma tranquila confiança. Eu gostaria de apenas ficar sentada, segurando-a, sem pensar em nada, mas o dever me chamava.

– Como eu sei? Morton contou a um dos homens do meu marido – eu disse. – Mas não sei quem é sua mulher; só que ela mora em Granite Falls. – Dei uns tapinhas nas costas do bebê, ele soltou um leve arroto e relaxou outra vez, sua respiração quente embaixo de minha orelha. As mulheres o haviam limpado e untado com óleo, e ele cheirava a panqueca fresca. Eu mantinha um olho na porta e o outro cautelosamente em Alicia Brown, no caso de novos ataques de histeria.

Ela fungava e chorava, soluçou uma vez e depois caiu em silêncio, fitando o assoalho.

– Eu queria estar *morta* – ela murmurou outra vez, num tom de tão absoluto desespero, que voltei os dois olhos para ela, assustada. Ela sentava-se arqueada, os cabelos caindo languidamente de baixo do seu gorro, os punhos cerrados e cruzados protetoramente sobre sua barriga.

– Oh, meu Deus – eu disse. Considerando sua palidez, as circunstâncias e seu comportamento em relação ao bebê Beardsley, depois desse gesto em particular, não foi preciso um grande salto para a conclusão óbvia. – Seus pais sabem?

Ela me deu um rápido olhar, mas não se deu ao trabalho de perguntar como *eu* sabia.

– Mamãe e titia sabem.

Ela respirava pela boca, com fungadas intermitentes e cheias de muco.

– Eu achei... eu achei que papai iria ter que deixar eu me casar com ele se...

Eu nunca achei que chantagem fosse uma base bem-sucedida para um casamento, mas esta não era a hora apropriada para dizê-lo.

– Humm – eu disse, em vez disso. – E o sr. Morton sabe disso?

Ela sacudiu a cabeça, desconsolada.

– Sabe se ele... a mulher dele tem filhos?

– Não faço a menor ideia. – Virei a cabeça, ouvindo com atenção. Eu podia distinguir vozes masculinas a distância, carregadas pelo vento. Ela também ouviu; agarrou meu braço com força surpreendente, os olhos castanhos, cheios d'água, com as pestanas espetadas, ansiosos.

– Ouvi o sr. MacKenzie e os homens conversando ontem à noite. Disseram que a senhora era uma curandeira, sra. Fraser... outro disse que era uma feiticeira. Sobre bebês. Sabe como...

– Alguém está vindo. – Desvencilhei-me dela, interrompendo-a antes que pudesse completar a frase. – Tome, cuide do bebê. Eu preciso... preciso mexer o ensopado.

Enfiei a criança sem a menor cerimônia em seus braços e me levantei. Quando a porta se abriu, admitindo uma rajada de vento e neve, juntamente com um grande número de homens, eu estava de pé ao lado da lareira, colher na mão, os olhos fixos na panela e minha mente borbulhando tanto quanto o ensopado.

Ela não teve tempo de perguntar explicitamente, mas eu sabia o que ela estava prestes a dizer. *Feiticeira*, ela me chamara. Ela queria minha ajuda para se livrar da criança, era quase certo. Como?, eu me perguntava. Como uma mulher podia pensar nisso, com uma criança viva nos braços, fora do útero havia menos de um dia?

Mas ela era muito jovem. Muito jovem e sofria com o choque de saber que seu amante era falso e desleal. Sua gravidez também ainda não estava adiantada a ponto de ser perceptível; se ela ainda não sentira seu próprio filho se mexer, sem dúvida ele lhe parecia bastante irreal. Ela o vira apenas como uma forma de forçar o consentimento de seu pai; agora, provavelmente, lhe parecia uma armadilha que se fechara sobre ela de repente.

Não era de admirar que estivesse desnorteada, buscando freneticamente uma saída. Era preciso lhe dar um pouco de tempo para se recuperar, pensei, lançando um olhar para o banco, onde as sombras a escondiam. Eu deveria falar com sua mãe, sua tia...

Jamie apareceu subitamente ao meu lado, esfregando as mãos vermelhas acima do fogo, a neve se derretendo das dobras de suas roupas. Ele parecia extremamente alegre, apesar de sua gripe, das complicações da vida amorosa de Isaiah Morton e da tempestade que continuava lá fora.

– Como vão as coisas, *Sassenach*? – ele perguntou com voz rouca e, sem esperar pela minha resposta, tirou a colher da minha mão, passou um braço vigoroso e frio ao meu redor e me levantou do chão para um beijo caloroso, ainda mais surpreendente pelo fato de que sua barba por fazer estava densamente incrustada de neve.

Saindo ligeiramente zonza do estimulante abraço, percebi que a atitude geral dos homens na sala era da mesma forma alegre. Eram cumprimentos com tapas nas costas, batidas de botas e casacos sacudidos ao acompanhamento dos tipos de assovios e ruídos retumbantes que os homens fazem quando se sentem particularmente animados.

– O que foi? – perguntei, olhando ao redor, surpresa. Para meu espanto, Joseph Wemyss estava no centro da multidão. A ponta de seu nariz estava vermelha de frio e ele quase se desequilibrava com os tapas que os homens lhe davam nas costas, parabenizando-o. – O que aconteceu?

Jamie exibiu um luminoso sorriso para mim, os dentes brilhando na floresta congelada de seu rosto, e enfiou um papel mole e amassado da umidade na minha mão, fragmentos de cera vermelha ainda agarrados a ele.

A tinta havia escorrido com a umidade, mas eu podia entender as palavras relevantes. Tendo ouvido falar da abordagem pretendida pelo general Waddell, os Reguladores haviam decidido que a discrição era a melhor parte do heroísmo. Eles haviam se dispersado. E, por esta ordem do governador Tryon, a milícia estava sendo desfeita.

– Oh, *que ótimo!* – eu disse. E lançando os braços ao redor de Jamie, eu retribuí o beijo, a despeito da neve e do gelo.

Entusiasmados com a notícia da retirada da milícia, os homens aproveitaram o mau tempo para comemorar. Igualmente empolgados por não terem que se juntar à milícia, os Brown uniram-se animadamente à celebração, contribuindo com três grandes barris da melhor cerveja feita por Thomasina Brown e seis galões de sidra forte para a causa – pela metade do preço.

Quando o jantar terminou, sentei-me no canto de um dos longos bancos de espaldar com o bebê Beardsley nos braços, mole de cansaço e mantida na vertical apenas pelo fato de que ainda não havia lugar para me deitar. O ar tremulava de fumaça e conversas, eu havia bebido sidra forte com o jantar, e tanto os rostos quanto as vozes tendiam a entrar e sair de foco, de uma maneira não de todo desagradável, embora um tanto desconcertante.

Alicia Brown não tivera mais chance de falar comigo – mas eu não tivera nenhuma chance de falar com sua mãe ou sua tia. A jovem se sentara ao lado do cercado de Hiram e metodicamente alimentava o bode com cascas de pão de milho que sobraram do jantar, o rosto contraído em rugas de amuada infelicidade.

Roger cantava baladas francesas, a pedidos, com uma voz suave e bem entoada. O rosto de uma mulher jovem flutuou à minha frente, as sobrancelhas erguidas numa pergunta. Ela disse alguma coisa, que se perdeu no burburinho de vozes; em seguida, estendeu os braços e delicadamente tirou o bebê de mim.

Claro. Jemima, esse era seu nome. A jovem mãe que se oferecera para amamentar a criança. Levantei-me para lhe dar o lugar no banco e ela imediatamente colocou o bebê no seio.

Recostei-me ao pé da chaminé, observando com turva aprovação enquanto ela segurava a cabecinha da criança com uma das mãos, guiando-a e murmurando. Ela tanto era meiga quanto prática; uma boa combinação. Seu único filho – o pequeno Christopher, esse era seu nome – roncava tranquilamente nos braços da avó, enquanto a velha senhora se inclinava para encher seu cachimbo de barro no fogo.

Olhei de novo para Jemima e tive a mais estranha sensação de *déjà vu*. Pisquei, tentando apreender a visão fugidia, e consegui captar uma sensação de extrema intimidade, de calor e paz absoluta. Por um instante, achei que fosse a sensação de amamentar uma criança, mas depois, mais estranho ainda, percebi que não era a sensação da mãe que eu senti... mas da criança. Tive a lembrança muito nítida – se é que foi isso – de ser apertada contra um corpo quente, descuidada e plena da convicção do amor absoluto.

Fechei os olhos e me apoiei na base da chaminé, sentindo o aposento começar a girar lentamente ao meu redor.

– Beauchamp – murmurei –, você está totalmente bêbada.

Se assim fosse, eu não era a única. Encantados com a perspectiva de retorno imediato para suas casas, os homens da milícia haviam consumido a maior parte da bebida disponível em Brownsville e estavam assiduamente empenhados em acabar com o resto. Mas agora o grupo começava a se desfazer com os homens saindo cambaleando para camas frias em celeiros e barracões, outros enrolando-se em cobertores e com satisfação estendendo-se junto ao fogo.

Abri os olhos e vi Jamie jogar a cabeça para trás e bocejar enormemente, a boca aberta como a de um babuíno. Ele piscou e levantou-se, sacudindo-se para se livrar do estupor da bebida e da comida, depois olhou na direção da lareira e me viu lá em pé. Ele estava obviamente tão cansado quanto eu, ainda que não igualmente zonzo, mas exibia um ar de profunda satisfação, evidente pela facilidade com que espreguiçou os longos membros e se acomodou.

– Vou cuidar dos cavalos – ele me disse, a voz rouca da gripe e de tanta conversa. – Quer dar uma volta ao luar, *Sassenach*?

A neve havia parado de cair e *realmente* havia luar, brilhando através de um nevoeiro de nuvens evanescentes. O ar enregelava os pulmões, ainda fresco e agitado com o fantasma da tempestade transitória, o que muito contribuiu para clarear a minha aturdida cabeça.

Senti um prazer infantil em ser a primeira a marcar a neve virgem e dava passos altos e cuidadosos, fazendo nítidas pegadas e olhando para trás para admirá-las. A linha de pegadas não estava muito reta, mas felizmente ninguém estava testando minha sobriedade.

– Você sabe recitar o alfabeto de trás para frente? – perguntei a Jamie, cujas pegadas oscilavam solidariamente com as minhas.

– Suponho que sim – ele respondeu. – Qual? Inglês, grego ou hebraico?

– Deixe pra lá. – Segurei seu braço com mais força. – Se você se lembra dos três de frente para trás, está em melhores condições do que eu.

Ele riu baixinho, depois tossiu.

– Você nunca fica bêbada, *Sassenach*. Não com três canecas de sidra.

– Deve ser o cansaço, então – eu disse, indistintamente. – Sinto como se minha cabeça estivesse balançando de um lado para o outro num barbante como um balão. Como você sabe quanto eu bebi? Você vê *tudo*?

Ele riu outra vez e envolveu minha mão com a sua onde eu me agarrava a seu braço.

– Gosto de observá-la, *Sassenach*. Especialmente quando em companhia de outras pessoas. Você tem o mais lindo brilho nos dentes quando ri.

– Lisonjeador – eu disse, sentindo-me realmente lisonjeada. Considerando-se que eu mal lavara o rosto nos últimos dias, muito menos tomara banho ou trocara de roupas, meus dentes provavelmente eram as únicas coisas em mim que podiam ser honestamente admiradas. Ainda assim, saber de sua atenção era singularmente reconfortante.

Era uma neve seca e a crosta branca comprimia-se sob nossos pés com um ruído baixo de trituramento. Eu podia ouvir a respiração de Jamie, ainda áspera e difícil, mas o ronco em seu peito havia desaparecido e sua pele estava fria.

– O tempo estará bom de manhã – ele disse, erguendo os olhos para a lua brumosa. – Vê o anel?

Era difícil não o avistar; um imenso círculo de luz difusa que circundava a luz, cobrindo o céu a leste. Podiam-se ver fracas estrelas através da névoa; o céu estaria límpido e claro em menos de uma hora.

– Sim. Podemos voltar para casa amanhã, então?

– Sim. O caminho vai estar muito enlameado, eu suponho. Pode-se sentir o ar mudando; está bastante frio agora, mas a neve vai derreter assim que o sol a atingir em cheio.

Talvez sim, mas agora estava bastante frio. O abrigo improvisado dos cavalos fora reforçado com mais galhos de pinheiros e cicuta e parecia um morro pequeno e irregular erguendo-se do solo, coberto com uma espessa camada de neve. Mas havia manchas escuras onde a neve derretera, aquecida pelo hálito dos cavalos, e filetes de vapor erguiam-se deles, quase invisíveis. Tudo estava quieto, com uma nítida sensação de sonolenta satisfação.

– Morton deve estar bem aquecido, se estiver lá dentro – observei.

– Creio que não. Enviei Fergus para dizer a ele que a milícia tinha sido dispensada, tão logo Wemyss veio com a notícia.

– Sim, mas se eu fosse Isaiah Morton, não sei se teria partido para a estrada debaixo daquela intensa tempestade – eu disse, em dúvida.

– É provável que sim, se você tivesse todos os Brown de Brownsville atrás de você com armas de fogo – ele disse. Ainda assim, ele diminuiu o passo, ergueu um pouco a voz e chamou "Isaiah!" com um som áspero e grasnado.

Não houve resposta do estábulo improvisado e, tomando novamente meu braço, ele voltou em direção à casa. A neve não estava mais intocada, pisoteada e enlameada pelas marcas de muitos pés, conforme a milícia se dispersou para suas camas. Roger parara de cantar, mas ainda ouviam-se vozes dentro da casa; nem todos estavam prontos a se retirar para dormir.

Relutantes em voltar imediatamente para a atmosfera de fumaça e barulho, caminhamos por consentimento mútuo e não declarado ao redor da casa e do celeiro, desfrutando o silêncio da floresta coberta de neve e a proximidade um do outro. Ao voltar, vi que a porta da meia-água dos fundos estava escancarada, rangendo com o vento, e mostrei isso a Jamie.

Ele enfiou a cabeça lá dentro, para ver se tudo estava em ordem, mas, em seguida, em vez de fechar a porta, ele estendeu a mão para trás e segurou meu braço, puxando-me para dentro da meia-água atrás dele.

– Eu tinha uma pergunta a lhe fazer, *Sassenach*, antes de entrarmos – ele disse. Prendeu a porta aberta, de modo que o luar penetrasse, brilhando turvamente sobre os presuntos pendurados, os barris e os sacos de aniagem que nos faziam companhia.

Estava frio ali dentro, mas longe do vento eu imediatamente me senti mais aquecida e afastei para trás o capuz da minha capa.

– O que é? – perguntei, ligeiramente curiosa. Pelo menos o ar fresco havia clareado a minha cabeça e, embora eu soubesse que cairia como morta no instante em que me deitasse, por enquanto eu tinha aquela sensação de agradável leveza que vem com o sentimento de esforço concluído, honra satisfeita. Foram um dia e uma noite terríveis e um longo dia depois, mas agora o dever fora cumprido, e estávamos livres.

– Você a quer, *Sassenach*? – ele perguntou brandamente. Seu rosto era um oval pálido, turvado pela névoa de sua respiração.

– Quem? – perguntei, surpresa. Ele fez um pequeno grunhido de humor.

– A criança. Quem mais?

Quem mais, de fato.

– Se eu a quero... para ficar com ela, você quer dizer? – perguntei cautelosamente. – Adotá-la? – A ideia não atravessara minha mente conscientemente, mas devia estar espreitando em algum lugar do meu subconsciente, porque não fiquei admirada com sua pergunta e, ao ser mencionada, a ideia desabrochou plenamente.

Meus seios ficaram sensíveis desde a manhã, cheios e intumescidos, e eu senti a exigente sucção da boca da menininha na lembrança. Eu mesma não poderia alimentar o bebê, mas Brianna poderia, ou Marsali. Ou ela poderia viver de leite de vaca, ou de cabra.

Percebi então que eu havia inconscientemente segurado um dos seios e o massageava delicadamente. Parei de imediato, mas Jamie notou; aproximou-se e passou o braço ao meu redor. Apoiei a cabeça nele, a aspereza de sua camisa de caça fria contra minha face.

– *Você* a quer? – perguntei. Eu não tinha certeza de que eu estava esperançosa com sua resposta, ou se eu a temia. A resposta foi um leve movimento do ombro.

– É uma casa grande, *Sassenach* – ele disse. – Grande o suficiente.

– Humm – eu disse. Não era uma declaração expressa e, no entanto, eu sabia que significava compromisso, por mais informal que parecesse. Ele havia retirado Fergus de um bordel de Paris, com base num encontro de três minutos, contratando-o como batedor de carteiras. Se ele adotasse essa criança, ele a trataria como filha. Ele a amaria? Ninguém podia garantir amor – nem ele... e nem eu.

Ele havia percebido o tom de dúvida em minha voz.

– Eu a vi com a criança, *Sassenach*, cavalgando. Você sempre age com grande ternura, mas, quando a vi assim, com a criança sacudindo-se sob sua capa... eu me lembrei como foi, como você era, quando carregava Faith.

Prendi a respiração. Ouvi-lo pronunciar o nome de nossa primeira filha assim, de forma tão prosaica, era surpreendente. Nós raramente falávamos dela; sua morte estava tão longe no passado, que às vezes parecia irreal, porém a ferida de sua perda deixara em ambos uma profunda cicatriz.

No entanto, a própria Faith não era absolutamente irreal.

Ela estava perto de mim, sempre que eu tocava em um bebê. E esta criança, esta órfã sem nome, tão pequena e frágil, com a pele tão translúcida, que os fios azuis de suas veias apareciam claramente – sim, os ecos de Faith eram fortes. Ainda assim, ela não era *minha* filha. Embora pudesse ser; era isso que Jamie estava dizendo.

Ela seria, talvez, uma dádiva para nós? Ou no mínimo nossa responsabilidade?

– Acha que deveríamos ficar com ela? – perguntei cautelosamente. – Quero dizer... o que poderá acontecer a ela se não o fizermos?

Jamie fez um pequeno muxoxo, deixando cair o braço, e recostou-se contra a parede da casa. Ele limpou o nariz e inclinou a cabeça na direção do murmúrio de vozes que atravessava as frestas entre as toras de madeira.

– Ela seria bem tratada, *Sassenach*. Ela vai ser uma herdeira, sabe.

Esse aspecto da questão não havia me ocorrido.

– Tem certeza? – eu disse, em dúvida. – Quero dizer, ambos os Beardsley desapareceram, mas como a criança é ilegítima...

Ele sacudiu a cabeça, interrompendo-me.

– Não, ela é legítima.

– Mas não pode ser. Ninguém sabe disso ainda, exceto eu e você, mas seu pai...

– Seu pai foi Aaron Beardsley, no que diz respeito à lei – ele me informou. – Pelas leis inglesas, uma criança nascida num casamento é legítima e herdeira do marido, ainda que se saiba com certeza que a mãe cometeu adultério. E a mulher disse que Beardsley se casou com ela, não?

Observei que ele demonstrava absoluta certeza sobre essa determinação da lei inglesa. Também observei – a tempo, graças a Deus, antes que eu dissesse alguma coisa – exatamente *por que* ele tinha certeza.

William. Seu filho, concebido na Inglaterra, e até onde qualquer pessoa na Inglaterra soubesse – com a exceção de lorde John Grey – era o nono conde de Ellesmere. Evidentemente, ele legalmente era o nono conde, segundo o que Jamie estava me dizendo, quer o oitavo conde tivesse sido seu pai ou não. A lei realmente era implacável, pensei.

– Compreendo – eu disse devagar. – Então a pequena Sem Nome herdará todos os bens dos Beardsley, mesmo depois que descobrirem que ele não pode ter sido o pai dela. Isso é... reconfortante.

Seus olhos encontraram-se com os meus por um instante, depois se abaixaram.

– Sim – ele disse à meia-voz. – Reconfortante. – Poderia ter havido um traço de amargura em sua voz, mas se houve, desapareceu sem deixar vestígios quando ele tossiu e limpou a garganta.

– Portanto, veja bem – ele continuou, de maneira prática –, ela não corre o risco de ser negligenciada. Um Tribunal de Órfãos daria a propriedade dos Beardsley, cabras e tudo o mais – ele acrescentou, com um leve sorriso – a quem fosse seu tutor, para ser usado em seu bem-estar.

– E seus tutores – eu disse, repentinamente me lembrando do olhar que Richard Brown trocara com o irmão, ao dizer à sua mulher que a criança seria "bem cuidada". Esfreguei o nariz, que ficara insensível na ponta.

– Então os Brown ficariam com ela de bom grado.

– Oh, sim – ele concordou. – Eles conhecem Beardsley, sabem muito bem o quanto ela vale. Na verdade, seria uma questão delicada tirá-las deles, mas, se você quiser a criança, *Sassenach*, você a terá. Eu lhe prometo.

A discussão toda estava me dando uma sensação muito estranha. Algo quase como pânico, como se eu estivesse sendo empurrada por alguma mão invisível para a beira de um precipício. Restava saber se era um penhasco perigoso ou meramente um apoio para os pés para uma vista mais ampla.

Vi mentalmente a curva delicada do crânio do bebê e as orelhas delicadas, pequenas e perfeitas como conchas, suas dobras rosadas desaparecendo em tom de azul sobrenatural.

Para ganhar algum tempo para organizar meus pensamentos, eu perguntei:

– O que quis dizer com ser uma questão delicada tirá-la dos Brown? Não têm nenhum direito a ela, têm?

Ele sacudiu a cabeça.

– Não, mas nenhum deles deu um tiro no pai dela, tampouco.

– O que... oh! – Essa era uma possível armadilha em que eu não havia pensado; a possibilidade de Jamie ser acusado de matar Beardsley para colocar as mãos na fazenda e nas mercadorias do comerciante, adotando a criança. Engoli em seco, o fundo da minha garganta com um leve gosto de bílis.

– Mas ninguém sabe como Aaron Beardsley morreu, exceto nós – ressaltei. Jamie lhes dissera apenas que o comerciante sofrera uma apoplexia e morrera, deixando de fora seu próprio papel de anjo da libertação.

– Nós e a sra. Beardsley – ele disse, um leve tom de ironia na voz. – E se ela voltar e me acusar de ter matado o marido? Seria difícil negar, ainda mais eu tendo ficado com a criança.

Eu me abstive de perguntar por que ela faria tal coisa; à luz do que ela já fizera, era bastante claro que Fanny Beardsley seria capaz de qualquer coisa.

– Ela não vai voltar – eu disse. Quaisquer que fossem minhas próprias incertezas sobre o resto, eu tinha certeza de que ao menos a esse respeito eu tinha razão. Aonde quer que Fanny Beardsley tivesse ido – ou por que –, eu tinha certeza de que fora para sempre.

– Ainda que voltasse – continuei, afastando minha visão da neve esvoaçando por uma floresta deserta e uma trouxinha junto ao fogo extinto. – Eu estava lá. Eu poderia dizer o que aconteceu.

– Se a deixassem – Jamie concordou. – Mas não deixariam. Você é uma mulher casada, *Sassenach*; não poderia testemunhar num tribunal, ainda que não fosse minha mulher.

Isso me fez calar repentinamente. Vivendo como vivíamos na região selvagem do interior, eu raramente me deparava com as mais ultrajantes injustiças legais da época de uma maneira pessoal, mas tinha consciência de algumas delas. Ele tinha razão. Na verdade, como mulher casada, eu não tinha nenhum direito legal. Ironicamente, Fanny Beardsley tinha, sendo agora viúva. *Ela* poderia testemunhar num tribunal de justiça – se quisesse.

– Que droga! – eu disse, calorosamente. Jamie riu, embora baixinho, depois tossiu.

Resfoleguei, com uma satisfatória explosão de vapor branco. Por um instante, desejei ser um dragão; seria extremamente agradável bufar chamas e enxofre em diversas pessoas, a começar com Fanny Beardsley. Em vez disso, suspirei, meu inofensivo hálito branco desaparecendo na penumbra da meia-água.

– Agora compreendo o que você quis dizer com "delicada" – eu disse.

– Sim, mas não impossível. – Ele colocou a mão grande e fria na minha face, virando meu rosto para ele. Seus olhos buscaram os meus, escuros e intensos.

– Se você quiser a criança, *Sassenach*, eu a levarei, e enfrentarei o que vier depois.

Se eu a quisesse. Eu podia sentir o suave peso da criança, dormindo no meu peito. Havia anos eu tinha esquecido os eflúvios da maternidade; afastado a lembrança dos sentimentos de exaltação, exaustão, pânico, prazer. Com Germain, Jemmy e Joan por perto, no entanto, recordei-os vividamente.

– Uma última pergunta – eu disse. Segurei sua mão e a trouxe para baixo, os dedos entrelaçados aos meus. – O pai da criança não era branco. O que isso pode significar para ela?

Eu sabia o que significaria na cidade de Boston da década de 1960, mas este era um lugar muito diferente e, embora em alguns aspectos a sociedade aqui fosse mais rígida e menos oficialmente esclarecida do que na época da qual eu viera, em outros era estranhamente muito mais tolerante.

Jamie refletia cuidadosamente, os dedos rígidos da mão direita tamborilando um ritmo silencioso de contemplação na tampa de um barril de carne de porco salgada.

– Acho que vai estar tudo bem – ele disse finalmente. – Não há a menor possibilidade de ser levada à escravidão. Ainda que pudesse ser provado que seu pai era um escravo – e não há absolutamente nenhuma prova –, uma criança adquire o status da mãe. Uma criança nascida de uma mulher livre é livre; uma criança nascida de uma escrava é um escravo. E o que quer que essa terrível mulher possa ser, não é uma escrava.

– Pelo menos, não oficialmente – eu disse, pensando nas marcas no umbral da porta. – Mas além da questão da escravatura...?

Ele suspirou e endireitou-se.

– Acho que não – ele disse. – Não aqui. Em Charleston, sim, provavelmente teria importância; pelo menos, se frequentasse a sociedade. Mas no interior?

Deu de ombros. Era verdade; tão perto como estávamos da Linha do Tratado, havia inúmeras crianças mestiças. Não era absolutamente incomum os colonos se casarem com índias cherokee. Era bem mais raro ver crianças nascidas de uma relação entre branco e negro no interior, mas havia muitas nas regiões costeiras. A maioria delas de escravos – mas, ainda assim, estavam lá.

E a pequena srta. Beardsley não estaria na "sociedade", ao menos, não se a deixássemos com os Brown. Aqui, sua riqueza potencial seria bem mais importante do que a cor de sua pele. Conosco poderia ser diferente, pois Jamie era – e sempre seria, apesar de sua renda ou falta dela – um cavalheiro.

– Essa não foi a última pergunta, afinal de contas – eu disse. Coloquei a mão sobre a dele, fria, no meu rosto. – A última é: por que está sugerindo a ideia?

– Ah. Bem, só pensei... – Deixou cair a mão e desviou o olhar. – O que você disse quando voltamos da Assembleia. Que você poderia ter escolhido a segurança da esterilidade, mas não o fez, por mim. Pensei... – Parou novamente e esfregou as articulações dos dedos da mão livre com força ao longo do cavalete do nariz. Respirou fundo e tentou de novo.

– Por mim – ele disse com firmeza, dirigindo-se ao ar à sua frente como se fosse um tribunal –, não quero que você tenha outro filho. Eu não poderia me arriscar a perdê-la, *Sassenach* – ele disse, a voz repentinamente rouca. – Nem por uma dúzia de filhos. Tenho filhas e filhos, sobrinhas e sobrinhos, netos o suficiente.

Olhou diretamente para mim, então, e falou suavemente.

– Mas não tenho vida sem você, Claire.

Ele engoliu em seco e continuou, os olhos fixos nos meus.

– Mas pensei... se você realmente quiser outra criança... talvez eu ainda possa lhe dar uma.

Lágrimas turvaram meus olhos. Fazia frio na meia-água e nossos dedos estavam rígidos. Remexi minha mão na sua, apertando-a com força.

Enquanto conversávamos, minha mente andara ocupada, visualizando possibilidades, dificuldades, bênçãos. Eu não precisava pensar mais, pois sabia que a decisão se apresentara por si mesma. Uma criança era uma tentação da carne, assim como do espírito; eu conhecia a bênção dessa ilimitada sensação de unidade, como conhecia a alegria amarga e doce de ver essa unidade desaparecer conforme a criança se descobria e adquiria independência.

Mas eu já atravessara uma linha sutil. Se era o fato de eu mesma já ter nascido com alguma cota secreta embutida em meu corpo ou apenas que eu soubesse que minha dedicação total agora deveria ser aplicada em outra parte... eu soube; como mãe, eu agora possuía a despreocupação do esforço terminado, da honra satisfeita. Missão cumprida.

Recostei a cabeça no peito dele e falei junto ao tecido escurecido acima de seu coração.

– Não – eu disse suavemente. – Mas, Jamie... eu o amo muito.

Permanecemos nos braços um do outro por algum tempo, ouvindo o murmúrio de vozes do outro lado da parede que separava a casa da meia-água, mas nós mesmos calados e felizes com a paz desse silêncio. Estávamos ao mesmo tempo exaustos demais para fazer o esforço de entrar na casa e relutantes em abandonar a tranquilidade de nosso tosco refúgio.

– Temos que entrar logo – murmurei finalmente. – Se não, vamos adormecer aqui mesmo e seremos encontrados pela manhã, em meio aos presuntos.

Um leve chiado de riso percorreu seu peito, mas antes que pudesse responder, uma sombra recaiu sobre nós. Alguém estava parado no vão da porta, bloqueando a claridade do luar.

Jamie levantou a cabeça abruptamente, as mãos firmes em meus ombros, mas depois soltou a respiração e suas mãos relaxaram, permitindo que eu recuasse um passo e me virasse.

– Morton – Jamie exclamou, com voz resignada. – O que, em nome de Deus, você está fazendo aqui?

Isaiah Morton não se parecia muito com um extravagante sedutor, mas imagino que os gostos difiram. Ele era um pouco mais baixo do que eu, mas de ombros largos, com um torso na forma de barril e pernas ligeiramente arqueadas. Ele de fato possuía olhos bonitos e uma bela cabeleira ondeada, embora eu não pudesse distinguir a cor de nenhum dos dois, na luz turva da meia-água. Estimei sua idade em vinte e poucos anos.

– Coronel, senhor – ele disse num sussurro. – Senhora. – Fez uma breve inclinação para mim. – Não quis assustá-la, senhora. Só que eu ouvi a voz do coronel e achei melhor aproveitar a oportunidade, por assim dizer.

Jamie olhou para Morton com os olhos estreitados.

– Por assim dizer – ele repetiu.

– Sim, senhor. Eu não conseguia descobrir como fazer a Ally sair e estava dando a volta na casa outra vez quando ouvi o senhor e sua esposa conversando.

Fez nova mesura para mim, como por reflexo.

– Morton – Jamie disse, serenamente, mas com certa frieza na voz –, por que você ainda não foi embora? Fergus não lhe disse que a milícia foi dispensada?

– Oh, sim, senhor, ele disse, senhor. – Inclinou-se para Jamie desta vez, parecendo ligeiramente ansioso. – Mas eu não podia ir, senhor, sem antes ver Ally.

Limpei a garganta e olhei para Jamie, que suspirou e balançou a cabeça para mim.

– Hã... receio que a srta. Brown ouviu falar de seu compromisso anterior – eu disse delicadamente.

– Hein? – Isaiah pareceu não entender e Jamie fez um ruído de irritação.

– Ela quer dizer que a moça sabe que você já tem uma esposa – ele disse sem rodeios – e, se o pai dela não o matar na hora, talvez ela o esfaqueie no coração. E, se nenhuma das duas tentativas for bem-sucedida – ele continuou, empertigando-se em toda a sua altura –, estou inclinado a fazer o serviço eu mesmo, com minhas próprias mãos. Que tipo de homem ficaria rondando uma jovem e a engravidaria, sem sequer ter o dever de dar um nome à criança?

Isaiah Morton empalideceu visivelmente, mesmo à luz turva.

– Grávida?

– Está – eu disse, com absoluta frieza.

– Está – Jamie repetiu. – E agora, seu pequeno bígamo, é melhor você ir embora antes que...

Parou de falar abruptamente, quando a mão de Isaiah saiu de baixo da capa, apontando uma pistola. Perto como ele estava, pude ver que estava carregada e engatilhada.

– Sinto muito, senhor – ele disse, desculpando-se. Umedeceu os lábios, olhando de Jamie para mim e de novo para Jamie. – Eu não lhe faria nenhum mal, senhor, nem certamente à sua esposa. Mas, sabe, eu tenho que ver a Ally. – Suas feições um tanto gorduchas firmaram-se um pouco, embora seus lábios parecessem inclinados a tremer. Ainda assim, ele apontou a pistola para Jamie com decisão.

– Senhora – ele me disse –, faça-me um favor: poderia entrar lá na casa e trazer Ally aqui? Nós... esperaremos aqui, o coronel e eu.

Eu não tivera tempo para ter medo. Não estava realmente com medo agora, embora estivesse sem fala de perplexidade.

Jamie fechou os olhos brevemente, como se rezasse para ter forças. Em seguida, abriu-os e suspirou, seu hálito uma nuvem branca no ar frio.

– Abaixe essa arma, idiota – ele disse, quase amavelmente. – Sabe muito bem que não vai atirar em mim, e eu também sei.

Isaiah comprimiu tanto os lábios quanto o dedo no gatilho, e eu prendi a respiração. Jamie continuou a fitá-lo, seu olhar um misto de censura e pena. Finalmente o dedo relaxou e o cano da pistola se abaixou, bem como os olhos de Isaiah.

– Eu tenho que ver Ally, coronel – ele disse baixinho, olhando para o chão.

Respirei fundo e ergui os olhos para Jamie. Ele hesitou, depois assentiu.

– Está bem, *Sassenach*. Tome cuidado, sim?

Assenti e virei-me para entrar sorrateiramente na casa, ouvindo Jamie sussurrar alguma coisa em gaélico atrás de mim, no sentido geral de que ele devia ter perdido a cabeça.

Não sei se tinha, mas eu também sentira a força do pedido de Morton. Mas, se algum dos Brown descobrisse este encontro, as consequências seriam terríveis – e não iria ser apenas Morton quem iria pagar por isso.

O assoalho dentro da casa estava apinhado de corpos adormecidos enrolados em cobertores, embora alguns homens ainda se aglomerassem ao redor do fogo, mexericando e passando uma jarra de alguma bebida alcoólica entre eles. Olhei atentamente, mas felizmente Richard Brown não estava entre eles.

Atravessei o aposento, pisando cuidadosamente entre os corpos e por cima deles no chão e, ao passar, espreitei a cama que ficava junto à parede. Richard Brown e sua mulher estavam encolhidos nela, profundamente adormecidos, as toucas noturnas puxadas sobre as orelhas, embora a casa estivesse bastante quente, com todo o calor corporal preso ali dentro.

Só havia um lugar em que Alicia Brown poderia estar e eu abri a porta da escada para o sótão, o mais silenciosamente possível. Fez pouca diferença; ninguém junto ao fogo prestou a menor atenção. Um dos homens parecia estar tentando fazer Hiram beber diretamente da jarra, com algum sucesso.

Em contraste com a sala embaixo, o sótão estava muito frio. Isso porque a pequena janela estava aberta e bastante neve havia penetrado por ela, juntamente com um vento gelado. Alicia Brown estava deitada na neve acumulada sob a janela, completamente nua.

Aproximei-me e fiquei olhando-a. Estava deitada de costas, rigidamente, os braços cruzados sobre o peito. Estava tremendo e seus olhos estavam fechados com força numa feroz concentração. Obviamente ela não ouvira meus passos, acima do barulho lá de baixo.

– O que, em nome de Deus, você está fazendo? – perguntei educadamente.

Seus olhos arregalaram-se e ela deu um gritinho. Em seguida, tampou a própria boca e sentou-se abruptamente, fitando-me.

– Já ouvi falar de muitas maneiras novas de induzir um aborto – eu lhe disse, pegando um acolchoado da cama e colocando-o ao redor de seus ombros –, mas morrer congelada não é uma delas.

– Se eu e-estiver m-morta, não p-precisarei a-abortar – ela disse, com certa lógica. Ainda assim, puxou a colcha ao redor do corpo, tiritando.

– Também não é a melhor maneira de cometer suicídio, na minha opinião – eu disse. – Embora eu não queira criticá-la. De qualquer modo, você não pode fazer isso agora; o sr. Morton está lá fora, na meia-água, e se recusa a ir embora até você descer para falar com ele; portanto, é melhor você se levantar e vestir alguma coisa.

Seus olhos arregalaram-se e ela se pôs de pé atabalhoadamente, os músculos tão enrijecidos com o frio, que ela cambaleou desastradamente e teria levado um tombo se eu não a tivesse segurado pelo braço. Ela não disse nada mais, mas se vestiu tão rapidamente quanto seus dedos entorpecidos permitiam, enrolando-se numa capa grossa.

Seguindo à risca o pedido de Jamie para eu tomar cuidado, enviei-a sozinha para baixo. Sozinha, pensariam apenas que ela estaria indo à latrina – se alguém percebesse sua saída. Nós duas juntas, poderiam suscitar-se comentários.

Deixada sozinha no sótão escuro, enrolei-me ainda mais em minha própria capa e fui para a janela estreita para esperar os poucos minutos necessários até eu poder sair também. Ouvi a batida abafada da porta fechando-se embaixo, mas não podia ver Alicia daquele ângulo alto. A julgar pela sua reação ao meu chamado, ela não pretendia esfaquear Isaiah no coração, mas só Deus sabia o que realmente os dois pretendiam.

As nuvens haviam se dissipado e a paisagem gelada estendia-se diante de mim, brilhante e fantasmagórica sob uma lua minguante. Do outro lado da estrada, o abrigo dos cavalos estava às escuras, manchado com montículos de neve. O ar se modificara, como Jamie dissera, e, aquecidos pelo hálito dos cavalos, grandes pedaços de neve se descongelando deslizavam pelo telhado e caíam subitamente no chão.

Apesar do meu aborrecimento com os jovens amantes e dos laivos de cômico absurdo que envolviam toda a situação, não pude deixar de sentir certa simpatia por eles. Pareciam tão sinceros, concentrados apenas um no outro.

E a mulher desconhecida de Isaiah?

Arqueei os ombros, estremecendo ligeiramente por baixo da capa. Eu deveria desaprovar – de fato, eu desaprovava –, mas ninguém conhecia a verdadeira natureza de um casamento, a não ser os envolvidos. E, se eu tinha consciência do meu próprio telhado de vidro, não devia atirar pedras no dos outros. Quase abstraidamente, toquei o metal liso da minha aliança de ouro.

Adultério. Fornicação. Traição. Desonra. As palavras caíam suavemente em minha mente, como bolos de neve deixando pequenos buracos escuros, sombras ao luar.

Justificativas podiam ser encontradas, é claro. Eu não buscara o que aconteceu comigo, havia lutado contra isso, não tivera escolha. Exceto que, no fim, a pessoa sempre tem escolha. Eu fizera a minha e tudo que se seguira fora consequência da minha escolha.

Bri, Roger, Jemmy. Qualquer filho que tivessem no futuro. Todos eles estavam aqui, de uma forma ou de outra, pelo que eu escolhera fazer, naquele dia distante em Craigh na Dun.

Você se preocupa demais. Frank me dissera isso inúmeras vezes. Em geral, em tom de desaprovação, querendo dizer que eu fazia coisas que ele preferia que eu não fizesse. Mas, de vez em quando, com carinho, querendo aliviar um pouco o meu fardo.

Era com carinho que o pensamento me vinha agora, quer verdadeiro ou apenas relembrado pela minha memória exausta pelo conforto que as palavras encerram. Todos fazem escolhas e ninguém sabe qual será o resultado de nenhuma delas. Se a minha era culpada por muitas coisas, não era culpada por tudo. Nem tudo que se sucedera fora ruim.

Até que a morte nos separe. Muita gente fizera esses votos, abandonando-os ou traindo-os em seguida. No entanto, me ocorreu que nem a morte, nem a escolha consciente dissolvia esses laços. Para o melhor e para o pior, eu amara dois homens e uma parte de ambos sempre estaria comigo.

O espantoso, suponho, era que, embora eu muitas vezes sentisse um pesar profundo e doloroso pelo que fizera, nunca senti culpa. Com a escolha tão longe no passado, agora talvez eu sentisse.

Eu me desculpara com Frank milhares de vezes e nem uma vez eu lhe pedira perdão. Ocorreu-me de repente que ele, ainda assim, me perdoara – até onde lhe era possível. O sótão estava escuro, salvo por débeis linhas de luz que penetravam pelas frestas do assoalho, mas já não parecia vazio.

Sacudi-me abruptamente, arrancada dos meus pensamentos por um movimento súbito embaixo. Silenciosas como renas voadoras, duas figuras escuras atravessaram correndo o campo de neve, de mãos dadas, as capas voando como nuvens ao redor. Hesitaram por um instante fora do abrigo dos cavalos, depois desapareceram lá dentro.

Inclinei-me sobre o peitoril da janela, alheia aos cristais de neve sob as palmas de minhas mãos. Pude ouvir o barulho dos cavalos despertando; relinchos e batidas de cascos no chão chegaram claramente até mim pelo ar límpido. Os sons na casa embaixo haviam diminuído; de repente, um balido claro e alto atravessou as tábuas do assoalho, quando Hiram sentiu a agitação dos cavalos.

Ouviram-se novos risos embaixo, temporariamente abafando os sons do outro lado da rua. Onde estava Jamie? Inclinei-me mais para fora, o vento inflando o capuz da minha capa, lançando uma rajada de gelo no meu rosto.

Lá estava ele. Uma figura alta e escura, atravessando a neve na direção do abrigo, mas caminhando devagar, chutando nuvens brancas de gelo fino. O que... mas logo compreendi que ele estava seguindo a trilha dos amantes, deliberadamente pisoteando e chutando a neve para apagar um rastro que poderia contar sua história claramente a qualquer dos rastejadores embaixo na casa.

Um buraco apareceu repentinamente no abrigo coberto de folhagens, quando uma parte da parede de galhos ruiu. Nuvens de vapor revolveram-se no ar e, em seguida, um cavalo emergiu, carregando dois cavaleiros, e partiu para oeste, passando da marcha ao trote, depois ao galope. A neve não estava funda; não mais do que oito ou dez centímetros. Os cascos dos cavalos deixavam um nítido rastro escuro, descendo a estrada.

Um relincho agudo ergueu-se do abrigo, seguido de outro. Sons alarmados vieram de baixo, pancadas surdas e pés se arrastando, conforme os homens rolavam para fora de seus cobertores ou lançavam-se sobre suas armas. Jamie havia desaparecido.

Todos ao mesmo tempo, os cavalos irromperam do abrigo, derrubando a parede e pisoteando os galhos caídos. Bufando, relinchando, dando coices e empurrando uns aos outros, arremessaram-se na estrada num caos de crinas esvoaçantes e olhos revirados. O último deles saltou para fora do abrigo e uniu-se à fuga, a cauda espanando para se livrar do chicote que açoitou sua anca.

Jamie atirou longe o chicote e agachou-se de novo no abrigo, exatamente quando a porta da cabana se escancarou, derramando uma luz dourada e pálida sobre a cena.

Aproveitei a oportunidade da comoção geral para descer correndo as escadas sem ser vista. Todos estavam lá fora; até a sra. Brown havia corrido para fora, de touca de dormir e tudo, deixando as colchas quase fora da cama. Hiram, cheirando fortemente a cerveja, oscilou e baliu como um bêbado para mim quando passei por ele, os olhos amarelos úmidos e protuberantes com a convivência.

Do lado de fora, a estrada estava cheia de homens seminus, correndo de um lado para o outro e agitando os braços. Avistei Jamie no meio da multidão, gesticulando com alguns deles. Entre a algazarra de perguntas e comentários, ouvi fragmentos como "assustados"... "pantera?"... "desgraçados!" e assim por diante.

Após alguns instantes movendo-se em círculos e argumentando-se incoerentemente, concordou-se unanimemente que os cavalos acabariam voltando por conta própria. Metade deles estava maneada e não pôde ir muito longe, e a neve era soprada das árvores em redemoinhos de gelo; o vento penetrava através de cada dobra das roupas com seus dedos gelados.

– Você ficaria fora numa noite como esta? – Roger perguntou, com razão. Ficando decidido, de um modo geral, que nenhum homem o faria – e sendo os cavalos, senão totalmente lógicos, certamente criaturas sensatas –, o grupo começou aos poucos a voltar para a casa, tremendo e resmungando quando o calor da agitação começou a arrefecer.

Entre os últimos extraviados, Jamie virou-se na direção da casa e me viu, ainda parada no alpendre. Seus cabelos estavam soltos e a luz da porta aberta iluminava-os como uma tocha. Nossos olhos se encontraram, ele revirou os dele para o céu e ergueu levemente os ombros.

Coloquei os dedos frios nos lábios e soprei-lhe um pequeno beijo gelado.

PARTE QUATRO

NÃO OUÇO MÚSICA MAS O SOM DE TAMBORES

33

EM CASA PARA O NATAL

– O que você teria feito? – Brianna perguntou. Ela se virou, movendo-se cuidadosamente no espaço confinado da cama do sr. Wemyss, e apoiou o queixo confortavelmente no côncavo do ombro de Roger.

– O que eu teria feito sobre o quê? – Aquecido pela primeira vez em semanas, empanturrado com um dos jantares da sra. Bug e tendo finalmente alcançado o nirvana de uma hora de privacidade com sua mulher, Roger sentia-se agradavelmente sonolento e distante.

– Sobre Isaiah Morton e Alicia Brown.

Roger deu um bocejo de estalar os maxilares e aconchegou-se mais fundo no colchão de palha de milho que farfalhava ruidosamente sob eles. Achava que a casa inteira tinha ouvido os dois antes, mas, na verdade, não se importava. Ela havia lavado os cabelos por sua volta ao lar; eles agora se espalhavam em ondas pelo seu peito, um brilho sedoso na claridade turva da lareira. Era apenas final de tarde, mas as persianas estavam fechadas, dando a agradável ilusão de que estivessem dentro de uma pequena caverna particular.

– Não sei, o que seu pai fez, eu creio; o que mais? Seus cabelos estão com um cheiro delicioso. – Ele alisou uma mecha entre os dedos, admirando o brilho.

– Obrigada. Usei um pouco daquela mistura que mamãe faz de óleo de nozes e calêndula. E a pobre mulher de Isaiah em Granite Falls?

– O que tem ela? Jamie não podia forçar Morton a voltar para ela, presumindo-se que ela o queira de volta – ele acrescentou de maneira lógica. – E a jovem, Alicia, estava evidentemente mais do que ansiosa para partir com ele; certamente seu pai não poderia provocar uma comoção por Morton fugir com ela, a menos que quisesse ver o homem morto. Se os Brown tivessem encontrado Morton lá, teriam matado o sujeito na hora e pregado seu couro na porta do celeiro.

Ele falou com convicção, lembrando-se das armas apontadas com que haviam sido recebidos em Brownsville. Ajeitou os cabelos dela para trás da orelha e ergueu a cabeça o suficiente para beijá-la entre as sobrancelhas. Imaginara isso durante dias, aquele espaço macio e pálido entre as sobrancelhas grossas. Parecia um pequeno oásis entre o vívido perigo de suas feições; o brilho dos olhos e a linha do nariz eram mais do que atraentes, sem falar de uma testa expressiva e uma boca larga que falava por si mesma tanto pelo formato quanto pelas palavras – mas não eram nada pacíficas. Após as últimas três semanas, ele queria paz.

Afundou a cabeça de novo no travesseiro, traçando o arco severo de uma sobrancelha ruiva com o dedo.

– Acho que o melhor que ele podia fazer naquelas circunstâncias era dar aos jovens amantes uma oportunidade de fugir com segurança – ele disse. – E foi o que aconteceu. Pela manhã, a neve já se derretia em lama e, com todo o pisoteio de pessoas e cavalos, não se poderia dizer se não fora um bando de ursos que havia passado por ali, quanto mais que direção haviam tomado.

Ele falava com empolgação; o tempo se transformara repentinamente num degelo e a milícia voltara para suas casas alegremente, mas com lama até às sobrancelhas.

Brianna suspirou, seu hálito provocando um agradável arrepio na pele do seu peito. Ela levantou um pouco a cabeça, espreitando com interesse.

– O que foi? Ainda tem lama grudada em mim? – Ele tomara banho, mas apressadamente, ansioso para comer, mais ansioso ainda em ir para a cama.

– Não. É que eu gosto quando você fica arrepiado. Todos os pelos do seu peito ficam em pé, assim como seus mamilos. – Ela tocou levemente em um dos mamilos com a unha e uma nova onda de arrepio percorreu seu peito para diversão de Brianna. Ele arqueou um pouco as costas, depois relaxou. Não, ele teria que descer logo, para as tarefas da noite; ele já ouvira Jamie sair.

Hora de mudar de assunto. Ele respirou fundo, depois levantou a cabeça do travesseiro, farejando com interesse o aroma delicioso que vinha da cozinha embaixo e se infiltrava pelo assoalho.

– O que estão cozinhando?

– Um ganso. Ou gansos, uma dúzia deles. – Ele achou ter captado um estranho tom em sua voz, um laivo de pesar.

– Bem, é uma iguaria – ele disse, correndo a mão preguiçosamente pelas suas costas. Uma penugem dourada muito fina cobria suas costas e ombros, visível somente se houvesse luz de vela atrás dela, como agora. – Qual é a grande ocasião? Nossa volta?

Ela levantou a cabeça de seu peito e lançou-lhe o que ele particularmente denominava O Olhar.

– São para o Natal – ela disse.

– O quê? – Com um ar de perplexidade, ele tentou contar os dias, mas os acontecimentos das últimas três semanas haviam apagado completamente seu calendário mental. – Quando?

– Amanhã, idiota – ela disse com exagerada paciência. Ela inclinou-se e fez algo inacreditavelmente erótico com seu mamilo, depois se levantou num farfalhar de cobertas, deixando-o despojado do abençoado calor e exposto às correntes de ar frio.

– Você não viu toda a decoração com ciprestes e azevinhos lá embaixo quando entrou? Lizzie e eu fizemos os monstrinhos Chisholm saírem conosco para cortar galhos verdes; passamos os últimos três dias fazendo guirlandas e grinaldas. – Suas palavras saíam meio abafadas, conforme ela se enfiava em sua combinação, mas ele achou que ela soava apenas incrédula, em vez de furiosa. Assim esperava.

Ele sentou-se e lançou os pés para baixo, os dedos curvando-se ao entrar em contato com as tábuas frias do assoalho. Sua própria cabana tinha um tapete de tiras de pano ao lado da cama – mas sua cabana estava cheia de Chisholms no momento, ou assim ele foi informado. Passou a mão pelos cabelos, em busca de inspiração, e encontrou-a.

– Não vi nada quando entrei, a não ser você.

Era a pura verdade e evidentemente a sinceridade era a melhor política. A cabeça de Brianna despontou pelo buraco do pescoço de sua combinação e ela lançou-lhe um olhar apertado que deu lugar a um leve sorriso quando ela viu a evidente sinceridade estampada em seu rosto.

Ela se aproximou da cama e passou os braços ao redor de seu pescoço, envolvendo sua cabeça num aroma asfixiante de calêndula, linho amaciado e... leite. Oh, sim. O garoto precisaria comer logo. Resignado, colocou os braços ao redor de seus quadris e pousou a cabeça entre os seios dela pelos poucos momentos que constituíam sua pequena parte daquela abundância.

– Desculpe-me – ele disse, as palavras abafadas em seu calor. – Eu me esqueci completamente. Eu teria trazido algo para você e Jem, se tivesse lembrado.

– Como o quê? Um pedaço do couro de Isaiah Morton? – Ela riu e soltou-o, empertigando-se para ajeitar os cabelos. Ela estava usando o bracelete que ele lhe dera em outra véspera de Natal; a luz da lareira refletiu-se na prata quando ela ergueu o braço.

– Sim, você poderia encapar um livro com ele, por exemplo. Ou fazer um par de pequenas botas para Jem. – Fora uma longa viagem, homens e cavalos tentando vencer o cansaço, ansiosos para chegarem a casa. Ele se sentia lânguido e ele próprio não desejaria nenhum outro presente mais do que voltar para a cama com ela, aconchegados no calor um do outro, deixando-se levar para as convidativas profundezas do sono profundo e dos sonhos amorosos. Mas o dever chamava; bocejou, pestanejou e levantou-se.

– Então os gansos são para nosso jantar desta noite? – ele perguntou, agachando-se para remexer na pilha de roupas descartadas, duras de lama, que ele havia tirado antes. Ele devia ter uma camisa limpa em algum lugar, mas, com os Chisholm em sua cabana e Bri e Jem temporariamente alojados ali no quarto dos Wemyss, ele não fazia a menor ideia de onde estariam seus próprios pertences. De qualquer forma, não fazia sentido vestir uma roupa limpa só para ir limpar um curral e alimentar cavalos. Ele faria a barba e trocaria de roupa antes do jantar.

– Um-hum. A sra. Bug tem metade de um porco assando lá fora para o jantar de Natal de amanhã. Mas eu cacei os gansos ontem e ela queria usá-los frescos. Nós torcíamos para que vocês chegassem a tempo.

Ele olhou para ela, percebendo o mesmo tom de pesar em sua voz.

– Você não gosta de ganso? – ele perguntou. Ela abaixou os olhos para ele, com uma expressão estranha.

– Nunca comi – ela respondeu. – Roger?

– Sim?

– Eu estava pensando. Eu queria lhe perguntar se você sabia...

– Se eu sei o quê?

Ele movia-se devagar, ainda envolvido num agradável nevoeiro de exaustão, amor e sexo. Ela já se vestira, escovara os cabelos e os arrumara para cima num perfeito coque na nuca, tudo no tempo que ele levara para desembaraçar suas meias e calças. Ele sacudiu as calças distraidamente, lançando uma chuva de fragmentos de lama seca tamborilando pelo chão.

– Não faça isso! O que há com você? – Ruborizada com repentina irritação, ela arrancou as calças de sua mão. Abriu as persianas e inclinou-se para fora, sacudindo as calças violentamente por cima do parapeito. Trouxe as calças para dentro outra vez com um safanão e atirou-as na direção dele; ele mergulhou para frente para apanhá-las.

– Hei. O que há com *você*?

– O que há comigo? Você joga terra por todo o chão e acha que há alguma coisa errada *comigo*?

– Desculpe-me. Não pensei...

Ela emitiu um ruído do fundo da garganta. Não foi muito alto, mas era ameaçador. Obedecendo a um arraigado reflexo masculino, ele enfiou uma perna nas calças. O que quer que estivesse acontecendo, era melhor ele enfrentar de calças. Puxou-as rapidamente para cima, falando rápido.

– Olhe, desculpe-me por não ter me lembrado do Natal. Foi... havia muitas coisas importantes para tratar e perdi a conta dos dias. Vou compensá-la. Talvez quando formos a Cross Creek para o casamento de sua tia. Eu poderia...

– Para o inferno com o Natal!

– O quê? – Ele parou, as calças abotoadas até a metade. Era crepúsculo de inverno e já estava escuro no quarto, mas, mesmo à luz de velas, ele podia ver a cor subindo ao seu rosto.

– Para o inferno com o Natal, para o inferno com Cross Creek... e para o maldito inferno com você, também! – Ela enfatizou essa última parte com uma saboneteira de madeira de cima do lavatório, que zuniu rente à sua orelha esquerda e bateu com toda força na parede atrás dele.

– Espere aí um minuto, merda!

– Não fale assim comigo!

– Mas você...

– Você e suas "coisas importantes"! – A mão dela fechou-se sobre a grande jarra de porcelana e ele se retesou, preparado para agachar-se, mas ela pensou melhor e soltou a mão.

– Eu passei o último *mês* inteiro aqui, só vendo roupa suja, cocô de criança, mulheres histéricas e crianças encapetadas enquanto você estava longe fazendo "coisas importantes", depois você entra aqui, marchando coberto de lama, e pisoteia todo o chão limpo sem sequer notar que ele *estava* limpo, para início de conversa! Você faz alguma ideia de como é difícil esfregar um assoalho de pinho de joelhos no chão? Com sabão detergente! – Ela acenou as mãos para ele acusadoramente, mas rápido demais para ele ver se estavam cobertas de dolorosas rachaduras, machucadas nos pulsos ou meramente avermelhadas.

– ... E você nem mesmo quer ver seu filho ou ouvir qualquer coisa sobre ele. Pois saiba que ele aprendeu a *engatinhar*, e eu queria lhe mostrar, mas tudo que *você* queria era ir para a cama e nem sequer se deu ao trabalho de fazer a barba primeiro...

Roger sentiu-se como se tivesse entrado no meio das pás de um ventilador grande e girando a toda velocidade. Coçou a barba curta, sentindo-se culpado.

– Eu... ah... pensei que você quisesse...

– Eu queria! – Ela bateu o pé, levantando uma pequena nuvem de poeira da lama esfarelada. – Isso não tem nada a ver!

– Está bem. – Ele abaixou-se para pegar a camisa, mantendo um olhar cauteloso nela. – Então você está brava comigo porque eu não notei que você havia limpado o assoalho, é isso?

– Não!

– Não – ele repetiu. Respirou fundo e tentou outra vez. – Então foi mesmo porque eu esqueci o Natal?

– Não!

– Você está com raiva porque eu quis fazer amor com você, embora você também quisesse?

– NÃO! Quer calar a boca?

Roger sentiu-se muito tentando a atender a esse pedido, mas uma vontade teimosa de chegar ao âmago da polêmica o fez continuar.

– Mas eu não compreendo por que...

– Sei que não compreende! *Esse* é o problema!

Ela girou nos calcanhares descalços e saiu batendo os pés até a arca que estava junto à janela. Abriu a tampa com uma forte pancada e começou a remexer lá dentro, com uma série de grunhidos e resmungos.

Ele abriu a boca, fechou-a de novo e enfiou a camisa suja pela cabeça. Sentia-se ao mesmo tempo irritado e culpado, uma péssima combinação. Terminou de se vestir numa atmosfera de carregado silêncio, considerando – e rejeitando – possíveis observações e perguntas, todas as quais pareciam prováveis de inflamar ainda mais a situação.

Ela encontrara suas meias, calçou-as furiosamente e prendeu-as com ligas em pequenos movimentos bruscos; em seguida, enfiou os pés num par de tamancos surrados. Depois ficou parada diante da janela aberta, respirando fundo, como se estivesse prestes a iniciar uma série de exercícios físicos no exército.

Sentiu vontade de fugir enquanto ela não estivesse olhando, mas ele não podia simplesmente ir embora, enquanto houvesse alguma coisa errada – o que quer que fosse – entre eles. Ele ainda podia sentir a intimidade que haviam acabado de compartilhar, menos de quinze minutos atrás, e não podia acreditar que essa sensação houvesse simplesmente desaparecido no ar.

Aproximou-se dela por trás lentamente e colocou as mãos em seus ombros. Ela não girou nos calcanhares, tentando pisotear seu pé ou lhe dar uma joelhada no saco, então ele resolveu correr o risco de beijá-la de leve na nuca.

– Você ia me perguntar alguma coisa sobre gansos.

Ela respirou fundo e soltou o ar com um suspiro, relaxando um pouco contra ele. Sua raiva parecia ter desaparecido tão rapidamente quanto surgira, deixando-o estupefato, mas aliviado. Passou os braços pela sua cintura e puxou-a para trás, contra ele.

– Ontem – ela disse –, a sra. Abernathy queimou os biscoitos do café da manhã.

– Oh. Foi mesmo?

– A sra. Bug acusou-a de estar preocupada demais com as fitas dos cabelos da filha para prestar atenção ao que estava fazendo. Criticou-a por ter colocado mirtilos nos biscoitos de soro de leite.

– Por que não se pode pôr mirtilos nos biscoitos de soro de leite?

– Não faço a menor ideia. Mas a sra. Bug acha que não se deve pôr. Depois Billy MacLeod caiu da escada e ninguém conseguia encontrar a mãe dele... que tinha ido à latrina e ficara entalada... e...

– Ela *o quê*? – A sra. MacLeod era baixa e robusta, mas tinha uma retaguarda bem definida, com um traseiro como duas bolas de canhão em uma saca. Era bem fácil imaginar tal acidente acontecendo com ela, e Roger sentiu uma risada subindo aos borbotões pelo seu peito. Tentou reprimi-la com todas as forças, mas ela emergiu pelo seu nariz fazendo-o resfolegar dolorosamente.

– Não devíamos rir. Ela ficou cheia de farpas. – Apesar dessa admoestação, a própria Brianna estremecia contra ele, tremores de riso embargando sua voz.

– Santo Deus. E depois?

– Bem, Billy estava gritando, ele não quebrou nada, mas bateu a cabeça com força, e a sra. Bug lançou-se da cozinha com sua vassoura, gritando porque pensou que estávamos sendo atacados por índios, e a sra. Chisholm foi procurar a sra. MacLeod e começou a gritar da latrina e... bem, de qualquer modo, os gansos surgiram no meio desse tumulto e a sra. Bug olhou para o teto com os olhos arregalados, depois exclamou: "Gansos!", mas tão alto, que todos pararam de gritar. Ela correu ao gabinete de papai, voltou com a espingarda de chumbinho e enfiou-a na minha mão.

Ela relaxara um pouco contando a história. Resfolegou e recostou-se nele.

– Eu estava tão furiosa, que realmente queria matar alguma coisa. E havia muitos gansos, podiam-se ouvi-los gritando por todo o céu.

Ele também vira os gansos. Formas em V, negras, movimentando-se nas correntes de ar mais elevadas, como uma flecha cortando o céu de inverno. Também os ouvira gritar, com uma estranha sensação de solidão no coração, e desejou que ela estivesse ali ao seu lado.

Todos correram para fora, para ver; as endiabradas crianças Chisholm e dois dos semisselvagens cães dos Chisholm correram para o meio das árvores, com ganidos e latidos de empolgação, para trazer os gansos abatidos, enquanto Brianna atirava e recarregava, o mais rápido possível.

– Um dos cachorros pegou um deles e Toby tentou arrancá-lo dele, o cachorro mordeu-o e ele corria como um louco pelo pátio berrando que seu dedo fora arrancado, e ele estava todo sujo de sangue, e ninguém conseguia fazê-lo parar para ver se o dedo fora realmente arrancado, e mamãe não estava aqui, e a sra. Chisholm estava no córrego com os gêmeos...

Ela estava ficando tensa outra vez e ele pôde ver seu sangue subindo novamente, deixando sua nuca vermelha. Ele apertou sua cintura com mais força.

– E o dedo afinal foi arrancado?

Ela parou e respirou fundo, depois virou a cabeça e olhou-o por cima do ombro, o rubor arrefecendo um pouco de seu rosto.

– Não. A pele nem foi dilacerada; era sangue do ganso.

– Ah, bem. Você se saiu bem, hein? A despensa está cheia, nenhum dedo se perdeu... e a casa ainda está de pé.

Ele falou em tom de brincadeira e ficou surpreso ao sentir que ela soltava um profundo suspiro, um pouco da tensão abandonando-a.

– Sim – ela disse, e sua voz denotava um tom de inegável satisfação. – É verdade. Todos presentes e em bom estado... e todos bem alimentados. Com o mínimo derramamento de sangue – ela acrescentou.

– Bem, é verdade o que dizem sobre omeletes e ovos, hein? – Ele riu e inclinou-se para beijá-la, mas lembrou-se de sua barba. – Oh, desculpe-me. Vou fazer a barba, sim?

– Não. – Ela virou-se quando ele a soltou e passou a ponta do dedo pelo seu maxilar. – Eu até que gosto dela. Além do mais, você pode fazer isso mais tarde, não é?

– Sim, posso. – Ele inclinou a cabeça e beijou-a delicadamente, mas com afinco. Então era isso? Ela só queria que ele dissesse que ela se saíra bem, tendo ficado sozinha para administrar o lugar? Se fosse isso, ela realmente merecia, ele pensou. Ele sabia que ela não ficara apenas sentada junto à lareira cantando canções de ninar para Jemmy em sua ausência – mas ele não imaginara os detalhes sangrentos.

O perfume de seus cabelos e o almíscar de seu corpo rodeavam-no, mas, ao respirar fundo para senti-los ainda mais, ele percebeu que o quarto cheirava a zimbro e bálsamo também, além do cheiro adocicado das velas de cera de abelha. Não apenas uma; havia três delas, espalhadas pelo quarto em castiçais. Normalmente, ela teria acendido uma lamparina, economizando as valiosas velas, mas o pequeno quarto resplandecia agora com uma suave luz dourada; ele percebeu que essa incandescência os havia iluminado enquanto faziam amor, deixando-o com recordações de castanho-avermelhado e marfim, da penugem dourada que a cobria como a pele de um leão, dos tons ensombreados de vermelho e roxo de seus lugares secretos, do contraste da palidez de seu corpo com sua própria pele morena. Lembranças que resplandeciam vividamente contra lençóis brancos em sua mente.

O chão estava *realmente* limpo – ou estivera. As tábuas de pinho branco esfregadas e, nos cantos, alecrim seco espalhado. Ele podia ver a cama desarrumada pelo lado de sua cabeça e percebeu que ela a havia arrumado com lençóis de linho limpos e uma nova colcha. Ela se preocupara em preparar tudo para a sua volta. E ele chegara intempestivamente, orgulhoso de suas aventuras, esperando elogios pela façanha de voltar vivo e não notando nada disso – cego a tudo em sua premente necessidade de colocar as mãos nela e sentir seu corpo sob o seu.

– Ei – ele disse suavemente em seu ouvido. – Eu posso ser um tolo, mas eu a amo, sim?

Ela suspirou profundamente, os seios empurrando-se contra seu peito nu, quentes mesmo através do tecido da combinação e do vestido. Estavam firmes; enchendo-se de leite, mas não duros ainda.

– Sim, você é – ela disse com franqueza –, mas eu também o amo. E estou feliz por estar de volta em casa.

Ele riu e soltou-a. Havia um galho de zimbro enfiado acima da janela, pesado com suas frutinhas verde-azuladas. Ele estendeu a mão e quebrou um galhinho, beijou-o e enfiou-o pela gola de seu vestido, entre os seios, como um símbolo de trégua – e de desculpas.

– Feliz Natal. Agora, o que você ia me dizer sobre os gansos?

Ela colocou a mão no galhinho de zimbro, um sorriso esboçando-se no rosto, depois desaparecendo.

– Oh. Bem... Não é importante. É só que... – Ele seguiu a direção do seu olhar, virou-se e viu a folha de papel, em pé atrás da bacia no lavatório.

Era um desenho, feito a carvão; gansos selvagens contra um céu tempestuoso, lutando contra o ar acima de uma faixa de copas de árvores fustigadas pelo vento. Era um belo desenho, e vendo-o sentiu a mesma sensação estranha no coração que sentira ao ouvir os próprios gansos – parte alegria, parte pesar.

– Feliz Natal – Brianna disse suavemente, por trás dele. Veio postar-se ao seu lado, passando a mão pelo seu braço.

– Obrigado. É... meu Deus, Bri, você é boa nisso. – Era mesmo. Ele inclinou-se e beijou-a, com força, precisando fazer alguma coisa para amenizar a sensação de angústia que assombrava o papel em sua mão.

– Olhe o outro. – Ela afastou-se um pouco dele, ainda segurando seu braço, e fez um sinal com a cabeça indicando o lavatório.

Ele não havia percebido que havia dois deles. O outro desenho estivera por trás do primeiro.

Ela *realmente* era muito boa. O suficiente para gelar o sangue em seu coração. O segundo desenho também era a carvão, os mesmos traços austeros, negros, brancos e cinzas. No primeiro, ela vira a vida selvagem no céu e registrou-a: ansiedade e coragem, esforço suportado na fé, em meio ao vazio do ar e da tempestade. Neste, ela vira a imobilidade.

Era um ganso morto, pendurado pelos pés, as asas semiestendidas. O pescoço flácido e o bico semiaberto, como se, mesmo na morte, ele buscasse o voo e o grasnido barulhento da companhia de seus companheiros. As linhas eram graciosas, os detalhes das penas, do bico, dos olhos vazios, eram primorosos. Ele nunca vira nada tão bonito, nem tão desolado, em toda a sua vida.

– Eu o desenhei ontem à noite – ela disse baixinho. – Todos estavam dormindo, mas eu não conseguia dormir.

Ela pegara um castiçal e vagara pela casa apinhada de estranhos, desassossegada, saindo finalmente apesar do frio, buscando solidão, se não paz, na escuridão gelada das construções anexas. Na cabana de defumação, à luz das brasas, ficou impressionada com a beleza dos gansos pendurados, a plumagem limpa, preta e branca, destacando-se contra a parede escura de fuligem.

– Verifiquei se Jemmy estava profundamente adormecido, depois levei minha caixa de material para lá e desenhei, até meus dedos ficarem gelados demais para segurar o carvão. Esse foi o melhor. – Indicou o desenho com um movimento da cabeça, os olhos distantes.

Pela primeira vez, ele viu as sombras azuis em seu rosto e imaginou-a à luz da vela, tarde da noite e inteiramente sozinha, desenhando gansos mortos. Ele a teria tomado nos braços naquele momento, mas ela virou-se, dirigindo-se à janela, onde as persianas haviam começado a bater.

O degelo diminuíra, para ser seguido de um vento glacial que arrancava as últimas folhas secas das árvores e lançava bolotas de carvalho e ouriços de castanheira pelo ar, martelando no telhado como descarga de chumbinho. Ele a seguiu, passou por ela para fechar as persianas e amarrá-las contra o vento inclemente.

– Papai me contou histórias, enquanto eu estava... enquanto eu estava esperando Jemmy. Eu não prestava muita atenção – o canto de sua boca torceu-se com ironia –, mas um pouco aqui e ali ficou gravado.

Ela virou-se e recostou-se contra as persianas, as mãos agarradas ao peitoril às suas costas.

– Ele disse que, quando um caçador mata um ganso cinza, ele deve esperar junto ao corpo, porque eles só têm um parceiro para toda a vida e, se você mata apenas um, o outro vai lamentar a perda até ele mesmo morrer. Então você deve esperar e, quando o parceiro chegar, você o mata também.

Seus olhos fitavam os dele, sombrios, mas as chamas das velas acendiam lampejos de azul em suas profundezas.

– O que eu fiquei pensando foi... todos os gansos serão assim? Não apenas os gansos cinza? – Ela indicou os desenhos com a cabeça.

Ele a tocou e limpou a garganta. Queria reconfortá-la, mas não ao preço de uma mentira fácil.

– Talvez. Mas eu não sei ao certo. Você está preocupada, então, com os parceiros dos gansos que matou?

Os lábios macios e pálidos comprimiram-se, depois relaxaram.

– Preocupada, não. Apenas... não pude deixar de pensar nisso depois. Sobre eles voando... sozinhos. Você estava longe... e eu não pude deixar de pensar... quero dizer, eu *sabia* que você estava bem, desta vez, mas da próxima vez, você pode não voltar... bem, não importa. É bobagem. Não se preocupe com isso.

Ela se levantou e teria passado por ele para atravessar o quarto, mas ele enlaçou-a e a reteve, puxando-a para junto de si, de modo que ela não pudesse ver seu rosto.

Ele sabia que ela não precisava dele – nem para fazer feno, nem para arar, nem para caçar para si. Se necessário, ela mesma poderia fazer tudo isso – ou encontrar outro homem. No entanto... os gansos selvagens disseram que ela precisava *dele*, choraria sua perda, se acontecesse. Talvez para sempre. Em seu atual estado de espírito, tão vulnerável, saber disso parecia uma grande dádiva.

– Gansos – ele disse, finalmente, a voz abafada em seus cabelos. – Meus vizinhos criavam gansos quando eu era pequeno. Grandes e brancos. Seis deles; andavam em bando, grasnando, com o bico empinado. Aterrorizavam os cachorros, as crianças e as pessoas que passavam na rua.

– Eles o aterrorizavam? – Seu hálito fez cócegas na sua clavícula.

– Oh, sim. O tempo todo. Quando brincávamos na rua, eles vinham correndo, grasnando, nos bicavam e nos atacavam com as asas. Quando eu queria ir para o quintal brincar com algum amigo, a sra. Graham tinha que ir, também, para espantar os danados para seu próprio quintal com uma vassoura. Um dia, o leiteiro chegou quando eles estavam no jardim da frente da casa. Eles o atacaram e o leiteiro saiu correndo em disparada para sua carroça... Os cavalos se assustaram com toda aquela algazarra e pisotearam dois dos gansos, deixando-os mais achatados do que panquecas. As crianças na rua ficaram empolgadas.

Ela ria contra seu ombro, um pouco chocada, mas achando graça.

– O que aconteceu depois?

– A sra. Graham pegou-os e depenou-os, e nós comemos torta de ganso a semana inteira – ele disse, de modo prático. Endireitou-se e sorriu para ela. Ela estava corada e animada. – Isso é o que eu sei sobre gansos. São pestinhas malvados, mas saborosos.

Virou-se e pegou seu casaco manchado de lama do chão.

– Muito bem. Deixe-me ajudar seu pai com o serviço e depois quero ver como você ensinou meu filho a engatinhar.

34
AMULETOS

Toquei a superfície branca e brilhante com a ponta do dedo, depois esfreguei os dedos uns nos outros, de forma avaliadora.

– Não há absolutamente nada mais gorduroso do que gordura de ganso – eu disse, com aprovação. Limpei os dedos no avental e peguei uma colher grande.

– Nada melhor para uma boa massa de torta – a sra. Bug concordou. Ela estava na ponta dos pés, observando enciumada enquanto eu dividia a macia gordura branca, passando-a da panela para duas grandes jarras de cerâmica; uma para a cozinha, outra para o consultório.

– Vamos ter uma boa torta de carne de veado para o *Hogmanay* – ela disse, estreitando os olhos enquanto imaginava as perspectivas para o Ano-novo. – *Haggis* – um embutido de miúdos de carneiro –, com *cullen skink* – a sopa escocesa de peixe e batatas – e um pouco de *corn crowdie* –- o mingau de farinha de milho – ... e uma enorme torta de passas com geléia e creme azedo para sobremesa!

– Maravilha! – murmurei. Meus próprios planos imediatos para a gordura de ganso envolviam uma pomada de salsaparrilha selvagem e doce-amarga para queimaduras e escoriações, um unguento mentolado para nariz entupido e peito congestionado e algo calmante e agradavelmente perfumado para assaduras de fraldas – talvez uma infusão de lavanda, com o suco de folhas de não-me-toques esmagadas.

Olhei para baixo, à procura de Jemmy; ele aprendera a engatinhar havia apenas alguns dias, mas já era capaz de uma velocidade extraordinária, em especial quando ninguém estava olhando. Mas ele estava sentado tranquilo no canto, mastigando concentrado o cavalo de madeira que Jamie esculpira para ele como presente de Natal.

Católicos como muitos eram – e nominalmente cristãos como *todos* eram –, os escoceses das Highlands consideravam o Natal primordialmente como uma prática religiosa, em vez de uma grande ocasião festiva. Não havendo um padre ou pastor, o dia era passado como um domingo, embora com uma refeição particularmente farta e especial para comemorar a ocasião, e com uma troca de pequenos presentes. Meu presente de Jamie fora a concha de madeira que eu estava usando agora, com um cabo entalhado com a imagem de uma folha de hortelã; eu lhe dera uma camisa nova, com um babado na gola, para ocasiões formais, uma vez que a antiga já estava bastante gasta nas costuras.

Com uma certa dose de previsão, a sra. Bug, Brianna, Marsali, Lizzie e eu havíamos feito uma enorme quantidade de balas de caramelo, que distribuímos como uma guloseima de Natal para todas as crianças ao alcance dos nossos ouvidos. O que quer que pudessem fazer aos seus dentes, tinham o benefício adicional de grudar em suas bocas e mantê-las ocupadas por longos períodos; em consequência, os adultos desfrutaram de um tranquilo Natal. Até mesmo Germain fora reduzido a uma espécie de gargarejo melódico.

Mas *Hogmanay* já era outro caso. Só Deus sabe de que febris raízes pagãs a comemoração do Ano-novo escocês se originara, mas havia um motivo pelo qual eu queria ter um bom lote de remédios preparados com antecedência – a mesma razão pela qual Jamie estava agora na fonte do uísque, decidindo que barris estavam suficientemente envelhecidos para não envenenar ninguém.

Resolvida a questão da gordura de ganso, restara uma boa quantidade de caldo escuro no fundo da panela, com pedacinhos de pele e de carne boiando. Vi a sra. Bug olhando-o com atenção, visões de molhos dançando em sua mente.

– Metade – eu disse severamente, pegando uma garrafa.

Ela não discutiu; apenas encolheu os ombros roliços e sentou-se novamente em seu banco, resignada.

– Mas o que você vai fazer com isso? – ela perguntou, curiosa, observando enquanto eu colocava um quadrado de musselina sobre a boca da garrafa, a fim de coar o caldo. – Gordura, sim, é uma maravilha para as pomadas. E o caldo é bom para um corpo com calafrios de febre ou a barriga ruim, sem dúvida... mas não dá para guardar, você sabe. – Uma sobrancelha irregular levantou-se para mim em advertência, caso eu realmente não soubesse. – Deixe por mais de um ou dois dias e ficará azul de mofo.

– Bem, assim espero – eu lhe disse, despejando caldo na musselina. – Eu acabei de separar um bocado de pães para mofar e quero ver se ele crescerá no caldo também.

Pude ver diversas perguntas e respostas flutuando pela sua mente, todas baseadas em seu crescente temor de que essa minha mania por comida estragada estivesse aumentando e logo iria engolfar toda a produção da cozinha. Seus olhos dardejaram na direção do armário onde as tortas estavam guardadas, em seguida de novo para mim, escuros de suspeita.

Virei a cabeça para esconder um sorriso e encontrei Adso, o gato, equilibrado nas patas traseiras em cima do banco comprido, as patas dianteiras ancoradas no tampo da mesa, os grandes olhos verdes observando os movimentos da concha com irresistível fascínio.

– Ah, você também quer um pouco? – Peguei um pires da prateleira e o enchi com o caldo escuro, com pedacinhos de carne de ganso e glóbulos de gordura flutuando.

– Isto é da minha metade – assegurei à sra. Bug, mas ela sacudiu a cabeça vigorosamente.

– Nem um pouquinho da sua parte, sra. Fraser – ela disse. – O belo rapaz pegou *seis* ratos aqui dentro nos últimos dois dias. – Ela sorriu amorosamente para Adso, que havia descido e lambia o caldo com toda a velocidade com que sua pequena língua cor-de-rosa podia se mover. – O seu gato é bem-vindo a qualquer coisa que ele queira do meu fogão.

– Ele fez isso? Esplêndido. Então ele pode vir e caçar os que existem no meu consultório. – Nos estávamos, no momento, hospedando uma praga de ratos; levados para dentro de casa por causa do inverno, eles corriam pelos rodapés como sombras após o cair da noite e, mesmo em plena luz do dia, atravessavam correndo um assoalho e saltavam de armários de louça abertos, causando pequenos surtos histéricos e louças quebradas.

– Bem, não se podem culpar os ratos – a sra. Bug observou, lançando um rápido olhar para mim. – Afinal, eles vão aonde há comida.

O laguinho de caldo já fora praticamente coado pela musselina, deixando para trás uma espessa camada de partículas flutuantes. Raspei essas sobras e coloquei-as no pires de Adso; em seguida, enchi nova concha de caldo.

– É verdade – eu disse, serenamente. – E eu lamento muito, mas o mofo é importante. É remédio, e eu...

– Oh, sim! Claro que é – ela assegurou-me apressadamente. – Eu sei disso. – Não havia nenhum tom de sarcasmo em sua voz, o que me surpreendeu. Ela hesitou, depois enfiou a mão na fenda em sua saia e dentro da espaçosa sacola de pano que levava por baixo.

– Havia um homem, que vivia em Auchterlonie, onde tínhamos nossa casa, Arch e eu, lá na vila. Ele era um bruxo, Johnnie Howlat, e as pessoas ficavam nervosas perto dele, mas o procuravam. Alguns iam durante o dia, para obter preparados de plantas, e outros iam à noite, para comprar amuletos. Conhece o tipo? – Ela lançou outro olhar para mim e eu balancei a cabeça, um pouco incerta.

Eu conhecia o tipo de pessoa de quem ela falava; alguns feiticeiros escoceses lidavam não só com remédios – os "preparados" que ela mencionara –, mas também lidavam com um pouco de magia, vendendo poções do amor, da fertilidade... e feitiços do mal. Algo frio desceu pelas minhas costas e desapareceu, deixando em seu rastro uma leve sensação de inquietação, como a trilha gosmenta de uma lesma.

Engoli em seco, revendo mentalmente o pequeno molho de plantas espinhosas, tão cuidadosamente amarradas com fios pretos e vermelhos. Colocado sob meu travesseiro por uma garota enciumada chamada Laoghaire – comprado de uma feiticeira chamada Geillis Duncan. Uma feiticeira como eu.

Era a esse assunto que a sra. Bug estava querendo chegar? Ela me olhava atentamente, sua animação habitual bastante amortecida.

– Ele era um sujeitinho imundo, esse Johnnie Howlat. Não tinha uma mulher para cuidar dele e sua cabana fedia. Ele também. – Ela estremeceu repentinamente, apesar do fogo às suas costas.

– Às vezes o viam na floresta ou na charneca, cavucando o chão. Ele encontrava criaturas que haviam morrido, talvez, e trazia de volta suas peles, seus pés, ossos e dentes, para fazer amuletos. Ele usava um deplorável macacão velho, como um fazendeiro, e às vezes era visto descendo o caminho com algo enfiado embaixo do macacão, e manchas de sangue – e outras coisas – filtrando-se pelo tecido.

– Parece muito desagradável – eu disse, os olhos fixos na garrafa, enquanto raspava o tecido outra vez e despejava mais caldo na musselina. – Mas as pessoas o procuravam mesmo assim?

– Não havia ninguém mais – ela disse simplesmente, e eu ergui os olhos. Seus olhos escuros fixaram-se nos meus sem pestanejar, e sua mão moveu-se devagar, manuseando alguma coisa dentro do seu bolso.

– No começo, eu não sabia – ela disse. – Mas Johnnie guardava imagens do cemitério e pó de ossos e sangue de galinha e todo tipo de coisas assim, mas você – balançou a cabeça pensativamente para mim, o lenço da cabeça imaculadamente branco na claridade do fogo –, você é do tipo limpo.

– Obrigada – eu disse, tanto achando graça quanto sensibilizada. Esse era um grande elogio, vindo da sra. Bug.

– Com exceção do pão mofado – ela acrescentou, com ar afetado. – E a bolsinha pagã que você guarda no seu armário. Mas é verdade, não? Você é uma feiticeira, como Johnnie era?

Hesitei, sem saber o que dizer. A lembrança de Cranesmuir estava vívida em minha mente, como não estava havia muitos anos. A última coisa que eu queria era que a sra. Bug saísse espalhando o boato de que eu era uma bruxa – alguns já me chamavam de curandeira. Eu não estava preocupada com uma acusação legal de ser uma feiticeira – não aqui, não agora. Ter uma reputação por curar era uma coisa; mas ser procurada pelas pessoas em busca de ajuda com outras coisas com as quais as bruxas lidavam...

– Não exatamente – eu disse, com cautela. – É apenas que eu conheço um pouco de plantas. E cirurgia. Mas realmente não entendo nada de amuletos ou... feitiços.

Ela balançou a cabeça, satisfeita, como se eu tivesse confirmado suas suspeitas ao invés de negá-las.

Antes que eu pudesse responder, ouviu-se um som do chão como água caindo numa panela quente, seguido de um grito esganiçado. Jemmy, cansado de seu brinquedo, deixara-o de lado e engatinhara até o pires de Adso para investigar. O gato, não querendo compartilhar, sibilou com os dentes arreganhados para o bebê, assustando-o. O berro estridente de Jemmy por sua vez assustou Adso, que correu para baixo da poltrona de madeira; nas sombras, viam-se apenas a ponta de um pequeno focinho cor-de-rosa e a tremulação dos bigodes agitados.

Peguei Jemmy no colo e acalmei suas lágrimas, enquanto a sra. Bug assumia a coação do caldo. Ela inspecionou os restos de ganso na travessa e pegou o osso de uma perna, a cartilagem branca lisa e brilhante na ponta.

– Tome aqui, rapazinho. – Acenou com o osso sedutoramente sob o nariz de Jemmy. Ele parou de chorar na mesma hora, agarrou o osso e colocou-o na boca. A sra. Bug selecionou o osso menor de uma asa, com lascas de carne ainda grudadas, e colocou-o no pires.

– E esse é para você, rapaz – ela disse para a escuridão embaixo da poltrona. – Mas não encha a barriga demais. Continue com fome para pegar os ratinhos, hein?

Ela virou-se novamente para a mesa e começou a passar os ossos para uma panela rasa.

– Vou assar isso aqui; vai servir para fazer sopa – ela disse, os olhos no trabalho. Então, sem mudar o tom de voz ou erguer os olhos, ela disse: – Eu fui procurá-lo uma vez, Johnnie Howlat.

– Foi? – Sentei-me, Jemmy no meu colo. – Você estava doente?

– Eu queria um filho.

Eu não sabia o que dizer; permaneci imóvel, ouvindo o gotejar do caldo através da musselina, enquanto ela raspava as últimas cartilagens cuidadosamente para dentro da panela de assar e a levava para o fogão.

– Eu havia perdido quatro no decurso de um ano – ela disse, de costas para mim. – Você não diria, olhando para mim agora, mas eu era pele e osso, da cor do soro do leite, e minhas tetas, completamente murchas.

Ela colocou a panela com firmeza sobre os carvões e tampou-a.

– Assim, peguei todo o dinheiro que tínhamos e fui ver Johnnie Howlat. Ele pegou o dinheiro e colocou água numa panela. Ele me fez sentar de um lado da panela e sentou-se do outro, e ficamos ali por um longo tempo, ele olhando para a água e eu olhando para ele. Por fim, ele se sacudiu um pouco, levantou-se e afastou-se para os fundos de sua cabana. Estava escuro e eu não pude ver o que ele fez, mas ele remexeu em suas coisas lá atrás, murmurando baixinho, e depois voltou para mim e me entregou um amuleto.

A sra. Bug empertigou-se e virou-se. Aproximou-se de mim e colocou a mão na cabecinha sedosa de Jemmy, muito delicadamente.

– Ele me disse que havia um amuleto que iria fechar a boca do meu útero e manter o bebê seguro lá dentro, até a hora de nascer. Mas ele havia visto algo na água que precisava me contar. Se eu desse à luz um bebê vivo, meu marido morreria, ele disse. Assim, ele me daria o amuleto e a reza que o acompanhava... e então seria minha escolha, e quem poderia ser mais justo?

Seu dedo curto e grosso, maltratado pelo trabalho, traçou a curva do rosto de Jemmy. Concentrado em seu novo brinquedo, ele não prestou nenhuma atenção.

– Eu carreguei esse amuleto no meu bolso por um mês, depois o guardei.

Estendi o braço e coloquei minha mão sobre a dela, apertando-a. Não havia nenhum barulho, a não ser os sons do bebê e os estalos e silvos dos ossos no carvão. Ela permaneceu imóvel por um instante; em seguida, retirou sua mão e enfiou-a no bolso. Retirou dali um pequeno objeto e colocou-o sobre a mesa, perto de mim.

– Não tive coragem de jogar fora – ela disse, fitando o objeto sem emoção. – Afinal, me custou três moedas de prata. E é bem pequeno, fácil de trazer quando deixamos a Escócia.

Era uma pedra rosa-claro, com veios cinza, desgastada pelo tempo. Fora toscamente esculpida na forma de uma mulher grávida, pouco mais do que uma imensa barriga, com seios inchados e nádegas acima de um par de pernas curtas e grossas que se afunilavam e acabavam em nada. Eu já vira figuras como esta antes – em museus. Teria sido feita pelo próprio Johnnie Howlat? Ou talvez ele a tenha encontrado em suas escavações pela floresta e pela charneca, um remanescente de tempos muito mais antigos?

Toquei-a delicadamente, pensando que, fosse ele quem fosse, ou o que quer que tenha visto na panela de água, Johnnie Howlat sem dúvida fora astuto o suficiente para ter visto o amor entre Arch e Murdina Bug. Seria mais fácil para uma mulher, então, abrir mão da esperança de um filho, achando que seria um nobre sacrifício para o bem de um amado marido, do que sofrer a amargura e a culpa do constante fracasso? Ele pode ter sido um bruxo do mal, Johnnie Howlat, mas certamente sabia encantar.

– Portanto – a sra. Bug disse de maneira prática –, pode ser que você encontre alguma mulher para a qual isso tenha utilidade. Seria uma pena desperdiçá-lo, não é?

35
HOGMANAY

O ano terminou límpido e frio, com uma luz pequena e brilhante que se ergueu alta na abóbada negro-violeta do céu e inundou de luz os esconderijos e as trilhas na encosta da montanha. Foi bom para as pessoas que vieram de toda a Ridge – e alguns até de mais longe – para passar o *Hogmanay* na Casa Grande.

Os homens haviam desobstruído o novo celeiro e limpado o chão com ancinhos para a pista de dança. *Jigs, reels, strathspeys* e inúmeras outras danças cujos nomes eu não sabia, mas que pareciam muito divertidas, foram executadas sob a luz de lanternas a óleo de urso, acompanhadas pela música arranhada do violino de Evan Lindsay e o uivo agudo da flauta de madeira de seu irmão Murdo, pontuados pelo som sincopado do *bodhran* de Kenny.

O pai idoso de Thurlo Guthrie também trouxe sua gaita de foles – uma gaita do tipo irlandesa que parecia tão decrépita quanto o próprio sr. Guthrie, mas que produzia um som melódico e suave. Às vezes os instrumentos tocavam em harmonia e às vezes não, mas o efeito geral era alegre e, a essa altura, uma quantidade suficiente de uísque e cerveja já havia sido consumida nas festividades para ninguém se importar mais.

Após uma ou duas horas de dança de roda, eu por fim entendi por que a palavra *reel* passara a ser sinônimo de bebedeira; mesmo executada sem lubrificação preliminar, a dança já era suficiente para deixar uma pessoa tonta. Sob a influência do uísque, fez todo o sangue da minha cabeça girar como a água numa máquina de lavar roupa. Saí cambaleando para fora da pista ao final de uma dessas danças, apoiei-me em uma das pilastras do celeiro e fechei um dos olhos, na esperança de fazer parar a sensação de tontura.

Uma cutucada me fez abrir esse olho, revelando Jamie segurando duas canecas cheias até a borda de alguma coisa. Acalorada e com sede como eu estava, não quis nem saber o que era, desde que matasse a sede. Felizmente era sidra, e eu a bebi em grandes goles.

– Beba assim e você irá a pique, *Sassenach* – ele disse, dando cabo de sua sidra exatamente da mesma forma. Ele estava corado e suando da dança, mas seus olhos cintilavam quando riu para mim.

– Bobagem – eu disse. Com um pouco de sidra como lastro, o salão parou de girar e eu me senti alegre, ainda que acalorada. – Quantas pessoas você acha que estão aqui?

– Sessenta e oito, da última vez que contei. – Ele se encostou na pilastra ao meu lado, olhando a multidão girando em círculos com uma expressão de profundo contentamento. – Mas elas entram e saem, de modo que não posso ter absoluta certeza. E não contei as crianças – ele acrescentou, afastando-se ligeiramente para evitar uma colisão quando um trio de garotos ricocheteou pela multidão e passou zunindo por nós, rindo tolamente.

Montes de feno fresco estavam empilhados nas sombras nos lados do celeiro; os pequenos corpos de crianças pequenas demais para permanecerem acordadas estavam enrolados em cobertas e aconchegados uns contra os outros, como um monte de gatinhos. O tremeluzir da luz da lanterna refletia um brilho sedoso vermelho-dourado; Jemmy estava profundamente adormecido em seu cobertor, alegremente embalado pela algazarra. Eu vi Bri sair da roda e colocar a mão rapidamente sobre ele para verificar, depois voltar. Roger estendeu a mão para ela, moreno e sorridente, e ela a tomou, rindo, enquanto rodopiavam de volta para o meio da multidão que batia os pés no compasso da música.

As pessoas realmente entravam e saíam – particularmente pequenos grupos de jovens e casais de namorados. Estava gelado lá fora, mas o frio tornava o aconchego com um corpo quente ainda mais atraente. Um dos rapazes MacLeod mais velho passou por nós, o braço ao redor de uma garota muito mais nova – uma das netas do sr. Guthrie, eu achei; ele tinha três netas, todas muito parecidas – e Jamie disse alguma coisa cordial para ele em gaélico que fez suas orelhas ficarem vermelhas. A jovem já estava corada com a dança, mas ficou roxa com a observação de Jamie.

– O que disse para eles?

– Não tem tradução – ele disse, colocando a mão nas minhas costas. Ele pulsava de calor e uísque, animado com uma chama de alegria; olhar para ele era o suficiente para aquecer meu próprio coração. Ele viu isso e sorriu para mim, o calor de sua mão queimando minhas costas através do tecido do vestido.

– Quer ir lá fora um pouco, *Sassenach*? – ele disse, a voz baixa e carregada de insinuação.

– Bem, já que você mencionou... quero – respondi. – Mas talvez não neste instante. – Fiz um sinal com a cabeça, indicando um ponto atrás dele, e ele se virou e viu um grupo de velhinhas sentadas em um banco encostado na parede, todas olhando para nós com os olhos brilhantes de curiosidade, como um bando de gralhas. Jamie acenou e sorriu para elas, fazendo todas explodirem em risadinhas ruborizadas, e virou-se de novo para mim com um suspiro.

– Sim, bem... Daqui a pouco, então. Depois do ritual do primeiro visitante, talvez.

A última rodada de danças chegou ao fim e houve uma movimentação geral na direção do barril de sidra, comandada pelo sr. Wemyss, no outro extremo do celeiro. Os dançarinos amontoaram-se ao redor do barril como um enxame de vespas sedentas, de modo que só o que se via do sr. Wemyss era o topo da cabeça, os cabelos louros quase brancos sob a claridade das lanternas.

Vendo isso, olhei em volta à procura de Lizzie, para ver se ela estava se divertindo na festa. Certamente; ela estava sendo cortejada por admiradores num fardo de feno, cercada por quatro ou cinco rapazes desengonçados, que se comportavam de maneira muito semelhante à dos dançarinos ao redor do barril de sidra.

– Quem é o grandalhão? – perguntei a Jamie, chamando sua atenção para o pequeno ajuntamento com um sinal da cabeça. – Não o reconheço. – Ele olhou naquela direção, estreitando ligeiramente os olhos.

– Oh – ele disse, relaxando –, é Jacob Schnell. Veio de Salem com um amigo. Chegaram com os Mueller.

– Ah, sim. – Salem ficava a uma boa distância, uns quarenta e cinco quilômetros. Eu me perguntava se o que os atraíra fora somente a festa. Olhei ao redor em busca de Tommy Mueller, que eu destacara como um possível pretendente para Lizzie, mas não o vi na multidão.

– Você sabe alguma coisa sobre esse Schnell? – perguntei, lançando ao rapaz um olhar crítico. Ele era um ou dois anos mais velho do que os outros rapazes que rodeavam Lizzie e muito alto. De feições simples, mas de aparência amável, pensei; corpulento e com uma cintura grossa, anunciando uma próspera barriga na meia-idade.

– Eu não conheço o rapaz propriamente, mas já fui apresentado ao seu tio; é uma família honesta; acho que o pai dele é sapateiro. – Nós dois olhamos automaticamente para os sapatos do rapaz; não eram novos, mas de excelente qualidade, com fivelas de estanho, grandes e quadradas, à moda alemã.

O jovem Schnell parecia ter levado vantagem; estava inclinado para mais perto, dizendo alguma coisa a Lizzie, cujos olhos estavam fixos em seu rosto, a testa ligeiramente franzida, concentrada, tentando entender o que ele dizia. Então ela compreendeu e seu rosto relaxou numa risada.

– Acho que não. – Jamie sacudiu a cabeça, um ar ligeiramente carrancudo ao observá-los. – A família é luterana, não deixariam o rapaz se casar com uma católica. E iria partir o coração de Joseph enviar sua filha para viver tão longe.

O pai de Lizzie era realmente muito ligado a ela; tendo perdido a filha uma vez, era improvável que a entregasse a um casamento tão distante, perdendo-a de vista outra vez. Ainda assim, eu achava que Joseph Wemyss faria qualquer coisa pela felicidade da filha.

– Ele poderia ir com ela, sabe.

A expressão de Jamie ficou desolada com a ideia, mas balançou a cabeça em relutante concordância.

– Imagino que sim. Eu detestaria perdê-lo; embora eu suponha que Arch Bug possa...

Gritos de *"Mac Dubh!"* interromperam-no.

– Vamos, *a Sheumais ruaidh,* mostre a eles! – Evan gritou da outra extremidade do celeiro, brandindo o arco de seu violino autoritariamente.

Houve uma interrupção na dança, para dar aos músicos tempo de descansarem e tomarem uma bebida e, nesse ínterim, alguns dos homens experimentavam a dança da espada, que só podia ser feita com um único acompanhamento, de uma gaita de foles ou de um tambor.

Eu não estivera prestando atenção, apenas ouvindo os gritos de encorajamento ou de zombaria que vinham daquela ponta do celeiro. Evidentemente a maioria dos presentes não era exímia no esporte – o último cavalheiro a tentar tropeçara em uma das espadas e se estatelara no chão; ele estava sendo ajudado a se pôr de pé, o rosto vermelho, rindo, devolvendo bem-humoradamente os alegres insultos, enquanto ele e seus amigos batiam o feno e a poeira das roupas.

– *Mac Dubh, Mac Dubh!* – Kenny e Murdo gritavam e acenavam, convidando-o, mas Jamie abanou a mão, rindo e descartando a ideia.

– Não, não faço isso há mais tempo do que...

– *Mac Dubh, Mac Dubh, Mac Dubh!* – Kenny batia em seu *bodhran,* gritando no ritmo, e o grupo de homens ao seu redor unia-se a ele. – *Mac Dubh! Mac Dubh! Mac Dubh!*

Jamie lançou-me um rápido olhar de desamparo e súplica, mas Ronnie Sinclair e Bobby Sutherland já caminhavam decididamente em nossa direção. Afastei-me, rindo, e cada um agarrou-o por um braço, abafando seus protestos com gritos roucos, enquanto o arrastavam para o centro da pista.

Aplausos e gritos de aprovação irromperam quando o depositaram num lugar desimpedido, onde a palha havia sido pisoteada na terra úmida o suficiente para formar uma superfície compactada. Vendo que não tinha escolha, Jamie endireitou-se e ajeitou o *kilt*. Nossos olhos se encontraram, ele revirou os dele para cima fingindo resignação e começou a tirar o casaco, o colete e as botas, enquanto Ronnie arrumava as duas espadas largas em cruz aos seus pés.

Kenny Lindsay começou a bater de leve em seu *bodhran*, hesitando entre as batidas, um som de suave suspense. A multidão murmurava e remexia-se, na expectativa. Vestido em camisa, *kilt* e de meias, Jamie fez uma elaborada mesura, no sentido do sol, para inclinar-se quatro vezes, na direção de cada um dos pontos cardeais. Depois, empertigou-se e foi tomar seu lugar, logo acima das espadas cruzadas. Suas mãos se ergueram, os dedos apontando rigidamente acima da cabeça.

Houve uma explosão de aplausos e eu vi Brianna colocar dois dedos na boca e dar um assobio de aprovação de perfurar os tímpanos – para espanto das pessoas ao seu redor.

Vi Jamie olhar para Bri, com um leve sorriso, e depois seus olhos encontraram os meus. O sorriso permaneceu em seus lábios, mas havia algo diferente em sua expressão; algo melancólico. As batidas do *bodhran* começaram a acelerar.

A dança das espadas das Highlands era feita por uma de três razões. Para demonstração e divertimento, como ele estava prestes a fazer. Em competições, como foi feito entre os jovens na Assembleia. E era feita como um presságio. Dançada na véspera de uma batalha, a habilidade do dançarino predizia vitória ou derrota. Os homens haviam dançado entre espadas cruzadas na noite anterior a Prestonpans, antes de Falkirk. Mas não antes de Culloden. Não houve nenhuma fogueira de acampamento na noite anterior ao confronto final, nenhum tempo para bardos e canções de guerra. Não fazia diferença; ninguém precisava de um prognóstico na ocasião.

Jamie fechou os olhos por um instante, inclinou a cabeça e o *bodhran* começou a tamborilar, vívido e rápido.

Eu sabia, porque ele havia me contado, que ele apresentara a dança das espadas pela primeira vez numa competição, depois – mais de uma vez – na véspera de batalhas, primeiro nas Highlands, depois na França. Os velhos soldados pediram a ele que dançasse, valorizavam a habilidade como uma renovação da confiança de que iriam viver e triunfar.

Para os Lindsay conhecerem sua habilidade, ele devia ter dançado em Ardsmuir também. Mas isso foi no Velho Mundo, em sua antiga vida.

Ele sabia – e não precisara que Roger lhe dissesse – que os antigos métodos haviam mudado, estavam mudando. Este era um mundo novo, e a dança das espadas nunca mais seria realizada a sério, buscando augúrio e proteção dos deuses antigos da guerra e do sangue.

Seus olhos abriram-se e ele levantou a cabeça abruptamente. Ouviu-se uma batida repentina e forte do tambor e a dança começou, com um grito da multidão. Seus pés sapateavam na terra batida, para o norte e para o sul, para leste e para oeste, rápido como um raio entre as espadas.

Seus pés batiam no chão com firmeza, sem som, e sua sombra dançava na parede às suas costas, assomando no alto, os longos braços levantados. Seu rosto estava imóvel na minha direção, mas eu tinha certeza de que ele já não me via.

Os músculos de suas pernas eram fortes como as de um cervo saltando, por baixo da bainha de seu *kilt*, e ele dançava com toda a habilidade do guerreiro que já fora e ainda era. Mas achei que ele agora dançava apenas pela lembrança, para que os espectadores não se esquecessem; dançava, com o suor voando de sua fronte conforme acelerava, com um olhar distante, indizível, nos olhos.

As pessoas ainda comentavam a dança quando começamos a voltar para casa, pouco antes da meia-noite, para comermos *stovies* – um prato escocês de batatas, cebolas e carne picada – com cerveja e sidra, antes do ritual de entrada do primeiro visitante – a primeira pessoa a cruzar a porta no Ano-novo.

A sra. Bug trouxe para fora um cesto de maçãs e reuniu todas as jovens solteiras num canto da cozinha, onde – com muitas risadinhas e olhares por cima dos ombros na direção dos rapazes – cada uma descascava uma fruta, mantendo a casca inteira. Cada jovem atirava a casca para trás e todo o grupo girava nos calcanhares para se amontoar com grande alarido em torno da tira de casca caída e ver qual a forma da letra que ela assumia.

As tiras de casca de maçã sendo por sua natureza bastante circulares, vários "C"s, "G"s e "O"s eram identificados – boas notícias para Charley Chisholm e o jovem Geordie Sutherland – e muita especulação quanto a "Angus Og" ser o significado de um "O" ou não, pois Angus Og MacLeod era um rapaz alegre e cheio de vida, enquanto o único "Owen" era um viúvo mais velho, com cerca de um metro e meio de altura e com um grande quisto sebáceo no rosto.

Eu levara Jemmy para cima para colocá-lo na cama e, depois de depositá-lo, flácido e roncando, em seu berço, desci a tempo de ver Lizzie lançar sua casca de maçã.

– "C"! – exclamaram em coro duas das jovens Guthrie, quase batendo as cabeças ao se inclinarem para olhar.

– Não, não, é um "J"!

Chamada a opinar como especialista residente, a sra. Bug inclinou-se, examinando a tira de casca de maçã com a cabeça inclinada para o lado, como um melro avaliando uma minhoca.

– É um "J", sem a menor dúvida – ela determinou, endireitando-se, e o grupo explodiu em risadinhas, voltando-se de uma só vez para fitar John

Lowry, um jovem fazendeiro de Woolam's Mill, que as espreitou por cima do ombro, completamente perplexo.

Captei um lampejo vermelho pelo canto do olho e virei-me para ver Brianna na entrada do corredor. Ela inclinou a cabeça, chamando-me, e eu me apressei a me unir a ela.

– Roger está pronto para sair, mas não conseguimos encontrar o sal grosso. Não estava na despensa. Você tem no seu consultório?

– Oh! Sim, tenho – eu disse, sentindo-me culpada. – Eu estava usando-o para secar raiz-de-cobra e me esqueci de devolvê-lo ao lugar.

Os convidados se amontoavam nos alpendres e faziam fila no amplo corredor, saindo da cozinha e do gabinete de Jamie, todos falando, bebendo e comendo. Eu fui passando pelo meio do aperto, atrás de Brianna, em direção ao consultório, trocando cumprimentos enquanto me agachava e passava por baixo de canecas de sidra empunhadas no alto, pisando em farelos de comida sob meus pés.

Mas o consultório mesmo estava quase vazio; as pessoas tinham a tendência de evitá-lo, por superstição, associações dolorosas ou simples cautela, e eu não as encorajava a entrar, deixando o aposento às escuras e sem nenhum aquecimento. Apenas uma vela queimava no aposento agora e a única pessoa presente era Roger, que remexia nos vários objetos e substâncias que eu havia deixado sobre o balcão.

Ele ergueu os olhos quando entramos, sorrindo. Ainda ligeiramente afogueado da dança, ele havia vestido o casaco novamente e enrolado um cachecol de lã no pescoço; sua capa estava no banquinho ao seu lado. A tradição dizia que, se o "primeiro visitante" em um *Hogmanay* fosse um homem bonito, alto e de cabelos escuros, e lhes desse as boas-vindas ao cruzar a soleira da porta após meia-noite, traria mais sorte ainda para a casa no ano que começava.

Roger, por ser sem dúvida o mais alto e certamente o moreno mais bonito disponível, fora escolhido para ser o primeiro a cruzar não só a porta da Casa Grande, como as pessoas a chamavam, mas as das casas próximas. Fergus e Marsali e os outros que moravam perto já haviam corrido para suas cabanas, para estar prontos para receber seu primeiro visitante quando ele chegasse.

Mas um homem ruivo significava terrível má sorte como um primeiro visitante e Jamie fora despachado para seu gabinete, sob a guarda barulhenta dos irmãos Lindsay, cuja missão era mantê-lo "preso" até depois da meia-noite. O relógio mais perto ficava em Cross Creek, mas o velho sr. Guthrie possuía um relógio de bolso, mais velho até do que ele mesmo; esse instrumento declararia o momento místico quando um ano dava lugar ao seguinte. Dada à propensão do relógio para estancar, eu duvidava de que este não seria apenas um pronunciamento simbólico, mas já era o suficiente, de qualquer modo.

– Onze e cinquenta – Brianna declarou, entrando no consultório atrás de mim, sua própria capa no braço. – Acabei de ver no relógio do sr. Guthrie.

– Tempo de sobra. Você vem comigo, então? – Roger riu para Bri, vendo sua capa.

– Está brincando? Há anos que eu não saio depois da meia-noite. – Ela devolveu o sorriso, girando a capa para cima dos ombros. – Pegou tudo?

– Tudo, exceto o sal. – Roger indicou uma sacola de lona em cima do balcão. Um primeiro visitante devia levar presentes para a casa: um ovo, um feixe de gravetos para acender o fogo, um pouco de sal – e um pouco de uísque, assim assegurando que a família não passaria necessidades no ano que se iniciava.

– Certo. Onde eu... oh, meu Deus! – Abrindo a porta do armário para procurar o sal, defrontei-me com um par de olhos brilhantes, fitando-me da escuridão.

– Santo Deus. – Coloquei a mão sobre o peito, para impedir meu coração de saltar pela boca, abanando a outra mão fracamente para Roger, que dera um salto ao ouvir meu grito, pronto para me defender. – Não se preocupe, é apenas o gato.

Adso se refugiara da festa, levando com ele os restos de um rato recém-abatido para companhia. Ele rosnou para mim, evidentemente achando que eu pretendia arrancar dele a guloseima para mim mesma, mas eu o empurrei irritadamente para o lado, retirando a pequena saca de sal grosso de trás de seu traseiro peludo.

Fechei a porta do armário, deixando Adso com seu banquete, e entreguei o sal a Roger. Ele pegou-o, devolvendo ao balcão o objeto que tinha na mão.

– Onde conseguiu esta velha estatueta? – ele perguntou, indicando o objeto com um movimento da cabeça, enquanto guardava o sal em sua sacola. Olhei para o balcão e vi que ele andara examinando a pequena figura de pedra rosa que a sra. Bug havia me dado.

– A sra. Bug – respondi. – Ela diz que é um amuleto de fertilidade, o que sem dúvida parece ser. É mesmo muito antiga, então? – Eu achei que deveria ser, e ver o interesse de Roger confirmou a impressão.

Ele balançou a cabeça, ainda olhando o objeto.

– Muito antiga. As que vi em museus eram datadas de milhares de anos. – Ele traçou os contornos protuberantes da pedra com um dedo reverente.

Brianna aproximou-se para ver e, sem pensar, coloquei a mão em seu braço.

– Por quê? – ela disse, virando a cabeça para mim e sorrindo. – Não devo tocá-la? Elas funcionam tão bem assim?

– Não, claro que não.

Retirei a mão, rindo, mas sentindo-me um pouco constrangida. Ao mesmo tempo, percebi que eu realmente preferia que ela não a tocasse e fiquei aliviada quando ela apenas inclinou-se para examiná-la, deixando-a sobre o balcão. Roger olhava para ela também – ou melhor, ele olhava para Brianna, os olhos fixos na parte de trás de sua cabeça com uma estranha intensidade. Eu quase podia imaginar que ele estava desejando que Brianna tocasse a estatueta, tão intensamente quanto eu desejava que ela não o fizesse.

Beauchamp, eu disse silenciosamente a mim mesma, *você já bebeu demais esta noite.* Mesmo assim, estendi a mão num impulso e peguei a figura, enfiando-a no bolso.

– Vamos! Temos que ir! – Com a estranha atmosfera do momento bruscamente interrompida, Brianna empertigou-se e virou-se para Roger, apressando-o.

– Sim, claro. Vamos, então. – Ele atirou a sacola por cima do ombro e sorriu para mim, depois tomou o braço de Brianna e eles desapareceram, deixando a porta do consultório fechada atrás deles.

Apaguei a vela, pronta para segui-los, e depois parei, repentinamente relutante em voltar imediatamente para o caos das comemorações.

Eu podia sentir a casa inteira em movimento, pulsando ao meu redor, e a luz do corredor penetrava por baixo da porta. No entanto, ali estava tranquilo. No silêncio, senti o peso da pequena imagem em meu bolso e apertei-a, dura e bulbosa contra minha perna.

Não há nada especial a respeito do primeiro dia de janeiro, exceto o significado que nós lhe atribuímos. Os povos antigos comemoravam o Ano-novo em *Imbolc*, no começo de fevereiro, quando o inverno se ameniza e a luz começa a voltar – ou na data do equinócio da primavera, quando o mundo vive em equilíbrio entre as forças das trevas e da luz. No entanto, lá estava eu na escuridão, ouvindo o ruído do gato mastigando e se lambuzando no armário, e senti o poder da Terra mudar e fremir sob meus pés, conforme o ano – ou alguma coisa – se preparava para mudar. Havia barulho e a noção de uma multidão próxima, mas eu estava sozinha, enquanto a sensação se erguia pelo meu corpo, zumbia em meu sangue.

O estranho é que a sensação não era nem um pouco anormal. Não era nada que viesse de fora de mim, mas apenas a compreensão de algo que eu já possuía, e reconhecia, embora não fizesse a menor ideia do que deveria chamá-la. Mas a meia-noite aproximava-se rapidamente. Ainda ensimesmada, abri a porta e entrei na luz e na algazarra do corredor.

Um grito da outra ponta do corredor anunciou a chegada da hora mágica, como marcado pelo relógio do sr. Guthrie, e os homens saíram se acotovelando do gabinete de Jamie, brincando e empurrando, os rostos voltados com expectativa para a porta.

Nada aconteceu. Teria Roger decidido ir para a porta dos fundos, devido à multidão na cozinha? Virei-me para olhar para o fundo do corredor, mas não, a porta da cozinha estava apinhada de rostos, todos olhando para mim na expectativa.

Ainda nenhuma batida na porta, e houve um leve tumulto de inquietação no corredor e uma trégua na conversa, um daqueles silêncios embaraçosos quando ninguém quer falar por medo de uma súbita interrupção.

Então ouvi o som de passos no alpendre e uma rápida batida, um-dois-três. Jamie, como dono da casa, adiantou-se para abrir a porta de par em par e dar as boas-vindas ao primeiro visitante. Eu estava bem perto dele para ver a expressão de espanto em seu rosto e olhei rapidamente para ver o que a causara.

Em vez de Roger e Brianna, duas figuras menores estavam paradas no alpendre. Magricelas e sujos, mas definitivamente de cabelos escuros, os gêmeos Beardsley entraram timidamente, a um gesto de Jamie.

– Feliz Ano-novo, sr. Fraser – Josiah disse, com um grasnido de um sapo-boi. Fez uma mesura educada para mim, ainda segurando o irmão pelo braço. – Nós viemos.

O consenso geral era de que gêmeos de cabelos escuros eram um presságio muito auspicioso, obviamente trazendo o dobro da sorte de um único "primeiro visitante". Contudo, Roger e Bri – que haviam encontrado os gêmeos hesitantes no pátio e os mandaram entrar – partiram no desempenho de suas funções para as outras casas em Ridge, Bri tendo sido severamente advertida a não entrar em nenhuma casa até Roger ter cruzado a soleira da porta.

Felizmente ou não, o aparecimento dos Beardsley causou muitos comentários. Todos souberam da morte de Aaron Beardsley – a versão oficial, ou seja, de que ele havia morrido de um ataque de apoplexia – e do misterioso desaparecimento de sua mulher, mas a chegada dos gêmeos fez o caso ser desenterrado e novamente discutido. Ninguém sabia o que os garotos andaram fazendo entre a expedição da milícia e o Ano-novo; Josiah dizia apenas "vagando por aí" em sua voz rouca, quando lhe perguntavam – e seu irmão Keziah não dizia nada, obrigando todos a falarem do comerciante dos índios e de sua mulher até a exaustão provocar a mudança de assunto.

A sra. Bug logo colocou os Beardsley sob suas asas, levando-os para a cozinha para serem lavados, aquecidos e alimentados. Metade dos participantes da festa havia voltado para casa para receber o "primeiro visitante"; os que só partiriam pela manhã dividiram-se em vários grupos. Os mais jovens retornaram ao celeiro para dançar – ou para buscar um pouco de privacidade entre os fardos de feno –, os mais velhos sentaram-se junto à lareira para conversar sobre antigas recordações e os que haviam exagerado na dança ou no uísque enroscaram-se em qualquer canto conveniente – e em muitos inconvenientes – para dormir.

Encontrei Jamie em seu gabinete, recostado em sua cadeira com os olhos fechados, um desenho na mesa à sua frente. Não estava dormindo e abriu os olhos quando ouviu meus passos.

– Feliz Ano-novo – eu disse ternamente, inclinando-me para beijá-lo.

– Feliz Ano-novo para você também, *a nighean donn.* – Ele estava quente e cheirava levemente a cerveja e suor.

– Ainda quer ir lá fora? – perguntei, com um olhar para a janela. A lua havia muito desaparecera e as estrelas lançavam um brilho fraco e frio no céu. O pátio lá fora estava deserto e escuro.

– Não – ele disse francamente, passando a mão pelo rosto. – Quero ir para a cama. – Bocejou e pestanejou, tentando alisar os desgrenhados fios de cabelos no topo de sua cabeça. – Mas quero que você também venha – ele acrescentou.

– Nada me daria maior prazer – assegurei-lhe. – O que é isso? – Dei a volta por trás dele, olhando por cima do seu ombro para o desenho, que parecia ser uma espécie de planta de casa, com cálculos matemáticos rabiscados nas margens.

Ele sentou-se direito, parecendo um pouco mais alerta.

– Ah. Bem, é o presente de Ano-novo do pequeno Roger para Brianna.

– Ele vai construir uma casa para ela? Mas eles...

– Para ela, não. – Abriu um largo sorriso para mim, as mãos espalmadas de cada lado do desenho. – Para os Chisholm.

Roger, com um estratagema que teria sido digno do próprio Jamie, fizera averiguações entre os colonos de Ridge e engendrou um acordo entre Ronnie Sinclair e Geordie Chisholm.

Ronnie tinha uma grande e confortável cabana ao lado de sua tanoaria. Assim, o acordo era de que Ronnie, que era solteiro, se mudaria para a loja de tanoeiro, onde poderia perfeitamente dormir. Os Chisholm, então, se mudariam para a cabana de Ronnie, à qual eles imediatamente – as condições do tempo permitindo – acrescentariam dois cômodos, segundo a planta sobre a mesa de Jamie. Em troca, a sra. Chisholm se encarregaria de cuidar das refeições e das roupas de Ronnie. Na primavera, quando os Chisholm assumiriam sua própria fazenda e construiriam uma casa lá, Ronnie recuperaria sua cabana recém-ampliada – quando a melhoria de suas acomodações poderia vir a ser atrativo suficiente para alguma jovem aceitar sua proposta de casamento, ele esperava.

– E, enquanto isso, Roger e Bri voltam para a cabana deles, Lizzie e o pai param de dormir no consultório e tudo é só sombra e água fresca! – Apertei seus ombros, encantada. – Excelente ideia!

– Como assim? – ele perguntou, franzindo a testa para mim, sem entender.

– Quero dizer que tudo será diversão, boa vida – eu disse. – A expressão significa um estado de contentamento geral. Foi você que fez a planta?

– Sim. Geordie não é nenhum carpinteiro e eu não quero que o lugar desabe em cima de sua cabeça. – Ele estreitou os olhos para o desenho, depois pegou uma pena, abriu a tampa do tinteiro e fez uma pequena correção em um dos números.

– Pronto – ele disse, largando a pena. – Acho que está bom. O pequeno Roger quer mostrá-la a Bri quando voltarem esta noite; eu disse que a deixaria pronta para ele.

– Ela vai ficar encantada. – Encostei-me no espaldar da cadeira, massageando seus ombros com minhas mãos. Ele reclinou-se para trás, o peso de sua cabeça aquecendo meu estômago, e fechou os olhos, suspirando de prazer.

– Dor de cabeça? – perguntei suavemente, vendo a ruga vertical entre seus olhos.

– Sim, um pouco. Oh, sim, isso é bom. – Ele movera minhas mãos para sua cabeça, delicadamente massageando suas têmporas.

A casa sossegara, embora eu ainda pudesse ouvir o ruído de vozes na cozinha. Tirei a fita que prendia sua trança e soltei seus cabelos, apreciando a sensação quente e macia enquanto os espalhava com as mãos.

– É um pouco estranho que você não tenha ouvido para música – eu disse, conversando tolamente para distraí-lo, enquanto alisava os arcos ruivos de suas sobrancelhas, pressionando logo abaixo das bordas das órbitas. – Não sei por que, mas a aptidão para a matemática em geral vem junto com a aptidão para música. Bri possui ambas.

– Eu costumava ter – ele disse distraidamente.

– Costumava ter o quê?

– Ter ambas. – Ele suspirou e inclinou-se para frente para estender o pescoço, os cotovelos sobre a mesa. – Oh, meu Deus. Por favor. Oh, sim. Ah!

– É mesmo? – Eu massageava seu pescoço e ombros, trabalhando os músculos tensos através do tecido. – Está querendo dizer que você era capaz de *cantar*? – Era uma piada corrente na família; embora possuidor de uma voz excelente ao falar, a noção de tom de Jamie era tão irregular, que qualquer melodia em sua voz virava um canto tão desafinado que os bebês ficavam estupefatos, em vez de embalados para dormir.

– Bem, talvez isso não. – Eu podia ouvir o sorriso em sua voz, abafada pelos cabelos caídos que escondiam seu rosto. – Mas eu sabia distinguir uma melodia da outra, ou dizer se uma canção estava bem cantada ou não. Agora são apenas ruídos e chiados. – Ele deu de ombros, descartando a questão.

– O que aconteceu? – perguntei. – E quando?

– Oh, foi antes de eu conhecê-la, *Sassenach*. Na verdade, logo antes. – Ele ergueu uma das mãos, tocando a parte de trás de sua cabeça. – Lembra-se de que eu estive na França? Foi na viagem de volta, com Dougal MacKenzie e seus homens, quando Murtagh encontrou-a, vagando pelas Highlands de combinação....

Ele falava despreocupadamente, mas meus dedos encontraram a antiga cicatriz sob seus cabelos. Agora não passava de uma linha, o vergão agora reduzido a um fio de cabelo. Ainda assim, fora um ferimento de vinte centímetros, aberto com um machado. Eu sabia que aquilo quase o matara na ocasião; ele ficara numa abadia francesa à beira da morte por quatro meses e sofrera com fortes dores de cabeça durante anos.

– Foi isso? Você quer dizer que você... não conseguia mais ouvir música, depois de ter sido ferido?

Ele encolheu os ombros ligeiramente.

– Não ouço nenhuma música senão o som de tambores – ele disse simplesmente. – Ainda tenho o ritmo, mas o tom se foi.

Parei, as mãos em seus ombros, e ele virou-se para olhar para mim, sorrindo, tentando fazer daquilo uma piada.

– Não se preocupe com isso, *Sassenach*; não é grande coisa. Eu não cantava bem nem quando eu conseguia ouvir música. E Dougal não me matou, afinal de contas.

– Dougal? Então, você realmente acredita que tenha sido Dougal? – Fiquei surpresa com a certeza em sua voz. Ele achara na ocasião que talvez tivesse sido seu tio Dougal que o tivesse atacado tão ferozmente – e depois, surpreendido por seus próprios homens antes de poder terminar o serviço, fingira que o encontrara ferido. Mas não houve nenhuma prova para se saber com certeza.

– Oh, sim. – Ele pareceu surpreso, também, mas depois seu rosto mudou, compreendendo.

– Oh, sim – ele disse outra vez, mais devagar. – Eu não havia pensado... você não conseguiu entender o que ele disse, não é? Quando ele morreu, quero dizer, Dougal. – Minhas mãos ainda estavam pousadas em seus ombros e eu senti um estremecimento involuntário me percorrer. Espalhou-se pelas minhas mãos e subiu pelos meus braços, deixando-me arrepiada até a nuca.

Tão claramente como se a cena se desenrolasse diante de mim agora, pude ver aquele sótão em Culloden House. Uma ou outra peça de mobiliário descartada, coisas derrubadas e rolando pelo assoalho com a briga – e, no chão aos meus pés, Jamie agachado, agarrado ao corpo de Dougal conforme ele se sacolejava e se retesava, sangue e ar borbulhando do ferimento onde a adaga de Jamie perfurara a base de sua garganta. O rosto de Dougal, pálido e manchado à medida que sua vida se esvaía, os olhos negros e ferozes fixos em Jamie, enquanto sua boca movia-se em silencioso gaélico, dizendo... alguma coisa. E o rosto de Jamie, tão branco quanto o de Dougal, os olhos fixos nos lábios do moribundo, lendo a última mensagem.

– O que ele disse? – Minhas mãos apertavam seus ombros com força e seu rosto estava desviado, enquanto meus polegares subiam por baixo de seus cabelos para buscar a antiga cicatriz outra vez.

– *Filho de minha irmã ou não, desejaria tê-lo matado, naquele dia na colina. Pois eu sabia desde o início que seria eu ou você.* – Ele falou em voz calma e pausada, e a própria falta de emoção das palavras fez o tremor percorrer-me outra vez, agora de mim para ele.

Estava silencioso no estúdio. O barulho de vozes na cozinha se reduzira a um murmúrio, como se os fantasmas do passado se reunissem ali para beber e relembrar, rindo baixinho entre eles.

– Então foi isso que você quis dizer quando falou que há muito tempo já fizera as pazes com Dougal.

– Sim. – Reclinou-se para trás em sua cadeira e ergueu os braços, suas mãos envolvendo meus pulsos. – E ele estava certo, sabe. De fato, era ele ou eu, e teria sido, de uma maneira ou de outra.

Suspirei, e um pequeno fardo de culpa se desfez. Jamie estava lutando contra ele para me defender, quando matou Dougal, e eu sempre sentira aquela morte nos meus ombros. Mas ele tinha razão quanto a Dougal; havia muita coisa entre eles e, se aquele conflito final não tivesse acontecido naquela hora, na véspera de Culloden, seria em algum outro momento.

Jamie apertou meus pulsos e virou-se na cadeira, ainda segurando minhas mãos.

– Que os mortos enterrem os mortos, *Sassenach* – ele disse brandamente. – O passado se foi, o futuro ainda não chegou. E nós estamos aqui juntos, você e eu.

36

MUNDOS JAMAIS VISTOS

A casa estava em silêncio, era a oportunidade perfeita para minhas experiências. O sr. Bug fora a Woolam's Mill, levando os gêmeos Beardsley; Lizzie e o sr. Wemyss foram ajudar Marsali com a nova maltagem; e a sra. Bug, tendo deixado uma panela de mingau e uma travessa de torradas na cozinha, também saíra, varrendo os bosques à procura de galinhas do mato, pegando-as um a uma e arrastando-as pelos pés para serem instaladas no bonito galinheiro que seu marido havia construído. Bri e Roger às vezes vinham até a casa grande para o café da manhã, mas na maioria das vezes preferiam comer junto à sua própria lareira, como nesta manhã.

Desfrutando a paz da casa vazia, arrumei uma bandeja com xícara, bule de chá, creme e açúcar e a levei comigo para o consultório, juntamente com minhas amostras. A luz do começo da manhã era perfeita, despejando-se pela janela numa brilhante barra de ouro. Deixando o chá em infusão, peguei duas garrafinhas do armário e saí.

O dia estava frio, mas com um céu azul-claro que prometia um pouco de calor mais tarde na manhã. No momento, entretanto, fazia frio o suficiente para eu me alegrar com meu xale quente, a água no cocho dos cavalos estava gelada, margeada com frágeis lâminas de gelo. Não suficientemente gelada para matar os micróbios, eu imaginava; eu podia ver longos fios de algas recobrindo as tábuas do cocho, oscilando delicadamente conforme eu afastava a fina crosta de gelo e agitava a água, raspando uma de minhas garrafas ao longo da borda lodosa do cocho.

Coletei mais amostras de líquido do barraco de refrigeração de alimentos construído em cima da fonte e de uma poça de água parada e lamacenta perto da latrina, depois corri de volta para casa para fazer minhas experiências enquanto a luz ainda estava boa.

O microscópio estava perto da janela, onde eu o havia instalado no dia anterior, todo de metais cintilantes e espelhos brilhantes. Alguns segundos de trabalho para colocar gotículas nas lâminas de vidro que eu já deixara prontas, e eu me curvei sobre ele para espreitar pela ocular com ansiosa expectativa.

O ovóide de luz inflou, diminuiu, apagou-se completamente. Eu estreitei os olhos, virando a rosca o mais lentamente possível e... lá estava. O espelho estabilizou-se e a luz transformou-se num perfeito círculo claro, uma janela para um outro mundo.

Observei, encantada, enquanto os cílios loucamente agitados de um paramécio lançavam-se numa ferrenha perseguição de uma presa invisível. Em seguida, um tranquilo desvio de rota, o próprio campo de visão em constante movimento conforme a gota de água na minha lâmina se mexia em suas marés microscópicas. Esperei mais um instante, na esperança de detectar uma das rápidas e elegantes euglenas, ou mesmo uma hidra, mas não tive essa sorte; apenas misteriosos fragmentos esverdeados, borrões de lixo celular e restos de células de algas.

Movi a lâmina para frente e para trás, porém não encontrei nada mais de interesse. Tudo bem; eu tinha muitas outras coisas para examinar. Lavei o retângulo de vidro numa vasilha com álcool, deixei-o secar por um instante, depois mergulhei um bastão de vidro em um dos pequenos béqueres que eu havia alinhado diante do microscópio, pingando uma gota de líquido na lâmina limpa.

Tive um certo trabalho para montar o microscópio adequadamente; não se parecia com a versão moderna, particularmente quando desmontado e guardado na bonita caixa do dr. Rawlings. Ainda assim, pude identificar as lentes e, como um ponto de partida, conseguira encaixar as partes do instrumento óptico sem muita dificuldade. Obter luz suficiente, entretanto, fora mais difícil, e eu estava entusiasmada por ter finalmente conseguido fazê-lo funcionar.

– O que está fazendo, *Sassenach*? – Jamie, com uma torrada na mão, parou na porta.

– Vendo coisas – eu disse, ajustando o foco.

– Ah, é? Que tipo de coisas? – Ele entrou no consultório, sorrindo. – Não fantasmas, espero. Já tive o suficiente deles.

– Venha ver – eu disse, afastando-me do microscópio. Ligeiramente intrigado, ele inclinou-se e espreitou pelo ocular, apertando o outro olho em concentração.

Observou atentamente por um instante, depois deu uma exclamação de agradável surpresa.

– Eu os vejo! Coisinhas com rabos, nadando de um lado para o outro! – Endireitou-se, sorrindo para mim com um ar de encantamento, depois inclinou-se imediatamente para olhar outra vez.

Senti-me orgulhosa de meu novo brinquedo.

– Não é maravilhoso?

– Sim, maravilhoso – ele disse, absorvido. – Olhe para eles. Tão atarefados, todos se empurrando e se torcendo uns contra os outros. E em que quantidade!

Ele observou por mais alguns instantes, exclamando baixinho, depois se empertigou, sacudindo a cabeça, admirado.

– Nunca vi nada igual, *Sassenach*. Você me falou dos germes, é verdade, mas eu nunca os imaginaria assim! Achei que tivessem dentinhos minúsculos, e não têm, mas nunca imaginei que tivessem essas caudas tão bonitas, ágeis, ou nadassem em tão grande número.

– Bem, alguns micro-organismos o fazem – eu disse, aproximando-me para olhar pelo ocular outra vez. – Mas esses danadinhos em particular não são germes, são espermatozoides.

– São o quê?

Ele olhou-me sem compreender.

– Espermatozoides – eu disse pacientemente. – Células reprodutoras masculinas. Sabe, o que faz bebês?

Achei que ele fosse se engasgar, pois sua boca abriu-se e um belo tom rosado inundou suas feições.

– Você quer dizer sêmen?

– Bem... sim. – Observando-o atentamente, despejei chá quente num béquer limpo e entreguei-o a ele para que se recuperasse. Mas ele ignorou o chá, os olhos fixos no microscópio como se algo pudesse saltar do ocular a qualquer momento e sair se contorcendo no chão aos nossos pés.

– Espermatozoides – murmurou para si mesmo. – Espermatozoides. – Sacudiu a cabeça vigorosamente, depois se virou para mim, um pensamento assustador acabando de ocorrer-lhe.

– De quem são? – ele perguntou, o tom de voz carregado de sombria desconfiança.

– Hã... bem, seus, é claro. – Limpei a garganta, ligeiramente embaraçada. – De quem mais seriam?

Sua mão dirigiu-se rapidamente, num reflexo, para o meio das pernas, onde se posicionou protetoramente.

– Como foi que os conseguiu?

– Como você acha? – eu disse, um pouco friamente. – Acordei com a custódia deles hoje de manhã.

Sua mão relaxou, mas um profundo rubor de mortificação coloriu suas faces. Ele pegou o béquer com chá e virou-o num só gole, apesar de quente.

– Sei – ele disse, e tossiu.

Houve um instante de profundo silêncio.

– Eu... hum... não sabia que podiam permanecer vivos – ele disse finalmente. – Hãaa... fora, quero dizer.

– Bem, se você os deixa numa mancha no lençol para secar, não sobrevivem – eu disse, de maneira prática. – Mas, se não deixar que sequem... – gesticulei, indicando o pequeno béquer coberto, com sua pequena poça de fluido esbranquiçado – ... eles duram algumas horas. No entanto, em seu habitat apropriado, podem viver até uma semana após... hã... terem sido liberados.

– Habitat apropriado – ele repetiu, pensativo. Lançou um olhar rápido para mim. – Você quer dizer...

– Isso mesmo – eu disse, um pouco asperamente.

– Mmmmhum. – Nesse momento, ele se lembrou do pedaço de torrada que ainda segurava e deu uma mordida, mastigando pensativamente. – As pessoas sabem disso? Agora, quero dizer.

– Sabem o quê? Como são os espermatozoides? Sem dúvida. Os microscópios existem há mais de cem anos e a primeira coisa que uma pessoa faz com um microscópio é examinar tudo que esteja à mão. Considerando-se que o inventor do microscópio foi um homem, eu certamente imaginaria que... Não acha?

Ele lançou-me um olhar de esguelha e deu outra mordida na torrada, mastigando cuidadosamente.

– Não gostaria de me referir a isso como estando "à mão", *Sassenach* – ele disse, através da boca cheia de farelos, e engoliu. – Mas compreendo o que você quer dizer.

Como se compelido por uma força irresistível, ele resvalou na direção do microscópio, inclinando-se para olhar por ele outra vez.

– Parecem muito ferozes – arriscou, após alguns instantes de inspeção.

– Bem, eles têm que ser – eu disse, reprimindo um sorriso diante de seu ar de orgulho ligeiramente envergonhado com a valentia de seus gametas. – Afinal, é um trabalho longo e árduo, e uma terrível luta ao final. Só um recebe a honra, você sabe.

Ele ergueu os olhos, perplexo. Compreendi subitamente que ele *não* sabia. Ele estudara línguas, matemática e filosofia grega e latina em Paris, mas não medicina. E, ainda que as ciências da natureza da época soubessem que o esperma se compõe de partículas separadas, em vez de uma substância homogênea, ocorreu-me que eles provavelmente não tinham a menor ideia do que os espermatozoides realmente faziam.

– De onde você *acha* que vêm os bebês? – perguntei, após alguns esclarecimentos relativos a óvulos, espermatozoides, zigotos e assim por diante, o que deixou Jamie literalmente vesgo. Lançou-me um olhar um tanto frio.

– Eu sou um fazendeiro afinal, sei exatamente de onde eles vêm – informou-me. – Eu só não sabia que... hã... que toda essa atividade estava acontecendo. Eu pensei... bem, pensei que um homem planta sua semente na barriga de uma mulher e ela... bem... cresce. – Abanou a mão vagamente na direção do meu ventre. – Você sabe, como... semente. Nabos, milho, melões etc. Eu não sabia que ficavam nadando como girinos.

– Compreendo. – Passei o dedo sob meu nariz, tentando conter o riso. – Daí a designação agrícola das mulheres como sendo férteis ou estéreis!

– Mmmmhum. – Descartando o comentário com um aceno da mão, franziu a testa pensativamente para a lâmina pululante. – Uma semana, você disse. Então é possível que o menino seja realmente do Melro?

Tão cedo no dia como era, levei mais ou menos meio segundo para dar o salto da teoria para a aplicação prática.

– Oh, Jemmy? Sim, é bem possível que seja filho de Roger. – Roger e Bonnet haviam se deitado com Brianna com a diferença de dois dias um do outro. – Eu disse isso a você... e a Bri.

Ele balançou a cabeça, parecendo distraído, depois se lembrou da torrada e enfiou o resto na boca. Mastigando, inclinou-se para nova olhadela no ocular.

– São diferentes, então? De um homem para outro, quero dizer.

– Hã... não assim de olhar, não. – Peguei minha xícara de chá e tomei um gole, apreciando o delicado sabor. – *São* diferentes, é claro. Carregam as características de um homem para seu descendente... – Era o mais longe que eu achava prudente ir; ele já estava suficientemente chocado pela minha descrição da fertilização; uma explicação de genes e cromossomas poderia ser excessiva no momento. – Mas você não pode ver as diferenças, mesmo com um microscópio.

Ele emitiu um grunhido, engoliu a boca cheia de torrada e endireitou-se.

– Então por que está olhando?

– Apenas curiosidade. – Indiquei a coleção de garrafas e béqueres no balcão. – Eu queria ver qual era a resolução do microscópio, que tipos de coisas eu poderia ver.

– Ah, é? E então? Quero dizer, qual é a finalidade disso?

– Bem, me ajudar a diagnosticar. Se eu puder pegar uma amostra das fezes de uma pessoa, por exemplo, e ver que ela tem parasitas intestinais, saberei melhor que remédio dar a ela.

A expressão de Jamie era de quem preferia não ouvir esse tipo de coisas logo depois do café da manhã, mas balançou a cabeça. Terminou seu chá e colocou o béquer sobre o balcão.

– Sim, faz sentido. Vou deixá-la com seu trabalho, então.

Inclinou-se e beijou-me rapidamente, depois se dirigiu para a porta. Pouco antes, no entanto, ele se virou.

– Os... hum... espermatozóides – ele disse, um pouco sem jeito.

– Sim?

– Você não pode levá-los lá fora e lhes dar um enterro decente?

Disfarcei um sorriso na minha xícara de chá.

– Cuidarei bem deles – prometi. – Eu sempre cuido, não é?

Lá estavam eles. Pedúnculos escuros, encimados por esporos densos contra o fundo opacamente iluminado do campo de visão do microscópio. Confirmado.

– Peguei-os. – Endireitei-me, esfregando devagar as minhas costas na base da coluna, enquanto examinava meus preparativos.

Uma série de lâminas estava arranjada num leque perfeito ao lado do microscópio, cada qual com uma mancha escura no meio, um código escrito na ponta de cada lâmina com um pedaço de cera de um toco de vela. Amostras de mofo, tiradas de pão de milho úmido, biscoito estragado e um pouco da massa de uma torta de carne de cervo do *Hogmanay*. A crosta da torta fora a que dera melhores resultados até agora; certamente devido à gordura de ganso.

Dos vários substratos que eu tentara, esses eram os três lotes de mofo resultantes que continham a maior proporção de *Penicillium* – ou o que eu podia ter quase certeza de que era *Penicillium*. Havia um número desencorajador de mofos capazes de crescer em pão úmido, além de várias dezenas de cepas diferentes de *Penicillium,* mas as amostras que eu escolhera continham os tipos mais semelhantes às gravuras do meu livro sobre esporófitos de *Penicillium* que eu gravara na memória, havia anos, em outra vida.

Eu só podia esperar que minha memória não falhasse – e que as cepas de mofo que eu tinha aqui estivessem entre as espécies que produziam uma grande quantidade de penicilina, que eu não houvesse inadvertidamente introduzido nenhuma bactéria virulenta na mistura de caldo de carne e que... – bem, eu podia esperar muitas coisas, mas chega um ponto em que se abandona a esperança em troca da fé e se confia no destino.

Uma fileira de tigelas cheias de caldo alinhava-se ao fundo do balcão, cada qual coberta com um quadrado de musselina para impedir que insetos, partículas transportadas pelo ar e fezes de rato, sem falar nos próprios ratos, caíssem dentro das vasilhas. Eu havia coado e fervido o caldo, depois lavara cada tigela com água fervente antes de enchê-la com o líquido marrom e fumegante. Isso era o mais perto que eu conseguira chegar de um meio esterilizado.

Depois disso, pegara raspas de cada um das minhas melhores amostras de mofo e girara a lâmina da faca delicadamente pelo caldo frio, dissolvendo os grumos azulados o melhor possível, antes de cobrir a tigela com seu pano e deixá-la incubar por vários dias.

Algumas culturas prosperaram; outras morreram. Duas tigelas exibiam grumos verde-escuros peludos que flutuavam sob a superfície como bestas marinhas submersas, escuras e sinistras. Algum intruso – mofo, bactéria ou talvez uma colônia de algas –, mas não o precioso *Penicillium.*

Alguma criança anônima havia derramado uma das tigelas; Adso derrubara outra no chão, enlouquecido pelo cheiro de caldo de ganso, e havia lambido o conteúdo, com mofo e tudo, com toda a evidência de satisfação. Obviamente não havia nada tóxico *naquela*; olhei para baixo para o pequeno gato, enroscado numa fresta de luz do sol no assoalho, a imagem do sonolento bem-estar.

Em três das tigelas remanescentes, no entanto, placas esponjosas e aveludadas de azul manchado cobriam a superfície, e o exame que fiz de uma amostra tirada de uma delas confirmou que eu realmente havia obtido o que procurava. Não era o próprio mofo que era antibiótico – era uma substância transparente secretada *pelo* mofo, como um meio de se proteger do ataque de bactérias. Essa substância era a penicilina e era isso que eu queria.

Eu explicara tudo isso a Jamie, que estava sentado num banquinho, observando-me enquanto eu despejava o caldo de cada cultura viva através de outro pedaço de gaze para coá-lo.

– Então o que você tem aí é caldo em que o mofo urinou, certo?

– Bem, se você insiste em colocar dessa forma, sim. – Lancei-lhe um olhar severo, depois peguei a solução coada e comecei a distribuí-la em várias tigelas pequenas de cerâmica.

Ele balançou a cabeça, satisfeito por ter entendido corretamente.

– E o xixi do mofo é o que cura a doença, hein? Faz sentido.

– Faz?

– Bem, usam-se outros tipos de xixi como remédio, por que não este?

Ele ergueu o grande livro de anotações para ilustrar. Eu o deixara aberto no balcão, após registrar o último lote de experiências, e ele andara se divertindo com a leitura de algumas das primeiras páginas, aquelas onde o registro fora feito pelo proprietário anterior do livro, o dr. Daniel Rawlings.

– Talvez Daniel Rawlings usasse... *eu* não uso. – Com as mãos ocupadas, ergui o queixo para a anotação na página aberta. – Para que ele usava urina?

– *Eficaz para o tratamento de escorbuto* – ele leu, o dedo seguindo as nítidas linhas da caligrafia miúda de Rawlings. – *Duas cabeças de alho, amassados com seis rabanetes, aos quais são acrescentados bálsamo do peru e dez gotas de mirra, esse composto misturado com a água de uma criança do sexo masculino para ser adequadamente bebido.*

– O último parece um condimento um pouco exótico – eu disse, achando graça. – Com o que você acha que combinaria melhor? Ensopado de lebre? Ragu de veado?

– Não, a carne de veado é suave demais para rabanetes. Guisado de carneiro, talvez – ele retrucou. – Carne de carneiro vai bem com tudo. – Passou a língua distraidamente pelo lábio superior, diante da ideia.

– Por que você acha que tem de ser de um menino? Já vi isso ser mencionado em receitas semelhantes antes. Aristóteles diz isso, bem como outros filósofos da Antiguidade.

Lancei-lhe um olhar, enquanto começava a arrumar minhas lâminas.

– Bem, certamente é mais fácil coletar urina de um menino do que de uma menina; tente, algum dia. Estranhamente, no entanto, a urina de meninos é realmente muito limpa, se não completamente estéril; pode ser que os filósofos antigos tenham notado que conseguiam melhores resultados com isso em suas fórmulas, porque era mais limpa do que a água de beber comum, se a estavam obtendo dos poços e aquedutos públicos.

– Estéril significa que não possui germes, não que não procria? – Lançou um olhar meio desconfiado para o meu microscópio.

– Sim. Ou melhor, não procria germes porque não há nenhum lá.

Com o tampo do balcão livre, exceto pelo microscópio e pelas tigelas de caldo contendo penicilina, ou ao menos eu esperava que fosse isso, comecei os preparativos para cirurgia, tirando do armário meu pequeno estojo de instrumentos cirúrgicos e uma garrafa grande de álcool de grãos.

Entreguei a garrafa de álcool para Jamie, juntamente com o pequeno queimador de álcool que eu inventara – um tinteiro vazio, com um pavio torcido de linho encerado puxado através de uma cortiça enfiada na boca do recipiente.

– Encha isto para mim, sim? Onde estão os garotos?

– Na cozinha, se embebedando. – Ele franziu o cenho em concentração, cuidadosamente despejando o álcool. – Então a urina de meninas não é limpa? Ou apenas mais difícil de coletar?

– Não, na verdade, não é tão limpa quanto a dos meninos. – Desdobrei um pano limpo sobre o balcão e coloquei ali dois bisturis, um par de fórceps longo e um lote de peças de cauterização. Vasculhei o armário, desencavando um punhado de ataduras de algodão. Tecidos de algodão eram terrivelmente caros, mas eu tivera a sorte de conseguir uma saca de bolas de algodão cru com a mulher de Farquard Campbell, em pagamento por um jarro de mel.

– A... hum... rota para o exterior não é tão direta, pode-se dizer. Assim, a urina tende a pegar bactérias e fragmentos de tecido das dobras da pele. – Olhei para ele por cima do ombro e sorri. – Não que você deva começar a se sentir superior por causa disso.

– Jamais sonharia – ele assegurou-me. – Está pronta, então, *Sassenach*?

– Sim, traga-os para dentro. Ah, e traga a bacia também!

Ele saiu e eu me virei de frente para a janela que dava para o leste. Havia nevado intensamente no dia anterior, mas hoje o dia estava claro e luminoso, límpido e frio, com o sol se refletindo das árvores cobertas de neve com o brilho de um milhão de diamantes. Eu não poderia querer nada melhor; eu iria precisar de toda a luz que pudesse obter.

Coloquei as peças de ferro para cauterização no pequeno braseiro para esquentar. Em seguida, peguei meu amuleto do armário, coloquei-o no pescoço, de modo que ficasse pendurado sob o corpete do meu vestido, e tirei o pesado avental de lona do gancho atrás da porta. Vesti-o também, depois me dirigi à janela e olhei para fora, para a fria paisagem coberta de glacê de açúcar, esvaziando minha mente, preparando meu espírito para o que estava prestes a fazer. Não era uma operação difícil e eu já a fizera muitas vezes antes. Mas não tinha feito em alguém sentado e consciente, e isso sempre fazia diferença.

Também havia vários anos não fazia esta operação e fechei os olhos para recordar, visualizando cada passo a ser dado, sentindo os músculos da minha mão mexerem-se levemente em resposta aos meus pensamentos, antecipando os movimentos que eu faria.

– Que Deus me ajude – murmurei e fiz o sinal da cruz.

Passos incertos, risadinhas nervosas e o rumor grave da voz de Jamie vieram do corredor e eu me virei sorrindo para saudar meus pacientes.

Um mês de boa comida, roupas limpas e camas quentes havia melhorado imensamente os Beardsley, em termos tanto de saúde quanto de aparência. Ambos ainda eram pequenos, magricelas, e com as pernas ligeiramente arqueadas, mas as cavidades em seus rostos haviam se preenchido um pouco, os cabelos escuros estavam macios e penteados, e o ar perene de vigilância da caça havia desaparecido um pouco de seus olhos.

Na realidade, os dois pares de olhos escuros estavam no momento um pouco embaciados, e Lizzie fora forçada a agarrar Keziah pelo braço a fim de impedir que ele tropeçasse num tamborete. Jamie segurava Josiah com firmeza pelo ombro; virou o rapaz para mim, depois colocou a bacia que carregava com o outro braço.

– Você está bem? – Sorri para Josiah, olhando profundamente em seus olhos, e apertei seu braço para tranquilizá-lo. Ele engoliu com força e deu um sorriso amarelo; não estava bêbado o suficiente para não estar com medo.

Eu o fiz se sentar, conversando calmamente, depois coloquei uma toalha ao redor de seu pescoço e a bacia em seus joelhos. Esperava que ele não a deixasse cair; era de louça e a única bacia que tínhamos. Para minha surpresa, Lizzie se colocou atrás dele, colocando as pequenas mãos em seus ombros.

– Tem certeza de que quer ficar, Lizzie? – perguntei, em dúvida. – Acho que podemos fazer isso sozinhos. – Jamie estava completamente acostumado com sangue e carnificina geral; eu achava que Lizzie jamais deveria ter visto nada além dos tipos comuns de doenças e talvez um ou dois partos.

– Oh, não, senhora, vou ficar. – Ela engoliu em seco também, mas firmou o queixo corajosamente. – Prometi a Jo e Kezzie que ficaria com eles até o fim.

Olhei para Jamie, que deu de ombros com um leve gesto.

– Está bem, então. – Peguei uma das tigelas de cerâmica de caldo de penicilina, despejei-o em duas xícaras e dei a cada um dos gêmeos para beber. Os ácidos do estômago provavelmente anulariam a maior parte dos efeitos da penicilina, mas ela iria – eu esperava – matar as bactérias em suas gargantas. Após a cirurgia, outra dose banharia as superfícies em carne viva, impedindo a infecção.

Não havia nenhuma maneira de saber exatamente quanta penicilina haveria no caldo; eu poderia estar lhes dando doses maciças – ou uma quantidade inócua. Ao menos, eu tinha quase certeza de que, fosse qual fosse a quantidade de penicilina existente no caldo, ela estava ativa no momento. Eu não tinha nenhum meio de estabilizar o antibiótico e nenhuma ideia do seu tempo de validade – mas, fresca como estava, a solução tinha que estar ativa como medicamento e havia uma boa chance de que o resto do caldo continuaria usável ao menos pelos próximos dias.

Eu pretendia fazer novas culturas, assim que a cirurgia terminasse; com sorte, eu poderia medicar os gêmeos regularmente por três ou quatro dias e – com mais sorte ainda – evitar, assim, qualquer infecção.

– Oh, então pode-se beber isso aí, não é? – Jamie me olhava cinicamente por cima da cabeça de Josiah. Eu havia injetado penicilina nele logo após um ferimento a bala alguns anos atrás, e ele obviamente agora considerava que eu o fizera por puro sadismo.

Devolvi-lhe o olhar.

– Pode. Penicilina injetável é muito mais eficaz, particularmente no caso de uma infecção ativa. Entretanto, eu não tenho nenhum modo de injetá-la no momento e isso tem por objetivo evitar que peguem uma infecção e não curar uma. Agora se estivermos *realmente* prontos...

Eu imaginara que Jamie iria segurar o paciente, mas tanto Lizzie quanto Josiah insistiram em que não era necessário; Josiah permaneceria imóvel, independentemente do que pudesse acontecer. Lizzie ainda segurava seus ombros, o rosto mais pálido do que o dele, as pequenas articulações dos dedos proeminentes e brancas.

Eu fizera um exame minucioso nos dois rapazes no dia anterior, mas fiz outra verificação rápida antes de começar, usando uma espátula para abaixar a língua, feita de uma tira de madeira de freixo. Mostrei a Jamie como usá-la para manter a língua pressionada e fora do meu caminho, depois peguei o fórceps, o bisturi e respirei fundo.

Olhei no fundo dos olhos escuros de Josiah e sorri; eu podia ver dois minúsculos reflexos do meu rosto lá, ambos parecendo agradavelmente competentes.

– Tudo bem, então? – perguntei.

Ele não podia falar, com a espátula na boca, mas fez uma espécie de grunhido bem-humorado que eu tomei por assentimento.

Eu precisava ser rápida e fui. Os preparativos haviam levado horas; a operação, não mais do que alguns segundos. Prendi uma amígdala vermelha e esponjosa com o fórceps, estiquei-a em minha direção e fiz vários cortes pequenos e rápidos, agilmente separando as camadas de tecido. Um fio de sangue escorria pela boca do rapaz e descia pelo queixo, mas nada grave.

Soltei o naco de carne, depositei-o na bacia e passei para a outra amígdala, onde repeti o processo, apenas um pouco mais devagar por ter que trabalhar na posição reversa.

Todo o procedimento não deve ter levado mais do que trinta segundos cada lado. Retirei os instrumentos da boca de Josiah e ele arregalou os olhos para mim, atônito. Em seguida, tossiu, engasgou-se, inclinou-se para frente e outra pequena massa de carne caiu na bacia com uma pequena batida, juntamente com uma boa quantidade de sangue brilhante e vermelho.

Segurei-o pelo nariz e virei sua cabeça para trás, enfiei um punhado de gaze em sua boca para absorver bastante sangue, a fim de que eu pudesse ver o que estava fazendo; depois, peguei um pequeno ferro de cauterização e cuidei dos vasos maiores; os menores podiam coagular e se fechar por conta própria.

Seus olhos lacrimejavam copiosamente e suas mãos agarravam-se à bacia como se fosse uma questão de vida ou morte, mas ele nem se moveu, nem emitiu nenhum som. Eu não esperava que o fizesse, depois do que eu vira quando Jamie removeu a marca em seu dedo. Lizzie ainda segurava seus ombros, os olhos fechados com força. Jamie deu um leve tapinha em seu cotovelo e seus olhos arregalaram-se.

– Pronto, *a muirninn,* já acabou. Leve-o e coloque-o na cama, sim?

Mas Josiah recusou-se a ir. Mudo como seu irmão, sacudiu a cabeça violentamente e sentou-se num banquinho, onde ficou oscilando, o rosto muito pálido. Deu um sorriso medonho ao irmão, os dentes debruados de sangue.

Lizzie pairava entre os dois rapazes, olhando de um para o outro. Josiah atraiu a atenção dela e apontou com firmeza para Keziah, sentado no banco do paciente com uma aparente demonstração de coragem, o queixo levantado. Ela bateu delicadamente na cabeça de Josiah e foi imediatamente segurar os ombros de Keziah. Ele virou a cabeça e deu-lhe um sorriso extremamente meigo, depois abaixou a cabeça e beijou sua mão. Em seguida, virou-se para mim, fechando os olhos e abrindo a boca; parecia um filhote de passarinho pedindo comida.

Esta operação era um pouco mais complicada; as amígdalas e adenóides estavam terrivelmente aumentadas e marcadas por uma infecção crônica. Houve muito sangue; tanto a toalha quanto meu avental estavam muito manchados antes que eu houvesse terminado. Terminei a cauterização e olhei atentamente para o meu paciente, que estava branco como a neve lá fora e com os olhos completamente vidrados.

– Você está bem? – perguntei. Ele não podia me ouvir, mas minha expressão de preocupação era bastante clara. Sua boca torceu-se no que eu achei que fosse um corajoso esforço para sorrir. Ele começou a balançar a cabeça; em seguida, seus olhos reviraram-se para cima e ele deslizou do banco, terminando com um baque surdo aos meus pés. Jamie pegou a bacia no ar, sem muito derramamento.

Achei que Lizzie também fosse desmaiar; havia sangue por toda parte. Ela de fato cambaleou um pouco, mas foi sentar-se obedientemente ao lado de Josiah quando eu mandei. Josiah permanecia sentado, observando, apertando ferozmente a mão de Lizzie, enquanto Jamie e eu juntávamos os pedaços.

Jamie pegou Keziah nos braços; o garoto permaneceu mole e coberto de sangue, parecendo uma criança assassinada. Josiah levantou-se, os olhos ansiosamente pousados no corpo inconsciente do irmão.

– Vai ficar tudo bem – Jamie lhe disse, em tons de absoluta confiança. – Eu já lhe disse, minha mulher é uma grande curandeira. – Todos se viraram, então, e olharam para mim, sorrindo: Jamie, Lizzie e Josiah. Senti como se eu devesse fazer uma mesura, mas me contentei em sorrir também.

– Vai ficar tudo bem – eu disse, repetindo as palavras de Jamie. – Vão descansar agora.

A pequena procissão deixou o aposento, mais silenciosamente do que havia entrado, deixando-me para guardar meus instrumentos e arrumar a sala.

Eu me sentia muito feliz, radiante com a espécie de satisfação calma que vem com um trabalho bem-sucedido. Havia muito tempo eu não fazia esse tipo de operação; as exigências e limitações do século XVIII impediam a maioria das cirurgias, a não ser as feitas numa emergência. Sem anestesia ou antibióticos, a cirurgia eletiva era simplesmente difícil demais e perigosa demais.

Mas agora ao menos eu tinha penicilina. E tudo iria dar certo, pensei, cantarolando comigo mesma enquanto apagava a chama de minha lamparina a álcool. Eu senti isso na carne deles, tocando os garotos enquanto trabalhava. Nenhum germe os ameaçaria, nenhuma infecção mancharia a limpeza do meu trabalho. Havia sempre o fator sorte na prática da medicina – mas as chances haviam mudado hoje, a meu favor.

– "Tudo ficará bem" – citei para Adso, que silenciosamente se materializara sobre o balcão, onde diligentemente lambia uma das tigelas de caldo vazias – "e todo tipo de coisa ficará bem."

O grande livro preto de anotações permanecia aberto sobre o balcão onde Jamie o deixara. Virei para as últimas páginas, onde eu andara registrando o progresso de minhas experiências, e peguei a pena. Mais tarde, após o jantar, eu registraria os detalhes da cirurgia. Por enquanto... parei, depois escrevi *Eureca!* no pé da página.

37
A CHEGADA DA CORRESPONDÊNCIA

Fergus empreendeu sua viagem bimestral a Cross Creek em meados de fevereiro, retornando com sal, agulhas, índigo, uma miscelânea de artigos necessários e uma saca cheia de correspondência. Ele chegou no meio da tarde, tão ansioso para voltar para Marsali, que só se demorou o suficiente para uma rápida caneca de cerveja, deixando-me e a Brianna encarregadas de separar os pacotes, exultantes com a generosa remessa.

Havia uma grossa pilha de jornais de Wilmington e New Bern; alguns da Filadélfia e de Boston também, enviados por amigos do norte a Jocasta Cameron e, depois, encaminhados para nós. Folheei os jornais; o mais recente datava de três meses atrás. Não importava; jornais eram tão bons quanto romances, num lugar onde material de leitura era literalmente quase tão escasso quanto ouro.

Jocasta também enviara duas edições do *Brigham's Lady's Book* para Brianna, uma revista contendo desenhos dos trajes mais em voga em Londres e artigos de interesse para mulheres com esse gosto.

– "*Como limpar renda dourada*" – Brianna leu, arqueando uma das sobrancelhas ao abrir uma dessas revistas aleatoriamente. – Isso é algo que todo mundo devia saber fazer, sem a menor dúvida.

– Olhe atrás – aconselhei. – É onde publicam os artigos sobre como evitar pegar gonorreia e o que fazer a respeito das hemorróidas de seu marido.

A outra sobrancelha se levantou, fazendo-a se parecer ainda mais com Jamie, quando defrontado com alguma proposição altamente questionável.

– Se meu marido me transmitisse gonorreia, acho que ele poderia se preocupar com as próprias hemorróidas. – Ela virou várias páginas e as sobrancelhas ergueram-se ainda mais. – "*Um estímulo para Vênus. Esta é uma lista de remédios infalíveis para a fadiga do membro masculino.*"

Espreitei por cima do seu braço, minhas próprias sobrancelhas se erguendo.

– Nossa. "*Uma dúzia de ostras, embebidas durante uma noite numa mistura de vinho e leite, a serem cozidas numa torta com amêndoas moídas e carne de lagosta e servidas com pimentões temperados.*" Não sei o que isso faria ao membro masculino, mas provavelmente daria ao homem que o possui uma violenta indigestão. Bem, não temos ostras aqui, de qualquer forma.

– Não estamos perdendo nada – ela me assegurou, franzindo a testa para a página, concentrada. – Ostras me fazem lembrar catarro.

– Apenas as cruas; elas são mais comestíveis quando cozidas. Mas, por falar em catarro... onde está Jemmy?

– Dormindo, ou pelo menos assim espero. – Lançou um olhar desconfiado para o teto, mas nenhum barulho desagradável se manifestou, e ela retornou à revista.

– Aqui está uma que poderíamos fazer. *"Os testículos de um animal macho"*, como se fosse possível consegui-los de uma fêmea, *"com seis grandes cogumelos, cozidos em cerveja amarga até ficarem macios; depois, tanto os testículos quanto os cogumelos, cortados em fatias finas, bem temperados com pimenta e sal, mais algumas gotas de vinagre, e assados no fogo até ficarem crocantes e dourados."* Papai ainda não resolveu castrar Gideon, já?

– Não. Tenho certeza de que ele teria prazer de lhe dar os órgãos em questão, se você quisesse experimentar.

Ela ficou com o rosto corado e limpou a garganta com um ruído que me fez lembrar ainda mais de seu pai.

– Eu... hum... acho que não estamos precisando *ainda*.

Eu ri e deixei-a compenetrada em sua fascinante leitura, voltando à correspondência.

Havia um objeto embrulhado, endereçado a Jamie que eu sabia que devia ser um livro, enviado de um livreiro na Filadélfia, mas com o selo de lorde John Grey – uma placa de cera azul extravagantemente marcada com uma meia-lua sorridente e uma única estrela. Metade de nossa biblioteca vinha de John Grey, que insistia em dizer que nos enviava livros primordialmente para sua própria satisfação, já que não conhecia ninguém nas colônias além de Jamie que fosse capaz de conduzir uma discussão literária decente.

Também havia várias cartas endereçadas a Jamie. Olhei-as cuidadosamente, na esperança de ver a caligrafia pontiaguda, característica de sua irmã. Havia uma carta de Ian, que escrevia religiosamente uma vez por mês, mas nada de Jenny. Não havíamos recebido nenhuma notícia dela nos últimos seis meses; não desde que Jamie lhe escreveu relutantemente para lhe contar sobre o destino de seu filho mais novo.

Franzi a testa, arrumando as cartas numa pequena pilha na borda da escrivaninha para que Jamie as visse mais tarde. Eu não culpava Jenny, considerando as circunstâncias – mas eu estivera lá, afinal. Não fora culpa de Jamie, embora ele tivesse aceitado a culpa por isso. O Jovem Ian escolhera ficar com os mohawks. Ele era um homem, ainda que jovem, e a decisão cabia a ele. Mas depois, refleti, ele ainda era um garoto quando deixou os pais e provavelmente ainda era aos olhos de Jenny.

Mas eu sabia que o silêncio dela feria Jamie profundamente. Ele continuou a escrever-lhe, como sempre fizera, teimosamente acrescentando alguns parágrafos quase toda noite, reservando as folhas até alguém descer a montanha para Cross Creek ou Wilmington. Ele nunca falava claramente sobre isso, mas eu via como seus olhos percorriam cada lote de cartas, procurando a caligrafia da irmã e o aperto quase invisível no canto da boca quando não a encontrava.

– Droga, Jenny Murray – murmurei baixinho. – Perdoe Jamie e acabe logo com isso!

– Hein? – Brianna largara a revista e examinava uma carta quadrada, franzindo a testa.

– Nada. O que você tem aí? – Deixei as cartas que estivera separando e fui ver.

– É do tenente Hayes. Sobre o que será a carta?

Uma pequena descarga de adrenalina fez minha barriga se contrair. Também devo ter demonstrado em meu rosto imprudente, pois Brianna abaixou a carta e olhou para mim, a testa franzida.

– O que foi? – ela perguntou.

– Nada – respondi, mas já era tarde demais. Ela continuou olhando para mim, a mão fechada sobre o quadril, e ergueu uma das sobrancelhas.

– Você é uma mentirosa, mamãe – ela disse com tolerância. Sem hesitar, quebrou o selo.

– Está endereçada a seu pai – eu disse, embora faltasse ênfase ao meu protesto.

– Hum, hum. A outra também estava – ela disse, a cabeça inclinada sobre a folha de papel desdobrada.

– O quê? – Mas, no momento mesmo em que perguntava, já tinha me colocado ao seu lado, lendo por cima de seu braço.

Tenente Archibald Hayes
Portsmouth, Virgínia

Sr. James Fraser
Fraser's Ridge, Carolina do Norte

18 de janeiro de 1771

Senhor

Escrevo para informá-lo de que, no momento, estamos em Portsmouth, onde deveremos ficar até a primavera. Se tiver conhecimento de algum capitão de navio disposto a dar transporte até Perth a quarenta homens, com a promessa de recompensa do exército quando alcançarmos o porto, eu gostaria de saber tão logo lhe seja mais conveniente.

Enquanto isso, arranjamos diferentes trabalhos, pois precisamos nos sustentar durante os meses de inverno. Vários dos meus homens conseguiram trabalho no reparo de embarcações, que são muitas por aqui. Eu mesmo estou empregado como cozinheiro numa taverna local, mas visito meus homens regularmente nos diferentes locais onde estão hospedados, para saber como vão passando.

Visitei uma dessas hospedarias duas noites atrás. No decorrer da conversa, um dos homens – soldado Ogilvie, que acredito que conheça – mencionou uma conversa que ele entreouvira no estaleiro. Como se tratava de um tal Stephen Bonnet, que lembro ser do seu interesse, comunico-lhe as informações que obtive sobre a questão.

Bonnet, segundo dizem, é um contrabandista, o que não é uma ocupação incomum na área. Entretanto, ele parece lidar com uma qualidade – e quantidade – de contrabando maior do que o normal e, em consequência, a natureza de suas conexões também parece ser incomum. O que significa que determinados armazéns na costa das Carolinas periodicamente abrigam produtos de uma natureza normalmente não encontrada ali e que tais aparições coincidem com a presença de Stephen Bonnet nas tavernas e espeluncas próximas.

O soldado Ogilvie quase não se recorda de nomes específicos, já que não sabia que Bonnet era de interesse, e mencionou o caso a mim apenas como um fato curioso. Um dos nomes mencionados foi "Butler", segundo ele, mas ele não tem certeza de se esse nome tem alguma coisa a ver com Bonnet. Outro nome foi "Karen", mas Ogilvie não sabe se o nome pertence a uma mulher ou talvez a um navio.

Um armazém que ele supôs ser um determinado prédio indicado na conversa – embora ele admita francamente não ter certeza disso – por acaso não fica distante do estaleiro e, quando ele me deu essas informações, eu resolvi passar por esse prédio e fazer perguntas sobre o proprietário. O prédio pertence a dois sócios: Ronald Priestly e Phillip Wylie. Não tenho informações sobre nenhum desses dois homens no momento, mas continuarei minhas indagações conforme meu tempo me permitir.

Sabendo de tudo isso, procurei entabular conversas referentes a Bonnet nas tavernas locais, porém sem maiores resultados. Eu diria que o nome é conhecido, mas poucos querem falar dele.

Seu mais obediente criado,
Archibald Hayes, tenente
67º Regimento das Highlands

Todos os barulhos normais da casa estavam silenciados ao nosso redor, mas Bri e eu parecíamos de repente estar juntas numa bolha clara e pequena de silêncio, onde o tempo havia parado abruptamente.

Relutei em largar a carta, pois isso significaria que o tempo continuaria a passar e alguma coisa tivesse que ser feita nesse ponto. Ao mesmo tempo, eu queria não só largá-la, como atirá-la na lareira e fingir que nenhuma das duas a havia lido.

Então Jemmy começou a chorar no andar de cima, Brianna deu um salto em resposta e virou-se para a porta, e tudo começou a se mover normalmente outra vez.

Deixei a carta sozinha num lugar da mesa e voltei ao resto da correspondência, separando e arrumando para Jamie vê-las mais tarde, colocando os jornais e revistas numa pilha bem arrumada, tirando o barbante do pacote; como eu imaginara, era um livro – *A expedição de Humphrey Clinker*, de Tobias Smollett. Enrolei o barbante e enfiei-o no meu bolso, enquanto o tempo todo uma pequena batida "E agora? E agora?" martelava no fundo da minha cabeça como um metrônomo.

Brianna voltou, carregando Jemmy, vermelho e marcado do cochilo, e obviamente naquele estado de espírito em que se acorda do sono para uma irritação confusa diante das exigências inoportunas da consciência. Eu compreendia.

Ela sentou-se, puxou a gola de sua combinação e colocou o bebê no seio. Seus gritos cessaram como mágica e eu tive um momento de intenso desejo de que eu pudesse fazer algo assim tão eficaz por ela. Ela estava pálida, mas controlada.

Eu tinha que dizer alguma coisa.

– Sinto muito, querida – eu disse. – Tentei impedi-lo... Jamie, quero dizer. Sei que ele não pretendia que você tomasse conhecimento disso. Que se preocupasse com isso.

– Tudo bem. Eu já sabia. – Estendendo o braço livre, puxou um dos livros de contabilidade da pilha que Jamie mantinha sobre a escrivaninha e, segurando-o pela lombada, sacudiu até uma carta dobrada cair. Indicou a carta com um sinal da cabeça, por cima de Jemmy.

– Olhe isso. Encontrei-a quando você estava fora com a milícia.

Li o relato de lorde John do duelo entre Bonnet e o capitão Marsden, sentindo um frio na boca do estômago. Eu não tinha nenhuma ilusão sobre o caráter de Bonnet, mas não sabia que ele tinha tanta habilidade. Eu preferia que criminosos perigosos fossem incompetentes.

– Pensei que talvez lorde John estivesse apenas respondendo a uma pergunta casual de papai, mas acho que não. O que você acha? – Bri perguntou. Seu tom de voz era frio, quase distanciado, como se perguntasse minha opinião sobre uma fita de cabelo ou uma fivela de sapato. Ergui os olhos para ela abruptamente.

– O que *você* acha? – Era Brianna que importava nessa história, ou ao menos essa era a minha opinião.

– Sobre o quê? – Seus olhos desviaram-se dos meus, passaram pela carta, depois se fixaram na curva da cabeça de Jemmy.

– Oh, o preço do chá na China, para começar – eu disse, com alguma irritação. – Passando prontamente ao tópico de Stephen Bonnet, por favor. – Era estranhamente chocante dizer seu nome em voz alta; nós todos evitamos isso durante meses, por consenso implícito.

Ela mordeu o lábio inferior. Manteve os olhos fixos no chão por um instante, depois sacudiu a cabeça, muito devagar.

– Eu não quero ouvir falar dele, não quero pensar nele – ela disse, sem se alterar. – E, se algum dia eu o vir novamente, eu apenas... apenas... – Estremeceu violentamente, depois ergueu o rosto para mim, os olhos ferozes e perturbados.

– O que há de *errado* com ele? – ela exclamou. – Como pôde fazer isso? – Bateu na coxa com o punho cerrado e Jemmy, assustado, perdeu o bico do seio e começou a chorar.

– Seu pai, você quer dizer... não Bonnet.

Ela balançou a cabeça, pressionando Jemmy de novo contra o peito, mas ele detectou sua agitação e começou a berrar e se contorcer. Peguei-o no colo, colocando-o contra meu ombro e batendo delicadamente em suas costas, num gesto automático de consolo. As mãos de Bri, estando vazias, agarraram-se aos joelhos, amarrotando o tecido de sua saia.

– Por que ele não podia deixar Bonnet em paz? – Ela teve que erguer a voz para ser ouvida acima do berreiro de Jemmy e os ossos de sua face pareciam ter mudado de posição, de modo que sua pele parecia esticada sobre eles.

– Porque ele é homem... e um maldito escocês das Highlands – eu disse. – "Viva e deixe viver" não faz parte do vocabulário deles. – O leite escorria lentamente de seu mamilo sobre o tecido de sua combinação; estendi uma das mãos e puxei o tecido para cima para cobri-la. Ela colocou a mão sobre o seio e o pressionou com força para fazer o leite parar.

– Mas o que ele pretende fazer? Se o encontrar.

– *Quando* o encontrar, eu receio – eu disse com certa relutância. – Porque eu não acredito que ele pare de procurá-lo enquanto não o encontrar. Quanto ao que fará então... bem... vai matá-lo, imagino. – Aquilo soou estranhamente despreocupado, colocado dessa forma, e no entanto eu não via nenhum outro modo de dizer isso, para falar a verdade.

– Você quer dizer que ele vai *tentar* matá-lo. – Ela olhou para a carta de lorde John, depois afastou o olhar, engolindo em seco. – E se ele...

– Seu pai tem muita experiência em matar pessoas – eu disse friamente. – Na verdade, ele é muito bom nisso, embora não o faça há algum tempo.

Isso não pareceu confortá-la. Nem a mim.

– É um lugar tão grande – ela murmurou, sacudindo a cabeça. – A América, quero dizer. Por que ele não poderia apenas... ir embora? Para bem longe? – Uma excelente pergunta. Jemmy resfolegava, esfregando o rosto furiosamente no meu ombro, porém não mais berrando.

– Eu esperava que Stephen Bonnet tivesse o bom senso de ir continuar suas atividades de contrabandista na China ou nas Índias Ocidentais, mas imagino que ele possua conexões locais que não queira abandonar. – Estremeci, continuando a dar tapinhas em Jemmy.

Brianna largou a saia e estendeu os braços para pegar o bebê, que ainda se contorcia como uma enguia.

– Bem, afinal ele não sabe que tem Sherlock Fraser e seu auxiliar lorde John Grey Watson no seu rastro. – Era uma tentativa corajosa, mas seu lábio tremia ao falar e ela mordeu o lábio inferior outra vez. Eu detestava lhe causar mais preocupação, mas não fazia mais sentido evitar o assunto.

– Não, mas provavelmente saberá, em breve – eu disse, relutantemente. – Lorde John é muito discreto, o soldado Ogilvie não. Se Jamie sair por aí fazendo perguntas, e receio que o fará, seu interesse logo será conhecido por toda parte. – Eu não sabia ao certo se Jamie esperava descobrir Bonnet rapidamente e pegá-lo de surpresa, ou se seu plano era fazer Bonnet sair da toca por meio de suas investigações. Ou se ele de fato pretendia atrair a atenção de Bonnet deliberadamente e fazer com que ele viesse até *nós*. A última possibilidade deixou meus joelhos um pouco fracos e eu me sentei pesadamente num banco.

Brianna inspirou fundo, devagar, e soltou o ar pelo nariz, colocando o bebê de novo no seio.

– Roger sabe? Quero dizer, ele está metido nesta... nesta... maldita *vendetta*?

Sacudi a cabeça.

– Acho que não. Quer dizer, não tenho certeza. Ele teria lhe contado, não teria?

Sua expressão relaxou um pouco, embora uma sombra de dúvida ainda escurecesse seus olhos.

– Eu detestaria pensar que ele esconderia algo assim de mim. Por outro lado... – ela acrescentou, a voz aguçando-se um pouco numa acusação – *Você* escondeu.

Senti uma pontada com a acusação e pressionei os lábios.

– Você disse que não queria pensar em Stephen Bonnet – eu disse, desviando os olhos da turbulência de sentimentos em seu rosto. – É claro que não. Eu... nós... não queríamos que tivesse que pensar nele. – Com um certo sentimento de inevitabilidade, percebi que eu estava sendo arrastada para o centro do vórtice das intenções de Jamie, sem nenhum consentimento próprio.

– Agora, veja bem – eu disse energicamente, sentando-me empertigada e lançando-lhe um olhar penetrante. – *Eu* não acho uma boa ideia ir atrás de Bonnet e fiz tudo que pude para desencorajar Jamie de fazer isso. Na verdade – acrescentei com pesar, indicando a carta de lorde John com um movimento da cabeça –, eu achei que havia realmente conseguido fazê-lo desistir. Mas aparentemente não consegui.

Um olhar de determinação endurecia a boca de Brianna e ela acomodou-se mais solidamente na cadeira.

– Pois eu certamente vou desencorajá-lo – declarou.

Lancei-lhe um olhar, considerando. Se alguém tivesse a necessária teimosia e força de personalidade para afastar Jamie do caminho escolhido, seria sua filha. Mas isso era apenas uma hipótese.

– Você pode tentar – eu disse, sem muita convicção.

– Não tenho o direito? – Seu choque inicial desaparecera e suas feições haviam recuperado o controle, a expressão fria e severa. – Não cabe a mim dizer se eu quero... o que eu quero?

– Sim – concordei, uma dor aguda de inquietação ondulando pelas minhas costas. Os pais costumavam achar que também tinham direitos. Maridos também. Mas talvez fosse melhor não dizer isso.

Um silêncio momentâneo caiu entre nós, quebrado apenas pelos ruídos de Jemmy e os gritos dos corvos lá fora. Quase por impulso, fiz a pergunta que viera à superfície da minha mente.

– Brianna. O que você quer? Quer Stephen Bonnet morto?

Ela olhou para mim, depois desviou o olhar para janela, enquanto batia levemente nas costas de Jemmy. Não pestanejou. Finalmente seus olhos se fecharam por um breve instante; em seguida, abriram-se para fitar os meus.

– Não posso – ela disse, a voz baixa. – Tenho medo de que, se um dia deixar esse pensamento entrar em minha mente... não conseguiria pensar em mais nada, iria querer isso com todas as minhas forças. E *não* vou deixar que... ele... arruíne minha vida dessa forma.

Jemmy soltou um sonoro arroto e cuspiu um pouco de leite. Bri tinha uma velha toalha de linho sobre o ombro e agilmente limpou seu queixo com ela. Mais calmo agora, ele havia perdido o ar de irritada incompreensão e concentrava-se intensamente em algo por cima do ombro de sua mãe. Seguindo a direção de seus claros olhos azuis, vi a sombra de uma teia de aranha no canto superior da janela. Uma rajada de vento sacudiu a janela e um pontinho minúsculo moveu-se no centro da teia, muito delicadamente.

– Sim – Brianna disse, baixinho. – Eu realmente quero vê-lo morto. Mas quero mais ainda que papai e Roger continuem vivos.

38

TEMPO DO SONHO

Roger fora cantar no casamento do sobrinho de Joel MacLeod, conforme combinado durante a Assembleia, e voltou para casa com uma nova recompensa, que estava ansioso para colocar no papel, antes que fugisse de sua lembrança.

Deixou as botas enlameadas na cozinha, aceitou uma xícara de chá e uma torta de passas da sra. Bug e foi direto para o gabinete. Jamie estava lá, escrevendo cartas; ergueu os olhos com um murmúrio distraído de saudação, mas voltou para sua redação, uma ligeira ruga entre as pesadas sobrancelhas enquanto desenhava as letras, a mão dura e desajeitada na pena de escrever.

Havia uma estante de livros, pequena, de três prateleiras, no gabinete de Jamie, que abrigava toda a biblioteca de Fraser's Ridge. As obras sérias ocupavam a prateleira superior; um volume de poesia em latim, *Comentários,* de César, *Meditações,* de Marco Aurélio, algumas outras obras clássicas, *História natural da Carolina do Norte,* do dr. Brickell, emprestado pelo governador e nunca devolvido, e um livro didático de matemática, muito surrado, com *Ian Murray, o Mais Jovem* escrito na orelha com uma caligrafia vacilante.

A prateleira do meio era dedicada à leitura mais leve: uma pequena coleção de romances, ligeiramente esfrangalhada de tanto uso, que incluía *Robinson Crusoe, Tom Jones,* numa coleção de sete volumes pequenos, encadernados em couro; *Roderick Random*, em quatro volumes; e o monstruoso *Pamela*, de sir Henry Richardson, em dois gigantescos volumes encadernados – o primeiro com múltiplos marcadores de livros, desde uma folha de bordo seca e quebradiça a um limpa-penas dobrado, indicando os pontos que vários leitores haviam alcançado antes de desistir, temporaria ou definitivamente. Um exemplar de *Don Quijote* em espanhol, em mau estado, porém bem menos usado, já que somente Jamie sabia ler em espanhol.

A prateleira inferior abrigava um exemplar do *Dicionário do dr. Samuel Johnson*, os livros de contabilidade de Jamie, vários cadernos de desenho de Brianna e o diário fino, encadernado em tecido rústico, em que Roger registrava poemas e as letras de canções que aprendia, adquiridos em festas e ao redor de fogueiras.

Sentou-se num banco do outro lado da mesa que Jamie usava como escrivaninha e cortou uma nova pena para a tarefa, com muito cuidado; queria que esses registros ficassem legíveis. Não sabia ao certo qual seria a utilidade desta coleção, mas ele fora impregnado do valor instintivo que um estudioso dá à palavra escrita. Talvez fosse apenas para seu próprio prazer e utilização – mas gostava da sensação de que pudesse estar deixando algo para a posteridade também e esforçava-se tanto para registrar com clareza e precisão quanto para documentar as circunstâncias em que adquirira cada canção.

O gabinete estava tranquilo, com apenas um ou outro suspiro de Jamie quando parava para esfregar as articulações de sua mão enrijecida. Após algum tempo, o sr. Bug veio até a porta e, depois de uma breve conversa, Jamie guardou sua pena e saiu com o feitor. Roger fez um rápido cumprimento com a cabeça quando ambos se despediram dele, a mente ocupada com o esforço de se lembrar e registrar.

Quando terminou, quinze minutos depois, sua mente estava agradavelmente vazia, e ele endireitou-se, esticando-se para se livrar da dor nos ombros. Esperou alguns instantes para que a tinta ficasse completamente seca antes de guardar o diário e, enquanto esperava, foi pegar um dos cadernos de desenho de Brianna da prateleira inferior.

Ela não se importava que ele olhasse; ela lhe dissera que podia vê-los sempre que quisesse. Ao mesmo tempo, mostrava-lhe apenas um ou outro desenho, aqueles que mais a satisfaziam ou que fizera especialmente para ele.

Ele virou as folhas do caderno de desenho, com a sensação de curiosidade e respeito que acompanha o ato de bisbilhotar o mistério, buscando pequenos vislumbres da mente de Brianna.

Havia vários esboços de retratos do bebê neste caderno, um estudo em círculos.

Ele parou em um pequeno esboço, surpreendido pela lembrança. Era um desenho de Jemmy dormindo, de costas, seu corpinho robusto enroscado como uma vírgula. Adso, o gato, estava enroscado ao seu lado, exatamente da mesma maneira, o queixo apoiado no pezinho gorducho de Jemmy, os olhos duas fendas de beatitude comatosa. Deste ele se lembrava.

Ela sempre desenhava Jemmy – na verdade, quase todo dia –, mas raramente de rosto inteiro.

– Os bebês não têm realmente rostos – ela lhe dissera, franzindo a testa criticamente para seu rebento, que mastigava diligentemente a tira de couro do chifre de pólvora de Jamie.

– Ah, é? E o que é isso na frente de sua cabeça, então? – Ele se deitara por inteiro no chão com o bebê e o gato, rindo para ela, o que tornava fácil para ela olhá-lo de cima com um ar superior.

– Quer dizer, estritamente falando. É claro que têm rostos, mas todos eles se parecem.

– Sábio é o pai que conhece seu próprio filho, hein? – ele brincou, arrependendo-se imediatamente, ao ver a sombra que anuviou seus olhos. Passou, rápida como uma nuvem de verão, mas esteve lá, ainda assim.

– Bem, não do ponto de vista do artista. – Ela passou a lâmina de seu canivete, inclinada, pela extremidade do seu bastão de carvão, afiando a ponta. – Eles não têm ossos, que se possam ver, quero dizer. E são os ossos que você usa para moldar um rosto; sem ossos, não há muita diferença.

Ossos ou não, ela possuía um talento notável para captar as nuances de expressão. Ele sorriu para um dos desenhos; o rosto de Jemmy exibia a expressão distante e inequívoca de alguém extremamente concentrado na produção de uma fralda realmente terrível.

Além dos desenhos de Jemmy, havia várias folhas com o que pareciam diagramas de engenharia. Considerando-os de pouco interesse, ele se inclinou e recolocou o caderno na estante, retirando outro.

Percebeu imediatamente que não se tratava de outro caderno de desenhos. As páginas estavam densamente preenchidas com a caligrafia metódica e inclinada de Brianna. Ele folheou as páginas com curiosidade; não era realmente um diário, mas parecia ser uma espécie de registro de sonhos.

Ontem à noite, sonhei que raspava minhas pernas. Roger sorriu diante da inconsequência, mas uma visão das pernas de Brianna, longas e fracamente luzidias, o fez continuar lendo.

> *Eu estava usando a lâmina de barbear de papai e pensando que ele iria reclamar quando descobrisse, mas não estava preocupada. O creme de barbear vinha numa lata branca com letras vermelhas, e lia-se Old Spice no rótulo. Não sei se havia um creme de barbear assim, mas esse era o cheiro que meu pai sempre tinha, loção pós-barba Old Spice e fumaça de cigarro. Ele não fumava, mas as pessoas com que ele trabalhava fumavam, e seus casacos sempre cheiravam como o ar da sala depois de uma festa.*

Roger inspirou, parcialmente consciente dos aromas guardados em sua lembrança, de bolos quentes e chá, lustra-móveis e amônia. Nenhum cigarro nas reuniões realizadas na residência da paróquia – e, no entanto, os casacos de seu pai também cheiravam a fumaça de cigarro.

> *Certa vez, Gayle disse-me que saíra com Chris e não tivera tempo de raspar as pernas, e ela passou a tarde inteira tentando impedir que ele tocasse em seus joelhos, por medo de que ele sentisse o pelo eriçado. Depois disso, eu nunca raspava*

as pernas sem me lembrar disso e, então, corria os dedos pela minha coxa, para ver se sentia alguma coisa ou se estava bom parar de raspar na altura dos joelhos.

Os pelos nas coxas de Brianna eram tão finos, que nem podiam ser sentidos; e somente vistos quando ela se erguia nua sobre ele, com o sol por trás, dourando seu corpo, brilhando através daquela delicada auréola de segredos. A ideia de que ninguém jamais veria isso a não ser ele deu-lhe um pequeno calor de satisfação, como um avarento contando cada fio de cabelo de ouro e cobre, apreciando sua fortuna secreta sem nenhum temor de ser roubado.

Virou a página, sentindo-se terrivelmente culpado com aquela intrusão, mas irresistivelmente atraído pelo desejo de penetrar na intimidade dos sonhos dela, conhecer as imagens que preenchiam sua mente adormecida. Os registros não estavam datados, mas cada um começava com as mesmas palavras: *Ontem à noite, sonhei.*

Ontem à noite, sonhei que estava chovendo. Não era de admirar, já que realmente estava chovendo, como vinha acontecendo há dois dias. Quando saí para ir à latrina hoje de manhã, tive que pular uma enorme poça junto à porta e afundei até os tornozelos no lugar encharcado junto às amoras silvestres.

Fomos para a cama, ontem à noite, com a chuva martelando forte no telhado. Foi tão bom aconchegar-me com Roger e ficarmos aquecidos em nossa cama, após um dia chuvoso e frio. Pingos de chuva caíam pela chaminé e sibilavam no fogo da lareira. Nós ficamos contando um ao outro histórias de nossa juventude – talvez o sonho tenha vindo daí, de pensar no passado.

Não havia muita coisa no sonho, apenas que eu estava em uma janela em Boston vendo os carros passarem, atropelando grandes poças de água com suas rodas e ouvindo o ruído de seus pneus nas ruas molhadas. Acordei ainda ouvindo esse som; era tão claro em minha mente, que eu, na verdade, me dirigi à janela e olhei para fora, de certa forma esperando ver uma rua movimentada, cheia de carros correndo pela chuva. Foi um choque ver abetos, castanheiras, mato e trepadeiras e não ouvir nada além das suaves batidas dos pingos de chuva nas folhas de bardana.

Tudo era de um verde tão vívido, tão luxuriante e excessivo, que parecia uma selva ou um outro planeta – um lugar onde eu nunca estivera, onde não havia nada que eu reconhecesse, embora, na realidade, eu o veja todos os dias.

Durante todo o dia, ouvi o ruído de pneus na chuva, em algum lugar atrás de mim.

Sentindo-se culpado, mas fascinado, Roger virou a página.

Ontem à noite, sonhei que estava dirigindo meu carro. Era o meu Mustang azul e eu estava em grande velocidade por uma estrada sinuosa, atravessando as montanhas – estas montanhas. Nunca dirigi por estas montanhas, embora tenha atravessado as florestas das montanhas no norte do estado de Nova York. Mas definitivamente era aqui; eu sabia que era a Ridge.

Foi muito real. Ainda posso sentir meus cabelos açoitados pelo vento, o volante em minhas mãos, a vibração do motor e o ruído dos pneus no asfalto. Mas essa sensação – assim como o carro – é impossível. Não pode acontecer agora, em nenhum lugar, exceto em minha mente. E, no entanto, lá está ela, embutida nas células de minha memória, tão real quanto a latrina lá fora, esperando para ser chamada de volta à vida no estalar de uma sinapse.

Essa é outra esquisitice. Ninguém sabe o que é uma sinapse, salvo eu, mamãe e Roger. Que sensação estranha; como se nós três compartilhássemos todo tipo de segredo.

De qualquer modo, essa parte em particular – dirigir um automóvel – pode ser atribuída a uma lembrança conhecida. Mas o que dizer dos sonhos, igualmente vívidos, igualmente reais, com coisas que meu ser em vigília não conhece? Seriam alguns sonhos a lembrança de coisas que ainda não aconteceram?

Ontem à noite, sonhei que fazia amor com Roger.

Ele estava prestes a fechar o caderno, experimentando uma sensação de culpa pela intrusão. A culpa continuava lá – sem dúvida –, mas totalmente insuficiente para sobrepujar sua curiosidade. Ele olhou para a porta, mas a casa estava silenciosa; as mulheres moviam-se pela cozinha, mas não havia ninguém perto do gabinete.

Ontem à noite, sonhei que fazia amor com Roger.

Foi maravilhoso; pela primeira vez, eu não estava pensando, não estava observando a distância, como sempre faço. Na verdade, eu não tive nem consciência de mim mesma por um longo tempo. Havia apenas aquela... coisa selvagem, excitante, e eu era parte dela e Roger também, mas não havia ele ou eu, apenas nós.

O engraçado é que era Roger, mas eu não pensava nele dessa forma. Não pelo nome... não por esse nome. Era como se ele tivesse outro nome, um nome real, secreto.... mas eu sabia qual era.

(Sempre achei que todo mundo tem esse tipo de nome, um nome que não é uma palavra. Eu sei quem eu sou... e seja quem for, seu nome não é "Brianna". Sou eu, apenas isso. "Eu" serve muito bem como um substituto para o que quero dizer – mas como se escreve o nome secreto de outra pessoa?)

Mas eu sabia o verdadeiro nome de Roger, e parecia ser por isso que estava dando certo. E estava realmente dando certo; eu não pensava nisso, nem me preocupava com isso, e somente no fim eu pensei, Ei, está acontecendo!

E então realmente aconteceu e tudo se dissolveu, estremeceu e pulsou...

Nesse ponto, ela havia riscado o resto da linha, com uma pequena anotação à margem que dizia:

Bom, nenhum dos livros que já li conseguiu descrever isso também!

Apesar de sua chocada fascinação, Roger riu alto, depois abafou o riso, olhando em volta para ver se ainda estava sozinho. Havia barulho na cozinha, mas nenhum som de passos no corredor, e seus olhos voltaram à página como limalhas atraídas por um ímã.

Meus olhos estavam fechados – isto é, no sonho – e eu estava deitada lá com pequenos choques elétricos ainda percorrendo meu corpo. Então abri os olhos e era Stephen Bonnet dentro de mim.

O choque foi tão grande, que eu acordei. Parecia que eu estivera gritando – minha garganta estava áspera e dolorida –, mas não era possível, porque Roger e o bebê estavam profundamente adormecidos. Eu estava quente, tão quente, que suava, mas estava com frio também, e meu coração martelava no peito. Levei muito tempo até me acalmar o suficiente para voltar a dormir; todos os pássaros cantavam.

Na verdade, foi isso que finalmente me levou a dormir outra vez – os pássaros. Papai – e meu pai Frank também, por falar nisso – disseram-me que os gaios e as gralhas dão gritos de alarme, mas pássaros canoros param de cantar quando alguém se aproxima; então, quando estiver numa floresta, deve-se prestar atenção a isso. Com tanta cantoria nas árvores junto à casa, eu sabia que não havia ninguém lá.

Havia um pequeno espaço em branco ao pé da página. Ele virou-a, sentindo as palmas das mãos suadas e seu coração pulsando com força em seus ouvidos. O relato continuava no alto da página. Antes, a escrita era fluida, quase apressada, as letras achatadas conforme corriam pelo papel. Aqui, haviam sido desenhadas com mais cuidado, redondas e eretas, como se o primeiro choque da experiência tivesse passado e ela tivesse retornado, com teimosa cautela, para pensar melhor no assunto.

Tentei esquecer o sonho, mas não funcionou. Continuava a voltar à minha mente, de modo que finalmente saí sozinha para ir trabalhar no barracão de ervas.

Mamãe fica com Jemmy quando estou lá porque ele mexe em tudo, por isso eu sabia que podia ficar sozinha. Assim, sentei-me no meio de todos aqueles ramalhetes pendurados, fechei os olhos e tentei me lembrar de cada detalhe do sonho, pensar nas diferentes partes, "Tudo bem" ou "Isso é só um sonho". Porque Stephen Bonnet me assustava e eu me sentia mal quando pensava no final – mas agora eu realmente queria me lembrar. Como eu me sentira e como eu fizera, para que talvez eu possa fazer isso outra vez, com Roger.

Mas continuo com a sensação de que não consigo, a menos que eu consiga me lembrar do nome secreto de Roger.

Nesse ponto, o relato terminava. Os sonhos continuavam na página seguinte, mas Roger não leu mais. Fechou o caderno cuidadosamente e enfiou-o de volta, atrás dos outros na prateleira. Levantou-se e ficou olhando pela janela durante algum tempo, inconscientemente esfregando as palmas suadas nas costuras de suas calças.

Impressão e Acabamento:
GRÁFICA STAMPPA LTDA.
Rua João Santana, 44 - Ramos - RJ